Beim Versuch, mit griechischen Staatsanleihen ein lukratives, aber hochgefährliches Spekulationsgeschäft zu machen, setzt der Investmentbanker Bernhard Milbrandt das Kernkapital des traditionsreichen Bankhauses Alberts aufs Spiel. Anstatt die Forderungen zu begleichen, flieht er in eine südspanische Apartmentanlage, die sich als gespenstische Investitionsruine erweist. Während er fieberhaft immer weiter mit virtuellen Beträgen jongliert, mehren sich die Anzeichen dafür, dass er in der scheinbar menschenleeren Siedlung nicht allein ist … Unterdessen entbrennt eine Verfolgungsjagd nach Bernhard und dem Geld, die von Berlin und Frankfurt bis nach Gibraltar führt. Es stellt sich heraus, dass das Unternehmen der Familie Alberts tief in persönliche und geschichtliche Schuld verstrickt ist.

Sascha Reh, geboren 1974, studierte Geschichte, Philosophie und Germanistik in Bochum und Wien. 2004 und 2008 erhielt er den *Literaturförderpreis Ruhr*, für einen Auszug aus dem Roman »Falscher Frühling« wurde er 2007 mit dem LCB-Stipendium *Autorenwerkstatt Prosa* sowie 2009 mit einem Aufenthaltsstipendium im Künstlerhaus Lukas/Ahrenshoop ausgezeichnet. 2011 erhielt er den *Niederrheinischen Literaturpreis*. Sascha Reh lebt als Familientherapeut mit seiner Familie in Berlin.

Sascha Reh

GIBRALTAR

Roman

btb

MIX
Papier aus verantwortungsvollen Quellen
FSC® C083411

Verlagsgruppe Random House FSC® N001967
Das für dieses Buch verwendete FSC®-zertifizierte
Papier *Lux Cream* liefert Stora Enso, Finnland.

1. Auflage
Genehmigte Taschenbuchausgabe August 2014,
btb Verlag in der Verlagsgruppe Random House GmbH, München

Umschlaggestaltung: semper smile, München, unter Verwendung des Gemäldes Schlucht (2009) von Christian Brandl / galerie-Kleindienst, Leipzig
Druck und Einband: CPI – Clausen & Bosse, Leck
LW · Herstellung: sc
Printed in Germany
ISBN 978-3-442-74731-3

www.btb-verlag.de
www.facebook.com/btbverlag
Besuchen Sie auch unseren LiteraturBlog www.transatlantik.de

DER TRAUM DES KAPITALS IST VERGESSEN …

Bankensterben

Der Crash des Bankhauses Alberts trifft seinen Gesellschafter tödlich. Wurde er von seinem engsten Vertrauten verraten?

VON HELMUT GUDVANG

Es ist eine doppelte Tragödie. Wenn an diesem Samstag der alleinhaftende Gesellschafter der Berliner Privatbank Alberts & Co., Johann Alberts, zu Grabe getragen wird, geht zugleich eine über 150-jährige Unternehmensgeschichte unwiederbringlich zu Ende. Alberts und sein traditionsreiches Bankhaus wurden Opfer eines Systems der Gier – und des eigenen Nachwuchses.

Der Mann, der mit halsbrecherischen Spekulationen das altehrwürdige Bankhaus in den Konkurs trieb, war allem Anschein nach ein enger Mitarbeiter des langjährigen Gesellschafters.

Bernhard Milbrandt arbeitete seit über 15 Jahren für die Bank, erst als Kundenbetreuer, später als Händler. Nicht wenige sahen die beiden als Mentor und Protegé. Am 22. April, dem »schwarzen Freitag« der Bank, verschwand Milbrandt nach einer Reihe beispielloser Verlustgeschäfte spurlos aus dem Handelsraum. Auf seinem Desk ließ er seine Firmen-ID und die Zugangskarte zurück. Ein inszenierter Abgang?

Alberts, eines der letzten unabhängigen privaten Bankhäuser, das die Finanzkrise einigermaßen überstanden hatte, war hauptsächlich für das Privatkundengeschäft zuständig. Es galt als renommierter Vermögensverwalter und Finanzierer mittelständischer Unternehmen. Die Analysten des Bankhauses genossen seit vielen Jahren einen ausgezeichneten Ruf bei Privatkunden und Brokern, in brancheninternen Rankings belegten sie regelmäßig Spitzenplätze.

Am Samstag war bekannt geworden, dass die Bank in Zahlungsschwierigkeiten geraten war, nachdem einer der Händler in großem Stil mit riskanten Leerverkäufen gescheitert war. Diese Art Geschäfte sind seit der Lehman-Pleite 2008 hoch umstritten. Die Situation hatte sich für die Bank derartig zugespitzt, dass der 74-jährige Alberts einen Schlaganfall erlitt. Er starb in der Nacht zum Mittwoch.

Milbrandt selbst bekam nicht mehr mit, wie sein Arbeitsplatz im Chaos versank. Seit seinem Verschwinden ranken sich wilde Gerüchte um die Motive für seine selbstmörderisch anmutenden Spekulationen. Die Bank hatte seit 2008 immer wieder mit Liquiditätsproblemen zu kämpfen. War also Milbrandts Coup der groß angelegte Versuch, die Schuldkonten der Firma auf einen Schlag auszugleichen? Oder handelte der Trader auf eigene Rechnung?

Ein Bankraub von innen

Bernhard Milbrandt wurde im pfälzischen Nierstein am Rhein in eine Kleinunternehmerfamilie hineingeboren. Er machte zunächst die mittlere Reife, bevor er auf die Gesamtschule wechselte und das Abitur ablegte. Während des BWL-Studiums in Mannheim nahm er an einem Traineeprogramm teil, wo er von Alberts entdeckt wurde. Hier begann ein steiler Aufstieg für den Nachwuchsbanker, dessen Unerschrockenheit sich schnell herumsprach.

Im konservativen Bankhaus Alberts geriet sein aggressiver Anlagestil bald in Konflikt mit den Vorgaben seiner Vorgesetzten. Zwar gingen seine Strategien meistens auf und bescherten seinen Kunden hohe Renditen. Doch die Risiken, die er dafür einging, waren beträchtlich. Anstatt den jungen Wilden jedoch an die Leine zu legen, schickte Alberts ihn 2005 für ein Jahr in ein Liechtensteiner Tochterunternehmen, wo er lernte, am internationalen Rohstoff- und Devisenmarkt zu spekulieren. Das war ungefähr so, als würde man einen Choleriker in ein Martial-Arts-Trainingslager stecken.

Milbrandt entwickelte sich schnell zum Spezialisten für »sportliche« Investitionen, wie es in der Branche heißt. Er agierte hauptsächlich an Märkten, die für ihre hohen Schwankungen bekannt sind: Devisen, Energieversorger, Termingeschäfte. Schon bald galt er als der Mann für besondere Aufgaben, ein loyaler Macher mit Killerinstinkt.

Anfang April 2010 führte er seit anderthalb Jahren eine eigene Abteilung an, deren einziger Mitarbeiter er war und die ausschließlich Eigenhandel betrieb. Das bedeutete, dass er nicht länger das Vermögen seiner Kunden, sondern das Kapital der Bank investierte. Und da Johann Alberts die Bank war, formulieren es einige Beobachter mit den Worten, dass da ein wohlhabender Vater seinen Sohn mit reichlich Spielgeld ausgestattet hat, um sich in einem Kasino seiner Wahl auszutoben.

Das Spielerglück jedenfalls hat Milbrandt an jenem 22. April vor knapp einer Woche definitiv verlassen: Seine Wetten platzten. Doch als die Gläubiger ausgezahlt werden sollten, gelang es dem Hasardeur auf bisher unbekannte Weise, etwa 40 Millionen Euro am Controlling vorbei auf die Seite zu schaffen – und vom Radar zu verschwinden.

Unterm Zahlenradar hindurch

Im Vergleich zu den astronomischen Summen, die bei Großbanken in den letzten Jahren von kriminellen Tradern verzockt wurden, klingen 40 Millionen Euro wie die viel zitierten Peanuts. Für eine kleine Bank mit geringer Kapitaldeckung allerdings reichen sie locker für eine Pleite. Seit einer Weile sickerten immer wieder Gerüchte durch, dass der alternde Patriarch sein Firmenimperium nicht mehr im Griff habe. In den letzten Jahren hatte das Haus mit mäßigem Erfolg versucht, sich auf dem internationalen Finanzparkett neu aufzustellen. Und erst im letzten Jahr war die Übernahme durch eine österreichische Privatbank im letzten Moment gescheitert.

Die Umstände seines Schlaganfalls könnten nun den Gerüchten um angebliche Halbweltkontakte neue Nahrung liefern: Alberts wurde unweit der Schwulenbar Tabasco in der Schöneberger Fuggerstraße gefunden. Auf welche Weise es zu seinem Zusammenbruch kam, ist bisher ungeklärt. Zeugen sagen aus, Alberts habe sich in der Bar mit einem Minderjährigen getroffen und sei diesem nach draußen gefolgt. Dort sei es zum Streit gekommen. Wenig später hätten Passanten Alberts' leblosen Körper unweit der Bar gefunden und den Notarzt verständigt.

Es wäre nicht das erste Mal, das sich hinter der blitzsauberen Fassade einer angesehenen öffentlichen Person ein verstörender Abgrund aus familiären Problemen und verdrängten Leidenschaften öffnet. Johann Alberts war bekannt – und von seinen Gegnern wohl auch gefürchtet – als ebenso geistreicher wie streitbarer Banker der alten Schule. Sowohl sein Großvater als auch sein Vater hatten die Bank schon durch schwere Vertrauenskrisen führen müssen: die Hyperinflation der zwanziger Jahre, die Enteignung durch die Nazis 1935, die schwierige Phase des Wiederaufbaus in den späten vierziger und frühen fünfziger Jahren.

Johann Alberts hatte die Geschäfte der Bank Anfang der siebziger Jahre von seinem Vater übernommen. Seine Leidenschaft galt nicht nur der Finanzwirtschaft, sondern auch der bildenden Kunst. Aus ihrer Förderung hatte er eine zweite Berufung gemacht und eine umfangreiche und international angesehene Privatsammlung aufgebaut, die seit Ende der achtziger Jahre in einem eigenen Kunstmuseum der Öffentlichkeit zugänglich gemacht wurde. Darüber hinaus engagierte er sich mit diversen Stiftungen, deren größte von seiner Frau Helene geführt wird und überschuldeten Menschen aus der Not hilft, für Bildung und karitative Zwecke. Und um diese mustergültige Vita zu vervollständigen, war er Mitglied des renommierten »Clubs der ehrbaren Kaufleute«, der sich gern als informelle Runde zum moralischen Feinschliff guter Unternehmensführung gibt, in Wirklichkeit aber wohl mehr eine Lobbyvereinigung Berliner Wirtschaftsgrößen ist. Kurzum: Johann Alberts war einer der letzten großen Familienunternehmer, die Verkörperung eherner Werte wie Verlässlichkeit, Familiensinn und gesellschaftlicher Verantwortungsbereitschaft – was sich auch darin zeigte, dass er als einziger Gesellschafter der Bank die alleinige persönliche Haftung übernahm.

Dennoch war zuletzt nicht zu übersehen gewesen, dass seine Machtstellung in der Führungsspitze der Bank brüchig geworden war. Die großen Geschäfte waren längst aus dem Berliner Stammhaus nach Frankfurt ausgelagert worden, deren dortiger Niederlassungsleiter Holt die etwas betuliche Firmenpolitik dem schnellen, deregulierten internationalen Finanzwesen angeglichen hatte. Auch der Handel mit Kreditderivaten, dem sich der Patriarch lange verwehrt hatte, war dort längst eingezogen. Die operativen Entscheidungen, so wird gemunkelt, traf Alberts schon seit Jahren nicht mehr – was die Frage aufwerfen dürfte, wer sie an seiner Stelle traf.

Ein Netz von Verbindlichkeiten

Diese Frage wird auch die Herren von der Bankenaufsicht beschäftigen, die im Haus an der Wielandstraße seit letztem Sonntag eine Sonderuntersuchung durchführen und die Bücher der Bank auf Herz und Nieren prüfen. Die Staatsanwaltschaft ist hinzugezogen. Milbrandt wird der Untreue und der Manipulation von Computerdaten verdächtigt. Zu klären versucht die BaFin auch – wieder einmal –, wie es möglich war, dass ein einzelner Händler die nach der Finanzkrise angeblich drastisch verschärften Risikolimits der Bank hatte aushebeln können. Entweder handelte Milbrandt mit ungeheurer krimineller Energie und einem beeindruckenden Talent als Fälscher, oder er hatte Komplizen in der Bank – und möglicherweise außerhalb. Denn um, wie vermutet wird, Geld auf unbekannte Konten zu transferieren, dürfte Milbrandt

Helfershelfer benötigt haben.

Vielleicht werden die Inspektoren auch klären, welche Rolle Johann Alberts' Sohn Thomas in der Affäre spielt. Der einst designierte Nachfolger des Gesellschafters hatte der Bank bereits vor Jahren nach einem Streit den Rücken gekehrt und war vollständig von der Bildfläche verschwunden. An den Gesprächen mit der Aufsicht soll er aber teilgenommen haben, ohne dass er in der Bank irgendeine Position bekleidet hätte. Offiziell heißt es, als mutmaßlicher Erbe habe er ein Mitspracherecht über die Zukunft der Bank. Ob es noch etwas zu erben geben wird, ist derzeit freilich mehr als fraglich.

Thomas Alberts' Auftauchen zu diesem heiklen Zeitpunkt erscheint umso merkwürdiger, wenn man bedenkt, dass Bernhard Milbrandt in der familiären Rangfolge gewissermaßen seinen Platz eingenommen hatte. Das Verhältnis der beiden Männer ist bislang unklar. Und zuletzt war aus ungenannter Quelle zu hören, dass Alberts den Aufenthaltsort Milbrandts kenne.

Falls dies zutrifft und der verlorene Sohn das Familienerbe retten will, so sollte er sich damit beeilen, denn auf die Bank kommen ungemütliche Zeiten zu. Der drohende Konkurs ist dabei nur die Spitze des Eisbergs. Nach einer ersten Prüfung der Bilanzen ist die Bankaufsicht bereits auf zahlreiche Ungereimtheiten in der Buchführung gestoßen. Falls es zu Anklagen und in deren Gefolge zu Straf- und Entschädigungszahlungen kommt, dürften nicht nur die Tage der Bank gezählt, sondern Johann Alberts' gesamtes Lebenswerk zerstört sein: Sowohl seine humanitären Stiftungen als auch die einzigartige Kunstsammlung dürften dann in die Hände des Insolvenzverwalters fallen.

THOMAS

I 2 3 4 5 6 7 8 9 10

Am Automaten der Bank Austria nahe des Schottentors hob Thomas Alberts 200 Euro Bargeld ab und hatte dabei das eigentümliche Gefühl, als würde sich an seinen Einkommensverhältnissen entweder in Kürze etwas ändern oder als sei diese Veränderung, von ihm unbemerkt, bereits eingetreten. Er war kein Kunde dieser Bank, also musste er es fürs Erste bei dem Gefühl bewenden lassen. Sein Telefon klingelte. Es war 12 Uhr.

Frau Sudek meldete sich wöchentlich bei ihm, immer dienstags zur selben Zeit, er hätte seine Uhr danach stellen können. Anders als die meisten seiner Klienten arbeitete sie nicht selbst in einer leitenden Position. Mit seinen übrigen Klienten teilte sie jedoch die Überzeugung, seine Telefonberatung eigentlich nur ausnahmsweise in Anspruch nehmen zu müssen, da Menschen ihres Lebensstandards allenfalls solche Probleme zu haben pflegten, mit denen sie selbst fertigwurden. Als »Ratgeber«, wie er sich in seinen Annoncen schlicht nannte, wusste er um die Vermessenheit dieses Selbstkonzepts; seine gesamte Geschäftsstrategie fußte darauf. Und Frau Sudek war in ihrer allzu durchschaubaren Selbstgewissheit eine musterhafte Vertreterin jenes Menschentyps, der es als nicht standesgemäß empfindet, seinen Problemen ins Auge zu blicken, und sie deswegen lieber telefonisch erörtert. Er führte sie unter »selbstunsicher« und »histrionisch«; jede Woche berichtete sie von einem neuen

Eheskandal. Eine Geschichte wie diese war jedoch selbst für ihre Verhältnisse unerhört.

»Ich habe es einfach nicht mehr ausgehalten. Diese Kälte. Diese Gleichgültigkeit«, sagte sie. »Seit zwei Jahren führe ich praktisch Selbstgespräche.« Er drückte den Stöpsel seines Headsets etwas tiefer ins Ohr, vergewisserte sich, dass sein Labrador Sol Moscot an seiner Seite lief, und nahm die Rolltreppe an der U-Bahn-Haltestelle Schottentor nach unten, um den Innenstadtring zu unterqueren.

Augenblicklich bereute er es. Das Gewimmel der Menschen, das Drängeln der Bettler, die Blicke der Zeitungsverkäufer lenkten ihn ab. Eine Roma-Frau, vielleicht dreißig, mit deutlich vorgealterten Gesichtszügen, ein rotznasiges Mädchen hinter sich herziehend, verstellte ihm stumpfen Blicks den Weg und hielt die Hand auf. Er blieb stehen, suchte nach einem Weg an ihr vorbei, spürte Hitze auf seinen Wangen. Auf sein Telefon deutend versuchte er, an ihr vorbeizugehen. Als sie die Hand erneut und mit erhöhtem Nachdruck nach ihm streckte, wich er zurück; Sol Moscot knurrte. Erst da wurde die Frau auf den Hund aufmerksam und gab den Weg frei. Schnell ging Thomas weiter und klopfte gegen seinen Oberschenkel. Sol Moscot folgte sofort.

»Ich habe mich bei einer Agentur angemeldet«, fuhr Frau Sudek fort. »Die vermitteln Seitensprünge.« Sie ließ das letzte Wort in der Leitung nachzittern. »Ich wollte … ich weiß nicht. Ich war so wütend.«

Er zog in Betracht, etwas Verständnisvolles zu sagen, über ihre Wut oder auch ihre Verzweiflung, dann entschied er sich dagegen. Sie lachte, wie über sich selbst.

»So was haben Sie sicher noch nie gehört. Mein Mann hat auch gesagt –«

»Entschuldigung«, sagte der Ratgeber. »Ihr Mann? Sie haben Ihrem Mann davon erzählt?«

»Nein. Nein, habe ich nicht. Sie müssen mich ausreden lassen.«

»Natürlich.«

»Ich bin ins Hotel gegangen. Wir hatten uns vorher zwei E-Mails geschrieben, was jeder so macht, alles erfunden natürlich, und dann, welche Vorlieben man hat.« Frau Sudek, so hatte der Ratgeber inzwischen über sie gelernt, liebte es, derlei Vorgänge zu schildern. Genau genommen liebte sie die Schilderung jedweder Vorgänge; sie war eine versierte Erzählerin. Und doch missfiel ihm mehr und mehr ihre Weitschweifigkeit, seine Gedanken drifteten ab; und als ihm dies auffiel, deutete er die Drift nicht nur als ein Symptom gegen Frau Sudeks Weitschweifigkeit, sondern gegen das Anhören von Erzählungen ganz allgemein.

»Ich weiß nicht, wie viele männliche Kunden dieses Portal hat und wie viele in Frankfurt wohnen und überhaupt zu meiner Anfrage passen, aber ich würde sagen, ein paar hundert, vielleicht sogar tausend. Von all diesen Männern haben sie zielsicher meinen eigenen ausgewählt. Mein Leben ist voll von solchen Wundern und Koinzidenzen. Glauben Sie an Zufälle? Ich glaube nicht an Zufälle. Bernhard saß auf der Bettkante, als würde er auf mich warten. Verstehen Sie? Auf *mich*. Er trug den Anzug, den ich zu unserem zehnten Hochzeitstag für ihn habe schneidern lassen.«

Thomas fuhr mit der Rolltreppe hinauf. Eine kaum wahrzunehmende Kühle durchzog den bisher sonnigen Tag, wie eine Warnung, sich bei allem, was man auch tat, niemals zu sicher zu sein.

»Entschuldigung«, sagte er jetzt, »aber das klingt –«

»Ja, es klingt ung*laub*lich, oder?«

Wie eine jener Idealisierungen aus Ihrem Roman, hätte er sich beinahe zu sagen verstiegen, konnte sich aber rechtzeitig davon abbringen.

Wieder entstand eine Pause, neben ihm bimmelte die Straßenbahn.

»Sind Sie etwa draußen?«, fragte Frau Sudek.

»Nein. Das Fenster ist offen. Das schöne Wetter.« Er schirmte das Mikrofon seines Headsets mit der Hand ab, bis die Straßenbahn vorbeigefahren war; gegen Spitzen wie das Bimmeln war der Limiter machtlos.

Der Ratgeber betrieb einen gewissen Aufwand, um seine Kunden nicht wissen zu lassen, dass er sie unter freiem Himmel beriet. Gelkissen in seinen Sohlen dämpften die Erschütterungen in seiner Stimme; zudem regulierte er seinen Atem. Es war ein sonniger Tag, dies war Wien, er wollte gehen.

»Bemerkenswert. Ich habe noch nie von einem ähnlichen Fall gehört.«

»Jetzt wollen Sie mir bestimmt sagen, dass das was mit Fügung zu tun hat?«

Er versuchte, ihren Vorschlag aufzugreifen und ihn zur Veranschaulichung seiner Hypothese zu nutzen. »Es ist interessant, dass Ihnen zu dem Vorfall das Wort ›Fügung‹ in den Sinn kommt. Wer hat Ihrer Meinung nach was gefügt? Und zu welchem Zweck?«

Er bog von der lauten Hauptstraße ab in die Berggasse, dann in die Liechtensteinstraße und ging bei der Strudlhofstiege wieder zur Währinger hinauf.

Frau Sudek antwortete: »Ach, kommen Sie. Sehen Sie nicht, dass sich hier ein Schicksal erfüllt?«

»Was ist dann passiert?«, fragte er, ohne auf den Versuch seiner Klientin einzugehen, die Ereignisse zu einer Rechtfertigungslegende umzuformen.

»Sie werden es nicht glauben: Wir haben dann gemacht, weswegen wir da waren.«

»Sie hatten Sex?«

»Nach zwei Jahren zum ersten Mal wieder.«

»Das wäre eigentlich ein Grund zur Freude, oder?«

»Wenn nicht was wäre?«

»Wenn nicht irgendetwas in Ihrer Stimme mir verraten würde, dass es ein Aber gibt.«

»Es gibt ein Aber. Wir haben uns furchtbar gestritten. Dann waren wir miteinander im Bett. Und nachher haben wir uns wieder gestritten.«

»Worüber?«

»Worüber? Sie sind witzig.« Wie um zu unterstreichen, wie witzig sie ihn fand, lachte sie spitz auf. Es klang überaus affektiert. »Darüber, dass er mich betrügen wollte. Betrogen hat. Darüber natürlich.«

»Und Sie ihn, oder nicht?«

»Das ist aber doch gar nicht der Punkt.«

Bereits seit mehr als einem halben Jahr arbeitete sich der Ratgeber nun an ihrer Beratungsresistenz ab. Es war nicht immer ein mühseliger Prozess, aber, wie er erneut bemerkte, meistens. »Worum ging es noch bei dem Streit?« fragte er jetzt, um sie an der Problemtrance zu hindern, in die sie wieder zu geraten drohte.

»Um unsere Tochter.«

Eine junge Frau mit einem kleinen Pinscher kam vorüber. Sol Moscot drehte sich nach dem Hund um und sah sofort wieder aufmerksam nach vorne.

»Ihre Tochter lebt in Berlin, nicht wahr?«, fragte er abwesend.

»Im Augenblick nicht. Sie hat Probleme mit ihrem Freund und ist deswegen vorübergehend zu mir gezogen. Zu uns.«

»Sie erzählten, sie stammt aus einer früheren Partnerschaft?«

Sie passierten ein Eiscafé, das, wie es aussah, just an diesem Tag die Winterpause beendet hatte. Die Plastiktische und -stühle sahen ebenso neu aus wie das übrige Interieur; in den überquellenden Eiskübeln wartete die Eiscreme noch beinahe unberührt auf Käuferschaft.

»Mein Mann kann sie nicht leiden«, schwafelte Frau Sudek weiter. »Und sie ihn auch nicht. Er war halt nicht immer nett zu ihr.«

Thomas' Gedanken begannen in Richtung des bereits hinter ihnen liegenden Eiscafés zurückzuschweifen; er brauchte nicht lange, um die Ursache dafür zu benennen: Frau Sudek lenkte das partnerschaftliche Loyalitätsproblem, um das es eigentlich ging, auf den für sie weniger bedrohlichen Konflikt zwischen ihrer Tochter und deren Stiefvater um, wodurch zwar ihr Selbstwert vorerst intakt blieb, das gemeinsame Kind allerdings trianguliert wurde. Er stellte fest, dass die Frau mehr und mehr Abneigung in ihm hervorzurufen begann. Vielleicht, so dachte er, würde er die Beratungen bald beenden müssen. Andererseits war es auch nicht so, dass sich neue Klienten bei ihm das Telefon gegenseitig in die Hand gaben. Die Zeiten waren schwierig. Außerdem gebot ihm seine Professionalität, die entstehende Abneigung gegen Frau Sudek eher als folgerichtige Reaktion auf ihre anhaltend fehlende Veränderungsbereitschaft zu deuten und sie damit dem gemeinsamen Prozess nutzbar zu machen. Daher versuchte er eine provokante Intervention: »Ich frage mich gerade, wie Ihrem Mann das gelingen konnte. Haben Sie Ihre Tochter denn nicht beschützt?«

»Doch«, antwortete sie zu schnell, »natürlich habe ich das. Aber Sie kennen meinen Mann nicht. Er ist manchmal … ein Monster. Er hat es ja auch bei mir beinahe geschafft, aber –«

Der Ratgeber warf einen Seitenblick auf Sol Moscot und verdrehte die Augen. Sol Moscot hechelte, hob eine Braue und blieb dann an der Straßenecke stehen, weil in diesem Augenblick die Fußgängerampel auf Rot umgesprungen war.

1 **2** 3 4 5 6 7 8 9 10

Er lag im Bett des Pensionszimmers, das er für diese Nacht gebucht hatte. Sol Moscot schlief eingerollt am Fußende; durch das geöffnete Fenster drangen Hinterhofgeräusche. Der Koch des Restaurants, das an die Pension angrenzte, verscheuchte, während er geräuschvoll einen Müllsack entsorgte, ein streunendes Kleintier. Er sagte mit Akzent: »Schleich dich.« Durch diese Worte fühlte Thomas deutlich, dass er sich an einem bestimmten, genau lokalisierbaren Ort der Welt befand, und diese Eindeutigkeit wiederum vermittelte ihm für einen Moment das Gefühl von Geborgenheit. Dann ging der Moment vorüber.

Er hatte seine Schuhe ausgezogen und die Socken. Bis zu seinem nächsten Termin hatte er noch zwanzig Minuten Zeit, sofern sich nicht ein Neukunde bei ihm meldete. Auf dem Gang schloss jemand sein Zimmer ab und ging weg. Es war Zeit, etwas essen zu gehen; er war hungrig. Doch Thomas war heute Abend nicht mehr danach, unter Menschen zu gehen. Er war müde. Er war –

Er hatte Angst.

Ja, das war wohl die eigentliche Erklärung, dachte er. Am Nachmittag, bei der Begegnung mit der Bettlerin am Schottentor, hatte er wieder jene Panik gespürt, die aufbrandete, wenn andere ihn mit ihrer leiblichen Präsenz bedrängten. Dann, später, nachdem die Beratung abgeschlossen war, hatte er sich in ein Café gesetzt. Sol Moscot hatte gezögert, als hätte er die Frage einbringen wollen, ob er sich das reiflich überlegt und wirklich für eine gute Idee befunden habe. Doch der Ratgeber hatte sich stark genug gefühlt. Frau Sudek hatte zum Schluss eine konstruktive Wende vollzogen und eingesehen, dass sie trotz des Betrugs, den ihr Mann mit ihr selbst an ihr vollzogen hatte, nicht den echten Wunsch hatte, ihn zu verlassen. Der Ratgeber hatte noch im Kaffeehaus das Beratungsprotokoll in sein Notebook getippt: »Mantraartige Beschwörung der Trennungsabsicht stellt sich als Rationalisierung des tieferliegenden Wertschätzungswunsches dar.« Er hatte einen Verlängerten bestellt und einen Apfelstrudel, wie er es immer tat, wenn er in Wien war, so wie er in einer Tapasbar in Córdoba Russensalat aß oder Zuccotto in Florenz. Er saß am Terrassenfenster, das wegen des schönen Wetters weit geöffnet war. Zwei Spatzen flatterten neugierig und ohne Scheu auf der Fensterbank herum; Sol Moscot beobachtete sie liegend aus den Augenwinkeln. Thomas legte ihnen Krumen seines Apfelstrudels hin, die sie nach einer Reihe von strategischen Rückwärts- und Vorwärtsbewegungen schließlich davontrugen. Später versuchten sie, ihre verklebten Schnäbel in der Pfütze zu säubern, die ein Straßenreinigungsfahrzeug hinterlassen hatte. Der Anblick der badenden Vögel erfreute ihn.

Die Bedienung war vor ihm aufgetaucht und wollte zum Schichtwechsel abrechnen; wie bereits am Mittag verkrampfte sich sein Körper, obgleich der Bezahlvorgang diesmal sogar in gegenseitigem Einvernehmen erfolgen sollte. Doch die Frage, ob und wie viel Trinkgeld angemessen sei; ob die Frau ein Lob des Apfelstrudels erwartete oder eine Entschuldigung dafür, dass er frei fliegendes Getier angelockt und gefüttert hatte; ob sich Thomas, wiewohl sich seine Gesichtszüge verhärtet anfühlten wie jahrtausendealtes Gestein, ein freundliches Lächeln abringen oder im Gegenteil durch ernste und abweisende Blicke signalisieren sollte, dass er für keinerlei Gedankenaustausch zur Verfügung stehe – all diese Fragen schnürten ihm die Kehle zu und machten ihm eine sinnvolle Handlung unmöglich. Jäh sprang er auf, warf der Frau einen Zehn-Euro-Schein auf ihr Tablett und griff seine Tasche; Sol Moscot hatte sich auf halber Strecke zwischen ihm und der Tür postiert, gleich einer Leibgarde, die den Rückzug sichert.

Nach einer guten Stunde an der frischen Luft war ihm wieder wohler. Im 9. Bezirk fand er eine Unterkunft; er meldete sich beim Concierge an und trug seine Reisetasche nach oben.

Er lebte mit leichtem Gepäck. All seine persönlichen Gegenstände passten in diese Tasche. Es waren dies neben Unterwäsche und Socken: drei Jeanshosen, zehn unifarbene Polohemden, fünf unifarbene Sweatshirts, zwei Paar feste Hikingschuhe und zwei Jacken (eine Winter- und eine Übergangsjacke); des Weiteren ein Paar Laufschuhe, zwei Sporthosen, zwei T-Shirts, Dusch- und Rasierutensilien, Nagelknipser, Nasenhaartrimmer, Zahnbürste, ein Smartphone, ein Notebook mit TV-Receiver sowie passende Ladegeräte und ein Headset. Zurzeit führte er außerdem eine Biografie über Henry David Thoreau mit sich, die er nach dem Lesen – wie alle Bücher, die er las – auf dem Nachttisch seines Zimmers liegen lassen würde. In Hotelzimmern von London bis Prag, von Stockholm bis Palermo fanden die Zimmermädchen seine stets noch neuwertigen Bücher auf den Beistelltischen und Kommoden als einzige Überreste seiner Anwesenheit, wie eine abgestreifte Haut.

Den Nachmittag im Hotelzimmer verbrachte er, nachdem er Sol Moscot unauffällig in sein Zimmer gelotst hatte, mit einer Reihe von Verrichtungen, die ihm inzwischen zu einer vertrauten, wohltemperierten Routine geworden waren. Er hatte die Honorarrechnungen für die Beratungen des letzten Monats, die er in einem Copyshop ausgedruckt hatte, frankiert und bereitgelegt; später, wenn er seine Abendrunde mit dem Hund ginge, würde er sie einwerfen. Er hatte die getragene Kleidung in einen Beutel mit schmutziger Wäsche gesteckt, die er bei ausreichender Menge waschen würde. Er hatte seine Finger- und die Fußnägel geschnitten, seine Haare bis auf sechs Millimeter rasiert und danach eine halbe Stunde meditiert. Vor seiner letzten Beratung am Abend verschaffte er sich eine Terminübersicht über den nächsten Tag und sah zur Entspannung fern.

Er hatte gerade geduscht und vermieden, sein dunstverhangenes Spiegelbild anzusehen – die Silberpunkte an seinen Schläfen, die leicht schiefe Nase, die nicht in dieses aristokratisch feine Gesicht passen wollte –, da signalisierte Sol Moscot ihm, dass er einem dringenden Bedürfnis nach draußen zu folgen habe. Gleichzeitig klingelte sein Telefon.

»Sie haben mich gefeuert«, sagte Herr Dorfmeister, der wie die meisten seiner Kunden in der Finanzbranche arbeitete. Er war Mitte dreißig und wickelte allerhand unstoffliche Geschäfte ab, die Thomas aufgrund seiner eigenen Vergangenheit vage einordnen konnte. Gewöhnlich rief Herr Dorfmeister einmal die Woche an und genoss die Aufmerksamkeit des Ratgebers, während er darüber klagte, wie das versprochene Wochenende mit seiner Frau zum wiederholten Mal ins Wasser gefallen war, weil die unsichere Marktlage ihn für seine Firma auch an diesem Wochenende wieder unersetzlich gemacht hatte. Der Ratgeber hatte diesen Konflikt ebenso wenig wie alle anderen lösen können, die Herr Dorfmeister ihm bisher angetragen hatte, und auch für die Zukunft war keine Lösung zu erwarten – mit Ausnahme der, die für Herrn Dorfmeister nun eingetroffen war.

»Es tut mir leid, das zu hören.« Thomas hatte sich Schuhe und Mantel angezogen, da ihm nicht entgangen war, dass Sol Moscot zunehmend unruhig wurde. Der Hund hatte eine sehr vornehme Art, seine Unruhe zum Ausdruck zu bringen: Er trat von einer Vorderpfote auf die andere und senkte seinen Kopf zu einer Art Nicken, was als Unterwerfungsgeste fehlzudeuten Thomas sich vor langer Zeit abgewöhnt hatte. Jetzt schaute ihn der Hund unverwandt an, in der offenkundigen Erwartung, dass alle notwendigen Vorbereitungen zum sofortigen Ausgang getroffen waren.

Während der Ratgeber erfuhr, dass Herrn Dorfmeister nicht einmal gestattet worden war, seine persönlichen Gegenstände aus seinem Büro zu holen, öffnete er seine Zimmertür lautlos um einen Spalt, durch den er in den Gang spähen konnte. Eben wollte er die Tür gänzlich öffnen und hinaustreten, da bogen zwei Gäste schwatzend um die Ecke, und er warf die Tür so schnell zu, dass sie laut ins Schloss fiel und Sol Moscot zusammenzucken ließ. Thomas fühlte den vorwurfsvollen Blick des Hundes und ermahnte sich, dass seine Furcht läppisch und nichts als ärgerlich war.

»Sind Sie noch da?«, fragte Herr Dorfmeister.

»Jaja, ich bin noch da« – dies, während Thomas die Tür erneut öffnete und Sol Moscot wie auch sich selbst regelrecht hinausscheuchte; hinaus auf die Straße, auf der ein scharfer Wind sich endgültig entschieden hatte, die Erinnerung an den lauen Nachmittag zu vertreiben. »Es sieht aus, als ob das ganze verdammte Kartenhaus einstürzt. Alle haben Angst.

Ich habe keine Ahnung, ob ich überhaupt noch mal einen Job finden werde.«

»Das tut mir wirklich leid für Sie«, sagte der Ratgeber, während er den Reißverschluss seiner Jacke zuzog. Zwar war dies eine bloße Wiederholung, und überdies stimmte es nicht, aber es war immerhin ein Satz, dessen Falschheit von niemandem zu beweisen war.

Während er die Straße hinuntersah, fragte Thomas sich für einen kurzen Moment, wie er es in der Vergangenheit zuwege gebracht hatte, Interesse für die Probleme dieses Mannes bei sich zu erzeugen. Mehr noch: Er wunderte sich wie zum ersten Mal darüber, wie es hatte kommen können, dass der »Ratgeber« zu einer Art Spezialist für die Leiden dieser Menschen geworden war. Offenbar hatten sich seine Kompetenzen in der Branche herumgesprochen. Die Ressentiments, die er bereits in seinen frühen Erwachsenenjahren gegen Bankleute gehabt hatte, waren in den letzten beiden Jahren mit Macht zurückgekehrt. Dennoch, wenn er mit Vertretern dieses Berufsstands telefonierte, dann sprach er nicht mit raffgierigen Soziopathen, die durch skrupellose Termingeschäfte den Reispreis am Weltmarkt künstlich in die Höhe trieben. Er sprach nicht einmal mit Marktteilnehmern, sondern mit ganz gewöhnlichen Menschen, die sich in eine Falle manövriert hatten. Diese Menschen arbeiteten 14, 16 oder 18 Stunden am Tag, um die Privatschulen ihrer Kinder bezahlen und ihren sonstigen Lebensstandard aufrechterhalten zu können, der so hoch lag, dass sich Mitleid mit ihren Problemen eigentlich verbot. Doch es waren Probleme. Und ihr Lebensstil verdammte sie dazu, diese Probleme zu perpetuieren, ob sie wollten oder nicht – wie hoch auch immer am Ende die Kosten dafür ausfallen würden.

»Sie haben Angst vor der Zukunft?«, fragte der Ratgeber, wobei er sich nun schnell und bestimmt den Gehsteig entlangbewegte, Sol Moscot hinter sich wissend, der konzentriert mit Laternenpfählen und Duftmarken beschäftigt war.

»Ich habe keine Angst«, sagte Herr Dorfmeister, langsam zu seiner gewohnten Unbekümmertheit zurückkehrend oder diese wenigstens behauptend. »Bloß, das alles ist ungerecht. Die Leute haben jahrelang die Zinsen für ihre Spareinlagen eingestrichen, und niemand, kein Schwein, ist je auf die Idee gekommen, danach zu fragen, wo all dieses Geld hergekommen ist. Wenn alle verdienen, sind alle zufrieden. Aber das jetzt …«

Die Straße war dunkel und leer. Thomas war stehen geblieben. Es war unnütz, dachte er mit plötzlicher Klarheit. Nicht nur dieses Gespräch – alles Wollen und Streben war unnütz, war es schon immer gewesen. Der Befund war bewiesen; wie hatte er ihn so hartnäckig ignorieren können?

Herr Dorfmeister sagte jetzt: »Wissen Sie, ein Teil von mir ist froh. Jetzt, wo es vorbei ist, denke ich mir: Das konnte gar nicht gutgehen. Fondsverwaltung ist wie ein Marathon, bei dem die Leistung alle hundert Meter evaluiert wird. Natürlich sprinten alle.«

»Ja. Ich verstehe.«

»Irgendwann geht jedem die Luft aus.«

»Was werden Sie jetzt tun?«

»Ich werde wieder mehr Zeit mit meiner Familie verbringen. Was meinen Sie?«

»Ja«, sagte der Ratgeber, der sich gleichwohl darüber im Klaren war, dass er, um sein hohes Honorar zu rechtfertigen, einen ganzen Satz, womöglich sogar zwei, hätte hinzufügen sollen, einen Satz von unbestreitbarer Qualität und Wahrheit, der Herrn Dorfmeister davon überzeugte, dass der Ratgeber für Situationen wie diese professionell gerüstet war. Abermals schweiften seine Gedanken ab. »Ja, tun Sie das«, brachte er schließlich hervor.

Als er zur Pension zurückgekehrt war, wurde Thomas am Empfang vom Nachtportier gestellt und in ein Gespräch darüber verwickelt, dass Hunde im Hause nicht erlaubt seien. Vor dieser Art von Problemen gelangte er regelmäßig zu der Einsicht, dass der direkte Kontakt zu Menschen noch immer zu den erschöpfendsten Aspekten seiner Lebensweise gehörte. Sol Moscot, als bestätige er jedes Wort als vollkommen zutreffend, folgte aufmerksam seinem heillosen Monolog: »Entschuldigung, aber ich muss, wirklich, den Hund, das ist jetzt keine Bedingung, aber ich bin sonst völlig … Er ist stubenrein, der ist wahrscheinlich sauberer als so mancher Ihrer … oh nein, damit wollte ich jetzt nichts über Ihr, entschuldigen Sie, ich wollte nur, der Hund ist wirklich, *wirklich* sauber, der haart nicht mal, ich sage es Ihnen, wie es ist, ich muss meinen Hund, also, nicht dass ich verrückt wäre, ich bin sogar Psychologe, aber das sind ja oft die mit dem größten Sprung in der, wie man so sagt, ich habe nur, gelegentlich, Panikattacken, also wenn Sie so freundlich wären, nur dies eine Mal …«

Dies alles war demütigend; der durchschaubare Appell an Mitgefühl und Verständnis Unbekannter ließ ihn sich billig und gemein fühlen, als wäre er ein Trickbetrüger. Seine gepflegte Erscheinung und die unterwürfig-hilflosen Argumente bescherten seinen Verhandlungen zwar ausnahmsweise Erfolg; jedoch war dieser, wie Thomas, auf seinem Zimmer angelangt, spürte, zum Preis fast völliger Selbstentblößung erkauft. Er legte sich ins Bett, löschte das Licht und fragte sich, nicht zum ersten Mal, was er in dieser Stadt, ganz gleich welcher, am Ende eigentlich anzufangen hoffte.

Drei Tage darauf saß er an der Piazza Salimbeni in Siena. Das Display seines Smartphones, durch dessen Kamera er den prächtigen mittelalterlichen Palazzo begutachtete, belehrte ihn per eingeblendeter Textanzeige, dass es sich um die Banca Monte dei Paschi di Siena handelte, gegründet 1472, damit das älteste unabhängig gebliebene Bankhaus der Welt.

Während Thomas seinen Espresso trank und gedankenverloren ein Foto von der hufeisenförmig umschlossenen Piazza aufnahm, wartete er darauf, dass die Werkstatt ihm die Reparatur seiner Windschutzscheibe melden würde; auf der Autostrada Azurra war ihm eine Drossel hineingeflogen. Sein Telefon klingelte. Es war nicht die Werkstatt, sondern seine Mutter, die ihn seit beinahe einem Jahr nicht mehr angerufen hatte.

»Tommi«, sagte seine Mutter. Der Name hallte lange in ihm nach, gleich einer ungeliebten, aber aufdringlichen Melodie. Er mochte weder seinen Vornamen noch dessen Koseform, die ihn auf komplexe Weise daran erinnerten, warum er vor vielen Jahren sein Elternhaus und seine Heimatstadt hinter sich lassen musste. Wie um der Legende, als die er diese Auslegung sogleich entlarvte, eine glaubwürdige Alternative an die Seite zu stellen, dachte er, warum er vor vielen Jahren seine Mutter im Stich gelassen hatte.

Es war ein nur leicht bewölkter Freitagmorgen in einer kleinen italienischen Stadt, die für den Lauf der Geschichte des Ratgebers im Moment nichts weiter bedeutete, als dass er eben hier war und nicht woanders. Die Touristenströme schienen angesichts der Vorsaison noch übersichtlich; die creme- und ockerfarbenen Häuser, die die Via dei Termini säumten, hielten ihre Fensterläden noch geschlossen – nicht gegen den Lauf seiner oder irgendeiner anderen Geschichte, sondern vermutlich nur gegen den geräuschvollen morgendlichen Betrieb. Thomas dachte gleichzeitig zwei Gedanken, nämlich dass sein Hiersein absolut nichts bedeutete und dass man sich selbst überallhin mitnehmen musste. Daraus ergab sich fast notwendig die ernüchternde Einsicht, dass er ebenso gut hier sein konnte wie woanders und dass ferner alle Möglichkeiten, über die eigene Bestimmung nachzudenken, zugleich wahr und unwahr sein mochten; keine Geschichte war jemals etwas anderes als Legende.

»Ist etwas passiert?«, fragte er seine Mutter.

»Wie kommst du darauf?«

»Wir telefonieren nicht oft miteinander.«

»Nein. Das tun wir nicht.« Er erwartete, dass seine Mutter einen Hinweis auf die Tatsache anfügen würde, dass sich ihr Sohn außer an ihrem Geburtstag niemals bei ihr meldete. Der Hinweis blieb aus.

»Geht es dir gut?«, fragte er. Auch diese Frage konnte er innerlich nicht unkommentiert lassen. Zwar lag ihr aufrichtiges Interesse zugrunde, doch hatte er bereits an ihrer Stimme erkannt, wie die Antwort ausfallen würde. Ein vertrautes Schuldgefühl bemächtigte sich seiner. Mit ebenso großer Routine wie es sich ihm aufdrängte, stellte er es wieder ab. Seine Mutter hatte inzwischen geantwortet; obwohl Thomas die Antwort überhört hatte, war er sicher, dass sie *Nein* gewesen war.

Als Folge des Telefongesprächs saß er einige Stunden später im überfüllten Abteil eines Eurostar Italia Richtung Mailand und versuchte, sich zwischen all den Menschen, Stimmen und Geruchsmolekülen unauffindbar zu machen. Die Wagentoiletten waren aus unerfindlichen Gründen sämtlich verriegelt, das Bordrestaurant noch überfüllter als der Rest des Zugs. So blieb ihm nichts übrig, als sich im Verbindungsteil zwischen den Wagen mit dem Gesicht zur Tür zu stellen und sich auf das verwischte Buschwerk zu konzentrieren, das neben dem Fenster vorbeiflog. Sol Moscot, mit kleinen Seitenschritten die Schwankungen des Zuges ausgleichend, wich nicht von seiner Seite.

Sein Transporter, dessen Reparatur man ihm binnen drei oder vier Stunden in Aussicht gestellt hatte, war, als Thomas ihn hatte abholen wollen, noch nicht einmal in die Werkshalle gefahren worden. Noch immer hatte er mit zersprungener Scheibe auf dem Garagenhof zwischen Alt- und Unfallwagen gestanden, deren Instandsetzung offenkundig seit Jahren aufgeschoben wurde. Der Mechaniker hatte ihm etwas mit bedauernder Miene erklärt, das Thomas nicht recht verstand; im Wörterbuch seines Smartphones übersetzte er das beständig wiederholte »sciopero« mit »Streik«; allerdings war kein Streik auszumachen, die Mechaniker waren in regem Betrieb; nach wiederholtem, mit »domani, domani« unterlegtem Kopfschütteln des Mechanikers hatte Thomas schließlich aufgegeben.

Im Lautsprecher wurden die Anschlussverbindungen durchgesagt; Thomas löste seinen Blick nicht vom Fenster. Hinter ihm – ohne dass er zu sagen vermocht hätte, wo – lauerte die Angst. Er war sich Sol Moscots Nähe gewiss, doch das änderte nichts.

Obgleich er nicht mehr wusste, wer von ihnen beiden – er oder sein Vater – letztlich ihren Kontakt beendet hatte, fühlte er sich allein verantwortlich. Er war es gewesen, der seinem Studium und der Bank den Rücken gekehrt hatte. Er war es auch gewesen, der seine Mutter an der Seite seines Vaters ihrer seelischen Isolationshaft überlassen hatte. Thomas konnte zwar behaupten, aus einer Art Notwehr gehandelt zu haben. Und tatsächlich erzählte seine Erinnerung von allerhand mildernden Umständen. Doch im Vergleich zu seinem Schuldgefühl verblassten sie so schnell wie die Landschaft vor seinem Abteilfenster.

Vor vielen Jahren hatte er im Büro des Stammsitzes in Charlottenburg gesessen. Durch die Tür waren beständig Mitarbeiter ein und aus gegangen. An der Stirnwand hinter seinem Vater hing eines der expressionistischen Gemälde aus dessen umfangreicher Sammlung, für die Thomas keinen Sinn hatte. Ein ebenso schwerer wie dunkler Hartholzschreibtisch dominierte den Raum. Dahinter saß, oder vielmehr stand, sein Vater. Im Stehen unterzeichnete er Unterlagen, redete, ohne ihn anzusehen, mit seinem Prokuristen Feldberg, dessen runde Stahlrandbrille immer ein wenig schief auf seiner Nase saß, und den übrigen Untergebenen, die nun, wie von einem maxwellschen Dämon gesteuert, mehr und mehr in Richtung des Schreibtisches zusammenströmten. Zwei Bankerlampen mit grünen Schirmen sorgten für staubige Lichtflecken auf dem mit Schriftstücken bedeckten Tisch; der Rest des Raums lag in geheimbündlerischem Halbdunkel. Zwar waren die Vorhänge vor den großen Fenstern aufgezogen, doch eine alte Linde, die sein Vater sich aus patriarchalem Eigensinn zu fällen weigerte, schluckte alles Sonnenlicht. Gemurmelte Anweisungen drangen zu ihren beflissenen Empfängern, zu denen Thomas seit über einer Viertelstunde nicht mehr gehörte. Die Unruhe der Unterhaltung vergrößerte sich. Thomas, der seinem Vater etwas Dringendes, etwas sehr Dringendes zu sagen hatte, rutschte auf seinem Stuhl herum.

»Wir verteilen das Hardenberg-Depot um und verkaufen

Lensing bei 7275«, sagte sein Vater zu Bornemann. Seine Sekretärin stenografierte derweil etwas, das er zuvor gesagt hatte; gleichzeitig stellte Ewald, der eben hereingekommen war, eine Frage, die mit dem Wechselkurs des kanadischen Dollar zu tun hatte. Thomas wusste, wovon sie sprachen; er war ein Teil dieses Betriebs. Doch es ging ihm jetzt um anderes, und er spürte die Entfernung zunehmen, in die er zu all diesem Zauber geraten war.

»Ich muss mit dir reden«, sagte er jetzt. Er vermied schon seit einiger Zeit, seinen Vater direkt anzusprechen, weil er nicht wusste, wie. Er konnte nicht mehr »Papa« zu ihm sagen, dazu fühlte er sich längst zu alt; es lag nah, zum distanzierteren »Vater« zu wechseln, doch auch das kam Thomas unangemessen vor, als würde er dadurch den dynastischen Nimbus, den sein Vater für seine Firma und Familie vorgesehen hatte, unfreiwillig bestätigen. Sein Vater blickte auf; doch an seinem Blick erkannte Thomas, dass er nur seine Mitarbeiter vollzählig zum morgendlichen Briefing versammelt sah.

»Wir haben noch keine Prognose für Viking«, eröffnete Feldberg, eine Kladde auf dem Unterarm, seinen Beitrag zur Besprechung; Thomas wusste, dass er sich einen ungünstigen Zeitpunkt ausgesucht hatte. Ewald drehte sich zu ihm um, weil er erwartete, dass Thomas' Bemerkung dennoch gehört werde. Doch sein Vater antwortete: »Wir legen das noch bis zum Mittag auf Eis, ich will erst abwarten, wie sich der DAX entwickelt.«

Thomas stand auf, zog sein Jackett zurecht und ging einen Schritt auf den Schreibtisch zu. Sein Vater erwartete, dass er sich an der Unterredung beteiligte, denn er war nicht nur sein Sohn, sondern, was ungleich wichtiger war, noch immer sein Mitarbeiter. Was, wie Thomas immer drängender bemerkte, das Hauptproblem war.

»Herr Alberts«, sagte er jetzt, lauter als zuvor. Für einen Augenblick merkte sein Vater auf, reagierte dann aber lediglich, indem er sich auf seinen lederbezogenen Chefsessel setzte und sagte: »Außerdem steht von Ihnen noch eine Strategie für die ITC-Aktien aus, Bornemann.«

»Es geht um Carolin. Du hast mit ihr geredet.« Es war Thomas ungemein peinlich, seine Privatangelegenheit in dieser Runde vorzubringen, doch er wusste, sein Vater betrachtete sie als seine natürlichste Umgebung. Es gab keine Möglichkeit, mit ihm unter vier Augen zu sprechen. Entweder wimmelte Frau Bartels, die Sekretärin, ihn bereits im Empfangsraum mit mitfühlenden und verständnisvollen Worten ab, oder sein Vater tat es, mit anderen Worten, am Telefon selbst. Thomas wohnte noch im Haus seines Vaters und seiner Mutter, doch man fand sich weder zum Frühstück noch zum Abendessen zu einer täglichen Bestandsaufnahme wichtiger Ereignisse zusammen. Sein Vater und seine Mutter ließen sich nur noch bei öffentlichen Anlässen zusammen sehen, ansonsten benutzten sie getrennte Schlafzimmer, getrennte Kühlschrankfächer und überhaupt getrennte Lebensräume. Thomas hatte sich an diese Gepflogenheiten über die Jahre gewöhnt.

»Wenn du also gleich eine Minute Zeit hättest –«

»Sehe ich so aus, als hätte ich eine Minute Zeit, jetzt oder später? Unsere Termingeschäfte mit Harding werden heute den Bach runtergehen, ach ja, Frau Bartels, machen Sie für elf Uhr einen Telefonvermerk wegen Scheull.«

»Wie verfahren wir mit Lensing?«, fragte Herr Feldberg.

»Liquidieren. Ewald, Sie behalten den Ticker im Auge, ja?« In der Ecke war ein Fernsehschirm an der Wand angebracht, auf dem, in roten Laufbändern, aktuelle Kursbewegungen angezeigt wurden.

»Nein, so siehst du nicht aus. Aber es ist wichtig.«

»Wichtig?«, fragte sein Vater und richtete sich für einen Moment auf. »Es ist *wichtig*? Was glaubst du, was ich hier mache? Drehe ich Däumchen? Ewald, drehen Sie Däumchen?«

»Nein, Herr Alberts.«

»Bornemann, haben Sie den Eindruck, der Abwicklung bei Lensing gebricht es an Wichtigkeit?«

»Mit Verlaub, Herr Alberts, ich –«

»Bornemann?«

»Durchaus nicht, Herr Alberts.«

»Und was würden Sie sagen, wenn ich Sie jetzt alle mal für eine halbe Stunde hier stehen lasse, mir ein Tässchen Tee eingieße und in aller väterlichen Seelenruhe anhöre, wo meinen Herrn Sohn der Schuh drückt?«

Niemand antwortete; als sei die Erwähnung des Worts ein Schlüsselreiz gewesen, betrachtete man Schuhe.

»Mich drückt nicht der Schuh«, sagte Thomas, der angesichts dieses inszenierten Tribunals seinen aufsteigenden Zorn nicht länger zurückhalten mochte. »Du mischst dich in meine Angelegenheiten. Du hast Carolin angerufen, ohne mit mir zu reden. Du mischst dich in meine *Beziehung* ein. Ist das unwichtig? Würde irgendjemand von Ihnen, meine Herren, diese Einmischung in die eigene Privatsphäre als unwichtig bezeichnen?«

»Es ist wohl kaum der richtige Ort, Thomas, um das zu besprechen.«

»Da bin ich ganz deiner Meinung.«

»Ich habe dir die Gründe für meine Entscheidung bereits im Einzelnen dargelegt. Mehr ist dazu nicht zu sagen.«

»Für deine Entscheidung? Was bitte hast du daran zu entscheiden?«

»Ich bin dein Vater. Und du hältst den Betrieb auf. Also Schluss damit. Feldberg, ich –«

»Sie ist meine Freundin. Wir wollen zusammenziehen.«

»Das ist nicht gesagt«, sagte sein Vater, ohne aufzusehen.

1 2 3 4 5 6 7 8 9 10

Im Intercitynotte, den er am Abend in Mailand bestieg, buchte er eine überteuerte Zweierkabine für sich und Sol Moscot und versuchte zu schlafen. Er träumte verworren: von seinen Eltern, seiner Kindheit, der Stadt, in der er aufgewachsen war. Es war nur die Blaupause eines Traums, die einzelnen Elemente standen wie Telefonkritzeleien nebeneinander. Sein Vater war ein bestimmender Mann: Als er das dachte, musste Thomas sich daran hindern, ein »gewesen« anzuhängen. Er trauerte noch nicht, und es erschreckte ihn, nicht zu wissen, ob er dazu fähig sein würde, wenn es so weit war. Auch seine Mutter würde es wohl nicht tun. Sie würde so allein sein, wie sie schon immer gewesen war. Sie würde wie ein Astronaut, dessen Verbindungsleine zum Shuttle gekappt worden war, durch den Rest ihrer Jahre schweben.

In München, früh im Morgengrauen, hatte er eine knappe Stunde Aufenthalt vor der Weiterfahrt nach Berlin. Er spürte seinem Zeitgefühl hinterher; wann war er zum letzten Mal hier gewesen? Der Gedanke verblasste, ohne irgendwohin zu führen. Es spielte keine Rolle. Die Städte, in denen er lebte – manchmal eine, seltener zwei in der Woche –, gingen ineinander über, verbunden durch die Leitplanken, die sich neben dem Seitenfenster seines Transporters zu entrollen schienen. In einem Straßencafé im Marais trank er seinen Kaffee nicht anders als im Kopenhagener Hafenviertel. Die Musikalität der Sprachen unterschied sich, das Wetter, die Spezialitäten. Aber wenn man die Dinge in ihrem Wesen sah, wie es ihr häufiger Wechsel erforderte, dann nahm man kaum mehr die Unterschiede, sondern nur mehr das Gemeinsame wahr.

Und doch reizte Thomas an den Städten wiederum nicht das Gleiche, sondern das Andersartige, regional Besondere, Einzigartige. Während er sich in seiner mitgebrachten, transportablen Welt bewegte, diente die Fremde ihm als Kulisse. Er ließ sich nicht ein, er spielte nicht mit, er lebte an den Menschen vorbei. In der Masse störten und ängstigten sie ihn; dennoch hielt er sich ausschließlich in großen Städten auf, nicht auf Bornholm, nicht in der Weite der Masuren oder der schottischen Highlands. Er hasste die Stille, wenn es keine Alternative zu ihr gab.

Im Zug nach Berlin schließlich schloss er sich, so lange es ging, in der Toilette ein, bis eine Zugbegleiterin kam und die Tür von außen zu öffnen versuchte. Er entschuldigte sich stammelnd mit einem Magenproblem, zeigte seine Fahrkarte und wechselte in den Speisewagen, der fast leer war. Kurz vor Berlin klingelte sein Telefon.

Es war Frau Sudek.

Üblicherweise erteilte er an Sonntagen keinen Rat. Da er jedoch wusste, dass sie dies wusste, musste es sich um einen Notfall handeln.

»Bernhard ist weg«, sagte sie statt einer Begrüßung.

Der Ratgeber zog sich in den hintersten Winkel des Wagens zurück.

»Was meinen Sie mit ›weg‹?«

»Das eben: er ist verschwunden. Ich weiß überhaupt nicht, was ich machen soll.«

»Jetzt beruhigen Sie sich erst mal.«

»Ich habe in der Bank angerufen, da haben sie ihn seit

vorgestern nicht gesehen. Er hat seine Schlüssel und sein Telefon hier liegen lassen. Auf dem Küchentresen. Sie sagen, es hat einen Crash gegeben. Sie sagen, da ist ein riesiges Chaos.«

Thomas drückte plötzlich eine bestürzende Ahnung die Atemluft ab. »Was wissen Sie noch?«, fragte er mit gepresster Stimme.

»Sie sagen, sie könnten mir nichts sagen.«

»Und … das heißt?«

»Das heißt wohl, dass jemand bei Alberts Mist gebaut hat«, sagte sie und redete noch manches andere, bevor Thomas sie tonlos unterbrach: »Die Bank, für die Ihr Mann arbeitet, heißt Alberts?«

»Ja. Warum?«

Wenn es so etwas wie einen virtuellen Beratungsraum gab, in dem sie beide sich aufhielten, so hatte der Ratgeber ihn jetzt kommentarlos verlassen. Bernhard, dachte er. Alberts. Seine Gedanken blieben hinter dem Gespräch zurück wie ein abgekoppelter Waggon hinter dem weiterfahrenden Triebwagen. Er wurde langsamer und langsamer; die Landschaft wehte ihm kraftloser entgegen wie abflauender Wind; und bald stand er ganz still auf freier Strecke, ein paar leere Gleise vor sich, die sich zum Horizont hin verloren.

1 2 3 4 **5** 6 7 8 9 10

Sol Moscot blickte sich mit abgeklärtem Interesse in dem Haus um, in dem er noch nie zuvor gewesen war. Nichts hatte sich verändert, seit Thomas vor vielen Jahren zum letzten Mal hier gewesen war. Er saß an dem großen ovalen Esstisch im Speisezimmer, das von der Küche durch eine immer offen stehende Flügeltür getrennt war. Durch die Gardinen floss helles Sonnenlicht.

Er hatte am Hauptbahnhof, um keine Sekunde mehr in einem Bahnabteil verbringen zu müssen, ein Fahrrad gemietet. Sein Gepäck war in Siena eingelagert, nur die Laptoptasche mit seinen Arbeitsgeräten und kleiner Wechselwäsche hatte er mitgenommen. Als er nach fast einstündiger Fahrt hinaus nach Dahlem bei der doppelstöckigen Stadtvilla seiner Eltern angekommen war – Sol Moscot hechelte, die Zunge hing ihm seitlich aus dem Maul –, war sein Polohemd völlig durchgeschwitzt. Staub und Blütenpollen hatten sich auf dem Pullover gesammelt, seine Haare standen wirr und feucht von seinem Kopf ab; seiner gesamten Erscheinung haftete nun etwas geradezu Getriebenes an.

Es war kurz nach Mittag. Das Esszimmer sah unverändert aus: die schweren geblümten Vorhänge, die beiseitegezogen waren, um das Sonnenlicht hereinzulassen, der große Esstisch aus Mahagoni, auf dem Stapel von Ordnern und Papieren ungeduldig an die Seite geräumt worden waren, seine Mutter, ihm gewohnt kerzengerade gegenübersitzend, die Hände flach auf den Tisch gelegt. Die Begrüßung war, wenigstens für ihre Verhältnisse, herzlich ausgefallen. Knapp, wortarm, aber herzlich.

»Wie geht es dir?«, fragte er unbestimmt und mit dem Gefühl, sich wie auf Seife zu bewegen.

»Es ist nicht zu ändern«, sagte seine Mutter.

»Und wie geht es ihm?«

Sie zuckte die Schultern. »Ich muss bald wieder hin«, sagte sie.

Sie hatten schon immer auf diese Weise geredet. Es war, als ob man aus Trotz nicht in den Zug einstieg, auf den man lange gewartet hatte, bloß weil er sich verspätet hatte.

Sie schwiegen. Dann fragte Thomas: »Wo, sagtest du, ist das passiert?«

»In Schöneberg.«

»Was hat er da gemacht?«

Sie sah ihn an, als wollte sie ihn fragen, warum er das ausgerechnet sie fragte, und vermutlich war es auch so gemeint. Sie sagte: »In deinem alten Zimmer ist Platz.«

»Ich habe mir ein Hotel genommen.« Er war noch nicht dazu gekommen, doch die Lüge ging ihm leicht von den Lippen; er wollte um keinen Preis in diesem Haus schlafen. Sie sah ihn an, in ihrer Miene war weder Enttäuschung noch auch nur Überraschung zu lesen. Er fügte dennoch, wie entschuldigend, hinzu: »Ich will dich nicht stören.« Das, natürlich, machte ihn vollends unglaubwürdig.

Jede Minute hatte Thomas in seiner Jugend mit der Gewissheit gelebt, dass seine Zukunft feststand, ja, bereits ein Schicksal war. Er hatte sich in diesem Haus bewegt wie ein Hamster in seinem Laufrad, bis er ins Internat und später an die Universität abkommandiert worden war. An ein Zusammenleben konnte er sich nicht erinnern; solange er denken konnte, waren er und seine Schwester hier Gäste gewesen. Mit eigenen Zimmern zwar, doch zwischen der unverbindlichen Gastfreundschaft der Mutter und der strengen Abwesenheit des Vaters niemals etwas anderes als Gäste.

»Wie geht es Stefanie?«, fragte Thomas, um etwas zu sagen. Er hatte bereits mit seiner Schwester telefoniert und erfahren, dass sie einen Flug für den nächsten Tag gebucht hatte. Über die Nachrichten aus der Heimat hatte sie aufrichtig erschüttert geklungen. Thomas hingegen musste sich anstrengen, um etwas wie Bedauern oder Mitleid aufzubringen, und wenn schon nicht dies, dann wenigstens Resignation, weil er als Sohn nun keine Trauer und keinen Schmerz fühlte.

»Ist er ansprechbar?«, fragte er jetzt.

Seine Mutter schüttelte den Kopf. Noch immer lagen ihre Hände unbeweglich auf dem Tisch; es waren schöne Hände. Sie sah aus dem Fenster.

»Es ist vielleicht besser so«, sagte sie. »Dass er das alles nicht mehr mitbekommt.«

»Ja«, sagte Thomas. »Vielleicht.«

In die Stille des Krankenzimmers piepte das EKG einen gleichmäßig schwachen Takt. Die Augen seines Vaters waren geschlossen; der Oberarzt, der bei ihrem Eintreffen gleich gerufen worden war, klärte sie über die besondere Form des Komas auf, das zwar leichte Hirntätigkeit, gegenwärtig aber keinerlei Aussicht auf Änderung erkennen lasse. Die Sauerstoffzufuhr zum Gehirn sei infolge des Schlaganfalls mehrere Minuten unterbrochen gewesen.

Das Beatmungsgerät blies regelmäßig Leben in seinen Vater hinein, das sich nach jedem Stoß in große Stille verlor. Feldberg, der Generalbevollmächtigte der Bank, begrüßte sie mit knappem Handschlag und jener genau abgezirkelten Bestürzung, zu der Thomas nach wie vor unfähig war. Der abgestandene Geruch im Zimmer stieß ihn ab. Er setzte sich auf einen orangefarbenen Plastikstuhl neben dem Bett und stand gleich wieder auf, weil seine Mutter sich leise mit Feldberg unterhielt und Thomas unschlüssig war, ob er an einer solchen Unterredung nicht teilnehmen müsse. Der Anblick seines Vaters, den man in ein herkömmliches Krankenhemd gekleidet hatte, die Beatmungsgeräte und Infusionsschläuche, dies alles entmutigte ihn. Zeit seines Lebens hatte er seinen Vater als einen Mann wahrgenommen, der die Dinge steuerte und kontrollierte. Das Bild des Liegenden konterkarierte diese Legende aufs deutlichste und vermittelte Thomas den ernüchternden Eindruck, er habe allzu bereitwillig an eine nicht einmal besonders ausgefeilte Täuschung geglaubt.

Feldberg, der ein stiller Mann ohne jegliche Neigung zu impulsiven Handlungen war, teilte seiner Mutter kaum hörbar mit, dass die Lage in der Bank unübersichtlich sei. Der Short Squeeze habe das gesamte Eigenkapital aufgezehrt. Die Leitung des Anleihenrückkaufs sei Herrn Holt in Frankfurt übertragen worden; er sei es auch, der mit der BaFin in Kontakt stehe. Seiner belegten Stimme entnahm Thomas mehr noch als seinen Worten, dass die Lage unermesslich bedrohlich war.

Thomas war dankbar für die Gelegenheit, Feldberg vor den Eingang zu folgen, wo dieser eine Zigarette rauchte. Er hatte den Mann immer gemocht. Feldberg hatte etwas essentiell Buchhalterisches an sich, das sich in der Förmlichkeit seiner Manieren sowie der scharfen Habichtnase allerdings längst nicht erschöpfte. Die selbst gedrehten Zigaretten, die er von jeher rauchte, passten zu dieser grundseriösen und dezidiert steifen Erscheinung ganz und gar nicht. Er wusste, dass Feldberg immer der engste Vertraute seines Vaters gewesen war und über die Geschäfte der Bank so viel wusste wie sonst nur dieser.

»25.367 und 414.698«, sagte Thomas. »Minus 31.026.«

Das Ergebnis kam, ohne dass Feldberg ihm überhaupt zugehört zu haben schien: »409.039.« Es war eine Art Sonderbegabung; Thomas hatte ihn dafür immer bewundert. Er nickte anerkennend. »Haben Sie eigentlich jemals mit dem Gedanken gespielt, in einem Zirkus aufzutreten?«, fragte er Feldberg, der still und gleichmäßig die Zigarette zum Mund führte und den Rauch mit geblähten Wangen in die klare Frühlingsluft ausstieß. Vögel, die in den noch kahlen Bäumen der Charité-Begrünung saßen, wagten zaghafte Singproben.

»Nein«, sagte er und lächelte ein fast völlig humorloses Lächeln. »Wie kommen Sie darauf, Herr Alberts?«

Thomas missbehagte diese Anrede. »Sie haben mich damals noch Tommi genannt. Sagen Sie Thomas. Bitte. Ich bin kein Alberts.«

»Das sollten Sie nicht sagen. Wirklich. Sie sind ein Teil dieser Familie, auch wenn Sie sich für einen anderen Weg entschieden haben.«

Thomas wusste eine ganze Weile nicht, was er darauf sagen sollte; er war gerührt, dass Feldberg seinen »Weg« durch eine bloße flüchtige Erwähnung ganz selbstverständlich anerkannte. Ihm fiel auf, dass ihm Feldberg, trotz dessen grundsätzlicher Verweigerung des vertrauenstiftenden Du, im Grunde sogar näher war als sein Vater.

Thomas' Entscheidung, kein Teil dieser Familie mehr zu sein, war eigenmächtig gewesen. Auf der einen Seite mochten die Stiftungen und das kunsthistorische Engagement seines Vaters die Geschichte eines Unternehmers erzählen, der seine Mitgestaltungspflicht und bürgerliche Verantwortung nicht scheute und diese sogar als den eigentlichen Sinn und Antrieb seiner Geschäfte ausstellte. Auf der anderen Seite aber hatten Banken wie seine Hunderte und Tausende von Arbeitsplätzen auf dem Gewissen, die das Pech hatten, zur Konkursmasse eines seiner Aktiengeschäfte zu werden. Die Lasten, die der Name Alberts zu tragen hatte, reihten und stapelten sich bis weit in die Vergangenheit. Die Frage, wie die Alberts' in den dreißiger Jahren ihren Einflussbereich hatten ausdehnen können und welche unseligen Allianzen sie dazu eingegangen waren, hatte sich Thomas immer zu machtvoll aufgedrängt, um sie auf sich beruhen zu lassen.

Er dachte an jenen Tag, an dem er fortgegangen war, im letzten Streit, den die beiden ausgetragen hatten. »Gangster«, so hatte er seinen Vater mit, mag sein, ein wenig jugendlichem Pathos genannt. Fehlender Ehrgeiz, hatte sein Vater mit gerötetem Kopf gesagt, mache noch viel schuldiger als Aktienhandel; die Neinsager machten nichts besser, sondern lediglich gar nichts. Thomas, knirschenden Kies unter den Sohlen, war die Auffahrt entlanggegangen; zu dieser Zeit hatte er starken, handgedrehten Tabak geraucht und das Haar mittellang getragen. Die Reichen dagegen, rief oder schrie sein Vater hinter ihm her, kauften aus heimischer Produktion, unterstützten den fairen Handel, stifteten Millionen und engagierten sich für Humanismus und Kultur. Wer sich nicht anstrenge, etwas zu erreichen, lasse die Welt im Stich. Es waren für lange Zeit die letzten Phrasen gewesen, die jemand persönlich an Thomas gerichtet hatte.

Am Abend bekamen sie Hunger. Thomas erwog, sich gemeinsam mit Sol Moscot, der das Warten stoisch ertragen hatte, für eine Weile vom Klinikgelände zu entfernen und in einem der umliegenden Restaurants etwas zu essen, entschied sich aber, nur eine kurze Runde zu drehen, dem Hund den Rest des mitgebrachten Trockenfutters und etwas Wasser zu geben und dann wieder zurückzukehren. Feldberg, der nur selten eine Rauchpause einlegte, wachte beinahe ununterbrochen am Bett seines Vaters, während Thomas und auch seine Mutter sich wenigstens kurzzeitig der Anwesenheit auf der Station entzogen. Seine Mutter gab wieder und wieder vor, mit den Mitarbeitern ihrer Stiftung telefonieren zu müssen, deren Schicksal ihr besonders am Herzen zu liegen schien. Thomas' Bemühungen, Neuigkeiten vom Klinikpersonal einzuholen, offenbarten ihre Fadenscheinigkeit hingegen darin, dass seine Expeditionen meist nicht mit dem Auffinden einer Schwester, sondern eines Bechers Kaffee endeten. Er musste sich nicht eigens eingestehen, dass er vor der bedrückenden Enge der Situation floh. Er hoffte inständig, dass bald seine Schwester käme, mit der er, wann immer sie telefonierten, beinahe mühelose Gespräche führen konnte. Er hatte die größte Bewunderung dafür, wie Stefanie gemäß den Erwartungen seiner Eltern – diese allerdings zu ihren eigenen Gunsten auslegend und damit übertreffend – einem eigenen Karriereweg ins Ausland gefolgt war, anstatt die Ausbildungsofferte des Vaters anzunehmen. Er bewunderte seine Schwester dafür, wie sie etwas, das Thomas mit seiner hart erworbenen Qualifikation legitimieren musste, als den selbstverständlichen Ablösungsprozess ansah, der es in Wirklichkeit ja auch war.

Thomas' Mutter machte weder Anstalten, ein Restaurant aufzusuchen, noch überhaupt das Krankenhausgelände zu verlassen. Auch die wiederholte Empfehlung einer Stationsärztin, sich zu Hause auszuruhen und darauf zu vertrauen, dass das Klinikpersonal beim kleinsten Anzeichen von Veränderung Nachricht geben werde, weigerte sie sich zu befolgen.

»Vielleicht sollten wir fragen, ob man wenigstens ein Bett für dich aufstellen kann«, schlug Thomas ihr vor, nachdem er kurz vor Schließung der Cafeteria noch drei in Frischhaltefolie verpackte und entsprechend durchweichte Käsebrötchen erstanden hatte, deren Salatgarnitur ihr einziger Geschmacksträger war.

Seine Mutter hatte gelächelt und gesagt: »Du gibst gut acht auf die alte Frau«, und so sehr er sich über den Versuch seiner Mutter gefreut hatte, ihren düsteren Ernst durch etwas Sarkasmus aufzuhellen, so konnte er, wieder einmal, den

Grund ihrer Feindseligkeit nicht erkennen; er hatte es immerhin gut gemeint. Diese winzige Episode reichte aus, ihn derartig zu verstimmen, dass er für den Rest der Nacht, die er abwechselnd auf dem orangefarbenen Plastikstuhl und vor dem Kaffeeautomaten verbrachte, kaum ein Wort mehr sprach.

Am Morgen fühlte sich Thomas, nachdem er viele Male mit verschränkten Armen und zur Brust sinkendem Kinn auf seinem Stuhl eingenickt und wieder aufgeschreckt war, verspannt und desorientiert. Bläuliches Licht hüllte die Intensivstation ein; Feldberg stand bei den Jalousien und starrte in den langsam sichtbar werdenden Lichthof der Klinik. Das gleichmäßige Piepen des EKG und das Pumpen des Beatmungsgeräts hatten sich nicht verändert; sein Vater lag anscheinend für alle Zeiten reglos da.

Eine junge Pflegerin kam herein und kontrollierte die Infusion; Thomas, noch schlaftrunken, versuchte sie nicht zu beachten. Mit dem abgestandenen Geschmack im Mund, dem mutmaßlich wirren Haar und dem vom Schlaf knittrigen Hemd, das noch dazu seinem Vater gehörte, fühlte er sich peinlich ertappt. Er verließ den Raum.

Draußen im Gang traf er seine Mutter an. Sie balancierte ihre Lesebrille auf der Nasenspitze und bemühte sich, eine Kurznachricht in ihr Telefon zu tippen. In ihrem Gesicht war neben der Anstrengung, die dieses Unterfangen ihr offensichtlich abverlangte, Sorge zu lesen.

»Bist du schon lange wach?«, fragte er.

»Ich habe nicht geschlafen.« Sie lächelte ihn an. Tröstlich, sorgenvoll, nachsichtig? – er hatte den Gesichtsausdruck seiner Mutter, so kam es ihm jetzt wenigstens vor, nie entziffern können. Sie schien immer an einem anderen Ort zu sein, einem Ort, an den sie niemanden mitnehmen konnte. Es war enervierend; Thomas machte längst keine Anstalten mehr, ihr dorthin, oder wohin auch immer, zu folgen. Er wollte sagen: Die Warterei zermürbt mich. Doch in seinem Geist entspann sich ein kleiner Dialog mit der Erwiderung, die seine Mutter darauf geben würde: *Die Warterei worauf? – Die Warterei ganz allgemein; dass etwas passiert. – Es wird aber nicht* etwas *passieren. Entweder er wacht auf, oder er stirbt.*

Stattdessen sagte seine Mutter: »Feldberg hat heute Morgen schon mit der Bank telefoniert. Sie haben die ganze Nacht damit verbracht, die Transaktionen durchzugehen.«

Er nickte, als könnte er einschätzen, was das bedeutete. »Und?«

»Es ist alles durcheinander.«

Er deutete auf ihr Telefon. »Du darfst hier aber nicht telefonieren.«

»Hier ist sowieso kein Empfang. Ich gehe nach draußen. Du hast nicht zufällig ein Ladegerät dabei.«

»Ist das eine Frage?«

»Nein, natürlich hast du keins. Ich bin ganz durcheinander.«

»Du wirkst aber ganz ruhig.«

»Was ist denn, Thomas? Glaubst du, mich lässt das alles kalt? In der Stiftung sitzen sechs Leute und warten auf Nachricht von mir, weil sie nicht wissen, wie es weitergeht. Judith ist völlig außer sich, sie erwartet ein Kind. Bei allen liegen die Nerven blank.«

»Ich kann mir vorstellen, dass es dem Rest der vierhundert Alberts-Mitarbeiter nicht anders geht.«

Eine unvermittelte Angriffslust stachelte Thomas an, Partei für etwas zu ergreifen, das ihn in Wirklichkeit kaum bewegte. Tausende von Bankern hatten im Laufe der Krise 2008 ihre Jobs verloren, und schon damals war es ihm gleichgültig gewesen, was aus ihnen werden würde. Er hatte für den Berufsstand nicht viel übrig, auch wenn er ihm die meisten seiner Klienten verdankte. So betrachtet konnte es ihn gänzlich unberührt lassen, wenn seine Mutter jetzt nur an diejenigen dachte, mit denen sie arbeitete und die ihr wichtig waren. Allerdings bekannte sie sich damit offen zu einer Geringschätzung seines Vaters, von der Thomas immer gefürchtet hatte, sie könnte auch auf ihn übergehen.

Am späten Vormittag kam seine Schwester aus Chicago an. Thomas schloss für einen Moment die Augen, als er sie umarmte. Sie hatte ihr gesamtes Reisegepäck dabei und verströmte einen Geruch, der ihm auf verblüffende Weise zugleich ihre weite Reise und ihre gemeinsame Kindheit vergegenwärtigte.

»Bist du sehr müde?«, fragte er zur Begrüßung.

»Nein«, sagte sie. »Ich habe die Nacht überflogen.«

Mit einer Kopfbewegung, die die gesamten Umstände seines Hierseins umfasste, antwortete Thomas: »Und ich überstanden.«

Sie warteten gemeinsam. Gelegentlich kam die diensthabende Ärztin, übermüdet und mehr oder weniger übellaunig, und ließ verlauten, der Zustand des Patienten sei unverändert. Es könne noch Tage, wenn nicht Monate so weitergehen; sie lege den Angehörigen dringend nahe, sich zu Hause auszuruhen. Die Ärztin setzte hinzu, dass ein eventuelles Erwachen sich im Vorfeld ankündigen werde und die Familie rechtzeitig zur Stelle sein könne, sobald man aus dem Krankenhaus anrufe. Stefanie sprach schließlich aus, was, aus unterschiedlichen Gründen, alle gedacht, aber niemand gesagt hatte: »Es gibt hier nichts zu gewinnen. Wir müssen nichts beweisen, weder ihm noch uns.« Thomas atmete auf, als sie das sagte; sie besaß das Talent, vermeintlich schwere Beschlüsse achselzuckend zu treffen. Das war keine drüben erworbene Kompetenz; sie hatte sie von jeher gehabt. Sie passte damit gut in das Leben, das sie sich ausgesucht hatte, dachte er.

Als sich Feldberg und seine Mutter, überzeugt durch diese Darlegungen, endlich durchgerungen hatten, die Krankenwacht in das Dahlemer Haus zu verlegen, und Thomas in der freudigen Erwartung einer Zahnbürste und eines Bettes seine Jacke aus dem Vorzimmer holte, trat ihm auf dem Flur jemand Bekanntes entgegen. Er brauchte eine Weile, um reagieren zu können, obgleich er schon im allerersten Augenblick keinerlei Zweifel mehr an ihrer Identität hatte. Es war Valerie.

Als er sie zum letzten Mal gesehen hatte, vor fast drei Jahren, hatte sie noch eine andere Brille getragen, nicht das raumgreifende weinrote Hornmodell, das sie wie eine Schutzbrille trug. Die Rastafrisur war dieselbe, doch jetzt trug sie trotz des wärmer werdenden Wetters eine dicke Wollmütze darüber. Die Frau neben ihr war Thomas unbekannt, aber unzweifelhaft ihre Mutter.

Die Bilder entfalteten sich rasend wie ein komprimierter Dateiordner, der sich selbsttätig entpackte. Seinerzeit hatte Thomas beschlossen, seine Approbation in der psychiatrischen Notfallambulanz nicht fortzusetzen, sondern sein zum Greifen nahes Leben zu ändern, noch bevor es richtig begonnen hatte. Valerie hatte sich damals selbst eingewiesen; nach knapp einer Woche hatte Thomas ihren Zustand für unbedenklich erklärt und sie wieder in das Haus ihrer Eltern entlassen. Die Tatsache, dass sein Lehrtherapeut Matthias ihn hinterher wieder und wieder zu beschwichtigen versucht hatte, dass man in einer Ausbildung Fehler machen dürfe und dass diese sogar erfahrenen Psychiatern mit zwanzigjähriger Berufspraxis unterliefen, konnte ihn ebenso wenig davon überzeugen, seine Ausbildung zu vollenden, wie Valeries Beteuerung, dass ihn keine Schuld an ihrem Selbstmordversuch treffe. Er hatte damals unmissverständlich entschieden, dass er sich fortan weigern würde, eine solche Verantwortung zu tragen, und dabei war es geblieben.

So hatte er eine Weiterbildung zum Supervisor und Organisationsentwickler absolviert, danach kurz in der Mitarbeiterberatung einer großen Versicherungsgruppe gearbeitet, die intern »Stressambulanz« genannt worden war, und sich schließlich mit seiner Telefonberatung selbstständig gemacht. Seitdem bestand der ironische Ernst seines Lebens darin, die Glücksbilanz jener Finanzmenschen aufzuhübschen, von denen er sich einst aus eigener Überzeugung abgewendet hatte.

Die Frage, ob er Schuld trug oder nicht, war irrelevant. Was zählte, war das, was geschehen war. Valerie hatte Schutz gesucht, den er ihr leichtfertig, ja hochmütig verwehrt hatte; an den Folgen dieser Entscheidung wäre sie beinahe gestorben. Das war geschehen.

»Was tust du hier?«, fragte er. Er suchte, fand aber keinen Grund, der ihm ihr Erscheinen in diesem Krankenhausflur auch nur ansatzweise hätte plausibel machen können.

»Ich bin mitgekommen«, sagte sie. »Meine Mutter hat mir gesagt, dass du hier bist.«

»O-kay«, sagte er zögernd wie jemand, der Erläuterungen, gleich welche, grundsätzlich nicht verstand. Er kannte Valeries roboterhaft-irrlichternde Art, Geschehnisse zu schildern; damals hatten ihre Sitzungen in erster Linie in seinem Versuch bestanden, ihren Erlebnissen und Gedanken durch beharrliches Nachfragen eine Struktur zu verleihen. Jetzt erzählte sie ihm in nervös mäandrierenden Sätzen, dass sie in den letzten Tagen bei ihrer Mutter in Frankfurt gewohnt habe, dass sie sich wahnsinnig freue, ihn zu sehen, dass es ihr nicht gutgegangen sei in den letzten Wochen und sie sich wahnsinnig freue, ihn zu sehen, und dass sie ihre Mutter jetzt nach Berlin begleitet habe, weil sie wusste, dass sie ihn hier treffen würde. Und dass sie sich wahnsinnig freue –

»Du wusstest, dass du mich hier treffen würdest? Woher?«

Thomas' Verwirrung zerstreute sich nicht, im Gegenteil. Sie hatten seit Jahren keinen Kontakt mehr gehabt. Woher konnte Valerie auch nur das kleinste Detail über ihn in Erfahrung gebracht haben? Valeries Mutter war inzwischen, nachdem sie ihn kurz begrüßt hatte – und zwar seltsamerweise so, als würden sie sich bereits kennen –, an ihnen vorbeigegangen und sprach gerade mit Thomas' Mutter. Er suchte auch hier noch nach der Verbindung zwischen ihr, seiner Familie und sich selbst, als Valerie sagte: »Ich bin jetzt übrigens wieder verrückt.«

»Oh.« Er versuchte es leicht zu nehmen, vielleicht einen Scherz anzuschließen, etwas zu antworten, das ein Mensch wie seine Schwester zur Antwort geben würde, doch ihm fiel nichts ein. Er hatte Angst; das war das einzige Gefühl, das er in sich finden konnte. Aufsteigende Panik.

»Können wir uns treffen?«, fragte Valerie.

»Moment mal«, sagte er und trat instinktiv einen Schritt zurück. »Wir treffen uns doch gerade. Wir können uns nicht treffen.«

Er sah, wie es in ihrem Gesicht arbeitete, obgleich ihre Mimik merkwürdig hölzern wirkte – eine Wirkung jener Neuroleptika, die er damals viel zu früh wieder abgesetzt hatte. Er wusste, dass ihre Affekte momentan ähnlich flach sein mussten wie die Herzfrequenz seines Vaters. Ihr Blick war langsam und starrend, ihre Bewegungen statisch, ihre Reaktion verzögert.

»Wir können uns nicht treffen«, wiederholte er. »Auf keinen Fall. Ich hoffe, du verstehst das.«

Ihr Gesicht blieb nahezu unbeweglich; Thomas konnte nicht wissen, ob er Zeuge ihrer Selbstbeherrschung oder der routinierten Wirkung ihrer Medikamente wurde. Sie sagte: »Ich habe dich vermisst. Hast du mich auch vermisst? Ein bisschen? Ich habe echt lange versucht, deine Nummer rauszukriegen. Wo warst du? Hast du dich versteckt?«

Thomas spürte, dass es eine richtige, eine professionelle Antwort auf diese Fragen gab, eine Antwort, die er allerdings nur dann gefunden hätte, wenn er sich in sicherer Entfernung zum Geschehen, beispielsweise am Ende einer Telefonleitung, befunden hätte. So jedoch stotterte er, völlig konzeptlos: »Valerie, ich … ich freue mich, dich zu sehen, aber wir … wir wollten gerade gehen.«

Valerie blickte sich zu der kleinen Gruppe seiner Familie um, bei der nun auch ihre Mutter stand. Dann deutete sie mit einem Nicken auf die Intensivstation. »Er ist dein Vater, oder?«

Er dachte nicht nach; vielleicht kam seine Entgegnung deswegen so zusammenhanglos: »Was in aller Welt machst du hier, Valerie?«

»Ich bin mit meiner Mutter gekommen.«

»Ja, das sehe ich. Aber weswegen ist deine Mutter hier? Woher kennt sie meine Eltern?«

Valerie dachte angestrengt nach; dann zuckte sie die Schultern und lächelte ihn entschuldigend an. »Ich kann mich gerade nicht hören.«

6

Als sie gemeinsam in Dahlem angekommen waren, brauchte er Zeit für sich allein, um klare Gedanken zu fassen, daher blieb er unter dem Vorwand draußen, eine Runde mit Sol Moscot drehen zu müssen. Die Entscheidung, Valerie und ihre Mutter per Taxi in das albertssche Haus zu bestellen, war ohne sein Zutun auf Einladung seiner Mutter gefallen, und er hätte sie nicht anfechten können, ohne bei ihr dadurch Irritationen hervorzurufen. Und so konnte er, als Valerie ungefragt Anstalten machte, ihn auf seinem Spaziergang zu begleiten, nicht ablehnen, ohne Gefahr zu laufen, ebenjenes Aufhebens zu verursachen, das er um jeden Preis zu verhindern bestrebt war. Seine Mutter hatte Thomas, als sie im Fonds des Mercedes hinter Feldberg und dem Fahrer Emmerlein Platz genommen hatten, bereits gefragt, woher ihm Milbrandts Tochter bekannt sei. Er hatte darauf keine Antwort geben können. Seine Mutter hatte dann, seine Abwehr respektierend, abgelassen – vielleicht auch, weil Thomas, im Versuch der Ablenkung, sie gefragt hatte, ob Frau Milbrandts Besuch auf eine Verwicklung ihres Mannes in die Vorgänge in der Bank hindeute. Seine Mutter gab darauf nur eine vage Kopfbewegung zur Antwort.

»Es gibt noch keine gesicherten Erkenntnisse«, schaltete sich mit einer halben Drehung vom Beifahrersitz nach hinten Feldberg ein. »Wir sollten noch warten, ehe wir Vermutungen anstellen.«

Milbrandts Name war Thomas durchaus ein Begriff. Als er der Bank den Rücken gekehrt hatte, war dieser von seinem Vater wenig später als sein Nachfolger herangezogen worden, der ihn, wie Thomas einsehen musste, an geschäftlichem Instinkt, Tatkraft und Ehrgeiz rasch übertroffen hatte – und zwar so deutlich, dass die Nachfolge sich bald nicht mehr nur auf die Bank, sondern immer mehr auch auf den gesamten Familienstatus bezogen hatte, wie Thomas glaubte. Umso erstaunter war er, Milbrandt auf einmal als Teil eines unerhörten Zusammentreffens zu erkennen, das, zumindest nach seinem Dafürhalten, unmöglich ein Zufall sein konnte.

So nutzte er nun, da er mit Valerie unfreiwillig die schmalen Wohnstraßen hinauf zur Freien Universität nahm, die Gelegenheit, sie nach ihrem Vater zu befragen. Er wusste, dass er damit die Geschichte ihrer Krankheit, die auf verhängnisvolle Weise auch zu seiner Geschichte geworden war, weiträumig zu umgehen versuchte und zugleich mitten in sie hineinzielte.

»Was ist das also für eine Geschichte mit deinem Vater?«, fragte Thomas und entschied, die Strenge, die er in seiner Stimme gewahrte, nicht abzumildern.

Valerie sah ihn mit geweiteten Augen an. »Woher weißt du davon?«

»Ich weiß gar nichts.«

Sie gingen vorbei an noch unbepflanzten Vorgärten und verwitterten Verandamöbeln, bald erreichten sie das Museum der Europäischen Kulturen. Der Vorplatz war verwaist, überhaupt schien sich das gesamte Viertel in den Semesterferien zu befinden.

»Ich habe gehört, dein Vater ist irgendwie an der Krise in der Bank meines Vaters beteiligt. Weißt du was darüber?«

»Stiefvater.«

»Wie bitte?«

»Er ist mein Stiefvater. Und dass er Krisen verursacht, ist sein … seid *still*!«

Thomas schwieg. Er wusste, mit wem sie redete, beziehungsweise mit wem *nicht*; ebenso wusste er, dass er ihr die

Zeit geben musste, die Kommentare zu beantworten, die Beschuldigungen zu entkräften, die Missverständnisse zu klären, in die sie sich verstrickt sah. »Meine Wohnung ist *kein* Schlachtfeld.«

»Die … Stimmen?«, fragte er wenig später, so, als redeten sie über alte Bekannte.

»Die nerven mich«, sagte Valerie; bei ihr klang es, als seien die alten Bekannten längst zu drangsalierenden Nachbarn geworden.

Er nickte. Nach einer Weile, die offenbar ohne Einflüsterungen verstrichen war, sagte er: »Noch mal zu deinem Va …, deinem Stiefvater. Weißt du etwas? Ich meine, niemand sagt etwas, aber es ist für mich offensichtlich, dass er etwas mit dem Chaos zu tun hat, das in der Bank meines Vaters herrscht. Und dann tauchst du plötzlich auf, es stellt sich heraus, dass du seine Tochter bist …«

»Stieftochter.«

Er blieb stehen und wandte sich zu ihr. »Was weißt du?«

»Ich weiß, dass er weg ist.«

»Was heißt weg?«

Sie zögerte. Dann sah sie ihn an. »Hilfst du mir?«

»Wobei?«

Sie schwieg lange. Er bereute seine Nachfrage, auch wenn er wusste, dass die unerhörte Konstellation ihm keine Alternative dazu ließ. Eine Art Flucht kam unvermittelt an ihr Ende, und er akzeptierte, dass Valeries Antwort ihn tief hineinziehen würde in etwas, das er nicht wollte, ja, das er ein für alle Mal überwunden geglaubt hatte. Er ignorierte den Schrecken über dieses Scheitern, sofern es überhaupt einen gab: Seine Vergangenheit hatte längst damit begonnen, ihn einzuholen.

Seine Mutter war, selbst in außergewöhnlichen und belastenden Situationen, eine ausgezeichnete Gastgeberin. Das war sie immer schon gewesen. Sie hatte Ulla, die langjährige Haushälterin der Alberts, angewiesen, ein Mittagessen für die improvisierte Gesellschaft bereitzustellen, dessen Duft, als Valerie und Thomas von ihrem Spaziergang zurückkehrten, bereits das Haus erfüllte. Im Esszimmer hörte er Frauenstimmen, offenbar war sogar eine lebhafte Unterhaltung im Gange. Irgendetwas daran schmerzte Thomas und hinderte ihn, Valerie ins Esszimmer zu folgen. Er stand im Eingangsfoyer des Hauses, das mit einem großen antiken Bauernschrank und einem im Bauhaus-Stil gehaltenen Sideboard unfreiwillig beredt von der grundlegenden Weigerung seiner Eltern erzählte, miteinander zu leben, und ließ seinen Blick abwesend schweifen. Sol Moscot setzte sich geduldig auf die Fliesen und wartete ab, zu welchem Tun sich Thomas entschließen würde.

Vor seinem geistigen Auge belebte sich seine Mutter im Nebenzimmer und wurde von der eingekapselten, schweigsamen Frau, die von ihrem Mann bei äußerlich intakten Verhältnissen längst sich selbst überlassen worden war, zu einer beseelten Mutterfigur, die ihre Gäste umsorgte und verwöhnte, griffsicher mit Themen jonglierte und wider Erwarten fähig war, Freude an sich selbst und damit ihren Mitmenschen zu haben, als benötigte sie Gäste, um auch sich selbst in ihr Haus einladen zu können. Thomas, zugleich erfreut, dass seine Mutter wenigstens dazu fähig war, beklagte im Stillen, dass diese Gastfreundschaft niemals ihm hatte gelten können. In seinem Groll wollte er sich ihre Metamorphose lieber mit Schauspielerei erklären als damit, dass sie selbst mit entfernten Bekannten ein herzlicheres Verhältnis unterhalten konnte als mit ihrem eigenen Sohn.

Eben als er sich aus seiner seltsamen Erstarrung löste, weil ihm einfiel, dass er bereits den ganzen Tag lang die vereinbarten Gesprächstermine mit seinen Klienten versäumt hatte, und er sich vornahm, an jeden Einzelnen eine kurze Krankheitsmitteilung zu versenden, kam Stefanie mit nassem Haar die Treppe hinunter. Sie war damit beschäftigt, einen Ohrring an einem Ohr zu befestigen, was ihr nicht ohne Weiteres zu gelingen schien.

»Soll ich dir helfen?«

Sie brachte die letzten Stufen hinter sich und stellte sich so zur Tür, dass Thomas einerseits den Schein der durchs Oberlicht dringenden Sonne nutzen, sie ihn andererseits aber mit halb zugewendetem Gesicht fragen konnte:

»Geht's dir gut, kleiner Bruder?«

Er reagierte nicht gleich. Als der Ohrring eingehakt war, sagte er: »Und dir?«

Sie nickte, zum Zeichen dafür, dass alles beim Alten und somit für den Beginn einer Unterhaltung ungeeignet sei. Stattdessen fragte sie: »Was ist das für ein Hemd?«

Beinahe erschreckt blickte Thomas an sich hinunter. »Stimmt«, sagte er. »Ich muss das unbedingt ausziehen. Ich habe«, ergänzte er, als er Stefanies fragenden Blick sah, »meine Sachen in Siena gelassen. Der Bus ist in Reparatur.«

»In Siena«, wiederholte sie mit der Andeutung eines Lächelns, in dem sich eine ganze Geschichte verbarg, die zu lang, kompliziert und auch verfänglich war, um sie zu erzählen. Ihr Lächeln aber setzte sein Wissen darüber voraus, dass sie seine Art der Berufsausübung und Lebensführung zwar für exzentrisch und vielleicht sogar zweifelhaft, aber für ganz allein seine Entscheidung hielt, die gültig war, solange er sich wohl mit ihr fühlte; und Thomas durfte sich so erkannt wissen, ohne sich ertappt zu fühlen. Sie verstanden sich gut durch dieses Lächeln. Als er es erwiderte, sagte sie: »Wenn du willst, kann ich dir eine Bluse von mir leihen.«

»Ich komme darauf zurück«, sagte er und merkte erst jetzt, dass sie zeitgleich ihr Körpergewicht zu verlagern begonnen hatten, um ihre Unterhaltung zu beenden und hinüber ins Esszimmer zu gehen.

Dort gerieten sie in einen Bericht Feldbergs, der soeben ein Telefongespräch mit der Bank beendet hatte. Er rekapitulierte, dass das Chaos nun zumindest einen Namen habe: fehlende Zahlungseingänge auf Seiten einiger Geschäftspartner. Es sei, so Feldberg, noch nicht klar, warum die Zahlungen ausgeblieben seien; man könne aber, wie auch schon zuvor angenommen, nunmehr davon ausgehen, dass der Mitarbeiter Milbrandt in einem beträchtlichen oder besser gesagt unbegreiflichen Umfang Leerverkäufe getätigt habe, die wegen explosionsartig steigender Preise überteuert zurückgekauft werden mussten.

»Können Sie das so erklären, dass ich es verstehe?«, fragte Valeries Mutter spitz, und als sie sah, dass ihre Frage für einen Augenblick gleichsam ohne Rechtfertigung im Raum stand, fügte sie hinzu: »Immerhin hört sich das alles so an, als hätte mein Mann etwas damit zu tun, und angesichts der Auswirkungen, die das hat, würde ich schon gerne ...« Sie ließ den Satz unvollendet. Feldberg erläuterte bereitwillig, dass Bernhard sich Aktien, namentlich griechische Staatsanleihen, am Markt geliehen und dann weiterverkauft habe, in der Hoffnung, sie infolge ihres fallenden Kurses wenig später billiger zurückkaufen zu können. Dies sei gängige Praxis. Allerdings habe sich der Markt durch die jüngsten politischen Ereignisse anders entwickelt, als von ihm erwartet. Bereits Donnerstag, als der Kurs drastisch gestiegen war, habe Feldberg den Rückkauf der Papiere angeordnet, was infolge der schieren Menge aber nur unvollständig gelungen sei.

»Der gestiegene Preis«, erklärte Feldberg weiter, »ist das eine Problem. Das andere ist, dass einige Kontrahenten ihr Geld nicht bekommen haben.«

»Und das heißt?«, fragte Thomas' Mutter.

»Das heißt, dass nun alle Transaktionen geprüft werden müssen, bis wir den Fehler gefunden haben.«

»Reden wir von einem Fehler«, fragte Valeries Mutter mit augenscheinlichem Stolz auf ihre feinsinnige Wortverwendung, »oder von einer *Verfehlung*?«

Feldberg nahm die Brille ab, er wirkte verlegen. »Wir müssen abwarten«, sagte er schließlich. Thomas konnte förmlich hören, dass der Nebensatz, auf den es eigentlich ankam und auf den alle, wie er, zu warten schienen, ungesagt blieb. Abwarten, bis was geschah? Es entsprach, wie er wusste, nicht Feldbergs Gepflogenheiten, ungesicherte Behauptungen zu verbreiten. Er war in seinen Eigenschaften als Johann Alberts' Generalbevollmächtigter und Sprecher der Bank derartig mit seiner Rolle verwachsen, dass es für ihn keinerlei Unterschied machte, ob er sich mit seinen Auskünften an die Märkte oder den inneren Kreis der Familie richtete; Thomas wusste, mehr als diese ersten Einschätzungen würden sie nicht zu hören bekommen, sosehr sie auch in ihn dringen würden. Was, aus Respekt vor Feldbergs natürlicher Diskretion, ohnehin niemand zu tun wagte.

Die Unterhaltung, die Thomas vorhin vom Flur aus hatte hören können und die anzeigte, dass keinerlei Missklang die Harmonie störte, erstarb jetzt.

Schließlich durchbrach Thomas die allgemeine Betroffenheit, indem er an Valeries Mutter gerichtet fragte: »Haben Sie eine Idee, warum Ihr Mann ausgerechnet jetzt –« Er brach ab, denn in diesem Moment ging ihm auf, wer die Frau war. Zwei verschwundene Männer. Ihr Nachname war nicht Milbrandt. Sondern Sudek.

Valeries Mutter sah ihn teils süffisant, teils skeptisch an; er konnte sehen, dass sie ihn gleichsam im Vollzug seiner Erkenntnis beobachtete. »Sie erkennen mich wohl nicht?«

»Entschuldigen Sie«, sagte Thomas, »aber –«

»Sie sind der Ratgeber«, sagte Valeries Mutter liebenswürdig, und eine Wolke ihre Parfums wehte zu ihm herüber, wie um ihn, wie er augenblicklich denken musste, ganz für sie einzunehmen. Entweder der intensive Geruch oder aber ihre Anrede, die ihn in dieser Runde peinlich berührte, betäubten ihn; es war, als hätte sie soeben eine alberne Geheimidentität gelüftet, in der er, angekleidet mit Maske, Cape und Strumpfhose, zu nächtlicher Stunde die Lieblingscomics seiner Kindheit nachspielte.

»Ja«, sagte er verwirrt. Jetzt, plötzlich, erkannte er auch ihre Stimme und fragte sich, wie ihm die Verbindung so lange hatte verborgen bleiben können; die Fäden, die sich in seinem Kopf verknäuelt hatten, entflochten sich und liefen in alle Richtungen auseinander.

»Sie haben Ihren Mädchennamen behalten«, sagte Thomas.

»Ja, richtig«, begann Frau Sudek nun dankbar, »wir sind alle Individualisten in unserer Familie.« Sie lachte, spitz und durchaus unangemessen, um dann hastig fortzufahren. »Wir haben alle unterschiedliche Namen, was sicher auch damit zu tun hat, dass ich Künstlerin bin und Valerie –«

»Danke, Carmen«, sagte Valerie, und die unbeteiligte Vehemenz, mit der sie ihrer Mutter das Wort abschnitt, frappierte Thomas.

»Entschuldige, Valerie, du hast ja völlig *recht*, dass ich hier so über dich –«

Und Valerie wiederholte mechanisch: »Danke, Carmen.« Der Dialog hätte witzig sein können, dachte Thomas, doch dazu war Frau Sudeks Gebaren zu exaltiert und Valeries Reaktion zu offen ablehnend.

Eine Weile musste er wohl mit offenem Mund vor sich hingestarrt haben. Dann sagte Frau Sudek, zur gesamten Runde gewandt: »Ich bin seine Klientin. Ist das nicht verrückt?« Die Unangemessenheit ihrer Heiterkeit schien sie nicht weiter zu bekümmern, sofern sie ihr überhaupt auffiel. Ihr Auftreten bekräftigte jene Abneigung, die Thomas bisher schon allein telefonisch gegen sie entwickelt hatte.

»Wie sind Sie an meine Nummer gekommen?«, fragte er, sich langsam fangend.

»Durch einen Werbezettel, ich glaube, Bernhard hat ihn mitgebracht.«

»Bernhard? Woher hat er ihn mitgebracht?«

»Na ja, ich denke doch ... von seiner *Arbeit* ... nicht?«

Thomas, der sich erinnerte, tatsächlich solche Zettel in Banken, niemals allerdings im Bankhaus seines Vaters verteilt zu haben, wollte eine weitere Frage stellen, doch mit ungewohnter Entschiedenheit mischte sich seine Mutter in die Unterhaltung: »Ist das denn jetzt so wichtig?«

Thomas' Befremden hielt an, daher ging er nicht auf die Unterbrechung ein. Valerie, die mit ihnen am Tisch saß, folgte der Unterhaltung nicht, sondern streichelte Sol Moscot.

»Ich habe meinen Service in vielen Banken beworben, aber nicht bei Alberts. Es wundert mich, wie einer seiner Mitarbeiter an meine Nummer kommen konnte.«

»Also, mein Mann ist ja nicht einfach nur irgendein Mitarbeiter von Herrn Alberts«, antwortete Frau Sudek. Feldberg wechselte einen schnellen, für Thomas sehr auffälligen Blick mit seiner Mutter, worauf diese sich erhob, um in der Küche nicht minder auffällige Übersprungshandlungen zu verrichten. »Mein Mann hat ja ein ganz besonderes Verhältnis zu Herrn Alberts gehabt … nicht wahr, Frau Alberts, ich erzähle das doch richtig?«

»Davon weiß ich nichts«, kam es aus der Küche.

»Was«, sagte Thomas zögerlich, »verstehen Sie denn unter einem besonderen Verhältnis?«

»Na ja, nicht wahr: durchaus väterlich. So habe ich es zumindest gesehen. Wobei ich sagen muss, Bernhard redet nicht viel über seine Arbeit. So gut wie gar nicht.«

In der Tür erschien seine Mutter. In einer Mischung aus Schroffheit und zugewandter Herzlichkeit stellte sie die Glaskanne mit frischem Kaffee auf den Tisch. Die nackte Unbeholfenheit dieser Geste verriet nur, dass sie hier, erstens, gewöhnlich nicht selbst servierte, weil es, zweitens, Ullas Aufgabe war.

»Herr Feldberg«, sagte sie und sah von Feldberg abwechselnd zu Thomas und zurück, »ich möchte, dass Sie sich in der Bank noch einmal nach dem Stand der Dinge erkundigen, ja? Mir wäre es wohler, wenn jemand vor Ort wäre.« Feldberg, der offenbar bereits auf eine solche Anweisung gewartet hatte, erhob sich sofort von seinem Stuhl und ging nach draußen, um seinen Mantel zu holen.

»Thomas, kannst du bitte Herrn Feldberg begleiten.«

Thomas, in Gedanken noch bei den Implikationen dessen, was er soeben gehört hatte, schüttelte benommen den Kopf und fragte: »Wie bitte?«

»Die Bank«, sagte seine Mutter mit einem freudlosen Lächeln. »Es wäre mir lieb, wenn jemand aus der Familie dort wäre.«

Thomas zögerte. »Was weißt du über diese Sache?«

»Gar nichts, Thomas. Ich kenne mich in diesen Dingen doch nicht aus.«

1 2 3 4 5 6 7 8 9 10

Als sie in der Bank ankamen, wurden sie von Maurice Fabre, dem Leiter des Asset-Managements, vor den Konferenzraum geführt. Er sagte, vor einigen Minuten seien die Herren von der BaFin gekommen. Thomas konnte beobachten, wie Feldbergs Gesicht daraufhin seine Farbe erst wechselte und dann ganz verlor.

»Die BaFin?«, fragte er, um Fassung ringend. »Jetzt schon?«

Fabre hob die Augenbrauen zum vieldeutigen Zeichen dafür, dass die Angelegenheit auch für sein Dafürhalten weder nachvollziehbar noch beruhigend war.

»Wo sind die reingekommen?«, fragte Feldberg.

»Hinten.« Die Antwort schien seine Nervosität ein wenig zu besänftigen. Bevor er mit Fabre in den Konferenzraum ging, sagte dieser zu Thomas: »Es ist schön, dich wieder mal hier zu sehen, Thomas. Wenn auch die Umstände ...«

Feldberg, der ungeduldig bei der Tür wartete, unterbrach ihn, indem er dringlich sagte: »Wir müssen jetzt hier herein, Herr Alberts. Wollen Sie mitkommen?«

Thomas dachte einen Moment nach. »In welcher Funktion?«

Ohne zu zögern antwortete Feldberg sachlich: »Sie sind der Sohn des Komplementärs. Vielleicht werden Sie Erbe.«

Thomas bemerkte, wie Fabre ihm einen Seitenblick zuwarf, ob ihn die beinahe pietätlose Direktheit verletzt hatte. Thomas fühlte sich aber nicht verletzt; die Möglichkeit, als

Erbe eingesetzt zu werden, kam ihm lediglich zu abwegig vor angesichts der Kränkungen, die er seinem Vater – nicht allein durch seine Verweigerung eines Bankpostens – zugefügt hatte. In den verschlungenen Eingeweiden des Familienunternehmens hatten sich Geschwulste festgesetzt, die Thomas vor langer Zeit aufgestochen hatte. Entfernt hatte er sie dadurch nicht. Im Gegenteil, der unkontrolliert austretende Eiter hatte auch die gesunden Organe entzündlich werden lassen. Inzwischen wusste er, warum er das getan hatte; oder vielmehr hatte er es gewusst, aber nun schon wieder vergessen. Gute Gründe mochten wohl vorhanden gewesen sein; sie hatten allerdings viel weniger mit der Bank zu tun gehabt, als Thomas sich eingestanden hatte. Jetzt empfand er darin eine tiefe Schuld, als hätte er die Hand, die sein Vater ihm großmütig gereicht hatte, mutwillig und stolz ausgeschlagen. Er besaß keinerlei Legitimation, sich jetzt in die heikle Untergangsmechanik der Bank einzumischen, von Erfahrung und Kompetenz ganz zu schweigen. Unsicher verharrte er zwischen Feldberg und Fabre. Feldberg sah auf die Uhr.

»Ich bin gern behilflich«, sagte Thomas schließlich. »Aber vom operativen Geschäft verstehe ich nichts.«

»Wie Sie wollen«, sagte Feldberg; er schien erleichtert.

»Kann ich mich anderweitig nützlich machen?«

»Wir sind dabei«, sagte Fabre, »die Transaktionen zu prüfen. Der Administrator hat eben Bernhards Account freigeschaltet. Wenn du willst …«

Thomas war erleichtert, sich an einer Fleiß- und Geduldsübung beteiligen zu können, anstatt, wenn auch nur als Stellvertreter oder gar Symbol, gewichtige Entscheidungen mitzutragen. Er ließ sich von Fabre, der danach mit Feldberg im Konferenzraum verschwand, den Weg erklären und wünschte für die Unterredung viel Glück.

Der Administrator war ein dicker, bärtiger Mann, der gekleidet war wie ein Student in extrem fortgeschrittenem Semester. Der Account, den er freigeschaltet hatte, barg Positionen von Hunderten von Millionen Euro; es war nicht auszuschließen, dass hier der Schlüssel zum Überleben der gesamten Bank lag. Das Bild einer Operation am freiliegenden Herzen drängte sich Thomas auf.

Im Handelsraum herrschte eine Lautstärke, die mit der auf dem Börsenparkett während eines Crashs vergleichbar war: All die von Alberts geprellten Geschäftspartner schrien nach ihrem Geld. Frank Brehms, ein Analyst, den Thomas nicht kannte, erklärte ihm inmitten des Gefechtslärms der Telefone, dass sie bereits damit angefangen hatten, sämtliche Trades durchzugehen und die Daten mit dem Backoffice in Frankfurt abzugleichen. Simon Körber, der ebendort arbeitete, hatte sie telefonisch bereits darauf hingewiesen, dass Bernhard seine Risikolimits mehrfach überschritten habe.

»Offensichtlich«, sagte Brehms nüchtern, »hat Bernhard nicht immer die korrekten Transaktionsdaten angegeben. Diese Kontonummer hier zum Beispiel taucht wiederholt auf. Sehen Sie das?«

Thomas sah in der Tat eine Kontonummer, die sich wiederholte, konnte sich auf deren Bewandtnis aber nicht konzentrieren. Er sah ausschließlich Zahlen, und die Zahlen verschwammen vor seinen Augen. Was hier gehandelt wurde, dachte er plötzlich konsterniert, waren *Zahlen*; es repräsentierte nichts. Die Substanz der Bank besaß nicht einmal den Gehalt eines Gedankens oder einer Idee, sondern bestand in nichts als Zahlenfolgen, die ihren Wert nur prahlerisch behaupteten, anstatt ihn durch irgendeine Referenz beweisen zu können. Was hier unter Werten verstanden wurde, war geschichtslos und letztlich läppisch. Und nun standen jene erwachsenen Männer, die dieses absurde Spiel ernstlich zu ihrem Beruf gemacht und zu denen er einst gehört hatte, um einen Monitor herum und bestaunten, ratlos wie Kinder, *Zahlen*.

Frank Brehms schien sich des Vorgangs angenommen zu haben, verschwand kurzzeitig und tauchte wenig später wieder auf. Währenddessen hatte Thomas Gelegenheit, sich Bernhards Arbeitsplatz anzusehen. Es war ein Tisch mit vier Bildschirmen, einer Tastatur, einem Telefon und einem Haufen gestapelter Hefte und Broschüren. Ein vollkommen gewöhnlicher Arbeitsplatz, fand er, bemerkenswert nur darin, dass er noch unpersönlicher gehalten war als die anderen Desks. Für gewöhnlich bemühten die Angestellten sich, die Uniformität durch ein Foto der Ehefrau oder der Kinder, durch Devotionalien eines Fußball- oder Fallschirmspringerclubs, durch irgendein noch so geringfügiges Accessoire mit einer gewissen Grundunverwechselbarkeit auszustatten. Dieser Versuch fehlte an Bernhards Platz völlig; er war so hinterlassen worden, dass er ohne weitere Vorbereitungen an seinen Nachfolger übergeben werden konnte. Wenn es einen Nachfolger geben würde.

Bei diesem Gedanken merkte Thomas auf, und das hatte nichts damit zu tun, dass zufällig auch das Telefon an diesem Platz nun klingelte. Vielmehr fiel ihm erstmalig die Möglichkeit ein, dass Bernhard gar nicht die Absicht haben könnte, jemals wieder hierherzukommen. Thomas konnte nicht sagen, um was für einen Menschen es sich handelte; wenn er aber ernst nahm, was ihm Frau Sudek von ihrem Mann erzählt hatte, dann entsprach er durchaus einem narzisstischen Typus, der rücksichtslos gegen die Interessen anderer handelt.

Er minimierte das Bloomberg-Fenster und öffnete einen

Browser. Als er keinen Verlauf fand, sagte er zu dem Administrator, der neben ihm stand: »Sie können doch sicher feststellen, ob die Chronik gelöscht wurde.«

Der Administrator sah mit indignierter Herablassung an Thomas hinunter. »Sicher kann ich das.«

»Und bestimmt können Sie dann auch sehen, was gelöscht wurde.«

»Wer sind Sie denn eigentlich?«

Das Freischalten der gelöschten Daten, nachdem Thomas sich als Alberts-Sohn mehr ausgegeben als vorgestellt hatte, dauerte nur wenige Minuten. Im Internet Explorer fand er Hunderte von besuchten Webadressen; die älteren darunter waren Wirtschaftsportale mit Berichten zur gegenwärtigen Schuldenkrise um Griechenland. Weiter oben fand er Seiten spanischer Immobilienfirmen, auf denen Bauprojekte an der andalusischen Costa del Sol beworben wurden. Die Seiten waren, ihrer Chronologie zufolge, nach einem Muster aufgerufen worden, so als hätte Bernhard nach einem bestimmten Unternehmen gesucht. Außerdem stieß er auf die Homepage einer Offshore-Bank auf Gibraltar. Thomas kopierte die Adresse, setzte sie im Suchfeld von Google Maps ein und stellte fest, dass eine Route dorthin bereits ausgerechnet worden war; sie wurde automatisch angezeigt.

Als knapp eine halbe Stunde später Frank Brehms zurückkam und Thomas ihn beiläufig nach den Ergebnissen seiner Überprüfungen fragte, sah Brehms ihn an, als sei er sich über die erforderliche Sicherheitsstufe seiner Information noch nicht im Klaren. Thomas widerstrebte es, sich abermals als Sohn des Gesellschafters anzubiedern; er überließ es Brehms, ihn einzuweihen oder nicht.

»Wenn die Aufsicht davon Wind bekommt«, begann Brehms vorsichtig und senkte dazu die Stimme, »machen die uns den Laden schneller dicht, als wir die Nummer unseres Anwalts tippen können.«

»Wovon Wind bekommt?«, fragte Thomas.

Noch leiser als vorher antwortete Brehms: »Sieht aus, als hätte er uns abgezockt. Richtig, richtig abgezockt.«

Thomas nickte und sagte ebenso leise: »Ich glaube, ich weiß, wo er ist.«

1 2 3 4 5 6 7 **8** 9 10

Im Doppelzimmer des Holiday Inn in Montpellier erwachte Thomas zwei Tage später mit einem Gefühl unwiderruflicher Entschiedenheit. Er hörte Vögel durch die geschlossenen Fenster, die Sonne schien; trotz leichter Verspannungen fühlte er sich gestärkt und ausgeruht. Valerie, mit ihm zugewandtem Rücken, schlief auf der anderen Seite des Doppelbetts.

Als er sich aufsetzte und ins Badezimmer ging – ein vertrautes Gefühl, was das Hotel betraf –, erinnerte er sich des gestrigen Abends, an dem er vom Steuern des geradezu anachronistisch bequemen 1979er Mercedes-Benz 280 SE erschöpft gewesen war. Sein Vater hatte den Motor vor Jahren auf unverbleites Superbenzin umrüsten lassen; der Verbrauch allerdings von beinahe 16 Litern auf 100 Kilometer war davon unberührt geblieben. Das Gefährt fuhr sich, anders als sein spritsparender VW-Transporter mit Hybridantrieb, wie eine Sänfte; man gewann nicht, wie in jenem, durch seine erhöhte Sitzposition an Übersicht, sondern versank geradezu in den weichen Polstersitzen, ließ sich vom gemächlichen Schaukeln, das die Bodenwellen über das Fahrwerk ins Chassis übertrugen, in eine Art Reisetrance versetzen und glitt so angenehm und selbstverständlich dahin, dass dem Ziel kaum mehr eine Bedeutung zuzukommen schien.

Beinahe zwölf Stunden selbstgenügsamer Fahrt hatten ihn vollkommen desorientiert. Bei Lyon hatten Valerie und er eine Kleinigkeit essen und dann ein Hotel suchen wollen; ihr Weg hätte sie am nächsten Tag über Montpellier geführt, das, wie Thomas so unvorsichtig gewesen war zu sagen, am Meer lag; doch waren es bis dahin noch 300 Kilometer, die mindestens drei weitere Stunden Fahrt bedeuteten; Thomas hatte nicht beabsichtigt, die Strecke noch am selben Abend zu bewältigen. Langsam brach die Dunkelheit herein; Sol Moscot, der die ganze Zeit über entweder auf dem Rücksitz oder in Valeries Fußraum gesessen hatte, wo er sich immerhin hinter den Ohren kraulen lassen konnte, benötigte Futter und Auslauf; er selbst wollte ein schmackhaftes Abendessen zu sich nehmen, dazu etwas Rotwein trinken, ein Hotel suchen und früh zu Bett gehen, um für Weiterfahrt, Ankunft und vor allem die folgende Aufgabe gestärkt zu sein.

Er war, bei allem Komfort, angestrengt von der Fahrt. Valerie, wenn sie redete, redete in großen, nahezu gleichzeitigen Sprüngen, wie eine fragile Vase im Moment ihres Splitterns. Das Aufsuchen der passenden Nahtstellen, um die Teile wieder in Verbindung zu bringen, bereitete Thomas Kopfschmerzen.

Er versuchte, ein unverfängliches Gespräch zu führen, ohne professionell zu klingen; fragte nach ihrem Studium, ihrer Arbeit, ihren Freundschaften in Berlin – nach positiv besetzten Erinnerungen also, oder solchen, die es hätten sein sollen. Doch in jedem Satz, den Valerie sprach, antwortete ungefragt ihre Krankheit. Das Kunstatelier, in dem sie bis vor Kurzem gearbeitet hatte, erschien wie eine sinistre Firma, in deren geheimen Zirkeln ohne ihr Wissen über sie abgestimmt, wo fortwährend ihre Leistung bewertet und für ungültig erklärt worden war. Ihr Freund hatte sie hintergangen und verraten. Es gebe »Aktionäre«, die sie finanziell und emotional auszubluten trachteten. Bald bedrückten ihn diese Ausführungen, und er versuchte, die Rede auf lichtere Gebiete zu locken; er schwieg, als dies nicht gelang, ganz. Doch auch das war problematisch, da es die Stimmen, die in Valeries Kopf sprachen, offenbar lauter werden ließ. Sie sagte dann unvermittelt Dinge wie *Es kann dir doch egal sein, wie viel ich rauche*, und es entbehrte nicht einer gewissen Komik, wenn Sol Moscot ob der unerwarteten Ansprache zusammenzuckte und wie ratsuchend Thomas ansah.

Auf ihre schizoiden Symptome einzugehen, verbot Thomas sich strengstens; denn er verstand heute nicht mehr davon als damals, als Valerie und er zum ersten Mal aufeinandergetroffen waren. Dass er jetzt und hier kein Ratgeber sein wollte, war nicht das eigentliche Problem. Es bestand vielmehr darin, dass Valerie ihn dazu *bestimmte*, er aber nicht wusste, wie er sich dieser Zuweisung entziehen sollte. Sie sagte unvermittelt: »Mittlerweile wissen alle, dass ich ihn umgebracht habe.«

Thomas überlegte fieberhaft, was er darauf unter professionell-unprofessionellen Gesichtspunkten sagen durfte. Es fiel ihm nichts ein. Schließlich gab er, für sich selbst unübersehbar hilflos, von sich: »Das hast du sicher nicht.«

»Ich weiß«, sagte sie. »Ich weiß, aber – ich habe es gesehen. Ich sehe die Bilder, wie es passiert ist. Es ist alles beschriftet.«

Thomas wusste, dass er sich nicht, unter keinen Umständen, auf eine Diskussion über die Geschehnisse einlassen durfte, die Valerie erlebt zu haben glaubte: Denn er würde ihre wahnhafte Konstruktion schon allein dadurch für gültig erklären, indem er sie mit ihr teilte. Seine Hände griffen fester um das lederbezogene Lenkrad.

»Ich weiß, dass man sagen kann, dass ich das nicht gemacht habe«, sagte sie. »Aber das ist anders. Als ob es Beweise gibt.«

»Valerie, wir sollten darüber nicht sprechen. Nach all dem, was gewesen ist.«

Sie beugte sich nach vorne, um ihre Sonnenbrille aus dem Handschuhfach zu angeln, der Sitz unter ihr knarrte. »Was *ist* denn gewesen?«

Gegen die Frage selbst war nichts einzuwenden, was ihn störte, war nur ihre Koketterie, die irgendetwas Außerprotokollarisches unterstellte, wo es nichts dergleichen gegeben hatte. Diese, wie es ihm vorkam, vorsätzliche Missinterpretation ärgerte ihn, ebenso wie das ganze Gespräch. »Ich möchte das jetzt nicht diskutieren«, sagte er, wie er selbst fand, zu schroff; es war, als ob die richtige Klangfarbe, die es für diesen Choral durchaus geben musste, in seinem Register fehlte.

Er erinnerte sich nicht mehr, wie dann ihr Bedürfnis nach dem Meer aufgekommen war. Es war ein jähes Umbrechen der Stimmung, wie ein erbitterter Verteidigungskampf gegen einen unsichtbaren Feind. Er wusste, dies war typisch für die psychotische Episode. Valerie schien es als Angriff gegen ihr Seelenheil auszulegen, dass Thomas ihr das Meer vorenthalten wollte. Er kannte diesen Topos, ans Meer zu drängen, ob in psychoanalytischer, literaturhistorischer oder melodramatischer Ausprägung. Valeries Insistieren ärgerte ihn nicht, weil ihre Idee verrückt, sondern weil sie dies gerade nicht war. Sie war einfallslos und geradezu abgestanden.

»Wir können nicht mehr weiterfahren«, sagte er nachsichtig, wie jemand, der einem Kind möglichst schonend den Umstand beibringt, dass am Ende des Tages die Sonne sinken und das Licht mitnehmen wird. »Ich bin müde. Meine Konzentration lässt nach. Ich brauche eine Pause, Valerie.«

»Aber es ist *wichtig*. Sehr wichtig. Ich muss dir was zeigen.«

Er blieb trotz seiner Übermüdung geduldig. »Ja, das verstehe ich. Es ist nur so, Valerie, dass eine Pause auch wichtig ist, für uns drei, denn es ist zu gefährlich, jetzt weiterzufahren.«

»Aber es ist *drin*-gend!«

Er versuchte, in seinem Ton freundlich, der Lautstärke zurückhaltend und der Modulation gemessen zu bleiben, und es gelang, obwohl er sich anstrengen musste, gut. Sie hatten die Autobahn verlassen und fuhren durch ein Industriegebiet mit vielen Lücken, wo man der Stadt anmerkte, dass sie gern beginnen würde, aber unentschieden war, womit.

»Sieh es doch mal so, Valerie, das Meer ist auch morgen noch da.«

»Ich weiß, dass das bescheuerte Meer auch morgen noch da ist, ich will dir aber jetzt etwas zeigen, verstehst du, *jetzt*, und es ist auch nicht nur so ne Idee, sondern ich würde das nicht wollen, wenn es nicht wirklich, *wirklich* wichtig wäre.«

»Was genau möchtest du mir denn am Meer zeigen?«

»Mann, ich kann's dir doch gerade nicht erklären, deswegen will ich's dir ja zeigen, kapierst du das nicht?«

»Doch, ich kapiere das gut, Valerie.«

Fünfzehn Sekunden lang gab es nur Fahrtwind und Motorengeräusch zu hören. »Also fahren wir jetzt ans Meer?«

»Ja. Morgen.«

Sie sah ihn an, ruckartig, wie ein Vogel. In ihrem Gesicht las er eine wilde Verzweiflung darüber, dass ihrem Wunsch nicht entsprochen wurde, und während Thomas noch über diese unvermittelte Wesensveränderung – von einer recht gebildeten, zurückhaltenden jungen Frau in eine trotzige Straßengöre – staunte, öffnete Valerie bei Tempo 60 den Schlag des Wagens und schnallte sich ab. Ehe er reagieren konnte, erhob sie sich halb und machte Anstalten, auszusteigen. Er trat mit beiden Füßen auf die Bremse, ohne in den Rückspiegel zu sehen; wie in Zeitlupe verfolgte er, dass sich die Fahrt des Wagens nur allmählich verlangsamte, während Valerie gegen die Armaturen gedrückt wurde; am Ende des Bremsweges, so schien es ihm, wären sie in der Innenstadt angekommen. Dann hupte hinter ihnen ein Wagen, und er konnte den Luftzug, als er links an ihm vorbeischoss, durch das geöffnete Fenster bis in die Haarwurzeln spüren.

Knapp fünf Stunden später, nachdem er sich und Sol Moscot provisorisch an einer Tankstelle versorgt und die monotone Fahrt bei inzwischen vollständiger Dunkelheit mit viel Kaffee gegen den Sekundenschlaf verteidigt hatte, suchten sie das Meer noch immer. Montpellier lag auf den flüchtigen ersten Blick zwar durchaus an der Küste; auf den zweiten allerdings nicht. Sie fanden wohl ein Gewässer, doch es war nur ein See; am anderen Ufer konnten sie klar die Umrisse fortgesetzten Landes erkennen. In der Dunkelheit konnte Thomas die Topografie nur unzureichend ausmachen, und so endete ihre weitere Suche vorerst zwischen den mittelalterlichen Gemäuern der Innenstadt. Neben seiner Übermüdung machte Thomas am meisten Sol Moscot Sorgen, der sich in dem beengten Wagen immer unwohler zu fühlen begann und, was sonst niemals vorkam, wiederholt jaulte. Das sinnlose Herumkurven in den dunklen, kopfsteinbepflasterten Einbahnstraßen raubte Thomas den Nerv; dazu kam, dass Valerie mit der Karte hantierte wie ein Kapuzineräffchen mit einem Mozart-Libretto.

»Hier muss irgendwo der Strand sein, ich habe gerade ein Schild gesehen«, sagte sie aufgeregt, »da stand *Place* mit noch irgendwas drauf.«

Thomas, der des Französischen mächtig genug war, um

seine Verärgerung konzentriert wegatmen zu müssen, hielt den Wagen auf einem riesigen menschenleeren Platz zwischen einer Straßenbahnhaltestelle und einem hölzernen Pferdekarussell der vorletzten Jahrhundertwende an und sagte ruhig: »Auf dem Schild stand *Place de la comédie*. Das ist dieser Platz hier. Wie du siehst, ist das nicht der Strand. Strand heißt nämlich nicht *place*, sondern *plage*, verstehst du? Wie das deutsche Wort *Plage*.«

Er bemerkte sehr deutlich den ätzenden Sarkasmus in seiner Stimme und bereute ihn, aber er konnte nichts dagegen tun. Er war am Ende seiner Kräfte. Er hätte die Zündung des ohnehin merkwürdige Geräusche von sich gebenden Wagens augenblicklich ausschalten und hier, auf dem Platz der Komödie, im Sitzen einschlafen mögen, ohne sich noch um irgendetwas zu kümmern. Tatsächlich aber stieg er aus, um sich und seinem Ärger Luft zu machen und den Blutstau in seinen angewinkelten Beinen aufzulösen. Er ging zur Beifahrerseite und holte Sol Moscot heraus.

»Was ist los?«, fragte Valerie. »Wir sind noch nicht da.«

Er wollte etwas zur Antwort geben, doch er spürte, dass er seine Beherrschung verloren hatte: Jedes Wort würde jetzt unkontrolliert hervorbrechen. So schlenderte er mit Sol Moscot ein Stückchen über den Platz, hob einen leeren Kaffeebecher auf, hielt ihn dem Hund unter die Nase und schleuderte ihn so weit es ging weg. Sol Moscot sah dem auf dem Boden landenden Abfall unbeteiligt hinterher.

»Wir müssen weiter«, sagte Valerie.

Thomas achtete nicht auf sie. Mit in die Hosentaschen gestemmten Fäusten schlenderte er über den Platz und atmete die Nachtluft. Nichts deutete darauf hin, dass sie sich in der Nähe des Meeres befanden. Sol Moscot beschnüffelte die einzelnen Pferdefiguren des Karussells, entschied sich dann aber, seine Marke an einen profanen Senkpoller zu setzen, als verzichte er aus Rücksicht auf die ohnehin gereizte Stimmung auf jedes kapriziöse Gebaren.

»Wir müssen weiter«, insistierte Valerie quengelnd. Sie hatte die Hälfte des Weges hierher geschlafen. Thomas antwortete noch immer nicht, sondern betrachtete die dreistöckigen Häuserzeilen, die den Platz umstanden, die gusseisernen Balkongitter, die Sonnenschirme und verketteten Tische der Straßencafés, die Palmen, die die Straßenfluchten säumten. Er fragte sich nicht zum ersten Mal, warum er sie mitgenommen hatte: ob er sie oder sich selbst überzeugen wollte, und wovon.

»Kannst du mir bitte mal antworten?«

Sol Moscot drehte sich um und verharrte reglos in der Beobachtung Valeries.

Thomas hatte Konfrontationen vermieden, wann immer dies möglich war. Sein beschleunigter Herzschlag war kein Ausdruck, sondern Ursache seiner Furcht: Wie jeder Mensch, der nicht geübt ist im Umgang mit seiner Wut, wünschte er sich in diesem Moment in einen unterirdischen Schutzraum, wo weder er noch jemand anderer daran Schaden nehmen konnte.

»Ich suche jetzt nicht mehr weiter, Valerie. Es gibt ein Hotel in der Nähe, da fahre ich hin. Unverzüglich.«

»Was soll das heißen?«, brach es aus ihr hervor. »Wir sind fast da, wir haben das Wasser doch schon *gesehen*! Es geht auf keinen Fall, dass wir jetzt nicht ans Meer fahren, es –«

»Hör auf«, hörte sich Thomas jetzt schreien, und seine für ihn selbst völlig fremde Stimme schien die gesamte Weite des Platzes zu füllen und wurde von den Häusern zurückgeworfen. Ein paar Tauben flogen auf. »Wir fahren nicht weiter, verdammt noch mal, und du hältst jetzt augenblicklich die Klappe, sonst lass ich dich hier stehen, und dann kannst du zum Meer, oder wo du sonst hinwillst, laufen. Hast du das verstanden?«

Im ersten Moment war Valerie, so viel konnte er sehen, derart konsterniert, dass sie mit offenem Mund stumm blieb. Bevor Thomas seinen Ausbruch bedauern konnte, entgegnete sie mit nicht minder lauter Stimme: »Was, ich? Du hast versprochen, dass wir –«, doch Thomas ließ seine Selbstkontrolle noch ein weiteres Stück fahren, indem er ihr das Wort abschnitt: »Ich habe gar nichts versprochen, ich habe gesagt, morgen sehen wir uns das Meer an, morgen, nicht mehr heute Nacht, und jetzt ist Schluss, ich lasse mich von dir nicht erpressen, von dir und deiner –«

»Was laberst du da mit erpressen, mein Gott, ich hab dir gesagt, es ist *wichtig* …«

»Und ich habe gesagt, es kann sich nicht alles immer nur um die Verrücktheiten drehen, die dir gerade einfallen!«

Sol Moscot, genau zwischen ihnen stehend, sah von einer Seite zur anderen, wie bei einem Tennismatch. Valerie rang erneut um eine Antwort, da fuhr, beinahe geräuschlos, ein Polizeiwagen im Schritttempo über den Platz, der für den Autoverkehr ansonsten gesperrt war.

»Du hast mich ja schließlich mitgenommen, also wenn du mir schon helfen willst –«

»Ich will dir aber nicht helfen«, schrie er. Er ignorierte den Polizisten, der ausgestiegen war und nun mit der Hand am Holster langsam auf ihn zukam. »Ich suche ihn nicht wegen dir, verstehst du, sondern wegen meiner Familie. Ich habe dich nur mitgenommen!« Er fühlte sich so trotzig wie schon lange nicht mehr seit seiner Jugend. Gedanken und Gefühle überschlugen sich in Kopf und Körper; einmal, nur ein einziges Mal, wollte er sich nicht wie ein Lahmer fühlen, der viel zu langsam der Begleichung eines dunklen Solls hinterherhinkte. Der Polizist blieb stehen und sagte etwas auf Französisch, ein zweiter stieg aus dem Wagen. Thomas hörte sich in Valeries Richtung rufen: »Ich habe dich nur mitgenommen als Anhalterin, aber das war wohl eine Schnapsidee«, und er hätte gern noch mehr gesagt, da das, was er loswerden wollte, sich noch längst nicht vollständig anfühlte. Doch da hatte der Polizist ihn bereits leicht am Arm gepackt, der andere war zum Wagen und zu Valerie hinübergegangen, und beide sagten: »Veuillez vous calmer, s'il vous plaît.«

Die restliche Fahrt blieb ebenso wortlos wie das Einchecken im Holiday Inn. Oben, im Zimmer, begann Valerie sofort, sich auszuziehen, gedankenlos, bis sie vollständig entkleidet war; dann legte sie sich auf die eine Seite des Doppelbetts, ohne Thomas noch weiter zu beachten. Dieser bereitete, als er aus dem Badezimmer kam und in der Annahme, Valerie schlafe bereits, wortlos ein Nachtlager auf dem Boden. Nachdem er das Licht gelöscht und eine Weile mit offenen Augen dagelegen hatte, hörte er Valeries Stimme, die wie tastend durch die Dunkelheit schlich. »Du hättest mich nicht da stehen lassen, oder?«

»Nein«, sagte er, und die Erleichterung, die er spürte, verstärkte sich noch, als Valerie sagte: »Danke.«

Das Meer erreichten sie schließlich rund siebzehn Stunden später, nachdem sie die gesamte Autopista del Mediterráneo hinuntergefahren waren. Sie hatten Barcelona, Valencia und schließlich Granada hinter sich gelassen, ohne sich an deren Peripherien länger aufzuhalten als für eine kurze Rast.

In all diesen imposanten Städten war Thomas bereits als Ratgeber unterwegs gewesen. Er war in Barcelona, mit seinem Headset im Ohr, stundenlang herumdefiliert und hatte den »Rat«, den er zu erteilen vorgab, doch nur als Rechtfertigung für seine pittoreske Anwesenheit missbraucht. Er hatte sich in die futuristische Ciudad de las Artes y de las Ciencias in Valencia ebenso hineindekoriert wie in die maurische Kulisse der Alhambra, um die architektonischen Hinterlassenschaften als Kronzeugen seiner Entscheidungsmacht auszubeuten; um zu beweisen, dass er sein Leben ein für alle Mal gewählt hatte; um *sich* zu beweisen. Geholfen hatte er damit nicht einmal sich selbst.

So musste Thomas, als er jetzt mehr und mehr über die Seltsamkeit seines Berufsverständnisses nachdachte, an einen Astronauten denken, der, in seiner Raumkapsel lediglich einen ballistischen Flug absolvierend, für eine Weile an der dünnen Grenze zwischen der Welt und dem Nichts hing, bevor er ohne Verrichtung wesentlicher Dinge wieder zurück zur Erde fiel. Welche Daten hatte er erhoben? Wozu sollten sie verwendet werden? Worauf lief das alles hinaus?

Ihr gestriger Streit trug für Thomas jetzt lediglich die Signatur seines neuerlichen Versagens. Er hatte sowohl darin versagt, sich wie ein Therapeut zu benehmen, als auch darin, sich *nicht* wie einer zu benehmen. Der Wechsel von der einen in eine andere Arbeitsbekleidung war vollständig misslungen, und so stand er nun nackt, als Privatperson, vor Valerie, ohne Titel, sogar ohne Rolle. An der Kreuzung zwischen ihr und ihm standen keinerlei Signale bereit, den Verkehr ihrer Worte zu leiten. Mit dieser gläsernen Erkenntnis zersprang ihm, als sie an der vollkommen schmucklosen Strandpromenade von La Línea de la Concepción angekommen waren, jegliche Sicherheit darüber, was er in all seinen Städten je gefunden zu haben glaubte.

Einen eigentlichen Strand gab es nicht. Die Promenade, als steingewordene Aufforderung zum Flanieren, lag menschenleer; das Meer klatschte gleichgültig gegen die geschrägte Befestigung. Der einzige Fluchtpunkt, der sich ihrem Blick bot, war der gewaltige gibraltesische Fels, der sich kraftvoll vor dem bewölkten Himmel aufbaute wie ein ehernes Monument, wenngleich offenblieb, wofür es stand. Valerie schien enttäuscht; das Meer, obwohl es nun direkt vor ihr lag, schien sein Faszinosum ohne Angabe von Gründen verloren zu haben.

Sie fanden eine kleine Pension an der Plaza de la Constitución, einem betonierten Platz, der von tristen mehrgeschossigen Mietskasernen der siebziger Jahre umstanden war. Die Umgebung bot die Infrastruktur einer sozialschwachen Banlieue. Die einzig verfügbare Gastronomie war, neben dem Restaurant ihres Hostals, eine Stehpizzeria. Es roch nach länger nicht abgeholtem Müll.

Seit Montpellier schliefen Valerie und er in einem Bett. Thomas ahnte, nein, er wusste, dass etwas daran falsch war, ohne allerdings benennen zu wollen, was. Statt dafür eine Rechtfertigung zu suchen, bemühte er sich, den Verzicht auf eine Rechtfertigung als eine Stärke zu betrachten. Damit hatte er, wie in einem Slapstick der Marx Brothers, allerdings die Rechtfertigung wie durch eine Drehtür wieder eingeführt. Was er da versuchte, dachte er, war wohl, eine Schuld mit einer weiteren Schuld zu löschen wie Feuer mit Gegenfeuer. Und die entscheidende Frage dabei war vielleicht nicht einmal, ob er sich etwas vormachte oder nicht, sondern nur, wie viel er sich davon eingestand.

An Valeries Seltsamkeit hatte er sich inzwischen gewöhnt. Dass sie entweder gar nicht sprach oder sehr viel; dass sie alles Weltgeschehen für eine Art Doppelbelichtung hielt; dass sie sich mit alogischem Starrsinn zehn Euro von ihm lieh, nur um die zehn Euro, die sie in ihrem Portemonnaie bei sich trug, nicht anrühren zu müssen, da sie diese ihrem »Schuldenberater schuldete«, wie sie sich ausdrückte; ja selbst, dass sie eine Abneigung gegen parfümhaltige Pflegeprodukte hatte: Dies alles störte ihn weniger und weniger. Regelrecht fasziniert war er von der Art, wie sie ihre Krankheit als Abenteuer behandelte, von dem möglichst umfassend und detailgetreu berichtet werden musste, mochte es noch so beschwerlich oder furchteinflößend sein. Ihre Wahnideen, die aus den toxischen Zuflüssen ihrer Biografie bis in die Gegenwart strömten, waren für sie letztlich so vorurteilslos interessant wie fremdartige Insekten.

Allerdings war es durchaus möglich, dass er sich dies alles lediglich einbildete. Vielleicht verschwand ihre Seltsamkeit keineswegs hinter der vermeintlichen Abgeklärtheit, mit der Valerie sie behandelte, sondern lediglich hinter ihrem Körper. Dass dieser ihn sexuell erregte, wenn sie sich ihm mit ungehemmter Selbstverständlichkeit anbot, war eine Tatsache, über die er sich gern ebenso effektiv täuschen würde wie über sein Berufsethos. Natürlich verbot es sich, überhaupt darüber nachzudenken, sich mit Valerie einzulassen, wenngleich er für dieses Verbot weniger und weniger Gründe fand. Woran er sich einst zu halten versprochen hatte, war inzwischen bedeutungslos. Und vielleicht hieß das im Umkehrschluss, dass Bedeutung nur mehr das Gegenteil hatte.

Eine Stadt wie La Línea hatte Thomas, jedenfalls freiwillig, nur selten bereist. Im 18. Jahrhundert als Verteidigungslinie gegen den Expansionsdrang der britischen Krone gegründet, war sie ein Musterbeispiel für das tumbe Diktat schieren Nutzdenkens. Die zumeist ein- bis zweigeschossige Bebauung, großenteils aus der Zeit nach dem Zweiten Weltkrieg, war mit geradezu obszöner Ideen- und Lustlosigkeit in die Ebene gesetzt, als habe es lediglich gegolten, materielle Platzhalter für die Landkarten der Geostrategen zu installieren. Allein durch hier und dort eingesetzte kräftige Fassadenfarben – Grün, Gelb oder Rot – wurde der Eindruck beinahe aggressiver Lebensfeindlichkeit ein wenig zerstreut, wenn auch nicht gänzlich aufgehoben.

Diese Stadt nun hatten Valerie und er sich als Basislager für ihre Suche nach Bernhard gewählt, da sie günstig genau zwischen Gibraltar, wo Bernhard mutmaßliche Geschäftskontakte unterhielt, und dem großflächig bebauten Küstenstreifen San Roques lag, wo er möglicherweise Zuflucht gesucht hatte. In einem Telefonat mit Feldberg, der Thomas am Vortag angerufen hatte, war ihm mitgeteilt worden, dass Bernhard an einem Geldautomaten außerhalb von La Línea einen größeren Betrag abgehoben hatte, was seine Anwesenheit endgültig belegte.

Thomas hatte diese Information selbstverständlich an Valerie weitergegeben, ohne sie damit von irgendetwas überzeugen zu wollen. Sie hatte genickt, als habe sie einen Sachstand zur Kenntnis genommen, der für sie nur von geringem Belang war. Doch Thomas hatte aus den Augenwinkeln beobachtet, dass die Mitteilung in ihr einen Entscheidungskampf darüber auslöste, ob sie sie als erneute Provokation, als Friedensangebot oder aber als bloße Nachricht werten musste.

»Du glaubst wirklich, dass er dort ist, oder?«, fragte sie ihn.

»Ja. Du wirst sehen. Und du? Was glaubst du?«

Sie wandte den Blick nach oben, wie sie es immer tat, wenn sie angestrengt nachdachte. Schließlich zuckte sie die Schultern. »Es ist, wie wenn man aus dem Haus geht und nicht genau weiß, ob man das Gas abgedreht hat.«

»Verstehe«, sagte er und ertappte sich völlig unvermittelt bei dem Gedanken, wie sich Valerie, wenn sie es tun würden, womöglich von allen Frauen, die er je gehabt hatte, unterscheiden würde – einfach dadurch, dass sie so war, wie sie eben war.

»Oder einmal wollte ich was auf Facebook posten. Nur so. Irgendwas. Was man halt so postet.«

»Ach?« Und er verabscheute sich für diesen Gedanken, verabscheute, wie es sich in seinem Körper regte, als er sich vorstellte, wie sie sich ohne die geringste Selbstkontrolle unter ihm bewegen würde, nicht ausgeliefert, aber hingegeben an –

»Dann wusste ich aber plötzlich nicht, ob das, was ich posten wollte, nicht vor Kurzem schon jemand anderer gepostet hat, was ich aber vergessen hatte und dann fälschlicherweise für meinen eigenen Einfall hielt.«

Und ob nicht das, was er für einen Helferkomplex hielt, in Wirklichkeit etwas völlig anderes war.

»Dann habe ich gedacht, wenn ich nicht sicher bin, was ich gepostet habe und was nicht, bin ich wohl dabei, verrückt zu werden. Dann wollte ich *das* posten. Aber sofort hatte ich wieder dasselbe Problem, nämlich ich wusste nicht, ob ich das nicht schon mal gepostet habe und die Leute denken: ›Die wiederholt sich ja ständig‹, und ob die Leute dann nicht gerade *dadurch*, dass ich mich *wiederhole*, denken, dass ich verrückt bin, und gar nicht deswegen, weil ich geschrieben habe, dass ich *denke*, dass ich verrückt werde.«

Ob nicht all seine vermeintliche Selbstlosigkeit in Wirklichkeit nichts als die bemäntelte Feigheit war, die ihn davon abhielt, jetzt ihren Hals zu berühren und die hervortretende Sehne zu küssen, atemlos bei dem Gedanken, im gemeinsamen Versinken vielleicht eine Antwort zu finden, und wenn schon keine Antwort, dann zumindest eine sinnvolle Frage, eine Vermutung, irgendwas. Ob nicht alles viel einfacher würde, wenn er sich gestattete, eine Wahrheit über sich zu empfinden, nur eine einzige.

»Und so geht das immer weiter«, sagte Valerie.

Ob er nicht einfach jenen archaischen Traum der Macht, dem er vor Jahren vermeintlich abgeschworen hatte, in einem anderen Schlaf zu Ende träumen wollte.

»Ja«, sagte er. »Ich verstehe.« Vielleicht war es nicht mehr als ein gefälschter Beweis seiner Aufmerksamkeit, aber ihm war so, als hätte er tatsächlich verstanden. Nicht, was sie gesagt, sondern was er gedacht hatte. Als hätte er zum ersten Mal wirklich begriffen, dass er sich ebenso wenig auf sich selbst verlassen konnte wie sie.

1 2 3 4 5 6 7 8 9 10

Die Siedlung zu finden, erwies sich als schwierig, da ihr Bau noch vor der Zuweisung von Straßennamen eingestellt worden war. Thomas wusste aus dem Prospekt lediglich, dass sie nahe der kleinen Ortschaft La Duquesa liegen musste und von der Autopista aus zu erreichen war. Im infrage kommenden Areal gab es allerdings mehrere Siedlungen, allesamt in unterschiedlichen Baustadien zurückgelassen. Schließlich entschieden sie sich für die am weitesten fertiggestellte von ihnen, deren Straßen aussahen wie in die dürre Erde gemalt. Auch sie trugen keine Namen, und ihr Zweck schien angesichts der allgemeinen Unfertigkeit verfehlt. Valerie neben ihm hielt den Prospekt hoch, wie um einen direkten Vergleich zwischen Original und Abbildung ziehen zu können.

Es gab neben den Häusern nichts als Bauschutt und dürres Gras. Er fragte sich, wonach genau sie suchen sollten, denn die Häuser sahen allesamt gleich aus; vor vielen Fenstern waren zum Schutz des Glases die Jalousien heruntergelassen. Er fuhr einmal um die Siedlung herum und zuckte zusammen, als er in einer Seitenstraße ein parkendes Auto entdeckte, einen alten Golf mit Ladefläche und, wie er im Näherkommen sah, spanischem Kennzeichen. Er parkte den Mercedes auf der anderen Straßenseite und stieg mit Valerie aus.

Der Wagen sah aus, als sei er lange Zeit nicht genutzt worden. Die Ladefläche war leer, bis auf einen unordentlich gerollten grünen Gartenschlauch, der, wie der Rest des Wagens auch, mit Staub bedeckt war. Die Häuserzeile lag still; vor den Eingängen trennte ein schmaler Graben die Häuser von ihren Zugängen. Es war vollkommen ruhig, bis auf das unregelmäßige Rauschen des Meeres in der Ferne.

»Wir sollten hinten nachsehen«, sagte er, und die Worte klangen in dieser verlassenen Kulisse, die mehr an eine Filmstadt als an eine Siedlung erinnerte, wie eine auswendig gelernte Zeile. Sol Moscot nahm daran keinen Anstoß und verschwand in einem der Durchgänge neben den Häusern, die in die Innenhöfe führten. Thomas und Valerie folgten ihm.

Auf Bernhards Anwesenheit deutete nichts hin. Sie durchstreiften die Höfe der Siedlung, die aneinandergrenzten und durch niedrige Umzäunungen parzelliert waren, Sol Moscot konnte sie mühelos überspringen. Hier und dort stießen sie auf Artefakte, die darauf hindeuteten, dass bis vor Kurzem Menschen hier gewesen waren: eine halb verrostete Schaufel, die an eine Hauswand gelehnt stand, eine Bierflasche, die als Aschenbecher benutzt worden war, junge Bäume, deren Stämme mit halb zerrissener Plastikfolie bedeckt waren. Aber wenn sie in eines der dunklen Fenster sahen, war jedes der Zimmer leer und unmöbliert, in vielen fehlten noch Türen und Lichtschalter; Stromleitungen wanden sich aus Löchern in der Wand.

Sie mochten gut eine halbe Stunde lang gesucht haben und waren beinahe wieder an ihrem Ausgangspunkt angelangt, als Sol Moscot unvermittelt den Kopf hob und in der Bewegung verharrte. Thomas und Valerie blieben stehen; ein Geräusch wie vom Zuklappen einer Autotür, zweimal. Der Hund leckte sich aufgeregt über die Schnauze. Thomas hörte eindeutig eine Stimme, ohne ausmachen zu können, was sie sagte. Sol Moscot schien auf ein Kommando zu warten, zum Lossprinten, zum Bellen, zu was auch immer; Thomas allerdings legte den Zeigefinger an die Lippen. Er sah, dass Valerie angefangen hatte zu zittern. Die Stimme war erneut zu hören, dazu, wenn sich Thomas nicht irrte, eine zweite. Sie waren laut und kräftig und klangen nicht, als sorgten sie sich um ihre Entdeckung.

Thomas bedeutete Valerie, langsam und vorsichtig weiterzugehen. Sie erreichten die Ecke des Hauses und konnten hören, dass die Stimmen von der Vorderseite her kamen. Thomas erkannte die Sprache vage als ein etwas entstelltes Französisch; und da es sich somit vermutlich nicht um Bernhard handelte, entfiel für ihn auch der Grund, sich wie ein Einbrecher im Verborgenen zu halten. Schließlich, auch wenn dies ein unwahrscheinlicher Gedanke war, konnte es sich bei diesen Leute um einfache Bewohner des Hauses handeln; noch ohne Nachbarn zwar und zweifellos wenig zu beneiden, aber doch legitime Bewohner eines Hauses, das ja genau zu diesem Zweck gebaut worden war.

Er bog um die Ecke, ohne Valerie vorzuwarnen, sodass diese reflexartig versuchte, ihn daran zu hindern. Da war es allerdings zu spät. In dem Durchgang stand ein schwarzer BMW X5 mit Bad Homburger Kennzeichen. Ein kurzer Blick zu Valerie bestätigte ihm, dass sie dasselbe dachte wie er. Die Männer zu den Stimmen waren nicht zu sehen. Es sah aus, als wären sie wieder ins Haus gegangen, die Heckklappe des Wagens stand offen. Thomas ging langsam voran und vermied es, durch zögerliche Bewegungen den Eindruck zu erwecken, er versuche sich zu verbergen. Valerie dagegen, hinter ihm, hielt sich dicht an der Wand, als könnte sie im flachen Schatten, den diese spendete, verschwinden.

Als sie an dem Wagen vorübergingen, kamen zwei Männer aus dem Haus. Thomas dachte unwillkürlich, dass es Diebe sein mussten, obgleich es in den Häusern nichts zu holen gab. Ob dies auf das vielleicht später auszuwertende Vorurteil zurückging, dass die beiden als Dunkelhäutige nichts anderes sein konnten, oder ob es an ihren ertappten Gesichtern lag, vermochte er jetzt nicht zu beantworten. Als er zu der Frage ansetzte, was hier vor sich gehe, noch ohne entschieden zu haben, in welcher Sprache er sie vorbringen sollte, versetzte ihm der Vordere einen kräftigen Stoß, so dass er hinter sich gegen die Wand des Nachbarhauses prallte. Der Mann gab seinem Begleiter eine Anweisung, dann sprangen beide in den Wagen und schlossen die Türen.

Dann geschah eine Weile lang nichts. Thomas, der sich von dem Stoß schnell erholt hatte, stand regungslos da und sah zu, wie der Fahrer hinter dem Steuer sich vergeblich mühte, das Fahrzeug in Gang zu setzen. Er schien etwas zu suchen, schrie abwechselnd seinen Begleiter und Thomas durch das geschlossene Fenster an, doch niemand vermochte das Problem, welches es auch war, zu beheben. Schließlich schaffte er es, den Wagen in Gang zu bringen, fuhr aber noch immer nicht los. Sekunden verstrichen, ohne dass irgendein Ereignis die Starre, in der alle befangen waren, löste. Die leeren Sekunden ermöglichten es Thomas zum ersten Mal, darüber nachzudenken, was mit Bernhard sein mochte, und er fühlte sich gedrängt, zu irgendeiner entschlossenen Unternehmung anzusetzen; nur hatte er keine Ahnung, zu welcher.

Indessen versuchte Valerie, auf der anderen Seite des Wagens die Tür zu öffnen; der Beifahrer hielt sie allerdings mit beiden Händen von innen zu. Im Wagen war eine wütende Aufregung ausgebrochen, beide Männer schrien durcheinander. Schließlich, als sei dies die letztmögliche Lösung einer hoffnungslos verfahrenen Lage, öffnete der Fahrer die Tür einen Spalt und fragte Thomas auf Englisch: »Where's the handbrake?« Und Thomas, als handelte es sich um eine gewöhnliche nachbarschaftliche Unterhaltung, antwortete, ohne nachzudenken: »There is none, I guess.« Im nächsten Moment knirschte das Getriebe, der Wagen machte einen Satz zurück, soff ab, wurde wieder gezündet und schoss dann, den Bauzaun am Ende der Zufahrt streifend, rückwärts auf die Straße. Der Gang wurde gewechselt, und der Wagen, Kieselsteine unter den durchdrehenden Reifen hervorschleudernd, beschleunigte.

Jetzt, da die Flucht der Männer nicht mehr zu verhindern und seine Bemühungen völlig aussichtslos waren, intensivierte Thomas sie mutig und lief, gemeinsam mit dem pflichtschuldig bellenden Sol Moscot, noch ein gutes Stück die Straße hinunter, auf der der BMW rasch kleiner wurde und schließlich verschwand.

Als Thomas sich umdrehte, war Valerie bereits im Begriff, ins Haus zu gehen.

»Warte«, sagte er, weil er dunkel ahnte, womit zu rechnen war; doch es war bereits zu spät. Als er die Tür erreichte, sah er nur für einen Sekundenbruchteil, wie Valerie vom Flur aus in einen anderen Raum, vermutlich das Badezimmer, starrte; dann hörte er ihren Schrei, sah, wie sie sich die Hand vor den Mund hielt, und im selben Moment hatte sie sich bereits umgedreht und war an ihm vorbeigelaufen.

»Valerie! Valerie! Bleib stehen!« Er machte unentschlossen Anstalten, ihr zu folgen, hin- und hergerissen; immerhin, es war möglicherweise eine Entscheidung auf Leben und Tod. Für Bernhard. Endlich überwand er sein Zögern und stürzte ins Haus; im Türrahmen des Badezimmers fing er seinen Schwung mit beiden Händen ab.

Bernhard lag bekleidet in der leeren Wanne, ein Bein ragte über den Rand, der Hosenschlag war hochgerutscht. Die weißen Fliesen waren mit Rorschachgebilden aus Blut bedeckt. Eine Sekunde lang beobachtete er den reglosen Körper, dann griff er nach Bernhards Handgelenk.

Hinter sich hörte er Sol Moscot leise knurren.

1 2 3 4 5 6 7 8 9 10

Tage später saß er am Palmengarten der Estación Atocha in Madrid und trank einen Espresso. Sein Display informierte ihn, dass die Halle, 1892 im Jugendstil erbaut, bis 1992 als Bahnhof genutzt, dann aber von einem Neubau quasi überflüssig gemacht worden war, so dass sie jetzt lediglich als Warteraum und stadtbekannter Treffpunkt diente. Sol Moscot lag zu seinen Füßen und dämmerte, während sie auf ihre Anschlussverbindung Richtung Paris und von dort weiter über Köln nach Berlin warteten. Es war Samstag, der 1. Mai 2010, und draußen schien, soweit er das von hier drinnen beurteilen konnte, die Sonne. Die gusseiserne Dachkonstruktion, vor allem aber die prächtige Palmenoase im Zentrum der Halle verliehen dem Ort etwas Halbwirkliches, ganz analog dazu, dass Thomas sein gesamtes zurückliegendes Leben, insbesondere aber die letzten sechs Tage, als halbwirklich erschienen.

Sein Telefon klingelte.

»Nein«, sagte Thomas, nachdem er das Anliegen seines Klienten Herrn Dorfmeister angehört hatte. »Es tut mir leid, aber ich berate nicht mehr … Ab sofort … Nein, Sie nicht, und auch niemand anderen. Überhaupt nicht mehr … Wie? … Ja, das kommt überraschend, aber es ist leider nicht zu ändern. Wissen Sie, es gab ein großes Unglück in meiner Familie, mehrere Unglücke eigentlich, um genau zu sein. Das ist der Grund, weswegen ich mich die ganze Zeit nicht bei Ihnen melden konnte.«

Gelassen hörte er die Beschwerden des Mannes an, der verständlicherweise wütend und enttäuscht von Thomas war, der ihm seine Dienstleistung, ohne Beibringung einer plausiblen Entschuldigung, zwei Wochen lang vorenthalten hatte. Der Mann erwartete eine Erklärung.

Ein kleiner Bettlerjunge, nicht älter als sieben oder acht Jahre, trat an Thomas heran und streckte die Hand aus. Er trug verlotterte Kleidung und hatte an der Wange ein offenes, geradezu ekelerregendes Geschwür. Sol Moscot erhob sich und streckte die Glieder, wie um einen routinemäßigen Dienst aufzunehmen. Thomas aber ließ seine Münzen, die er eigentlich für den Kaffee vorgesehen hatte, in die schmutzige Hand des Jungen fallen und lächelte ihn an. Der Junge lächelte nicht und verschwand.

»Sehen Sie«, begann Thomas, »ich habe Sie in Wirklichkeit nie beraten. Ich kann überhaupt niemanden beraten. Ich habe mich vielmehr hinter einigermaßen überzeugend klingenden Phrasen verschanzt, ich habe so getan, als sei mein Schweigen eine besonders empathische Form des Zuhörens, ich habe meine Indifferenz Ihren Problemen gegenüber als Professionalität ausgegeben. Alles, was ich Ihnen gesagt habe, war wertlos, und wenn nicht wertlos, dann zumindest läppisch. Wir waren Teil einer fingierten Verabredung. Es tut mir leid. Sie waren die ganze Zeit über allein. Und ich war es auch. Verstehen Sie das?«

Herr Dorfmeister fragte, ob er den Verstand verloren habe, was, wie Thomas fand, nur begreiflich war. Er fühlte sich allerdings nicht, als habe er den Verstand verloren, also sagte er nein. Das Telefongespräch wurde beendet.

Er saß lange. Nach dem ersten Espresso bestellte er einen zweiten, später einen dritten. Das Licht in der Halle veränderte sich mit dem Sonnenstand; gegen Nachmittag wurde das Fahrgastaufkommen immer größer, und Thomas hätte reichlich Anlass gehabt, sich bedrängt zu fühlen. Eine ältere Dame mit Sonnenbrille bedeutete ihm, dass sie sich gern zu ihm setzen wollte, da ansonsten kein Stuhl mehr frei war; Thomas tat ihr bereitwillig den Gefallen, ohne sich im Geringsten überwinden zu müssen.

Sein Telefon klingelte erneut. Es war seine Schwester. Aus irgendeinem Grund wusste er längst, was sie ihm mitzuteilen hatte. Es war eine Koinzidenz, über die er sich hätte wundern müssen, aber er wunderte sich nicht. Er hatte es so erwartet; so und nicht anders.

»Wir haben jetzt den Termin«, sagte sie.

»Ja.«

»Nächsten Samstag ist die Beerdigung.«

»Ja«, wiederholte er.

»Wo bist du?«

»Ich bin in Madrid«, sagte er. Das Schweigen seiner Schwester erzählte die gewohnte Geschichte. Der Minutenzeiger der großen Bahnhofsuhr rückte auf die Sechs vor; eine Ansage, die er nicht verstand, tönte durch die Halle.

»Bist du allein?«, fragte Stefanie. Er dachte an Valerie; der Gedanke sandte ein Flackern durch die Verästelungen seiner Nerven und jagte raue Kälte über seinen Rücken, die all seine komplizierten Empfindungen – seine demütige Freude über ihre Entscheidung, zurückzubleiben, als auch seine Scham darüber, dass er in allen Dingen, die je wichtig für ihn waren oder hätten werden können, kläglich versagt hatte – in den vollkommen undifferenzierten Ausdruck einer Gänsehaut überführte. Die Ansage war verhallt.

»Ja, ich bin allein«, sagte er. »Ich komme heim.«

VALERIE

1 2 3 4 5 6 7 8

Ihr Job besteht darin, eine Tinktur auf Kunstwerke zu pinseln, damit sie oxidieren. Die Kunstwerke sind abstrakte Gebilde aus Metall, verschweißt oder verlötet. Die einzelnen Teile reagieren immer anders, je nachdem, aus welcher Legierung sie bestehen, das Metall ist nämlich vom Schrott zusammengesucht, und deswegen muss Valerie bei jedem Metall nachsehen, welche Legierung das ist und welche Tinktur sie verwenden muss, damit es anständig oxidiert. Da gibt es eine Tabelle, wo die häufigsten Legierungen drauf sind, und meistens kann sie alles auch ganz akkurat identifizieren und zuordnen, sie ist mittlerweile richtig gut darin. Aber manchmal kommt es auch vor, dass sie eine Legierung, zum Beispiel Bronze, für eine andere hält, zum Beispiel Messing, und dann oxidiert die Tinktur das Metall entweder gar nicht, was egal ist, oder total falsch, was scheiße ist. Dann kommt einer von Falbs Assistenten, zum Beispiel Nils, und regt sich darüber auf, dass Valerie das Metall falsch oxidiert hat, auch wenn es oft passiert, dass Nils am nächsten Tag wieder ankommt und sagt, du, dem Armin hat das irgendwie doch gut gefallen, du kannst das jetzt so lassen.

Du, so wird sie oft angeredet, nie mit ihrem Namen, immer nur mit *du*, so, als sei sie schon auch irgendwie ein Mensch, nur eben kein richtiger, sodass es für einen Namen leider nicht ganz reicht, schade, Valerie. Selbst Nils redet so mit ihr: Du, der Falb muss mal mit dir reden, und deswegen geht sie jetzt durch das Treppenhaus von dem einen Loft-Atelier ins darüberliegende, weil in dem einen die ganzen Kunstwerke und Objekte sind und in dem anderen der Künstler, so als könnte sich der Künstler unmöglich mit seinen Kunstwerken im selben Raum aufhalten, sie hat das noch nie verstanden. Andererseits ist es auch nichts Neues, dass du manches nicht verstehst, denkt sie, während sie hochsteigt und sich Falb vorstellt in seiner komischen Lodenjacke. Falb trägt immer extrem komische Kleidung für einen Künstler, oder vielleicht trägt er sie auch aus genau diesem Grund, bist du schon mal auf diese Idee gekommen, Valerie? – Nämlich *gerade weil* er ein Künstler ist, trägt er eine Lodenjacke wie ein Förster aus Tübingen und dazu ein Wollhemd mit Hosenträgern und ausgebeulte Cordhosen, und das alles sieht noch komischer aus dadurch, dass Falb knapp zwei Meter groß ist und sich auch genauso bewegt. Jetzt bemerkt sie plötzlich, dass sie schon oben angekommen ist und gar nicht mehr über Falb nachdenken muss, weil sie vor ihm steht. Sebastian, den alle nur Stuttgart nennen, weil er aus Stuttgart kommt und alle das dann irgendwie witzig finden, Stuttgart-Sebastian sagt jedenfalls zu ihr, dass sie im Moment erst mal einen »Cut« machen müssten mit ihrer Arbeit, weil wegen Wirtschaftskrise, weil wegen Auftragslage, weil wegen Geld und so. Und Valerie versteht natürlich alles, was Stuttgart zu ihr sagt, sie ist ja nicht blöd, aber sie weiß trotzdem nicht, wie sie jetzt darauf reagieren soll. Da sitzt was in ihrem Hals und rutscht in ihren Brustkorb, riesengroß, und sie kann da erst mal gar nichts zu sagen, beziehungsweise was ihr einfällt, hat überhaupt nichts mit der Sache als solcher zu tun, sondern damit, »warum mir denn da unten gesagt wird, ich soll mal hochkommen, weil der Armin mir was sagen will, und dann sagt der Armin mir das aber gar nicht selber, sondern du, ich meine, da hätte mir doch auch gleich der Nils das unten schon sagen können«, und weil ihr schon oft gesagt wurde, sie solle sich nicht alles gefallen lassen, lässt sie sich das jetzt nicht gefallen. Daraus wird schnell eine irgendwie unübersichtliche Diskussion mit Stuttgart, und sie regt sich ziemlich auf, und Stuttgart regt sich auch ziemlich auf, und irgendwann kommt Armin herangeschlurft und sagt: *Ey sorry, aber was fährst du jetzt eigentlich für einen Film*, dann gibt noch ein Wort das andere, und dann ist sie draußen. Auch wenn sie vielleicht zwei Tätowierungen zu viel hat, um als völlig intakte junge Frau ohne jedes Problem durchzugehen, sollte man so nicht mit ihr reden, und deswegen kümmert sie sich nicht um Nils, der halbherzig hinter ihr herdackelt und wieder mal nichts für sie getan hat. *Weglaufen, das kannst du ja so gut, Valerie*, den ganzen Weg lang wird sie diese höhnische Stimme nicht loswerden, das steht jetzt schon fest. Komisch nur, dass die Stimme nicht ganz die von Nils ist, und komisch auch, dass die Stimme immer neben ihr ist und kein bisschen außer Atem zu sein scheint, während sie selbst vollkommen außer Puste ist und sich fast erbrechen muss vor lauter Erschöpfung, immerhin ist sie, wie sie jetzt feststellt, den ganzen Weg gerannt.

Es ist früher Abend, die Märzsonne geht langsam unter am westlichen Ende des Landwehrkanals, und der Wind bläht ihre Jacke auf und kühlt ihren verschwitzten Rücken. Scheiße, sagt sie, und sie möchte mit dem Fuß aufstampfen wie ein Kind, um dieses Gefühl loszuwerden, Wut und Traurigkeit vermischt mit irgendwas ohne Namen, wobei die Wut genau genommen aus Wut auf die anderen (Armin 1%, Stuttgart 1% und Nils den Rest auf Hundert) und Wut auf sich selbst (ebenfalls 100%) zusammensetzt, aber warum eigentlich Wut auf dich selbst, Valerie?, und sie sagt sich (oder es wird gesagt), dass sie sich das nur selbst zuzuschreiben hat, weil sie vielleicht einfach nicht gut genug gepinselt hat. Und dann wiederum sagt sie sich, während sie am Kanal entlang Richtung Neukölln geht, dass sie sich nicht so einen Unsinn einreden soll, aber sie muss trotzdem weiter heulen. Da sind ein paar Enten, die würde sie gern füttern, aber natürlich hat man kein Brot dabei, wenn man gerade welches braucht.

Aus den Heizungsrohren, die in ihrer Wohnung über der Wand verlaufen, kommen Stimmen. Das könnte praktisch sein, besonders wenn man sich den Strom fürs Radio sparen will und die Stimmen spaßiges Zeug erzählen würden. Leider erzählen die Stimmen nur sehr selten spaßiges Zeug. Es ist früh am Morgen, aber die Stimmen klingen jetzt schon wütend. Sie klingen wütend und blechern und heiser, als würde jemand übertrieben laut in eine leere Konservendose kotzen, und Valerie kann weder verstehen, worüber sie wütend sind, noch was sie sagen, sie weiß nur, dass ihr die Stimmen Angst machen, sie klingen, als sei da jemand am anderen Ende vom Teufel besessen, auch wenn sie trotz allem immer überzeugt war, dass dieser ganze Exorzismus-Quatsch eine Erfindung der Kirche oder des Fernsehens ist. Trotzdem machen ihr die geifernden Stimmen in den Heizungsrohren Angst, und Angst ist noch untertrieben. Es geht bestimmt eine halbe Stunde lang so, dass sie in der Küche sitzt und ein bisschen friert, weil die Heizung nicht an ist, dann kommt sie auf die Idee, die Heizung aufzudrehen, damit es den Stimmen vielleicht zu warm wird und sie verschwinden, und sie tut es und die Stimmen verschwinden tatsächlich, auch wenn es ziemlich wahrscheinlich ist, dass das eine mit dem anderen überhaupt nichts zu tun hat, denn die Heizung ist überhaupt kein bisschen wärmer geworden.

Dann sitzt sie lange vor dem geöffneten Kühlschrank und hat irgendwann keine Ahnung mehr, warum. Sie kann sich auch nicht erinnern, was sie im Kühlschrank sucht oder gesucht hat, allerdings kombiniert sie, dass es sich um Nahrung handeln muss. Man öffnet den Kühlschrank in der Regel nur aus diesem einen Grund, es sei denn, man bewahrt Filmdosen darin auf, so wie sie. In ihrem Kühlschrank befindet sich gegenwärtig aber weder das eine noch das andere, nur dunkel verfärbte Spuren ehemaliger Lebensmittel, wie zum Beispiel Joghurt oder Tomatensauce.

Nach einer Zeit, die, gemessen am Ertrag ihrer Kühlschrankbesichtigung, viel zu lang ist – geradezu absurd lang –, schließt sie ihn und öffnet dafür den Küchenschrank. Jetzt versucht sie, mal darauf zu achten, was da passiert. Sie steht bloß so rum. Suchst du was, Valerie? Kann sein. Irgendwann kommt etwas bei ihr an, eine zerhackte Nachricht, fetzenweise, als würden Morsezeichen sie über einen alten Draht durch die Wüste erreichen, irgendwo von der fernen Küste her: eine Dose Kakao, Teebeutel, die zerkrümelten Reste einer Schachtel Knäckebrot, ein paar steinharte Lebkuchen aus der vorletzten Adventszeit. Zum Essen, also im Sinne einer Mahlzeit, reicht das nur bedingt, oder anders gesagt, eigentlich gar nicht.

Verkompliziert wird die ganze Angelegenheit dadurch, dass sie mit Nils eine *Sache* laufen hatte, von der sie nicht ganz genau weiß, was es für eine Sache war. Was sie zumindest über die Sache sagen kann, ist, dass es eine engere bis enge Sache war. Man muss sie vielleicht nicht mit dem B-Wort bezeichnen, die Sache, und das bedeutet, dass man sie wahrscheinlich auch nicht mit dem L-Wort bezeichnen darf, aber es ist andererseits auch nicht zwangsläufig eine mit dem F-Wort ausreichend zu beschreibende Sache. Überhaupt ist völlig unklar, bei wem die Definitionshoheit liegt. Wohl eher bei ihr, denkt sie oder hat sie zumindest bis vor Kurzem gedacht, weil Nils, der meistens eine Art gescheitelter Hitler-Frisur trägt, aber in ihren Augen trotzdem ein bisschen so aussieht, als müsste ihm mal jemand dicke Hafersuppe kochen, weil Nils also ein ziemlich stiller Typ ist. Außerdem macht er den Eindruck, als käme er noch weniger mit sich und seinem Leben zurecht, als sie es tut, was besonders daran liegt, dass er zwar Falbs Assistent ist, aber in Wirklichkeit gerne selbst der Künstler wäre. Und deswegen ist er immer so *Ja, heute vielleicht*, und dann im nächsten Moment *Nee, heute vielleicht lieber doch nicht*, und wenn er dann mal da ist, muss er gleich wieder weg, und wenn er weg ist, ruft er an und lamentiert, wie einsam er sich fühlt und so. Und du, Valerie, du machst das Spiel jedes Mal mit, weil du dich total schlecht abgrenzen kannst und irgendwie null Gefühl dafür hast, was jetzt gerade gut für dich ist und was nicht. Und das weiß sie alles, und trotzdem macht sie's immer wieder, und so weiter. Deswegen fühlt sie sich wie ein Flummi, den Nils in der Gegend rumschmeißt, und redet sich so Sachen ein wie, dass sie hier die Definitionshoheit hat. Aber die hat sie natürlich überhaupt nicht, hörst du, Valerie, einen Scheiß hast du, was sich übrigens auch daran zeigt, dass Nils sie kürzlich angerufen und Schluss gemacht hat. Und zwar wirklich mit genau diesen Worten, *Du, ich mach Schluss mit dir*, so als wären sie sechzehn oder als würde er damit sagen, *Du, ich komm heute zehn Minuten später zu dir.*

Was er in Wahrheit damit sagt, ist aber ungefähr: *Du, ich bring dich demnächst übrigens mal um*. Andererseits bringt man sich ja wohl nur aus richtigem, wahnsinnigem Hass gegenseitig um. So, wie Nils am Telefon zu ihr gesagt hat: *Du, ich mach Schluss mit dir*, hört sich das aber überhaupt nicht nach Hass an, sondern total gelangweilt, und das Schlimme daran ist, denkt sie, während sie diesen scheiß Netto-Wein trinkt, von dem sie lieber die Finger lassen sollte, weil er sehr ungut mit ihren Pillen kreuzreagiert, das Schlimme ist, dass es wehtut wie nichts sonst, wenn man merkt, dass man einem nicht mal mehr so viel wert ist, dass er einen umbringen will. Und sie sitzt in ihrer total abgerockten Neuköllner Wohnung und fragt sich zum hundertsten Mal, was sie hier eigentlich macht, was sie sich vor zwei Jahren konkret dabei gedacht hat, hierherzukommen, warum alles seitdem so dermaßen im Treibsand steckt, und warum sie nicht einfach so sein kann wie die anderen, die zwar auch alle Probleme haben, sich aber dabei irgendwie viel cooler benehmen als sie.

Die Frau vom Jobcenter macht ihr Angst. Sie ist eine Liliputanerin, die man ja seit Neuestem Kleinwüchsige nennen soll, genauso wie man die Schwulen und Lesben und Neger jetzt bei ihren Schimpfnamen anreden soll, was aber alles nur wieder darauf hinausläuft, dass sie wirklich *extrem* klein ist, die Frau vom Jobcenter. Und während die anderen in der Schlange alle auf ihren iPhones rumtippen, als würden sie Protokoll über Valerie führen, sagt die extrem kleine Jobcenter-Frau mit unnatürlich tiefer Stimme, dass Valerie mit den Anträgen zwei Tage zu spät dran ist, und dann schmeißt sie ein Sicherheitsmann raus. Was dazwischen passiert ist, lässt sie sich später, als sie wieder in ihrer Bude sitzt und heult, so erzählen, dass sie nur darauf hingewiesen hat, dass die Verspätung nicht ihre Schuld ist. Sie war nämlich schon gestern beim Jobcenter und vorgestern auch, ist da aber nicht drangekommen, weil zu viele Kunden da waren und die normalgroßen Jobcenterleute das nicht auf die Reihe gekriegt haben. Man kann mit den Leuten nicht alles machen. So ist es, Valerie, aber heulen musst du trotzdem, und am nächsten Tag wieder hingehen und dich entschuldigen musst du auch, weil: *Du* willst ja was von *denen,* brauchst bloß mal in den Kühlschrank zu gucken.

Seit neuestem ist fast schon wieder Sommer. Unten vor dem Haus fangen die Obdachlosen an, auf ihrer Bank vor dem Spielplatz herumzuhängen, und weil der Hausbesitzer zu geizig ist, das Türschloss auszutauschen, das irgendjemand mit Sekundenkleber zugeklebt hat, vermutlich, weil dieser Jemand immer hinter die Mülltonnen pinkelt und dabei die Blumen zertrampelt – weil also die Haustür sich nicht mehr zusperren lässt, hat sie immer Angst, einem von ihnen im Durchgang oder im Treppenhaus zu begegnen, denn es kommt ihr so vor, als würden diese Leute immer extrem bedrohliche und abstoßende Sachen zu ihr sagen, zum Beispiel: *Ich will, dass du dich bis auf die Unterhose nackig machst.* Gestern ist aus der Erdgeschosswohnung im Hinterhaus, wo die Penner früher gehaust haben und wo sie jetzt nicht mehr hinkommen, weil der Pflegedienst dort ein Sterbezimmer eingerichtet hat für Herrn Mölder oder Moldau, der dadrin an Leberzirrhose stirbt, da hat also plötzlich der Penner neben ihr im Durchgang gestanden und sie angeraunzt: *Kannst du dir nicht mal die Haare waschen, Mädchen*, aber sie hat dann extra in der Glasscheibe der Haustür nachgesehen und festgestellt, dass ihre Haare tipptopp in Ordnung sind, Dreads halt, aber jetzt ist sie vollkommen verunsichert, unter die Leute zu gehen, weil sie ja vielleicht wirklich total ekelhaft aussieht. Und als sie jedenfalls rausgeht und stolpert, weil auf dem Bürgersteig die ganzen Pflastersteine locker sind und einige sogar fehlen, ist sie plötzlich ziemlich sicher, dass es nicht die Obdachlosen sind, die mit ihr sprechen, sondern dass das Problem ganz einfach ist, dass *es* wieder angefangen hat. Und sie bekommt augenblicklich ungeheure Panik und hat das Gefühl, sie müsste dringend auf die andere Straßenseite gehen und sich in dem Späti einen Kaffee im Pappbecher holen, so einen mit Deckel drauf, weil man mit einem solchen Becher Kaffee, mit dem man zielstrebig durch die Straße irgendwohin geht, wie eine richtige Erwachsene ohne irgendwelche Tätowierungen und Probleme aussieht. Wenn sie den Becher Kaffee kaufen würde, dann würde sie sich viel besser und sicherer fühlen, denn sie würde dann von den anderen Menschen endlich ernst genommen werden, weil der Becher Kaffee den anderen Menschen signalisieren würde, dass sie keine Zeit hat, ihren Kaffee im Sitzen zu trinken, und zwar wegen ihrer wahnsinnig wichtigen Arbeit, wo sich alle darauf verlassen, dass sie zuverlässig und pünktlich erscheint, damit die schwierigen Probleme, die sie da haben, von ihr, Valerie, gelöst werden können, und deswegen verdient Valerie mit dieser Arbeit auch so viel Geld, dass sie sich einen Kaffee im Pappbecher problemlos leisten kann, sogar mehrmals täglich, wenn sie das will. Aber das Problem ist natürlich, dass sie sich den Kaffee, ob jetzt mit oder ohne Pappbecher, in Wirklichkeit überhaupt nicht leisten kann und ihn eigentlich auch nicht verdient hat, weil sie nicht nur kein Geld hat, sondern weil es auch keine Arbeit gibt, bei der die Leute mit ihrer Zuverlässigkeit und Pünktlichkeit rechnen, denn diese und alle anderen Leute können ihre Probleme, wenn sie überhaupt Probleme haben, auch locker ohne dich lösen, Valerie, und nur um die Dinge einmal ganz klar auszusprechen, Valerie, ist es wahrscheinlich sogar so, dass du den Leuten nicht nur keine Hilfe bist, sondern ihnen sogar im Weg rumstehst, und obwohl du das super kannst, erfüllt das *Im-Weg-Rumstehen* leider keines der derzeit nachgefragten

Jobprofile. Somit wäre alles, was du mit dem Becher Kaffee behaupten würdest, nichts als eine dreiste Lüge, du nutzlose Schlampe.

Denn in Wirklichkeit bleiben ihr in der Woche gerade mal 20 Euro zum Essen und Trinken inklusive Pflegeprodukte, wo jetzt schon wieder 2,79 Euro für Tampons draufgegangen sind, macht also 17,21 Euro, und da kann man dann Kartoffeln und Brot und das billigste Gemüse und vielleicht noch ein paar Äpfel von kaufen, aber das auch nur, wenn man dafür das Klopapier im Rathaus oder der Stadtbücherei mitgehen lässt. Ein Kaffee für einen Euro ist in der Bilanz einfach nicht vorgesehen, Kaffee kann man sich zu Hause kochen, was vielleicht eine gute Idee ist, Valerie, du besorgst dir einfach einen Pappbecher und brühst dir zu Hause Kaffee und nimmst ihn dann mit runter auf die Straße, das ist die Lösung für all deine Probleme, ganz super, aber jetzt gehst du mal langsam weiter, okay?

Sie brauchen – vielleicht wollen Sie sich das lieber aufschreiben – zunächst ein Antragsformular. Dem Antragsformular müssen Sie eine Kopie Ihres Personalausweises beilegen. Außerdem Ihre Sozialversicherungsnummer, Ihre Krankenversicherungsnummer, Ihren Mietvertrag, eine Verdienstbescheinigung Ihres letzten Arbeitgebers, die lückenlosen Kontoauszüge der letzten drei Monate, eine Bescheinigung über Ihre stationäre Unterbringung und einen Nachweis über den Heizkostenzuschuss, sofern Sie bisher einen Heizkostenzuschuss bezogen haben. Das sind die Unterlagen für das Jobcenter. Ich sage Ihnen das jetzt, obwohl es eigentlich nicht meine Aufgabe ist, ich bin nur für Ihre Schulden zuständig, okay? Okay. Hören Sie zu? Ich erzähle Ihnen jetzt, wie das abläuft. Ich brauche von Ihnen folgende Unterlagen:

Rechnungen, Mahnungen, Ihren Schriftverkehr mit Inkassobüros und Anwälten. Alles, was Sie finden können. Öffnen Sie Ihre Post? Gut. Das ist nicht selbstverständlich, viele schmeißen ihre Post einfach weg. Das bringen Sie alles her, und dann sehe ich mir das an. Dann machen wir eine Aufstellung über Ihre Gläubiger und wer wie viel von Ihnen haben will. Dann rufe ich die Gläubiger an. Ich sage denen, dass Sie jetzt bei mir in der Beratung sind und dass die sich ihr Geld schon mal abschminken können. Dann schreien die mich erst mal an, aber ich bleibe ganz ruhig und halte den Hörer ein bisschen vom Ohr weg, so ungefähr. Es freut mich, dass Sie das komisch finden. Nachdem sich die Gläubiger wieder beruhigt haben, mache ich denen in Ihrem Namen einen Vorschlag. Was ist unser Vorschlag? Wir schlagen den Gläubigern vor, dass sie einen Teil ihres Geldes zurückbekommen. So was hören Gläubiger immer gerne. Jetzt fragen Sie sich sicher, welchen Teil ich meine. Also. Wir wenden uns an eine Stiftung, mit der wir oft zusammenarbeiten. Diese Stiftung unterstützt junge überschuldete Menschen mit psychischen Erkrankungen oder einem Drogenhintergrund. Das spielt jetzt keine Rolle, dass Sie keinen Drogenhintergrund haben. Ja, ich weiß, dass Sie keine Drogen nehmen, das ist auch gut so, aber die Stiftung hilft Ihnen trotzdem, immerhin haben Sie eine psychische Erkrankung. Eine psychische Erkrankung haben Sie doch wenigstens? Na, Gott sei Dank. Schon gut. Bei der Stiftung können wir ein zinsfreies Darlehen beantragen, mit dem wir die Gläubiger auszahlen. Sie können das Darlehen innerhalb von zwei Jahren mit einer niedrigen Rate zurückzahlen. Zinsfrei, wie gesagt. Die Höhe der Rate hängt von Ihrer Schuldenquote ab. Je höher Ihre Schuldenquote, desto höher die Wahrscheinlichkeit, dass die Gläubiger auf das Angebot einsteigen, desto höher aber auch Ihre monatliche Belastung. Verstanden? Ich weiß, beim ersten Mal klingt das sehr kompliziert. Ich schreibe Ihnen das alles noch mal auf. Ja, ich weiß, dass Sie keine Drogen nehmen.

Die Stiftung ist jedenfalls sehr kulant. Wenn Sie mal eine Rate nicht bezahlen können, wird Ihnen nicht der Kopf abgerissen. Die Gläubiger arbeiten gern mit der Stiftung zusammen, weil sie garantiert, dass sie wenigstens einen Teil ihres Geldes zurückbekommen. Der Haken ist, dass wir eine Mehrheit unter den Gläubigern brauchen, die diesem Verfahren zustimmt. Und zwar eine sogenannte Kopf- und Kapitalmehrheit. Das bedeutet, dass einer mehr als die Hälfte Ihrer Gläubiger einverstanden sein muss. Bei zehn Gläubigern also sechs. Außerdem müssen diese sechs Gläubiger zusammen auf über fünfzig Prozent der Schuldensumme kommen. Kopf- und Kapitalmehrheit. Verstanden? Gut.

Ich möchte, dass Sie jetzt nach Hause gehen und die Unterlagen zusammensuchen. Ich gebe Ihnen hier einen Haushaltsplan mit. Da können Sie jeden Monat jede Ihrer Ausgaben und jede Ihrer Einnahmen dokumentieren. Heben Sie jede Quittung auf, ob Sie jetzt Katzenfutter kaufen oder Dope im Görlitzer Park. Ich weiß, dass Sie auf Dope keine Quittung kriegen. Was ich damit sagen will, ist Folgendes: Ich möchte, dass Sie bei dieser Aufstellung sehr gewissenhaft und hundert Prozent ehrlich sind. Die ist nämlich nicht für mich und auch nicht für Ihre Gläubiger, sondern für Sie. Sie müssen genau wissen, wie viel von Ihrem Geld am Ende des Monats übrig ist, denn nur so können wir Ihre Schuldenquote ermitteln. Es nützt nämlich nichts, wenn wir mit der Alberts-Stiftung eine monatliche Rate von dreißig Euro aushandeln, wenn Sie diese dreißig Euro dann gar nicht bezahlen können. Logisch, oder? Von der Höhe der Quote hängt aber ab, wie viel Geld die Stiftung überhaupt zur Verfügung stellt, denn die Laufzeit des Darlehens beträgt immer achtundvierzig Monate, ob Sie sich nun hundert Euro oder zehntausend geliehen haben. Kopf- und Kapitalmehrheit, Sie erinnern sich. Sie können sich das so vorstellen, dass Ihre Gläubiger Aktionäre sind, und die überlegen sich ganz genau, ob sie ein lukratives Geschäft machen, wenn sie in Sie investieren. Wenn sie es tun, dann gehört denen von jetzt an zwei Jahre lang ein Anteil an Ihnen. Sozusagen Valerie-Brohm-Aktien. Sie müssen die Aktionäre überzeugen, Ihre Aktien zu kaufen. Also machen Sie sich bitte die Mühe.

Noch was. Sie können das mit der Ratenzahlung jetzt schon üben. Legen Sie jeden Monat etwas von Ihrem Geld zur Seite. Sagen wir, für den Anfang zehn Euro. Die hängen Sie unter Ihren Badezimmerspiegel oder stecken sie ins Portemonnaie, egal. Irgendein Platz, wo Sie den Schein oft sehen. Damit können Sie üben, ihn nicht auszugeben. Psychologie, verstehen Sie?

Und jetzt gehen Sie nach Hause und fangen an. Ja, bitte, gern geschehen. Ich weiß. Ich mag Sie auch. Nein, das müssen Sie nicht, das ist mein Beruf. Ja, ich finde Sie auch nett. Ich will nicht unhöflich sein, aber sehen Sie, was da auf meinem Schreibtisch liegt? Genau, das muss ich alles noch bearbeiten. Ich würde mich wirklich sehr gern von Ihnen zum Kaffee einladen lassen, aber erstens sollen Sie ein bisschen auf Ihre Ausgaben achten und zweitens muss ich jetzt schuften wie ein Ochse, ich bin ein gefragter Mann im Moment.

Vor dem Nachbarhaus sitzt der Tätowierer auf der Stufe, raucht eine Zigarette und unterhält sich mit einem Kunden. Sonst grüßen sie sich immer, ohne viel miteinander zu sprechen, aber jetzt beachtet der Tätowierer sie gar nicht. Ihr ist nicht ganz klar, warum er mit nacktem Oberkörper da sitzt, aber dann fällt ihr auf, dass die Sonne herausgekommen ist, die erste Sonne, so scheint es, nach dem Winter. Und dass es schon längst nicht mehr März, sondern Anfang April ist. Und dass seit ihrem Rauswurf und der Sache mit Nils oder besser gesagt seit dem Ende der Sache mit Nils schon drei oder so Wochen vergangen sind. Und dass sie sich im Moment nicht erinnern kann, was sie in diesen drei oder so Wochen eigentlich gemacht hat. Dafür dreht sich der Drachenkopf auf der Brust des Tätowierers in ihre Richtung, kommt richtig heraus aus der Brust und stößt einen Feuerstrahl aus, und auch wenn sie weiß, dass das in gewisser Hinsicht nicht wirklich passiert – oder genauer, dass die Drachen-Wirklichkeit einfach anders beschriftet ist als zum Beispiel die Wetter-Wirklichkeit –, jagt es ihr extrem große Angst ein, dass es jetzt wieder so weit gekommen ist, dass Drachenköpfe Feuer auf sie spucken, und in diesem Moment weiß sie, dass sie beschließen muss, etwas zu unternehmen, am besten noch vor der nächsten Straßenecke sollte sie das beschließen, und, ganz am Rande vielleicht auch herausfinden, wohin zum Teufel sie überhaupt geht.

Sie wacht auf. Sie hat geschlafen. Das Merkwürdige ist: Sie ist nicht zu Hause. Sie sitzt in einem Büro. Sie kennt das Büro. Vielleicht nicht genau das, aber doch solche, die so ähnlich sind. Ihr Kopf liegt auf ihren Armen auf dem Tisch, irgendetwas summt oder brummt. Was ist geschehen? Sie kann sich nicht erinnern. Vor ihr auf dem Tisch, der ansonsten leer ist, liegt ein Gürtel. Er windet sich wie eine Schlange. Am Ende des Tisches steht ein Drucker. Er spuckt bedrucktes Papier aus, in schneller Folge. Irgendjemand müsste hier sein, doch das Büro ist leer; sie spürt, dass es leer ist. Zur Sicherheit sieht sie sich um: ein verschlossener Aktenschrank, ein Bürosessel, ein Regal. Die Lamellen vor dem Fenster sind geschlossen, die Schreibtischleuchte brennt. Irgendjemand außer ihr müsste hier sein, doch sie ist allein, allein. Sie steht auf, ihre Beine sind wie aus Gummi. Bist du dir sicher, Valerie, dass du zu Hause bist? Nein, natürlich nicht, das hier ist ein Büro. Wie in einer Bank. Sie nimmt das letzte gedruckte Blatt, der Drucker hakt, das Papier ist alle. Eine eng bedruckte Seite. Ihr Blick fällt sofort auf ihren Namen: Valerie Brohm. Der Name taucht fünfmal auf der Seite auf, immer ausgeschrieben. Die Seite ist Teil eines Dokuments, vielleicht einer Lebensversicherung, oder eher einer Anklageschrift, der Stil ist juristisch: Ob die Mandantin zurechnungsfähig ist, kann zu diesem Zeitpunkt nicht zweifelsfrei geklärt werden. Es wurden zur Klärung dieses Sachverhalts bisher drei verschiedene Gutachten eingeholt, darunter Namen und Anschriften. Sie springt zum nächsten Absatz, der wieder mit ihrem vollen Namen beginnt: Valerie Brohm hat am 21. dieses Monats ihren Stiefvater in dessen Büro aufgesucht. Alles deutet darauf hin, dass es im Verlauf des Gesprächs zum Streit zwischen beiden Personen kam; wer mit dem Streit anfing, ist nicht mehr zu rekonstruieren.

Sie hört ein Geräusch, es ist die Tür des Büros, die nur angelehnt ist. Die Tür hat sich bewegt. Sie steht auf, öffnet die Tür ganz: nichts als ein leerer Flur.

Da Valerie Brohm ihren Stiefvater außerhalb der Geschäftszeiten des Büros aufgesucht hat, war zur Tatzeit niemand zugegen. Alle diesbezüglichen Annahmen über den Hergang müssen sich somit auf Indizien stützen. Wie Herr Milbrandt in das Badezimmer gelangt ist, das auf derselben Etage liegt wie das Büro, kann nur vermutet werden. Da Frau Brohm bei einer Größe von 1,59 Metern und einem Gewicht von 51 Kilogramm ihren Stiefvater, der ein Gewicht von

85 Kilogramm aufweist, kaum getragen haben kann, ist davon auszugehen, dass sich Herr Milbrandt freiwillig in das Badezimmer begab, möglicherweise, um sich zu erfrischen oder zur Toilette zu gehen. Die Tatwaffe, eine Schere, die ihren Platz gewöhnlich auf Herrn Milbrandts Schreibtisch hat, wird nicht von Herrn Milbrandt selbst in diese Räumlichkeit verbracht worden sein; hierfür fehlen alle Anhaltspunkte, alle Anhaltspunkte, alle Anhaltspunkte.

Die Tür hat sich wieder bewegt, was gespenstisch ist, unheimlich, Valerie, denn hier ist niemand außer dir, du bist allein. Du bist nicht allein, hört sie eine Stimme dicht neben sich, und sie weiß, dass sie nicht real ist. Es ist eine *Stimme*, Valerie, es sind die Aktionäre. Sie liest weiter, es sind nur noch zwei Zeilen auf dieser Seite: Somit kann davon ausgegangen werden, dass Valerie Brohm, nachdem sie die Schere an sich nahm, ihrem Stiefvater in das Badezimmer gefolgt ist und

Sie blättert um, aber da ist keine Seite mehr; die nächste Seite steckt im Drucker fest, beziehungsweise es ist kein Papier mehr da für eine nächste Seite, der Text ist zu Ende, Valerie. Der Text ist zu Ende.

Das Badezimmer ist da vorne links. Nur ein wenig den Gang entlang. Ihr Atem geht flach, viel zu flach für die Menge an Blut, die ihr Herz durch ihren Körper pumpt. Was ist hier los, was ist hier los, sie fragt sich immer wieder dieselbe Frage, wie ein Mantra: Was ist hier los, Valerie?

Sie geht den Flur entlang, der fensterlos und dunkel ist; alle anderen Türen sind geschlossen. Sie erkennt die Bilder an den Wänden, einige von Falb sind darunter, auch wenn sie nicht versteht, warum sie hier hängen. Das WC ist mit einem rechteckigen weißen Zettel gekennzeichnet, eingefasst hinter Plexiglas: »WC« steht darauf. Aber sie zweifelt daran, dass das richtig beschriftet ist. Einen Moment lang will sie wegrennen, und eine Stimme sagt: Renn weg, Valerie. Sie schlägt eine Hand vor ihren Mund, weil eine Stimme ihr rät, lieber die Hand vor den Mund zu schlagen: Da ist die Tür des WC, und sie spürt, wie ihr Herz diese riesige Menge Blut durch ihren Körper pumpt, und dann sieht sie es schon, bevor sie die Klinke drückt und die Tür aufstößt, diese riesige Menge Blut, mit der die Kacheln über der Badewanne besprenkelt sind, und ihr Stiefvater Bernhard liegt mit glasigen Augen in der Wanne, und er sieht sie direkt an, und er ist tot.

Der Arzt, zu dem sie geht, auch wenn sie Nils am Telefon sagt, dass es nicht *wegen ihm* schlimmer geworden ist, was zwar zum Teil stimmt, zum anderen Teil aber die viel wichtigere Frage aufwirft, warum sie nach allem, was passiert ist, überhaupt noch mit Nils telefoniert, der Arzt also sagt, dass sie im Moment eine Phase extremer Belastungen durchmacht. Was der Arzt damit meint, wenn er sagt, dass Valerie eine Phase extremer Belastungen durchmacht, ist wahrscheinlich Folgendes: Sie hat in kurzer Folge ihren Job verloren und dann ihren Freund, mit dem sie ein Jahr lang eine emotional sehr intensive Sache laufen hatte. Dann hat sie erfahren, dass dieser Freund, dem sie immerhin vertraut hat, sie in dieser Zeit permanent betrogen hat, und zwar nicht, wie das sonst üblich ist, mit anderen Frauen, sondern mit Valeries Geld. Ihr Freund hat nämlich in ihrem Namen Accounts bei eBay, Amazon, Hardwareschotte etc. eingerichtet und irgendwelches Zeug bestellt, als gäbe es kein Morgen. Auf diese Weise hat ihr Freund, ohne ihr auch nur den leisesten Ton darüber zu sagen, einen Schuldenberg von etwas über 20.000 Euro in ihrer Einzimmerwohnung aufgeschüttet. Das ist es, was der Arzt mit den extremen Belastungen meint. Er sagt auch, dass sich psychotische Episoden ganz gern solche

Anlässe suchen würden, um wieder aufzutauchen, und dass die anderen Sachen, also die Bilder und falschen Beschriftungen, teilweise durch diesen Stress bedingt sind und dass er schon verstehe, dass ihr das Angst mache, dass er aber nicht denke, dass sie auf der Akuten bleiben müsse. Sie habe ja schon Erfahrung mit ihrer Krankheit, man könne die Olanzapin-Dosis heraufsetzen, und überhaupt sei die Akute im Moment total ausgebucht.

1 **2** 3 4 5 6 7 8

Und obwohl sie sich vor noch nicht allzu langer Zeit das Gegenteil geschworen hat, steht sie plötzlich in Frankfurt am Hauptbahnhof. Es gehen lauter Leute in Anzügen mit Rollkoffern an ihr vorbei, die Sorte Leute, die man in Berlin-Neukölln eher selten sieht, und sie fühlt sich auf eine ausgesprochen feindselige Art wieder zu Hause. Niemand sucht hier in den Mülleimern nach Pfandflaschen, die man verkaufen könnte, die Leute hier haben nämlich schon alles. Dafür gucken sie Valerie an, als wüssten sie, dass sie aus Berlin kommt, und als warteten sie darauf, dass sie jeden Moment anfängt, in den Mülleimern zu wühlen. Sie kennt diese Blicke. Irgendwas wissen die Leute über dich, Valerie, was du anscheinend nicht weißt, und passenderweise wird per Bahnhofslautsprecher durchgesagt: *Wir wissen doch ganz genau, was du für eine bist, Valerie Brohm!*, und natürlich *kennt* sie den Unterschied zwischen beschrifteter und unbeschrifteter Realität, aber manchmal ist er eben immer noch unklar. Sie spürt ihr Hemd am Rücken kleben, muss alle paar Sekunden ihre Brille hochschieben wegen Hitzewellen, die wiederum was mit ihrer Regel zu tun haben, die immer zum falschen

Zeitpunkt kommt, dazu die schwere Tasche und überhaupt die Anstrengung, die es bedeutet, wieder hier zu sein und in die S-Bahn nach Bad Homburg zu steigen.

»Ich muss jetzt ein paar Tage hierbleiben«, sagt Valerie, als ihre Mutter die Haustür öffnet. Ihre Mutter macht auch zu Hause auf Grande Dame, komplett mit Perlenschmuck, Hermès-Carré und einem Haarband aus rotem Samt, was extrem unpassend rüberkommt.

»Hallo, Valerie, ich freue mich, dich zu sehen«, sagt sie und öffnet die Arme, und Valerie ist einigermaßen verwirrt.

»Habe ich dich angerufen? Wusstest du, dass ich komme?«

»Nein, Valerie, du hast mich nicht angerufen. Ich wusste nicht, dass du kommst. Aber es ist wundervoll, dass du jetzt da bist.«

Sie setzen sich in das große Wohnzimmer, und Valerie erklärt ihrer Mutter, dass alles ein bisschen schiefgelaufen ist in Berlin und sie im Moment Probleme hat und all diese Dinge, die man seiner Mutter so erzählt, wenn man sie schon besucht. Ihre Mutter sagt: »Valerie, du kannst jederzeit bei uns schlafen, das *weißt* du doch. Erzähl doch, wie ist es dir in Berlin ergangen?«

Jedenfalls ist die Ausdrucksweise ihrer Mutter, denkt Valerie, nicht dazu geeignet, die ganze Sache (also ihre Situation und wie sie sich fühlt und all das) für sie realistischer zu gestalten, denn ihre Mutter redet, als würde sie in jeder Lebenslage die Hände vor dem Bauch falten wie eine evangelische Pastorin, und irgendwie hat Valerie ihrer Mutter diese gefalteten Hände in der Stimme noch nie abgenommen, und sie kriegt auch bei diesem *Wie ist es dir in Berlin ergangen* eine eiskalte Gänsehaut auf dem Rücken, zumal Valerie ja gerade ausführlich dargelegt hat, wie es ihr in Berlin ergangen ist. Ihre Mutter redet so gespreizt wie die Figuren in ihrem Buch, allerdings auch genauso unglaubwürdig, leider. Es ist kein Zufall und genau genommen schon eine Tradition, denkt Valerie, dass sie ein Glaubwürdigkeitsproblem mit ihrer Mutter hat. Aber ausgerechnet bei dem Buch ist das Glaubwürdigkeitsproblem offensichtlich, denn ihre Mutter behauptet darin unbeirrbar, dass es sich bei den Ereignissen, die darin geschildert werden und die selbst für jemanden wie Valerie ziemlich mühelos als hanebüchene Erfindungen oder allenfalls romantisch-sentimentale Idealisierungen zu erkennen sind, um ihre ureigene Biografie handelt, also zum Beispiel, dass sie und ihr Vater, der angeblich irgendein hochrangiger Waffenforscher war, von kommunistischen Geheimdiensten quer durch Europa gejagt wurden, weswegen sich die beiden die halbe Jugend ihrer Mutter unter falschem Namen in irgendwelchen deutschen Provinznestern vor irgendwelchen Auftragsmördern verstecken mussten. Was davon stimmt, ist ziemlich hundertprozentig das mit den Provinznestern und sonst nichts, das Buch ist quasi die Mutter aller falschen Beschriftungen, und was somit davon übrig bleibt, wenn man den ganzen Bio-Fake rausrechnet, ist eine reichlich kitschige Coming-of-Age-Schmonzette, an manchen Stellen ganz unterhaltsam, aber mehr eben auch nicht.

»Hast du deine Medikamente abgesetzt, Valerie?«

»Nein, wie kommst du, ich hab meine Medikamente –«

»Du bist so fahrig, Valerie, geht es dir nicht gut?«

»Mein Gott, ich hab doch gerade *gesagt*, dass es mir nicht gutgeht, ich bin den ganzen Weg mit der schweren Tasche, hörst du mir nicht zu, oder was?«

»Entschuldige, Valerie, ich möchte mich nicht mit dir –«

»Ey und kannst du mit diesem *Valerie* aufhören, sorry? Ja?«

Ihr altes Zimmer ist jetzt ein Gästezimmer, aber das ist nicht schlimm, sie ist ja hier längst nicht mehr zu Hause, aus freien Stücken nicht, obwohl es auch durchaus sein kann, dass Bernhard sie rausgeekelt hat, so genau weiß sie das nicht mehr, denn Bernhard war, zumindest als er noch gelebt hat, ein ziemliches Arschloch. Es steht ein Bett in dem Zimmer, es ist hübsch eingerichtet, das Fenster ist gekippt und lässt ein bisschen von der angenehmen Nachmittagsluft herein, und sie ist todmüde und lässt sich auf das Bett fallen, und dann ist es draußen dunkel und sie wieder wach, es ist 23 Uhr am Abend, und sie ist vollkommen verschwitzt und desorientiert, weil sie ungefähr jeden beschissenen Traum, den man überhaupt haben kann, *gleichzeitig* gehabt hat: Wie sie mit Bernhard Monopoly spielt und völlig anstrengungslos eine Straße nach der anderen bekommt und Häuser darauf baut und Bernhard ständig auf ihre Straßen gerät und so viel Miete zahlen muss, dass er bald pleite ist, und wie er darüber so wütend wird, dass er anfängt, sich über sie lustig zu machen, zum Beispiel in einem Schwimmbad, wo sie in Wirklichkeit niemals zusammen gewesen sind, wo Bernhard aber auf ein ungefähr gleichaltes Mädchen zeigt und so laut, dass es jeder mitbekommen kann, sagt, dass die da mit den fettigen Haaren das ja auch ganz gut hinkriegt mit der Pubertät, und wie sie vor Scham im Boden versinken will und alle sie anstarren und dann ein paar kleine Türkenjungs ankommen und anfangen, sie anzufassen und versuchen, ihr die Badesachen auszuziehen, und Bernhard steht mit verschränkten Armen daneben und lächelt eklig, und dann hat sie plötzlich beim Monopoly alles verloren, und sie kommt immer wieder auf die einzige Straße, die ihre Mutter gekauft hat, nämlich die Schlossallee mit vier Hotels drauf, obwohl das gar nicht geht, und Valerie muss bei jeder Runde Tausende von Euros bezahlen, und ihre Mutter und Bernhard lachen sich halbtot darüber. Und dann sitzt sie plötzlich auf Nils' Schwalbe, mit der sie bis letzten Herbst herumgefahren ist, und wird von zwei Polizisten in Zivil angehalten, nachts auf der Wiener Straße, und die beiden Polizisten kauen Kaugummi und riechen nach Rasierwasser und untersuchen die Schwalbe peinlich genau, und sie sagen so Sachen wie *Hast den Hubraum aufgebohrt, hm?* und *Bisschen den Vergaser frisiert, hm?*, und der eine sagt zum anderen, *Du, ich hab das Gefühl, das ist längst noch nicht alles*, und vom Görlitzer Park gegenüber kommen ein paar von den Dealern und stellen sich im Kreis drum herum und gucken zu, wie die Polizisten sich Valeries Ausweis geben lassen und sie dann darüber ausquetschen, wo sie denn genau in der Nacht gewesen wäre, als ihr Bruder gestorben ist, und der andere Polizist sagt feixend, *Oder sollte man Stiefbruder sagen, hm?*, und die Dealer drum herum lachen, als wäre das ein erstklassiger Witz gewesen, und alle Dealer haben iPhones und machen Bilder von ihr, und all diese Bilder bezeichnen Valerie mit völlig anderen Namen, und dann klappt der eine Polizist den Sitz der Schwalbe hoch und findet einen Schnuller darunter und fragt sie völlig zusammenhanglos, *Ist das der Schnuller, mit dem du deinen Bruder umgebracht hast*, und dann sitzen sie auf einmal wieder um das Monopoly-Spiel herum, und sie muss sich diesmal selber ausziehen, weil sie nämlich die Miete der Schlossallee schon wieder nicht zahlen kann, und deswegen muss sie buchstäblich ihr letztes Hemd hergeben, und ihre Mutter sagt bedauernd, *Sie schämt sich*, und ihr Vater lacht nur, und dann wacht sie auf.

Das Radio sagt jetzt durch, dass die großen deutschen Banken wegen der Wirtschaftskrise nicht mehr in Valerie investieren wollen. Valerie-Aktien gelten neuerdings als extrem gefährlich. Die Hypo Real Estate, die bereits letztes Jahr mit staatlichem Geld gerettet werden musste und eine Menge Valerie-Papiere platziert hat, richtet ihr Augenmerk jetzt lieber auf den deutschen, französischen, italienischen oder spanischen Aktienmarkt, sagt ein HRE-Sprecher. Auch die Commerzbank-Tochter Eurohypo hat nach Angaben eines Branchenkenners beschlossen, keine Aktien von Valerie mehr zu kaufen. »Wir sind alle maßlos enttäuscht von Valerie«, wurde der Mann zitiert. Die Eurohypo besitzt Valerie-Papiere für etliche Millionen Euro, natürlich haben die jetzt Schiss, noch mehr zu verlieren, mit so einem schlechten Produkt.

Valerie hört sich das alles ruhig an, was soll sie machen, es ist mitten in der Nacht, und sie kann nicht schlafen, und Stimmen im Radio sind immer noch besser als Stimmen in Heizungsrohren. Wenigstens gibt es hier Strom. Jetzt erzählen sie im Radio, dass die Postbank, zurzeit ebenfalls mit Millionen Euro in Valerie investiert, in nächster Zeit keine Kaufoptionen auf die Papiere mehr ausüben wolle. Das sagt natürlich alles. Valerie schluckt trocken und sieht zum großen Terrassenfenster, das allerdings stockdunkel ist. Es gibt auch mehrere Landesbanken, die Valerie-Aktien halten, die wollen sich aber zu einem Neukauf gar nicht mehr äußern.

Valeries Finanzprobleme könnten sich nun noch einmal deutlich verschärfen, sagt das Radio. Da nämlich der gesamte Markt sein Kapital abzieht, ist fraglich, ob Valerie ohne staatliches Geld überhaupt noch überlebensfähig ist. Sollten sich die Gläubiger tatsächlich von Valerie abwenden – und offensichtlich tun sie ja gerade genau das –, müsste sie ihnen höhere Zinsen anbieten. Natürlich weiß jeder, dass Valerie keine höheren Zinsen bezahlen kann, weil sie ja schon jetzt total am Arsch ist. Gleichwohl beteuert der Vorstandschef der Deutschen Bank, Josef Ackermann: »Wir spekulieren nicht gegen Valerie!«

Valerie ist sich ziemlich sicher, dass das gelogen ist.

»Und wo ist Bernhard?«

»Ich sagte doch schon, Valerie, dass er weggefahren ist.«

»Und wohin ist er gefahren?«

»Das weiß ich nicht.«

»Aber wenn du nicht weißt, wohin er gefahren ist, wie kannst du dann sicher sein, dass er noch am Leben ist?«

»Warum soll er denn nicht am Leben sein, Valerie?«

»Was weiß ich denn?«

»Wieso bist du denn so aggressiv?«

»Ich verstehe nicht, wie du so sicher sein kannst, dass er am Leben ist, wenn du nicht mal weißt, wo er ist.«

»Er hat Probleme auf der Arbeit, deswegen musste er ein paar Tage verreisen.«

»Vielleicht hat ihn jemand umgebracht.«

»Wie kommst du denn darauf, Valerie?«

»Und wie lange muss er verreisen?«

»Das weiß ich nicht, Valerie.«

»Und wohin ist er verreist?«

»Ich weiß es nicht.«

Das Gute ist, dass ihre Mutter das Ticket bezahlt hat, sie hätte sonst nämlich keine Ahnung gehabt, wie sie nach Berlin zurückkommen sollte. Nicht so gut ist natürlich, dass ihre Mutter jetzt neben ihr im Zug sitzt. Das ist sogar das Hauptproblem. Ihre Mutter hat nämlich die lästige Angewohnheit, sie ab etwa der zweiten Stunde, die sie miteinander verbringen, wahnsinnig zu machen, und das ist ja jetzt schon satte drei Tage her. Wahnsinnig nicht im Sinne von irre, denn irre ist sie ja schon, sondern wahnsinnig im Sinne von *wahnsinnig*. Es fängt mal damit an, dass ihre Mutter sie fragt, ob sie nicht ihre Mütze abnehmen kann, was sich nach Valeries Ansicht von allein beantwortet, und zwar mit einem klaren Nein. Dann zeigt sie durch jede noch so kleine Bewegung, dass irgendwas sie stört, also der Sitz, die lauten Durchsagen in schlechtem Englisch oder die Flatulenz irgendeines Fahrgastes, und dass sie es ganz generell unter ihrer Würde findet, mit der Eisenbahn zu fahren. Schon allein, dass sie *Eisenbahn* sagt, macht Valerie wahnsinnig. Wenn ein Fahrgast sich zu laut mit seinem Telefon unterhält, dann legt ihre Mutter die Hand auf Valeries Arm und wirft ihr einen tröstlichen Schrägstrich aufmunternden Schrägstrich verbündeten Blick zu, so als wäre *Valerie* diejenige, die sich über das Telefongespräch aufregen würde, und nicht sie selbst. Valerie bleibt dann nichts anderes übrig, als ihren Arm wegzuziehen. Überhaupt guckt sie die ganze Zeit aus dem Fenster, wo sie dann allerdings ihre Mutter als Spiegelung sieht. Der Kaffee schmeckt ihrer Mutter nicht, und dass man das Ticket ein zweites Mal vorzeigen muss, findet sie unzumutbar. Trotzdem ist sie zu dem jungen Mann, der das Ticket von ihr sehen will, sehr freundlich, geradezu *scheißfreundlich*. »Findest du auch, dass die Luft hier so schlecht ist? Die Luft ist hier so schlecht«, fragt sie, was Valerie gleich die nächste wahnsinnig machende Eigenschaft ihrer Mutter anzeigt, nämlich Fragen zu stellen und dann das Gefragte gleich im Anschluss zu *behaupten*, als hätte die Äußerung der Frage schon genügt, um zweifelsfreie Tatsachen zu schaffen. Irgendwo weiter hinten behauptet jemand flüsternd, dass das doch alles total krank sei, und Valerie ist geneigt, das zu unterschreiben, auch wenn sie nicht genau weiß, wer überhaupt gemeint ist, geschweige denn, wer spricht.

Ein richtiges Gespräch zwischen ihnen findet nicht statt. Allerdings bemüht sich Valerie, eins zu führen. Es geht alles leichter und schneller vorbei, wenn man spricht. Sie fragt: »Warum musst du da jetzt noch mal unbedingt hin?«

Ihre Mutter atmet schwer und schließt halb die Augenlider und sagt dann ganz langsam: »Ich habe dir das doch jetzt schon fünf Mal erklärt, Valerie. Der Chef von Bernhard ist sehr krank geworden.«

Das ist nicht die Antwort auf ihre Frage. »Das weiß ich ja.«

»Weißt du, es macht einfach keinen *Spaß*, wenn ich dir alles zehn Mal erzählen muss und du mir nicht zuhörst.«

»Das Leben ist halt kein Ponyhof«, sagt Valerie, was nun wirklich völlig bescheuert ist, wirklich, das hilft jetzt keinem weiter, Valerie.

»Ich kenne einfach den Herrn Alberts schon sehr lange, und es ist für mich selbstverständlich –«

Der Name öffnet eine Tür bei Valerie. Die Tür war nicht hinter einem falschen Schrank oder einem Spiegel versteckt, sondern die ganze Zeit da; sie hat sie bloß nicht gesehen. Jetzt drückt sie die Klinke, und die Tür ist unverschlossen.

»Kennst du seinen Sohn?«, fragt Valerie, auch wenn das vielleicht bedeutet, damit Themen anzuschneiden, die ihre Mutter eigentlich nichts angehen, aber Valerie denkt, vielleicht ist es ja genau das, was die Dinge zwischen ihnen so schwierig macht, dass sie nämlich so gut wie überhaupt nichts voneinander wissen. Jedenfalls nichts Richtiges.

»Wieso fragst du mich das?«

»Wieso soll ich dich das denn nicht fragen, das ist doch wohl eine ganz normale Frage, was verstehst du daran nicht?«

»Ich meine, wie *kommst* du denn auf die Frage?«

Sofort hat Valerie nicht mehr die geringste Lust, ihrer Mutter irgendwas von Thomas zu erzählen, und sie ist froh, es bisher nicht getan zu haben, weil es nämlich immer dasselbe ist, wenn sie etwas von sich erzählt, dass nämlich –

»… seinen Sohn?«

»Was?«

»Ich sagte – also, Valerie, du musst wirklich lernen, mir *zuzuhören* –, woher kennst *du* ihn denn? Das finde ich aber jetzt interessant!«

Zum Beweis dafür, wie interessant sie es findet, dreht sie sich auf ihrem Sitz ein wenig in Valeries Richtung, was Valerie total aufdringlich und affektiert findet, und sie hat den dringenden Impuls, aufzustehen und auf die Toilette zu gehen, aber da die Toilette leider besetzt ist, muss sie aufstehen und im Zug spazieren gehen.

Back in good old Hundescheiße-City bringt ihre Mutter es natürlich fertig, die ganze Zeit über so auszusehen, als wollte sie fragen: »Also, *hier* hast du dich entschlossen zu leben?« Immerhin fragt sie es nicht wirklich, und sie sagt auch nichts zu Valeries Wohnung, die natürlich unaufgeräumt ist, auch wenn Valerie jetzt wiederum froh ist, dass es bei ihr nicht allzu viel zum Aufräumen gibt.

»Wird sein Sohn auch da sein?«

»Woher soll ich das denn wissen, Valerie?«

»Ich komme mit ins Krankenhaus.«

»Warum willst du denn mitkommen, Valerie?« Ihre Mutter hat ihre dämliche Louis-Vuitton-Reisetasche abgestellt und sich auf die äußerste Kante des Bettes gesetzt, als wollte sie sagen: Bevor ich hier schlafe, musst du das aber noch mal neu beziehen, und Valerie fragt sich, wie das überhaupt gehen soll in dieser Wohnung: schlafen, und: sie beide. Sie hat nur dieses eine Bett. Aber ihre Mutter sieht nicht aus, als würde sie freiwillig in ein Hotel gehen.

»Ich hab doch schon gesagt, dass ich ihn kenne.«

»Valerie, wie soll ich dir denn *helfen*, wenn du nicht ehrlich zu mir bist?«

»Wer sagt denn, dass du mir helfen sollst, ich *will* überhaupt nicht, dass du mir hilfst, ich brauche deine verdammte Hilfe nicht!«

»Schon gut, Valerie, du brauchst dich nicht aufzuregen.«

Gut. Gehst du jetzt ins Hotel?

»Nur eine Sache, Valerie, ich fände es *wirklich nett* von dir, wenn du im Krankenhaus deine Mütze ausziehen würdest.«

In ihrem Zimmer hat sie das Gefühl, ersticken zu müssen. Das ist deine Mutter da neben dir, die in ihr Kissen schnarcht, du bist 23 und lebst allein und hast mit einer wirklich beachtlichen Anzahl an Männern geschlafen, und jetzt liegst du hier mit deiner *Mutter* im Bett und wartest schlaflos auf den Morgen, aber was kommt, ist nur das Grauen. Es kriecht heran und frisst das Licht, das gerade herauskommen will, und mit dem Licht frisst es alle Kraft und alle Munterkeit in sich hinein. Immer wieder, als säße sie auf einem Kreisel, der sich unaufhörlich dreht, denkt sie an die Verabschiedung am Nachmittag: Wie Thomas, nicht mehr so abweisend wie noch im Krankenhaus, aber schon wieder nicht mehr so nah wie bei ihrem Spaziergang in Dahlem, sich mit einem »Bis bald« von ihr verabschiedet, wie es schon Tausende vor ihm getan haben, »Bis bald«, völlig unverbindlich, und ihr dazu seine *Hand* hingehalten hat, als sei sie nichts weiter als, als … Und dass sie nicht beantworten kann, was sie denn eigentlich von ihrem Wiedersehen erwartet hat, macht die Sache noch schlimmer: *Was hast du denn geglaubt, Valerie? Ihr habt euch über zwei Jahre nicht gesehen!* Sie schlägt die Bettdecke zurück und setzt sich auf die Bettkante. Stützt sich mit den

Händen auf, will aufstehen, sich setzen, legen, will einfach verschwinden, aus sich hinausfließen und im Boden versickern.

»Was ist denn los?«, flüstert ihre Mutter hinter ihr. »Warum weinst du denn, Valerie?«

Du sagst es ihr nicht, hörst du, sie wird dir sowieso nicht glauben, sie wird dir nur irgendwie helfen wollen und dir die Kehle zudrücken mit ihrer Hilfe, und deswegen sagst du jetzt nichts, Valerie, am besten gehst du einfach, gehst jetzt sofort, egal wohin, und wenn du die ganze Nacht draußen rumrennst, aber dann bringt sie es fertig, die Polizei zu holen und nach dir zu suchen –

»Mama, ich glaube –«

Du sagst es nicht. *Du sagst es nicht!*

»Mama, ich glaube, ich habe Bernhard umgebracht.«

Dazu dieses Gefühl, als würde ihre Kehle schon *längst* zugedrückt, sie kann nicht schlucken, und dieses Schütteln lässt sich nicht kontrollieren. Eine Hand auf ihrer Schulter. »Ach, Valerie.«

Eine Hand auf ihrer Schulter, die den Rücken hinunterstreicht und dann wieder herauf. »Ach, Valerie, mein Schatz.«

Bernhard in der Badewanne, überall Blut: Es ist nichts dagegen zu machen, und alle Tüten, die sie sich vor Mund und Nase hält, um nicht zu hyperventilieren, helfen da nicht. Es gibt die Bilder. Mag darunterstehen, was dort eben steht, aber es gibt die Bilder.

Ihre Mutter sagt: »Aber das ist doch *Unsinn*, mein Schatz.«

Dann ist Licht in der Tür, ihre Füße stecken in Schuhen, das Fenster im Treppenhaus knallt im Wind gegen die rissige Mauer. Es ist laut. Es ist ihre eigene Stimme, die so laut ist. Wie eine hasserfüllte Stimme aus einer Wasserleitung in der Wand: »*Pack* mich ja nicht an!«

Sie ist schon weit, weit weg, als ihr in all diesem Chaos auffällt, dass sie ihre Mütze vergessen hat.

Als kleines Mädchen wird die Indexpatientin von der Kindesmutter intensiv geliebt. Intensiv meint hier: in symbiotisch-erdrückender Weise. Diese Liebe ist seitens der Mutter in erster Linie eine Kompensation der weitgehend unerwiderten Liebe zu ihrem Mann. Als Gegenleistung für die Liebe zu Valerie fordert die Mutter deren bedingungslose Unterwerfung. Dem Kind wird in dieser Konstellation eine altersgerechte Entwicklung nur insoweit zugestanden, als sie für die Mutter von Vorteil ist.

Es trifft wohl zu, dass die kleine Valerie aus Sicht der Eltern ein nicht ganz unkompliziertes Kind ist. Nicht ganz unkompliziert meint hier insbesondere das Symptom der Schuldistanz. Eltern interpretieren ein solches Verhalten oft als bloße Motivationslosigkeit oder Faulheit ihres Kindes. Sie versuchen dann, den Druck auf das Kind zu erhöhen, um den durch das Umfeld suggerierten Vorwurf zu entkräften, sie würden es zu sehr verwöhnen.

Allerdings gibt die Indexpatientin in den Einzelgesprächen immer wieder und durchaus glaubhaft an, gern zur Schule gegangen zu sein. Sie beschreibt sich als wissensdurstig und aufnahmefähig. Diese Einschätzung wird im Übrigen durch die allgemeine stationäre Diagnostik im Zuge der Erstbehandlung vom 21.8.2006 bestätigt. Ein Intelligenztest (HAWIK-IV) hat einen überdurchschnittlichen Wert ergeben. […]

Der Grund, aus dem die kleine Valerie die Schule nur unregelmäßig besucht, liegt aus Sicht des behandelnden Facharztes vielmehr in der gestörten Beziehung zur Mutter. Ein Teil dieser Störung spiegelt sich in der Tatsache, dass die kleine Valerie Angst um ihre Mutter hat. Sie erlebt die Mutter in der

Beziehung zu ihrem Ehepartner als abhängig und schwach. Gleichzeitig erlebt sie die Mutter in Bezug auf sich selbst als grenzenlos stark. Die Indexpatientin hat immer wieder beschrieben, die Mutter habe einen beinahe unbändigen Willen. Als umso verstörender habe sie (die IP) die Tatsache erlebt, dass die Mutter gleichzeitig, beziehungsweise in Wirklichkeit, beziehungsweise in einer bestimmten Wirklichkeit, labil und nicht in der Lage sei, sich gegen die Übergriffe des Stiefvaters zu wehren. Die Mutter habe der kleinen Valerie wiederholt beteuert, dass nur sie, das Kind, ihre unverfälschte Liebe verdiene. In Phasen der ehelichen Eintracht und funktionierenden Sexualität hingegen habe die Mutter das Kind kaum beachtet. Die kleine Valerie habe sich dann als störend empfunden, bis die Mutter nach einer neuerlichen Demütigung seitens ihres Partners, resigniert und in tiefer Verzweiflung, dem Kind gegenüber ankündigte, sich umzubringen, für den Fall, dass es sich jemals von ihr abwende. Diese Dynamik wiederholte sich zyklisch und verstärkte sich mit zunehmender Häufung.

Aus diesem Grund ist es naheliegend, Valeries Verweigerung des Schulbesuchs als gesunde Reaktion auf die ambivalente Hilfebotschaft der Mutter zu deuten. Dabei ist die Diskrepanz zwischen dem von der Mutter eingeforderten Beistand und ihrer fehlenden Wertschätzung desselben ebenso augenfällig wie für ein Kind zutiefst verstörend.

Erschwerend kommt hinzu, dass Valeries Schuldistanz insbesondere vom Stiefvater, der sich für Valeries Erfolg verantwortlich fühlt, als vorsätzliche Provokation und bewusste Ablehnung seiner Person interpretiert wird. Die IP schildert im Einzelgespräch Szenen, die in ihr das Gefühl evozierten, in ihrer Familie unerwünscht zu sein. Diese Szenen schienen sich insbesondere nach der Geburt ihres Bruders eklatant ge-

häuft zu haben. Dem behandelnden Facharzt ist eine bestimmte Erzählung als besonders signifikant in Erinnerung geblieben. Darin sitzt die Familie beim Abendessen zusammen. Die Mutter verbreitet wortreich ihre Enttäuschung über Valeries Schuldistanz. Sie gibt an, traurig zu sein, lächelt dabei allerdings affektinadäquat. Sie sagt mit leiser Stimme, dass sie Valeries Verhalten als eine Herabwürdigung ihrer, der mütterlichen, Versuche interpretiere, Valerie zu einer optimalen Entwicklung zu verhelfen. Valeries Stiefvater rechnet dazu die Kosten der Schule vor: Neben den offiziellen Gebühren sind dies Kosten für Essen, Bücher, Schreibmaterial und Fahrtkosten, ganz zu schweigen von der Nachhilfe, die wegen Valeries Fehlen und den damit verschlechterten Leistungen fällig wird.

Die kleine Valerie kann sich vor diesem Tribunal nicht angemessen verteidigen. Sie ist betroffen über ihre eigene Undankbarkeit gegenüber der liebenden Fürsorge und Großzügigkeit ihrer Eltern. Sie schämt sich. Ihre Angst, zur Schule zu gehen, ist ihr unerklärlich, und sie verspricht, am nächsten Tag die Schule unbedingt aufzusuchen. Die Mutter würdigt diese Ankündigung keines Kommentars. Valerie macht sich umso schwerere Vorwürfe, als sie bemerkt, wie unglaubwürdig ihre Ankündigungen bereits geworden sind. Als sie es wagt, hilfesuchend ihren Stiefvater anzusehen, zieht dieser Valerie eine von ihr als vollkommen unpassend und geradezu verrückt erlebte Grimasse, über die er selbst ein Kichern unterdrücken muss. Dann wendet er sich schnell wieder seinem Essen zu, in der für das Kind offenkundigen Absicht, die vorangegangene Interaktion vor der Mutter zu verbergen. Valerie wiederum wendet sich verzweifelt an ihre Mutter, die aber die Grimasse des Vaters nicht gesehen hat oder nicht gesehen haben will. Sie erwidert Valeries Blick mit kalter Enttäu-

schung. Als Valerie weinend fragt, warum ihr Stiefvater sie verhöhnt habe, streitet dieser nicht nur alles empört ab, sondern deutet Valeries Vorwurf in den Beweis ihrer eigenen Verrücktheit um. Die Mutter tadelt mit nun deutlich spürbarer Wut Valeries vermeintlichen Versuch, von ihren eigenen Verfehlungen mit einem durchsichtigen Spaltungsversuch abzulenken, und steht auf, um ihr Essen zu beenden. Als sie dem Tisch den Rücken zuwendet, wiederholt ihr Stiefvater die Grimasse und zwinkert Valerie zu. […]

Ohne weitere Einschränkung und abweichend von der bereits vorliegenden psychotherapeutischen Anamnese lässt sich hier eine vorgelagerte Dysthymie (ICD-10 F34.1) sowie eine paranoide Schizophrenie (ICD-10 F20.0) diagnostizieren. Gesprächstherapeutische Behandlung im Verbund mit geeigneter Medikation (beispielsweise Olanzapin, unterstützt von Fluanxol als intramuskuläre Depotinjektion) ist indiziert.

1 2 **3** 4 5 6 7 8

Die U-Bahn rumpelt und wackelt, Valerie hat sich ganz hinten in eine Ecke gestellt. Seit einer ganzen Weile schon halten sich die beiden Aktionäre immer knapp außerhalb ihres Blickfelds. Es hört sich an, als würden sie sich ganz entspannt miteinander unterhalten, aber in Wirklichkeit reden sie *über* sie; allerdings, wann immer sie sich umdreht, ist da nur die Straßenfegerverkäuferin, der sie diesmal kein Geld gibt. Sie sagen, dass Valerie ihre Arbeit zu Recht verloren hat, *weil sie nicht vernünftig arbeitet*, so der eine, und der andere ergänzt, *ja, sie ist sehr faul*, und sie kann, wenn sie es auch nicht sehen kann, förmlich *hören*, dass sie gewichtig mit ihren Köpfen nicken, und als sie sagt, »Ey, was wollt ihr eigentlich von mir«, lässt die Straßenfegerverkäuferin plötzlich von ihr ab, und die Blicke der Fahrgäste, die sich auf sie geheftet hatten, wenden sich ebenfalls ab, und die Aktionäre sagen abwechselnd *faul* und *undankbar*, wie Waldorf und Statler aus der Muppet Show, nur bösartiger. Die Fahrgäste müssen all diese Lügen über sie mit anhören, sie können ja nicht wissen, was Lüge ist und was Wahrheit, und deswegen ist es schlimm, dass sich die Aktionäre hier und jetzt über ihren schlechten Charakter beschweren: dass sie zu wenig aufräumt, dass sie Anweisungen nicht versteht, dass sie auf Bitten nicht reagiert, dass sie Rechnungen nicht bezahlt. Und schon kann Valerie sehen, dass einzelne Fahrgäste über ihren Zeitungen und Telefonen und MP3-Playern den Kopf schütteln, und ihre Beteuerungen werden überhaupt nicht zur Kenntnis genommen, während sich die Aktionäre mittlerweile nicht länger bei den Charakterfragen aufhalten, sondern ihren Stiefvater ins Spiel bringen. Ihre Stimmen nehmen einen verschwörerischen Ton an, und die Fahrgäste beugen sich neugierig vor, um besser zu verstehen, wie die Aktionäre sich zuraunen: *Und hat sie nicht letztlich sogar ihren eigenen Vater …?*, und weiter reden sie gar nicht, weil es anscheinend zu schrecklich ist, um es laut auszusprechen. Dann kommt schon ihre Station, an der sie aussteigt, obwohl sie falsch beschriftet ist, denn es müsste eigentlich »Mehringdamm« heißen, dort steht aber »Gneisenaustraße«, und als sie oben ist und die letzte Station zu Fuß geht und das Hotel Riehmers Hofgarten erreicht, da schwitzt sie in Strömen und denkt kurz den verwirrenden, aber vielleicht wichtigen Gedanken, dass die U-Bahn-Station Mehringdamm vielleicht doch richtig beschriftet war und das einzige Problem nur darin besteht, dass sie eine Station zu früh ausgestiegen ist.

»Setz dich hin und beruhig dich erst mal«, sagt Thomas, der aussieht, als hätte er schon geschlafen, aber wenn sie wüsste, wie das geht, sich beruhigen, dann hätte sie schon als Kind damit angefangen.

Dann nickt sie auf dem Sofa des Hotelzimmers ein bisschen ein, vielleicht hat Thomas ihr eine Beruhigungstablette gegeben. Alles verschwimmt in weichem Nebel. Woher kommt dieses Vertrauen?, fragt sie sich, bekommt aber keine Antwort darauf, von wem auch. Es ist nur ein kleines Zimmer, noch kleiner als ihre Wohnung, aber längst nicht so beengt. Thomas sitzt in dem kleinen Lichtkreis am Schreibtisch, hier ist sie sicher. Er sieht aus wie vor zwei Jahren, dieselben kurzen Haare, dieselben nichtssagenden Klamotten, dasselbe Gesicht, zu dem ihr immer nur einfällt, dass es ein liebes Gesicht ist, obwohl sich das so doof anhört, dass sie es sonst von niemandem denkt.

»Ich weiß nicht mehr weiter«, ein kleiner Satz, der einen langen Text ersparen soll und damit natürlich total überfordert ist.

»Du hast gesagt, dass du wieder Medikamente nimmst.«

»Sonst wäre ich jetzt nicht hier«, sagt sie, und das beruhigt ihn. Oder vielleicht beruhigt es ihn auch nicht, wer weiß, Thomas ist wie ein Fremder, wie ein Roboter, dessen nächste Bewegung unmöglich vorauszusagen ist. Es ist schön, sich einzubilden, dass er sie mag oder wenigstens mochte, aber leider ist das sehr schwer zu sagen, weil er eigentlich bloß *freundlich* zu dir ist, Valerie, freundlich wie zu einem Bäcker oder einer Putzfrau, da ist nichts an seiner Freundlichkeit, das irgendwie über höfliche Umgangsformen hinausreichen würde, und dennoch ist sie jetzt hier, und dennoch glaubst du, Valerie, dass da doch mehr ist. Warum glaubst du das, Valerie? Wie *kommst* du eigentlich darauf? Bist du vollkommen gestört?

»Komm, Valerie, du musst nicht weinen. Es ist okay.«

Er nimmt sie mit hinunter, kauft in einem Späti zwei Becher Tee in wabbeligen Plastikbechern, die kein Mensch anfassen und schon gar nicht halten kann, und dann sitzen sie zusammen im Hofgarten, der eng umstanden ist von den Mauern der umliegenden Gebäude. Es gibt dort eine Bank, sie setzen sich. Valerie fühlt sich bei alldem, als sei sie mit Helium gefüllt. Es ist still hier, bis auf das Zwitschern der Vögel. Thomas will sie nicht in seinem Zimmer haben, denkt sie, das ist die einzige Erklärung dafür, dass sie nachts um zwei auf irgendeiner Bank sitzen. »Du willst mich nicht in deinem Zimmer haben«, sagt sie.

»Ich kann dir nicht mehr sagen, Valerie. Es ist nicht passiert. Du musst zu einem Arzt gehen.« Darauf wiederum geht *sie* nicht ein, denn wenn sie jetzt anfangen, dieses Spiel zu spielen, dann wird sie bald überhaupt nicht mehr wissen, wo oben und unten ist.

»Ich bin nicht krank.« Sie weint. Sie dachte, er versteht sie; sie hofft es noch immer. Dass man in gewisser Hinsicht sagen könnte, es sei nicht passiert, weiß sie selber. Sie weiß das alles selber. Aber dass es niemanden geben soll, der ihr glaubt, wie es sich anfühlt, das ist … das ist so *traurig*.

»Ich möchte auf keinen Fall«, sagt Thomas, »dass sich das von damals wiederholt. Verstehst du? Und deswegen solltest du zu einem …«

»ICH WILL ABER NICHT ZU EINEM ARZT GEHEN, VERSTEHST DU DAS NICHT?«

»Schon gut, Valerie. Schon gut.« Sie würde ihm das gern ersparen, ich will das gar nicht, Thomas, aber da ist nichts zu machen. Es schüttelt sie. Wenn er sie nur in den Arm nehmen könnte.

»Ich wüsste so gern, was ich –«

Dann eine ganze Weile Stille. Es wird kalt, aber das ist vielleicht nur Einbildung; sie zittert nicht. In gewisser Weise sind genau solche Sachen das Problem. Sie würde ihm gern erklären, dass ihr kalt ist, dass sie aber nicht weiß, ob sie zittern darf, nur werden diese Dinge sehr schnell sehr schwierig, wenn man über sie spricht, also lässt sie es lieber bleiben.

Irgendwann sagt Thomas: »Ich möchte, dass du mir jetzt ganz genau zuhörst, Valerie. Ich weiß, wo dein Stiefvater ist. Er ist in Spanien. Er ist ganz sicher nicht tot.«

Thomas sitzt neben ihr auf der Bank, aber auf der Lehne. Seine Füße stehen auf der Sitzfläche; er sitzt höher als sie. Von der Yorckstraße her hört sie leise den nächtlichen Verkehr, es ist verwunschen hier und schön, auch wenn das im Moment keinem weiterhilft. Die Stimmen sind leise, leise. Kein Wort zu verstehen. Sie ist schläfrig.

»Als ich vorhin in der Bank war, habe ich Hinweise gefunden, die darauf hindeuten, dass er wirklich dort sein könnte. In Spanien.«

Sie will nichts wissen von Hinweisen und Hindeuten, stützt den Kopf in die Hände und hält sich die Ohren zu. Sie hat keine Ahnung, was sie hier wollte, er erzählt das Gleiche wie ihre Mutter, wahrscheinlich hat er *Anweisungen* bekommen und *darf* nur erzählen, was ihre Mutter erlaubt, warum bist du da eigentlich nicht schon früher draufgekommen, Valerie, und wahrscheinlich wird er für den Rest der Nacht nicht aufhören, ihr zu erzählen, dass er diesen und jenen Beweis gefunden hat, aber in Wirklichkeit sind es nur irgendwelche Zettel, mit denen ihre Mutter oder wer auch immer alles umbeschriftet hat.

Lange dauert es, bis sie ihre Ohren wieder freigibt und sich traut, den Kopf zu heben. Thomas wartet, so lange es dauert, bis sie bereit ist, ihm zuzuhören. Dann sagt er: »Du musst nicht entscheiden, ob ich dich belüge oder nicht. Ich fahre nach Spanien. Morgen. Ich fahre dorthin und suche Bernhard. Er ist dort. Ich bin absolut sicher. Wenn du willst, nehme ich dich mit.«

1 2 3 4 5 6 7 8

Das Auto ist ein Mercedes und sehr bequem, es gehört Thomas' Vater, man merkt darin die Zeit nicht, die vergeht, außer wenn man irgendwann pinkeln muss. Der Wind, der durch das offene Fenster kommt, übertönt die Stimmen, und überhaupt ist sie ziemlich froh, als sie einmal losgefahren sind, ohne zu wissen, warum. Sie merkt genau, dass Thomas nicht froh ist, immerhin liegt sein Vater im Koma. Andererseits findet sie schnell heraus, dass auch das nicht die ganze Wahrheit ist. Es hat mit ihr zu tun, nur mit ihr.

»Es ist sehr nett von dir, dass du das für mich tust«, sagt sie. Links und rechts nur Leitplanke und Laternen und ein Land, das aussieht wie Industriebrache mit ein bisschen Gestrüpp darauf. Es deprimiert sie, dass ein Land, durch das man im Auto fährt, von der Autobahn aus immer so trostlos aussieht.

»Ist das eigentlich in anderen Ländern auch so?«

»Was?«

»Dass das Land von der Autobahn aus so trostlos aussieht.«

»Hör mal, ich hab gerade –«, fängt Thomas an, aber es fällt ihr sehr schwer, ihm zuzuhören, sie ist müde, und sie denkt nicht nur an das Land und die Autobahn, sondern an viele andere Dinge, die einen destabilisierenden Einfluss auf ihr Leben ausüben, wie ihr letzter Arzt in der Akuten das genannt hat. Destabilisierend ist zum Beispiel, dass ihr Leben komplett in sich zusammengestürzt ist, kaum, dass es mal einigermaßen normal aussah. Sie hatte gerade angefangen, die Stromkabel miteinander zu verbinden, es hatte eben begonnen, Energie zu fließen. Zwar immer noch ohne Ausbildung, und ihr Studium lief auch scheiße – wenn es überhaupt lief –, aber sie konnte morgens zu einer Arbeit gehen, die ihr Spaß machte und wo die Leute nett waren, sie konnte sich in der Mittagspause in der Atelierküche eine Tütensuppe kochen, ohne dass sie jemanden um Erlaubnis fragen musste, und einmal im Monat kam auf Falbs Kosten der Osteopath ins Atelier und fand bei allen irgendwelche mysteriösen Verknotungen und Verkrampfungen, die er durch Fingerauflegen heilte, und am Nachmittag kam sie erschöpft, aber glücklich nach Hause, manchmal machte sie das Radio an und erst wieder aus, wenn statt Musik irgendwelche Zugunglücke oder Tsunamikatastrophen durchgesagt wurden oder Mist über sie erzählt wurde, und wenn es gut lief, traf sie sich am Abend mit Anne oder Cynthia oder mit Nils, und wenn es dann *ganz* perfekt lief, schliefen sie und Nils miteinander, und er blieb bis zum nächsten Vormittag. Und dann – dann hat Nils sie hinter ihrem Rücken *abgezockt*, vielen Dank auch für die Kreditkarte, Bernhard. Und so zerbröckelt die Kulisse dessen, was sie bis vor kurzem besessen hat, vor ihrem inneren Auge zu Trümmern und Staub, und was bleibt, ist der Gedanke an Nils, und wie er ihr so etwas hatte antun können. Wegen *Geld*.

Da ist zum Beispiel dieses Bild von ihrer Mutter auf dem Fahrrad, als sie Bernhard noch nicht kannte und nicht mit dem Auto, sondern mit dem Fahrrad fuhr. Eines Morgens wollte Valerie sich nicht anziehen, und ihre Mutter hat ein paarmal gesagt, sie müssten zum Kindergarten, und sie habe es eilig, und sie solle sich jetzt *bitte* anziehen, aber Valerie war das damals nicht klar gewesen, warum das unbedingt so *schnell* passieren musste, also machte sie es langsam, beziehungsweise machte sie es gar nicht, und ihre Mutter blieb einfach ganz ruhig, wie sie auch später immer ganz ruhig und freundlich blieb, auch wenn sie wütend war, und ihre Mutter sagte, gut, wenn du dich nicht anziehen willst, dann muss ich dich halt im Schlafanzug zum Kindergarten bringen, und Valerie hielt das für eine gar nicht so schlechte Idee, eigentlich fand sie es sogar lustig, sich von ihrer Mutter im Schlafanzug zum Kindergarten bringen zu lassen. Was sie dann aber nicht lustig fand, wie sie bemerkte, als sie hinten im Kindersitz auf dem Fahrrad saß, war, dass es kalt war, wirklich sehr kalt, genau genommen Winter, und dass ein grauer kalter Nieselregen vom Himmel fiel und dass der Fahrtwind an jeder Stelle ihres Schlafanzuges durch den dünnen Stoff schnitt und tief unter ihre Haut drang, und dass sie noch nie im Leben und nie wieder seitdem so gefroren hatte, beziehungsweise seitdem sogar sehr oft friert, auch wenn es gar nicht kalt ist, und es nicht ertragen kann, morgens in ein kaltes Badezimmer zu kommen, weswegen sie das Badezimmer auch nachts volle Pulle heizt. Und dass sie hinten auf dem Fahrrad geschrien hat, *Mir ist kalt, mir ist so kalt*, wirklich geschrien und sogar *hysterisch* geschrien hat, so sehr, dass sich nicht nur ein paar, sondern wirklich *alle* Passanten nach ihr umgedreht und den Kopf geschüttelt haben, aber ihre Mutter hörte nicht auf ihr Schreien und setzte die Fahrradfahrt ungerührt bis zum Kindergarten fort, wo sie die bibbernde, heulende, blaulippige Valerie vom Fahrrad nahm und nachsichtig lächelte und bedauernd sagte: »Es tut mir sehr leid, Valerie, aber hoffentlich hast du jetzt begriffen, dass ich dich vorhin nicht ärgern wollte, als ich dir sagte, du sollst dich anziehen, verstehst du, und wenn du jetzt so schrecklich frierst, dann hast du dir das *selbst* zuzuschreiben, verstehst du, es ist ganz allein *deine Schuld.*« Und als sie in den Kindergarten kamen, fragte Frau Droll, ihre Erzieherin, was denn mit dem Kind passiert sei, und ihre Mutter erzählte unbekümmert, dass Valerie sich nicht habe anziehen lassen wollen, während Frau Droll ihr mit einem Gesichtsausdruck, der von Fassungslosigkeit in offenes Entsetzen wechselte, den klitschnassen Schlafanzug auszog und immer wieder den Kopf schüttelte und Valerie, die sich nur langsam wieder beruhigte, in ein riesiges Frotteehandtuch einwickelte, und was dann geschah, bekam Valerie nicht mehr mit, weil Annika, eine andere Erzieherin, sie mitnahm in den Toberaum, wo es einen niedrigen Heizkörper gab, auf den sie Valerie draufsetzte. Und Valerie hatte die ganze Sache dann bis zum Mittagsschlaf vergessen und erinnerte sich erst wieder daran, als ihre Mutter sie abholte. Sie hatte von zu Hause ein paar Sachen und eine dicke Jacke für Valerie mitgebracht, was aber nicht nötig gewesen wäre, weil sie schon von Annika eine komplette Garnitur Kleidung verpasst bekommen hatte und weil Justus, ein anderes Kind, ihr seine Regenjacke geliehen hatte. Sie sprachen nicht mehr über die ganze Sache, Valerie bekam sogar ein Rosinenbrötchen, und als sie zu Hause waren, spielte sie in ihrem Zimmer, während ihre Mutter in der Küche saß und irgendetwas tat, was ihre Mutter eben in der Küche tat, und dann klingelte es, und dann standen zwei Polizisten vor der Tür und sagten, dass ihre Mutter heute angezeigt worden sei, und Valerie kann sich noch ganz genau daran erinnern, wie ihre Mutter nachsichtig die Stirn runzelte und die beiden Beamten hineinbat und mit ganz weicher Stimme sagte, dass es sich dabei nur um ein Missverständnis handeln könne. Und Valerie erinnert sich an ihre Neugierde, wie sie die beiden Beamten in der Küche mit ihrer Mutter gesehen hat und was sie jetzt wohl mit ihrer Mutter machen würden, und auf der einen Seite war es eine gespannte, auf der anderen Seite eine ängstliche Neugierde, und sie weiß noch, dass ihr das Ganze unwirklich und auch ein bisschen unfair vorgekommen war, ohne dass sie hätte erklären können, warum eigentlich. Die beiden Polizisten unterhielten sich mit ihrer Mutter, die sehr freundlich zu ihnen war und ein paarmal über irgendetwas lachte, und die Polizisten nickten oft und sagten: »Ja, natürlich«, und irgendwann verabschiedeten sie sich freundlich und gingen wieder, und Valerie erinnert sich, dass sie für eine klitzekleine Sekunde enttäuscht darüber war und dann gleich im nächsten Moment furchtbar erschreckt über diese Enttäuschung, wo sie doch in Wirklichkeit *froh* darüber war, dass die Polizisten ihre Mutter nicht mitgenommen hatten, und dann kochte ihre Mutter das Abendessen, und von da an war Valerie nie wieder in den Kindergarten gegangen.

Und weil Thomas ihr zuhört, möchte sie noch mehr erzählen, es ist nämlich nicht so, dass ihr solche Geschichten nur zu ihrer Mutter einfallen, ganz im Gegenteil, es gibt ja auch noch Bernhard, der in ihrer Pubertät zu ihrer kleinen Familie dazugestoßen ist, nachdem ihre Mutter sonst niemand haben wollte. Aber genau in dem Moment, als sie anfängt, von Bernhard zu erzählen, setzt Thomas seine Sonnenbrille auf und sagt: »Valerie, ich glaube nicht, dass wir jetzt noch weiter über diese Dinge sprechen sollten, *das geht jetzt in so eine Problemtrance rein.*«

Da sie diesen Therapeutensalbader nicht leiden kann, sagt sie, dass sie aber *gerne* darüber sprechen würde, denn »mir geht es besser, seit wir unterwegs sind, ich kann darüber sprechen, und es ist wichtig jetzt, glaube ich«.

»Wofür ist es denn wichtig?«

Sie versteht die Frage nicht und fragt zurück: »Wofür die Frage wichtig ist?« Und sie merkt, dass Thomas plötzlich sehr verschlossen ist, eine Weile schweigt er, das Motorengeräusch wummert durch ihren Kopf und prallt von den Innenseiten ihrer Schläfen zurück und zurück und zurück, und schließlich druckst er herum: »Siehst du, ich kann solche Gespräche nicht mit dir führen.«

»Was denn für Gespräche?«

»Na, was du mir von deinen Eltern erzählst. Diese Art von … therapeutischen Gesprächen.«

»Was soll denn daran therapeutisch sein?«

»Das weißt du genau.«

»Ich weiß gar nichts genau, das ist ja gerade die Scheiße.«

»Ich will das jetzt nicht diskutieren, Valerie, ich halte es einfach für falsch, wenn du mir zu viel erzählst.«

»Und worüber sollen wir dann reden? Soll ich dir erzählen, was die Leute in meinem Kopf so sagen?«

»Du kannst mir erzählen, was du willst.«

»Kann ich *nicht*, hast du doch gerade eben selbst gesagt.«

»Ich bitte dich nur zu verstehen, dass bestimmte Themen deinen Zustand nicht unbedingt verbessern.«

»Was denn für einen Zustand?«

»Ach, komm jetzt, Valerie –«

»Bin ich schwanger? Hysterisch? Schwachsinnig?«

»Du hörst Stimmen. Du siehst Dinge, die nicht da sind. Das ist vollkommen in Ordnung, solange du damit umgehen kannst, aber –«

Und seine Stimme wird leiser und leiser, verliert sich unter dem einschläfernden Brummen des Wagens, und sie hat das Gefühl, als *verschwinde* sie aus dem Wagen, unaufhaltsam, wie sie schon einmal fast verschwunden wäre, als mit dem

Blut, das aus ihr herausfloss, auch ihr Bewusstsein herausgeschwemmt wurde und sie in dunklem Wasser trieb, kalt, aber kälteunempfindlich. Sie schüttelt den Kopf und schreckt hoch und stößt sich den Kopf am Dach.

»Alles klar?«

»Wir müssen anhalten.«

»Ja. Gleich. Sol Moscot muss auch mal raus.«

»Nicht gleich. Jetzt, sofort.«

»Wir sind auf einer Autobahn, Valerie, ich kann hier schlecht –«

»Ich muss hier raus, bitte«, jetzt ist ihre Stimme deutlich lauter als das Röhren des Motors, der Hund hinter ihr bewegt sich, und sie weiß aus der Akuten, dass sie bei Panik, noch bevor sie an die Moldau denkt, als Erstes ihren Atem regulieren muss, tief durch die Nase ein und dann durch den Mund wieder aus, mit Lippenbremse und vielleicht sogar in kleinen Stößen, es gibt keinen Grund, panisch zu sein, sagt sie sich. »Doch, jetzt!«, schreit sie, eher ein Kreischen, das so laut ist, dass es den Vorhang aus Motorenlärm um sie herum zerreißt.

»Musst du pinkeln, oder was?«

»Ich muss nicht pinkeln!«, brüllt sie noch lauter, warum stellt der jetzt so bescheuerte Fragen, wo es doch offensichtlich ist, dass sie *nicht* pinkeln muss.

»Valerie, es tut mir leid, ich kann keine Gedanken lesen.«

»Und wieso ist das so wichtig, warum ich raus will, ich hab gesagt, dass ich raus will, darf ich nur raus, wenn ich pinkeln muss, oder was soll die Scheiße?«, und als sie noch darüber nachdenkt, ob sie das wirklich gesagt hat, steht schon der Wagen mitten auf dem Standstreifen der Autobahn unter dem Schild A9 Richtung München, links das erste Haus von Leipzig, das allerdings mit Brettern vernagelt ist, und ansonsten nur das Sirren der Reifen auf dem Asphalt und grauer Wind, der herrlich ist. Sie läuft ein Stück weg vom Auto, bewegt die Beine, lehnt sich an die Leitplanke. Holt den Tabak hervor. Eigentlich ist noch nicht Zeit, aber es ist ein Notfall.

»Ist ein Notfall«, sagt sie zu Thomas, als er sie wenig später eingeholt hat.

»Kommt mir auch so vor.«

Sie stehen schweigend, es gibt nichts zu sehen, nichts zu reden. Der Tabak ist trocken und krümelig.

»Wie lange, dachtest du, wäre es gut für dich, noch hier stehen zu bleiben?«, fragt Thomas irgendwann.

»Du willst weiter.«

»Irgendwann schon.«

Sie nimmt einen tiefen Zug und schmeißt die Zigarette dann weg, Richtung Fahrbahn. Ein Auto zischt vorbei und frisst die Kippe auf.

»Die haben in der Akuten was über dich gesagt.«

»So. Willst du es mir erzählen?«

»Ich will nur, dass du weißt, dass ich das nicht denke.«

»Dass du was nicht denkst?«

»Ich hab denen gesagt, dass die das absolut falsch sehen und so, es gab hinterher richtig Stress, weil die immer wieder davon angefangen haben.«

»Valerie, ich muss schon wissen, worüber du sprichst, sonst kann ich gar nichts dazu sagen.«

»Na ja, das mit uns.«

»Was genau meinst du mit *das mit uns*?«

Das Rauschen der Autos: wie Meeresbrandung. »Die haben mich gefragt, ob wir was miteinander hatten. Nicht gefragt. Die haben das gedacht.«

»Eine … Affäre? Oder was?«

»Immer wenn von dir die Rede war, haben die sich ganz komisch angeguckt und so, ich hab das überhaupt nicht ausgehalten. Die haben dann immer so komisch gesagt, ACH, DIESER HERR ALBERTS und WIE LANGE WAREN SIE DENN BEI DIESEM HERRN ALBERTS IN BEHANDLUNG und HABEN SIE GEGENÜBER DIESEM HERRN ALBERTS AUCH DIE GESCHICHTE MIT IHREM BRUDER THEMATISIERT, und irgendwann hab ich gesagt, der heißt nicht *dieser Herr Alberts*, sondern Thomas.«

»Valerie, ich weiß nicht, was du mir damit sagen willst. Du warst meine Patientin.«

Sie sagt nichts, und sie merkt, dass Thomas das nicht gefällt, er sagt: »Wir müssen weiter«, und als sie wieder im Auto sitzen und sie noch immer nichts sagt, fragt er noch einmal: »Was willst du mir denn damit eigentlich sagen?«

Was sich an diesem Abend im Hause der Milbrandts zugetragen hat, lässt sich nur noch schwer rekonstruieren. Valeries Angaben konnten ergänzt werden durch die ihrer Mutter. Der Vater dagegen lehnte jede Zusammenarbeit mit der Klinik ab.

Manuel war ein gesunder, normal entwickelter Junge von etwa vier Monaten. Es gab keinerlei Auffälligkeiten; nach der Geburt waren lediglich leichte Hautirritationen aufgefallen, die aber keine besondere Behandlung erforderten. Es bestand weder eine Nahrungsmittelintoleranz noch eine Allergie. Manuel lag in seinem Kinderbett und schlief. Nach Valeries Darstellung wachte sie spät am Abend auf, weil sie einen schlechten Traum gehabt habe. Auf dem Weg ins Wohnzimmer, wo sie die Eltern vermutete, sei sie an Manuels Zimmer vorbeigekommen. Sie habe ihren Bruder ansehen wollen. Als sie in das Bett gesehen habe, sei ihr aufgefallen, dass ihr Bruder blau angelaufen gewesen sei. Auch habe sie keinerlei Atmung feststellen können. In Panik habe sie den Bruder aus seinem Bett genommen und laut um Hilfe gerufen. An alles

Weitere könne sie sich nicht mehr erinnern. Manchmal träume sie, Manuel habe noch einmal die Augen aufgeschlagen, manchmal sogar, er habe sie angelächelt. Im Traum lässt sie ihren Bruder dann vor Schreck fallen und wacht auf.

Valeries Mutter gab an, dass Manuel bereits auf dem Boden gelegen habe, als sie ins Zimmer gekommen sei. Valerie habe bewegungslos über ihm gestanden. Sie habe Valerie gefragt: »Was machst du denn?« Obgleich Valerie sich an diese Frage nicht mehr erinnern kann, bestätigte die Mutter mehrfach, dass dies ihre erste Frage an Valerie gewesen sei. Dies ist für Valeries Ätiologie sehr bedeutsam.

Die Mutter sei dann zu ihrem Sohn gestürzt und habe sofort versucht, ihn wiederzubeleben. Auch der Vater sei hinzugekommen. Die Mutter habe in diesen Momenten an nichts anderes gedacht als an das Wohl ihres Sohnes. Für den Vater dagegen schien festzustehen, dass sein Sohn tot sei. »Du hast ihn umgebracht«, habe er immer wieder zu Valerie gesagt, so die Mutter.

Da bei der Autopsie keinerlei Hämatome oder Frakturen festgestellt werden konnten, ist Manuels Versterben mit hoher Wahrscheinlichkeit nicht auf den Fall, sondern auf einen plötzlichen Säuglingstod (Sudden Infant Death Syndrome, SIDS) zurückzuführen. Ein Verschulden Valeries wäre demnach unwahrscheinlich. Allerdings ist dies eine reine Ausschlussdiagnose. Letzte Sicherheit über die Todesursache ist darüber nicht zu gewinnen.

In Deutschland reden sie dann nicht mehr viel, auch im Elsass nicht. Im Elsass halten sie nur an einer Tankstelle, um Hundefutter für Sol Moscot zu kaufen und Kaffee für die Menschen. Auf der Holzbank des Rastplatzes machen sie ein komisches Picknick. Autos mit Segelbooten auf Anhängern parken und fahren wieder weg, Motorradfahrer, Busse voller Rentner oder Eishockeyvereine. Sie denkt, dass es für all das eine Lösung geben muss, und dann, dass Leute wie Thomas, die sich für Spezialagenten mit Lizenz zum Heilen halten, davon überzeugt sind, dass es nie nur *die eine Lösung* gibt, sondern *ganz viele Lösungen*, und vielleicht stimmt das ja auch. Nur hat sie irgendwie schon immer das Gefühl gehabt, als würden die Leute, die das behaupten, selbst nicht daran glauben, weil sie nämlich meistens nicht mal eine einzige Lösung finden.

»Ist es deswegen?«, fragt sie, als sie schon in der Nähe von Paris sind.

»Was? Weswegen?«

»Dass du mich nicht ernst nimmst.«

»Aber ich nehme dich ernst, Valerie, wer sagt denn –«

»Warum kann ich dir dann bestimmte Sachen nicht erzählen? Weil du glaubst, *du* wärst schuld?«

»Nein. Woran sollte ich denn schuld sein?«

»Weil, warum soll es überhaupt was mit dir zu tun haben? Warum soll es dabei überhaupt um *dich* gegangen sein?«

»Valerie, ich kann dir nicht folgen. Das geht mir schon die ganze Zeit so.«

Es tut ihr weh, mit Thomas zu streiten, auch wenn es vielleicht gar kein richtiger Streit ist. Aber dass sie am ausgestreckten Arm gehalten wird, wie ein Kind, das versucht, den Erwachsenen zu erreichen, wütender und immer wütender, je mehr es merkt, dass die Schläge ins Leere gehen und immer nur ins Leere gehen *können*, weil Erwachsene nun mal die längeren Arme haben, das tut auch weh. Es ist vielleicht an ihr, es zu beweisen: dass sie die Wahrheit vertragen kann, auch wenn sie ihr Gegenteil für genauso glaubwürdig hält.

»Aber dass du über manche Sachen nicht mit mir sprichst, weil ich nicht normal bin –«

»Na ja, was ist schon normal«, sagt da Thomas.

»Wieso sagen eigentlich alle Psychiater und Irrenärzte immer diesen Satz, und das auch noch in so einem Ton, als wäre es wirklich total *albern*, von so was wie Normalität zu reden, und gleichzeitig sind aber alle felsenfest *davon überzeugt*, dass hier das Festland ist und da das Wasser.«

Und in diesem Moment durchzuckt es sie, als hätte irgendwas Elektrisches sie berührt, und sie redet weiter: »Das stimmt aber gar nicht, es gibt nämlich überall Wasser, im Boden, in den Pflanzen, in den Menschen, man sieht es nur nicht. Im Meer gibt es Inseln, sogar ganze Gebirge gibt es unter Wasser. Ich sehe Dinge, die andere nur im Traum sehen.«

»Aber du hältst sie für real.«

»Hast du noch nie einen realen Traum gehabt?« Aber das ist nicht die Frage, die sie eigentlich stellen will; sie will überhaupt keine Frage stellen oder auch nur etwas sagen, das sich in Wörtern formulieren lässt. Während Thomas rührend darauf achtet, bestimmte Wörter zu vermeiden, wie zum Beispiel »krank«, »schizophren« oder »Halluzination«, wächst in ihr eine Idee, nämlich, dass sie es ihm nicht erklären kann, ganz einfach deshalb, weil es bisher noch nie funktioniert hat, irgendjemandem etwas zu erklären, und dass sie ihm die Unzulänglichkeit seiner Annahme nur *zeigen* kann. Und sie ist aufgeregt wie ein Kind, als sie daran denkt, was dieses Zeigen alles umfassen würde, und dass sie es damit nicht nur schaffen würde, sich ihm verständlich zu machen, sondern auch seine übervorsichtige Rücksicht oder vielmehr Herablassung loszuwerden, die auf der Annahme gründet, er habe irgendeine alberne *Krankheit* von ihr *falsch behandelt*. Letztlich, denkt sie aufgeregt, könnte sie ihm damit alles, *alles* zeigen: Die Tatsache, dass man von etwas überzeugt sein kann und *zugleich* irgendwo das Wissen oder die Hoffnung hat, dass es *ganz an-*

ders ist, wie wenn Thomas sein Smartphone vor den Eiffelturm hielte, und dann stünde da *Big Ben, offizielle Bezeichnung The Clock Tower, Höhe 96,3 Meter*, obwohl *jeder sehen kann*, dass der Eiffelturm nicht der Big Ben ist und dass nun entweder die eigenen Augen oder die offizielle Beschriftung unrecht haben müssen, oder aber beide.

Und während sie weiter durch Frankreich fahren, während sie sich anschweigen und stumm ihre abgepackten Sandwiches kauen und Sol Moscot französische Autos bepinkelt, wird dieser Drang, diese *Vision*, in ihr immer stärker, unbändig, urgewaltig. Sie bricht mit Macht und Gewalt in ihr Denken und breitet sich explosionsartig aus und ist nicht mehr wegzudenken: wie die Dünung über den Sand und die angebrandeten Muscheln und über ihre Füße hinwegstreicht, ein dünner Film Wasser, ein Bild, das ohne ein Wort von allem erzählt.

»*Place*, Valerie, *nicht Plage!* –«

Sie liegen gemeinsam in der Dunkelheit. Draußen dämmert der Morgen. Beziehungsweise: Sie spürt, dass er bald dämmern wird, noch ist allerdings nichts davon zu sehen. Sie schläft nicht; Thomas, auf dem Boden liegend, tut es ebenso wenig. Ihre Wut ist verflogen, die Stille zwischen ihnen ist nichts anderes als ein abgestandener Ärger, der schon zur leeren Gewohnheit geworden ist. *Du hast wirklich kein Recht gehabt, Thomas herumzukommandieren, Valerie*, hört sie, oder: *Du musst dich bei ihm entschuldigen, Valerie.* Es sind nicht die Stimmen der Aktionäre. Es ist nur eine einzige, und sie kommt ihr vertraut vor, fast wie ihre eigene. Und tatsächlich, denkt sie, während sie sich auf die andere Seite dreht und an Thomas' Atem hört, dass er jede ihrer Bewegungen registriert, das kommt daher, dass es wirklich deine eigene Stimme ist. *Kannst du das? Kannst du dich entschuldigen? Es ist nicht schwer.*

»Bitte entschuldige.« Sie ist fast so weit gewesen, sie hat bereits den Mund geöffnet – aber jetzt ist nicht sie es, die das sagt, sondern Thomas. Er hat sich dort unten am Boden halb aufgerichtet. Durch den Spalt des Vorhangs ist das bläuliche Schimmern des Morgens zu erkennen. Ein Auto fährt vorbei.

»Aber *ich* wollte mich entschuldigen«, sagt Valerie.

»Nein, *ich* wollte mich entschuldigen«, sagt jetzt wieder Thomas, und sie steigt auf das Spiel ein: »Nein, *ich* wollte mich entschuldigen«, und irgendwann, nach der hundertsten Wiederholung, ist sie es, die es zum letzten Mal sagt. Und weil es jetzt irgendwie gar nicht mehr geht, Thomas da unten auf dem Boden liegen zu lassen, wo doch das Bett breit genug ist, sagt sie: »Das Bett ist breit genug.«

Und er: »Ich weiß nicht.«

»Was weißt du nicht? Ich bin erwachsen, du wirst ja nicht automatisch über mich herfallen, nur weil wir zusammen im Bett liegen.«

Er überlegt eine Weile, und dann sagt er doch tatsächlich: »Nein. Aber du über mich, vielleicht.« Und als sie schon drauf und dran ist, etwas Empörtes zurückzufeuern, sinngemäß, wofür sich Thomas denn halte und so weiter, kommt bei ihr an, dass es nur ein *Spaß* gewesen ist, ein Spaß, den sie ihm gar nicht zugetraut hätte, und sie lachen darüber, und dann liegen sie nebeneinander auf dem Rücken und können zusammen nicht einschlafen.

»Viel bequemer«, sagt Thomas.

»Sag ich doch.«

Er dreht den Kopf zu ihr und sieht sie an, ernst. »Ich habe kein Recht, dir irgendetwas zu verbieten.«

»Nein«, sagt sie. »Hast du nicht.«

Sie könnten zwei, vielleicht noch drei Stunden schlafen, bevor sie weiterfahren müssen. Zum ersten Mal hat sie das Gefühl, als begriffe sie, worum es geht; als begriffe sie den *Sinn* dieser ganzen Veranstaltung. Dass es um sie geht, um niemanden als um sie; dass Thomas ihr helfen will.

»Ich bin froh, dass du da bist«, sagt sie.

Er streichelt ihr über den Kopf. »Schlaf jetzt.«

Die Fahrt durch Spanien ist ein einziger langer Gedanke, wie ein Fluss. Die Fahrt durch Spanien geht eine einzige lange Autobahn hinunter, über Hunderte von Kilometern, einen ganzen Tag und die halbe Nacht lang. Die ganze Zeit über denkt sie an die Moldau.

Smetanas Moldau, die später zu einem großen, mächtigen Thema wird, beginnt mit einer ganz lieblichen Flötenmelodie. Das ist der Quellfluss. Der Quellfluss entspringt irgendwo in Böhmen, wo sie im Gegensatz zu ihrer Mutter noch nie gewesen ist. Ihre Mutter hat zum Thema Böhmen einiges zu sagen, und sie tut es auch gelegentlich. Wobei du dich jetzt nicht auf deine Mutter, sondern auf die Moldau konzentrieren willst, Valerie, denn die auf der Akuten haben gesagt, dass dir alles helfen kann, woran du positive Erinnerungen hast, am besten aus deiner Kindheit. Und die Moldau habt ihr ein halbes Jahr lang durchgekaut, Note für Note, und weil Herr Herbert, der sich von euch siezen, aber dafür mit Vornamen anreden ließ, das Stück offensichtlich geliebt hat, hast du es auch lieben gelernt. Lieben ist vielleicht ein bisschen viel gesagt. Zumindest fängt das Stück von selbst zu spielen an, wenn du mal dringend aus dir raus musst. Dann hörst du die fließenden, auf- und absteigenden Figuren des Quellflusses. Das Tolle daran ist: Es ist nicht nur einer. Denn sofort kommt ein zweiter dazu, der eine ähnliche Melodie spielt, bloß anders. Das ist sehr tröstlich, kaltes Wasser und warmes Wasser. Manchmal, wenn die Flöten schnell spielen und sich fast ein bisschen zanken, kann man förmlich die Bachkiesel sehen, wo das Wasser rüber muss und sich drum herum kräuselt. So geht das eine Weile, bis plötzlich die Streicher das Gezanke aufnehmen und blitzschnell in das berühmte Moldau-Thema verwandeln. Nämlich: Der Fluss ist geboren. Und er schlägt schon gleich große Wellen, sein Lebensthema, wenn auch in Moll. Es ist wunderschön. Traurig, sehnsuchtsvoll, wunderschön. Herr Herbert hat es im Klassenzimmer auf dem Klavier gespielt und Takt für Takt erklärt, wo sie sich da gerade auf Böhmens Landkarte befinden. Hat sie eigentlich je wieder so einen begeisterten Lehrer gehabt? Sie kann sich sogar noch an das Knistern der Platte erinnern, wenn er den Tonarm aufgelegt hat. Nicht alle Kinder aus ihrer Klasse teilten ihre Begeisterung, es gab einige, die regelmäßig wegpennten in Musik. Aber die Moldau in Moll: Da kann man doch nicht pennen, denkt sie. Es ist ein dickes Motiv, keine Frage, viel Pomp, die Erhabenheit großer Gefühle, aber mein Gott, denkt sie, warum nicht ein bisschen Pomp.

Manches, wie die Jagd, samt röhrenden Hirschen und Waldhörnern, ist nicht ihr Ding. Schon eher die Polka. Die Moldau kommt nämlich einmal an einem Dorf vorbei, wo Hochzeit gefeiert wird. Die Frauen tragen diese traditionelle bunte Kleidung mit diesen großen gestickten Ohrenwärmern, die Männer weiße Hemden, und am Ufer steht eine lange Tafel. Es wird gegessen und getrunken, daneben spielt eine kleine Kapelle: eben Polka. Das ist extrem lebensbejahend, dauert aber leider nur kurz, wie im richtigen Leben. Und auch die verträumte Nacht ist im Vergleich zum Morgen danach, als das Moldau-Thema in Dur und damit irgendwie großspuriger daherkommt, viel zu rasch um. Und schon ist man in Prag. Das Schlussthema erklingt. Jetzt, nachdem man den Fluss in allem kennengelernt hat, was er sein kann, ist die Musik nicht mehr angeberhaft und selbstgefällig, sondern verdientermaßen stolz. Die Moldau weiß jetzt, was sie ist. Der Fluss hört nicht auf, er verwandelt sich nur, fließt irgendwann ins Meer, verdunstet und wird über Böhmen wieder abregnen, und diesen Gedanken empfindet sie als das Tröstlichste, was man überhaupt denken kann, tausend Kilometer lang, während der Fluss der Autostrada sie ebenfalls dem Meer entgegenträgt.

1 2 3 4 **5** 6 7 8

Das Hotelzimmer ist nicht besonders komfortabel, aber in viel besserem Zustand als ihre Wohnung. Der Himmel draußen ist bewölkt, Valerie reibt sich die Haare trocken und legt sich aufs Bett, um sich auszuruhen von der Fahrt und der ganzen Streiterei. Thomas, der gerade damit beschäftigt ist, Socken in die Schublade der Kommode zu legen, dreht sich zu ihr um. Licht fällt auf sein Gesicht, und da es spanisches Licht ist, wirkt es jung und glatt, auf eine anziehende Weise fremd. Er lächelt zutraulich. Die Frage kommt ihr ganz selbstverständlich in den Sinn, zum einen, weil sie Lust hat, zum anderen, weil plötzlich ihr Hiersein nur einen einzigen Grund zu haben scheint, nämlich den Grund, dass sie *mit ihm* hier ist. Weit weg von zu Hause, wo immer das ist. Es ist doch so selbstverständlich, sich nah sein zu wollen, wenn man sich mag, dass Valerie überhaupt keinen Grund sieht, ihn nicht zu fragen.

»Warum willst du nicht mit mir schlafen?«

»Valerie«, sagt er und räumt weiter Socken in die Kommode. So viele Socken, wie er einräumt, kann er gar nicht mitgenommen haben. Vielleicht nimmt er sie auch, nachdem er sie eingeräumt hat, heimlich wieder heraus, nur um einen Grund zu haben, nicht mit ihr zu schlafen.

»Und was soll das jetzt heißen?«

»Hast du deine Tabletten genommen?«

»Ja, Doktor Alberts. Nein, Doktor Alberts.« Thomas hebt entschuldigend die Hand und räumt weiter seine Socken ein.

»Kannst du mal aufhören damit?«

»Womit?«

»Du nimmst mich nicht ernst. Als wär ich ein Kind oder so.«

»Das stimmt nicht. Tu ich das?« Er hört auf mit seinem Sockengetue und setzt sich auf die Bettkante. Sie versteht überhaupt nicht, wo das Problem liegt, und das sagt sie auch. »Du bist nicht mein Arzt.«

»Das will ich auch gar nicht sein.«

»Wieso können wir dann nicht miteinander schlafen? Ich möchte jetzt mit dir schlafen!«

Thomas versucht, nicht verlegen auszusehen, aber er ist nicht besonders gut darin. Sie fragt sich kurz, wie das angefangen hat; als er sie noch behandelt hat, war er erst nur ein Gesicht, dann eine Stimme, und nach zwei Tagen war sein Körper hinzugekommen, seine kurzen dunklen Haare, seine tiefblickenden Augen. Sie nimmt das Handtuch, dass sie sich um den Körper gewickelt hat, und lässt es neben das Bett fallen.

»Nicht, Valerie.« Er dreht sich weg, als habe er irgendwas Schreckliches gesehen.

»Was soll das? Wieso kannst du mich nicht ansehen.«

»Ich … Valerie.«

»Also haben die Aktionäre recht. Sie sagen, ich sei ungepflegt und ekelhaft und hässlich und …«

»Valerie, hör auf.«

Aber sie kann nicht aufhören. Dabei weiß sie nicht einmal, ob es stimmt; ob die Aktionäre das wirklich zu ihr gesagt haben oder ob sie es jetzt Thomas gegenüber nur behauptet, weil es ihre Verhandlungsposition in dieser Sache begünstigt, womit sie dann allerdings in Betracht ziehen müsste, dass sie ein berechnendes, verlogenes Miststück ist und dass die Aktionäre mit ihren Vorwürfen so oder so recht haben, auch wenn sie etwas anderes gemeint haben, und aus der Falle kommst du nicht raus, Valerie, niemals. Dafür kommen jetzt die Worte aus ihr heraus, ohne dass sie sie stoppen könnte, und ihre Tränen gleich mit, und dann wird es irgendwann besser, weil er sie berührt; weil Thomas sie tatsächlich berührt und sie im Arm hält und sagt, sie sei nichts von all dem, was die Aktionäre ihr sagen, sondern »eine hübsche Frau«, sagt er leise und ganz nah bei ihr. Leider kann sie das »hübsch« nicht trösten, weil es vermutlich gelogen ist, aber das Glück darüber, dass er »Frau« sagt, wächst in ihrer Kehle und füllt ihre Brust, und dass sie dann noch mehr weint, okay, das ist vielleicht missverständlich, aber anders geht es halt nicht.

Sie küsst ihn, ohne darüber nachzudenken, was passieren könnte, wenn er ihr den Kuss verweigert, und dann schließt sie die Augen, und ihre Gedanken werden erst leiser und dann still.

Hinterher setzt er sich auf, oder beziehungsweise sie ist ein wenig eingeschlafen und wacht dadurch auf, dass er sich aufsetzt, und sie dreht sich um und sieht ihn an. Lange. Sol Moscot liegt in der Ecke und schläft, aber bestimmt tut er nur so, denkt sie, bestimmt hat er alles genau mit angesehen und denkt sich seinen Teil.

»Was denkt er wohl über uns?«, fragt sie Thomas. Der folgt ihrem Blick und schüttelt den Kopf. »Ich will es gar nicht wissen.«

Er sagt lange nichts, und so viel kann sie sich denken, dass jemand wie Thomas bestimmt denkt, dass die Dinge jetzt, wo sie einfach und schön gewesen sind, ganz schnell wieder kompliziert werden müssen, weil man sonst am Ende noch ein bisschen Spaß am Leben finden könnte.

»Also was«, sagt sie und geht vorsorglich schon mal in Angriffsstellung. »Jetzt haben wir alles falsch gemacht, oder was? Das denkst du doch. Alles ganz schlimm jetzt, oder? Du hast dein Ding in mich reingesteckt, ich hab dich stöhnen hören, du hast in mir abgespritzt, und das ist jetzt so ziemlich der Untergang des Abendlandes.«

Er guckt ziemlich geschockt, und klar, kann man auch irgendwie verstehen, deine Ausdrucksweise ist ja auch ziemlich, na ja, geht das nicht auch etwas subtiler, Valerie? Aber ihr fallen nur die Socken ein, die er von links nach rechts geräumt hat wie ein Zwangsneurotiker auf Pille, und sie sagt: »Also wenn du mich fragst, besteht überhaupt kein Grund, jetzt die Verklemmungsnummer abzuziehen, denk mal drüber nach, solange ich zum Klo gehe, die ganze Suppe läuft nämlich gerade aus mir raus.«

Als sie zurückkommt, sollte man noch immer nicht meinen, dass Thomas sein Geld mit Reden verdient, so verstockt sitzt er da. Dabei sieht sie ihm an, dass er gern was sagen würde, dass er es geradezu für seinen Job hält, etwas zu sagen, um irgendein Etikett auf das zu kleben, was gerade zwischen ihnen passiert ist, damit er eine Erklärung dafür hat, *warum* es schön war.

»Du siehst aus wie jemand, der sich im Spiegel mit *Sie* anredet«, sagt sie, während sie langsam damit beginnt, sich anzuziehen. *»Entschuldigen Sie, ich kenne Sie nicht. Was tun Sie in meinem Spiegel? Rasiert werden wollen Sie? Okay, wenn Sie schon mal da sind, rasiere ich Sie eben, aber glauben Sie ja nicht, dass ich deswegen Du zu Ihnen sage!«* Er lächelt. Das ist zumindest ein Anfang.

»Was bringt dir eigentlich deine Platzangst?«, fragt sie, um den Spieß mal umzudrehen.

Seine Stimme klingt heiser. »Es ist keine Platzangst. Mehr … Menschenangst.«

»Und was bringt dir deine Menschenangst?«

»Ich weiß nicht.« Thomas beginnt jetzt ebenfalls, sich wieder anzuziehen, sucht unter der Decke nach seiner Unterhose, damit sie ihn nicht nackt sieht, was sie einigermaßen süß findet. »Doch«, sagt er, als sie schon fast wieder vergessen hat, was ihre Frage war. »Ich habe immer einen guten Grund, mich aus dem Staub zu machen. Verantwortung abzulehnen.«

»Was ist denn so schlimm an Verantwortung?«

Er zuckt die Schultern. »Dass man ihr nicht gerecht wird.«

»Und tut das der Verantwortung weh?«

Thomas lächelt. »Keine Ahnung.« Inzwischen ist er angezogen, wohingegen sie noch immer bei ihrem T-Shirt ist, auch deswegen, weil ihr kein Grund einfällt, weswegen sie sich beeilen sollte. »Okay. Was kann man noch fragen?«

Er denkt nach. »Die Wunderfrage.«

»Ah. Was würdest du tun, wenn die Angst über Nacht verschwunden wäre?«

»Nicht schlecht«, sagt er. »Ich glaube … mal sehen. Länger schlafen.«

»Das gilt nicht«, sagt sie empört und wirft die Hose nach ihm, die sie sich gerade anziehen wollte. Er lacht. Sie lachen beide. Für einen Moment ist die Schwerkraft aufgehoben, ihr

Lachen schwebt durch den Raum, und alles ist haargenau so, wie es sein muss. Als sie fertig gelacht haben, richtet sich Thomas auf und wird ernst, und dann ist plötzlich wieder alles zurück auf null, oder wo immer die Startposition ist.

»Ich glaube, es wird Zeit.«

1 2 3 4 5 6 7 8

Valerie sitzt im Sand und hört den Wellen zu, die ganz leise plätschernd ans Ufer schlagen, gar nicht wie ein Meer eigentlich, sondern wie die Wellen eines Sees, nachdem ein Ruderboot vorbeigekommen ist, oder vielleicht auch nur eine Ente, ganz zart und leise plätschert es, und es ist das einzige Geräusch, das sie an sich heranlässt. Was sie Thomas in dieser Dünung begreiflich machen wollte, ist jetzt weit, weit entfernt. Da ist noch ein anderes Geräusch, eine Stimme, aber Stimmen möchte sie im Moment nicht hören. Sie weiß ohnehin, was sie ihr erzählen, die Stimmen: *Siehst du, siehst du, siehst du*, werden sie sagen. Sie greift zu beiden Seiten ihres Körpers tief in den trockenen Sand und versucht, ein wenig Lebensenergie aus dem Boden zu ziehen, aber seltsam, da ist überhaupt keine Lebensenergie drin, man könnte meinen, der Boden sei stocktot. Trotz der Medikamente fühlt sie diesen Schock wie eine Eisenplatte, die sich langsam auf sie herabsenkt und von der Sonne abschirmt, vom Licht und von den anderen Menschen, und die sie unter Einsamkeit begraben wird. Sie hat es nicht anders verdient, denn sie hat das heiligste Tabu gebrochen. Das Bild des leblosen Körpers in der Badewanne überstrahlt jedes andere, es versteht sich von selbst, es braucht keine Beschriftung. Auch wenn sie sich nicht erinnern kann, was geschehen ist, so weiß sie doch, dass sie dafür büßen und qualvoll in der Hölle schmoren wird, oder wo auch immer sonst man qualvoll schmoren kann.

Und irgendwann bemerkt sie, dass die Stimmen, die sie nicht hören will, nicht von den Aktionären kommen, sondern von jemandem mit Körper, sie spürt ihn neben sich. Thomas. Sie erinnert sich, sieht ihn an, lässt schwer ihren Kopf auf seine Schulter fallen und sitzt dann so jahrelang.

Und irgendwann sagt Thomas zu ihr: »Das alles ist nicht passiert, Valerie. Er ist nicht tot.«

»Was soll das«, flüstert sie.

Thomas versucht, sie festzuhalten. Es gibt keinen Grund, eine Lüge zu glauben, nicht mal, wenn sie wahr ist. Sie hört sich schreien, niemand darf sie festhalten. Sie rennt, Thomas wird nicht aufgeben, er ist schneller als sie. Die Brandung durchnässt ihre Schuhe.

Sie holen Bernhard auf der Schnellstraße ein. Einen einzelnen Mann, wo sonst keiner geht, mit einer schweren Tasche und Anzug. Sie erkennt ihn von Weitem. Sie denkt gleichzeitig *Das ist er* und *Das kann er nicht sein,* und sie ist so durcheinander, wie man es nur sein kann angesichts so einer verrückten Geschichte. Sie sagt sich: Es ist ein Film, nimm es hin, was anderes bleibt dir eh nicht übrig, mit Ausnahme der Akuten, aber eine Akute haben die hier in Spanien gerade nicht, beziehungsweise wenn sie eine haben, möchte Valerie nicht hin. *Nimm es hin, nimm es hin*, als sie neben Bernhard halten und Thomas das Fenster runterlässt und Bernhard sie anblinzelt und an Valerie gerichtet sagt: »Was willst du denn hier?«, und dann, als seien sie ein bestelltes Taxi oder so was, die hintere Tür öffnet und Sol Moscot zur Seite schubst und sich auf den Rücksitz setzt.

Und plötzlich weiß sie nicht mehr, was *tot* in diesem Zusammenhang eigentlich genau bedeuten soll.

Und dann ist da diese unfassbare Hoffnung, von der man nicht glauben kann, dass sie sich erfüllen wird, und schon gar nicht, dass sie es gerade tut.

»Was ist?«, sagt er, als sie ihn mit offenem Mund ansieht, sprachlos immer noch, als hätte eine Zeitmaschine sie irrtümlich hier abgesetzt, obwohl sie eigentlich in die Antike wollte. »Wollt ihr nicht fahren?« Und er sitzt hinter seiner riesigen Tasche auf dem Rücksitz, und Sol Moscot sitzt neben ihm und hechelt im Fahrtwind, und das alles sieht so komisch aus, dass sie lauthals lachen muss, lauthals, weil die Situation so absurd, und lachen, weil Bernhard am Leben ist.

Sitzt da also ihr toter Stiefvater auf dem angeranzten Sessel des Apartments. Das klingt wie der Anfang eines Witzes, zu dem man den Rest noch nicht hat, zu schweigen von einer Pointe. Ihr toter Stiefvater hat die Tasche neben sich gestellt, aber sonst noch nichts gemacht: nicht gesprochen, nicht getrunken, nicht mal das Blut abgewaschen. Woher das Blut ist, sagt er nicht. Er riecht, als wäre er draußen ein paar Stunden auf der Landstraße herumgelaufen. Seine Augen liegen tief in den Höhlen, die dunklen Ränder sehen aus wie druntergeschminkt. Sieht richtig scheiße aus, der tote Stiefvater, denkt Valerie, also scheiße im Sinne von tot, was aber jetzt doch so makaber ist, dass sie heftig den Kopf schüttelt. Sein Haaransatz ist zurückgegangen, der kräftige Körper ist ein bisschen aufgedunsen, dazu die dreckigen Klamotten, die Platzwunde an der Stirn, seine Hand, die grotesk geschwollen ist. Aber er lebt. Er ist lebendig. »Bist du verprügelt worden?«

Er sieht aus, als schliefe er mit offenen Augen. Ganz langsam dreht er den Kopf in ihre Richtung. »Ist das dein Freund?«, fragt er und nickt zu Thomas herüber. Thomas und Valerie setzen im gleichen Moment zu sprechen an, Valerie fragt: »Willst du was trinken?«, aber Thomas sagt: »Wir kennen uns. Ist schon eine Weile her, aber Sie haben mich schon mal gesehen. Bei meinem Vater in der Bank.«

Langsam nickt ihr Stiefvater, während Valerie ein Glas nimmt und es voll Wasser laufen lässt und es ihrem Stiefvater gibt und überhaupt keine Idee hat, *warum* sie das eigentlich tut, denn ihr Stiefvater hat ja gar nicht um Wasser gebeten, und Valerie hält es eigentlich auch für völlig unüblich, den Wünschen des Stiefvaters vorauseilenden Gehorsam entgegenzubringen, also nimmt sie ihm das Glas wieder weg und schüttet den Inhalt in die Plastikpflanze auf der Anrichte neben sich.

»Hast dich nicht verändert«, bemerkt Bernhard durchaus trocken. Das Problem ist nämlich nicht, dass Bernhard keinen Humor hat. Das Problem ist vielmehr, was er daraus macht. Man kann seinen Humor darauf verwenden, als Witzbold oder als Arschloch Karriere zu machen. Jetzt sagt Bernhard, der sich zwischen diesen beiden Möglichkeiten schon immer ziemlich klar festgelegt hat: »Richtig, du bist Johanns Sohn. Ups.«

Valerie versteht das mit dem »Ups« nicht ganz, außer man interpretiert es so, dass Bernhard die Situation nicht sonderlich ernst nimmt. Sie ist aufgeregt, sie spürt den Herzschlag in ihren Ohren: *Das da ist Bernhard.* Thomas sagt jetzt wie in einem Fünfziger-Jahre-Schwarzweißkrimi, wo die Leute ihre Pistole *Schießeisen* nennen und aus der Hüfte auf die Leute zielen, anstatt, wie das heute üblich ist, die Knarre am ausgestreckten Arm und schräg zu halten, was allerdings genau genommen, denkt Valerie, auch schon wieder over the top ist, aber jetzt hat sie leider verpasst, was Thomas gesagt hat, und Bernhard antwortet: »Ich schätze schon.«

Und Thomas: »Und?«

Und Bernhard: »Und was?«

Und Thomas: »Na: Was jetzt?«

Und Bernhard: »*Du* bist doch den weiten Weg hergekommen.«

Bevor Valerie den Überblick verliert, bringt Thomas ein bisschen Struktur in die Unterhaltung, indem er einen weiteren Fünfziger-Jahre-Schwarzweißfilm-Satz sagt, nämlich: »Wo ist das Geld?«

Worauf Bernhard lacht, und Valerie muss zugeben: Würde sie an seiner Stelle wahrscheinlich auch machen. Nicht, dass sie das Ganze für komisch hält. Aber Thomas mit seiner Ganovensprache, der ramponierte Bernhard, der in den letzten Tagen seinen Job als toter Stiefvater ziemlich überzeugend gemacht hat, und ihre eigene Aufregung, die sie sich überhaupt nicht erklären kann; das alles kommt ihr so unecht vor, dass sie es eigentlich nur aushält, weil sie sich daran schon so lange gewöhnt hat.

Weil sie im Zimmer nicht rauchen dürfen, sind sie raus auf die Plaza de la Constitución. Valerie lehnt an einer niedrigen Mauer mit Blick auf das Hostal und versucht, sich mit dem Fuß auf den herabhängenden Schnürsenkel des jeweils anderen Schuhs zu stellen, und zwar gleichzeitig, was eine ziemlich knifflige Aufgabe ist. Sol Moscot streunt über das Betonplateau des Platzes und sichtet das Angebot an geeigneten Laternenmasten. Die Wolken sind so lustlos, dass sie nicht mal Formen annehmen, und aus irgendeinem Fenster dringt das Karaoke-Instrumental zu Stevie Wonders »I Just Called To Say I Love You«, zu dem irgendwer ebenso schief wie einsam singt und damit in puncto Trostlosigkeit zehn von zehn möglichen Punkten erreicht, da helfen auch Meeresrauschen und pittoresker Felsen im Hintergrund wenig weiter.

»Ist irgendwas?«, fragt Bernhard, die Hände in den Taschen.

Sie hat schon früher nicht verstanden, wozu er eigentlich diese Angeberoberarme braucht, wo er doch, was den Krafteinsatz angeht, ungefähr den leichtesten Job der Welt hat, nämlich immer nur schön mit dem Zeigefinger auf seine Maus tippen und mit seinem Wichtigtuer-Headset nicht einmal den Telefonhörer abnehmen muss. Alles Fassade, denkt sie, das hat sie irgendwie schon immer gewusst. Vielleicht sollte sie ihn aber trotzdem nicht die ganze Zeit anstarren.

»Hast du mal ein paar Euro?«, fragt Bernhard sie plötzlich, was von allem, was er überhaupt fragen könnte, so ungefähr das Unwahrscheinlichste ist.

»Bitte?«

»Euro. Geld. Ich will mir Zigaretten kaufen.«

»Hast du kein eigenes Geld?« Es ist komisch, den Satz mal zu ihm zu sagen. Er zieht nur die Augenbrauen hoch und sagt nach einer Weile: »Was ist jetzt?«

»Du kannst was von meinem Tabak haben.« Ihr Tabak ist allerdings schon fast wieder alle, sie hat unterwegs doch noch ein paar Notfälle gehabt, eigentlich war die ganze Fahrt ein einziger Notfall, gequalmt hat sie jedenfalls wie eine ganze Industrienation, so was geht ins Geld.

»Nett von dir, Valerie«, sagt er süffisant, »aber ich möchte diesen trockenen Krümelscheiß nicht. Du wirst mir doch nicht erzählen, dass du nicht noch ein paar Euro in der Tasche hast?«

»Ich hab nur noch den Zehner.«

»*Den* Zehner? Ist das so was wie ein magischer Zehner?«

»Den hab ich, um mich dran zu erinnern, dass ich ihn nicht ausgeben darf.«

»Klingt logisch. Gibst du ihn mir? Du kriegst ihn wieder«,

sagt Bernhard und macht dazu dieses Möchtegern-Gewinnerlächeln. Und während sie noch darüber nachdenkt, ob beziehungsweise warum sie ihm den Zehner auf keinen Fall geben wird, hat sie es schon getan.

Im selben Moment kommt Thomas zurück. Er sieht besorgt aus und aufgeregt. »Mein Vater hatte einen Herzstillstand.«

»Was ist mit Johann?«, fragt Bernhard. Das Möchtegern-Gewinnerlächeln ist jetzt aus seinem Gesicht verschwunden.

»Das weißt du nicht? Er hatte einen Schlaganfall, nachdem du … die Bank gesprengt hast.«

Bernhard sieht Thomas an, steckt den Zehner ein und nimmt sich Valeries Tabak, den sie auf der Mauer abgelegt hatte. Fängt an, sich eine zu drehen.

»Sie konnten ihn reanimieren, aber sein Zustand ist nicht stabil.«

»Das tut mir leid. Wirklich.«

»Ja. Das sollte es auch.«

»Johann ist wie ein …«

»Ja, weiß ich. Spar dir das.«

Bernhard sagt nichts, sondern zündet sich die Zigarette an. Thomas steht mit verschränkten Armen vor ihm und scheint auf etwas zu warten. »Was ist mit dem Geld?«, fragt er noch mal. Bernhard raucht; er sieht aus, als dächte er nur über eine Antwort nach, aber irgendwann wird klar, dass er überhaupt nicht zugehört hat.

»Du hast alle bestohlen«, sagt Thomas.

»Ich hab niemanden bestohlen«, antwortet Bernhard kühl.

»Gut. Umso besser. Dann gehen wir jetzt wieder rein, und du überweist das Geld zurück.«

»Das geht nicht.«

»Ach so. Und warum nicht?«

Ein letzter Zug aus der Zigarette, Kippenwegschnippen. »Das Kapital ist ein scheues Reh.«

»Sagt wer?«

»Karl Marx.«

Thomas, das sieht sie, möchte gern was dazu sagen, weiß aber nicht was, und sosehr sie Bernhards Arroganz auch ankotzt, so froh ist sie darüber, dass Thomas das jetzt mal live miterleben darf, man kann ja immer viel erzählen.

»Du scheinst das nicht zu ...«, beginnt Thomas, aber Bernhard unterbricht ihn und fragt sie: »Was machst du hier, Valerie? Mit ihm?«

»Er hat mich mitgenommen, weil ich geglaubt habe, dass du tot bist.« Früher gab es mal ein Wort dafür, Valerie, nämlich *töricht*, was so viel bedeutet wie: Was hast du dumme Gans ihm jetzt die ganze Geschichte aufs Brot zu schmieren, wo er doch auf nichts, was er dich überhaupt fragen kann, eine Antwort verdient hat?

Bernhard sieht sie überrascht an, aber nur eine Sekunde lang. Irgendwas daran scheint er lustig zu finden, und sie weiß: Das tut er auch. Er blickt zwischen den beiden hin und her wie jemand, der ziemlich geübt darin ist, Verbindungen zu entdecken. »Wie süß.«

Sofort ist mit aller Gewalt wieder ihre Wut da, wie auf Knopfdruck, Wut gegen die Überheblichkeit, mit der er alles, was sie tut und je getan hat, in den Dreck zieht. »Das kannst du ruhig glauben, du Arsch. Thomas, sag ihm –«

Dann klingelt Thomas' Telefon, und er geht ran und lauscht eine Weile mit offenem Mund. Er hält das Mikrofon zu und sagt dann leise zu ihr: »Es ist deine Mutter.«

Dass sie Bernhard ein Stück von der Pizza vorbeibringt, die Thomas geholt hat, ist etwas völlig anderes, als ihm ungefragt ein Glas Wasser anzubieten. Sie weiß nicht genau, worin der Unterschied besteht, aber es *gibt* einen Unterschied, und zwar einen großen. Das Zimmer, das sich Bernhard genommen hat, ist auf demselben Flur. Sie klopft. Bernhard öffnet mit einem Handtuch um die Hüften, das Blut ist abgewaschen, er sieht beinahe aus wie ein richtiger Mensch.

»Das ist nett«, sagt er und bittet sie hinein wie den Zimmerservice. Draußen ist es windig geworden, vor seinem geöffneten Fenster bauscht sich die Gardine, man hört Verkehrslärm. Ein bisschen, denkt Valerie, während sie in Bernhards Zimmer steht und Bernhard sich halb nackt über die Pizza hermacht, könnte sie sich jetzt so fühlen wie in *Außer Atem*, Michel und Patricia auf der Flucht durch Paris, bevor Patricia Michel am Schluss verraten wird, aber erstens ist Bernhard nicht ihr Geliebter, zweitens sind sie nicht in Frankreich, und drittens ist der Film scheiße.

»Noch mal ganz genau: Weswegen bist du hier?«, fragt Bernhard sie plötzlich. Es klingt nicht kalt und berechnend, sondern wie eine ernst gemeinte Frage.

»Weil«, sagt sie und weiß nicht weiter. Die Wahrheit sagen? Welche? Und warum sofort dein Herz ausschütten, Valerie, nur weil er mal ein bisschen freundlich ist. Er kann ja auch nett sein, das wusstest du schon vorher, aber Vorsicht, Valerie, Vorsicht. Wenn man nicht vorsichtig ist bei Bernhard, dann wird man wie deine Mutter. »Hab ich doch gesagt.«

»Ja, ich hab's aber nicht genau verstanden.«

»Weil ich gedacht habe, du …« Es erscheint ihr plötzlich sicherer, nicht nur nicht die Wahrheit, sondern lieber gar nichts mehr zu sagen, bei Bernhard weiß man nie. Doch dann sagt er nur: »Danke.«

»Was?«

»Danke. Ich hätte nicht gedacht, dass du so etwas für mich

tun würdest. Dass du dir solche Sorgen machst. Das ist sehr …« Er spricht nicht weiter, vielleicht weil jetzt *berührend* oder *bewegend* kommen müsste. Sie ist ohnehin geschockt, für seine Verhältnisse war das ein Gefühlsausbruch, sie kann sich dem gewaltigen Gefühl der Dankbarkeit, das sie unvermittelt empfindet, nicht entziehen, und irgendwie ist das ekelhaft. Ist das nicht irgendwie ekelhaft? Aber keine Sorge, es geht noch weiter: »Weißt du, du musst nichts wiedergutmachen bei mir, Valerie.«

»Was, wie kommst du … Ich will überhaupt nichts …«

»Umso besser. Schon gut.«

»Glaubst du, das hat irgendwas *damit* zu tun?«

»Ich glaube gar nichts«, das jetzt schon wieder gönnerhaft, und sie weiß nicht recht, ob sie es mit viel Wohlwollen als ernsthaftes Friedensangebot oder doch lieber als Provokation empfinden soll, und vorsichtshalber entscheidet sie sich mal lieber für Letzteres. »Er war ganz kalt, als ich ihn hochgehoben habe!«

»Vergiss es. Ich wollte gar nicht davon anfangen.«

»Hast du aber. Und du glaubst mir immer noch nicht.« Er hat das natürlich aus reiner Berechnung gesagt, denkt sie, jetzt schon wieder den Tränen nahe (wieso geht das eigentlich immer so schnell?), all die Jahre haben sie nicht darüber gesprochen, nicht mal im schlimmsten Streit; warum sollte er jetzt davon anfangen? Sie ist froh, dass sie die ganze Zeit über auf der Hut war, auch wenn es wieder mal nichts genützt hat und sie trotzdem in die Falle gegangen ist, aber wenigstens ist sie jetzt still, kein Mucks mehr, Valerie, hörst du?

Eine Weile sagt niemand von ihnen etwas. Dann: »Das hat gutgetan«, wobei er auf die leere Pizzaschachtel deutet. Sie anlächelt. Sie geht nicht darauf ein. Er lächelt noch mal, es ist kein fieses Lächeln. Er sagt: »Dein Freund ist aber ein bisschen alt für dich, hm?«

»Er ist nicht mein Freund.«

»Okay. Er ist trotzdem ein bisschen alt für dich. Wenn er dein Freund wäre.«

Sie steht auf. »Sonst noch was?«

»Warte, warte. Ich möchte dir sagen, dass ich weiß, dass vieles in den letzten Jahren ziemlich ungünstig zwischen uns gelaufen ist.«

»Was wird das denn jetzt?«

»Nein, bitte. Lass mich ausreden, ich mein's ernst. Ich hab ne schlimme Zeit hinter mir. In den letzten Tagen hatte ich viel Zeit zum Nachdenken. Ich hab ... manchmal hatte ich das Gefühl, verrückt zu werden. Es sind ein paar schräge Sachen hier passiert. Wirklich schräge Sachen. Ich will ... ich will mich bei dir entschuldigen. Ich glaube wirklich, dass wir ... ich weiß nicht ... versuchen sollten, noch mal von vorne anzufangen.«

Und weil Valerie nicht zu den jungen Frauen gehört, denen man nur ein paar säuselnde Worte des Bedauerns ins Ohr träufeln muss, um den ganzen Scheiß ungeschehen zu machen, verschränkt sie die Arme und sagt: »Was es auch ist, die Antwort ist nein.«

1 2 3 4 5 6 7 8

»Es ist so schrecklich *heiß*«, sagt ihre Mutter und fächelt sich Luft zu, aber mal ehrlich, das Thermometer steht auf 23 Grad, was wirklich nicht übertrieben heiß ist. Inzwischen ist es früher Abend, unten im Hostal hat das Restaurant aufgemacht. Ihre Mutter ist seit knapp einer Stunde hier. Das klingt, als sei das noch nicht allzu lang, aber trotzdem kennt Valerie inzwischen jede einzelne Minute bei ihrem Spitznamen. Eine Begründung, wieso genau ihre Mutter hier ist, beziehungsweise wie sie eigentlich hergekommen ist, kann das natürlich nicht ersetzen. Vielleicht ist Thomas deswegen auf die Idee mit dem Essen gekommen.

Wenn es nach Valerie ginge, hätte zur Kontaktpflege das kurze Telefonat durchaus gereicht, das sie draußen auf der Plaza mit Carmen geführt hat. Das kurze Telefonat ging ungefähr so:

»Wieso *sagst* du mir denn nicht, dass du in Spanien bist?«

»Warum sollte ich?«

»*Warum?* – Ich hätte *mitkommen* können.«

»Da träumst du von.«

»Valerie, spinnst du? Wir reden hier über meinen *Ehemann*!«

»Ich weiß, über wen wir reden, geh mir nicht auf den Keks.«

»Ist Herr Alberts bei dir? Ich möchte noch mal mit Herrn Alberts reden.«

Und so wahnsinnig viel mehr hatten sie sich auch seit ihrer Ankunft nicht zu sagen.

Am Donnerstag einer Vorsaison scheint man in einer Billigabsteige der hässlichsten Stadt der Welt nicht unbedingt reservieren zu müssen, jedenfalls ist das Restaurant des Hostals noch nicht mal offiziell geöffnet, obwohl der Wirt sich gerade irgendwas um die Hüfte gebunden hat, was wie ein blutiger Arztkittel aussieht. Dem Mann wachsen die Schnurrbarthaare nach oben in die Nase, das kann kein gutes Zeichen sein. Valerie spürt: Das hier wird nicht lange gutgehen. Ihre Mutter fächelt sich mit der Speisekarte Luft zu, und das Gefühl, bis in die Fingerspitzen unter Strom zu stehen, lässt sich nur dadurch ein wenig beherrschen, indem Valerie eine Zigarette nach der anderen dreht. Es ist völlig *absurd*, es gibt nichts zu reden, obwohl wiederum *alles* einmal gesagt werden müsste.

»Hast du hier ein Zimmer?«, fragt ihre Mutter Bernhard, aber Bernhard sieht sie nur an und scheint sich nicht entschließen zu können, ob er den Kopf schütteln oder ihr gleich eine knallen soll. All die Feindseligkeit, die Valerie zwischen ihnen gespürt hat in den vergangenen Jahren, ohne dass irgendjemand das *dazugeschrieben* hätte, ist jetzt greifbar, man sieht sie in der Luft wabern wie Hitzeflimmern. Und obwohl sie sich gerade erst gesetzt haben, geht Valerie jetzt raus, um eine zu rauchen, und lässt sich extra viel Zeit damit. Die Straßen sehen aus wie leer gefegt, und auch ihren Kopf sieht Valerie leerer und leerer werden. Sie hat die diffuse Erwartung, dass sich ihre Mutter jetzt um alles kümmern wird, schließlich ist Bernhard ihr Mann und so, und jeder, mit dem sie darüber gesprochen hat, kann ihr bestätigen, dass solche Sachen immer die Eltern unter sich ausmachen sollten, auch und besonders dann, wenn es dabei um 40 Millionen Euro geht. Das ist jedenfalls die Summe, die Thomas ihr genannt hat. Das ist so absurd viel Geld, dass sie eigentlich nicht davon ausgeht, es handle sich hier um irgendetwas Wirkliches, und das ist auch genau der Grund, weswegen sie mit der ganzen Sache nichts zu tun haben will. Es ist lächerlich. Lächerlich und langweilig. Vielleicht sollte sie einfach sagen: »Hört mal, Leute, ihr habt eure Probleme, ich hab meine, deswegen bin ich raus, schönen Tag noch, und danke für den Fisch«, und wie sie da so sitzt und der Stimme zuhört, die in die beginnende Leere ihres Kopfes hineinspricht, da stellt sie fest, dass die Stimme schon seit einer ganzen Weile ihre eigene ist.

Als sie wieder drinnen ist, sagt Thomas gerade: »Ich habe noch nicht ganz verstanden, wie Sie überhaupt auf mich gekommen sind.«

Ihre Mutter scheint froh zu sein, über etwas reden zu können, ohne Bernhard dabei anzusehen, der sich für nichts anderes interessiert als das Muster der Plastiktischdecke. Der Kellner kommt, und ihre Mutter bestellt nach einer etwas umständlichen Fragerunde, die sie sichtlich genießt, das Essen in fließendem Spanisch, und Valerie kann sehen, wie sie gleich etwas gerader auf ihrem Stuhl sitzt und wahrscheinlich darauf wartet, dass sie jetzt irgendwer beglückwünscht.

»Wo waren wir stehen geblieben?«, fragt sie, als die Glückwünsche ausbleiben.

»Ich wollte wissen, wie das gelaufen ist«, sagt Thomas. »Sie sagen also, es habe in der Bank ein Budget gegeben.«

Sofort nutzt ihre Mutter die Gelegenheit, nach ihrem Bestellerfolg in ein unverfängliches Gespräch mit Bernhard einzusteigen, sie dreht sich zu ihm und sagt: »Ja, Bernhard, du weißt das doch, wie das bei euch lief mit der Supervision.«

Bernhard, tief in sich selbst vergraben, buddelt sich langsam an die Oberfläche. »Weiß ich nicht.«

»Na, ihr konntet doch Supervision buchen, du hast doch mal den Flyer mitgebracht. Dadurch bin ich ja überhaupt erst …«

»Ich hab das nie gemacht.«

»Nein, darum geht es ja auch nicht. Es geht ja nur darum, dass Thomas wissen will – ich darf Sie doch jetzt Thomas nennen? –, dass er also wissen will –«

Thomas schüttelt abwesend den Kopf. »Schon gut. Ich glaube, ich will's gar nicht wissen.« Seine Mundwinkel hängen ein wenig herunter, oder vielleicht sieht es nur so aus, das Licht im Restaurant ist noch nicht eingeschaltet. Draußen hängen die Wolken tief, und durch den Wind fliegt immer wieder der Aufsteller um, den der Wirt gerade aus unerklärlichen Gründen rausgestellt hat. Immer wieder muss er hinausgehen und ihn wieder hinstellen. Er scheint nicht auf die Idee zu kommen, es einfach sein zu lassen, vielleicht ist er froh, etwas zu tun zu haben. Valerie glaubt, dass hier noch über vieles gesprochen werden müsste, aber sie kann dieser Unterhaltung nur schwer folgen, wie einem verpassten Bus, dem man bis zur nächsten Haltestelle hinterherrennt, und dann ist er doch weg.

Dann kommt das Essen. Auf der Karte hat es nach genießbarem Essen geklungen, letztlich geht es aber doch überwiegend um Schnitzel mit Pommes. Sie hat sich was ohne Fleisch bestellt, also Pommes ohne Schnitzel, dafür aber mit Cola. Alle essen absolut wortlos.

Hinterher, nachdem sie noch zweimal rauchen war, wird noch immer nicht gesprochen: nicht über sie, nicht über Bernhard, nicht mal über ihre Mutter. Wie ein paar Shampoofläschchen und Cremedosen, die auf einer schleudernden Waschmaschine stehen und sich langsam und vibrierend um ein leeres Zentrum drehen, dreht sich das Schweigen um Bernhard.

Irgendwann geht es darum, wer die Rechnung bezahlt, 62,40 Euro. Der Kellner, der unverständlich gut gelaunt und bestimmt auch betrunken ist und dem strenger Küchen- und Körpergeruch anhaftet, räumt die Teller ab, und weil keiner die Rechnung bestellt, lässt sich Bernhard Kaffee bringen und dann noch einen Brandy, und als danach wieder niemand was sagt oder Anstalten macht, die Rechnung zu bezahlen, fängt ihre Mutter ein Pseudogespräch mit Valerie an und säuselt: »Wo schläfst du denn heute Nacht, Valerie?«

Valerie kommt es ziemlich offensichtlich vor, dass sie mit der Frage gar nicht sie, sondern Bernhard meint, also antwortet Valerie nur mit einem Schulterzucken. Dann sagt wieder keiner was, deshalb sagt Valerie: »Was ist das denn eigentlich für eine bescheuerte Frage?« Worauf Bernhard sein typisches Ich-hab's-ja-schon-immer-gesagt-Lächeln aufsetzt und den Kopf schüttelt, ohne dabei irgendwen anzusehen. Dann kommen tatsächlich ein paar Gäste rein, der Kellner ist beschäftigt, aber bezahlt werden muss doch, und Thomas, weil er das einfach am besten kann, fragt mit ziemlich unbefangener Stimme, wer denn eigentlich die Rechnung bezahlen will und so. Da begreift Valerie plötzlich etwas über ihre Mutter, was eigentlich schon immer klar gewesen ist, so klar, dass Valerie bisher nicht so richtig darüber nachgedacht hat: dass ihre Mutter nämlich *überhaupt kein eigenes Geld* hat und genau genommen auch noch nie hatte.

1 2 3 4 5 6 7 8

Nachdem ihre Mutter in ihrem Zimmer war, dreht sie sich noch mal um in ihrem Bett und fragt sich, was das jetzt eigentlich alles sollte. Sie hat überhaupt nicht begriffen, weswegen ihre Mutter hier war. Ihr ist nur völlig klar geworden, dass es nicht wegen ihr gewesen ist.

Schon gestern Abend, als sie den Streit zwischen Valeries Eltern mit anhören mussten, weil die Wände in dem Hostal extrem dünn sind und weil die beiden ziemlich laut gesprochen haben, hat sie dieses Gefühl gehabt: dass alle um sie herum mit etwas ganz anderem beschäftigt sind. Und dass das eigentlich immer so war.

Genau genommen haben Valeries Eltern nicht nur ziemlich, sondern *extrem* laut gesprochen, also geschrien. Sie hat nicht jedes Wort verstanden, aber es ging unter anderem um die Frage, warum sich Valeries Mutter nur ein kleines Peugeot-Cabrio gemietet hat und nicht ein richtiges Auto. Das sind halt so die Sachen, über die ihre Eltern sich streiten.

Später, als die beiden laut miteinander geschlafen haben, konnte Thomas natürlich ebenso wenig einschlafen wie sie, und er hat Valerie angesehen im Schein der Straßenlaterne mit einem Blick, als würde er sagen: *Langsam bekomme ich einen Eindruck, Valerie*. Und sie hat ihn angelächelt, und er hat zurückgelächelt, und es war schön, endlich einen Zeugen zu haben, der glauben will und kann, was er hört und was er sieht.

Und aus irgendeinem Impuls sagte Valerie zu Thomas: »Früher habe ich mich dabei selbst befriedigt.« Das war ein Geständnis, noch dazu ein unnötiges, aber sie hatte es gesagt, und es war nicht mehr rückgängig zu machen. Es war, als hätte sie die Peinlichkeit, ihre Eltern belauschen zu müssen, mit einer noch größeren Peinlichkeit über sich selbst übertünchen wollen. Aber irgendwie fühlte es sich auch gut an, das mit Thomas zu teilen, dachte sie; vielleicht würde ihr Thomas dazu sagen, dass sie sich da gar nicht groß schämen müsse, weil sie schließlich damals in der Pubertät war und ganz einfach ihre Sexualität entdeckte und nur das imitierte, was ihre Umwelt ihr vorlebte und so weiter, also ganz einfache Dinge, auf die man im Prinzip auch selbst kommen könnte, wenn man sich nicht so schämen würde. Sie wollte gern mit ihm über all diese Dinge sprechen in der Dunkelheit, so wie man mit einer Freundin, die zum ersten Mal bei einem übernachten darf, bis in den Morgen hinein über Jungs redet und über das Leben und was von alldem zu halten ist.

Aber dann stellte sie fest, dass Thomas ihr wohl nicht richtig zugehört hatte, beziehungsweise dass er sich einfach nicht für ihr Selbstbefriedigungsding interessierte, sondern stattdessen wissen wollte, was sie am Nachmittag mit Bernhard besprochen hatte.

»Er hat mich um Hilfe gebeten.«

Sofort war Thomas hellhörig. »Um Hilfe gebeten? Bei was?«

»Ich soll ihn nach Gibraltar bringen.«

Und Thomas hatte sich aufgerichtet, seine Stimme klang nicht mehr nur müde, sondern plötzlich *brennend* interessiert. »Das hat er gesagt? Er will mit dir dahin fahren? Wohin genau?«

Und Valerie sagte: »Ich habe ihm gesagt, ich lass mich nicht mehr benutzen. Von keinem.«

»Ja«, hatte Thomas gesagt, »ja, das ist gut …«

Aber genau genommen war gar nichts gut, weil nämlich Thomas sie nicht etwa mit nach Spanien genommen hatte, um ihr nahe zu sein; genauso wie Bernhard sich nicht bei ihr entschuldigt hatte, weil ihm irgendetwas leidtäte; genauso wenig wie ihre Mutter gerade in ihrem Zimmer war, weil sie sich um Valerie sorgte. Man muss sich einfach klarmachen, dass all diese Menschen sich in Wirklichkeit kein bisschen für dich interessieren, und da kannst du jetzt verrückt dran werden, aber das wird die Sache nicht ändern. Die Sache ist einfach die, dass deine Vorstellungen und deine Wünsche nicht zwangsläufig etwas mit der Realität zu tun haben, und nicht zwangsläufig heißt, dass es eigentlich der Normalfall ist. Eine ganz einfache Erkenntnis, Valerie, dafür muss man im Prinzip nicht mal nach Spanien fahren. Andererseits: Wenn man dann schon mal in Spanien ist, kann man es ebenso gut hier begreifen wie woanders. Und wenn man diese im Prinzip ganz einfache Erkenntnis mal geschluckt hat, ergibt sich ein ganz simpler Clou, nämlich der, dass immer das Gegenteil von dem richtig ist, was man für richtig hält. Immer. Überall.

Mit jedem. Es reicht vielleicht nicht für eine philosophische Doktorarbeit, aber es ist eine Orientierung. Die beste, die ihr in den letzten fünf Jahren untergekommen ist.

Und sie hatte zu Thomas neben sich gesagt: »Ich lasse mich von niemandem mehr benutzen. Auch von dir nicht.« Es war gar nicht als Vorwurf gemeint, sondern nur als Feststellung.

»Was soll das heißen?«, hatte Thomas gefragt, und sie hatte da ein wenig kleinlaute Erschütterung in seiner Stimme gehört. »Dass ich dich benutzt habe?«

»Ja. Wie das eben alle so machen.« Eigentlich, denkt sie jetzt, ist es sogar *sein* Verdienst, dass sie ihm das sagen konnte: ganz ohne Wut. Er hat geglaubt, ihr etwas schuldig zu sein, aber das stimmte nicht. Es war eher wie Indien suchen und Amerika entdecken. »Kein Grund, sich zu rechtfertigen«, hatte sie gesagt. Und zum ersten Mal hatte sie dabei das Gefühl, als sei sie diejenige mit den langen Armen.

Und jetzt ist es eben so, als sei sie an einem fremden Ort unter fremden Leuten aufgewacht. Es ist ein tolles Gefühl: Sie ist hier niemandem etwas schuldig. Sie könnte einfach losgehen. Da draußen liegt Spanien, der Sommer kommt. Den ganzen Scheiß hinter sich lassen, denkt sie, wie sie es schon oft getan hat. Urlaub machen. Es gibt keinen Grund, wütend zu sein. Sie wird nach Hause fahren, und ihr Leben wird weitergehen. Sie wird Nils sagen, dass er ein Arsch ist. Du wirst in Zukunft auf keine Stimme mehr hören, nicht von Aktionären und nicht von sonst jemandem. Du wirst nur noch auf deine eigene Stimme hören.

Hörst du, Valerie?

Sie ist wohl wieder eingeschlafen, nachdem Thomas aufgestanden ist, plötzlich schreckt sie auf. Thomas stürzt ins Zimmer, durchsucht den Nachttisch, die Schubladen, den Klamottenberg neben dem Bett. »Wo ist der Schlüssel? Der Autoschlüssel?«

Sie zuckt die Schultern, und selbst das kostet sie Mühe. Nicht nur, dass sie keine Ahnung hat, worum es überhaupt geht, es interessiert sie auch nicht. Vielleicht ist sie nur zu schläfrig, aber sie hat schlicht die Vermutung, dass es nichts ist, über das sie sich sorgen müsste.

Thomas stürzt zum Fenster und reißt die Vorhänge zur Seite, reißt das Fenster auf, brüllt irgendwas. Die Tatsache, dass er brüllt, lässt für sie zweitrangig werden, was genau er mit dem Brüllen eigentlich sagen will. Unten hört sie einen Wagen starten.

»Sie nehmen den Wagen. He!«, versteht sie jetzt. »He! Bleibt stehen«, aber es ist natürlich sinnlos und obendrein ein bisschen albern, so was aus einem Fenster im zweiten Stock zu rufen, während unten ein Auto wegfährt.

Thomas dreht sich zu ihr. »Hast du ihnen den Schlüssel gegeben? Warst du das? Mein Gott, die fahren über die Grenze, und dann ist das Geld ... die Bank ...« Und statt hinterherzurennen oder aus dem Fenster zu springen oder irgendwas zu tun, was man eben tut, wenn eine Angelegenheit so wahnsinnig wichtig ist, setzt er sich auf die Bettkante und fragt: »Hast du eine Ahnung, was das jetzt bedeutet?«

Und Valerie hat schon eine Ahnung, was das bedeutet, sie ist ja nicht blöd, aber es ist eben auch so, dass es nur ganz am Rande eine Angelegenheit ist, die sie betrifft, also sagt sie: »Nö.«

BERNHARD

1 2 3 4 5 6 7 8 9 10 11 12 13 14 15 16 17 18 19 20 21 22 23

San Roque. Sie haben Ihr Ziel erreicht.«
Der Pfeil auf dem Bildschirm blinkte ins Nichts. Aber die Siedlung lag vor ihm am Ende der Straße, er konnte sie sehen. Der Motor lief. Im Licht der Scheinwerfer irrten Mücken durch die Nacht. Er war den ganzen Weg von Frankfurt bis hierher ohne Pause gefahren, vom Tanken und Pinkeln abgesehen. 2500 Kilometer. Dies war das Ziel. Er musste nur noch die Straße hinunterfahren, den Wagen abstellen, irgendwie ins Haus kommen. In eines der Häuser. Er blinzelte. Ungezählte Augenblicke später stellte er fest, dass ihm die Augen zugefallen waren.

Ein Geräusch schreckte ihn auf. Er sah durchs Fenster, in den Rückspiegel: Da war nichts. Schaltete die 8-Gang-Automatik wieder auf »D« und ließ den Wagen die Straße hinunterrollen. Mit der Bepflasterung des Gehwegs war man nicht sehr weit gekommen, die Steine steckten noch in ihren Verpackungsbändern, säuberlich gestapelt. Aus der gestampften Erde brach Unkraut. Die Siedlung: Palacio-Stil, wie im Prospekt beschrieben. Rundbogenfenster, Galerien, Terrassendächer. Alles, was er sah, war die undeutliche Ahnung von Architektur, irgendwo jenseits der Dunkelheit.

Hundert Meter weiter fand er eine geeignete Stelle. Zwischen zwei Hauswänden gab es einen Durchgang zum Patio. Darüber wölbte sich ein Dach. Er hielt an, stieg aus und schob den Bauzaun beiseite. An der Hauswand ein verwittertes Schild: *Urbanización Invespania. Información y vente*, darunter eine Telefonnummer. Er stellte den Wagen ab, schaltete die Zündung aus, dann das Licht. Saß in absoluter Dunkelheit.

Einen Augenblick lang wollte er einfach sitzen bleiben und schlafen. Doch er würde eine Scheibe einschlagen müssen. Lärm verursachen. Jetzt war es noch Nacht. Er rieb sich das Gesicht, spürte die Stoppeln an seinen Wangen und seinem Kinn. Ein Schauer lief ihm über den Rücken.

Leise öffnete er die Tür, stieg aus, tastete sich über den Patio. Der Mond kam hinter den Wolken hervor und spendete etwas Licht, gerade so viel, dass er nicht gegen den Springbrunnen stolperte oder über den Geröllhaufen dahinter. Hinter den Fenstern kein Lichtschimmer. Nichts, was darauf hindeutete, dass jemals Menschen hier gewohnt hatten. Wohnen würden.

Eine kleine Treppe, der Hintereingang. Hier war es zu dunkel, um etwas zu erkennen. Er schaltete sein Telefon ein. Im Schein des Displays suchte er Türen und Fenster ab. Alles verschlossen.

Er suchte sich einen großen Stein aus dem Geröll und warf ihn durchs Fenster. Das Klirren schien die Dunkelheit zu zerreißen. Er wartete. Kein Licht fiel auf ihn. Kein Hund bellte. Es war still, bis auf das Knirschen unter seinen Sohlen, als er durchs Fenster stieg und im Haus stand.

Er tastete und leuchtete sich durch den Flur nach vorne. Zur Straßenseite hin waren die Jalousien heruntergelassen, also wagte er es, den Schalter zu drücken. Einmal, zweimal. Kein Licht.

Im schwachen Glimmen des Displays sah er: Die Zimmer waren leer. Keine Möbel, keine Küchenzeile, kein Fernseher.

Kein Bett. Die Apartments hätten möbliert sein sollen. Er fluchte leise. Vielleicht hatten sie weiter vorne in der Siedlung angefangen. Morgen. Morgen würde er nachsehen.

Er legte sich auf den blanken Holzboden. Augenblicklich spürte er die Unnachgiebigkeit an Rücken und Kopf. Dann war er eingeschlafen.

1 **2** 3 4 5 6 7 8 9 10 11 12 13 14 15 16 17 18 19 20 21 22 23

Am Montagmorgen hatte sich Bernhard etwa eine Stunde lang zuversichtlich und ruhig gefühlt. Vollkommen fokussiert. Er war der Erste im Handelsraum, es war gerade 7 Uhr. Vor sich auf dem Tisch ein Pappbecher mit einem doppelten Latte macchiato. Er war nicht direkt fröhlich. Mehr eine Angriffslust, die er lange nicht gespürt hatte. Etwas anderes als die Stimmungsakrobatik seines Alltags.

In der FAZ konnte er nachlesen, was er seit Tagen wusste: Die Staatsbanken stoppten den Zukauf von griechischen Bonds, die Zinsen stiegen kontinuierlich. Fitch hatte Griechenland auf Junk heruntergestuft. Dazu die Schlagzeilen: Gigantisches Sparpaket, Massenproteste, Ausschreitungen. Er war überzeugt, dass die reale Verschuldung weit höher lag. Die Spitze des Eisbergs.

Er zog sein Jackett aus, setzte sich vor seine vier Bildschirme und fuhr das Bloomberg-Terminal hoch. Tippte sein Passwort ein, sah sich die Notationen für Hellenen-Bonds mit drei, fünf und zehn Jahren Laufzeit an. Die Kupons für letztere hatten bei Emittierung zwischen 3 und 4,5 Prozent gelegen, inzwischen war der Marktzins auf über 7 Prozent gestiegen. Der Kurs hatte sich in den letzten Tagen nervös nach oben und unten bewegt. Nicht weit. Der Preis lag zwischen 70 und 72 Prozent, noch würden die Ausschläge gering bleiben. Aber am Ende der Woche wollten die Griechen neues Geld aufnehmen. Die Luft wurde dünn für sie.

Langsam kamen die ersten seiner Kollegen mit ihren Pappbechern ins Büro. Legten Stapel von Zeitschriften und Papieren auf ihren Schreibtischen ab, verpackte Brote, Äpfel, Bananen. Bernhard grüßte, klemmte sich ans Telefon, ließ sich von der Fixed-income-Abteilung und externen Brokern Kurse stellen, verschickte Mails ohne Pause. Hörte sich reden, sah sich tippen, dies alles automatisch, ohne sein Zutun.

Gegen Mittag rief Simon aus dem Backoffice an. Vergewisserte sich, ob Bernhard bei den Volumina kein Fehler unterlaufen sei. Zehn Millionen, das sei sein Limit, er liege drüber.

»Ist schon okay«, sagte Bernhard. »Alles unter Kontrolle.«

»Ich weiß nicht, Bernhard –«

»Ich mach das jetzt so«, sagte er. Er würde mit Johann sprechen müssen. Später.

Als er am Abend nach Hause kam, saß Carmen am Tresen der neuen Küche und blätterte in einer Architekturzeitschrift. Sie sah auf, sagte etwas. Bernhard ging hinüber zur Sitzgruppe, schaltete den Flachbildfernseher an, drehte das Dolby-System so laut, dass er sofort mitten im Gefecht stand.

Sie stellte sich ins Bild, sagte in das Sperrfeuer und die Granatenexplosionen hinein: »Ich möchte das aber jetzt gern mit dir besprechen, Bernhard.« Er antwortete nicht.

Sie schaltete den Ton aus, plötzlich war es still, sie war überall in seinem Blickfeld. Unmöglich, an ihr vorbeizusehen. Was er spürte – *wenn* er etwas spürte –, spürte er nur schwach, er hatte schon seine Effexor geschluckt. Die grellen Farben ihres Kostüms, die Exaltiertheit der Ohrringe, das Fordernde ihrer Stimme erreichten ihn kaum. Zu viel Strecke zwischen ihnen.

»Möchtest du etwas essen?«

Er antwortete nicht, sah wieder auf den Bildschirm, bearbeitete sein Controlpad. Eine stumme Salve streckte ihn nieder.

»Möchtest du etwas essen?« Ihre Stimme. Die immer gleiche, monotone Ungerührtheit darin. Die aggressive Heiterkeit.

»Hab in der Stadt gegessen.«

»Aha. Ach so.«

Er achtete nicht auf den Vorwurf. Versuchte, nicht darauf zu achten. Es klappte nicht. »Was denn? Hast du gedacht, jetzt ist wieder alles in Butter? Hast du gedacht, wir fangen jetzt noch mal so richtig schön von vorne an, wir zwei? Hm?«

Sie versuchte, es wegzulächeln. Sein Puls ging schneller.

»Ich habe nur gedacht«, sagte sie, »dass es nicht alltäglich ist, was wir erlebt haben. Dass es etwas Wunderbares –«

»Hör auf. Ich kann das nicht hören.« Er versuchte, an ihr vorbei ein neues Spiel zu laden.

»Etwas Wunderbares ist. Solche Zufälle würden nicht geschehen, wenn sie nicht etwas bedeuten würden.«

Er sagte nichts.

»Meinst du nicht auch?«

Er sagte nichts.

Sie versperrte ihm wieder die Sicht.

Er beugte sich nach links. »Das Leben ist kein scheiß Roman«, sagte er zu Sergeant Cooper.

»Manchmal ist es mehr als das, Bernhard. Viel mehr.« Diese widerliche Bedeutsamkeit: nichts als eine Behauptung.

»Du glaubst wirklich, dass es etwas ändert, oder?« Er versuchte, es so abschätzig wie möglich klingen zu lassen. Setzte sich ans andere Ende des Sofas.

»Das tut es, Bernhard. Du wirst sehen. Es ist gerade zwei Tage her. Vielleicht hast du es noch gar nicht verarbeitet.«

»Jaja. Genau. Werd auch noch ein paar Jahre dafür brauchen.«

»Wir müssen etwas daraus machen. Es ist ein … Geschenk.«

Er sagte nichts mehr. Es hatte keinen Sinn. Sie würde in jedem Wort den Hinweis finden, den sie suchte.

»Gut, dass wir uns die neue Küche gekauft haben«, bohrte sie weiter. Jetzt war Provokation an der Reihe. »Was würden wir nur ohne unsere neue Gaggenau-Küche tun?«

»Du wolltest eine neue Küche«, sagte er, ohne aufzusehen.

»Mit der Betonung auf Küche, Bernhard. Keine Raumstation, die niemand bedienen kann. Wenn wir Mittwoch meine Freunde aus dem Verlag hier haben –«

»Bin ich nicht da.«

»Wir haben das abgesprochen, Bernhard. Du kannst nicht einfach wegbleiben.« Er lächelte nur müde. Das Spiel hatte angefangen und war schon wieder vorbei. Landmine.

»Ich weiß nicht, wie die Küche funktioniert. Das ist dein Job«, sagte sie.

Er ließ das Controlpad sinken und lehnte sich nach hinten. Schloss die Augen. »Den letzten Satz hab ich nicht richtig verstanden.«

»Bernhard, ich wollte eine Küche haben, die von A bis Z auf meine Bedürfnisse zugeschnitten ist.«

Er lachte. Es kam heraus wie ein Schwall Kotze, so plötzlich, dass man sich nicht mehr die Hand vor den Mund halten kann. Säure in seinem Rachen.

»Ich möchte mich vor diesen Leuten nicht blamieren«, sagte sie ungerührt.

»Schade. Warum eigentlich nicht?«

»Ich möchte, dass wir das Essen gemeinsam vorbereiten. Dass wir hier zusammen in unserer neuen Küche stehen, wenn die Gäste reinkommen. Du hast ein Handtuch über der

Schulter, ein Glas Rotwein vor dir, du schneidest mit deinem superscharfen japanischen Messer aus tausendmal gefaltetem Stahl –«

»Hör auf.«

»Das Wasser im Topf köchelt und blubbert, und der Dunstabzug rauscht ganz leise, und im Hintergrund kommt Puccini aus der Anlage.«

»Hör auf, hab ich gesagt.«

»Dazu müsste man natürlich den Herd ankriegen. Und den Dunstabzug.«

»Kauf dir einen Elektriker. Oder Küchenmeister. Was weiß ich. Lass dir von Valerie helfen. Das ist überhaupt ne Idee. Ich finde, Valerie kann auch mal was machen, wenn sie sich schon hier einquartiert.«

»Ich bezweifele, dass Valerie mit einer 60.000-Euro-Küche umgehen kann.«

Er atmete lange aus, versuchte, das Vibrieren in seiner Kehle zu unterdrücken. »Ich interessiere mich nicht für deine alberne Party. Ich hab heute Papiere für 20 Millionen Euro verkauft. Und morgen mach ich das wieder. Und übermorgen wieder.«

»Es ist nicht meine Schuld, dass du so einen langweiligen Job hast, Bernhard.«

»Ich hab Wichtigeres zu tun –«

»Zum Beispiel, dein Ego mit Luxusküchen aufzumöbeln? Ja, das ist wirklich sehr wichtig. Okay, es ist auch ein bisschen armselig, aber wichtig, klar, wichtig ist es auch.«

Er sah sie an. »Es hat keinen Sinn mehr.« Er brauchte nicht weiterzusprechen. Sah es in ihrem Gesicht. Er dachte an das Hotelzimmer, an die exklusive Zufälligkeit ihrer Begegnung. Es gab keine Tür, die sich dabei öffnete. Dies war sein Leben. Dies hier: die Villa in Bad Homburg, die neue Gaggenau-Küche mit Weinklimaschrank und Dampfbackofen, der 52-Zoll-HD-Fernseher mit Surroundsound, der Gursky über dem Sofa. Und die Frau dort im Raum.

1 2 **3** 4 5 6 7 8 9 10 11 12 13 14 15 16 17 18 19 20 21 22 23

Als er aufwachte, war es noch immer dunkel, nur aus dem Flur drang ein Lichtschimmer. Er erinnerte sich: Jalousien. Sein Rücken, seine Schultern, alles an seinem Körper schmerzte. Keine Ahnung, wie lange er geschlafen hatte. Der Boden voller Staubflocken.

Er stand auf und zog die Jalousien ein wenig hoch. Durch den Spalt sah er die verlassene Straße. Holzlatten und Plastikplanen im Morgengrauen, eine primitive Überlandleitung. Er ging ins Bad. Terrakottakacheln und vergoldete Wasserhähne, aber kein Wasser.

Im Spiegel sein entgeistertes Gesicht. Auf seiner Zunge ein Geschmack wie von einem verwesenden Marder.

Er holte den Wagen und stellte ihn im Patio ab, damit man ihn von der Straße aus nicht sehen konnte. Untersuchte seine Vorräte. Er hatte noch zwei Flaschen Wasser und ein paar Schokoriegel. Er aß zwei davon, schluckte eine Effexor und klappte sein Notebook auf. Steckte den Surfstick, den er in Frankreich gekauft hatte, in die USB-Buchse. Googelte seinen Namen. Fand nichts. Dafür hatten die Kurse für Hellen Rep 5 und 10 kräftig zugelegt. Er wusste es schon, dennoch durchfuhr ihn ein Stich. Schlechtes Timing. Sie würden weiter steigen, der Short Squeeze war in vollem Gange. Er googelte Alberts: Auch hier noch keine Meldungen. Es war Sonntag. Spätestens morgen würde etwas nach außen dringen. Sie mussten die Papiere zu 110, vielleicht zu 120 Prozent zurückkaufen. Es würde schlimm werden.

Er ging auf die Startseite der Banque de Suisse, gab die Zugangsdaten ein und spürte seine Aufregung. Das Geld konnte noch nicht angekommen sein. Die Verbindung war langsam, die Seite baute sich nur schichtweise auf: das Logo der Bank, die Hintergründe, zuletzt die Kontodaten.

Das Geld war noch nicht da.

Ganz normal, sagte er sich und versuchte, seinen Herzschlag unter Kontrolle zu bekommen. Simon hatte es überwiesen, es hing irgendwo in den digitalen Korridoren fest und suchte die richtige Tür. Nur noch ein oder zwei Tage, dachte er. Ein oder zwei Tage.

Er googelte einen Supermarkt. Kurz vor Gibraltar gab es einen großen Carrefour, der auch sonntags geöffnet hatte.

Draußen, jetzt bei Tag, wirkte die Siedlung noch trostloser als in der Nacht. Weit und breit kein Mensch, kein Auto, gar nichts. Die Straße fiel zur Küste hin leicht ab. Ganz hinten eine kleine Ortschaft, auch diese niemals bezogen. Er sah auf die andere Straßenseite: Baugrund. Aus der dunklen Erde ragten Entwässerungsschläuche, rot wie durchtrennte Arterien. Er schloss die Augen. Etwas – das Meer oder sein eigenes Blut – rauschte in seinen Ohren.

Zehn Minuten später fuhr er auf der A7 Richtung Gibraltar, die Fenster verschlossen gegen die aufkommende Wärme. Links und rechts der Autobahn verdorrte Wiesen, ein paar Zypressen oder Pappeln, ansonsten Borstgras und Ginster. Ein beigefarbener Golfplatz. Rumpelstilzchen, dachte er: Nur wurde hier das Gold zu Stroh. Manchmal blitzte zwischen den Hügeln die Küste auf: Skelette von Neubausiedlungen und unverputzten Apartmenthäusern. Er dachte nicht, dass es eine Schande war. Er versuchte, gar nichts zu denken.

Er war völlig ausgeruht erwacht. Carmen neben ihm, die Decke im Schlaf heruntergestrampelt, nackt. Er wendete sich ab. Die Vorstellung, dass ihr Schweiß ungehindert ins Laken und die Matratze sickern konnte. Dass er mit ihr in Berührung kam, selbst wenn er sie nicht berührte.

Wie sie ihn am Abend bedrängt hatte. Er war früh zu Bett gegangen. Anders als sonst war sie ihm bald gefolgt. Hatte versucht, ihn zu küssen, ihm in den Schritt zu greifen. Er hatte sich verweigert, eine Zeitlang, dann hatte er sich ihr überlassen und darauf gesetzt, dass sie seinen Widerwillen bemerken würde. Irgendwann war er eingeschlafen.

Er schlich durch das noch stille Haus, setzte konzentriert einen Fuß vor den anderen ins Badezimmer, als würde er für den Tag proben, ein Mensch zu sein.

Beim Eintreten gedimmtes Licht und sphärische Klänge. Seit gestern hatte er dieses Bild vor Augen, wie eine Vision, die man nicht loswird. Er wusste nicht, ob er es aus einem Film hatte oder aus den Nachrichten: ein Astronaut an der Außenseite seiner Raumfähre. Ohne Verbindungsleine, hinter ihm das makellose Schwarz des Weltalls. Schwerelos. Er stieg in die Duschtasse aus Muschelkalk. So klar wie das strahlende Weiß leuchtete die Erkenntnis: Das alles ist irrelevant. Das Wasser perlte an den Glasbausteinen ab, an seiner Haut. Lotuseffekt. Nichts blieb haften.

Die Küche war ein Schlachtfeld. Valerie hatte gegessen, oder was sie dafür hielt. Es war sechs Uhr früh. Überall gebrauchte Teller und Gläser, Spritzer von Ketchup, Zwiebelschalen, Kerngehäuse, Fettschlieren auf der Mineralgussplatte.

»Du bist noch wach«, sagte er ruhig. Seit sie da war, hatte er kaum zwei Sätze mit ihr gewechselt. Er stellte seine Tasche auf den Barhocker neben dem Tresen, schob die Hände in die Tasche. Fasste nichts an.

»Und du schon.« Sie blickte nicht auf, es war fast eine freundliche Begrüßung. Hatte die Füße auf den Tresen gelegt, ein Laptop auf den Oberschenkeln.

»Wie lange willst du eigentlich noch bleiben?«

Sie sah ihn kurz an, vielleicht erstaunt, vielleicht gleichgültig, dann blickte sie wieder auf den Monitor. »Und du?«

»Das ist mein Haus. Ich könnte dich rausschmeißen. Nicht umgekehrt.«

»Schön für dich«, sagte sie. Aus dem Lautsprecher des Computers kam irgendein Lärm. Er fragte sich nicht, was sie die ganze Nacht hier gemacht hatte. Er kannte das. »Haben sie dich gefeuert?«, fragte er.

»Und dich?«

»Nein, noch nicht. Ich fühl mich richtig ...«, er streckte Rücken und Schultern, »... gut aufgelegt heute Morgen.«

»Schön für dich.«

»Also haben sie dich nun gefeuert, oder hattest du gar keinen Job?«

Sie hob den Kopf, ein paar verfilzte Zöpfe halb vor den Augen. Ihr wilder Blick, die Piercings in der Wange, diese Brille: Sie sah ein bisschen irre aus. »Ihr habt mich gefeuert.«

»Du bist von selbst gegangen.«

»Nein, ich meine: Leute wie du. Zocker.«

»Weißt du eigentlich, dass du ein bisschen irre aussiehst?«

Sie richtete sich ruckartig auf, das Notebook rutschte ihr von den Beinen und fiel herunter. Es klang nicht gut, als es auf dem Boden aufschlug. Gar nicht gut. »Autsch«, sagte er.

Sie sprang vom Hocker, entsetzt, ging auf die Knie, hob

das Gerät auf, als wäre es ein Säugling. Ein Plastikteil war abgesprungen, die Tastatur hatte sich gelöst. »Scheiße«, schrie sie. »Du Arschloch!«

Er bewegte sich nicht.

»Ich hab fast ein Jahr dafür gespart!«

Er zuckte die Schultern. »Ist ja deine Sache, was du mit deinem Leben machst, aber deine Ausdrucksweise …«

Sie blickte auf den jetzt dunklen Monitor, dann zu ihm. Der Monitor hing nur noch an einem Scharnier. »Du Wichser!« In ihrer Stimme lag Verzweiflung. Sie versuchte, den Computer zuzuklappen, es gelang nicht. Hob ihre Schuhe auf, machte Anstalten, die Küche zu verlassen. Er sagte ruhig: »Ach so, Valerie … Wenn du nachher Zeit findest … Vielleicht kannst du hier ein bisschen Ordnung machen, bevor Magdalena kommt. Ich meine … sie ist eine ordentliche Putze, so was hat sie nicht verdient. Immerhin bist du nur zu Gast.«

Sie schlug eine Tür hinter sich zu, dann hörte er ein lautes Scheppern. Vielleicht die Reste des Notebooks. Sie weinte. Er nahm seine Tasche, ging nach nebenan in die Garage, setzte sich in den Porsche. Ließ das Garagentor hoch, setzte die Sonnenbrille auf, machte Musik. Sein Gesicht im Spiegel sah aus wie das eines Mannes, der sich auf seine Arbeit freut. Dann gab er Gas.

1 2 3 4 **5** 6 7 8 9 10 11 12 13 14 15 16 17 18 19 20 21 22 23

Er parkte auf einem bewachten Parkplatz in La Línea und ging zu Fuß zur Passkontrolle. Er war nicht aufgeregt. Er war ein normaler europäischer Bürger. Der Blick des Grenzbeamten taxierte ihn gewohnheitsmäßig. Bernhard zählte 21, 22, 23, der Grenzbeamte hielt den Kopf gesenkt und hob ihn erst, als er Bernhard den Pass zurückgab. »Have a nice day, Mr Milbrandt.«

Als er in der Wechselstube ein paar Euro in Pfund getauscht hatte und hinaustrat, fühlte er sich frei wie ein Tourist. Das Gefühl, nur einige Augenblicke lang, war überwältigend. Er hörte Möwen; der Seewind drückte ihm Tränen in die Augen. Es war, als könnte er jeden Kilometer spüren, den er zwischen sich und Frankfurt gebracht hatte. Wie der Auftakt zu einem unvergesslichen Urlaub.

Das Taxi musste vor dem Rollfeld warten, ein Flugzeug startete in den wolkigen Himmel. Abwechselnd setzte er die Sonnenbrille ab und wieder auf. Sie fuhren den Queensway entlang, eine südspanische Avenida mit Fish-and-Chips-Buden. Überall kreisten Möwen.

»66 Europort Avenue«, sagte der Taxifahrer. Sie standen auf dem Parkplatz vor einem Tenniscenter.

»Are you sure?«

Der Taxifahrer nickte. Bernhard stieg aus. Sah sich um. Auf der anderen Straßenseite ein dreistöckiger Bürokomplex. Firmen und Zweckgesellschaften, meist bloße Namen. In der Eingangshalle Briefkästen, übersät mit Firmenschildern, auf manchen zehn verschiedene. Lambord Didier Ltd. befand sich in Suite 231, 2. Stock.

Das Büro war seriös eingerichtet, man spürte das Geld pulsieren. Ledermöbel, Tischlampen, echte Kunst an den Wänden. Die Sekretärin bot ihm Kaffee an und ließ ihn zwei Minuten warten, dann empfing ihn ein grauhaariger Mann mit makellos gestutztem Vollbart und randloser Brille. Er sprach Englisch mit spanischem Akzent. Stellte, als sie Platz genommen hatten, die üblichen Fragen. Bernhard antwortete mit vorbereiteten Sätzen über ein Start-up-Unternehmen. Der Grauhaarige fragte weder nach Gewerbeschein noch nach der Nummer des Handelsregistereintrags. Er fragte überhaupt wenig. Dafür erklärte er ihm, dass die Bank nach Begründung einer entsprechenden Geschäftsbeziehung als Gesellschafter einer Firma auftreten werde, die formell sein Konto führe. Somit sei Bernhard weder als Besitzer zu identifizieren, noch unterliege die Kontoführung deutschen Steuerbestimmungen. Natürlich behalte der Kunde uneingeschränkten Zugriff auf das Konto. Alle nötigen Schritte zur Firmengründung werde man von hier veranlassen. Bernhard hörte ihm geduldig zu und nickte an den richtigen Stellen.

Dann füllte er ein Formular mit seinen Daten. Als Wunschfirmennamen wählte er »Ivory Ltd«. In dem Feld »Contact Person« gab er seine neue Telefonnummer und E-Mail-Adresse an, unter Arbeitgeber trug er »Consultant« ein.

Zur Unterzeichnung des Gründungsvertrags, zur Übergabe der Dokumentenmappe und zur Entgegennahme seiner Firmenbriefbogen müsse er in einigen Tagen noch einmal kommen, dann habe er vollkommene Verfügungsgewalt über das Konto. Er könne aber nach Belieben ab sofort Geld einzahlen.

Draußen, in einer kleinen Imbissbaracke nahe der Strandpromenade, kaufte er fettigen Backfisch und aß ihn gierig. Danach war ihm schlecht. Er ging ein paar Schritte, winkte ein Taxi heran. Ließ sich ohne Probleme zurück über die Grenze bringen.

In dem Carrefour kaufte er eine Luftmatratze, einen Campingstuhl, eine Wolldecke, einen Campingkocher samt Gaskartusche und Geschirr, eine Gaslampe, Besteck. Ein Schweizermesser mit 25 Werkzeugen. Eine große weiße Plastikschüssel, Spülmittel, Papierhandtücher und Müllbeutel.

Wasser, Konserven, Schokoriegel. Kaffee und eine Stange Zigaretten. Whiskey. Bezahlte in bar.

Als er wieder zurück in der Siedlung war, lud er alles aus und ging dann die namenlose Straße hinunter zum Strand. Die Straße stach grau gegen den jetzt blauen Horizont ab. Am Straßenrand leere Parkbuchten und Laternen, aus denen sich die Leitungen wanden. Er stellte sich das Leben vor, das hier niemals spielen würde: Eltern, Kinder, Hunde. Nichts als Animationen in einer Roadshow.

Er saß im Sand, blickte auf das fast bewegungslose Wasser, rauchte eine Zigarette. Die erste seit Jahren tagsüber. Nördlich von ihm gab es ein hohläugiges Hotel, 13 oder 14 Etagen, steil in den Hang gebaut. Ein Baukran stand daneben, wie um zu versichern, dass man eines Tages noch weiterbauen werde. All dies wegen ein paar Zahlenkolonnen auf einem Monitor.

Der Rauch füllte seinen Kopf mit Schwindel. Niemand wusste, wo er war. Er hatte eine riesige Summe Geld an sich gebracht und so hoch in den Baum gehängt, dass niemand herankommen würde. Er konnte fast sehen, wie sie sich danach streckten.

Als er zur Siedlung zurückkehrte, sah er, dass in dem Durchgang zum Patio die Verpackung eines Schokoriegels lag. Orange mit gelber Schrift, Reese's Cups. Er hatte ihn heute Morgen im Supermarkt gekauft. Er hatte noch keinen davon gegessen.

1 2 3 4 5 **6** 7 8 9 10 11 12 13 14 15 16 17 18 19 20 21 22 23

Als er in den Händlersaal gekommen war, hatte Holt ihn abgefangen. Max Holt, der Mann hinter Johann hier in Frankfurt. Alle nannten ihn Maximus. Er hatte diese spezielle Art, einen heranzuwinken: mit einem Finger. Bei Bernhard hatte er das lange nicht mehr gemacht. Sein Rücken versteifte sich, er spürte einen Druck im Magen, wie eine Faust. Nichts, sagte er sich. Er konnte noch nichts von den Deals mitbekommen haben. Er hatte noch nicht mal richtig angefangen.

»Bernhard! Held der Arbeit!«

»Was willst du?«

Holt deutete hinter sich in sein Büro. »Der Junge da heißt Marek Jensen. Der Sohn von jemandem, mit dem wir uns gut verstehen. Der will heute mal ein bisschen in unsere Abteilung reinschnuppern.«

Bernhard reagierte nicht.

»Wann waren wir beide eigentlich zuletzt was trinken? Wir müssen unbedingt mal wieder was trinken gehen. Ich glaube, ich bin sogar mit Bezahlen dran.«

Bernhard verstand und verdrehte die Augen.

»Ich weiß, ich weiß«, beschwichtigte Holt. »Hör zu, beachte ihn gar nicht. Er wird dich nicht groß stören.«

»Wenn der mich vollquatscht –«

»Er wird so still sein wie eine Mumie.«

»Die quatschen einen immer voll. Was bedeutet die Zahl da, mit wem haben Sie jetzt telefoniert.«

»Ich weiß.«

»Ich muss mich konzentrieren. Die sind diese Woche extrem nervös alle.«

»Komm, Bernhard. Ich werd sonst entlassen. Ich hab Frau und Kinder.«

»Ich meine, alle sind nervös.«

»Bernhard, du bist der Boss. Wenn er anfängt, dich zu nerven, schick ihn Kaffee holen.«

»Wie lange?«

»Was weiß ich. Eine Viertelstunde.«

Bernhard schüttelte ungeduldig den Kopf. »Wie lange hab ich ihn am Hals?«

»Ach so. Heute Vormittag. Maximal.«

Bernhard nickte knapp und ging zu seinem Platz. Er hatte kaum sein Jackett über die Lehne gehängt und sein System hochgefahren, da stand Jensen hinter ihm. Er zog sich einen Stuhl heran und setzte sich. Bernhard beachtete ihn nicht. Nach einer Weile sagte Jensen: »Danke, dass ich …«

»Schon okay.«

Der Junge ließ sich davon ein bisschen einschüchtern, aber nicht lange. Dann fragte er: »Was machen Sie da?«

»Ich shorte.«

»Und was shorten Sie so?«

»Staatsanleihen.«

»Und was für welche?«

Bernhard fixierte ihn. Zumindest sah er nicht schon aus wie ein Idiot. Trug einen passablen Anzug, nicht maßgefertigt, aber okay. Ein Pflaster über der linken Augenbraue. »Griechische.«

»Aha? Wie –«

»Pass auf, damit du Ruhe gibst. Ein einziges Mal. Wenn du mich dann weiter nervst, fliegst du raus, okay? Ist mir scheißegal, was Holt sagt. Ich verdiene hier Geld für die Bank. Ich muss mich konzentrieren. Gecheckt?«

Der Junge nickte. »Gecheckt.«

»Das hier« – er zeigte auf eine Anzeige auf einem der beiden mittleren Monitore – »sind meine Prime Broker. Du weißt, was Prime Broker sind.« Es war eine Feststellung, er achtete nicht auf das Nicken neben sich. »Bei denen leihe ich mir die Papiere. So. Das hier sind meine Abnehmer. Broker, andere Banken. Die kaufen die Bonds bei mir.«

»Ganz schön viele.«

»Wir machen einen Preis aus und das Volumen – ich settle über fünf bis sieben Tage –, dann gehen die Daten ins Backoffice zur Abwicklung. Fertig. Noch Fragen?«

»Warum griechische Anleihen? Ich hab gehört, die Griechen haben Probleme.«

»Hast du gehört, ja? Die Griechen haben keine Probleme. Die Griechen sind einfach pleite. Vollkommen im Arsch. Und das schon seit Jahren.«

»Okay.«

Der Junge mochte Anfang zwanzig sein. Immerhin war er informiert. Der Sohn von irgendjemandem aus dem Aufsichtsrat, mitten im Studium. Wusste noch nicht, wohin die Reise gehen sollte, vielleicht doch lieber Bergführer in den Alpen oder Animateur auf Sardinien. Der würde nicht wiederkommen.

»Aber wenn die Papiere nichts wert sind, warum verkaufen Sie sie dann?«

Bernhards Blick war auf den Monitor gerichtet. Während er sprach, ging er mechanisch weiter Positionen ein. Wie im Schlaf.

»Weil es Leute gibt, die das Zeug haben wollen.«

»Okay.«

Bernhard drehte sich zu ihm. »Kannst du mit diesem ›Okay‹ aufhören? Entweder, du hast ne Frage, oder du hast keine Frage.«

»Darf ich denn noch was fragen?« Der Blick des Jungen war offen. Bernhard sah ihn prüfend an und nickte. »Von mir aus.«

»Warum werden die Anleihen noch gekauft, wenn der Staat pleite ist?«

»Erstens ist er nicht offiziell pleite. Zweitens: Die Ratings sind schlecht, aber die Bonds bringen hohe Zinsen. Drittens:

Der Investor geht davon aus, dass das Ausfallrisiko kalkulierbar ist. Dass im Ernstfall jemand dafür haften wird.«

»Aber das stimmt nicht?«

Bernhard sah ihn an. »Du verfolgst die Schlagzeilen, oder?«

Der Junge nickte.

»Und? Was sagen die Schlagzeilen?«

»Na ja, die Griechen brauchen dringend Geld, um Schulden zu bezahlen. Diese Woche noch.«

»Und?«

»Wenn keiner ihre Anleihen kauft, sind sie entweder pleite –«

»Oder?«

»Oder sie kriegen Geld von der EU.«

Bernhard nickte. »Ein Bail-out.«

»Aber das will keiner.«

»Klar will das keiner.«

»Irgendwie versteh ich aber immer noch nicht, wie Sie jetzt Geld verdienen mit den Papieren.«

Bernhard korrigierte seine Sitzposition, drehte sich ein wenig mehr zu dem Jungen. »Was glaubst du? Werden die Griechen Geld am Kapitalmarkt bekommen oder nicht?«

»Ich denke schon.«

»Und warum?«

Der Junge zuckte die Schultern. »Sie finden ja auch Käufer.«

Bernhard lächelte. »Dein Vater hat dich nicht umsonst auf die teuren Schulen geschickt.« Ein Anflug von Stolz auf Jensens Gesicht. Bernhard wurde klar, dass das länger nicht mehr vorgekommen war: Lächeln.

»Und was, denkst du, denken die Anleger?«

»Die denken wahrscheinlich, dass sie nichts verkehrt machen können. Sie denken, dass die EU für die Anleihen geradestehen wird.«

»Genau das denken sie.« Wie ein zufriedener Lehrer. Der Junge wie ein Schüler, der etwas gelernt hat. Wie ein Sohn vom Vater.

»Aber das stimmt nicht, oder?«

»Im Lissabon-Vertrag steht, dass jeder Mitgliedstaat für sich allein verantwortlich ist. Daran werden sie sich halten. Es wäre gegen die Spielregeln. Jeder Staat ist selbst bis zum Anschlag verschuldet.«

»Das heißt, wenn Griechenland wirklich pleitegeht und Sie die Papiere dann zurückkaufen …«

Bernhard nickte zufrieden.

»Und die Differenz ist der Profit für die Bank.«

Der Profit der Bank. Mein Profit. »So sieht's aus.«

Der junge Jensen zögerte, dachte nach. Bernhard hatte sich wieder seinen Monitoren zugewandt. Zwei neue Anfragen, es lief gut. Es lief sogar sehr gut.

»Aber was ist, wenn es doch ein Bail-out gibt?«, fragte Jensen. »Dann steigen die Kurse, und Sie müssen sie trotzdem zurückkaufen.«

»Wenn es kein Risiko gäbe, würde ich Opel Corsa fahren.«

Jensen schwieg eine Weile. Bernhard hatte ihn schon beinahe wieder vergessen, als er ihn sagen hörte: »Vielleicht sollte ich auch ein paar von denen shorten.«

Bernhard drehte sich noch einmal zu ihm. »Hast du ein Depot?«

»Mein Vater hat eins für mich eingerichtet. Ich mach nicht besonders viel damit.«

Eine Idee, nur ein Sekundenbruchteil. Was einen Händler von einem normalen Menschen unterscheidet: Er trifft Entscheidungen von lebensentscheidender Tragweite in Sekundenbruchteilen. »Hier? Oder bei einer anderen Bank?«

»Banque de Suisse, glaube ich.«

»Wenn du willst«, sagte Bernhard langsam und verbindlich, »stelle ich dir ein Portfolio zusammen, das von einem Zahlungsausfall profitieren würde. Nichts Riskantes. Nur zum Reinschnuppern.«

Jensen überlegte, aber nicht sehr lange. »Das wäre ziemlich cool.«

»Okay«, sagte Bernhard. Lächelte. »Dann her mit deinen Zugangsdaten.«

1 2 3 4 5 6 7 8 9 10 11 12 13 14 15 16 17 18 19 20 21 22 23

Jemand war da gewesen. Die Kartons mit Lebensmitteln, die er im Carrefour eingekauft und in der Küche abgestellt hatte, waren weg. Ebenso das Wasser und die Zigaretten. Nur der Whiskey stand noch da. Er stürzte in das große vordere Zimmer, in dem er geschlafen hatte: Sein Computer, seine Reisetasche und der Schlafsack waren weg.

Er suchte jedes Zimmer ab, selbst die in der oberen Etage, die er seit seinem Ankommen nicht betreten hatte. Er klammerte sich an den Gedanken, die Sachen aus irgendwelchen Gründen wieder im Wagen verstaut zu haben, bevor er zum Strand gegangen war, doch er wusste, dass das Unsinn war. Er durchsuchte den Wagen gründlich, verzweifelt. Sinnlos. Er rannte auf die Straße, sah sich um. Zwecklos. Schweiß lief ihm in die Augen. Die Sonne wie ein Speer.

Irgendwann kehrte er in das Haus zurück. Gedanken schossen durch sein Gehirn wie Flipperkugeln, ohne Aussicht auf irgendeinen Gewinn.

Er stieg in den Wagen und fuhr los, hinunter zur Küstenstraße, dann Richtung Süden. Nach einer Weile fühlte er, wie ein Teil seiner Energie wieder in ihn zurückströmte. Was ihm endgültig seine Handlungsfähigkeit zurückgab, war der Gedanke an das Geld. Er musste online bleiben. Es so schnell wie möglich transferieren. Er brauchte einen Computer.

Er fuhr zurück zum Carrefour und wiederholte all seine Einkäufe, nahm noch eine Sporttasche, bezahlte an einer anderen Kasse, lud die Sachen in den Wagen. Kehrte in den Supermarkt zurück, kaufte ein Netbook mit langer Akkulaufzeit und einen Prepaid-Internetstick. Setzte sich in das Café Los Barrios direkt neben dem Carrefour, schloss den Computer ans Stromnetz an, installierte die Software, konfigurierte den Internetzugang. Es dauerte zwei Stunden, mal funktionierte das Kennwort nicht, dann brach ohne erkennbaren Grund die UMTS-Verbindung ab. Als er es geschafft hatte, war sein Hemd völlig durchgeschwitzt.

Auf CNBC sprudelte noch immer das Öl in den Golf von Mexiko. In Griechenland warfen sie Steine. Dann eine Anhörung vor dem US-Kongress:

Goldman Sachs hatte seinen Kunden 2008 wertlose Hypothekenpakete angedreht und intern auf deren Ausfall gesetzt. Sie hatten sich erwischen lassen. Der Senator setzte Lloyd Blankfein unter Druck: »You knew it was a shitty deal!« Es war nicht mit anzusehen, wie Blankfein sich wand. Wie ein Ministrant, den sie beim Wichsen erwischt hatten. Würdelos.

Während der Akku des Netbooks lud, trat er hinaus und wartete. Der Nachmittag war angebrochen. Auf dem Parkplatz, einen Cortado in der Hand, empfand er für einige Augenblicke ein Gefühl der Gelöstheit. Er hatte seine Situation im Griff. Er war Herr seiner selbst. Ein betrunkener Schwarzer improvisierte auf seiner Gitarre und grölte dazu erfundene Textzeilen. Ihm fiel auf, dass überall Müllsäcke herumstanden, seit Tagen, vielleicht seit Wochen. Man konnte den Müll deutlich riechen. Er hatte ihn nicht bemerkt.

Er packte alles ein, setzte sich in den Wagen und fuhr zurück. Ein paar Kilometer weiter, bei La Duquesa, fand er eine weitere Siedlung, allerdings schon in der Rohbauphase gestoppt. Er spielte mit dem Gedanken, trotzdem einzuziehen: Mit dem Fehlen von Strom und fließendem Wasser musste er überall rechnen. Die Nächte waren schon mild, und für den Durchzug hätte ihn Meerblick entschädigt. Aber er wusste, wie das Meer aussah. Er wollte Jalousien. Und eine Tür, die er verriegeln konnte.

Die Dämmerung brach herein. Alle Objekte, die er in umliegender Nähe gefunden hatte, waren bei näherer Betrachtung ungeeignet. Manche lagen zu dicht an bewohnten Siedlungen, bei anderen fehlten passierbare Straßen. Die meisten waren Ruinen, bloße Gerippe aus Mauersteinen und Mörtel, archaischen Kultstätten ähnlicher als Häusern.

Es war bereits dunkel, als er zurück in der Siedlung war. Er fuhr ganz ans Ende, zu den letzten Häusern, versteckte wiederum den Wagen und schlich durch den Patio. Diesmal warf er keine Scheibe ein, sondern schraubte die Vergitterung des Kellerfensters heraus, drückte den Rahmen ein und zwängte sich hinunter. Die Tür zum Wohnraum war unverriegelt, auch die Hintertür konnte er entriegeln und den Wagen entladen. Es war der gleiche Grundriss, die gleichen Jalousien, die gleichen funktionslosen Wasserhähne. Er trank ein paar Becher Whiskey, blies die Luftmatratze auf und legte sich schlafen.

Irgendwann schreckte er auf, das Maklerschild knallte im Rhythmus der Windböen gegen die Hauswand. Es war Nacht. Sein ganzer Körper hatte sich verkrampft. Erst jetzt, als die Wirkung des Alkohols nachließ und er die Panik mit routinemäßigen Handgriffen bekämpfen wollte, fiel ihm auf, dass sein gesamter Tablettenvorrat in der Tasche gewesen war.

1 2 3 4 5 6 7 **8** 9 10 11 12 13 14 15 16 17 18 19 20 21 22 23

Es war das erste Mal gewesen, dass er es bis ins Hotelzimmer geschafft hatte. Gewöhnlich klickte er sich nur durch die Vorschläge, die das Portal machte. Drei, vier Frauen am Tag. Oft waren es dieselben, meistens ohne Fotos, oder mit falschen. Es kam vor, dass Professionelle dabei waren, man erkannte sie an ihren lieblos ausgedachten Nicknames oder den überzogenen Posen. Er hatte es schon mit ihnen versucht, das Geld störte ihn nicht. Sie schafften es nur nicht, ihn zu erregen. Es reichte nicht einmal für einen Blowjob. Es reichte für gar nichts.

Die anderen Daterinnen waren richtige Menschen. Er schrieb mit ein paar von ihnen E-Mails. Meist ging es um wechselnde Positionen, Praktiken, um Ekstase und Leidenschaft. Oder etwas in der Art. Das Tippen ging ganz von allein. Das alles erfüllte seinen Zweck, und es reichte, um weiterzumachen.

Als das nicht mehr genug waren, kamen die Treffen. Meist hatte er da schon eine ungefähre Vorstellung von der Frau: von ihrer Intelligenz, dem Vokabular, ihrem Humor. Er hätte nicht sagen können, dass er sie kennenlernen, mit ihnen etwas anfangen wollte. Aber es reizte ihn. Also machten sie ein Hotel aus. Beim ersten Mal schaffte er es nicht einmal bis in die Stadt. Beim zweiten Mal kam er bis zur Lobby, machte aber wieder kehrt, als er eine Mutter mit einem kleinen Kind sah. Danach hatte er eine ganze Weile keine Kontakte gesucht. War geheilt. Hatte sich auf seine Deals eingeschossen und morgens kalt geduscht.

Dann fing es wieder an. Er bekam einen Kontaktvorschlag. Die Vorlieben stimmten zu 98 Prozent mit seinen überein: Oralsex, Analsex, Fesselspiele, S/M. Küssen optional. Das Foto war unkenntlich. Was den Ausschlag gab, war die Art, wie sie schrieb. Sie hatte Humor. Sie sagte geradeheraus, was sie wollte. Es müsse nicht perfekt sein, aber sie wolle lernen. Neues erfahren.

Das gefiel ihm. Gegen seine Nervosität trank er zwei Whiskey, dann fuhr er in die Stadt. Parkte im Parkhaus am Baseler Platz und ging die paar Schritte zum Méridien. Versuchte, an nichts zu denken. Fragte sich, was er sich versprach und was es ändern würde.

Das Zimmer sah einladend aus. Wie aus einem Einrichtungskatalog. Er zog die Vorhänge zu, schaltete den Fernseher ein und sofort wieder aus. Börsennachrichten. Holte eine Flasche Champagner aus der Minibar, stellte zwei Gläser auf den Beistelltisch. Zog den Mantel aus. Wartete.

Mehrere Male war er kurz davor, zu gehen. Sein Herz hämmerte. Er war viel zu früh gekommen. Wenn er aus dem Fenster sah, bildete er sich ein, nur Bekannte zu sehen. Er hatte nicht die geringste Lust auf Sex.

Dann klopfte es. Für einen Augenblick dachte er daran, nicht aufzumachen. Er würde ganz still bleiben, unentdeckt, irgendwann würde sie wieder gehen. Aber er würde es wieder versuchen. Und wieder. Würde nicht davon loskommen.

Bei ihrem Anblick blinzelte er, die Luft wich aus seiner Lunge wie nach einem Punch. Es dauerte trotzdem nur einen Augenblick, bis er ihr Hiersein akzeptierte.

»Das ist nicht dein Ernst«, sagte er. Er war überzeugt, dass sie ihn verfolgt hatte. Hatte er nicht draußen eine Frau gesehen in solch einem grünen Mantel? Aber ihr Gesichtsausdruck passte nicht. Sie sah überrascht aus. Sogar zu Tode erschrocken. Blickte sich zu beiden Seiten des Gangs um. Fluchtreflex. Es war nicht zu übersehen, dass sie in Panik war. Panik bei ihr bedeutete, dass mit einem Angriff zu rechnen war.

»Du … Scheißkerl«, sagte sie. Irgendwas entgegnete er darauf. Es reichte für einen Streit. Wenigstens den Anfang davon. Dann kam eine Putzfrau mit ihrem Reinigungswagen, er ließ Carmen herein. Sie zog weder den Mantel aus, noch legte sie die Tasche ab. Sah sich im Zimmer um. Angewidert.

»Bist du mir gefolgt?«, fragte er, obwohl er die Antwort kannte. Er sah, dass es hinter ihrer Stirn arbeitete, dass sie prüfte, ob das ein Ausweg für sie war. Dann sagte sie: »Nein. Was bildest du dir ein?«

Das Sprechen holte ihn in die Realität zurück. »Ich hätte nicht gedacht, dass du so was wirklich machst«, sagte er. »Dachte, du redest immer nur.«

Sie schnaufte verächtlich. »Wie kannst du nur? Ich habe gedacht …«

»Was hast du gedacht? Du bist auch hier. Überleg dir gut, was du sagst.«

»Ich soll … glaubst du, du bist in der Position, mich zu belehren? Was glaubst du, was hier besser klappen wird? Hast du wenigstens eine Packung Viagra mit? Könnte sonst ein kurzes …«

»Oh, Carmen.« Sie war den Tränen nahe, aber er wusste, das war blanke Wut. Darüber, dass sie die Kontrolle nicht hatte. Dass nicht sie die Spielregeln gemacht hatte.

»Ich hab das immer für dich getan«, sagte sie. Jetzt kamen Tränen. »Für uns. Dass du mich so hintergehst …«

Er nahm seinen Mantel. Er musste das nicht hören. Wem

könnte man davon erzählen? Wer würde eine solche Geschichte glauben? Er wollte an einer Bar sitzen, betrunken, unter Fremden. Die Runde mit einem Witz unterhalten, der mit der Pointe endete: »Dass du mich so hintergehst!«

»Du gehst jetzt nicht«, sagte sie. Wie eine Furie. »Du bleibst hier. Ich will von dir wissen …«

»So long, baby«, sagte er und ging an ihr vorbei. »War schön, dich mal wieder gesehen zu haben.«

Er hätte sich denken können, dass sie ihm folgen würde. Und nicht mehr abließ von ihm. Es nahm kein Ende, es wurde immer schlimmer. Für ihn war es lediglich ein Sonderfall des Wahrscheinlichen gewesen. Er erlebte das jeden Tag. Für sie aber: eine Fügung. Sie wurde immer penetranter, und sie würde nie mehr etwas anderes denken. Nie mehr. Eine Fügung rechtfertigt lebenslange Überzeugung. Und wenn nötig, mit Gewalt.

1 2 3 4 5 6 7 8 **9** 10 11 12 13 14 15 16 17 18 19 20 21 22 23

Am Morgen fuhr er erneut nach La Línea und versuchte, in der Farmacia Tabletten ohne Rezept zu bekommen. Die Apothekerin sprach ein wenig Englisch, verstand ihn aber nicht. Erst als er den Namen des Medikaments wiederholte und einen zusammengefalteten Hunderter auf den Tresen legte, sah sie ihn verstört an und schüttelte den Kopf. Holte ihren Vorgesetzten. Der erklärte ihm in etwas besserem Englisch, dass er das Medikament ohne ärztliches Rezept nicht bekommen könne. Bernhard versuchte ihn zu überzeugen, es sei ein Notfall. Schließlich einigten sie sich auf Valium, das Geld behielt der Apotheker.

Wieder in der Siedlung, legte er sich erschöpft auf die Matratze. Sein Hemd, das letzte saubere, war durchgeschwitzt. Er musste duschen. Sich rasieren. Eine Kaskade von Aufgaben brach über ihm zusammen. Er musste den Kontostand überprüfen und das Geld transferieren. Er musste regelmäßig atmen.

Er schrak auf, weil er ein Geräusch gehört hatte. Horchte ein paar Minuten lang, immer wieder den Atem anhaltend. Schließlich stand er auf, schlich zur Tür und spähte hinaus. Da war nichts.

Er rauchte eine nach der anderen, trank Whiskey dazu, pinkelte in eine leere Wasserflasche. Dann legte er sich wieder hin.

Als es dunkel wurde, nahm er eine Valium und versuchte zu schlafen. Es ging nicht. Er wälzte sich auf seiner Matratze, versuchte, seine Gedanken zusammenzuhalten wie ein einzelner Hund eine viel zu große Herde. Hörte die Bewegungen jedes einzelnen Moleküls. Schwitzte. Er nahm mehrere Tabletten; irgendwann war Tag. Bei der Vorstellung, hinausgehen zu müssen, erbrach er sich in die Kloschüssel.

Zwei Dinge holten ihn schließlich aus seinem Dämmer, seine Notdurft und das Geld. Erstere trieb ihn nach draußen, wo er neben die Hauswand schiss. In der Fensterscheibe sah er seine Bartstoppeln. Das Haar wie Gestrüpp. Die Augen glanzlos, der Blick leer. Ein Haufen Biomüll.

Drinnen steckte er sich eine Zigarette an. Sobald er das Geld auf das neue Konto transferiert hatte, würde es zwei, maximal drei Tage dauern, bis er darüber verfügen konnte. 10.000 Euro täglich am Geldautomaten, weltweit. Er sah ungeduldig zu, wie sich die Anzeige aufbaute. Pixelig. Er suchte nach der Zahl, die Bildaufteilung war ungewohnt. Das Geld war da. Er prüfte die anderen Konten, auch hier war die

Überweisung erfolgt. Insgesamt 36.724.882 Euro und 72 Cent. Gebühren und Transaktionssteuer bereits abgezogen.

Es musste schnell gehen. Er suchte die Zugangsdaten von Lambord Didier Ltd., tippte mit zittrigen Fingern, wartete ungeduldig, wenn die schwache Verbindung die Anzeige zerhackte. Es dauerte lange. Stunden. Als die Transaktionen durchgeführt waren und er sich abmeldete, schloss er die Augen und klappte den Laptop zu. Drei Tage. Dann würde er hingehen, wo immer er hingehen wollte. Freiheit. Er schloss die Augen, wartete auf ein Gefühl, hörte in sich hinein. Da war nichts als Stille.

1 2 3 4 5 6 7 8 9 **10** 11 12 13 14 15 16 17 18 19 20 21 22 23

Simon aus dem Backoffice hatte ihn gefragt, ob sie noch auf ein Bier ins Beyond gehen wollten. Er hatte sich gut gefühlt den Tag. Oder wie man das sonst nennen sollte. Jedenfalls sprach nichts dagegen. Es war vernünftig, anzunehmen. Er wusste, dass Simon früher oder später von seinen Trades anfangen würde. Kein Problem, nein, nein, ich bin sicher, du weißt schon, was du tust, nur –

»Ja, Simon, du hast recht. Ich weiß, was ich tue.«

Er spürte das Bier schon nach der Hälfte des Glases, eigentlich schon nach dem ersten Schluck. Er sollte kein Bier trinken auf die Tabletten. Aber es war nicht unangenehm. In seinem Kopf breitete sich Leichtigkeit aus. Das Licht war schummrig, man saß an der Bar, der Barkeeper legte sich für einen Cocktail ziemlich übertrieben ins Zeug.

»Jetzt mal wirklich, Bernhard: Was weißt du?«

»Wissen ist das falsche Wort.«

»Ich kann dir nicht ganz folgen.«

»Das ist wohl der Grund, weswegen ich die Deals mache und du die Abwicklung.« Er grinste breit, um Simon zu überzeugen, dass es ein Spaß sein sollte. Es überzeugte weder Simon noch Bernhard.

»Okay, hab verstanden. Ist deine Verantwortung.«

Bernhard trank einen Schluck. Setzte sich aufrecht hin. Richtig gerade. Doch: Er fühlte sich gut. »Du willst ein paar Sicherheiten. Kann ich verstehen. Das wird schwierig. Das griechische Sparprogramm, die Exit-Diskussionen, die anlaufende Konjunktur im Norden, der schwache Dollar – kein Schwein kann das alles in Beziehung setzen. Du willst eine Sicherheit?« Er beugte sich vor. »Bei diesem Geschäft kann ich nur deshalb so viel Geld verdienen, weil keiner das Risiko eingehen will. Vergiss die Sicherheit. Ich bin die Sicherheit.«

»Maximus liegt mir wegen des Eigenkapitals in den Ohren.«

»Vierzig Millionen, oder?«

»Sollten es sein. Sind es aber nicht. Bei Weitem nicht.«

»Das wird sich ändern.«

»Max will das Risiko nicht eingehen. Die wollen einen Stresstest machen.«

»Max soll sich nicht in die Hose scheißen. Ich hab die Erlaubnis vom Alten. Heute mit ihm telefoniert. Frag ihn.«

»Ich weiß.«

»Frag ihn.«

»Ich glaube nur, der Alberts hat das nicht auf dem Schirm, Bernhard. Max sagt, er ist nicht bei der Sache.«

Bernhard trank einen Schluck, steckte sich eine Zigarette an. Der Kellner kam. »Rauchen bitte erst ab acht.« Bernhard sah ihn an, dann auf die Uhr, dann wieder zum Kellner. »Ist zehn vor«, sagte er, zog an der Zigarette und drehte sich wieder zu Simon. »Wenn wir kein Eigenkapital haben, müssen wir was riskieren, um welches zu bekommen. Oder sehe ich das falsch.«

»Sicher. Klar. Aber wir sind nicht im Wilden Westen.«

»Was soll das heißen: Wir sind nicht im Wilden Westen?«

Simon rutschte auf seinem Hocker herum. »Hör mal, Bernhard, ich weiß –«

»Wer von uns beiden macht bei Alberts die Geschäfte?«

»Bernhard –«

»Wer macht die Geschäfte?«

»Du?«

»Aha. Und habe ich, seit ich dir den Job im Backoffice besorgt habe, habe ich da jemals einen Deal versaut?«

»Darum geht's –«

»Ob ich jemals einen Deal versaut habe.«

»Nein.«

Er hob sein Glas und stieß mit Simons an, das noch auf dem Tresen stand. »Gut, dass wir drüber geredet haben.«

Als er seinen Wagen aus der Tiefgarage geholt hatte und schwerfällig eingestiegen war, beschleunigte er auf 70, auf 80 km/h. Alle Ampeln auf der Mainzer Landstraße gaben grünes Licht. Es war kaum jemand mehr in der Innenstadt unterwegs. Wenn es eine Häuserschlucht gab in dieser überschätzten Stadt, dann hier. Er ließ das Fenster herunter, schoss auf die nächste Kreuzung zu, es wurde rot, er beschleunigte weiter. Als er sich über die Kreuzung tragen ließ, schloss er die Augen. Die Gewissheit, dass sein Weg sich auf diese Weise fortsetzen würde – unbezweifelbar und sicher –, war untrüglich. Die Zeit war gekommen. Er wusste, hatte schon immer gewusst, dass er alles schaffen konnte, was er sich vornahm. Er hatte sich zu lange ablenken lassen.

Eine ältere Frau, weit vor ihm, zog ihren Hund an der Leine hinter sich über die Straße. Ein Bild kam ihm in den

Sinn: wie er an ihr vorüberfuhr und die Frau mit einer leeren Leine auf der anderen Straßenseite ankäme. Er lachte, erst leise, dann prustend. Dieses Bild der Leine, die hundlos hinter ihr herschlingerte. Er gab Gas. Wenn ich sie erwische, dachte er, wird alles gutgehen. Er drehte den MP3-Player lauter, ein altes Stück von Guns N'Roses, »Paradise City«. Trat das Gaspedal ganz durch. Die Frau war zur Hälfte über die Straße, jetzt bemerkte sie ihn. Er sah ihre aufgerissenen Augen im gelben Laternenlicht. Er würde sie erwischen. Beide. Er schloss die Augen.

Das ABS drückte ihn in den Gurt. Zehn Meter vor der Frau kam er zum Stehen. Der Hund bellte den Wagen an. Die Frau schimpfte. Er sah in den Rückspiegel: Die Straße war leer. Seine Arme zitterten. Er spürte seinen Herzschlag, seine Knie. Lachte. Nahm den Fuß von der Bremse. Lachte weiter.

1 2 3 4 5 6 7 8 9 10 **11** 12 13 14 15 16 17 18 19 20 21 22 23

Um sich die Zeit zu vertreiben, begann er zu fuchsen. Warf mechanisch Geldstücke in Richtung Wand. Für eine Weile lenkte ihn das ab. Einmal fragte er sich, wie er den Moment erkennen sollte, an dem er keinen Plan für den nächsten Tag mehr haben würde. Er trank Schnaps, schluckte zwei Valium, legte sich auf die Matratze und knotete sich sein Hemd um den Kopf gegen die Lichtsalven, die durch die Zwischenräume der Jalousien schossen.

Ein Geräusch weckte ihn. Er riss sich das Hemd vom Kopf. Vor ihm standen drei schwarze Männer, einer hielt eine Brechstange in der Hand. Er konnte nur denken: Jetzt haben sie mich. Sie haben mich gefunden.

Er war zu durcheinander, um zu verstehen, was sie wollten. Er blickte zur offenen Tür. Plötzlich fiel ihm ein, dass er sie nicht verriegelt hatte. Die matte Verzweiflung einer verpassten Chance. Einer der Schwarzen, grünes T-Shirt mit gelbem Schriftzug, »Just let go«, darunter ein umgedrehtes Nike-Logo, folgte seinem Blick und postierte sich und die beiden Begleiter so, dass sie ihm den Weg abschnitten. Bernhard spürte den Impuls zu fliehen. Er lief durch seinen Körper und verlor sich irgendwo, noch bevor er die Beine erreichte.

»Was wollt ihr von mir?«, fragte Bernhard. Es klang lächerlich. In Wirklichkeit, dachte er, bin ich gar nicht hier. Gleichzeitig wusste er, dass es keine weitere Wirklichkeit gab, und fühlte Resignation über die Fadheit dieser einen.

Statt zu antworten, fragte der Mann mit dem grünen T-Shirt: »Who are you?« Er war vielleicht zwanzig, vielleicht nicht einmal das. Er trug keine Schuhe. Sein Gesicht wirkte verschlossen wie die seiner Begleiter. Einer von ihnen war größer, ein wenig untersetzt, mit einem Kapuzenpullover in unaussprechlichen Farben. Der andere, der die Brechstange hielt, war älter und muskulös. Er trug einen Schnurrbart und hatte eine Narbe auf der Wange, rosafarben und obszön geschwollen, die sich zum Hals hinunter verästelte.

»Ich bin«, setzte er an, »I'm from Germany.«

»Are you Frontex?«, fragte der Junge.

»What?«

Die drei schwarzen Männer unterhielten sich auf Französisch miteinander. Sie schienen ratlos zu sein. Wenn sie ihn überfallen und ausrauben wollten, hätten sie das getan, als er noch schlief. Sie hätten ihn ungestört totschlagen können. Sie mussten etwas anderes wollen. »What do you want?«, fragte er, forscher.

Der mit der Brechstange schrie etwas und trat drohend einen Schritt auf ihn zu. Der Junge hielt ihn zurück. Bernhard schaffte es nicht, auf die Beine zu kommen, und kroch stattdessen im Spinnengang zurück, bis er die Wand in seinem Rücken spürte.

»What do you want?«, jetzt schrie er ebenfalls. Der Junge trat langsam, fast beschwichtigend auf ihn zu.

»We hide«, sagte er.

»From whom?«

Die Schwarzen sahen sich an. »Frontex. Border patrol.«

Die Mitteilung machte Bernhards Furcht fassbarer, sein Körper entspannte sich ein wenig. »You're boat-people?«

Sie sahen ihn schweigend an, noch immer zweifelnd, ob sie ihm trauen konnten. »We need help«, sagte der Junge. »You come with us.«

»No. I won't.«

»Why not?«

»I'm in need for help, too.«

Der Junge, bis dahin eher ruhig, wurde nervös. Er gestikulierte, als er sagte: »You must come. Our friend need help. He is hurt. He is gonna die.«

1 2 3 4 5 6 7 8 9 10 11 **12** 13 14 15 16 17 18 19 20 21 22 23

»Bernhard, da bist du ja endlich!« Sie hatte mit zwei Frauen neben dem Cooktop gestanden. Die beiden gaben sich Mühe, nicht allzu beeindruckt auszusehen. An der Art, wie sie ihn begrüßten – den Kopf leicht neigend, die Stimme ehrfurchtsvoll gedämpft –, erkannte er, dass sie es waren. »Wir müssen dringend ein paar Sachen in den Ofen stellen.«

»So eine Ironie, nicht?«, sagte eine der Frauen. »Da hat man schon so eine tolle Küche, und dann kann man sie nicht benutzen.«

»Warum kann man sie nicht benutzen?«, fragte Bernhard Carmen, ohne den Blick oder die Stimme zu heben.

»Na weil«, begann Carmen, ihr Gesicht erstarrte, dann fing sie sich und stellte ihr Lächeln glatt. Bernhard lockerte die Krawatte, zog sie über den Kopf, knöpfte den Hemdkragen auf. Angelte ein Glas Roten von einem vorüberschwebenden Silbertablett. Lächelte die beiden Frauen an.

»Wir hatten uns doch darauf geeinigt, Bernhard, dass du die Gebrauchsanweisung studierst –«

Bernhard, einen großen Schluck Wein im Mund, verschluckte sich beinahe. »Was soll ich?« Er bemühte sich, amüsiert zu klingen. Die beiden Verlagsfrauen steckten die Köpfe zusammen und tuschelten ostentativ hörbar: »Der Arme, muss den ganzen Tag arbeiten, und jetzt soll er auch noch die Gebrauchsanweisung durchackern.« Da hatte sich Carmen schon umgedreht und sich an den Rest ihrer Gäste gewandt: »So, meine Freunde, es gibt gleich was zu essen, mein Mann ist gerade gekommen und kümmert sich jetzt um den Ofen.«

Sie lächelte ihn an. Es war nicht witzig, und sie wusste es. Seine Eingeweide wie entzündet. Er lächelte zurück, freundlich. Lächelte sie alle an. Stellte das Weinglas ab und krempelte seine Hemdsärmel hoch. Man witzelte, lachte, applaudierte. Wie feixende Monster.

Der Backofen hatte ungefähr hundert Programme: Heißluft, Unterhitze, Heißluft und Unterhitze, Heißluft und 1/3 Unterhitze, Ober- und Unterhitze, 1/3 Oberhitze mit Heißluft. Dazu dämpfen, garen, grillen. Zuerst musste man die Uhrzeit einstellen, das Datum, die Benutzersprache, Celsius oder Fahrenheit. Bernhard lachte. Die Meute stimmte in sein Lachen ein. Die Inbetriebnahme war kein Problem, erklärte sich von selbst. Lächerlich.

»Dann mal her mit dem Zeug«, sagte er. Die Frau vom Cateringservice reichte ihm das vorbereitete Backblech mit den marinierten Entenbrustfilets. Er schob es hinein, schloss die Backofentür, wählte ein Programm. Er wusste, welches.

Die Beleuchtung blieb aus, aber die Temperaturanzeige stieg. Unaufhörlich. 170 Grad Celsius, 200, 250. Wie der Kurs eines Internet-Start-ups im Sommer 99. Bei 300 Grad fing die Meute leise an zu raunen. Bei 400 Grad lauter. Bei 470 Grad fing die Ente Feuer.

»Schnell«, sagte, nein, kreischte Carmen. »Wasser! Wir brauchen Wasser! Wir müssen das löschen!«

Bernhard hatte sich an den Kühlschrank gelehnt und sich ein weiteres Glas Wein geben lassen. »Ups, da muss ich die Pyrolyse erwischt haben. Das tut mir ja leid.«

»Schnell!«, schrie Carmen. Sie machte sich sinnlos am Ofen zu schaffen, verbrannte sich an der Tür die Finger.

»Du, die Ofentür ist verriegelt«, sagte Bernhard. »Das läuft jetzt erst mal durch.«

»Was sollen wir denn jetzt machen?« Carmen mit knallrotem Kopf. Fassungslos

»Stecker raus?«, riet Bernhard.

Carmen ließ sich auf die Knie fallen und suchte irgendwas neben der Küchenzeile.

»Was suchst du denn?«, fragte Bernhard und bückte sich halb.

»Was soll ich schon suchen? Die Steckdose such ich!«

»Musst du den Ofen abrücken.«

»DER IST ABER HEISS!«

»Ich weiß. Und angeschraubt.«

Die Ente war vom dichten Qualm, der inzwischen aus der Türritze des Ofens quoll, vollständig verschluckt.

»KANNST DU VIELLEICHT AUCH MAL WAS MACHEN?«

»Ich könnte die Sicherung rausnehmen. Soll ich die Sicherung rausnehmen?«

Carmen sagte nichts. Sah ihn nur entgeistert an. Er stellte das Glas ab, stieß sich ruhig vom Kühlschrank ab und ging in den Flur. Öffnete die Klappe des Sicherungskastens, schaltete den Starkstrom aus. Kehrte wieder in die Küche zurück.

»Die würde ich jetzt nicht auf –«, wollte er sagen, doch es war zu spät. Im selben Augenblick war die gesamte Küche erfüllt von beißendem schwarzem Qualm.

1 2 3 4 5 6 7 8 9 10 11 12 **13** 14 15 16 17 18 19 20 21 22 23

Sie gingen nicht weit. Die Straße hinunter bis zum Hotel am Yachthafen. Hotel Legal, stand auf einem Transparent, »se alquila«. Alles sah halb fertig aus. Graue Mauern aus Stahlbeton, die Bewehrungseisen aus der Verschalung ragend. Eine leere Schubkarre mit einem Autoreifen darin, weiter hinten ein Bagger. Als wären die Arbeiter zur Pause gegangen.

Sie gingen weiter. Der Junge führte sie an, die beiden anderen hielten sich hinter Bernhard. An der Decke und an den Wänden der Lobby offene Kabelkanäle, Stapel von Rigipsplatten, bedeckt von weißem Staub. Der Counter war schon geliefert, aber noch nicht montiert worden, er stand dort, als hätte er sich allein aus seiner Verpackung befreit und dann nicht mehr weitergewusst.

»We go upstairs«, sagte der Junge. Das Treppenhaus wand

sich um den Aufzugsschacht in die Höhe. Nackter Beton, keine Geländer. Sie stiegen in die erste Etage. Überall fehlten Türen, er konnte durch den Flur und die Zimmer hinaus aufs Meer sehen, roch den salzigen Wind. Er hörte eine Stimme, dann rief der Junge etwas auf Französisch. Links von ihnen tauchte das Gesicht eines Kindes auf. Große, neugierige Augen, vielleicht vier Jahre alt. Er beugte sich leicht vor. Das Kind drehte sich um und lief davon.

»Go!«, sagte einer der beiden hinter ihm. Sie stiegen in die nächste Etage. Hier hörte er weitere Stimmen. Als sie in den Flur einbogen, sah er sie. In jedem der türlosen Apartments waren Menschen. Schwarze. Ausgemergelte Gesichter, zerlumpte und schmutzige Parkas um die knochigen Schultern, zerrissene Hosen. Sie sahen ihn an und erstarrten in dem, was sie taten. Manche hockten auf dem nackten Boden, redeten leise, einer von ihnen rauchte, den Blick starr auf ihn gerichtet. Etwas abseits ein offenes Feuer, über dem Spieße hingen. Fisch. Der Rauch kräuselte sich zum scheibenlosen Fenster hinaus. In einer Zimmerecke, auf dem Boden, Matratzen aus Glaswolle, überzogen mit durchsichtiger Plane, daneben einige Wasserflaschen. Ein Schweizer Taschenmesser.

»You stole my stuff.«

Er bekam keine Antwort; allerdings war es auch keine Frage gewesen. Sie bogen ab in eines der letzten Zimmer auf dem Gang. Auf Bernhards Luftmatratze lag ein junger Mann, fast nackt, einen blutverklebten Stofffetzen um den Oberschenkel gewickelt. Er schlief. Beim Anblick seines Gesichts musste Bernhard an die Bilder von Hungerkatastrophen denken, die man im Fernsehen schon lange nicht mehr sah. Nur die Fliegen fehlten.

»It's my brother«, sagte der Junge in dem grünen T-Shirt. »His name is Tafa.« Er sah ihn an. Das Weiß der Augäpfel stach hart gegen die dunkle Hautfarbe ab. Er versuchte ein Lächeln und gab ihm die Hand. »I'm Jemal.«

Geschäftsmännisch, ganz automatisch erwiderte er den Handschlag. »Bernhard. Pleased to meet you.«

»These are Dem and Ousmane. We come from Senegal. We two.« Er deutete auf den stämmigen Kerl mit der Narbe, der Bernhard noch immer feindselig ansah.

»That means, not all of you?«

»No. But we all came by boat. From Africa.«

Bernhard sah sich um. Es sah aus, als seien sie schon länger hier. Mülltüten, Fackeln, ein angedeutetes System von Zuständigkeiten. Ein paar Stoffbahnen, unverbaute Dachlatten. Plastikeimer und Kanister aus den Werkzeugcontainern der Baufirmen. Sie fingen Fisch vom Steg des Yachthafens, sobald es dunkel wurde. Jemal erzählte, es dauere lange, aber sie fingen welchen. Das Wasser hatten sie aus den Zierbrunnen der Patios. Sie hatten keine Verbindung zum Grundwasser, aber Zisternen, aus denen sich der Wasserkreislauf speiste. Woher sie die Tomaten und den Reis hatten, wollten sie ihm nicht sagen. Es gab nicht viele Erklärungen, Geld hatten sie nicht.

Durch die Fenster hatte man die Bucht halbwegs im Blick. Sie hielten Wache. Jemal sagte, sie rechneten jederzeit mit der Küstenwache, bisher hätten sie keine gesehen. Etwas daran beunruhigte sie. Sie hatten Gerüchte gehört, vor und während ihrer Überfahrt. Frontex würde Boote auf offenem Meer zurückschicken, auch wenn ihr Sprit zu Ende ging. Sie versenken.

»What are you waiting for? Here?«, fragte Bernhard.

Die drei sahen sich an, zögernd. Niemand antwortete.

»Are you waiting?«

Nach einer Weile sagte Jemal: »We are here since two weeks. The captain left us here. Our captain.«

»What's that supposed to mean?«

Einer der beiden anderen redete ungeduldig auf Jemal ein. Der schüttelte den Kopf. »The men who bring us here. From El Jebha.«

»Where is this? Morocco?«

Jemal nickte. »Some of us are on their way for months and months. Mustafa told us he's got work for us. Here in Spain. He just went to bring the documents.«

»And this was two weeks ago?«

Jemals Nicken war mehr als eine Bestätigung. Ein Eingeständnis.

»I see«, sagte Bernhard.

»So …«, fing Jemal an. Er wirkte wie ein zu früh erwachsen gewordenes Kind. Die Bewegungen unsicher, fast linkisch. Sein Blick wie ein Schraubstock. »You have a mobile phone.«

»I do. So what?« Bernhard erwartete, dass sie es sich einfach nehmen würden. Dass es das war, worauf sie es von Anfang an abgesehen hatten. Stattdessen sagte der Junge: »I must call somebody. It's very important.« Er streckte die Hand aus. »Please.«

14

Während der Qualm abgezogen war und die Gäste zum Rauchen auf die Terrasse gegangen waren, hatte er die aktuelle Kursentwicklung und sein Feed mit den wichtigsten Schlagzeilen gecheckt. Dominique Strauss-Kahn sagte, der IWF stehe bereit. Juncker kündigte für den Gipfel in Madrid ein koordiniertes Vorgehen an. Der Kurs für griechische Anleihen war abermals leicht gestiegen, auch der Euro notierte stärker, ein weiteres Zeichen für mehr Zuversicht an den Märkten.

Der Qualm zog bis ins Arbeitszimmer, Bernhard schloss die Tür.

Zuversicht, sagte er sich. Wiederholte das Wort. Zerlegte es in Silben.

Er nahm eine Romeo y Julieta aus dem Humidor auf seinem Schreibtisch, beschnitt das Ende und steckte sie an. Von draußen schien der Mond durch die offenen Fenster. Vollmond. Die Gäste – die, die noch da waren – hatten sich die Jacken übergezogen, es war kalt. Die Lounge, wie Carmen das Wohnzimmer nannte, war von der Küche nur leicht separiert, eine halbe Wand schaffte eine optische Trennung.

»Haben Sie das Buch Ihrer Frau gelesen?«, fragte jemand.

Er antwortete nicht. Dafür redete er zwei Gläser später wie ein Wasserfall, griff Themen auf und ließ sie wieder fallen, ein Wirbel am Fuß eines Kataraktes. Ließ sich mit der Strömung des Gesprächs treiben. War selbst die Strömung. Aus irgendwelchen Gründen redete er über Popmusik, die von Rick Rubin produzierten Alben Johnny Cashs. Er persönlich sei der Reduktion gegenüber durchaus aufgeschlossen. Er bevorzuge kompakte Kleidung, die in sich selbst Halt finde, wie etwa seine Soft-Shell-Freizeitjacke, die sich seiner Körperform anpasse wie Batmans Kevlar-Rüstung. Ob Batmans Kevlar-Rüstung ein Begriff sei. Er möge dicke, steife Stoffe mit subtiler, aber dennoch sichtbarer Textur, wie etwa seine Bürohemden, 179 Euro das Stück, an den Ärmeln individuell angemessen. Man könne so ein Hemd tagelang gepresst in einem Koffer aufbewahren, wenn man es einmal schüttele, sehe es wieder aus wie frisch gebügelt. Kleidung, die mitdenke. Weiterhin seine handgefertigten Budapester, die unter ihren Nähten mit atmungsaktiven Kautschuklamellen gegen Feuchtigkeit gesichert seien. Atmungsaktive Kautschuklamellen! Er liebe Ausrüstung, wie sie zum Beispiel im Segelsport verwendet werde: strapazierfähige, spezialbeschichtete Materialien, reißfeste Nylonseile, GPS-Navigationssysteme. Natürlich die Omega Seamaster. Das Segeln, überhaupt Sport in der Natur, sei sehr ausrüstungsintensiv. Ihm gefalle dieser Aspekt weitaus mehr als die Tatsache, dass es dabei meist nur darum gehe, der Beste zu sein.

»Aber treibt Sie nicht gerade Ihr Ehrgeiz an?«

»Ja. Antreiben ist das richtige Wort.«

Eine Frau mit Holzkugeln ums Handgelenk, das Kinn auf die Faust gestützt, machte große Augen. »Wie meinen Sie das?«

»Mit der Peitsche. Wie eine klapprige Mähre, die eine Kutsche mit besoffenen Kerlen ziehen soll. Die auf das Pferd einprügeln, bis es tot umfällt.«

Er war betrunken.

Carmen stand an der offenen Terrassentür und rauchte, sie hörte nichts. Er rauchte seinen schwelenden Stumpen am Tisch. Er hatte Lust zu trinken. Der morgige Tag würde die Trendwende am Markt bringen. Den Absturz, den er brauchte. Seine Lippen, seine Zunge bewegten sich von alleine.

»Es herrscht sicher ein mörderischer Leistungsdruck bei Ihnen, stimmt's?« Die Frau war nicht mehr jung, Führungsetage, wenn man das so nennen konnte. Ein jüngerer Mann, viel weniger ambitioniert gekleidet, folgte jedem ihrer Worte. »Ja, das hat man ja jetzt gesehen, was da für Sitten herrschen«, ergänzte er.

Bernhard hörte nicht zu. Wörter ergossen sich aus ihm: »Ich kaufe billig Handgranaten ein und ziehe die Sicherungssplinte. Dann verkaufe ich sie möglichst teuer weiter. Wer die Granaten noch hat, wenn sie explodieren, hat verloren.«

»Haben Sie denn schon einmal darüber nachgedacht, etwas anderes zu machen?«, fragte die Frau interessiert. »Ich meine: mit einer Künstlerin als Frau –«

»Viele schaffen es nicht«, redete er unbeirrt weiter. »Die brechen zusammen. Kriegen Depressionen, Burn-out, den ganzen Scheiß. Die sieht man nicht wieder. Was auch besser ist. Ich würde mich auch nicht mehr blicken lassen. Die zeigen mit Fingern auf dich. Guck mal, da ist der Durchgedrehte. Hält nichts aus. Halten dich für einen Drückeberger, bestenfalls. Für einen kompletten Versager. Ich würde das anders anstellen.«

»Was denn anstellen?«, fragte eine andere Frau. Blaue Lippen vom Wein.

Bernhard sah auf. »Das Aussteigen. Ich würde das richtig machen.«

»Und wie?«

»Das ist nicht die Frage. Das Aussteigen ist einfach. Die Frage ist: Wann?«

»Warum wann?«

»Das ist, wie wenn einer die Strahlenkrankheit hat, nach einem Atomunfall oder so. Tschernobyl. Der Typ wird immer schwächer, kriegt eitrige Pickel und Pusteln, spuckt Blut. Ekelt sich vor sich selbst.« Er konnte sehen, dass sich auch die Frauen vor der Vorstellung ekelten. Spürte Carmen hinter sich.

»Na, worüber redet ihr denn?«

Er sagte nichts. Drehte sich nicht um.

»Über eitrige Pusteln«, sagte eine der Frauen.

»Ach Gott«, sagte Carmen. »Sag, Schatz, hast du mal Feuer?«

Er reichte ihr sein Feuerzeug über die Schulter und redete weiter.

»Er wird sowieso bald sterben, und zwar qualvoll. Natürlich kommt er auf den Gedanken, sich umzubringen, statt sich weiter beim Verfallen zuzusehen. Aber jeden Tag, den es schlimmer wird, kommt der Hoffnungsfunke zurück: Was, wenn sich die Krankheit von selbst heilt? Was, wenn es gar kein irreversibler Prozess ist, sondern nur eine vorübergehende Erscheinung?«

Carmen war noch immer hinter ihm. Er konnte förmlich sehen, wie sie die Stirn runzelte und mit gespielt amüsiertem Befremden in die Runde schaute.

»Sag mal«, unterbrach sie ihn, »weißt du eigentlich, wann Valerie zurückkommt?«

Er wandte nur halb den Kopf. »Ich wusste nicht mal, dass sie weg ist.«

»Ja, sie hat gesagt, sie geht einen Freund besuchen. Sie ist ja so wütend auf dich –«

»Warum fragst du mich, wo sie ist, wenn du es selbst weißt?«

»Ich habe nicht gefragt, wo sie ist, sondern nur, wann sie wiederkommt.«

Er fuhr herum. Musste zu ihr aufsehen. Ausgeschlossen, so mit ihr zu sprechen. Sprang auf. Verlor beinahe das Gleichgewicht, musste sich am Tisch stützen. Stand vor ihr und hatte vergessen, was er sagen wollte. Schüttelte den Kopf. »Kann ich jetzt meine Geschichte zu Ende erzählen?« Er lallte.

»Natürlich«, sagte sie mit leichter Stimme und trat einen Schritt zurück. Er setzte sich wieder.

»Wo war ich stehen geblieben? Also, okay. Er denkt sich: Vielleicht bin ich gar nicht krank. Aber in Wirklichkeit ist das nur Feigheit. Jeden Tag träumt er den kleinen Traum der Hoffnung und so weiter, aber mit jedem Tag wird er immer ekelhafter, immer abstoßender. Ein Tier, ein Monstrum, nicht mehr als Mensch zu erkennen, unzumutbar für jede Gesellschaft. Eigentlich hat er die Verpflichtung, sich endlich aus der Welt zu schaffen, jetzt, gleich, es ist höchste Zeit. Aber er schafft es nicht. Er wartet, jeden Tag, dass es besser wird. Und den nächsten. Und den nächsten. Und jeden Tag geht ein weiteres Stück seiner Würde verloren. Er weiß genau, was zu tun ist. Warum tut er es nicht?«

Er sah in die Runde. Alle wirkten betreten. Er lächelte. Drückte den Stumpen aus.

»Warum tut man es nicht?«

Stand auf.

1 2 3 4 5 6 7 8 9 10 11 12 13 14 **15** 16 17 18 19 20 21 22 23

Bernhard holte sein Telefon hervor und gab es Jemal. »Go for it.«

Jemal fischte einen abgegriffenen Zettel aus seiner Tasche, dann mühte er sich mit der Displaysperre ab. Bernhard half ihm. Jemal tippte die Nummer ein und wartete, bis es zwanzigmal geklingelt hatte. Dann gab er Bernhard das Telefon zurück. »Thank you.«

»Nobody at home?«

Jemal wechselte erneut einen Blick mit Dem und Ousmane. Dann sagte er: »I will try later. If you allow.«

»You go doctor!«, mischte unvermittelt Dem sich ein, ungeduldig. Bernhard sah zu Jemal, als sei er ein Verbündeter. Der sagte: »Look. You are European. We need your help. You have a … how do you call it? An assurance?«

»A medical insurance?«

»Yes! You can go to the doctor to get … *antibiotique*. For Tafa.« Er deutete auf den bewegungslosen Körper am Boden.

»I can't go to the doctor. I'm wanted. By the police.«

»What? Why?«

»I'm a bankrobber.«

Jemal sah ihn an, als habe Bernhard ihn geohrfeigt. Er übersetzte den beiden anderen, was Bernhard gesagt hatte. »Il dit qu'il a dévalisé une banque.« An Bernhard gerichtet: »You don't look like a bankrobber.«

»I am. Believe me.«

»Then you have money? Lots of money?«

»Not yet.«

»But you can buy medicine.«

»Not the one you need. I won't. I'm wanted.«

Ousmane warf wütend die Brechstange weg, packte Bernhard mit beiden Händen am Kragen, drängte ihn gegen die Wand. Bernhard konnte die Äderchen in seinen Augen sehen. Jemal redete auf ihn ein, hielt ihn aber nicht zurück.

»Take your hands off!«, schrie Bernhard. Erkannte echte Empörung in seiner Stimme. *Spürte* die Empörung. »Leave me alone!«

Ousmane hielt ihn weiter fest. Sein Gesicht war dicht vor Bernhards. Jemal redete auf Französisch auf ihn ein, bis er Bernhard losließ. »Please«, sagte Jemal von der Seite. Es klang flehend. »We won't hurt you. But if you won't help us, Tafa will die.«

»That's not my problem«, hörte Bernhard sich sagen. Er sah niemanden an. »I can't help you.« Ohne noch etwas hinzuzufügen, trat er zwischen Dem und Jemal hindurch, ging die Treppe hinunter ins Erdgeschoss und durch die Lobby hinaus.

Auf dem Kies spürte er seine Beine wieder. Sie hatten die ganze Zeit gezittert. Er ging ein Stück. Zündete sich eine Zigarette an. Als er sich zum Hotel umdrehte, war nichts zu sehen als die nackte, fensterlose Fassade.

Vielleicht hatte es an seinem Kater gelegen, dass jeder ihn anzusehen schien. Seine Kollegen hatten ihn wie jeden anderen Morgen begrüßt: Brehms, Ewald, Holt. Aber etwas lag in ihren Blicken. Ihr Lächeln war falsch, oder falscher als sonst. Wenn er Kaffee holen oder pinkeln ging, sah er, wie sie schnell wieder auf ihre Monitore blickten.

Er hatte getan, was er immer tat. Doch es kam ihm vor, als würde er sich durch hundert kleine Ungereimtheiten verraten. Er sprach so gut wie nicht mehr mit Simon. Normalerweise telefonierte er bei jeder größeren Transaktion mit ihm: Kann das so rausgehen? Gut, in Ordnung.

Die Stille war kein Zufall. Simon, Holt, die gesamte Geschäftsleitung musste wissen, was er vorhatte. Er hielt Positionen im Volumen von 300 Millionen Euro. Es wäre Simons Job gewesen, ihm den Hahn zuzudrehen. Simon war gut. Er hatte nichts zugedreht, gar nichts.

Man gab sich den Anschein großer Gelassenheit. Nicht nur wegen ihm. Wegen Europa. Der Euro machte Ausschläge wie ein EKG bei Herzrhythmusstörungen. Die Anleihen- und Währungsmärkte waren verminte Gelände. Es war nicht so schlimm wie 2008; damals hatte man niemanden mehr atmen hören. Alle waren gelähmt gewesen, eingeschüchtert. Jetzt? Man gab sich locker. Man hatte den Krieg überstanden, die Hölle gesehen.

Einmal hörte er Holt laut lachen.

Die Ruhe vor dem großen Sturm. Sie hätten es ganz leicht beenden können. Holt etwa. Holt hätte ihn jetzt, sofort, in sein Büro bestellen und sagen können: Bernhard, wir lassen das. Du gehst long. Jetzt. Sofort.

Warum taten sie es nicht?

Oder Johann. Er hatte gestern mit ihm telefoniert. Was auch immer seine Kollegen dachten: Johann hielt die Hand über ihn. Was machst du da, Junge? Seine Stimme dünn, besorgt, weit weg. Sie hatte nicht geklungen, als sei ihm das Ausmaß des Risikos bewusst. Auch nur ansatzweise bewusst. Es war leicht gewesen, an sein Vertrauen zu appellieren. Zu sagen: Johann, ich weiß, was ich tue. Habe ich es jemals nicht gewusst?

Obwohl alle hier in Frankfurt es vielleicht besser wussten: Johann war der Komplementär.

Er konnte sich zu Mittag essen nicht erlauben, aber der Kater trieb ihn. Er wollte Fett. Also ging er um halb eins, früher als sonst, ins Restaurant. Es gab Entenbrust. Er wollte schnell an seinen Platz zurück. Den Tag durchstehen, dann den nächsten, und dann – was? Was dann?

Dann setzte sich Holt zu ihm. Er hatte Obstsalat, dazu Mineralwasser. Sah aus wie auf dem Sprung. »Harte Nacht?«

»Geht«, sagte Bernhard. »Alles bestens.«

Holt machte nicht den Eindruck, als wollte er plaudern. Kam gleich zum Thema. »Was ist mit Griechenland?«

»Kommt drauf an.«

»Merkel und Sarkozy haben Hilfe zugesichert.«

»Ganz was Neues.«

»Was macht dich so sicher?«

»Die wollen halt den Markt sedieren.«

»Und? Was träumt der Markt?«

Er kannte Holts Art, jemanden zu testen. Er war gut. Registrierte jede Bewegung. Bernhard hätte gern aus dem Fenster gesehen, auf sein Glas, irgendwohin. Zwang sich, Holts Blick standzuhalten. Er wusste, wie das ging: sicher klingen, wenn keiner es sein kann. »Sieh dir Spanien an. Portugal, Irland. Wahrscheinlich Italien. Glaubst du allen Ernstes, die lassen sich darauf ein, die alle zu retten? Ein Fass ohne Boden.«

»Könnte sein. Aber es geht um ihre Idee.«

»Scheiß auf ihre Idee. Wirklich. Ideen muss man sich leisten können.«

»Kann man alles frisieren. Haben sie schon mal gemacht.«

»Aber jetzt geht's um das Geld des IWF. Um nationale Haushalte. Ein Viertel allein aus Deutschland. Die lassen's nicht drauf ankommen. Die hauen nicht noch mehr Löcher in den Kahn, damit er leichter auf dem Wasser liegt.«

Holt wiegte nachdenklich den Kopf, dann lächelte er, nickte. Er redete noch dies und das, stand ein paar Minuten später auf und legte im Aufstehen Bernhard die Hand auf die Schulter. »Immer schön, mit jemandem zu reden, der den Überblick behält«, sagte er, lächelte und war verschwunden.

Da stand noch der Obstsalat. Das Mineralwasser sprudelte.

 17

Er kehrte zurück in das Apartment. Diesmal verriegelte er die Tür, auch wenn er sicher war, dass sie endgültig von ihm abgelassen hatten. Legte sich hin.

Als er erwachte, war es Nachmittag. Er sah sich um: Leere, die ihn anschrie. Er dachte an Carmen.

Sie war 28 gewesen, zwei Jahre älter als er, als sie sich kennenlernten. Valerie war sieben gewesen. Ein kleiner Mensch; ein Mensch mit Interessen und eigenen Bedürfnissen. Das war ein Problem.

Dann Carmen selbst. Der Sex war das eine, magisch, elektrisierend, wie man es auch nennen wollte; die intensivsten Momente, die er je erlebt hatte. Ein unbeschreibliches Taumeln und Fallen. Das andere war die Frage des Preises. Ihre Stimmung kippte so schnell wie der Markt für Versicherungspapiere nach einem Terroranschlag. Der Sex vermintes Gelände. Einmal ihre Stimme, flüsternd: »Warte.« Wie sie sich unter ihm bewegte. Ihm ihr Becken entgegendrückte, ihr Atem dicht an seinem Ohr. Aber er konnte nicht mehr warten. Ein Strudel, dem er sich nicht entziehen konnte. »Warte noch.« Er konnte nicht. Sie erstarrte unter ihm, wand sich aus seiner Umklammerung, drehte sich weg. »Was ist?«, fragte er. Sie antwortete nicht. Sie weinte. »Was ist los mit dir?« Der Raum zwischen ihnen, die bebenden Schultern, nichts als ein Vorwurf. Er verstand nicht, was sie sagte. Sinnloses Murmeln. Irgendwann fragte sie: »Bin ich dir so wenig wert?«

Er verstand nur, dass sie ihn manipulierte. Er konnte das nicht zulassen. Deswegen sein Lachen.

»Das ist nicht witzig«, sagte sie. Ihre Stimme klang hart und fest, ihr Weinen hatte aufgehört. Sie hatte es beendet, innerhalb von Sekunden. »Du hast alles kaputtgemacht.«

»Ja? Was habe ich kaputtgemacht?« Er legte ihr nahe, keine große Sache daraus zu machen; er sei zuerst gekommen, nichts weiter. »Du wirst dich eben dran gewöhnen müssen, dass ich schneller bin als du.« Er meinte das als Spaß. Offenbar verstand sie nicht.

Sie stand auf. Ging aus dem Zimmer und legte sich hinüber zu Valerie, die in ihrem Bett schlief. Für den Rest der Nacht. Am nächsten Morgen redeten sie nicht darüber. Das Frühstück nur für Valerie, nicht für ihn. Solche Dinge.

Es wurde nicht besser, sondern schlimmer. Der Sex zwischen ihnen immer gewalttätiger, wie eine Zerreißprobe. Es war nicht wegen der Arbeit; es lag nicht an ihm. Er sollte sie würgen. Ihr die Luft abdrücken, bis sie kam. Sie erwartete innovative Lust von ihm. Dabei wurden sie älter. Ihre Körper. Es lag nicht an ihm.

Immer wieder dieses plötzliche Abwenden. Das Anziehen, mitten in der Nacht. Das Weggehen. Dann kam sie spät in der Nacht wieder. Sagte nicht, wo sie gewesen war. Warf sich aufs Bett, betrunken, rüttelte ihn wach. Stammelte irgendwas.

Er drehte sich halb um. Roch den Alkohol in ihrem Atem. »Was?«

»Ein wahnsinnig starker Kerl«, während sie begann, sich auszuziehen. »Er hat mich ganz ausgefüllt. Als er gekommen ist, war das wie eine Explosion. Wie ein Wasserfall. Unbeschreiblich.«

Er erinnerte sich gut daran. Diese irrationale, panische Angst, die ihn bei dem Gedanken überkam, mit solch einem Menschen zu leben. Gefangen zu sein. Diese Krankheit. »Du schläfst jetzt besser.« Er drehte sich wieder um. Sie redete weiter. Wie sie ihn in einer Bar kennengelernt hätte. Wie sie gemeinsam in ein Hotel gegangen seien. Dass er Bauarbeiter sei. Lauter Unsinn. Entwürdigend. »Hör auf«, sagte er irgendwann ins Kissen. Sie lachte. Bekam einen Schluckauf.

»Das kannst du nicht ertragen, was?«

»Carmen, das ist peinlich. Du machst dich lächerlich.«

Sie versuchte, ihm zwischen die Beine zu greifen. Er wehrte sie ab. »Du schläfst jetzt, ich verspreche dir, ich vergesse das alles bis morgen. Wirklich. Schlaf jetzt.« Er wollte nur, dass es aufhörte. Aber sie hatte nicht aufgehört. Sie hörte nie auf.

Er erhob sich vom Boden, rauchte. Draußen sank die Sonne, färbte die Luft ocker. Der Terrakottaton der Häuser wechselte ins Rötliche. Einige Minuten saß er auf der Hintertreppe, mit leerem Kopf, kaum lebendig. Dann zog er die Tür hinter sich zu, stieg ins Auto. Fuhr los.

1 2 3 4 5 6 7 8 9 10 11 12 13 14 15 16 17 **18** 19 20 21 22 23

Er war ein Schläfer gewesen. Wer oder was ihn aktiviert hatte, konnte niemand sagen. Sie lauerten darauf, ihn zu enttarnen. Wer sich für seinen Freund ausgab, war sein Feind. Sie sprachen durch ihn hindurch. Frank, als Beispiel, sah über die Bildschirmreihen zu ihm rüber, machte irgendwas, sah ihn ein zweites Mal an. Bernhard zählte von zehn herunter. Dachte: Wenn er ein drittes Mal guckt vor der Null, hat er mich durchschaut.

Wobei durchschaut?

Er war bei zwei, bei eins: Frank guckte ein drittes Mal.

Er ging weiter short, immer weiter, er saß noch, als der Letzte nach Hause gegangen war. Sie hatten sich nicht anders von ihm verabschiedet als sonst. Als wäre morgen nur ein normaler Arbeitstag. Es war weit nach 20 Uhr.

Die Putzfrau und er waren die beiden Letzten auf dieser Etage.

Auf der Toilette wusch er sich lange die Hände. Die Putzfrau kam herein. Gewöhnlich zuckte sie zusammen, wenn sie hier noch jemanden sah. Jetzt sah sie ihn an. Durchdringend, herausfordernd: die *Putzfrau*.

»Ist was?«

Sie tat, als verstünde sie nicht.

»Ist was?«

Sie nahm Putzmittel aus ihrem Wagen, einen Lappen, sprühte die Toilettenwände ein.

Er riss Papier aus dem Spender und ging auf sie zu. »Ich hab dich was gefragt.«

Wie sie sich auf ihre Toilettenwände konzentrierte, als wär's die wichtigste Arbeit der Welt. Er war schon draußen, als er seine Stimme hörte. »Ja, schön putzen! Immer putzen!«

Ihr Lächeln: grotesk, verzerrt. Für einen Moment hatte er gedacht, er würde aus ihr rausprügeln, was sie wusste.

Unten in der Ablage des Reinigungswagens lag aussortiertes Werbematerial für Investitionsprojekte. Er nahm einen Prospekt heraus, ging zu seinem Platz, blätternd. Las: »Located on the crest of the first hill inside Cadiz province, this area is zoned for single family residences with excellent views onto Gibraltar and Africa.« Blätterte weiter. Hotels, Golfplätze. Immer wieder Swimmingpools.

Nach einer Weile öffnete sich die Tür der Herrentoilette. Er zuckte zusammen. Die Putzfrau ließ sich nicht mehr sehen.

Auf Google Earth sah er sich die Gegend genauer an. Die Straßen hatten keine Namen, aber Street View hatte sie schon abgelichtet. Vor den Häusern weder Autos noch Menschen. Keine Satellitenschüsseln auf den Dächern. Keine Vorhänge oder Pflanzen in den Fenstern. Die Aufnahmen waren von Anfang des Jahres.

Er googelte den Namen der nächsten Ortschaft, die Postleitzahl, die Worte »Urbanización« und »Inmobiliaria«.

Löschte den Verlauf.

1 2 3 4 5 6 7 8 9 10 11 12 13 14 15 16 17 18 **19** 20 21 22 23

Er stand minutenlang neben der Kühltheke. Fragte sich, ob die Krabben dort aus dem Nordatlantik stammten, ob sie nach Marokko oder Polen geflogen worden waren, ob Frauen oder Kinder sie für zehn Cent die Stunde gepult hatten.

Empfand Widerwillen bei dem Gedanken, dass dies alles wirklich geschah. Jetzt. Dann kam eine Abzweigung, er verglich die Arbeit der Krabbenpulerinnen mit anderen Arbeiten, als Ingenieur, als Architekt, dachte, dass all dies wertschöpfende Arbeiten waren, wie jede Arbeit auf diesem Planeten – außer der von Serienkillern und seiner eigenen –, dass sie dem Aufbau und Erhalt der Welt dienten. Dann lachte er leise neben der Kühltheke. Lauter. Du hättest liegen bleiben sollen, dachte er und begann zu schwitzen, und dann: Du fängst an zu schwitzen, man wird das riechen, man wird dich abtransportieren, man kann dir ansehen, was mit dir los ist, stopp, nur an dich denkst, für deine kleine, stopp, des Monats, du solltest lieber liegen, kauf die Pizza, leg dich hin und stopp stopp STOPP!

Es hörte auf. Als er nach einer Stunde draußen stand im frischen Abendwind, ließ er den Einkaufswagen stehen und ging hinüber zu dem kleinen Grünflecken. Setzte sich auf eine der beiden Bänke. Schloss die Augen. Ließ sich zur Seite fallen, schlief ein paar Momente oder Monate. Eine Hand rüttelte ihn wach.

»Everything okay?« Der Gitarrenspieler lächelte, ein Mund voller Zahnlücken. Bernhard richtete sich halb auf, sein Körper mit Gallert, nicht mit Knochen gefüllt. Er sagte: »I need a new ID.«

»What?« Die Reaktion kam spontan. Lachen. »Me too. Go buy some.« Er deutete mit einem Nicken zum Supermarkt. »You've got money.« Dann lachte er wieder, fröhlich, und nahm einen Schluck aus seiner Papiertüte. Der Müllgestank war schlimmer geworden.

Nach ein paar Minuten hielt Bernhard das besoffene Geklampfe nicht mehr aus. Setzte sich in Bewegung: schwerfällig, stoßweise, wie eine Raupe. Er hatte die Hauptsache noch nicht gekauft und kein Geld mehr. Dass er an sein Konto ging, war nicht zu ändern.

In der Farmacia kaufte er Verbandszeug, Jod, Schmerztabletten und eine entzündungshemmende Salbe. Die Verkäuferin kannte er nicht. Legte einen Hunderter auf den Tisch, sagte: »Antibiótico. Por favor.« Was sie wohl sehen mochte: einen Drogenkranken, Alkoholiker, Todgeweihten?

Sie fragte ihn auf Englisch, ob er eine Zehner- oder Zwanziger-Packung wolle. Nicht ganz geschäftsmäßige Lautstärke. Leise. Sehr leise. Er nahm die Zwanziger, ließ sie alles in eine Tüte packen und verließ den Laden. Erst im Wagen fiel ihm ein, dass er diesmal seine Effexor bekommen hätte.

Als er vor dem Hotel ankam, war die Sonne verschwunden. Der Kies knirschte unter den Rädern. Er stieg aus, hörte Wind und ein paar schreiende Möwen. Begann, den Wagen auszuladen.

»What do you do?« Jemal stand neben ihm.

»I went shopping. A few things. And medicine for …« Er deutete mit einem Nicken nach oben.

»Tafa.«

»Right. Tafa. Your brother.«

Jemal half ihm, die Paletten und Tüten auszuladen. Bernhard klopfte eine Zigarette aus der Schachtel und steckte sie in den Mund. Hielt die Schachtel Jemal hin.

Sie rauchten.

Jemal sagte: »This is very good of you.«

Er erwiderte nichts.

»Look, they all are my brothers. The women, of course, are my sisters.« Er lächelte.

»Have you been to Europe before?«, fragte Bernhard.

»I was in Lampedusa. Five years ago.«

»The refugee camp.«

»They sent me back to Africa. So I went twice through the desert. But then, we failed in Libya because of border police. Now, this is third time. And here I am!« Er breitete die Arme aus wie ein Laien-Showmaster. Es sah armselig aus. Bernhard bereute die Zigarette, bereute den Einkauf, sein Hiersein, alles.

»How long will you wait?«, fragte er.

Ein Blick voller Zuversicht. Trotzig. »Mustafa will return. We paid him.«

»But he's a criminal.«

Jemal schnippte seine Zigarette in den Kies. Der Wind trieb sie vor sich her, irgendwann blieb sie in einer Kuhle hängen. Sein Mund verzog sich zu einem breiten Grinsen. Weiße Zähne. Ein first-class refugee.

»We all are!«

1 2 3 4 5 6 7 8 9 10 11 12 13 14 15 16 17 18 19 **20** 21 22 23

Er war kein Mensch, der Vorahnungen hatte. Er hatte nur gewusst, dass es heute geschehen würde. Merkel und Sarkozy hatten sich auf einen Bluff geeinigt. Das Ding war nur, dass er nicht mehr schlafen konnte. Er wusste, er hatte recht; nur die Zeit arbeitete gegen ihn. Wenn die Griechen heute ihre Bonds loswurden, waren sie wieder im Geschäft. Und er draußen.

Er wälzte sich hin und her. Die Börse in London öffnete um 9, in Tokio schon um 4.30 Uhr. Vielleicht verriet ihm das, wohin das Pendel ausschlagen würde. Er musste auf alles vorbereitet sein.

Er zog den Morgenmantel an und ging ins Arbeitszimmer hinunter. Unbenutzt standen sein Laufband und der Hanteltrainer im Raum. Wie fossile Überbleibsel.

Er nahm eine Reisetasche aus dem Schrank, schlich wieder nach oben ins Schlafzimmer, suchte ein paar Anzüge zusammen. Das Hemd für den nächsten Tag lag schon bereit. Hinter ihm atmete Carmen ruhig. Er stopfte Unterwäsche und Socken in die Tasche, ging zurück nach unten. Überlegte, was er noch brauchen würde. Welche seiner »persönlichen Gegenstände«.

Sein Notebook. Maus und Stromkabel.

Er ging ins Bad, packte seine Medikamente ein, seine Zahnbürste. Sah sich um. Was war das alles für Krempel? Kehrte abermals ins Arbeitszimmer zurück, versuchte sich zu konzentrieren.

Du bist zum letzten Mal hier, sagte er sich. Zum letzten Mal.

In einer Schublade fand er alte Fotos. Manuel, kurz nach der Geburt, das verschrumpelte rote Gesicht mit den geschlossenen Augen. Carmen, die ihn im Arm hielt, das Gesicht verquollen und grau von den Strapazen. Manuel im Strampler. Manuel in der Sitzschale, jetzt schon mit tiefdunklen Pupillen. Ein kleiner Mensch.

Wie lange hatte er nicht an Manuel gedacht? Es kam ihm vor wie Jahre. Doch es fühlte sich an, als hätte er ihn noch gestern in den Armen gehalten. Die Babycreme gerochen. Es war ganz nah. Als müsste er jetzt, in diesem Augenblick, nur ins Nebenzimmer gehen. Er schloss die Augen. Es stimmte, er hatte jahrelang nicht an ihn gedacht. Erst als Valerie zurückgekehrt war.

Er steckte die Fotos zurück und schloss die Schublade ab. Mit dem Schlüssel ging er rüber in die »Lounge«, öffnete die Terrassentür, trat hinaus. Die automatischen Gartenlaternen dimmten auf. Ging die paar Stufen hinunter, hinüber zum Schuppen, in dem Carmens Gartengeräte lagerten. Hinter dem Schuppen, in der lockeren Erde eines Geranienbeets –

wenn es Geranien waren –, lag ein Stein. Er wusste nicht, wofür das alles wichtig war oder sein könnte. Er lüftete den Stein, eine Kellerassel kroch aus der Dunkelheit hervor. Legte den Schlüssel in die Vertiefung und den Stein wieder an dieselbe Stelle.

Er betrachtete das erleuchtete Haus. Seit sieben Jahren wohnten sie hier. Eine Weile hatte er gedacht, dies sei die Endstation. Der eigentliche Ort. Eine Weile hatte er gedacht, das Haus sei ein Symbol für Besitz, Erfolg und Glück, und dieses Symbol fülle sein Leben aus. Er sah auf die Uhr.

Kurz vor halb fünf.

21

Er wachte auf, als ein Hund um das Haus schlich. Zumindest glaubte er, es wäre ein Hund. Ob es Tag war oder Nacht, konnte er nicht sagen. Als ihm die Frage einfiel, was ein Hund an einem Ort wie diesem suchte, hörte er ihn schon an der Hintertür. Stimmen. Ein sprechender Hund, dachte er wirr. Stand auf, horchte. Es war dämmrig, vielleicht bewölkt, vielleicht Morgengrauen. Der Schlaf hielt ihn noch fest, er glaubte, es wäre Jemal oder einer der beiden anderen. Er trat in den Flur. Etwas schabte an der Tür. Er hörte ein Ächzen, dann sprang die Tür auf.

»Jemal?«

Es war nicht Jemal. Einer der Männer war eher arabischer Herkunft, der andere, dahinter, schwarz. Er hielt etwas in der Hand. Als die beiden Männer ihn im Halbdunkel des Flurs entdeckten, stürmten sie auf ihn zu. Etwas traf ihn hart am Knie, er knickte ein, dann kribbelte seine Nase, wie beim

Tauchen, wenn Wasser eindringt. Warme Flüssigkeit auf seinen Lippen. Als sein Hinterkopf gegen die Wand knallte, versuchte er, sich irgendwo festzuhalten, bekam aber nur den Türrahmen und ein Hosenbein zu fassen, das sofort zurückgezogen wurde. Er kippte zur Seite, dann spürte er einen Tritt in seinen Magen. Einen zweiten. Dann eine Hand, die seinen Kopf an den Haaren hochzerrte. Das Messer konnte er nicht sehen, aber die Klinge am Hals fühlte er deutlich. Niemand redete. Einer der Männer ging vorbei und wühlte nebenan in seinen Sachen. Als er zurückkam, sagte der andere: »The key. Of you car. Where is it?«

»It's in … in my pocket«, brachte er heraus. Warmer Sirup in seinem Mund. Geschmack nach Eisen. Er wollte in seine Hosentasche greifen, da traf ihn irgendwas auf seiner Hand, im nächsten Augenblick zersprangen seine Fingerknochen wie schockgefrorenes Glas. Er kreischte. Der Mann, der ihn an den Haaren festhielt, wühlte in seiner Hosentasche und zog den Schlüssel heraus. »Your wallet!«

Er wollte mit seiner getroffenen Hand nach hinten greifen, zuckte aber vor Schmerz zusammen und ließ sie sofort wieder sinken.

»B… backpocket.«

Es regnete Karten: Krankenkasse, Mitgliedskarten des TC Obereschbach, des Golfclubs, der Floatbase. Was er suchte, war die American Express.

»Your number«, sagte er. Bevor Bernhard nachdenken konnte, hörte er sich leise antworten: »No.«

Die beiden Männer rissen ihn hoch und stießen ihn mit der Gewalt eines Presslufthammers durch die Badezimmertür. Er ging zu Boden und schlug hart mit dem Kopf an den Badewannenrand. Die Bilder vor seinen Augen auf Strobo geschaltet. Er dachte, dass es jetzt schnell gehen würde. War erleichtert. Es war nicht schlimm: Die Schmerzen, die er haben musste, spürte er nicht. Es geschah einfach. Überall sah er Blut, aber es war nicht seins. Wieder wurde er hochgerissen. Es war wie ein Sturm, der mit ihm spielte. Ihm klarmachte, dass er nichts dagegen tun konnte. Dass er nur eine winzige Kraft war verglichen mit der großen der Elemente.

Wieder knickte er in den Knien ein, dann lag er quer in der Badewanne, die Beine über dem Rand. Das Messer war ein großes, geschwungenes Buschmesser, wie eine Machete. Er konnte es jetzt gut sehen. Die Spitze zeigte genau auf sein Auge.

»You've got two eyes left to lie. Give me the fucking number. Three.«

»I … I.«

»Two.«

»Wait a second …«

»One.«

»Okay, wait, 7841.«

Wieder traf ihn etwas am Kopf, dann ging das Licht aus. Das Nächste, was er spürte, war kalte Nässe. Der Schwarze leerte eine Flasche über ihm aus. Sofort dachte er an Benzin, Panik setzte das Adrenalin in seinem Körper in Flammen. Er schrie. Dann, nur langsam, roch er erleichtert: nichts. Kein Benzin, kein Alkohol, es roch nach überhaupt nichts. Wasser.

»The number of your credit card. Again.«

»But I told you …«

»REPEAT IT!«

»7841.«

Der Araber ließ von ihm ab und steckte das Messer weg. Er lächelte. »Thank you for your cooperation.«

Dann hob der Schwarze erneut den Totschläger, kam auf ihn zu, Bernhard schrie irgendetwas, dann –

1 2 3 4 5 6 7 8 9 10 11 12 13 14 15 16 17 18 19 20 21 **22** 23

22

Die Nachricht war über den Bloomberg-Ticker gegangen, als Bernhard gerade von der Toilette kam. Viele Mitarbeiter waren aufgestanden und sahen gebannt auf die beiden Monitore, die in der Nähe des Eingangs angebracht waren. Sie hatten Papandreou Hilfe zugesagt. Niemand konnte sich mehr darüber wundern. Trotzdem war es still. Offene Münder. Wie beim Einritt der Apokalyptischen Reiter. Er hätte sie am liebsten laut gefragt: Was, Leute? Was gibt es daran nicht zu verstehen?

Bernhard ging zurück an seinen Platz, als wüsste er nicht, worum es ging. Setzte sich. Sah auf seine Monitore. Beim Huddle heute Morgen hatte Holt gesagt, dass sie die offenen Positionen glattstellen mussten. Bernhards Positionen.

Es kam selten vor, dass jemand in die Deals eines Kollegen eingriff. Es war noch nie vorgekommen, dass es Bernhard betraf. Bernhard hatte den Eigenhandel aufgebaut. Er war der Eigenhandel.

Wir müssen versuchen, die Positionen glattzustellen.

Holt sagte das, während Bernhard dabeisaß. Von einem Moment zum andern war er ein Unberührbarer. Niemand sagte etwas, niemand sah ihn an. Wir müssen versuchen, Bernhard glattzustellen.

Holt hatte einige Großbanken genannt, die Massen von griechischen Papieren in ihren Büchern hatten. Die HRE geriet immens unter Druck. Man sollte unauffällig beginnen, diese Positionen zu schließen. Das Wort »unauffällig« hallte in Bernhards Kopf wie ein Glockenschlag. Nichts von dem, was er getan hatte, war unauffällig gewesen.

Als er an seinem Platz war, klingelte das Telefon. Es war

Holt. Langsam, zögernd griff Bernhard nach dem Hörer. Dann ließ er die Hand wieder sinken. Das Telefon klingelte weiter. Er fragte sich, was er fürchtete. Jetzt noch fürchtete. Du hast einen Plan, sagte er sich. Alles läuft nach Plan. Er nickte, lächelte, griff ruckartig zum Hörer. »Ja?«

»Bernhard.« Holts Stimme klang nicht aufgeregt. Niemals. »Du hast Scheiße gebaut.«

Bernhard antwortete nicht.

»Wir müssen uns unterhalten.«

Bernhard schloss die Augen und atmete tief durch. »Warum?«

»Warum?« Ein leichter Überschlag am Ende des Wortes. Vielleicht war er nicht aufgeregt, aber kurz davor. Niemand ist eine Maschine.

»Ja, warum? Ich weiß, was du sagen willst. Aber ich muss … arbeiten. Ich habe keine Zeit.«

»Du musst arbeiten?« Fassungslosigkeit klang bei Holt wie milde Verwunderung. Jetzt war er milde verwundert.

»Ich meine, wenn ich mich jetzt in deinem Büro zusammenfalten lasse, dann kann ich nicht gleichzeitig die Bonds zurückkaufen, oder?«

»Das machen andere.«

»Ich bin schneller, und ich bin besser. Du weißt das.«

»Gestern wusste ich's noch.« Pause. »Du weißt, was jetzt passiert. Wir haben ein Problem. Nicht du. Wir alle.« Noch eine Pause. »Und du.«

»Ich bin dabei. Ich bin schon dabei. Du lenkst mich bloß ab.«

Es klickte in der Leitung, Holt hatte aufgelegt. Bernhards Puls hatte sich geringfügig erhöht. Geringfügig. Er sagte sich: Es läuft nach Plan. Das mit Holt ist kollateral.

Die Londoner Börse hatte eben geöffnet und bestätigte

den Kursgewinn: Griechische Bonds gewannen an Wert. Permanent. Er versendete Kaufanfragen, die Antworten waren ernüchternd. Der Kurs lag nur noch knapp unter dem Einstandspreis. Und die Differenz wurde kleiner, mit jeder Minute, die verstrich. Er begann ruhig damit, die ersten Positionen aufzulösen. 240.000 Euro hier, 485.000 Euro dort. Er übermittelte die Transaktionsdaten an Simon. Im Handelsraum herrschte ein unvorstellbares Geschrei. Wortfetzen wie herabstürzende Trümmer. Ewald, Brehms, so cool sie auch sonst sein mochten, waren in Panik. Das war kein geordneter Rückzug. Das war Kapitulation und Auflösung.

Er suchte sich die Daten heraus, die er vorbereitet hatte. Alles, was er tat, geschah wie von selbst. Er wies die Beträge an und schickte die Daten ins Backoffice. Die Hektik dort, wusste er, überstieg diejenige hier drinnen um ein Vielfaches. Simon und die anderen mussten ein Dutzend Trades gleichzeitig abwickeln, alle waren damit beschäftigt, hinter Bernhard aufzuräumen. Auf den Monitoren bloß Zahlen und Kürzel.

Der Kurs stieg und stieg, er sah den Chart auf Bloomberg, es war beängstigend: ab hier nur noch Verlust. Minütlich, sekündlich höherer Verlust für die Bank. Bernhard saß im Zentrum dieses Sturms. Niemand sah ihn an. Wenn alles vorbei ist, dachte er, werden sie dich pfählen. Würden. Wenn sie könnten.

Er sprang auf, tat, als sei er in Eile. Hektisch. Kopflos. In Wirklichkeit war er vollkommen ruhig. Er legte seine Magnetkarte auf den Tisch, nahm das Jackett und ging zügig raus, ohne sich umzusehen. Die Aufzugtür schnitt den Lärm ab. Er fuhr hinunter in die Tiefgarage, begegnete niemandem, stieg in den BMW. Warf das Jackett über die Reisetasche auf dem Rücksitz. Tippte »San Roque« in sein Navi. Fuhr los.

23

Irgendwas oder irgendwer rüttelte an ihm, zerrte, sprach mit ihm, sagte seinen Namen. Er blinzelte, erkannte eine schemenhafte Gestalt, dann zwang ihn ein Hammerschlag hinter seiner Stirn, die Augen wieder zu schließen. Er versuchte, irgendetwas zu sagen. Riss die Arme hoch und hielt sie schützend über seinen Kopf. Eine Stimme neben ihm, dann war sie weg.

Er raffte sich benommen auf, in seinem Kopf kreiste ein Schwarm Hornissen. Irgendwo, im Zentrum des Schmerzes, hatte eine zugestochen. Er musste sie herausziehen, verjagen, totschlagen, was auch immer. Das Zimmer drehte sich um ihn, die Wände bogen sich auseinander und stauchten sich zusammen wie in einem Film über Bewusstseinserweiterung. Sein Körper wie angenagelt in der Wanne.

Minuten, Stunden, Tage später beendete seine Hand die Reise zu der schmerzenden Stelle an seinem Kopf. Als er die Finger vor seine Augen senkte, waren sie rot. Das brachte ihn etwas zu sich. Er war in Spanien, niemand wusste davon, er würde verbluten. Bilder von wütenden Männern durchzuckten sein Bewusstsein, ein Gefühl, als sei sein Auto fort, dann versuchte er, etwas zu sagen, ohne zu wissen, was oder zu wem. Heraus kam ein Stöhnen. Da war doch gerade jemand gewesen. Wer? Da war niemand.

Er brauchte Hilfe. Es gab keine, er musste es allein schaffen. Zuerst aufstehen. Er versuchte, die entsprechenden Nervensignale auf ihrem Weg zum Gehirn zu eskortieren, damit sie nicht verlorengingen. Dann wurde es wieder dunkel.

Irgendwann – er wusste nicht, ob früher oder später – gelang es ihm, sich aus der Wanne zu kämpfen. Der Schmerz an seinem Kopf war infernalisch, das Blut lief ihm über Stirn und Augen. Er bekam die Wand zu fassen, schaffte es trotz des Schwindels, sich hinzustellen. Ein paar Minuten später – jetzt waren es Minuten – nahm er eine Flasche Wasser aus dem Flur und ging mit winzigen, vorsichtigen Schritten ins Badezimmer. Trank ein wenig und goss behutsam den Rest über seinen Kopf. Blassrote Schlieren auf der Emaille. Kam durch den scharfen Schmerz vollständig zu sich und zu klaren Gedanken.

Er ging zurück in das große Zimmer, sein Telefon hatte auf seiner Tasche gelegen. Es war weg. Die Tasche war noch da, auch seine Kleidung, wenngleich nur noch getragene übrig war. Außerdem fanden sich 25 Euro. Sein letztes Geld.

Er wusch sich und überzeugte sich im Spiegel, dass er einigermaßen unauffällig unter Leute gehen konnte, ohne als Zombie erkannt zu werden. Nahm ein paar Keksriegel und die letzte Flasche Wasser, hängte sich die Sporttasche über die Schulter und legte das Jackett darüber, für das es zu warm war. Steckte sich trotz der Kopfschmerzen eine Zigarette an, weil es sonst nichts gab, mit dem er sich von seiner Tatkraft überzeugen konnte. Trat auf die Straße.

Unten am Kreisverkehr war sein Hemd durchnässt und das Wasser zur Hälfte getrunken. Bis La Línea waren es rund 30 Kilometer. Das war in fünf, vielleicht sechs Stunden zu schaffen. Er würde mindestens acht brauchen.

Er hatte Geld für eine Übernachtung. Er dachte nicht darüber nach, dass er aussah wie ein Penner. Dass er keine Ahnung hatte, wo er schlafen, wo er ein sauberes Hemd herbekommen, wie er ohne Pass nach Gibraltar gelangen sollte. Er wandte sich nach links, zum Meer. Weit in der Ferne sah er die dunkle Kontur eines Osborne-Stiers. Ging los.

JOHANN

1 2 3 4 5 6

Ich kenne dieses Geräusch, den Maschinentakt meines Sterbens. Jeder Herzschlag ein Kredit über zwei oder drei Sekunden. Die Stille, die unter allem liegt und heraufdrängt, um mich zu sich zu ziehen. Den sanften Druck in meinem Rücken, die Dunkelheit um mich. Die Kälte. Ich kenne das alles. Ich kenne jedes Molekül der Luft. Jede Schraube, die das Gestell des Betts zusammenhält. Ich bin in alldem, das ist mein Trost.

Die Wäscherei ist Kreditnehmer bei Alberts. Sie sitzt in der Kantstraße, nicht weit von unserem Kontorhaus. Der Besitzer der Wäscherei heißt Pocholsky und hat einen Exklusivvertrag mit der Klinik, Restlaufzeit 2 Jahre und 4 Monate, seine Zinsen liegen bei 5,7 Prozent im letzten Jahr. Die Fensterdichtung stammt von einem Hersteller in Tübingen, der vor zwei Jahren an den Henkel-Konzern verkauft wurde; an Henkel unterhält Alberts 2,9 Prozent Beteiligung. Die Reflektoren in den Leuchtstoffröhren auf der Station und in der ganzen Klinik sind von der Firma Kaveleit, die ihre Kredite über die CPM-Holding in Frankfurt am Main bezieht, die wiederum zu 51 Prozent Lizenznehmer von Alberts ist. Das ganze Gebäude ist von 1925 bis 1927 erbaut worden mit unterschiedlichen Baukrediten, einer davon, der zweitgrößte, vom Bankhaus Seliger, Loeb & Cie., das mein Vater übernommen hat. Alles, was hier steht, wurde geschaffen durch unser Geld, das heißt, durch uns: Alles, was ist, enthält einen Teil von uns, für immer.

Ich weiß, dass Sie da sind, Feldberg, auch wenn Sie jetzt mit Helene vor der Tür stehen. Ich bin froh, dass Sie da sind. Auch ihr, meine Kinder. Auch du, Helene. Ihr alle.

Vielleicht versteht ihr alle noch nicht ganz, was geschehen ist, das wäre normal und menschlich; niemand erwartet von uns, alles in seiner Verstrickung zu durchschauen. Dazu muss man tot sein, oder so gut wie tot. Ich sehe die Verstrickungen jetzt vor mir wie sortierte Fäden, säuberlich nebeneinander aufgereiht. Wer verstrickt ist, macht Fehler; wir alle haben Fehler gemacht. Weil wir den Überblick nicht hatten, ist es nicht so, Feldberg? – Den Überblick haben bedeutet, die Wahrheit zu kennen. Sie wissen, wovon ich rede, Feldberg, nicht wahr? Wie viel Prozent der Wahrheit haben Sie mir erzählt? Haben Sie mir immer 100 Prozent der Wahrheit erzählt? Die vollen 100 Prozent? Oder waren es eher 90 Prozent? Ihre geschlossenen Immobilienfonds zum Beispiel, Feldberg. Verstehen Sie mich richtig: 90 Prozent, darin ist immer noch das Wertvollste der Wahrheit enthalten, nicht wahr? Auf die läppischen 10 Prozent an Gerüchten, Hörensagen und Übertreibungen ist leicht zu verzichten. Bei 80 Prozent dagegen beginnt schon das Verschweigen, könnte man denken, aber da bin ich pragmatisch: Wer wollte schon die ganze kleinteilige Geschichte über Ihre alten Seilschaften aus der Senatszeit hören? Die lieben Exkollegen, die man am Tag vor der Projektvergabe noch schnell zum Mittagessen trifft, um letzte Details zu besprechen? Das ist doch alles Beiwerk, Feldberg, sie hatten ganz recht, mir nichts davon zu erzählen. Ich habe gern nur 80 Prozent relevante Wahrheit auf dem Tisch, wenn ich mir dafür 20 Prozent Redundanzen sparen kann. Wie Sie die Geschäfte anbahnen, ist schließlich Ihre Sache. Vielleicht haben Sie sich deswegen auch eher bei 70 Prozent eingependelt, selbstverständlich zu meinem Vorteil, indem Sie meine Wahrheit ein wenig vorsortiert haben? Die Wahrheit über die Steuervergünstigungen zum Beispiel, die Sie dadurch herausschlagen konnten, dass Sie die Fonds über unsere Stiftung haben laufen lassen? Ich wäre Ihnen dankbar, Feldberg, wirklich. Es waren ja schließlich Ihre Fonds. Wieso sollte ich da überhaupt ein Anrecht auf die volle Wahrheit haben? Sie sind mein Generalbevollmächtigter. So weit komme selbst ich noch mit, dass auf jeden von uns ohnehin nur ein Anteil von 50 Prozent Wahrheitssoll entfallen. Minus Hörensagen, Übertreibungen und Unschärfen sind wir, Pi mal Daumen, bei rund 30 Prozent. Sie wissen ja, Rechnen ist nicht so meine Stärke. Dann noch 10 Prozent Irrelevanz abgezogen, oder sagen wir lieber 15 Prozent, die Welt ist ja voll davon, also sind wir bei 15 Prozent. Haben Sie mir die gewährt, meine 15 Prozent? Um ehrlich zu sein: Ich hatte zwischenzeitlich das Gefühl, dass es eher 10 Prozent waren. Zum Beispiel die Auftragsvergabe bei unserem Berlin-Arena-Projekt: Das waren ja alles Firmen, an denen Sie eine Fondsmehrheit hielten. Glauben Sie nicht, ich hätte das nicht mitbekommen, Sie altes Schlitzohr. Verstehen Sie mich richtig, ich will mich nicht beschweren. Für mich sind ohnehin immer nur die letzten 5 Prozent relevant, und die haben Sie mir gesagt, Feldberg, da bin ich sicher. Die Essenz, das Destillat der Wahrheit. Auf den Verträgen war immerhin alles genau ausgewiesen. Gut: dass Sie für die Investition Werbungskosten, Mieterakquise und Maklergebühren berechnet haben, obwohl der Mieter der Arena, nämlich die Stadt Berlin, von vornherein feststand, das hätte man vielleicht als etwas ansehen können, das unter die 5 Prozent fällt. Das waren durchaus Posten, Feldberg, die mit unserer Investition gar nichts zu tun hatten. Reine Fantasie!

Aber ich will Ihnen sagen, Feldberg: Eigentlich habe ich

am meisten auf das geachtet, was unterm Strich stand. Unterm Strich hätten Ihre weichen Kosten die Investitionssumme erhöht, und damit die Miete, und damit die Renditen der Anleger. Und geht es nicht letztlich darum, Feldberg? Die Renditen der Anleger? Am Ende läuft doch alles auf die letzte Zahl unter dem Strich hinaus, auf das kostbare eine Prozent der Wahrheit, das alles Wesentliche enthält. Diese Perle der Wahrheit, Feldberg, dieses eine kleine Prozent – der Profit der Bank –, das haben Sie mir nicht vorenthalten, niemals.

Und wissen Sie, warum ich das weiß? Weil Ihnen die Bank genauso wichtig ist wie mir. Deswegen habe ich Sie auch zum Generalbevollmächtigten gemacht. Ich habe nie von Ihnen erwartet, in *meinem* Interesse zu handeln, sondern im Interesse der Bank. Deswegen habe ich Sie geholt. Deswegen habe ich Ihnen vertraut. Und deswegen weiß ich, dass Sie mir immer die Wahrheit gesagt haben.

Sie haben mein Vertrauen nie enttäuscht. Sie haben seit Ihrem Einstieg in die Bank die ganzen achtziger und neunziger Jahre hindurch dafür gesorgt, dass das Unternehmen auf einem soliden Kapitalsockel stand. Sie dürfen nicht glauben, ich hätte das vergessen. Mir kam es nie so sehr auf ein paar Prozent mehr oder weniger an, Feldberg, auch wenn es um die Wahrheit geht. An der Wahrheit verdient man schließlich keine Zinsen, ist es nicht so?

Ich werfe Ihnen auch den großen Knick Anfang 2006 nicht vor. Es war schließlich nicht Ihre Schuld, dass das Arena-Projekt in sich zusammengefallen ist wie ein Kartenhaus. Soviel ich weiß, haben Sie alles Menschenmögliche getan, Feldberg. Dass eine Stadt, selbst eine so große wie Berlin, keine zwei Mehrzweckhallen braucht, Feldberg, das ist eine glasklare Rechnung, da kann man nichts machen. Es ist nicht Ihre Schuld, dass die Halle am Ostbahnhof viel günstiger gelegen war. Natürlich, man könnte sagen, wir hätten uns nicht so sehr darauf verlassen dürfen. Die Konstruktion, Feldberg, das Geschäftsmodell, waren ja durchaus tragfähig: Finanzierung des Baus durch einen geschlossenen privaten Fonds, Ausschüttung der Rendite durch langfristige Nutzungsverträge mit der Stadt. Das hätte uns für dreißig Jahre über Wasser gehalten. Allerdings nur, wenn wir die Finanzkrise nicht gehabt hätten. Wir haben einfach Pech gehabt, Feldberg. Nicht Ihre Schuld. Sie haben Ihr Bestes gegeben. Wenn ich damals in die Zukunft hätte sehen können, dann hätte ich auch aufgrund meines stark komprimierten einprozentigen Wissens voraussehen können, dass die Halle nicht in der Siemensstadt, sondern am Ostbahnhof gebaut wird. Alberts hätte sich früher aus dem Geschäft zurückgezogen, hätte sich weiter auf den Wohnungsmarkt konzentriert, auf das Mergers-&-Acquisitions-Geschäft, auf die Vermögensverwaltung, das ist schließlich immer unser Kerngeschäft gewesen. Wenn ich in die Zukunft hätte schauen können, dann hätten wir nicht zwei Jahre an Vorbereitungen für nichts und wieder nichts vergeudet. Vielleicht gehört das zu einem Bankier, Feldberg, vielleicht macht genau das den Unterschied zwischen einem guten und einem hervorragenden Bankier: dass er in die Zukunft sehen kann. Ich konnte aber nicht in die Zukunft sehen, und so haben wir uns verrannt, und unsere Kapitaldecke sank und sank, und dann kam Lehman und fegte uns fast von der Platte. Es ist Unsinn, sich an einem läppischen Prozent festzubeißen, Feldberg, das mache ich nicht. Ich werde nicht irgendwelche Ressentiments mit ins Grab nehmen, Feldberg, das wäre lächerlich. »Ein König hört alles nur wie im Traum! Schlafend dringt die Wahrheit heller ihm ins Ohr als wachend.« Wissen Sie, wer das gesagt hat? Bettina von Arnim war das. Erstaunlich, was man alles weiß, ohne es zu wissen.

Ich habe Sie immer geschätzt als der Mensch, der Sie sind, und ich tue es noch immer, trotz allem. Ich weiß, was Sie getan haben, Feldberg, ich weiß es. Doch wenn Sie mich hören könnten, dann würde ich Ihnen sagen, dass ich Ihnen nichts nachtrage. Ich bin frei von Zorn. Das ist das Privileg meiner Lage, Feldberg: Ich kann mir Großmut leisten. Die Sterblichen lernen nur langsam, was Verantwortung heißt, ihre Abschlussprüfung ist der Tod. Mir wird es nicht anders gehen.

Das Unternehmen, dessen Untergang Sie gerade verwalten, habe ich zu dem gemacht, was es ist. Was es war, muss man ja leider sagen. Ich habe ein Imperium erbaut, ausgehend von unserem Stammsitz in Berlin, dem großen alten Kontorhaus in der Wielandstraße. Wie ich dieses Haus geliebt habe, jeden Stein, auf dem es steht. Wenn Sie sehen könnten, was ich sehe, Feldberg: Kohorten von Angestellten in Jahrhundertwendekleidung, Dienstboten mit Handwägelchen, das Berlin der Gründerzeit, Pferdekutschen, die ersten knatternden Kraftwagen. Wie gern hätte ich diese Zeit selbst erlebt.

Ich habe der Bank mein Leben geopfert, sie war der Inhalt all meiner Stunden, und nun, da sie unter Ihren Fingern zerfällt wie trockener Sand, sehe ich, dass alles vergebens war. Ich hätte gern ein Erbe, das können Sie mir glauben: Ein Imperium, das ist schließlich etwas. Das Dumme ist nur, dass man es nicht mit hinübernehmen kann. Zu dumm.

Ich weiß, dass hier das Ende aller Strecken wartet. Dass ich ins Nichts fallen werde. Alles, was zählte, zählt plötzlich nicht mehr. Dort wo ich hingehe, gibt es keine Zahlen.

Ihnen ist nicht klar, dass etwas von mir in diesen Mauern steckt, zwischen denen Sie gerade stehen. Niemandem ist das klar. Das Geld, mit dem Sie Ihren Anzug gekauft haben, ist irgendwann einmal durch meine Hände gegangen.

Ich habe keine Memoiren geschrieben. Es ist kein Verlust

für die Welt, was meinen Sie, Feldberg? Auch die Saurier haben keine Memoiren hinterlassen, und die haben immerhin fast zweihundert Millionen Jahre zugebracht auf der Welt, nicht bloß ein paar zehntausend wie wir. Was würde ich auch hineinschreiben in so ein Buch? *Ich habe gelebt*. Das könnten Sie aufschreiben, Feldberg, es erscheint mir wichtig und interessant: Ich habe gelebt. Was soll man sonst noch sagen?

Alles ist jetzt aufgehoben. Was ich getan habe, Sie, auch was Helene oder Thomas getan haben, ist aufgehoben. Ich wünschte, Sie könnten das sehen, ihr alle. Ein Klaffen, ein Spalt in der Mitte der Zeit, alles und nichts zugleich, der Logenplatz der Verdammnis, der Gedankenblitz der Ewigkeit. Dass Sie es besser konnten als ich, stelle ich infrage, und glauben Sie mir: Ich kann es besser einschätzen von da, wo ich jetzt bin.

1 **2** 3 4 5 6

Ich habe es nicht gewollt, zu allem Anfang. Ich fühlte mich zu etwas anderem bestellt. Habe ich dir jemals erzählt, dass ich Arzt werden wollte, Thomas? Es kann sein, dass ich es dir mal erzählt habe. Ich weiß nicht, warum. Das heißt, jetzt weiß ich es, ich sehe die Gründe verknäuelt auf einer winzigen Zelle der Innenseite meiner Großhirnrinde, doch ich könnte es nicht in Worte fassen, und alles Weltliche ist in Worten. Ich wollte Arzt werden, weil mein Herz mich dahin drängte. Chirurg in einer großen Klinik, wie dieser hier. Ich wollte Menschen helfen. Mit Zahlen war ich nie besonders gut, ich konnte zwei und zwei nicht zusammenzählen. Ja wirklich, es würde dich überraschen. Zahlen sind entsetzlich langweilig. Für mich müssen Zahlen etwas repräsentieren, das ich interessant finde, ich kann sie nicht als etwas sehen, mit dem man bloß rechnet. Aber ich hatte immer einen Blick für Leute, die das können. Das war mein eigentliches Talent: Menschen nach ihren Fähigkeiten zu beurteilen und für mich zu gewinnen. Sie woanders abzuwerben, wenn es sein musste. Und ich habe immer darauf geachtet, dass es Leute waren, denen ich vertrauen konnte. Du weißt das, Thomas. Es ist wichtig, dass du das weißt.

Als mein Bruder Erich starb, war das mit der Medizin allerdings lange vorbei. Du weißt, er kam bei einem Autounfall um. Auf gerader Strecke. Es war dunkel, aber das war nicht der Grund. Er hatte getrunken. Er saß in seinem Alfa Romeo Cabrio, natürlich fuhr er viel zu schnell. Das Ganze wird noch absurder, wenn man bedenkt, dass das während der Ölkrise passierte. Sie hatten gerade neue Geschwindigkeitsbegrenzungen eingeführt, 100 auf Bundesstraßen. Mein Bruder muss etwa 160 gefahren sein, daran kann man sehen, wie genau er es mit den Regeln nahm.

Erich war der Älteste. Er war begeistert davon, ins Geschäft einzusteigen, und ich ließ ihm gerne den Vortritt. Du kannst dir vielleicht unsere Erziehung vorstellen, preußisch-protestantisch, mein Vater ging zum Lachen in den Tresorraum, und auch das nur kurz. Ich interessierte mich überhaupt nicht für das Geschäftliche. Dafür interessierte ich mich für mein Klavier, die klassische Musik, Gedichte von Ringelnatz, Leonardos anatomische Zeichnungen. Feldberg, Sie wissen doch von meiner großen Leidenschaft für Leonardo, obgleich es mich dann ja später eher zur klassischen Moderne hingezogen hat. Aber die anatomischen Skizzen: Ich sehe mich als Jugendlichen, wie ich im ausgehenden Licht über den Repros sitze und lerne, den menschlichen Körper zu lieben. Überhaupt den ganzen Menschen: das Wunder, das er ist, Thomas. Der ganze Mensch. Alle Menschen.

Ich trug es meinem Vater nicht nach, dass er in erster Linie auf Erich zählte. Dass er mich verloren gegeben hat. Ich will nicht sagen, dass ich auch dich verloren gegeben habe, Thomas. Aber es ist jetzt nicht die Zeit für falsche Beschönigungen. Ich habe schon früh bemerkt, dass du nicht diesen Weg einschlagen wirst. All der Kummer, den ich dir bereitet habe – den wir uns gegenseitig bereitet haben –, hätten wir uns ersparen sollen. Es ist keine Schande, weißt du, jemand anderer zu sein, als der eigene Vater glaubt und will, ich habe das selbst erfahren. Es war mein eigener Entschluss, zur Bank zurückzukehren, aber ich habe das nie von euch beiden erwartet, von dir nicht und von Stefanie nicht.

Einmal, da warst du noch ein kleiner Junge, habe ich dich beobachtet. Du hast in der Badewanne gesessen und deine Hände angeschaut. Ich sehe es durch deine Augen: das Faszinosum deiner welligen Haut, die Kreislinien der Papillare. Berge und Täler, die Landschaft deiner Identität, die Werkzeuge, mit denen du dereinst arbeiten und essen, mit denen du lieben und verletzen wirst. Und du hast recht, Thomas, es ist faszinierend. Ich stand Minuten in der Tür, du hast mich nicht bemerkt. In dem Moment hast du mich sehr an mich selbst erinnert. Und ich habe gedacht: Aus dem Jungen wird irgendwas, aber kein Bankier.

Ich darf das sagen, ich war selbst ein aus der Art Schlagender, in vielerlei Hinsicht. Erich dagegen kam nach unserem Vater: Ausgestattet mit einem unverzagten Herzen und einem klaren kantigen Kopf, in dem die Gedanken niemals im Kreis gingen. Charmant, gewandt, mit einem Schlag bei Frauen und Geschäftspartnern gleichermaßen. Ich sehe ihn vor mir, mit diesen mächtigen Kiefermuskeln, wie er sein Frühstück zermalmte. Vielleicht kam bei Erich, neben seiner Sportlichkeit in allen Lebensbereichen, noch ein wenig Anmaßung dazu. Der unbedingte Wille, der bessere Alberts zu sein, obwohl das Original kaum zu übertreffen war. Ich hatte mit diesem Wettbewerb nie etwas zu tun, ich wollte das nicht. Ich wusste immer, dass Erich seine Sache gut machen würde. Dass er ein Geschäftsmann war, und ich nicht.

Aber ich brach dann doch mein Medizinstudium ab und stieg in die Bank ein. Das war übrigens mein eigener Entschluss. Du würdest das nicht verstehen, fürchte ich. Nicht intellektuell; sondern weil du fürchten müsstest, ich wollte dir damit sagen, du hättest dich auch so entscheiden müssen. Aber das ist es nicht, Thomas. Dass ich die Bürde auf mich genommen habe, heißt nicht, dass ich es von dir erwartet hätte. Ich dachte: Warum nur ein paar Leuten helfen, wenn man einem ganzen Land helfen kann. Nenn es Idealismus. Viel schwerer wiegt aber wohl, dass ich mit meinen Händen reichlich ungeschickt war. Ich schaffte es, einem Frosch die Augen auszustechen, wenn der Bauch gemeint war. Vielleicht beruhigt es dich, wenn ich dir sage, dass es oftmals nichts als eine Notlösung ist, was zuvor nach nobler Gesinnung aussah. Jetzt ist nicht mehr die Zeit, sich für irgendetwas zu schämen.

Sie waren sich sehr ähnlich, Erich und mein Vater, auch äußerlich. Allerdings hatten sie unterschiedliche Vorstellungen von der Ausrichtung der Bank. Mein Vater hat nach dem Krieg jeden seiner Kunden noch selbst akquiriert. Er hat ganz von vorne angefangen, nachdem 1945 die jüdischen Kunden der Bank tot oder im Ausland waren. Einmal sagte er zu uns: Sogar die Zahlen musste ich neu erfinden. Er meinte damit die geänderten Regeln des Rechnungswesens, er hatte ein Faible für markige Übertreibungen. Er war unermüdlich, Tag und Nacht hat er gearbeitet. Natürlich waren er und meine Mutter unglücklich, das gehörte sich damals so. Aber seine Arbeitswut war nicht vergebens. Mit der Zeit kamen immer mehr Kunden, immer größere Einlagen. Mühsam ernährt sich das Eichhörnchen. Ende der Sechziger war das Bankhaus Alberts saniert, es expandierte sogar.

Erich reichte das nicht, er träumte vom Filialgeschäft, auf das mein Vater lange verzichtet hatte. Er wollte Niederlassungen in der Schweiz, in Österreich, in Luxemburg, wahrscheinlich auch in London, aber das habe dann ironischerweise erst ich geschafft. Was er vorhatte, war mit ein paar Krediten nicht zu machen.

Das war die Zeit, als die Bank ins Devisengeschäft einstieg. Als eine der ersten übrigens. Ich selbst hatte damit nichts zu tun, ich betreute damals die großen Kreditlinien für Unternehmen. Firmengründungen, Fusionen, Übernahmen. Mehr das handwerkliche Geschäft. Mir war es suspekt, über den Wolken zu arbeiten wie Erich. Die hatten sich ein Büro eingerichtet, das sie »die Brücke« nannten, wie beim »Raumschiff Orion«. Ein großer Tischkreis, in der Mitte standen Computerbildschirme. Sie machten den ganzen Tag nichts anderes, als auf Kursschwankungen zu wetten. Der Goldstandard war ja gerade abgeschafft worden, die Fed druckte wie verrückt Geld, um den Vietnamkrieg zu finanzieren. Das macht sie bis heute, der Krieg ist zwar aus, aber glücklicherweise gibt es ja immer neue. Erich jedenfalls war ganz heiß darauf, diese neue Freiheit auszunutzen.

Ich bekam nicht viel von dem mit, was auf der »Brücke« passierte, aber ich sah es in den Bilanzen. Die Gewinne waren astronomisch. Sie setzten riesige Beträge ein, mir wurde schwindelig davon. Offiziell galt zwar ein Limit, aber niemand hielt sich daran. Es gab noch kein Controlling, kein Reporting, kein gar nichts, und mein Vater war gesundheitlich nicht mehr in der Lage, auf alle Geschäftsbereiche zu achten. Außerdem genoss Erich sein volles Vertrauen. Das war das Hauptproblem. Sagen Sie nicht, dass sich die Geschichte wiederholt, Feldberg. Ich weiß, dass die Geschichte sich wiederholt.

Als ich nach Erichs Tod die Abteilung übernahm, schaffte ich den ganzen Zirkus wieder ab. Nicht von heute auf morgen, aber innerhalb kurzer Zeit. Ein paar Leute waren entsetzt. Die Bank hatte ihre Gewinne in anderthalb Jahren verdreifacht, es war wie eine Lizenz zum Gelddrucken. Sie hielten mich für verrückt, dass ich das alles aufgeben wollte. Ein paar Mitarbeiter versuchten hintenrum, meinen Vater zu überreden. Aber ich hatte die Aufputschmittel auf den Tischen gesehen, die roten Augen meines Bruders und das schweißglänzende Gesicht, bevor ein Baum seinen Wagen bis zum Kofferraum aufschnitt. Mein Vater hatte mir die volle Verantwortung übertragen, und ich wusste, dass er mit meinem Schritt einverstanden war. Also mussten Leute gehen. Leute, die nicht einverstanden waren damit, wie ich die Bank führte. Es war eine von vielen schweren Entscheidungen, die ich in den langen Jahren treffen musste. Aber wenn ich sie damals nicht getroffen hätte, dann gäbe es heute die Bank nicht mehr, da können Sie sicher sein, Feldberg. Es war damals mein Grundsatz und ist es bis heute geblieben: Wenn die Wertschöpfung draußen ist, wenn man nur noch nach Instrumenten fliegt, dann ist das nicht mehr meine Art von Geschäft. Es muss immer jemanden geben, der startet und landet, der gewährleistet, dass die Passagiere auch wirklich ankommen. Einen, der die Haftung übernimmt. Das war der größte Unterschied zwischen Erich und mir. Ich habe immer in Unternehmen investiert, die sinnvolle und nützliche Produkte herstellen, in Versicherungen, in Hausgesellschaften. Das ist doch der Sinn des Kreditwesens: die Güterproduktion anzukurbeln, den Fortschritt zu finanzieren, den Lebensstandard der Menschen zu verbessern. Ich weiß, dass ich altmodisch bin, aber ich bin stolz darauf. Und ich bin nicht schlecht damit gefahren.

Es ist schwer, ganz allein verantwortlich zu sein, Thomas. Sehr schwer. Das ist der Hauptgrund, weswegen ich Feldberg in die Bank geholt habe. Es gibt wenige, die den Job gut machen, heutzutage. Es ist unübersichtlich geworden. Damals, als mein Vater noch das Geschäft führte, war es anders. Du hattest das Kreditgeschäft, du hattest die Rohstoffe und die Währungen, das war alles gut zu überschauen. Heute gibt es kaum eine Möglichkeit mehr, jede Sparte bis in die kleinsten Nischen zu verstehen. Ein guter, ein brillanter Manager kann das. Er versteht etwas vom Leveraging und von Termingeschäften, er kann aus dem Effeff die Black-Scholes-Gleichungen anwenden und Arbitrage kalkulieren, er kann gleichzeitig unternehmerisch denken und das Personal strukturieren. Ich weiß nicht mal, wer Black gewesen ist, Thomas, ganz zu schweigen von Scholes. Aber ein Manager – ein richtig brillanter Manager –, der sieht den ganzen Menschen, und gleichzeitig sieht er das kleinste Atom, aus dem der Mensch besteht, und wiederum gleichzeitig die ganze Gesellschaft. Er hat eine Vision von dem Unternehmen, das er sich vorstellt, wie ein Künstler eine Vision haben muss von dem Bild, das er malen will. Und dann muss er die Kraft haben, zu formen, was er hat, und zu beschaffen, was er nicht hat.

Es ist kein Klischee, dass man dazu ein harter Hund sein muss. Man muss Entscheidungen treffen, die ein paar Leute freuen und ein paar Leute nicht. Manchmal freut sich überhaupt niemand. Ein guter, ein brillanter Manager muss über alldem stehen. Er muss das Unternehmen regieren wie ein König seinen Staat, ständig bereit, ihn gegen Angriffe zu verteidigen, von innen wie von außen. Und weil der König das alleine nicht schaffen kann, muss er einen Teil seiner Macht abgeben können. Gerade so viel, dass er hinterher noch zuverlässig sagen kann, wer der König ist und wer nicht. Wer bestimmt in einem Unternehmen, wer der König ist, Feldberg? Der König? Die Frau des Königs? Der Thronfolger?

Um ehrlich zu sein: Ich habe lange Zeit nicht gewusst, ob ich der richtige Mensch für den Job bin. Es kostet schon Kraft, überhaupt der zu bleiben, der man ist; wie soll man da noch zu jemandem werden, der man nicht ist? Die eigene beschränkte Natur überwinden, Thomas: Es gibt keine größere Aufgabe im Leben, als die Leidenschaften zu besiegen. Dieses kindische, törichte Wollen. Pflichterfüllung ist ein Akt der Befreiung von dieser Tortur. Ich sah es als Privileg an, plötzlich eine gewaltige Aufgabe zu haben, der ich mich als würdig zu erweisen hatte: eine Bank zu führen. Mit 36 Jahren! Plötzlich war ich der Kopf einer Dynastie. Und ich war stolz darauf.

Wärst du so stolz gewesen, Thomas?

Sie haben meinen Sohn ja damals erlebt, Feldberg. Machte er nicht auch einen etwas überspannten Eindruck auf Sie? Jungen in dem Alter neigen ja zu extremen Trotzreaktionen. Ich habe seine Ausfälle gegen mich übrigens immer in diesem Zusammenhang gesehen. Warum hattest du dir nur in den Kopf gesetzt, dass mein Großvater ein Arisierungsgewinnler sein musste? Hast in der Schule die Wörter »Bank« und »Arisierung« im selben Satz gelesen, und von da an war für dich klar, dass Besitz und Reichtum unserer Familie auf einem gemeinen Diebstahl gründen müssen. Warst um keinen Preis davon zu überzeugen, dass die Familie Alberts sich zeit ihres Lebens niemals angemaßt hat, anderen die Früchte ihrer Arbeit streitig zu machen. Mein Großvater hat als Schuhmacher angefangen, ich erwähnte das bereits, mehrfach sogar, glaube ich. Das Furchtbare an der Jugend ist ihr Dünkel, Thomas, nichts für ungut. Ein Feind, gegen den man nichts ausrichten kann. Man kann ihn nicht sehen, nicht hören, nicht riechen. Es ist ja auch nicht so, dass du mit mir darüber gesprochen, geschweige denn gestritten hättest. Hast jahrelang nicht darüber gesprochen, dass du deinen Großvater – und damit auch mich – für einen Dieb und einen Nazi-Gewährsmann hieltest. Als wäre dieser Vorwurf dein kostbarster Schatz. Der Dünkel ist ein stiller, geduldiger Feind, er wartet hartnäckig auf die Chance zum Hinterhalt. Nie hast du etwas zu mir gesagt, höchstens eine Andeutung. Ich habe diese Manie, in Andeutungen zu sprechen, immer verabscheut. Das ist die Taktik der Charakterlosen und Schwachen. Derer, die nicht einstehen wollen für sich und was sie tun.

Nein, ich verurteile dich nicht, Thomas. Dazu warst du zu jung und dumm damals. Du hast bloß ein Feindbild gebraucht, weil du unter dem Einfluss der falschen Leute standest. Ich weiß das jetzt. Ich wusste es damals schon.

Es ist erst der Verrat, der uns zu Menschen macht, glaub mir. Verrat am Gesetz, Verrat am Glauben, Verrat an Gütern und am Guten. Ganz wichtig: Verrat an den Eltern, Thomas. Ohne Verrat gibt es kein Vertrauen. Nur durch den drohenden Verrat kann so etwas wie Vertrauen – ein unsichtbares Nichts, eine Schimäre, ein Spuk – so machtvoll und so bindend werden, dass sich eine Gesellschaft von Millionen darauf verlässt. Dies allein hätte schon eine Religion verdient, und sie bräuchte nicht einmal einen Gott. Nichts für ungut.

Natürlich hat es mich damals betrübt, dass mein Sohn mehr daran interessiert war, eine vermeintliche Erbschuld aufzudecken, statt ein Geschäftsmann zu werden. Du hattest ja die Einstellung, das Geschäftswesen sei an sich schon mafiös, Thomas. Ich habe mich immer gefragt, wie man auf den Gedanken kommen kann, es sei moralisch verwerflich, selbst für seinen Lebensunterhalt zu sorgen. Wie man auf den Gedanken kommt, dass Wettbewerb etwas Schädliches sei, wo doch schon jeder Junge in der Schule darauf stolz ist, schneller laufen zu können als sein Freund, mehr Tore zu schießen, höher zu springen und so weiter. Abstrus die Annahme, hinter jedem Wettbewerb stehe der Wunsch nach Vernichtung des Gegners, also das Gegenteil von Anteilnahme und Nächstenliebe, also das Böse. Aber schon dadurch zeigt sich doch die Abhängigkeit vom Gegner, dass es ihn geben muss, damit ich ihn übertreffen kann.

Was mich geärgert hat, war diese Manie, Ende der achtziger, Anfang der neunziger Jahre noch mal mit diesen ganzen alten Vorwürfen anzufangen, als habe es nicht die späten sechziger, als habe es nicht die siebziger Jahre gegeben. Ich habe mich darüber geärgert, dass du gerade dieses Kapitel unserer Firma gewählt hast, um dich von ihr und von deiner Familie loszusagen, was immerhin dein gutes Recht war. Das ist mein Ernst, Thomas: Ich habe deine Entscheidung immer akzeptiert. Aber noch einmal die alten Vorwürfe aufzuwärmen, die in unseren Archiven längst von Historikern aufgearbeitet waren und inzwischen wieder verstaubten, nur weil die Nazis noch immer die große moralische Leerstelle für das namenlos Böse besetzt halten, das hat mich geärgert, Thomas. Die Selbstgerechtigkeit trug schon meine Generation vor sich her als Brustpanzer gegen die Eltern, und schon damals hatte man gute Gründe, sie lächerlich zu finden. Es ist wichtig, seine Eltern kritisch zu sehen, keine Frage. Aber das haben *wir* getan, Thomas: wir, die Töchter und Söhne, die Nachkriegsleute. Du, mein Sohn, du hattest niemals etwas zu tun mit diesen Dingen, noch weniger als ich, und es war ein durchschaubares Manöver, dem Unternehmen eine verdrängte Schuld zu unterstellen. Es hätte viele, viele andere

Dinge gegeben, die ein intelligenter Junge wie du an dem System auszusetzen gehabt haben könnte. Du hättest die Firma dazu nicht einmal verlassen müssen, Thomas, du hättest offen kritisieren können, was auch ich damals, Anfang der neunziger Jahre, offen kritisierte: dass die Tendenz des Kapitals, sich immer mehr von der Welt der Güterproduktion abzulösen, in ein virtuelles Reich aus Terminkontrakten und Kaufoptionen führen würde. Und dass diese Tendenz, der damals nacheinander alle großen und dann auch kleineren Bankunternehmen erlagen, die gesamte Branche eines Tages in die Tiefe reißen würde, wie es ja dann auch geschehen ist. Ich habe es immer als deiner unwürdig angesehen, einen so fadenscheinigen und längst abgezahlten Schuldposten bemühen zu müssen, nur um jugendlichen Widerspruch zu artikulieren. Du weißt, Thomas, ich habe immer gesagt, was ich denke, und getan, was ich sage. In diesem Punkt hätte ich mehr von dir erwartet. Und wenn ich enttäuscht von dir war, damals, dann nicht, weil du dich von der Bank abgewendet hast, sondern darüber, wie du es getan hast.

Einen Verrat an den damaligen Inhabern des Bankhauses Alberts hat es nicht gegeben. Du hättest das bei deinen sogenannten Recherchen mühelos selbst herausfinden können, und vielleicht hast du es sogar getan. August Seliger und Robert Loeb waren Juden, »Volljuden« sogar, wie das damals hieß. Mein Vater hatte seit Mitte der zwanziger Jahre für Seliger & Loeb gearbeitet, er war der zentrale Devisenbeschaffer der Bank, was, wenn wir schon einmal dabei sind, in diesen unseligen Jahren die einzige Möglichkeit war, überhaupt Geschäfte zu machen. Dass jüdischen Bankiers wie Seliger und Loeb das Leben seit 1933 schwergemacht wurde, ist eine Schande und ein Verbrechen, aber es war nun einmal die herrschende Praxis, und das sogar per Gesetz. Loeb war aus all seinen Aufsichtsräten herausgeflogen, die Leute zogen zu Hunderten ihr Kapital aus der Bank, mit anderen Worten: Sie war so gut wie erledigt. Die Reichs-Kredit-Gesellschaft stand schon mit einem Übernahmeangebot Gewehr bei Fuß, und was das für Brüder waren, weißt du ja. Es war sicher nicht die Absicht meines Vaters, sich vorzudrängeln. Er hatte die schlimmsten Gewissensnöte mit sich auszutragen, Loeb und er waren gute Freunde. Und nur deswegen kam Seliger auf den Gedanken, den zuständigen Behörden meinen Vater als zukünftigen Geschäftsführer vorzuschlagen. Dass es dann nicht gelang, sie beide mit einer stillen Teilhaberschaft in der Bank zu halten, ist wiederum nicht die Schuld meines Vaters, und nichts zielt weiter an der Wahrheit vorbei, als ihn als Profiteur hinzustellen, der sich ein fremdes Unternehmen unter den Nagel gerissen hat. Mein Vater war es, der alle Vorbereitungen getroffen hatte, das Vermögen der beiden auf das Londoner Tochterinstitut umzuschichten. Alles ging fair zu. Sie haben einen Vertrag gemacht über die Rückführung der Bank nach dem Krieg. Den Vertrag gibt es heute noch, du hättest mich danach fragen können. Er liegt in meinem Safe. In diesem Vertrag steht schwarz auf weiß, dass mein Vater die Inhaberschaft über die Bank rein kommissarisch übernahm. Dass die Familien Seliger und Loeb nach dem Krieg nicht davon Gebrauch machten und die Bank zurückforderten, das kann man nun mal nicht meinem Vater anlasten. Er hat die Bank aus der Apokalypse herausgeführt, das darf man nicht vergessen. Loeb hatte Selbstmord begangen, Seliger saß in London und wollte nicht mehr nach Deutschland zurück. Es gab Angebote genug, die Bank wieder zu überführen, mein Vater kam nach dem Krieg mehrmals auf den Vertrag zurück. Seliger selbst war es, der völlig zu Recht darauf hinwies, dass unter dem alten Namen der Bank keinerlei Geschäftsbeziehungen mehr existierten. Alle Kunden, die nach 1937 zur Bank gekommen waren, hatten Beziehungen zu meinem Vater geknüpft, und man darf nicht vergessen, dass er es auch vorher schon gewesen war, der die ausländischen Kontakte hergestellt und gepflegt hatte. Die Rückgabe wäre für die Bank der Ruin gewesen. Seliger hätte seine Viertelminorität schrittweise aufstocken können, auch das wollte er nicht. Vermutlich dachte er nach dem Krieg, wie alle anderen auch, dass die Bank ohnehin nicht mehr zu retten war. Niemand kann sich heute noch vorstellen, wie das damals aussah, es war ja buchstäblich alles kaputt, alles. Das Gebäude am Gendarmenmarkt war ausgebrannt. Bis auf die Grundmauern ausgebrannt. Die Geschäftsbücher, die Konten, die Kundendaten, alles war weg. In den ersten Jahren nach dem Krieg verwaltete mein Vater die restlichen Kunden von einem Pferdestall in Rixdorf aus. Du musst dir das vorstellen, da gab es am Anfang nicht mal Strom. Die hatten einen Stift und ein Stück Papier, und zum Telefonieren gingen sie … Ach was, Telefon gab's auch nicht. Und aus diesem Chaos hat mein Vater, nachdem er aus der Gefangenschaft zurück war, innerhalb von ein paar Jahren wieder ein florierendes Unternehmen mit 85 Mitarbeitern gemacht. Und dafür muss er sich nicht entschuldigen, und ich muss mich dafür auch nicht entschuldigen. Denn die Leute, die in den achtziger Jahren den Restitutionsprozess anstrengten, bei dem du dann in die Geschichte eingestiegen bist, die hatten mit der Familie Seliger oder mit den Loebs nicht mehr das Geringste zu tun. Wenn du Gewinnler und Parasiten suchst, dann wirst du bei solchen Leuten fündig, und zum Glück hat das Gericht das genauso gesehen. Diese Leute waren verkrachte Existenzen, die nur hinter dem schnellen Geld her waren. Es dreht sich mir jetzt noch der Magen um, wenn ich an die denke. Wir haben ja den Prozess dann auch gewonnen. Ende der Geschichte.

Ich glaube, dass die Leute, mit denen du damals verkehrt hast, einen schlechten Einfluss auf dich hatten. Und ich spreche auch von Carolin. Ich hatte keine schlechte Meinung von ihr, aber ich habe im Gegensatz zu dir gesehen, dass sie eigentlich etwas ganz anderes wollte. Sie war fünf Jahre älter als du. Sie mag eine gescheite Frau gewesen sein und dir etwas beigebracht haben, das du ohne sie vielleicht nicht entdeckt hättest, das mag sein. Aber diese ganzen Leute, Thomas, diese ganzen Adorno-Nachbeter und Hegel-Versteher, waren nichts als beschränkte und verlogene Naturen. Voller Vorurteile und unfähig, sich konstruktiv in die Gesellschaft einzubringen. Leute, die nur links abbiegen und sich wundern, dass nichts nach vorne geht. Leute, die es für eine bedeutende humanistische Leistung halten, gegen den Fortschritt zu sein. Die die Vergangenheit pauschal zu einem Verbrechen erklären und sich dann dafür auf die Schulter klopfen, in der Gegenwart zu leben. Einen will ich sehen von denen, die über zu hohe Gehälter und Boni lamentieren, wie er diese Arbeit macht: sieben Tage in der Woche, ständig ansprechbar für seine Kunden, immer bereit, auf eine Veränderung zu reagieren, nie um eine kompetente Antwort verlegen, selbst wenn man ihn um drei Uhr aus dem Bett klingelt. Natürlich sind diese Leute ehrgeizig. Gut für sie, gut für unsere Kunden, gut für unser Land. Gut für die Welt, sie nicht den Weltverbesserern zu überlassen mit ihren flachen Turnschuhen und Hierarchien. Die Weltverbesserer haben keinen Schimmer von Führung und Organisation, sie glauben, man muss nur herrschaftsfrei diskutieren, dann erledigen sich die Probleme von selbst. Aber wenn sich die Probleme doch nicht von selbst erledigen und sie dann endgültig die Kontrolle verlieren, dann schlagen sie um sich wie die Kinder. Leute, die sich damit brüsten, dass sie nicht leben, um zu arbeiten, sondern arbeiten, um zu leben. Bravo. Prima. Nichts dagegen, dass die lieber Rucksackurlaub in Thailand machen, um sich mal so richtig selbst zu entdecken. Nur sollen sie nicht auf denen rumhacken, die hierbleiben und sich um ihre Ersparnisse kümmern. Das ist der Gipfel an Verlogenheit, wenn du mich fragst, Thomas. Du bist diesen Leuten auf den Leim gegangen. Als du mir Carolin vorgestellt hast, wusste ich gleich, wen ich da vor mir hatte. Ich habe auch gesehen, wie du dich verändert hast in kürzester Zeit. Dieser ganze Irrsinn, in den du dich hineingesteigert hast. Dein abweisendes Verhalten. Die unterdrückten Aggressionen. Es hätte ja Möglichkeiten gegeben, sich mit mir zu streiten, ich bin nicht wie mein Vater, der jeglichen Widerspruch unter Strafe gestellt hat. Aber du hast keinerlei Anstalten dazu gemacht, Thomas, ich glaube, dir fehlte einfach der Mut. Du hast gemerkt, dass du dir so sicher doch nicht sein konntest mit deinen Vorwürfen. Und das wiederum bedeutet für mich, dass du auch an deine Beziehung zu Carolin nicht geglaubt hast.

Ich habe später oft über meine Entscheidung nachgedacht. Das kannst du mir glauben. Ich habe mir diese Entscheidung nicht leichtgemacht. Du darfst nicht glauben, dass ich eure Beziehung aus Standesdünkel, aus Arroganz verhindern wollte. Auch bei mir war schon angekommen, dass sich die Zeiten geändert hatten, das darfst du mir ruhig glauben. Als mein Vater noch das Bankhaus führte, galten noch ganz andere Gesetze. Damals war das mit dem Heiraten noch eine schwierige Sache. Das war fast wie in den Königshäusern, wo sich nicht zwei Menschen verheirateten, sondern zwei Familien. Wo man sich den Erhalt und die Prosperität der Dynastie erhoffte. Mit diesem Denken hatte ich aber nie etwas zu tun.

Natürlich warst du blind, das ist man immer, ich bin es selbst gewesen als junger Mann. Das liegt in der Natur der Sache. Man kann diese Entscheidung nicht selber treffen, jemand von außen muss die Verantwortung übernehmen. Es ist eine undankbare Aufgabe, mit der ich oft gehadert habe, Thomas. Wenn du noch immer glaubst, ich hätte damals mutwillig deine Aussicht auf ein glückliches Leben zerschlagen wollen, ohne dafür einen triftigen Grund gehabt zu haben, dann bedaure ich das. Ich bedaure es zutiefst. Allerdings würde das nur bedeuten, dass du meine Entscheidung nie wirklich begriffen hast.

Ich weiß, ich hatte nicht das Recht, mich in deine Beziehung einzumischen, aber die Frau hätte dich unglücklich gemacht, Thomas. Sie hat es ja dann auch wirklich getan. Carolin war eine besitzergreifende Person, die dich zu manipulieren versuchte, wo es nur ging. Sie hat versucht, dir zu suggerieren, es sei deine Berufung, labile Sozialistinnen zu retten. Sie hat dich erst betrogen und dann verlassen, und ich habe das kommen sehen. So eine Frau war sie. Sie hat an irgendeinem diffusen Unwohlsein laboriert, für das sie nur die Welt im Allgemeinen und die Männer im Besonderen verantwortlich machen konnte. Man will solchen Frauen helfen, Thomas, ich weiß das. Man glaubt, man habe das Rezept gegen ihre Verlorenheit, man glaubt, man sei genau der, auf den sie warten. Doch sie wissen selbst nicht, worauf sie warten, Thomas, das ist die Wahrheit, glaub mir. Ich weiß es. Deine Mutter kann das bezeugen.

Wir haben zu wenig Zeit zusammen verbracht, Thomas. Wir haben uns leider nie richtig kennengelernt. Ich bedaure das. Diese ganzen Dinge, die Väter mit ihren Söhnen machen, Fischen in einem Wildbach, Tennis spielen, Steine ins Wasser werfen – all das habe ich nicht gemacht mit dir, und das wirfst du mir vor. Ich weiß das, Thomas. Es tut mir so leid. Aber die Erwartungen, die ich an dich hatte, waren meine Art, dir zu sagen, wie wichtig du für mich bist. Natürlich war ich ein strenger Vater. Habe dich aufs Internat geschickt, durchs Studium getrieben, dir Praktika aufgezwungen. Leider wird Strenge immer mit Herzlosigkeit gleichgesetzt. Weswegen hätte ich meinen einzigen Sohn wohl derartig anspornen sollen, wenn nicht, weil ich ihn glücklich sehen wollte? Das Glück trifft einen nicht wie der sprichwörtliche Blitz, weißt du? Das Glück muss man sich erarbeiten. Man muss dazu angetrieben werden und Opfer bringen, manchmal sogar große Opfer. Ich wehre mich gegen deinen Vorwurf, ich hätte nur aus eigennütziger Sorge um mein Lebenswerk gehandelt. Das ist Unsinn. Wer so denkt, hat nie ein Lebenswerk gehabt. Es versteht sich, dass man seine Firma in kompetente Hände übergeben will. Immerhin ging es für mich darum, ein Erbe von drei Generationen zu bewahren. Und du, Thomas, warst nun mal mein designierter Nachfolger. Ich dachte, wenn ich jemandem vertrauen kann, dann meinem eigenen Fleisch und Blut. Ich wollte, womit ich mein Leben verbracht habe, nicht dem nächstbesten Pfuscher anvertrauen, der gleich in die Pleite schlittert und das Unternehmen in seine Einzelteile zerlegt. Und ich habe verhindern wollen, dass du alles, was du dir erarbeiten könntest, wegwirfst, nur um ein armer Schlucker zu werden wie deine Freunde. Versteh mich richtig: Ich verurteile nicht die Armut, sondern was sie aus dem Charakter der Menschen macht. Der Reichtum bekommt dem Charakter nicht, das stimmt, aber die Armut bekommt ihm noch weniger, stimmt doch, Helene, nicht wahr? Der Reichtum macht den Menschen berechnend und hochmütig, die Armut berechnend und neidisch. Ich weiß nicht, was schlimmer ist. Wie man es macht, ist es falsch, was, Feldberg?

Aber machen wir uns doch nichts vor: Wir gehen alle nackt hinüber. Und ich, ich weiß noch nicht einmal, wohin ich gehe. Mein Vater, Gott hab ihn selig, glaubte an die göttliche Gnade. Ich bin da weniger optimistisch. Ich kann schon halb hinübersehen, Thomas, und glaub mir: Ich sehe nichts. Gar nichts.

1 2 **3** 4 5 6

Ich habe deinen Weg immer verfolgt, Thomas. Vielleicht wirst du es nicht glauben, vielleicht wirst du es nicht verstehen. Aber ich war immer bei dir. Damals als du bei deiner Approbation warst – da redeten wir schon nicht mehr miteinander –, kam Bernhard zu mir. Er arbeitete da seit etwa zwei Jahren für mich. Er hatte Probleme mit seiner Stieftochter, die in seiner Familie Unfrieden stiftete und psychische Zustände hatte. Er erzählte mir einiges, er … Es belastete ihn. Ich vermittelte ihn an dich, Thomas. Ich verwies ihn an die Station, in der du damals deinen Facharzt machtest. Und weißt du: Ich war stolz. Ich war dein unsichtbarer Schutzpatron, Thomas, und meine Schuldgefühle waren weitaus größer als dein Zorn auf mich. Ich habe immer an dich geglaubt. Ich würde dir gern sagen, dass Valeries Eltern dir zu keinem Zeitpunkt die Schuld gegeben haben. Bernhard hat nicht viel darüber geredet, aber den Selbstmordversuch seiner Tochter hat er nie mit dir in Verbindung gebracht. Nicht einmal gedacht haben sie daran. Ich hätte gern mit dir geredet, damals. Ich hätte dich bekniet, deinen Wunschberuf nicht aufzugeben wegen so einer Sache. Aber du hättest mir nicht zugehört. Natürlich nicht. Der Stolz macht uns blind, Thomas: dich genauso wie mich.

Ich habe nicht aufgehört, meine Hand über dich zu halten. Ich habe meine Hand auch über Carolin gehalten: Du weißt, Thomas, dass ich niemanden im Stich lasse, ob Familie oder Mitarbeiter. Ich sehe, wie du es verachtet hast, wenn ich beide in einem Atemzug nannte; du fühltest dich zurückgesetzt. Aber so ist es nicht. Vielleicht ist die Epoche, die uns trennt, der Grund für dieses Missverständnis.

Ich weiß, dass ich dich mit meiner Hilfe hintergangen habe. Was gäbe ich darum, dich dafür um Verzeihung bitten zu können. Als ich von Stefanie hörte, dass du dich selbstständig gemacht hast, habe ich mir einen deiner Werbezettel von ihr schicken lassen. »Ratgeber«. Ich fand das eine schöne Idee. Nichts, was nach Krankheit klingt; einen Rat kann schließlich jeder brauchen. Deine Diskretion kam meiner Idee entgegen, denn so konnte ich deine Werbung nachdrucken lassen. Ich habe dich meinen Mitarbeitern als Supervisor empfohlen. Auch Geschäftsfreunden. Alle, die dich angerufen haben, haben freiwillig angerufen. Ich habe niemanden gedrängt. Aber das ändert natürlich nichts daran, dass das Geld letztlich von mir kam. Immerhin hast du es für ehrliche Arbeit bekommen, Thomas. Für die Arbeit, die du liebst. Ich bewundere die Menschen, die die Arbeit tun können, die sie lieben.

Bernhard liebte die, die du nicht wolltest. Jeder Mensch hat seine Talente, und Bernhard ist ein besserer Banker, als du jemals hättest werden können, Thomas, auch ein weitaus besserer als ich. Das ist einfach so. Er ist mit Leib und Seele, was er tut. Ich habe mit ihm keinen schlechten Tausch gemacht, jedenfalls habe ich das lange gedacht. Er hatte viele Angebote, zu einer anderen Bank zu gehen, über Jahre hinweg. Ich habe mich immer gewundert, dass du nicht gegangen bist, Bernhard. Andererseits hättest du bei keiner anderen Bank haben können, was du bei uns gehabt hast. Ich habe mir deine Loyalität einiges kosten lassen, nicht nur Geld. Ich habe dir mein Vertrauen geschenkt, Vertrauen, so viel du wolltest. Ich wusste immer, dass du ein ganz besonderes Talent hattest. Instinkt. Und ich habe immer darauf vertraut, dass es dir im Grunde nicht um das Geld geht. Du warst ja nie ein extrovertierter Mensch, eher still und wortkarg, sehr kontrolliert. Ich habe das immer an dir bewundert, weil ich gern deinen kühlen Kopf gehabt hätte, die bedingungslose Liebe zum Geschäft. Deine Furchtlosigkeit, wenn das Risiko kaum zu kalkulieren war. Holt zum Beispiel ist ein guter Mann, er hat genau erkannt, dass man dich machen lassen muss, ich habe ihm das nie groß auseinandersetzen müssen. Ein Vollblut mit ausgeprägtem Freiheitsdrang, wie ein Künstler. Natürlich war das riskant. Aber das lässt sich jetzt leicht sagen. Ich weiß, Feldberg, Sie haben das oft gedacht. Allerdings haben Sie mich selten an Ihren Befürchtungen teilhaben lassen, und daran haben Sie gut getan. Ich hätte eher Sie hinausgeworfen als Bernhard, sosehr ich Sie immer geschätzt habe. Ich habe gewusst, dass man Bernhard nicht kontrollieren kann, und deswegen wollte ich ihn unbedingt halten. Jemand, der auf dem Risiko surft wie auf der Welle eines Tsunamis, den findet man nicht alle Tage. Und der dabei so loyal ist.

Du darfst nicht vergessen: Bernhard war es, der uns vor der Übernahme durch die Österreicher bewahrt hat, Thomas. Ich war dicht davor, Anteile zu verkaufen. Ich habe zwar immer gesagt: Nie im Leben werde ich die Bank verkaufen. Und wenn ich sterbe, bevor sie verkauft werden soll, steige ich persönlich aus dem Grab und werde es verhindern. Andererseits waren wir in Schwierigkeiten, das war nicht zu übersehen. Wir hatten ungeheuer viel Mist in den Büchern, vor allem Aktien von Banken, die große Mengen an Lehman-

Papieren hielten. Wir haben im ersten Quartal 130 Millionen abschreiben müssen, und es war klar, dass da noch was nachkommen würde.

Dabei war unsere Investmentsparte immer gut aufgestellt gewesen, weil wir uns zu keinem Zeitpunkt an dem amerikanischen Kasino beteiligt haben. All diese Zertifikate, ob sie nun von Lehman oder der Deutschen Bank kamen, die sie mit wertlosen Hypothekenkrediten abgesichert haben, die habe ich nicht angerührt, aus Prinzip nicht. Wir haben solide gewirtschaftet, mit Anleihen, mit Aktien, mit Währungen, dem traditionellen Geschäft.

Unsere Schwierigkeiten hatten also nicht mit unserer Fahrlässigkeit zu tun. Die HRE, über die wir Hunderte von Krediten abgesichert hatten, hatte große Probleme bekommen, musste sogar mit Steuergeldern gerettet werden. Was heißt gerettet: Sie hätten zwei neue Banken gründen können mit dem Geld, und vermutlich bessere. 140 Milliarden. Mir war zu diesem Zeitpunkt klar, dass wir von der HRE keine Hilfe erwarten konnten, wenn es hart auf hart ging.

Wir mussten etwas tun. Also sahen wir uns nach Möglichkeiten um, an frisches Kapital zu kommen. Feldberg hatte das Treffen mit Schallhammer arrangiert. Ich kann nicht sagen, dass mir der Gedanke gefiel, doch ich war bereit, die Investmentsparte zu verkaufen. Wieder ganz klein anzufangen, wie mein Vater nach dem Krieg. Das Asset-Geschäft auszubauen. Ich war bereit, die Bank gesundzuschrumpfen.

Also flog ich zusammen mit Feldberg, unserem Anwalt Hafer-Lorisch, Lasch und Bernhard nach Wien. Ich weiß noch, am Flughafen sollte uns eine Limousine abholen. Wir landeten pünktlich, aber am Ausgang erwartete uns kein Schild, kein Chauffeur, keine Limousine. Du kennst ja vielleicht den Flughafen in Wien, eine Puppenstube ist das, man kann dort niemanden übersehen, selbst wenn man sich Mühe gibt.

Wir standen da also am Flughafen. Nach einer halben Stunde rief die Sekretärin an, der Wagen stecke wegen des Schnees im Stau, ob es uns möglich sei, anderweitig in die Stadt zu kommen. So fing das an. *Ob es uns möglich sei, anderweitig* – ein Witz. Wir fuhren mit dem Schnellzug in die Stadt und dann mit der U-Bahn weiter. Ich weiß nicht, wann ich das letzte Mal mit der U-Bahn gefahren war. Meinen Begleitern ging es nicht anders. Lasch sah sich um, als sei er auf einen anderen Planeten katapultiert worden. Hafer-Lorisch stand die nackte Panik ins Gesicht geschrieben. Ich selbst hatte das überwältigende Gefühl, geradewegs in mein Verderben zu fahren. Mein Magen schmerzte. Ich kann dir sagen, warum ich mich so gut an diese U-Bahn-Fahrt erinnere: An den Haltestangen waren Schlaufen angebracht, zum Festhalten. Die schaukelten alle im selben Takt, wie kleine Galgenschlingen, die auf Hälse warten.

Natürlich fuhren wir zu weit, mussten wieder zurück und umsteigen und ich weiß nicht, was noch alles. Dann stapften wir durch den Schnee zu unserem Hotel. Stell dir das mal vor, fünf frierende Männer im Schnee, mit Rollkoffern und völlig durchnässten Budapestern. Es war demütigend.

Das Treffen fand statt bei Schallhammer im Konferenzraum, in der Inneren Stadt. Das ganze Managementteam war schon dort, als wir ankamen. Saß um den Tisch herum und futterte Kanapees, wie bei einer Cocktailparty. Das Interieur eine Mischung aus Chippendale und Chrom. Protzig. Geschmacklos. Inzwischen war ich in einer ziemlich heiklen Stimmung. Mir war klar: Ich war derjenige, der dringend einen Geldgeber suchte, und hier war der Geldgeber, und trotzdem kam es mir vor, als stünden wir vor der feindlichen

Übernahme. Schlimmer war, dass Bernhard fehlte. Er sollte meine Stütze sein, meine rechte Hand. Feldberg wird sich wohl gefragt haben, warum ich ihn eigentlich mitgenommen hatte. Du fragst es dich wahrscheinlich auch. Bernhard war irgendein Händler, das ist schon richtig. Aber ich telefonierte damals fast jeden Tag mit ihm. Bei ihm wusste ich immer, woran ich war. Er gab nichts auf Etikette, Höflichkeit oder Verhandlungsstil, allesamt Dinge, in denen ich zu einem gewissen Konservativismus neige. Und nichts gegen Lasch, aber Lasch ist noch schlimmer als ich, das hat nichts mit dem Namen zu tun. Bernhard dagegen hatte immer einen klaren, nüchternen Blick für die Dinge, und seine Ehrlichkeit war unkorrumpierbar.

Schallhammer junior, noch keine vierzig, war in Golfkleidung erschienen. In Golfkleidung! Im Dezember! Ich weiß nicht, was er uns damit sagen wollte. Jedenfalls saß er in einem großen Ohrensessel, die Beine übereinandergeschlagen, die Arme ruhig auf den Lehnen. Wie Al Pacino in *Der Pate*. Du kennst doch den Paten? – Ich habe dir das nie gesagt, aber ich liebe die Filme. *Buona Sera, Sie schulden Mister Corleone noch einen Gefallen ...* Wir hätten uns das unbedingt mal zusammen ansehen sollen, Thomas. Wir haben nie einen Film zusammen gesehen, oder? – Jedenfalls vertiefte das meine Abneigung gegen Al Pacino junior immens. Ich habe ihn übrigens schon vorher nicht besonders gut leiden können, ein Gernegroß, der seinen Vater behandelte wie einen Narren. Jedenfalls. Ich bedeutete ihm, er solle anfangen, immerhin waren wir die Gäste, aber er überließ mir das Wort. Eine Weile lang sagte niemand etwas. Ich hatte vor lauter Frust schon sämtliche Kanapees verputzt und beinahe vergessen, weshalb wir überhaupt da waren.

Schließlich brachte ich ins Gespräch, dass ich unter bestimmten Umständen bereit sei, die Investmentsparte zu verkaufen. Mag sein, ich war etwas weitschweifig. Schallhammer junior hob die Augenbrauen, als sei er überrascht. Ich sage dir, Thomas: Ich erkenne einen Schauspieler, wenn ich einen sehe. Die Sache wurde mir immer unangenehmer, peinlich im Grunde. Ich kannte natürlich die letzten Zahlen, aber im Grunde war ich lausig vorbereitet. Mir war nur klar, dass wir dringend frisches Geld brauchten. Feldberg hatte auf dem Flug noch mal alle gebrieft, im Gegensatz zu mir hatte er eine Strategie. Für ihn war der Verkauf bereits beschlossene Sache. Aber ich hatte nichts gesagt, den ganzen Flug über. Hatte entweder geschlafen oder von etwas anderem geredet. Es ging um die Bank, meine Güte. Meine Bank. Unsere Bank.

Schallhammer junior also gönnerhaft. Lasch betreten, ohne Plan. Hafer-Laurisch döste, oder was weiß ich. Feldberg schien mir als Einziger auf dem Posten, saß kerzengerade da, einen Packen Papiere auf dem Schoß. Irgendwann unterbrach er mich. Ja, ich glaube, er unterbrach mich und nannte unsere Bedingungen für einen Verkauf. Er sagte irgendwas in der Richtung, dass wir langsam konkreter werden müssten. Ich stellte fest, dass es kalt war wie in einem Bunker, es zog mir um die Nieren, und ich sagte mir: Ich will nicht an Leute verkaufen, die es nicht mal schaffen, ihre Arbeitsräume ordentlich zu beheizen.

Jedenfalls sagte Junior schließlich zu Feldberg, dass er sich eine Zusammenarbeit mit Alberts grundsätzlich vorstellen könne. Die Österreicher sind ja bekannt dafür, dass sie nie geradeheraus sagen, was sie wollen, also sagte ich geradeheraus unseren Preis. 40 Euro pro Aktie, dazu Optionsscheine. Feldberg sah mich an, als hätte ich grundlos seine Mutter beleidigt. Der Kurs stand zu der Zeit zwischen 34 und 35 Euro, Tendenz leicht fallend. Oder nicht leicht, die Aktie fiel, verdammt noch mal. Feldberg hatte noch im Flugzeug gesagt, dass wir vielleicht nicht auf dem fairen Mindestpreis beharren sollten, dazu seien wir nicht in der Position. Er rechnete mir vor, dass 31 Euro und ein paar Cents ein realistischer Preis wären, was wahrscheinlich bedeutete, dass wir am Ende 23 bekommen hätten.

Ich bin ein sturer Bock, Thomas. Du weißt das längst. Ich wollte immer der kühle, abwägende Stratege sein. Mein Vater war so jemand, ein beherrschter Mann. Die Wahrheit ist leider, dass mich das immer eine ungeheure Willensanstrengung gekostet hat, und selbst dann hat es nicht funktioniert. Ich treffe Entscheidungen impulsiv, und hinterher muss ich dabei bleiben, auch wenn ich es bereue. Das war Gesetz bis zum Schluss. Natürlich weißt du das. Es tut mir leid, Thomas, man kann sich das Holz nicht aussuchen, aus dem man geschnitzt ist. Ich habe mir immer gesagt: Niemals dem ersten Aufkochen des Blutes glauben, immer ruhig bleiben, ich habe das trainiert wie das Rechnen, obwohl ich es gehasst habe. Aber man wird kein Virtuose, indem man gegen seine Natur anspielt. Man wird ein strammer Arbeiter, ein ehrbarer Mann. Ein Virtuose wird man nur, wenn man seiner Natur folgen darf.

40 Euro also. Ich hätte in dem Raum ebenso gut eine Granate zünden können. Schallhammer wusste nicht, ob er lachen oder fluchen sollte. Feldberg mit einem Blick, als sei ich plötzlich unzurechnungsfähig geworden.

Und in dem Moment kam Bernhard herein. Er entschuldigte sich damit, dass das Taxi sich verfahren hätte. Verfahren! Das Imperial, in dem wir wohnten, war Luftlinie dreihundert Meter vom Bankhaus entfernt, wenn überhaupt.

Schallhammer nahm nicht Stellung zu meinem Preis, überhaupt nicht. Er lächelte und sprach von den Konjunkturaussichten, den asiatischen Märkten, der Rohstoffbranche. Ich wollte ihn nicht brüskieren, es ist nicht meine Art, unhöflich zu sein, aber ich hätte ihm an die Gurgel gehen können, wie er da den Souveränen zu geben versuchte. Ein Schmierenkomödiant. Ich wollte den Preis noch einmal wiederholen, wollte ihm die Zahl ins Gesicht spucken, aber Bernhard unterbrach ihn zuerst, entschuldigte sich und fragte, ob er mich kurz unter vier Augen sprechen könne. Feldberg nutzte die Unterbrechung, um den Schaden zu begrenzen, erzählte etwas von einem stabilen Marktumfeld. Ich habe Sie in eine unmögliche Position gebracht, Feldberg, das tat mir leid für Sie. Aber es war nicht Ihre Bank, sondern meine.

»Ich habe mich nicht verfahren«, sagte Bernhard, als wir draußen waren.

Ich sagte nichts.

»Ich habe mir noch mal die Zahlen angesehen. Ich bin der Meinung, dass wir die Investmentsparte halten können. Ich glaube, das Ganze hier ist ein Fehler, Johann.«

»Das sagst du mir jetzt? Wir sind zusammen hergeflogen!«

»Ich wollte ganz sicher sein. Wir brauchen 150 Millionen als Einlagensicherung. Unsere Hauptrisiken sind die Repos, der Wertverlust unserer illiquiden Anlagen und die Hypothekenderivate.«

»Das weiß ich alles.«

»Aber diese Risiken werden wir sowieso nicht los. Mit denen dadrinnen«, sagte Bernhard, »werden wir uns nicht einig. Die wollen sich die Rosinen rauspicken, und das auch nur, weil sie uns von da aus ganz übernehmen wollen. Und das weißt du.«

Ich sagte nichts.

»Bei allem Respekt, Johann, wenn ich sehe, wie du vor diesem Golfschnösel buckelst, bricht mir das Herz.«

Ich sagte: »Das mit dem Buckeln habe ich nicht gehört.« Nein, das habe ich nicht gesagt, aber es war so was Ähnliches. Vor allem aber hatte Bernhard vollkommen recht.

Ich fühlte mich ratlos in diesem Moment. Völlig nackt, ein grässliches Gefühl. Niemand anderem hätte ich das gezeigt. »Und dann?«, fragte ich Bernhard.

»Ich hab's dir gesagt. Ich will eine Prop-Trading-Abteilung. Gib mir ein Jahr, und ich stell die Bank wieder auf die Füße. Bis dahin emittieren wir neue Aktien.«

Die Kapitalerhöhung war eine naheliegende Option, ich hatte selbst schon darüber nachgedacht. Aber die Nachteile lagen auf der Hand. Wenn man Schulden hat und neue Schulden aufnimmt, um sie zu bezahlen, passiert genau das, was wir jetzt in aller Welt sehen: Das ganze Spiel bricht zusammen. Weil es nicht funktionieren kann, wenn man sich nicht an die Regeln hält.

Außerdem war ich immer dagegen gewesen, wieder in den Eigenhandel einzusteigen. Es hatte die Bank schon einmal fast in den Abgrund gerissen. Es verleitete einen dazu, Dinge zu tun, für die man sich verabscheuen musste. Aber jetzt standen wir mit dem Rücken zur Wand. Bernhard zeigte mir ein paar Zahlen, rechnete mir vor, wie er sich die Sache vorstellte. Es hörte sich sehr einfach an: Wir geben ihm so viel Geld, wie er braucht, und er geht damit ins Kasino. Dann knackt er den Jackpot, und die Firma ist gerettet.

»Bernhard, das ist kein Plan, das ist Irrsinn.«

»Nein«, sagte er. Er blieb ganz ruhig. Er war nicht zu beirren. Wenn Bernhard gesagt hat, dass ein Deal möglich war, dann war er auch möglich. Ich zögerte. Er sagte: »Wir müssen uns entscheiden. Gleich gehen wir wieder rein. Wenn du jetzt damit anfängst, die Firma in Scheiben zu schneiden, dann bist du sie nächstes Jahr los.«

Ich wollte irgendetwas sagen, diese flapsige Ausdrucksweise machte mich ärgerlich. Es ging nicht um eine Salami. Aber die Zeit lief uns davon. Sobald wir wieder hineingingen, musste ich eine Entscheidung getroffen haben. Wenn man sich Unentschlossenheit anmerken lässt, hat man schon verloren.

»Wir gehen wieder rein«, sagte ich.

»Und?«

»Und was?«

»Was wirst du ihnen sagen?«

»Ich sage ihnen, was ich tun werde.«

Drinnen verstummten die Gespräche, als wir wieder eintraten. Bernhard und ich setzten uns hin. Ohne Umschweife sagte ich: »Herr Schallhammer, wenn unsere Investmentsparte für Sie interessant ist, dann machen Sie mir ein Angebot.«

Bernhard sah mich an. Es sah aus, als würde er etwas sagen wollen, hielt sich aber zurück. Schallhammer junior lächelte und sagte: »Was – jetzt sofort?« Er sah seine Leute an, als hätte ich einen völlig abwegigen Vorschlag gemacht. »Nun, Sie können sich bestimmt denken, dass sich unsere Analysten das erst einmal ansehen wollen.«

»Herr Schallhammer junior«, sagte ich, und in diesem Moment war jedem klar, dass das Geschäft geplatzt war. Ich kann mich nicht mehr genau erinnern, aber es kann sein, dass ich sogar schon aufgestanden war. Ich sagte: »Dass Sie uns den weiten Weg hierherkommen lassen, ohne sich gründlich über uns informiert zu haben, kann ich nicht glauben. Lassen Sie mich klarstellen: Ich komme nicht als Bittsteller zu Ihnen. Die Abteilung hat ein hervorragendes Geschäftsjahr hinter sich, wir haben anhaltend gute Performance, und ich sehe keinen Sinn darin, hier noch weiter um den heißen Brei zu reden.

Alles unter vierzig Euro steht nicht zur Debatte. Wenn Sie diesen Preis nicht bezahlen wollen, haben wir nichts mehr zu besprechen.«

Schallhammers Lächeln war eingefroren. »Es überrascht mich, dass Sie eine Quartalseinbuße von zwanzig Prozent für eine anhaltend gute Performance halten«, sagte er.

»Sie wissen genauso gut wie ich, dass wir ein schwieriges Jahr hinter uns haben. Jede Firma hat Einbußen gehabt. Auch Ihre Bank.«

»Schon, Herr Alberts, aber ... Verstehen Sie mich nicht falsch ... Ich möchte auch nichts verkaufen.«

»Ich auch nicht«, antwortete ich. »Und wenn Sie das glauben, dann müssen wir uns missverstanden haben.«

»Es sieht ganz so aus«, sagte Schallhammer junior, und damit stand er auf und knöpfte sich seine Strickjacke zu, als hätte er vergessen, dass er sein Jackett zu Hause gelassen hatte.

So kam Bernhard zu seiner Abteilung. Ich glaube, er hatte grundsätzlich den richtigen Riecher. Es ist keine Kunst, es hinterher besser zu wissen. Ich habe Leute angestellt, die es im selben Moment hätten besser wissen müssen, aber diese Leute haben geschwiegen, Feldberg. Ich beschäftige nicht die besten Finanzexperten und bezahle sie fürstlich, damit ich jedes belegte Brötchen in meiner Bank selbst schmieren muss.

Bernhard ist davon ausgegangen, dass die Euroländer nicht gegenseitig für ihre Schulden bürgen werden. Er konnte nicht damit rechnen, dass sie den Maastrichter Vertrag brechen würden. Wer hätte damit auch rechnen können? Es ist völliger Irrsinn. Gegen jede Vernunft. Ich kann dir sagen, was jetzt passiert, Thomas: Die schwächsten EU-Staaten werden Geld haben wollen, um ihre maroden Haushalte in Ordnung zu bringen. Italien. Portugal. Vielleicht Spanien. Stell dir das mal vor: Die Konquistadoren! Es fehlt nur noch, dass den USA das Geld ausgeht.

Es wird absonderlich werden. Sie werden einen Fonds gründen, eine Gesellschaft zur Rettung Europas. Du wirst es erleben: Die Rettung Europas! Die Euroländer werden riesige Summen dafür aufbringen, Fantasiebeträge. Wahrscheinlich holen sie noch den IWF dazu, und dann heißt es: Fiat Money! Allerdings wird das auch nichts nützen, die USA machen das schließlich schon seit Jahrzehnten, und ihr Defizit wird immer größer statt kleiner. Sie geben sich nicht einmal mehr die Mühe zu verheimlichen, dass sie das Geld aus dem Nichts schöpfen. Und es reicht trotzdem nicht. Sie verteidigen ihre Werte, indem sie sie verbrennen.

Noch glauben die Menschen an das Prinzip, dass Schulden zurückgezahlt werden müssen. Immer. Es ist das eherne Gesetz des Kapitalismus. Aber wenn sie mitbekommen, dass den Banken ihre Kredite der Reihe nach erlassen werden, dann werden die Menschen ihren Glauben an dieses Prinzip verlieren. Dann wird das große Abschreiben zur Regel werden, und niemand wird mehr etwas davon wissen wollen, seine Schulden zu begleichen. Es wird den Leuten sogar wie ein Spuk vorkommen, dass sie sich jemals die Mühe gemacht haben. Und damit wird jede Form der Verbindlichkeit enden.

Dass sie diesen Weg einschlagen, damit konnte niemand rechnen. Ich hätte an Bernhards Stelle genauso gehandelt. Ich will nichts beschönigen, das hätte keinen Sinn mehr. Der Junge hat viele Fehler gemacht, aber darauf zu setzen, dass Schulden entweder bezahlt werden oder zum Bankrott führen, gehörte nicht dazu.

1 2 3 **4** 5 6

Ich erinnere mich an dieses Gespräch mit Stefanie, das ich vor Jahren in unserer Küche mit ihr hatte. Es war etwa ein halbes Jahr nachdem sie mir mitgeteilt hatte, dass das Bankgeschäft nichts für sie sei. Gott, ist das lange her. Ich habe ewig nicht mehr daran gedacht … warum eigentlich nicht? Wir waren uns so nahe an diesem Abend wie kaum jemals zuvor oder danach. Es war Heiligabend. Ihr wart beide zu Besuch da, Stefanie war eben dabei, ihr Studium abzuschließen. Vielleicht erinnerst du dich gar nicht mehr, ihr seid früh ins Bett gegangen, du und deine Mutter. Das Essen war vortrefflich gewesen, wir hatten Hasenrücken gehabt, der Schlachter hatte in den Tagen zuvor eine Lieferung vom Förster bekommen. Leider biss man hier und dort auf Schrot. Daran lag es aber nicht, dass die Stimmung nicht die beste war. Die Stimmung war nie die beste, wenn wir im Familienkreis saßen, das muss ich zugeben. Ihr seid nicht gern gekommen, ich weiß das. Ich weiß auch, weswegen. Ich hätte mir gewünscht, dass es anders ist. Kinder, die wenigstens über Weihnachten gern nach Hause kommen, welche Eltern wünschen sich das nicht? Ich habe den ganzen Abend über versucht, ein Gespräch mit euch zu führen. Mit dir. Stefanie war ohnehin guter Dinge gewesen, nicht so verkrampft wie wir anderen. Irgendwie ist es uns nicht gelungen, Thomas. Das soll kein Vorwurf sein. Aber du hast nur den rücksichtslosen und opportunistischen Geldschneider in mir gesehen. Und wenn ich versucht habe, dich vom Gegenteil zu überzeugen, bist du ausgestiegen. Wolltest über die Stiftung und die neue Energie und unsere Insolvenzpolitik nichts wissen. Hast mechanisch gegessen und in immer kürzeren Abständen zum Weinglas gegriffen. Ich glaube, es sind drei Flaschen weggegangen an diesem Abend. Obwohl deine Mutter und Stefanie so gut wie nichts getrunken haben. Ich war schon ein bisschen beduselt, als ihr euch verabschiedet habt.

Ich hatte von meinem Museum erzählt, das ich kurz zuvor hatte erweitern lassen, ich erinnere mich an jedes einzelne Wort. Es war ein Gespräch, wie ich nicht oft eines führte, nicht mit dir und auch mit sonst niemandem, Stefanie. Es war einer jener Momente, an die man sich an seinem Lebensende erinnert, weißt du? Es war kein Schlüsselereignis, keine Weichenstellung, alles zwischen uns hatte sich längst entschieden. Es war … für mich war es der Moment, in dem ich voller Glück erkannte, dass aus meinen Kindern erwachsene Menschen geworden waren.

»Warum sollte den Menschen deine Sammlung gefallen?«, hast du mich gefragt. Ich weiß noch, dass ich übermütig war an diesem Abend. Und dass du dich davon nicht hast einschüchtern lassen.

»Stell die Frage noch mal. Ich glaube, ich weiß, was du sagen willst.«

»Wenn du weißt, was ich sagen will, warum soll ich dann die Frage noch mal stellen?«

»Damit du lernst, dich klar auszudrücken.«

»Ich habe mich klar ausgedrückt, denke ich.«

»Das hast du nicht. Du hast gefragt, warum sich die Leute meine Sammlung ansehen sollen. Das kann ich dir nicht sagen. Niemand kann das. Weil niemand weiß, was in den Köpfen der Leute vorgeht. Was du von mir wissen willst, ist etwas anderes.«

»Und was?«

»Es ist nicht meine Aufgabe, dir zu sagen, was du von mir wissen willst.«

»Nein. Außerdem kannst du gar nicht wissen, was das ist.«

»Gut aufgepasst.«

»Wir sind hier aber nicht in der Schule oder so was?«

»Nein. Nicht dass ich wüsste.«

»Ich wollte mich nur vergewissern.«

»Also was willst du jetzt von mir wissen?«

»Warum du glaubst, dass sich die Leute deine Sammlung ansehen sollten?«

»Schon besser, aber immer noch nicht richtig. Ich spekuliere nicht.«

»Ausgerechnet du sagst das?«

»Ja. Warum denn nicht?«

»Du bist … ein Banker.«

»Das hat damit nichts zu tun. Wenn es um Geldanlagen geht, erwarten alle Menschen das Gleiche. Sie wollen die größtmögliche Rendite. Das hat nichts mit Spekulation zu tun. Aber wer könnte sagen, was die Menschen von Kunst erwarten?«

»Du musst eben gut raten.«

»Das ist nicht meine Aufgabe. Ich habe kein Produkt erfunden. Ich buhle nicht um Käufer.«

»Sondern?«

»Ich zeige nur die Werke, die mir etwas bedeuten. Aus den unterschiedlichen Gründen etwas bedeuten, wie ich hinzufügen möchte. Die Apokalypse bei Ludwig Meidner, der Irrsinn bei Otto Dix oder Gert Wollheim. Man kann das nicht ungerührt ansehen. Niemand kann das. In der Kunst kommt am reinsten zum Ausdruck, dass wir mit dem Tod all das verlieren werden, was wir ohnehin nie besessen haben.«

»Das hast du aus einem Katalogtext.«

»Sicher. Aber den Druck habe ich bezahlt.«

»Ziemlich niederschmetternder Gedanke für einen Kapitalisten, oder nicht?«

»Überhaupt nicht. Besitz ist schön und gut, aber auch ein Kapitalist weiß, dass er flüchtig ist. Trügerisch. Ich sehe die Bilder auch nicht als meinen Besitz an. Ich habe immer gern Dinge zusammengeführt. Kräfte, Talente. Meine Sammlung ist etwas, das seinen Zusammenhalt aus sich heraus schafft, und damit auch seinen Wert.«

»Aber Wert ist etwas Abstraktes. Außerdem ist er subjektiv: Jeder Betrachter kann nur für sich selbst entscheiden, welchen ästhetischen Wert deine Sammlung für ihn hat. Deswegen finde ich es wichtig, dem Kunden ein Argument zu liefern. Ihn neugierig zu machen. Ihn zu verführen.«

»Es geht mir nicht darum, dass möglichst viele Leute meine Sammlung sehen. Es geht nicht um Profit.«

»Das habe ich auch nicht gesagt. Trotzdem kann man doch wollen, dass viele Leute kommen.«

»Warum?«

»Warum? Ich weiß nicht. Mir wäre das wichtig. Ich habe mir mit etwas Mühe gegeben, also freue ich mich über Anerkennung.«

»Willst du auch noch etwas Wein?«

»Nein. Ich will keinen Wein. Kannst du antworten?«

»Antworten worauf? Du hast keine Frage gestellt.«

»Freust du dich nicht über Anerkennung?«

»Ich freue mich über Anerkennung, aber ich halte sie nicht für lebenswichtig. Außerdem ist sie meistens unecht. Werd mal Chef von irgendwas, dann wirst du das merken.«

»Ich bin Tutorin und Vorstand unseres Debattierclubs.«

»Siehst du, dann weißt du, wovon ich spreche. Du lobst deine Leute, weil du willst, dass sie motiviert bleiben. Wenn sie dich loben, wollen sie dir damit eigentlich sagen, dass du sie bei der nächsten Prämienzahlung nicht vergessen sollst.«

»Es ist nicht immer nur Berechnung. Nicht ausschließlich.«

»Richtig. Meine Ausstellung ist es zum Beispiel nicht.«

»Freundschaft auch nicht. Oder Liebe.«

»Meine liebe Stefanie, du wirst deinen alten Vater nicht so weit kriegen, tief in der Nacht am Küchentisch über Freundschaft und Liebe zu sprechen.«

»Es ist noch nicht mal zwölf.«

»Aber alle anderen sind schon im Bett. Außerdem haben wir viel Wein getrunken.«

»Du. Du hast viel Wein getrunken.«

»Genau. Und ich trinke noch mehr.«

»Willst du vergessen?«

»Was? Nein. Ich bin nur froh, dass du da bist. Morgen ist Feiertag.«

»Wir haben uns lange nicht unterhalten. Nicht so.«

»Also was war es, was du mich fragen wolltest? Vorhin?«

»Das … ach so. Glaubst du nicht an Freundschaft und Liebe?«

»Da bin ich dir doch gerade schon ausgewichen. Deine Frage nach meiner Ausstellung.«

»Ach so. Ich weiß nicht mehr.«

»Gut, aber ich. Es ist das Gefühl, etwas zurückzugeben. Etwas mit den Menschen zu teilen. Schönheit. Ich glaube, das ist unsere wahre Aufgabe in der Gesellschaft.«

»Was meinst du mit ›unsere‹?«

»Die der Unternehmer.«

»Machst du deswegen bei diesem Zirkel mit?«

»Ja. Unter anderem.«

»Okay, und worum geht es dabei? Ist das so ne Art Geheimloge?«

»Wir treffen uns zweimal im Jahr im Adlon. Unternehmer, Bankiers, Verlagsleute, Akademiker. Losgegangen ist das in den Siebzigern, mein Vater gehörte zu der Gründungsgruppe. Am Anfang ging es um unternehmerischen Kodex. Um die Frage, was gute Unternehmensführung ist. Aber später ging unsere Konzeption über die Unternehmen hinaus. Der Ansatz war, wenn du so willst, globaler.«

»Das kann alles bedeuten.«

»Ja, das kann es. Tut es aber nicht. Wir sprechen darüber, was jeder Einzelne tun kann. Und mehr noch: was jeder schon tut. Jeder Einzelne von uns.«

»Und was tut jeder Einzelne?«

»Siehst du, ich bin in dem Geist aufgewachsen, dass man nur dann etwas wert ist, wenn man etwas leistet.«

»Ja, ich auch. Wie du weißt.«

»Ich stehe dazu.«

»Ich glaube aber trotzdem nicht daran.«

»Ob du daran glaubst oder nicht, die Tat macht den Mann.«

»Was ist das denn jetzt für ein Spruch?«

»Die Frau natürlich auch. – Kennst du Adam Smith? Die unsichtbare Hand?

»Ich studiere Ökonomie, Papa.«

»Dann erzähl mal, worum es geht.«

»Ich studiere zwar Ökonomie, aber ich bin nicht deine Schülerin, okay?«

»Ich warte.«

»Weil du es bist. Im Mittelpunkt steht die Behauptung, dass dadurch, dass die Wirtschaft ihren geschäftlichen Interessen nachgeht, am Ende auch für das Gemeinwohl etwas herausspringt. So ungefähr.«

»Im Wortlaut heißt es im *Wealth of Nations*: ›Indem der Unternehmer seine eigenen Interessen verfolgt, fördert er oft diejenigen der Gesellschaft auf wirksamere Weise, als wenn er tatsächlich beabsichtigt, sie zu fördern.‹«

»Ich nehme an, dass du mit dieser Zurschaustellung deines Wissens einen bestimmten Zweck verfolgst.«

»Stimmt genau. Sieh her, du bist eine kultivierte, gebildete junge Frau. Das bist du unter anderem deshalb, weil du in einer kultivierten und gebildeten Familie aufgewachsen bist. Es gibt keine materielle Not, die Umgangsformen sind –«

»Sag jetzt nichts Falsches.«

»Du kannst sagen, was du willst, Stefanie, die Umgangsformen sind vorzeigbar, auch wenn ich weiß, auf welche Debatte ich mich jetzt nicht mit dir einlassen werde.«

»Schade.«

»Du gehst auf eine erstklassige Schule, erlangst gute Noten und absolvierst ein Studium. Dank der Kontakte deiner Eltern kannst du früh Praktika in führenden Unternehmen machen und Erfahrungen sammeln.«

»Vorausgesetzt, ich möchte Erfahrungen in führenden Unternehmen sammeln.«

»Warum solltest du das nicht wollen?«

»Da würden mir schon ein paar Gründe …«

»Spielt keine Rolle, unterbrich mich nicht. Du beendest dein Studium mit Bestnote und steigst in eine angesehene Firma ein. Dort verbesserst du deine Kompetenzen, knüpfst wertvolle soziale Kontakte und bist nach wenigen Jahren in einer führenden Position. Durch die Werte, die du schon in deinem Elternhaus erfahren hast – Respekt, Leistung, Disziplin, Fairness –«

»Hm-hm.«

»Unterbrich mich nicht, hab ich gesagt. Durch diese Werte bist du für die Mitarbeiter ein Vorbild und motivierst sie dazu, sich mit ihrer Arbeit zu identifizieren und durch ihre

Leistungsbereitschaft deinem Unternehmen zu noch mehr Erfolg zu verhelfen.«

»Ich warte noch auf die Stelle, wo das Gemeinwohl ins Spiel kommt.«

»Das Gemeinwohl ist schon die ganze Zeit im Spiel. Deine Familie unterstützt soziale Einrichtungen, entscheidet sich bei ihren Einkäufen bewusst für Qualität und faire Preise und unterstützt einheimische Produzenten. Diese Politik setzt sich auf Unternehmensebene fort. Das Unternehmen zahlt Gewerbe-, Umsatz- und Mehrwertsteuer, und zwar desto mehr, je mehr es erwirtschaftet. Das Gros der staatlichen Mittel wird nicht durch Lohnempfänger erwirtschaftet, sondern durch die Abgaben großer, erfolgreicher Unternehmen, die ihren Standort im eigenen Land haben und dort ordentlich ihre Steuern abführen.«

»Wenn du weiter redest wie ein FDP-Wahlkampfplakat, muss ich leider einschlafen.«

»Ich möchte nicht, dass du so mit deinem Vater redest, auch wenn wir beide beschwipst sind.«

»Du bist beschwipst, ich bin völlig nüchtern.«

»Umso schlimmer. Du hast mich in meinem Gedankengang unterbrochen. Wahlkampf … FDP …«

»Die Unternehmen zahlen Steuern …«

»Richtig, das ist der entscheidende Punkt: Die Unternehmen sind es, die durch ihren Gewinn den gesellschaftlichen Reichtum mehren. Mit den Abgaben werden Schulen, Krankenhäuser und die Grundsicherung finanziert –«

»Genau, und die Brunnen in Afrika werden auch von dem Geld gebaut.«

»Siehst du, jetzt klingst du wie dein Bruder. An exakt diesem Punkt komme ich mit ihm nicht weiter. Nur dass er sofort unverschämt wird.«

»Er hat nicht ganz unrecht, oder?«

»Unrecht womit? Dass die Entwicklungshilfe aus Steuermitteln finanziert wird?«

»Dass die Entwicklungshilfe gar nicht notwendig wäre, wenn unsere Wirtschaft so fair wäre, wie sie behauptet.«

»Ich werde keine Debatte über Nachhaltigkeit und Fairness auf diesem Niveau führen.«

»Dann eben auf einem anderen Niveau. Deine Interpretation der unsichtbaren Hand gründet auf einem Rezeptionsfehler.«

»Was du nicht sagst.«

»Für den Kapitalismus sind nicht die egoistischen Interessen wesentlich, sondern die gemeinsamen: Produzent und Konsument brauchen sich gegenseitig.«

»Das ändert nichts daran, dass jeder Staat für seinen eigenen Haushalt verantwortlich ist, genauso wie jeder Mensch für seinen Haushalt selbst verantwortlich ist. Wenn ich mich beschwere, nichts zu essen zu haben, aber drei Schachteln Zigaretten am Tag rauche, habe ich ein Glaubwürdigkeitsproblem.«

»Das ist ein bisschen BILD-Zeitungs–«

»Nichts da, nur weil Zusammenhänge auf der Hand liegen, heißt das nicht, dass sie erfunden sind. Zweitens ... wo war ich stehen geblieben?«

»Bei erstens.«

»Zweitens, die Fairness von Unternehmen steht und fällt mit ihrer Wirtschaftlichkeit. Keine Wirtschaftlichkeit, keine Arbeitsplätze. Keine Arbeitsplätze, keine Fairness.«

»Ich glaube, dass diese Kampfbegriffe niemandem weiterhelfen. Wenn ihr einen Zirkel habt für ehrbare Kaufleute, dann ist das sicher lobenswert und so weiter –«

»Ich verbitte mir diese gönnerhafte Süffisanz. Wirklich,

Stefanie. So nicht. Da stehen verdiente Leute dahinter. Leute, die wirklich etwas bewegt haben in diesem Land.«

»Okay, Entschuldigung. Ich meine nur, jeder macht es eben anders. Du siehst es so, Thomas sieht es durch seine Brille. Ihr glaubt eben an unterschiedliche Ideale. Aber vielleicht entscheiden nicht die Ideale, wer recht hat.«

»Ich werde das Gefühl nicht los, dass du Wasser predigst und Wein trinkst.«

»Nein. Ich trinke Wasser. Der mit dem Wein bist du.«

»Jeder hat Ideale. Und wenn ich sage, dass durch den Erfolg von wenigen ein *benefit* für viele herausspringt, dann hat das nichts mit einem Ideal zu tun, dann ist das eine Tatsache.«

»Es mag eine Tatsache sein, dass von deinen Steuern das Gemeinwohl finanziert wird. Aber genauso wird dieses Geld in Wirtschaftsberater investiert, die Entwicklungsländern überteuerte Kredite aufschwatzen für Strukturmaßnahmen, die nicht ihnen, sondern nur den Kapitalgebern helfen, und in die Sicherung der Schengen-Grenzen, die man ebenso wenig bräuchte, wenn man die Menschen in ihren Heimatländern nicht auspressen würde, und in Banken, die ihren Beitrag zum Gemeinwohl gleich wieder als Einsatz für die nächste spekulative Wette in den Topf werfen. Und das sind ebenfalls Tatsachen.«

»Stefanie, Stefanie.«

»Oh, nicht dieses herablassende Lächeln bitte.«

»Nein, nein, ich mein's ernst. Hast du das alles in deinem Debattierclub gelernt?«

»Nein, der Debattierclub lernt es von mir.«

»Ich bin sehr beeindruckt.«

»Du sitzt vor einer Deutschen Meisterin.«

»Der Studenten.«

»Natürlich der Studenten. Hast du schon mal gehört, dass Vorstandsvorsitzende bei einem Debattierclub mitmachen?«

»Trotzdem, diese ewige Bankenschelte kann ich nicht gutheißen. Es ist Unsinn zu sagen, Bankenrettung ginge auf Kosten der Einzahler. Wenn man die Banken nicht stützt, dann verlieren private Anleger ihre Ersparnisse. Das sind Leute wie du und alle.«

»Ein Zirkelschluss. Wenn die Banken anständig mit dem Geld der Kunden umgingen, müssten sie nicht gerettet werden.«

»Zugegeben. Unbestritten. Trotzdem ist es nicht richtig, uns pauschal zu verurteilen. Nicht nur jetzt, schon immer. Es ist doch bezeichnend, dass die Fortschritte der Menschen fast immer den Unternehmern, manchmal vielleicht auch den Politikern oder Sozialrevolutionären, aber nie den Bankern zugeschrieben werden. Die Leute sagen dann, oh, dieser Thomas Edison, wirklich eine tolle Idee, die Sache mit der Glühbirne. Großen Dank übrigens auch an Alexander Bell und Henry Ford. Nur: Wer hat diesen Leuten eigentlich das Geld für ihre Experimente und Telegrafen und Fließbänder gegeben? Woher hatten sie das Geld, um zu forschen? Wer hat ihnen über ihre ersten Fehlschläge hinweggeholfen, hat zu ihnen gehalten, wenn der Erfolg auf sich warten ließ, wer hat sie unterstützt, als es darum ging, ihre Idee in die Welt hinauszutragen? Es sind immer die Bankiers gewesen.«

»Dass die Bankiers dasselbe auch gern mit Raketenwerfern und Splittergranaten machen, wolltest du bestimmt gerade sagen, oder?«

»Meine Tochter dreht mir das Wort im Mund herum! In meinem Haus!«

»Du hast wirklich einen undankbaren Job. Zum Glück stimmt wenigstens die Bezahlung.«

»Bei alldem geht's aber doch nicht nur ums Geld.«

»Sagte der Banker in seiner Villa in Dahlem.«

»Es geht um eine Einstellung. Um eine Haltung.«

»Und welche?«

»Immer für seine Kunden da zu sein. Das Unmögliche möglich zu machen. Ich gebe dir ein Beispiel. Feierabend, ich will gerade das Büro verlassen, da klingelt das Telefon. Ich bin noch da, also gehe ich ran. Es ist eine alte Kundin, Frau Schiefendecker, die Witwe eines Sprengmittelfabrikanten.«

»Siehst du?«

»Der Mann hat Tunnelbauer beliefert, ja? Also halt dich zurück. Die gute Frau ist fast neunzig Jahre alt, aber sie sitzt unten in ihrem Haus am Wannsee und sorgt sich über ihre Anlagen. Sie hat ferngesehen, und da sagen die Gelehrten, dass ihre Obligationen bald das Papier nicht mehr wert sind, auf dem sie gedruckt sind. Frau Schiefendecker hat die Weltwirtschaftskrise und die große Inflation miterlebt, sie weiß, wovon die Leute reden. Jedenfalls ist sie völlig aufgelöst, erkundigt sich höflich nach meiner Frau und meinen Kindern und kommt dann zum Geschäftlichen: Sie möchte Gold. Und zwar gleich.

Gut, sage ich, Gold also. Kein Problem. Gerne. Wir machen eine beratungsfreie Order, und der Drops ist gelutscht.

Wann ich das Gold denn bringen könne, möchte Frau Schiefendecker von mir wissen.

Ich?, sage ich. Bringen?

Das Gold. Sie möchte es gern noch heute Abend in ihrem Tresor deponieren. Schließlich gehe draußen die Welt unter.

Aber liebe gute Frau Schiefendecker, sage ich. Alles was Recht ist. Natürlich erfülle ich Ihnen jeden Wunsch und so weiter, Sie sind eine unserer besten Kundinnen, und Ihr Mann hat schließlich schon im Kaiserreich das Erz aus dem

Boden gesprengt, aber Gold investiert man doch heutzutage ganz komfortabel in seinem Portfolio, wozu hat man denn einen Hausbankier?

Nichts da. Wenn die Anleger die Bank stürmen und mir den Kopf abschlagen, sei ihr Gold futsch, sagt sie.

Nun hätte ich mir sagen können: Die Schiefendecker ist alt und wird demnächst eh ins Gras beißen, was soll ich mich aufregen. Morgen mache ich eine Goldorder über 50.000 Euro, und nach ihrem Mittagsschlaf wird die Frau vergessen haben, wer ich bin. Aber das habe ich mir nicht gesagt. Und weißt du, warum nicht?«

»Ich weiß es nicht, aber ich möchte es wirklich sehr, sehr gerne wissen, Papa.«

»Ein einfaches Nein hätte gereicht. Der Grund ist, ich habe verstanden, was Frau Schiefendecker von mir gewollt hat: nämlich Gold, und nicht ein Papier, auf dem steht, dass sie Gold hat. Es ist nicht meine Aufgabe, über Frau Schiefendeckers Geistes- oder auch nur Informationsstand zu urteilen, sondern sie nach bestem Wissen zu beraten und ansonsten ihre Wünsche zu erfüllen, sofern sie mit ihrem Geld zu tun haben. Und wenn Frau Schiefendecker Gold für ihr Geld kaufen will, dann bin ich nicht nur der Richtige, sondern ich bin überhaupt der einzig Richtige dafür, und damit das auch so bleibt, hänge ich mich sofort ans Telefon und rufe die Bundesbank in der Leibnizstraße an. Hast du schon mal versucht, am Freitagnachmittag um kurz vor vier sechzig Unzen Gold aufzutreiben?«

»Klar, mach ich dauernd.«

»Das erste Problem ist schon mal, überhaupt jemanden ans Telefon zu bekommen. Falls du einen kriegen solltest, ist er nicht zuständig, und wenn er zuständig ist, ist er nicht befugt, und wenn er befugt ist, hat er den Schlüssel nicht. Falls er den Schlüssel wider Erwarten doch haben sollte, ist er mit Sicherheit weder zuständig noch befugt.«

»Haben die denn heutzutage überhaupt noch Gold vorrätig?«

»Gold? Vorrätig? Ich sag's dir im Vertrauen, das Gold ist eine Erfindung der Amerikaner, genauso wie der Mond. Aber egal, in irgendeiner Ecke ihres Tresors haben sie wohl noch was gefunden, was ein bisschen so glänzt wie Gold, also soll ich vorbeikommen und es abholen, am besten vor fünf, am Freitag mache man gern zeitig Feierabend. Allerdings muss ich auch noch einen Werttransport buchen. Also rufe ich bei Herwegh an, aber die beklagen sich erst mal bei mir, dass Freitagnachmittag immer alle auf den letzten Drücker kämen. Willkommen in Deutschland.«

»Wenn du jetzt ›Servicewüste‹ sagst, gehe ich ins Bett.«

»Das Ende vom Lied ist, dass ich um halb neun abends vor dem schiefendeckerschen Kamin sitze, ein Gläschen Cognac trinke und sehe, wie die alte Dame vor Dankbarkeit weint. Sie hat Hitler, die Bomben der Amerikaner und den Solidarpakt überlebt, aber jetzt sitzt sie in ihrem Ohrensessel und weint, weil ich ihr etwas Gold vorbeigebracht und ihren Lebensabend damit vor dem Ruin gerettet habe.«

»Eine schöne …«

»Ich bin noch nicht fertig. Weißt du, was ich mit dieser mühsamen Aktion verdient habe, die mich den ganzen Nachmittag gekostet hat? Null Komma nichts habe ich damit verdient. Wenn ich die Provision gegen die Kosten für den Werttransport aufrechne, habe ich sogar Verlust gemacht. Frau Schiefendecker war ihr Leben lang Kundin bei meiner Bank, und wenn es überhaupt etwas gibt, das Ehrbarkeit für mich auszeichnet, dann, Verantwortung für meine Kunden und Mitarbeiter zu übernehmen, auch wenn es mir gerade nicht passt, Punkt. Den Satz kannst du dir aufschreiben und an den Schminkspiegel kleben.«

»Ich schminke mich nicht, aber danke, Vater.«

»Nenn mich nicht Vater, dann fühle ich mich so alt.«

Wenn ich es mir recht überlege, waren das schöne Worte von mir, Stefanie, aber leider waren die wenigsten wahr. Das heißt, die Geschichte stimmt schon, sie ist so passiert. Aber was heißt das schon. Was habe ich dir sagen wollen, als ich sie dir erzählte? Ich denke, ich habe sie als Beispiel gemeint, als Paradigma meines Handelns. Aber unter dieser Last bricht jede Geschichte zusammen und wird zur Lüge. Ich mag ein paarmal jener noble Diener meiner Kunden und Ideale gewesen sein, aber die Wahrheit ist, dass ich es mir nicht leisten konnte, es immer zu sein. Ein einziges Gespräch zwischen Vater und Tochter macht mich noch nicht zu dem Menschen, als der ich erinnert werden will. Das ist die wahre Bilanz, Stefanie, ich denke, du bist klug genug, das zu wissen. Es gibt so viele Dinge, die ich bedaure und nicht mehr genügend bedauern kann.

Es gibt da diesen Berliner Künstler, Falb, ein wahnsinniges Talent. Vielleicht habe ich ihn damals sogar erwähnt, ich kenne ihn schon seit ein paar Jahren. Er hat eine große Werkstatt in Kreuzberg. Ich habe Falb jahrelang unterstützt, indem ich ihm immer wieder seine Werke abkaufte, manchmal sogar, ohne sie vorher gesehen zu haben. Er konnte mit mir rechnen, hat eine veritable Existenz darauf gegründet, eine richtige Kunstmanufaktur. Der Traum dessen, wenn du so willst, was ich immer habe aufbauen wollen: Menschen, die ihren Traum verwirklichen und dadurch Arbeit und Wohlstand schaffen. Ein simples Konstrukt.

Aber ich habe ihn fallen lassen, Stefanie, so wie viele andere. Ich musste es tun. Nicht, dass ich die Verantwortung dafür anderen in die Schuhe schieben will, aber ich hatte kaum eine Wahl. Nicht zuletzt Sie, lieber Feldberg, mein kühler Zahlenfreund, haben mich daran erinnert, dass derartiges Mäzenatentum nur bei wirtschaftlicher Blüte eine Zier ist. Ich bin Ihnen natürlich dankbar dafür, dass Sie darüber gewacht haben, was wir uns leisten können und was nicht, auch wenn mein Engagement für Kunst ganz allein meine Sache gewesen ist und nicht Ihre. Aber ein harter Hund, Feldberg, der darf keine Kompromisse machen bei der Wahrheit, nicht wahr?

Falb hat viele Menschen beschäftigt, Leute, die von ihm abhingen und damit auch von mir. Ich habe sie im Stich gelassen. Im Stich lassen müssen. Auch das ist eine dieser Geschichten.

1 2 3 4 **5** 6

Ich habe euch nicht mehr erzählen können, was ich am Nollendorfplatz gemacht habe, als Holt mich aus Frankfurt anrief und ich, nun ja. Es stimmt schon, was die Leute denken werden. Ich bin unter der Welle hindurchgetaucht. Bin unter Wasser geblieben. Nennt es fehlende Kraft, fehlenden Mut. All dies zählt nicht mehr.

Es hat mit dir zu tun, Thomas. Du würdest mir vielleicht nicht glauben, wenn du mich jetzt hören könntest. All die Jahre hätte ich einfach zum Telefon greifen können, hätte sagen können: Hallo, mein Junge. Ich bin's, dein Vater. Es wäre einfach gewesen, so einfach. Alles hängt nur an einem kleinen Schalter im Kopf, glaube ich, dem Stolz. Ich hätte gern gesagt: Wie geht es dir, was tust du?

Ich glaube, du weißt nichts von der Sache. Ich selbst habe

Jahre und einen Privatdetektiv gebraucht, um es herauszufinden. Ein freundlicher Mann, Buttgereit mit Namen, zwei Meter groß und glatzköpfig, ungefähr das Gegenteil von dem, was ich als unauffällig bezeichnen würde. Der Mann sah aus wie ein Marineausbilder. Am Anfang trieb mich nur der Gedanke … ich weiß nicht einmal, was für einer. Du musst wissen, dass es mich jahrelang beschäftigt hat, wie ich mich eingemischt habe in euer Leben. Ich wollte wissen, wie es ihr geht. Ich dachte, es würde vielleicht mein Gewissen beruhigen, wenn sich die Vorbehalte, die ich damals gegen sie gehabt hatte, bestätigt hätten.

Herr Buttgereit fand ziemlich schnell heraus, dass sie seit Mitte der neunziger Jahre in Slowenien lebt. Ich weiß nicht, ob du das weißt. Sie hat ein Kind bekommen, Thomas. Damals. Es muss ein paar Monate nach eurer Trennung gewesen sein. Ich weiß nicht, warum sie dir nichts davon gesagt hat. Aber ich, Thomas … Ich habe von der Schwangerschaft gewusst. Ich habe Carolin Geld gegeben für eine Abtreibung. Sie wollte ohnehin ins Ausland gehen, das weißt du sicher, schon vor eurer Trennung. Das hatte nicht das Geringste mit mir zu tun. Es war ihr Plan, in dem du nicht vorgesehen warst. Genauso wenig wie das Kind.

Dass sie es bekommen hat, erstaunte mich, als ich es erfuhr. Sie hat es nach der Geburt weggegeben, zu Pflegeeltern. Donnie. So heißt der Junge, der Himmel weiß, warum. Ich war regelrecht schockiert, als Buttgereit ihn erwähnte. *Soll ich auch Erkundigungen über den Sohn einziehen?* – Natürlich dachte ich im ersten Moment an einen anderen Sohn, ich dachte nicht, dass … Aber natürlich wollte ich sichergehen. Das Geburtsdatum passte zu dem Zeitpunkt eurer Trennung. Ich weiß nicht, was du sagen würdest, Thomas. Ob du mich hassen würdest.

Es ist keine schöne Geschichte, die ich erfahren habe. Ich hatte mich mit Buttgereit in einem Café am Gendarmenmarkt getroffen, nicht weit von jener Stelle entfernt, wo vor dem Krieg unser Bankhaus gestanden hatte. Ein konspiratives Treffen, wenn du so willst. Um uns herum lauter Touristen, es fiel nicht weiter auf, wie er mir die Fotos hinüberschob. Außerdem hatte er Akten vom Familiengericht, vom Jugendamt, Berichte aus Heimen und Notunterkünften. Und er hatte sein Profil auf Jappy und Facebook geknackt. Er hat wirklich ganze Arbeit geleistet.

Ein Bengel von 16 Jahren, dieser Donnie. Kapuzenpullover, dazu eine dieser Rappermützen. Bei Pflegeeltern aufgewachsen. Bei verschiedenen Pflegeeltern. Auch in Heimen. Hat eine Reihe von Vorstrafen, kleinere Delikte. Ladendiebstahl, Schwarzfahren, unbezahlte Rechnungen. Ein paarmal mit Haschisch erwischt worden. Und ein paar … zwielichtige Kontakte. So drückte sich Buttgereit aus. Ich weiß nicht, wie ich das anders nennen soll. Zwielichtig. Erwachsene, die sich mit Jungs abgeben. Halben Kindern. Buttgereit hat sich im Internet mit ihm verabredet.

Und zu dieser Verabredung ging dann ich.

Der Treffpunkt war das Tabasco in Schöneberg. Eine Gegend, in die ich mich nicht einmal bei schönem Wetter verirren würde. Ich fuhr mit dem Mercedes hin, wollte in der Eisenacher-Straße parken, stellte fest, dass da mit dem Juwelier Pankreuther ein Kunde von uns saß, und fuhr endlos im Karree. Es begann zu regnen. Ein ums andere Mal entdeckte ich eine Parklücke, aber plötzlich erschien mir alles verfänglich. Ich fuhr um den Nollendorfplatz herum und dachte, dass es sicherer sei, zu Fuß zu gehen, aber als ich den Motor abgestellt hatte und aussteigen wollte, ging mir auf, dass die Wahrscheinlichkeit, gesehen zu werden, auf diese Weise viel größer war. Es ist schon komisch, wie ich mich anstellte. Als würde ich etwas Verbotenes tun. Schließlich parkte ich genau da, wo ich schon gestanden hatte. Es war kurz vor acht, es war Zeit. Ich stieg aus. Es sah aus wie ein ganz normales Berliner Lokal, keineswegs anrüchig; trotzdem sah ich mich zu beiden Seiten um, bevor ich hineinging.

Ich fühlte mich wie ein Fremdkörper. Es war nicht so sehr die Furcht, ein bekanntes Gesicht zu sehen. Ich habe noch nie Probleme gehabt, zu dem zu stehen, was ich tue. Nein, es war etwas anderes. Die Tatsache, dass ich mich verdruckst und unwohl fühlte, während alle um mich herum – die Bar war mäßig gefüllt – völlig ausgelassen zu sein schienen. Die meisten sahen aus wie ganz normale Männer. Grauhaarig, mit Bierbäuchen und gezwirbelten Bärten. Es wurde viel gelacht. Niemand beachtete mich. Dass ich sofort als Eindringling zu erkennen sein würde, dass man mich taxieren, vielleicht sogar beargwöhnen würde – das alles war nur meine Einbildung.

Ich wartete fünf Minuten, zehn Minuten, dann fing ich an, mich zu fragen, was ich hier eigentlich tat. Wenn der Junge tatsächlich auftauchte, dachte ich, würde ich nichts zu sagen wissen. Und was passierte? Genau in dem Augenblick kam er herein, erkannte mich an der roten Krawatte und setzte sich zu mir an den Tisch.

Ich bin nie um eine Ansprache verlegen gewesen. Nicht, wenn ich ein schlechtes Quartalsergebnis bekannt geben musste, einen Rauswurf, irgendeine unbequeme Entscheidung. Ich habe immer daran gedacht, wozu es gut ist. Aber in diesem Augenblick brachte ich keinen Ton heraus. Der Junge sah mich an, und mir war das Ganze plötzlich ungeheuer peinlich. Er war recht schmal gebaut und größer als ich, vielleicht eins achtzig. Er trug diese Rapperklamotten, eine Baseballmütze, die viel zu klein eingestellt war für seinen Kopf.

Ich habe das schon öfter gesehen, was ist nur mit den jungen Leuten los? Der Junge wirkte ungeduldig. Ich glaube, er hat in dem Augenblick genau wie ich bemerkt, welche Welten uns trennten. Er fischte sich eine Zigarette aus der Schachtel und zündete sie an. Ich sagte: »Du darfst noch nicht rauchen.«

Ich weiß. Eine blödsinniger Einstieg. Er fragte mich, ob ich ein Bulle sei. Mein Gefühl, hier in eine ganz schlechte Kopie der wirklichen Welt gerutscht zu sein, verstärkte sich. Ich versuchte, anders anzufangen.

»Können wir irgendwohin gehen, wo nicht so viele Leute sind?« Eine missverständliche Frage, wie ich feststellte.

»Fünfzig im Voraus«, sagte er. Im Halbdunkel sah er aus wie ein Erwachsener. Sein Gesicht war absolut ausdruckslos. Ich sehe den Menschen immer als Erstes in die Augen; wenn man das bei Erwachsenen macht, sieht man meistens eine Geschichte. Bei ihm sah ich nichts. Die Augen waren braun, mehr nicht.

Ich hatte ein wenig Geld eingesteckt, lose in der Hosentasche. Hatte mein Portemonnaie nicht mitnehmen wollen. Warum gab ich ihm das Geld? Ich hätte ihm gleich sagen können, dass ich nicht zu diesen Leuten gehörte. Aber ich hätte ihm ohnehin Geld gegeben; im Grunde war ich aus diesem Grund hier. Er sagte: »Gleich.« Dann stand er auf und bedeutete mir, ihm zu folgen, wir gingen an den Toiletten vorbei, durch einen Flur, dann eine Treppe hinauf. Als wir vor der Tür standen und er im Begriff war, aufzuschließen, sagte ich: »Ich bin nicht deswegen hier.«

Er sah mich misstrauisch an. »Bist du vom Jugendamt? Schickt die Keuler dich?«

Ich schüttelte den Kopf. »Niemand schickt mich. Ich bin dein Großvater.«

Ich weiß nicht, was ich erwartet hatte. Ich hatte gar nichts erwartet. Natürlich weiß ein Jugendlicher mit einer solchen Nachricht nichts anzufangen. Erst recht, wenn er aus solchen Verhältnissen stammt wie Donnie. Er sah mich nur verständnislos an.

»Ich bin der Vater deines Vaters.«

»Kann nicht sein, Mann. Meinen Vater gibt's nicht. Ich hab keinen Vater.«

»Jeder Mensch hat einen Vater.«

Ich glaube, er hatte überhaupt keine Ahnung, was ich von ihm wollte. Ich sah in seinem Gesicht das Bemühen, den versteckten Sinn meiner Worte zu finden. Dann drehte er sich um, ließ mich stehen und stieg wortlos die Treppe hinunter. Er ging nicht schnell; er ging einfach. Ich folgte ihm durch die Tür nach draußen. Um die Ecke war ein Bolzplatz, da holte ich ihn ein. Der Regen hatte inzwischen aufgehört.

»Hast du gehört, was ich gesagt habe?«

Er drehte sich um und schnippte seine Zigarette weg. »Ey, wat willstn von mir, Alter?«

Was ich mir vorgestellt habe, weiß ich nicht genau. Es war kein klarer Plan, wie hätte es das auch sein können. Ich wollte ihm gern alles erzählen. Das, was ich von seiner Mutter wusste, von seinem Vater, davon, dass ich derjenige war, der verhindert hatte, dass die beiden seine Eltern sein durften. Ich glaube, ich hatte etwas Großmütiges vor, Thomas: den Jungen von der Straße holen. Ihm eine Ausbildung finanzieren, einen anständigen Job bieten. Ja, ich glaube, etwas in dieser Art war mein Wunsch.

Aber dazu kam es nicht. In diesem Moment rief mich Holt an. Ich sagte ihm, ich könne nicht reden, aber darauf nahm er keine Rücksicht. Donnie drehte sich um und machte sich daran, wegzugehen.

»Ich rufe wieder an«, sagte ich und wollte Holt wegdrücken. Vielleicht, wenn ich es getan hätte, wäre alles anders gekommen. Ganz sicher sogar. Aber es ging um die Bank, ich wusste, dass ich mich dem nicht einfach entziehen konnte. Ich hob das Telefon wieder zum Ohr, und während Holt sprach, hatte ich eine Art Vorahnung. Ein seltsames Gefühl; mir war, als hörte ich Farben. Das klingt seltsam, ich weiß. Ich hörte sie in der alten Linde, unter der ich stand, im bremslichtroten Rauschen der Blätter, im Ockerhupen eines Autos. Es war noch nie meine Art, synästhetische Empfindungen zu haben, Thomas. Trotzdem war es so. Ich weiß noch, dass ich für einen kurzen Augenblick das Gefühl hatte, als würde mein Bewusstsein expandieren, wie das Universum am Anfang seiner Tage. Als würde es sich rasend schnell aufblähen und im selben Moment wieder zusammenziehen, wie ein gigantisches Herz. Als würde ich zu jedem einzelnen Menschen sprechen, den ich je getroffen habe. Und dann spürte ich plötzlich nichts mehr. Dann war Dunkelheit. Dann war ich überall und nirgends zugleich. Und dann war ich hier.

1 2 3 4 5 6

Ich weiß jetzt, wie es sich anfühlt, wenn man seine Schuld nicht begleichen darf. Immer habe ich nach dem Grundsatz gelebt: Ein Mann von Ehre muss seine Schulden bezahlen, was auch geschieht. Jetzt weiß ich, dass ich wohl kein Mann von Ehre bin. Die Schuld, Helene, ist viel hartnäckiger, als Schulden es sind. Sie bleibt in der Welt, sosehr man auch versucht, sie zu begleichen. Ich habe geglaubt, wenn ich dir vergebe, dann kann man alles vergeben. Dann sind alle Regeln nichts mehr wert.

Jetzt kommt es mir wie der Versuch vor, einen Kredit während einer Hyperinflation zurückzuzahlen. Der Betrag ist schnell beglichen, sogar mit Zinsen. Doch er ist es nur nominell. Alle wissen, dass die Tilgung im Grunde nichts wert ist: Auch wenn die Schulden beglichen sind, bleibt die Schuld in der Geschichte, Helene, sie *ist* die Geschichte, und wir sind dazu verdammt, unsere Rolle darin weiterzuspielen bis zum Ende aller Erinnerung. Man kann auf das Vergessen hoffen, und sicher hast du es getan; ich weiß es, denn auch ich wollte vergessen. Aber niemand beherrscht die Erinnerung, Helene. Niemand besiegt die Geschichte.

Es gab nur diese eine Möglichkeit, unsere Bilanz auszugleichen, Helene. Ich dachte: Wenn deine Schuld ohnehin in der Welt bleibt, dann muss eben ich schuldig werden.

Es wird nun nicht mehr lange dauern. Ich denke darüber nach, welches Bild wir unseren Kindern geboten haben. Ich habe dir nicht viel gezeigt von mir, und unsere Kinder, da bin ich sicher, haben gedacht, wir hassen einander. Wenn ich es von hier aus betrachte, dann erscheint mir das alles engherzig und klein. Eine Schande. Würde ich nicht an einem Schlaganfall sterben, ich stürbe vor Scham. Wir haben unser Leben miteinander vergeudet, und wir wussten es, noch während wir es taten, und wir änderten nichts.

Liebe hat etwas sehr Wichtiges mit dem Erfolg gemein, weißt du, Helene. Die meisten Menschen glauben, das Ideal des Erfolgs wie der Liebe sei eine möglichst hohe Intensität. Auch ihr werdet das denken, Thomas, Stefanie. Eines Tages werdet ihr aber erkennen, dass die Erfüllung, die beides verspricht, nicht in der Intensität, sondern in der Dauer liegt. Etwas Intensives erlebt man nur wenige Male im Leben. Einen großen Geschäftsabschluss. Den Kauf eines lange gesuchten Kunstwerks. Das Gefühl, verliebt zu sein. Das alles sind nur kurze Momente. Aber die Erhaltung des Erfolgs und der Liebe ist nicht die Sache eines intensiven Höhenflugs. Die Erhaltung ist eine Sache des Engagements und der Pflege. Eine Sache der Arbeit. Die dauerhafte Erhaltung des Erfolgs und der Liebe, der man sich verschrieben hat, ist eine Lebensaufgabe.

Ich habe dich immer geliebt, Helene. Du weißt es nicht, aber ich tue es noch heute. Ich habe dich geliebt, auch wenn ich nie herausgefunden habe, ob es eine Wahrheit über dich gibt.

Wenn man eine Seele unter ein Mikroskop legen könnte, näher und näher heran, bis man ihre Einzelteile sähe, würde man in deiner eine Wahrheit finden? Bei dir ist es nicht wie bei mir: Meine Wahrheit liegt ausgebreitet hinter mir. Sieh dir mein Leben an, sieh dir an, was ich getan habe, und du weißt, wer ich bin. Ich habe für mein Ich gearbeitet. Aber du? Wolltest du das überhaupt jemals haben, ein Ich?

Ich habe dir in all der Zeit viel vorgeworfen. Ich weiß schon nicht mehr, was alles. Manchmal hat mich allein die selbstgewisse Art gestört, wie du die Zigarettenspitze gehalten hast. Dann diese Art zu schweigen, dröhnender als das höhnischste Lachen. Ein Bollwerk gegen meine Bitten, mir zuzuhören. Ein falscher Ton in deiner Stimme, deine Teilnahmslosigkeit, wenn ich mich mit Freunden unterhielt. Deine Forderungen, was die Stiftung anging. Ich habe in allem der Versuchung widerstanden, die Liebe zu dir zu verraten. Was auch geschah, Helene: Ich habe mich immer daran erinnert, was du mir einmal bedeutet hast. Meine Liebe war größer als dein Verrat an mir. Glaube nicht, dass es mir leichtgefallen ist, dir nicht wieder zu verfallen. Ich musste dir ständig einen Schritt voraus sein, um mich nicht erneut der Gefahr deines Verrats auszusetzen. Um nicht in dein offenes Messer zu laufen.

Du bist wie die Margot in Rudolf Schlichters Gemälde von 1924, die selbstsichere Frau mit Pagenschnitt und Zigarette, die bei unserer ersten Begegnung vier gestandene Großindustrielle zum Thema Kernkraft in Grund und Boden geredet hat. Alberts wollte damals in den Versuchsreaktor in Niedereschbach einsteigen, fast vierzig Jahre ist das jetzt her. Du hast uns einen Vortrag über die Gefahren der Atomkraft gehalten. Am Anfang lachten die Herren noch ungläubig. Nach einer Viertelstunde stand ich allein mit dir. Ich lachte nicht. Ich fand nicht, dass du recht hattest, aber die Art, wie du deine Meinung vorgetragen hast, hat mich beeindruckt. Es war damals nicht üblich, dass eine junge Frau vier gestandene Unternehmer über Becquerel und Halbwertszeiten belehrte. Ich hatte selbst keine Ahnung von diesen Dingen; als ich mich dann aber später damit beschäftigte, sah ich, dass alles, was du darüber gesagt hattest an diesem Abend, stimmte. Wenigstens das meiste.

Du bist aber auch wie die Krankenschwester in Schads »Operation«, die dem Chefarzt still und zuverlässig die Instrumente reicht, während vor ihnen der geöffnete Körper des Patienten sein innerstes Geheimnis preisgibt. Schon am selben Abend, an der Bar, wusstest du das meiste über mich, was es zu wissen gab. Ich hätte mich mit allen möglichen Leuten unterhalten sollen, die bei dieser großen Feier zu Ehren Krupps eingeladen waren. Die gesamte deutsche Wirtschaftselite. Stattdessen standen wir in einer Ecke, und ich redete und redete, halb besoffen vom Wein, zur anderen Hälfte davon, dass du mir den ganzen Abend geduldig zuhörtest. Als wir uns verabschiedeten, hatte ich nicht mal erfahren, weswegen du da warst. Ich hatte überhaupt nichts erfahren. Aber ich schlief mit diesem Bild im Kopf ein, wie du mit leicht schiefgelegtem Kopf jedes meiner Worte behutsam aufzunehmen und im Katalog deiner Erinnerung abzulegen schienst.

Du bist die Frau im »Bildnis Marianne von Werefkin«, eine Frau, die sich in der Öffentlichkeit keine falsche Bewegung leistet, die immer reibungslos funktioniert, oder die »Stehende Frau in Rot« von Egon Schiele, ohne Kopf, ungehemmt ihren Rock hebend, hemmungslos wie keine andere Frau, mit der ich je zusammen war. Du bist seine »Mutter mit zwei Kindern«, eine grässliche Totenfratze, die liebend ihre Kinder hält; »die Windsbraut«, die in inniger Umarmung mit Kokoschka schiffbrüchig auf dem unruhigen Weltmeer treibt. Du bist die wohlriechende, abweisende, herzliche, berechnende, aufrichtige, undurchsichtige Frau, die ich vom ersten Moment an geliebt habe. Du bist nicht ehrlich und warst es nie, du weißt nicht, wie du mich damit verletzt hast, Helene. Ich spüre den Verlust meiner Lebenskraft bei weitem nicht so schmerzlich wie den deines Vertrauens. Du hast mich gezwungen, dich fortzustoßen, obwohl ich es dir leichtmachen wollte. »Hast du mir etwas zu sagen?«, habe ich dich gefragt. Wir saßen beim Abendessen, nachdem Keitel in der Bank gewesen war. Dein Blick war offen und direkt, aber du … Ich bin sicher, du erinnerst dich, Helene, ich bin … es hat mich wütend gemacht, diese Ohnmacht, aber ich … ich riss mich zusammen. Du hast nie erlebt, dass ich geschrien hätte, das hatte ich nicht nötig. Aber ich habe nur deswegen nicht geschrien, weil ich dann nicht mehr aufgehört hätte. Ich war so schrecklich wütend, wie eure Mutter bei ihrer letzten Chance saß und mir mit Unschuldsblick ins Gesicht log …

Und ich weiß noch, wie ich mich zu jedem einzelnen Wort zwingen musste. Wie ich meine Tränen hinunterkämpfen wollte, es aber nicht schaffte. Wie ich mit erstickter Stimme so etwas aufsagte wie ein Vermächtnis zu Lebzeiten: »Unsere

Ehe ist vorbei. Nicht, dass wir uns scheiden lassen. Du wirst dich niemals von mir scheiden lassen, niemals. Du hast keinen Freund mehr in mir.«

Und du hast mich nur mit diesem seltsam wissenden und zugleich teilnahmslosen Blick angesehen und deinen Tafelspitz geschnitten. Du wusstest, wie ernst es mir war. Du wusstest es und hast nichts …

HELENE

1 2 3 4 5 6 7 8

Helenes erster Mann war Schauspieler. Von ihm lernte sie, wie man sich in einem Restaurant benahm: dass man sich nicht zum Essen herunterbeugte und einen Olivenkern in die hohle Faust fallen ließ. Er gab ihr keinen Unterricht; Helene lernte, indem sie ihm zusah. Sie liebte ihn nicht. Seine Augen waren klar und hell, seine Hände kräftig wie die eines Holzarbeiters, dabei aber seidig; sein Lachen war laut und gesund. Es dauerte fünf Monate, dann teilte sie ihm am Telefon mit, dass es vorbei sei. Das war 1965. Sie war 18 Jahre alt.

In der Folgezeit machte sie Erfahrungen mit vielen anderen Männern. Nach der Schule war sie nach Stuttgart gezogen, um dort Ethnologie und Politik zu studieren. Sie wollte Hilfsprojekte in der Dritten Welt begleiten und irgendwann bei den Vereinten Nationen arbeiten. Ihre Eltern konnten ihr Studium nicht unterstützen; sie waren zu unbeweglich und fantasielos, um ihren Hof aus den Schulden herauszuhalten. Als sie das begriff, hatte Helene ihnen und dem Hof allerdings schon ihre gesamte Jugend geopfert. Sie erkannte, dass ihre Eltern untergehen würden, mit ihr oder ohne sie.

In der großen Stadt gewöhnte sie sich schnell an die einschlägigen Gebräuche. Sie war jung genug, um sofort das Interesse von Männern zu erwecken, und alt genug, um daraus ihren Vorteil zu ziehen.

Als sie bemerkte, dass das Kellnern eine zeitraubende und wenig ertragreiche Angelegenheit war, begann sie, die Messen zu besuchen, die in den Hallen auf dem Killesberg stattfanden. Zunächst lief sie in Kleidern und Pumps, die sie sich bei einer Kommilitonin geliehen hatte, durch die Gänge und gab sich als Sekretärin in der Mittagspause aus. Als sie herausgefunden hatte, in welchen Hotels und Restaurants sich die Geschäftsleute abends trafen, ließ sie sich dort ansprechen. Sie probierte eine Weile die Sekretärinnenrolle, stellte aber fest, dass die Wahrheit besser funktionierte: Eine junge Studentin voller Ambitionen, deren Verwirklichung allerdings noch in der Ferne lag, so dass sie dem hingebungsvollen Interesse an einem Mann nicht im Wege stehen konnten.

Diese Rolle, nahm sie an, legitimierte das einsame abendliche Sitzen in einer Hotelbar ausreichend. Sie besuchte, wenn es nötig war, einen Kongress über die moralische Verpflichtung Nachkriegsdeutschlands zu internationaler Entwicklungshilfe – ein Thema, über das Geschäftsmänner für gewöhnlich nach drei Minuten keine weiteren Einzelheiten mehr hören wollten.

In der Regel schlug sie vor, von der Bar an einen Tisch zu wechseln. Sie achtete darauf, ihren Wein sehr langsam zu trinken, den Durst des Mannes hingegen durch leidenschaftliches Interesse an seinem Geschäftsleben zu befeuern. Auf die Dauer war das ermüdend, doch sie lernte, mit großen Augen Fragen zu stellen, deren Antworten sie wenig interessierten. Ihre Geduld war gut investiert. Je länger sie die Männer bei ihrem Wein hielt, desto leichter wurde später ihre Arbeit auf dem Zimmer.

Sie ging niemals gemeinsam mit ihm am Empfang vorbei, sondern schickte ihn voraus, während sie selbst ihre »Nase pudern« ging. Auf diese Weise gab es außer dem Barmann niemanden, der sie mit ihm in Verbindung bringen konnte. Die Namen, die sie den Männern nannte, waren falsch.

Meist kam sie um den Geschlechtsverkehr nicht herum. So betrunken die Männer auch waren, in der Regel insistierten sie darauf; nur gelegentlich gelang es ihr, sie anderweitig zufriedenzustellen. Zu Beginn machte es ihr Schwierigkeiten, mit Männern intim zu werden, die sie weder kannte noch mochte. Aber es war dunkel, und durch den Wein rochen sie alle ähnlich, so dass sie sich vorzustellen begann, es sei immer derselbe. In ihrer Vorstellung war dieser Mann sanft und arglos und schlief bald ein. In den meisten Fällen entsprach das auch dem tatsächlichen Ablauf. Die anderen Fälle vergaß sie mit der Zeit.

Da die Männer es liebten, sich nach dem Verkehr in den Schlaf sinken zu lassen, konnte sie schon bald mit ihrer Arbeit beginnen. Sie machte kein Licht. Sie hatte sich eingeprägt, wo der Mann sein Jackett und seine Hose abgelegt hatte und wo in diesen Kleidungsstücken seine Brieftasche untergebracht war: Jackett-Innentasche oder Gesäßtasche der Hose, Kleingeld manchmal vorne rechts. Das Handgepäck lag gewöhnlich auf einem Stuhl oder Sofa, der Koffer stand im Schrank. Die Armbanduhr war die größte Hürde. Sofern der Mann sie anbehalten hatte, versuchte sie sich daran als Letztes, nachdem sie das Geld, Schecks, Manschettenknöpfe und bereits gekaufte Reisegeschenke für die Ehefrauen eingesammelt und sich selbst angekleidet hatte. Sie legte sich ein letztes Mal aufs Bett und schmiegte sich an ihn. Durch einen Kuss auf Stirn oder Wange prüfte sie die Tiefe des Schlafs. Wenn das betreffende Handgelenk unter dem Kissen oder dem Körper lag, bedrängte sie ihn so lange, bis er seine Lage veränderte. Dann ließ sie ihre Hand wie zufällig zu der Uhr wandern. Metallarmbänder öffneten sich geräuschvoller als solche aus Leder.

Sie nahm immer den Hinterausgang. Meist trug sie ein Kopftuch und eine Brille; so gut wie nie wurde sie beim Verlassen des Hotels gesehen. Sie nahm kein Taxi, sondern ging auf geradem Weg nach Hause in die Rosenbergstraße. In der Geräuschlosigkeit der Nacht konnte sie sicher sein, zu bemerken, wenn sie verfolgt würde.

Nach den ersten beiden Jahren erwies sich das Revier als erschöpft. Sie hatte die infrage kommenden Hotels – das Steigenberger in der Antoniusstraße, das Jacobis unten im Altstadtkessel, den Rüdesheimer Hof und noch einige kleinere Gasthotels – alle bereits zum zweiten Mal besucht. Sie spürte, dass das Risiko, erkannt zu werden, zu groß zu werden drohte. Ihr blieben zwei Möglichkeiten: die Stadt verlassen oder sesshaft werden. Sie wählte die erste – bald in immer kürzeren Abständen.

Nach einer Weile stellte sie fest, dass sie sich in eine Art Falle manövriert hatte. Ihre Arbeit bestand zum größten Teil aus Routine. Um sie für sie unterhaltsamer und damit letztlich effektiver zu gestalten, wäre es nützlich gewesen, Sympathie für die Männer zu empfinden. Das aber ließ sie nicht zu.

Urs Häberlin, den sie in dem 2-Sterne-Restaurant Marburger Hof kennenlernte, war ein gut aussehender, unterhaltsamer Freigeist, der den Traktorenbetrieb seines Vaters übernommen und in den letzten Jahren ein weltweites Vertriebssystem aufgebaut hatte. Er war anders als alle Geschäftsmänner, die sie sich bis dahin ausgesucht hatte. Seine Wortwahl klang durch die schweizerdeutsche Melodik geschmeidig, verriet aber gedankliche Schärfe und hohe Intelligenz. Jeder seiner Sätze schien eine Pointe zu haben. Er vermochte es, sie in ein Gespräch zu verwickeln, in dem es erst um hubraumstarke Traktormotoren, den entstehenden südamerikanischen Markt und schließlich um Helenes Meinung über das Thema deutscher Orchestermusik im osteuropäischen Ausland ging. Er war offen; er stellte ihr Fragen. Als sie gegessen und zu viel Wein getrunken hatten, gingen sie nicht miteinander ins Bett, sondern verabredeten sich für den nächsten Abend. Am nächsten taten sie das wieder, und dann wieder. Die ganze Zeit über wusste sie, dass sie einen Fehler machte. Nach dem dritten Treffen aber wurde ihr klar, dass sie in Wirklichkeit nicht Häberlins Geld, sondern seine Nähe wollte.

Seine Frage, ob sie ihn nach Buenos Aires begleiten würde, klang nicht wie ein Heiratsantrag, sondern beiläufig; wenn es zu diesem Zeitpunkt einer gewesen wäre, hätte sie ohne zu zögern ja gesagt. Häberlin war umtriebig und unermüdlich. Sie lernte Argentinien, Brasilien und Uruguay kennen und einige Brocken Spanisch. Ein halbes Jahr später unterzeichnete Häberlin einen Kooperationsvertrag mit der Firma Lancia über qualitativ hochwertige Bauteile für Motoren. Der Urlaub, zu dem die Geschäftsreise sich ausdehnte, führte sie von Genua über all die malerischen Städte der Toskana und endete in Rom.

Durch Häberlin lernte sie, wie einfach das Leben sein konnte, wenn man Verbindungen hatte und sie zu nutzen verstand. Für jemanden wie ihn schien alles leicht zu sein. Er bewegte sich zwischen seinen Kunden und Geschäftspartnern wie ein Tänzer, und wenn er einen Raum verließ, verblieb in ihm mehr Musikalität und Seele, als zuvor darin gewesen war.

Es hätte so weitergehen können. Der Mann an ihrer Seite war wohlhabend und in vielen Teilen der Welt zu Hause, und der Tag, an dem er sie zur Frau nehmen würde, war zum Greifen nahe. Er ließ sie wie selbstverständlich an seiner Lebensfreude und seinem Erfolg teilhaben. Außerdem liebte er sie.

Am Tag nachdem sie aus Italien zurückgekehrt waren, nahm sie alles Bargeld aus seiner Schreibtischschublade, fuhr zum Bahnhof und setzte sich in den nächsten Zug nach München. Es dauerte drei Jahre, bis Häberlin sie fand. Den Brief, den er ihr schrieb, schickte sie ungeöffnet an ihn zurück.

Aus Gründen, deren Unklarheit sie selbst verwunderte, stellte sie bei sich keinerlei Interesse an dem fest, was andere Menschen »Beziehung« nannten. Sie wusste, dass ein solches Arrangement im Wesentlichen darin bestand, fortwährend gegenseitige Versicherungen abzugeben: über das Andauern des Gefühls, des guten Willens, die Ausschließlichkeit der Liebe. Der Idee nach befürwortete sie das alles. Doch etwas daran – der Kitsch der Tiefe – stieß sie ab. Der Gedanke, dass irgendwer oder auch irgendetwas, und sei es nur ein tiefes Gefühl, sie okkupierte, empfand sie eher als Anmaßung denn als Erlösung.

Der dritte Mann, mit dem sie so etwas wie eine »Beziehung« hatte, war ein übergewichtiger, vierschrötiger Klebstoffmagnat, deutlich älter als sie. Mit ihm lebte sie fünf Jahre und hinterging ihn, wann immer sie Gelegenheit dazu hatte. Keitel, wie der Mann hieß, hatte viele Schwächen; die größte davon war, Angst vor attraktiven und selbstsicheren Frauen zu haben. Er überschüttete sie mit Geschenken und Geld, weil er ahnte, dass nur derartige Verbindlichkeiten ihn ermächtigten, auch Forderungen an sie durchzusetzen. Wenn sie ihn manuell befriedigte, schloss sie fest die Augen und dachte an die Heuballen, in denen sie als Kind nie gespielt hatte. Sie tat, wozu er sie dirigierte, und wusste, dass sie dafür jeden Preis verlangen konnte.

Keitel war zugleich linkisch und plump. Dass er ein ganzes Jahr brauchte, um hinter ihre Affären zu kommen, ließ ihre Meinung von ihm noch weiter sinken. Jedes Mal, wenn sie von einem anderen Mann kam, machte er ihr eine Eifersuchtsszene. Er konnte dann gallig und ausfallend werden, und einige Male fürchtete sie, er würde die Beherrschung verlieren und sie schlagen.

Je rücksichtsloser sie sich von ihm entfernte, desto größer und exklusiver wurden seine Überraschungen. Sie besuchten den Opernball in Wien, die Mailänder Scala und die Wagner-Festspiele. Dass seine Geschenke ihr nicht genügten, war keine Pose. Er allerdings sah in ihrem Desinteresse lediglich einen Anreiz, sich in Fantasie und Großzügigkeit noch zu übertreffen.

Das Einzige, was sie ihm hoch anrechnete, war, dass er als Erster von Scheidung sprach. Gleichwohl konnte sie nicht zulassen, dass er vor dem Scheidungsrichter ihre Untreue geltend machte. Sie nahm sich einen Anwalt und bezichtigte ihn, ein Verhältnis mit der Haushälterin gehabt zu haben. Der Vorwurf war absurd, zumal nicht nur Keitel, sondern auch die Haushälterin ihn energisch abstritten. Helene stellte die Sache so hin, als habe Keitel die Untergebene unter Einsatz perfider psychischer Gewalt, unter der übrigens auch sie als Ehefrau gelitten habe, zur Falschaussage gezwungen. Offenbar machte Helene dabei einen glaubwürdigen Eindruck. Ihrem Antrag auf monatlichen Unterhalt wurde vollumfänglich stattgegeben.

Sie war nun fast dreißig Jahre alt, und wenn sie in den Spiegel sah, dann erschien darin eine nach gängigen Vorstellungen attraktive Frau. Gleichwohl war sie sich nie wie eine vorgekommen. Dass ihr nackter Körper viele Männer um ihren klaren Verstand bringen konnte, war ihr zwar aus Erfahrung bekannt, aber im Grunde unverständlich. Auch sie selbst war sich unverständlich. Was sie bisher getan hatte, konnte sie umstandslos als unfreundlich und berechnend einsehen. Sie hatte Männer benutzt und ausgebeutet und damit nicht nur ihre Gefühle verletzt, sondern, wie in Keitels Fall, auch ihre Würde zerstört. Sie sagte sich, dass sie aufgrund dieser Schuld eigentlich nicht länger zu ungebrochener Selbstachtung berechtigt sei. Doch sie fühlte sich nicht schuldig. Die Abfälligkeit und Herzlosigkeit, mit der sie Keitel jede Zuneigung verweigert hatte, empfand sie nicht nur als ihr gutes Recht, sondern geradezu als Schuldigkeit sich selbst gegenüber.

1 **2** 3 4 5 6 7 8

In der Nacht hatte sie schlecht geschlafen. Es war nicht der Vorfall im Museum, der sie beschäftigte, sondern die bürokratischen Erfordernisse der nächsten Tage. Das Haus zum Beispiel lief auf Johanns Namen. Die Energieversorgung, Versicherungen, seine sämtlichen juristischen Kompetenzen in Bezug auf ihr gemeinsames Leben, all das musste auf sie überschrieben werden. Der Notar würde am Nachmittag das Testament überbringen; sie dachte an die Bank, an die Stiftung, das Museum. Sie drehte sich von einer Seite auf die andere, ihr Rücken schmerzte; sie würde bald aufstehen müssen. Um sich abzulenken, dachte sie an ein kleineres Problem. Der alte Mercedes war in Spanien geblieben, sie musste die Verschrottungsrechnung begleichen, bevor der Wagen abgemeldet werden konnte. Sie würde das nicht selbst tun, sie konnte Ulla beauftragen, besser noch den Fahrer Emmerlein. Aber sie musste es veranlassen. Sie hielt sich an diesem Gedanken fest wie an einem Geländer, das sie in den Tag geleitete.

Bald war er angebrochen, ohne dass sie ihn kommen gesehen hätte. Die Kiefern vor dem Fenster waren knorrig und kahl vor grauem Grund. Sie war nie schlaflos gewesen. Vorsichtig, mit geradem Rücken, richtete sie sich auf und setzte sich auf das Taburett vor der Kommode. In der Fuge des Spiegels steckte ein Zeitungsausschnitt, den sie selbst dort platziert hatte.

MARIE-KOPPEN-PREIS VERLIEHEN
Helene Alberts, namensgebende Vizevorsitzende und Kuratoriumsmitglied der Helene-Alberts-Stiftung, erhielt am 30. Juni 2007 den Marie-Koppen-Preis. Mit der Auszeichnung würdigte der Beiersdorf Hilfsfonds e.V. ihr großes Engagement für überschuldete Familien, ihre Initiativen zur Erwachsenenbildung sowie die Förderung ehrenamtlicher Lesepatenschaften.
Der Preis wurde im Rahmen einer Gala-Benefizveranstaltung des Beiersdorf Hilfsfonds e.V. verliehen. Die Laudatio hielt der österreichische Privatbankier a.D. Dr. Josef Schallhammer senior. Helene Alberts sagte anlässlich der Preisverleihung in ihrer Dankesrede: »Wer nur seinen Egoismus auslebt, macht weder sich noch andere glücklich. Ohne Vertrauen kann unsere Gesellschaft nicht funktionieren. Vertrauen entsteht durch Achtung vor jedem Einzelnen.«

Sie hatte den Artikel oft gelesen, während sie hier saß und ihre Haare bürstete oder sich abschminkte. Jetzt hatte sie nur den letzten Satz überflogen. Sie stand auf.

Im Esszimmer fiel graues Licht über Parkett und Möbel: den Dresdner Fassadenschrank, die bombierten Eckvitrinen, den großen Esstisch mit dem umlaufenden Bendelwerk. All diese Antiquitäten, die Johann gekauft hatte, waren nun ihr Besitz. Es war still im Haus, nur die Heizanlage im Keller schaltete sich eben ein. Auch die Heizanlage war jetzt ihr Besitz.

Ulla kam nicht vor sieben. Helene setzte selbst Teewasser auf und steckte eine Zigarette auf ihre Spitze. Aus Gewohnheit kippte sie ein Fenster und blies den Rauch im Stehen zum Spalt hinaus. Dann fiel ihr auf, dass das nicht länger nötig war, und sie setzte sich mit dem Aschenbecher an den Tisch.

Am anderen Ende lag ein großer Stapel Kondolenzkarten, die ihr gestern überreicht worden waren. Sie spürte keinen Impuls, sie zu lesen. Was sie stattdessen spürte, wusste sie nicht. Sie dachte an den Moment vor knapp zwei Wochen, als sie den Anruf von Feldberg erhalten hatte. »Der Komplementär hatte einen Zusammenbruch«, wie er sich ausgedrückt hatte. Der liebe, korrekte, immer förmliche Feldberg. Kein Mensch hatte Johann je den Komplementär genannt. Es hatte mit Feldbergs abständiger Ausdrucksweise zu tun gehabt, dass die Nachricht sie weder schockiert noch auch nur überrascht hatte.

Feldberg hatte sie vor dem Eingang der Klinik empfangen. Sie hatte ihn selten besorgt erlebt; jetzt war er es. Die Chefärztin, die sie über die wesentlichen Gefahren von Johanns Zustand informierte, sprach ruhig und professionell; sie sagte, die Sauerstoffzufuhr zum Gehirn sei durch den Schlaganfall stark beeinträchtigt gewesen, niemand könne genau sagen, wie lange. Wann damit zu rechnen sei, dass er das Bewusstsein wiedererlangte, sei nicht zu sagen. Oder ob überhaupt. Jeglicher Gedanke an das Geschäft, an die Schwierigkeiten, in denen die Bank steckte, verboten sich für den Augenblick. Feldberg war sein Mitleid anzusehen; auf der Stirn, genau zwischen den Augen, hatte sich eine tiefe Falte eingegraben. Sie sagte sich, dass Johann nichts spürte, dass er schlief, dass für ihn alles friedlich war. Der Sturm würde nur über sie hereinbrechen. Die Rechnung für das Chaos, das er hinterließ, würden sie zu bezahlen haben.

Nach zwei Stunden, in denen sie schweigend an seinem Bett gesessen hatte und sich unter ihrem Kittel, der Haube und hinter dem Mundschutz immer mehr wie jemand vorkam, der sich versteckte, trat sie mit Feldberg hinaus in den frühen Abend. Sie fühlte sich betäubt von den regelmäßigen Geräuschen des EKG und des Beatmungsgeräts. Dann fiel ihr ein, dass sie Stefanie anrufen sollte, um sie über die Vorkommnisse zu informieren. Thomas war nicht zu erreichen.

In den zwei Stunden waren auf Feldbergs Mobiltelefon elf Anrufe eingegangen, die meisten aus Frankfurt und dem Stammsitz. Noch begriff niemand, was geschehen war, auch wenn es, dachte sie, nicht schwierig zu begreifen war. Sie war immer dafür gewesen, dass die Bank ein größeres Risiko einging, wenn auch nicht so, wie Bernhard es nun offensichtlich getan hatte.

»Im Moment«, sagte Feldberg, »können wir nur zusehen, wie die Zeit abläuft. Wir haben angefangen, die Anleihen zurückzukaufen, aber der Kurs hat sich verdreifacht und steigt weiter.«

»Wie viel haben wir verloren?« Sie zog ihren Mantel enger um sich, sie fror.

»Im Moment schwer zu sagen. Es geht auf die zweihundert zu. Ich persönlich glaube, eher mehr.« Feldberg sagte das mit fester, unbeeindruckter Stimme. Sie führte sich die Zahl vor Augen: 200 Millionen. Die Stiftung hatte für das zweite und dritte Quartal einen Kapitalbedarf von 425.000 Euro. Sie musste Löhne zahlen. Beziehungsweise Feldberg. Sie spürte brennend Säure im Magen und im Rachen. Ein Grauhörnchen kletterte eine Linde hinauf bis zu einem dicken Ast, lief ihn entlang und sprang auf den des Nachbarbaums. Dann war es verschwunden.

»Was sagt Bernhard?«, fragte sie.

Feldberg ließ den Rauch seiner Selbstgedrehten durch die Nasenlöcher entströmen. »Er sagt gar nichts. Bernhard ist nicht aufzufinden.«

»Was soll das heißen? Er wird zu Hause sein. Schicken Sie jemanden hin.«

»Seine Frau sagt, sie wisse nicht, wo er sei.«

»Sie ist seine Frau. Sie wird lügen.«

Sie goss Tee auf, als Thomas die Treppe hinunterstieg. Sein Hund folgte ihm. Als er sie sah, wedelte er mit dem Schwanz, umrundete den Tisch und legte sich dann in die Ecke vor das Konsoltischchen, wo eine Decke für ihn ausgebreitet lag.

»Du bist schon wach«, sagte sie zu ihrem Sohn.

»Ich hab dich gehört. Konnte nicht mehr schlafen.« Er sah sich um und schaltete den Wasserkocher erneut ein. Während das Wasser kochte, öffnete und schloss er Schranktüren hinter ihrem Rücken. Sie hätte sich umdrehen und den Kaffeefilter, den er suchte, selbst aus dem Fach unter der Besteckschublade nehmen können. Etwas hinderte sie. Thomas suchte, bis er den Filter gefunden hatte. Er fragte nicht. So war es immer gewesen.

An Johanns Bett, dachte sie, hatte sie nichts empfunden angesichts der Apparate und Schläuche. Keine Kälte, keinen Hass, keine Sorge. Sie fragte sich, was das sollte: nichts zu empfinden. Ob es richtig war. Allerdings: richtig, gemessen woran? Wem half es, wer prüfte es nach? Sie bewegte diese Sätze in ihrem Kopf, während Thomas eine weitere dampfende Tasse vor sie hinstellte, dann um den Tisch herumging und sich ihr gegenüber niedersetzte, wie bei einer Besprechung.

»Man könnte die Heizung langsam ausschalten«, sagte sie. »Meinst du nicht auch?«

Er sah sie lange an. Dann hob er vorsichtig seine Tasse, verzog das Gesicht und setzte sie unverrichteter Dinge wieder ab. Helene stellte fest, dass Thomas' Anwesenheit sie verunsicherte. Sie wünschte sich, dass Ulla bald kommen würde. Sie sagte: »Es ist, als würde er jetzt aufstehen und herunterkommen, und alles wäre wie früher.«

»Ah ja? Ist es so?« Helene glaubte, in seiner Stimme eine latente Gereiztheit ausmachen zu können. Seine Frage irritierte sie. Er hätte zu ihrer Bemerkung schweigen sollen, so hatte sie es erwartet. Nun ertappte sie sich, wie sie sie selbst in Zweifel zog. Sie hatte seit Jahren nicht mehr das Gefühl, Johanns Anwesenheit sei notwendig, um irgendetwas zu vervollständigen. In keinerlei Hinsicht.

»Natürlich ist es so. Wir haben unter einem Dach gelebt. Gerade habe ich noch über diese ganzen Möbel nachgedacht. Mir haben sie noch nie besonders gut gefallen. Aber irgendwie ist doch ein Teil eures Vaters darin.«

»Und ich habe immer gedacht, er müsste eher in unserer Erinnerung sein. In unseren Herzen.«

»Ja. So meinte ich es auch.«

Thomas nickte und glaubte ihr nicht. Er hatte sich schon immer ihren Worten verschlossen, sie wusste nicht, aus welchem Grund.

»Die Möbel standen schon immer hier«, sagte er. »Sie sind voller Geschichte. Aber die Geschichten haben euch nie interessiert. So kommt es mir vor.«

»Ich weiß nicht, ob du das beurteilen kannst, Thomas. Auch wenn du Therapeut bist.«

»Ich therapiere nicht mehr. Schon eine ganze Weile. Ich berate. Wie du weißt.« Sein Blick ging im Raum hin und her, als wartete er auf das Eintreffen irgendeines Ereignisses.

»Ja. Das hat mit dieser Sudek-Tochter zu tun, nicht wahr?

Die sich umbringen wollte?« Thomas antwortete nicht. »Du hast sie nach Spanien mitgenommen.«

»Ich kann über meine Klienten nicht sprechen«, sagte Thomas und wich ihrem Blick aus.

»Ja, entschuldige«, sagte Helene geduldig. »Ich hoffe, dass sie die Nummernschilder bald schicken.«

»Was?«, fragte Thomas. Seine Gereiztheit war nun unüberhörbar.

»Die Nummernschilder. Des Autos.« Sie konnte beobachten, wie er ihren Satz untersuchte, als befürchtete er, eine Bombe sei darin versteckt. Als er keine fand, sagte er: »Tut mir leid um den Wagen. Vater hat immer wieder daran herumgebastelt, oder? Ich hatte das Gefühl, dass er ihn sehr liebt.«

Ihre Unsicherheit, dachte sie, rührte womöglich von der Frage, wie sie sich unter dem Eindruck von Johanns Tod zu verhalten habe. Sie wollte sich nicht verdächtig machen; nicht nur Thomas, niemandem gegenüber. Dass sie nichts fühlte, erschien ihr wie ein schrecklicher Makel. Sie hatte jahrzehntelang mit Johann gelebt. Sehr lange Zeit hatte sie gehofft, etwas von ihm zu bekommen, das er ihr hartnäckig, willentlich und wahrscheinlich aus Bosheit vorenthalten hatte. Obwohl sie es verstand, hatte ein Teil von ihr ihn dafür gehasst. Ein immer größerer Teil. Sie wusste, dass dieser Teil angesichts seines Todes nicht öffentlich vertretbar war.

»Er hat nicht daran herumgebastelt«, sagte sie. »Ich weiß nicht, wie du darauf kommst.«

»Er hat das mal gesagt. Dass er das als seinen Ausgleich sah. Das Schrauben und die Kunst. Kann sein, ich hab's aus einem Interview.«

Sie fixierte die Tasse und fragte sich, warum Thomas ihr Kaffee hingestellt hatte, wo sie doch augenscheinlich Tee trank. »Man soll nicht alles glauben, was in den Zeitungen steht«, sagte sie.

»Heißt das, er hat gelogen? Oder was heißt das?«

»Emmerlein hat gelegentlich ein Teil ausgewechselt. Und den Wagen in die Waschanlage gefahren.«

»Also hat er in dem Interview nur eine Geschichte erzählt? Die Legende vom schraubenden Banker? Willst du das damit sagen?«

»Das spielt doch jetzt keine Rolle mehr, Thomas.«

Thomas stand auf. Offensichtlich wusste er nicht, warum er das tat. Aus irgendeinem Grund war er aufgeregt. Sie hätte gern gewusst, weswegen er so ärgerlich auf sie war. Sie hätte ihn fragen können.

»Wie kannst du sagen, dass es keine Rolle mehr spielt? Und *ob* das eine Rolle spielt, es gibt Hunderte solcher Geschichten. Wie soll man da durchblicken?«

Ihr Tee, anders als der Kaffee, den sie ohnehin nicht trinken würde, war inzwischen abgekühlt. Ein Grund, weswegen sie so selten Kontakt zu ihrem Sohn suchte, war ihr Unverständnis über seine chronische Aufgeregtheit. »Was denn für Geschichten, Thomas?«

»Okay. Zwei Fragen. Erstens: Warum willst du nicht mit dem Reporter reden?«

»Ich weiß nicht, von wem du sprichst.«

»Dieser Gudvang, der dich gestern angesprochen hat. Während der Trauerfeier. Den die Sicherheitsleute rausgeschmissen haben.«

»Ach, den meinst du. Und was ist deine zweite Frage?«

»Kannst du vielleicht erst mal die erste beantworten?«

»Thomas, mir gefällt dein Ton nicht.«

Er setzte sich wieder hin und atmete hörbar aus. Sie wusste, dass er damit einen Vorwurf meinte; sie verstand nur nicht, welchen. Das Schweigen zwischen ihnen wurde unangenehm. Sie dachte an die Empfänge, die sie in diesem Haus gegeben hatte. Das Esszimmer nebenan war jede Woche erfüllt gewesen von Stimmen und Gelächter. In diesen Räumen – zwischen Küche und Esszimmer, auf der Veranda, im Korridor und manchmal draußen vor der Eingangstür – waren wegweisende Dinge besprochen worden. Ein Teil der Geschichte der Bank war hier entstanden. Ein Teil der Geschichte, die auch ihre war. Thomas war da schon lange fort gewesen.

»Ich habe über Johanns Sachen nachgedacht, Thomas. Ich möchte sie jetzt schnell loswerden. Als Teil meiner Trauerarbeit.«

»Als Teil deiner … Gut. In Ordnung. Prima.«

»Es gibt in seinem Arbeitszimmer einige Sachen, bei denen ich an dich gedacht habe. Da sind zum Beispiel die alten Füllhalter, die er gesammelt hat. Ein paar mechanische Uhren, Schreibmappen, Tintenfässer, diese ganzen Sachen. Die Manschettenknöpfe.«

Er runzelte die Stirn und schüttelte leicht den Kopf, als begriffe er den Sinn ihrer Worte nicht. »Wir waren gerade bei dem Reporter. Ich hatte dich was gefragt.«

»Auf der Trauerfeier und im Museum waren keine Pressevertreter zugelassen.«

»Und weiter?«

»Was meinst du mit ›weiter‹?«

Während der Trauerrede hatte sie durch das Panoramafenster der Kapelle, hinter Sarg und Rednerpult, die Totengräber beobachtet. Sie standen bei dem kleinen Pritschenwagen, mit dem der Sarg und die Gebinde später zur Grabstelle transportiert werden würden. Einer von ihnen putzte die Scheibe mit einer Sprühpistole und Küchenkrepp. Die Männer schwatzten und rauchten. Die profane Szene lenkte sie von dem Sermon des Trauerredners ab, der eine fiktionale Ansprache über Johanns großen gesellschaftlichen Auftrag hielt, seine Passion für unternehmerische Fairness und so weiter. Ihr Blick schweifte über die zahllosen Trauergäste: Unternehmer, Stiftungsverwalter, Kulturdezernenten. Sie alle waren Johanns wegen gekommen. Sie war unfreiwillig ergriffen gewesen von der Feierlichkeit, die die Kapelle erfüllte.

So hatte sie den Blick wieder nach draußen gewendet. Da hatte sie den Mann bei den Totengräbern entdeckt. Er trug einen schlecht sitzenden Anzug und rauchte. Wie er mit den Arbeitern sprach, mit leicht schief gelegtem Kopf, verriet professionelle Indiskretion. Sie erkannte sofort, dass er Journalist war.

»Nur, es geht nicht darum, ob er hätte da sein dürfen oder nicht«, insistierte Thomas. »Mir geht es um das, was er herausfinden will. Und was er zu sagen hat.«

Aus diesem Grund – weil sie gefürchtet hatte, dass er ihr diese Fragen stellen würde – hatte sie sich innerlich gewappnet, als Thomas die Treppe hinuntergekommen war. Jetzt wünschte sie sich noch sehnlicher, dass Ulla dazukäme, womöglich auch Stefanie. Sie überlegte, ob sie sie wecken könne. All die Jahre war Thomas nicht da gewesen; warum sollte sie sich jetzt vor ihm rechtfertigen?

Das Museum, in dem sie nach der Beerdigung die Trauergäste empfangen hatten, verband Johann, Feldberg und sie in besonderer Weise. Feldberg hatte es Johann bei ihrer ersten Begegnung vorgeschlagen, die wiederum sie ermöglicht hatte. Vielleicht hatte diese Begegnung den Grundstein zu allem anderen gelegt. Das Gebäude war eine ehemalige Akkumulatorenfabrik unmittelbar am Teltowkanal in Berlin-

Steglitz, mit großem, zum Wasser hin abschüssigem Gelände, das Johann in einen Skulpturenpark hatte umgestalten lassen. Das Besondere an dem Gebäude war, dass es von 1932 bis 1933 Sitz des Bauhauses gewesen war, bevor die Nazis es auflösten. Johann verband mit dem Gebäude eine sentimentale Reminiszenz, die sie nicht teilte. Als Museum war die Fabrik ungeeignet und hatte nur unter erheblichen finanziellen Aufwendungen umfunktioniert werden können.

Natürlich wirkte die Geste, dort das letzte Mahl abzuhalten, nach außen wie eine Verbeugung vor Johanns Leidenschaft. Für Helene waren aber vielmehr die unmittelbare Nähe zum Friedhof an der Bergstraße sowie die Größe der Räumlichkeiten, die mühelos die gesamte Trauergesellschaft aufnehmen konnte, ausschlaggebend.

Unter den mehr als 350 Trauergästen waren keine Journalisten. Helene hatte das Sicherheitspersonal instruiert, die Einladungen der Gäste zu kontrollieren. Allerdings hatte diese Maßnahme Irritationen hervorgerufen, da man sie einer solchen Zeremonie für unangemessen erachtete. Obwohl sie darauf bestanden hatte, die Kontrollen beizubehalten, ging sie davon aus, dass die Sicherheitsleute ihre Vorgaben nicht sorgfältig genug umsetzten. In dem Mann am Büfett erkannte sie jenen wieder, der ihr bereits während der Trauerrede aufgefallen war. Sie ging zu ihm und sagte: »Ich glaube, Sie haben keine Einladung zu dieser Veranstaltung.«

»Stimmt«, sagte der Mann und schob sich eine Minibulette in den Mund. »Ich bin Kunstliebhaber.«

»Wie Sie sicher bemerkt haben, ist heute geschlossene Gesellschaft.«

Er sah sich wie erstaunt um. »Wirklich?«

»Darf ich Sie also bitten, zu gehen? Das Museum ist ab Dienstag wieder regulär geöffnet.«

»Na ja. Wer weiß, wie lange noch.«

Sie hatte gestutzt und kurz den Atem angehalten, um eine unangenehme Empfindung zu verhindern. Eine Empfindung, die sie einige Male in ihrem Leben gehabt hatte, die sie aber schon lange nicht mehr für angemessen hielt. Die Empfindung, entdeckt zu sein. »Wie war das?«

»Bei all den Schulden, die Ihre Bank jetzt am Hals hat. Ich meine, würde mich nicht wundern, wenn ...«

»Wer sind Sie?«

»Gudvang. Angenehm. Ich schreibe über Sie.«

»Ich kann mich nicht erinnern, dazu meine Zustimmung gegeben zu haben.«

»Brauchen Sie auch nicht. Ist ja ein freies Land. Ich kann schreiben, über wen ich will.«

»Und für wen schreiben Sie?«

»Das werden Sie dann schon sehen.«

Ein seriöser Journalist hätte ihr den Namen einer Zeitung genannt. Sie wies mit einer dezenten Bewegung zur Tür. »Leider müssen Sie jetzt trotzdem gehen.«

»Ich kann mir vorstellen, dass das Riesenloch, das dieser Milbrandt in Ihre Kasse gerissen hat, die Branche ganz schön aufschrecken wird. Diese Leute hier«, er sah sich demonstrativ in dem großen Foyer um, »das sind ja sicher alles Geschäftspartner. Wissen die schon, dass Sie pleite sind?«

Sie antwortete nicht. Gudvang pfiff leise durch die Zähne. »Ich mein ja nur. Wenn das rauskommt. Wie man so hört, war die Aufsicht schon ein paarmal bei Ihnen.«

Helene hatte es in ihrem ganzen Leben als eines ihrer größten Talente betrachtet, sich weder Erregung noch Erschütterung anmerken zu lassen. So auch jetzt. »Wenn Sie unwahre Behauptungen verbreiten, werden Sie sich damit letztlich nur selbst diskreditieren.«

»Kann schon sein. Deswegen schreibe ich auch lieber die Wahrheit. Vielleicht wollen Sie mir dabei helfen?« Er trat einen Schritt näher. »Ich weiß, dass so was nur passieren kann, wenn die internen Kontrollen versagen. Die Frage ist nur, ob aus Schlamperei oder vorsätzlich? Ich hätte gern Ihren Mann dazu befragt. Milbrandt sitzt in Haft. Beide fallen also weg. Bleiben Sie übrig.«

Sie hätte den Kerl fragen können, woher er all diese Informationen nahm, doch damit hätte sie ihnen unweigerlich Gültigkeit verliehen. »Erstens weiß ich nicht, wovon Sie sprechen, und zweitens trage ich keinerlei Verantwortung innerhalb der Bank. Wenn Sie also jetzt …«

Gudvang hielt ihrem Blick stand. »Sie sollten nur darüber nachdenken, wen Sie ab jetzt zum Freund haben wollen.«

Sie sah sich in der Eingangshalle des Museums um. In einer Gruppe stand Holt mit einigen anderen Frankfurter Mitarbeitern; sie sah Feldberg und Hafer-Lorisch und die Mitarbeiter Wenz und Bruckmann und Staffelt aus den anderen Filialen, die Johann sehr nahegestanden hatten. Jeder, von dem dieser Gudvang etwas wissen wollte, befand sich hier im Raum. Gudvang hätte sie erkennen müssen; alle Fotos waren auf der Internetseite der Bank zu finden. Entweder war er ein Spinner, der etwas ganz anderes wollte als das, was er vorgab, oder er wollte – aus welchem Grund auch immer – ausschließlich etwas von ihr. Beides bot keinen hinreichenden Grund, mit ihm zu sprechen.

»So wie ich das sehe«, sagte Thomas jetzt, auf seinen Tee pustend, »will er etwas über Bernhard wissen. Wenn die Bank nichts zu verheimlichen hat, gibt es keinen Grund, nicht mit ihm zu sprechen. So sehe ich das.«

»Hast du etwa mit ihm geredet, Thomas?«

Das war die Frage, dachte Helene, auf die es ankam; nicht

darauf, was Gudvang herausfand oder nicht herausfand. Wenn Thomas sich mit ihm unterhalten hatte, dann rührte das an etwas. An etwas sehr Altes.

1 2 **3** 4 5 6 7 8

In der Hoffnung, ihr Studium doch noch fortzusetzen, war sie nach Berlin gegangen. Tagsüber setzte sie sich in soziologische Vorlesungen der FU und folgte politisierten Debatten. Doch sie stellte fest, dass sie in diese Welt ebenso wenig gehörte wie in Keitels Klebstoff-Welt, in der man seinen vulgären Habitus mit Reichtum und Hochkultur zu bemänteln versuchte. Schätzen gelernt hatte sie einzig jene Sphäre, zu der Keitel ihr einen Zugang eröffnet hatte, wenngleich er selbst niemals zu ihr gehört hatte und niemals gehören würde: die aristokratische Welt jener Menschen, die einfach deshalb reich waren, weil sie alles andere als unzivilisiert empfanden. Diesen Menschen war ihr Beruf keine widerwärtige Lohnarbeit und schon gar nicht Entfremdung, sondern eine Berufung in allen Belangen. Das Eingehen und Pflegen von Kontakten in sämtlichen Bereichen der Gesellschaft war für sie nicht, wie bei Keitel, simple Bestätigung ihres gesellschaftlichen Status, sondern das Betriebsgeheimnis ihres unternehmerischen Erfolgs. Alles, was man unter diesen Menschen sagte, war mit mindestens einem enigmatischen Doppelsinn unterlegt, und es war wie eine geheime Losung, ihn zu erkennen – und darin erkannt zu werden, dass man ihn erkennt. Dies war eine große Aufgabe, und Helene machte sie sich zu eigen.

In ihrer Zeit mit Keitel hatte sie sich darin geübt, auf Stehempfängen, Abendessen oder in der Pause einer Opernvorstellung mit Geschäftsfreunden ins Gespräch zu kommen und sich dabei an das ungeschriebene Gesetz zu halten: ein unverfängliches, aber dennoch gehaltvolles Geplauder anzustoßen; ganz zufällig und beiläufig Stimmungen einzufangen über den Zustand der Geschäfte, über Absichten, Pläne und Befürchtungen. Schon eine flüchtige Bemerkung über den Wein konnte aufschlussreich sein, vorausgesetzt, man wusste Interessantes über die Weingüter zu sagen, über ihre Rebsorten und Cuvées, das Anbaugebiet sowie die kulturellen Besonderheiten der Lombardei. Anders als bei Gesprächen über die historische Benachteiligung der Frau oder den imperialistischen Kurs der westlichen Allianz stellte sich ihr dies als ein Wissen dar, das erstens auf höchst komfortable Weise zu erwerben war und das zweitens zu beobachtbaren Resultaten führte. Ihr Studium war weniger eine *éducation sentimentale* denn eine *grand tour*.

In dieser Gesellschaft fühlte sie sich, als erwache sie aus einem Tiefschlaf; als läge genau hier ihre Bestimmung. Die Herausforderung, sich jederzeit zu verhalten, als stünde sie unter Beobachtung, erregte sie. Sich unter keinen Umständen zu verraten, jedes ihrer Worte genauestens abzuwägen, kam ihr nicht vor wie das Mittel zu einem später zu erreichenden, höheren Zweck, sondern wie der Zweck selbst.

Dass sie von dem Empfang zu Ehren Gustav Krupp von Bohlen und Halbachs 100. Geburtstag in der Villa Hügel erfuhr, verdankte sie Bekannten aus ihrer Zeit mit Keitel; durch sie kam sie auch zu einer Einladung. Sie reiste mit dem Zug nach Essen und setzte sich zum Ziel, den Rückweg in einer komfortablen Limousine anzutreten.

Dass sie sich Johann gegenüber als warmherziger und prinzipientreuer Mensch präsentierte, lag einerseits in der

Natur dieses Ziels. Andererseits hing es durchaus mit seiner Persönlichkeit zusammen. Er war ein ungleich empfindsamerer Mann als Keitel. Er hatte einen sensiblen Blick dafür, woher ein Mensch kam und was ihm wichtig war. Keine Bemerkung war ihm nebensächlich. Wenn sie nicht den richtigen Ton traf oder seine Meinung nicht ausreichend wertschätzte, zog er sich zurück. Damit verriet er ihr noch keine Schwäche. Er zog lediglich Nähe aus ihrem Miteinander ab, wie man Kapital aus einem fallenden Fonds abzog, und blieb geschäftsmäßig freundlich, bis sie wieder die richtigen Beträge zu investieren bereit war: Um ihn zu gewinnen, musste sie sich ihm öffnen. Vor Jahren hatte diese Konstellation sie bereits für Urs Häberlin eingenommen. Auch Johann war ein lebendiger Mensch mit vielfältigen Interessen, unterhaltsam und maßvoll; er verstand es, jeden Menschen anzusprechen wie einen vertrauten Freund. Er war liebenswürdig und direkt, ohne jemals jovial zu werden. Dass Helene ihre eigene Liebenswürdigkeit an ihm erproben konnte, machte das Geschenk noch wertvoller. Sie stellte fest, dass es vieles gab, das sie in ihrem bisherigen Leben nicht zugelassen hatte. Sie hatte immer gefürchtet, von jemandem durchschaut und von innen zerstört zu werden. Johann aber vermochte Vertrauen zu schenken. Sie fühlte, dass er aufrichtig war; und als sie versuchte – zunächst zaghaft, dann mit immer mehr Hingabe –, sich auch ihm anzuvertrauen, erlag sie für eine Weile der süßen Illusion, sie könnte dazu wirklich fähig sein.

Johann glaubte ihr zunächst nicht, dass eine Frau wie sie mit beinahe dreißig Jahren noch unverheiratet sein könne. Sie versuchte gar nicht erst, ihm unberührt zu erscheinen. Ihre Erfahrungen mit Männern störten ihn nicht; allerdings ließ er keinen Zweifel daran, dass eine geschiedene Frau für ihn nicht infrage käme. Also tat sie ihm den Gefallen, nicht geschieden zu sein. Sie wollte sich auf ihn einlassen. An manchen Tagen bereute sie die Art und Weise, wie sie ihre bisherigen Jahre mehr verbracht als gelebt hatte. Es war nicht schwer, sich eine neue Geschichte zu erfinden. Man musste nur ein wenig üben, auch daran zu glauben. Das abgeschlossene Studium und ihre Tätigkeit als Buchhalterin in einer Fabrik für Landmaschinen waren eine angemessene Geschichte, und sie glaubte sie umso leichter, als sie Johann zu gefallen schien. Sie dachte, dass mit ihm zusammen vielleicht ein Leben möglich sei. Dann wurde sie schwanger, und Johann drängte zur Heirat.

Er führte damals die Bank zusammen mit seinem Bruder; es war nicht abzusehen, ob sein kranker Vater noch einmal in die Firma zurückkehren würde. Gleichzeitig schien Johann von seiner Entscheidung, die Geschäfte weiterführen zu wollen, nicht überzeugt. Er wollte studieren; die Bewahrung des Familienerbes war eine Pflicht, der die Verlockung eines selbstbestimmten Lebens gegenüberstand. Sie drängte ihn nicht zur Pflicht. Sie wollte ein großbürgerliches Leben, aber sie war auch verliebt.

Als sie ihm die Schwangerschaft gestand, war sie bereits im vierten Monat; die vollendeten Tatsachen, die sie ihm ersparen wollte, hatte so die Zeit geschaffen. Er war bestürzt; nicht über die Schwangerschaft, sondern über ihr Schweigen. Beinahe augenblicklich entschied er, ein Haus zu suchen. In Fragen der Familie, erklärte er apodiktisch, gebe es für ihn keine zweite Meinung.

Nächtelang dachte sie darüber nach, über die niederländische Grenze zu fahren und das Kind töten zu lassen. Manchmal, und in minutenweisem Wechsel, schämte sie sich dieser Gedanken und fühlte dann trotzig, dass sie ihnen doch nicht widerstehen würde. Ein eigenwilliger Stolz hinderte sie, sich in die Rolle einer liebenden Versorgerin versetzen zu lassen, die wiederum von höherer Hand versorgt wurde. Doch dann wieder ahnte sie, dass das, was sie wirklich suchte, nichts war. Johann liebte sie; und auch sie ließ sich, wenn sie in der Nacht seinen nackten Körper an ihrem spürte, dankbar von ihm lieben. Auf welches Leben man sich auch einließ, es wurde einem immer zur Lüge; warum also nicht dieses?

Sie war bereit, ihm bis zu einem bestimmten Punkt nachzugeben; sie wehrte sich nicht gegen das Kind. In die kirchliche Heirat dagegen konnte sie um keinen Preis einwilligen; sie konnte einfach nicht.

Seine Entgeisterung hätte nicht größer sein können. Für ihn war es unbegreiflich, wie man einen Verzicht auf diese Zeremonie überhaupt erwägen konnte. Es sei der größte Tag im Leben. Alle in ihrem Umfeld, seine Familie, die Freunde, würden denken, es sei keine Heirat aus Liebe, sondern aus Notwendigkeit, und daher nicht wert, sie auch vor Gott zu bekräftigen. An Gott, antwortete sie, glaube sie nicht, und ihre Familie sei tot.

Die Antwort überzeugte ihn nicht. Über Wochen stritten sie über das Thema. Helene entschied sich schließlich für eine Mischung aus metaphysischer und schwangerschaftsbedingter Übelkeit, die chronisch andauerte bis zur Niederkunft. Sie war sicher, dass Johann dies als Manöver erkannte. Aber mit der Erklärung ihrer körperlichen Verfassung konnte er immerhin öffentlich begründen, warum, in diesem speziellen Fall, allenfalls eine kleine Zeremonie vorstellbar sei; die kirchliche Trauung würde dann später nachgeholt werden, irgendwann.

Gegen Ende ihrer Schwangerschaft befriedete sich das Thema, es wurde still und schön zwischen ihnen. Wenn er ihren gespannten Bauch streichelte, fühlte sich die Illusion ebenso real an wie seine warme Hand; in diesen Momenten gab es für sie nichts anderes.

Das Zerwürfnis zwischen ihnen brach erneut auf, als der kleine Kreis der Hochzeitsgäste nach der Trauung Fragen über Ort und Termin der kirchlichen Trauung stellte; in Johanns verdrucksten Erklärungen erkannte sie seine Enttäuschung. Seine Entscheidung, die Hochzeitsreise unter Verweis auf ihren »Zustand« ausfallen zu lassen, interpretierte sie als Kontenausgleich, gegen den sich nichts einwenden ließ. Dass die Hochzeitsreise auch nach der Geburt nicht stattfand, lag wiederum an ihr selbst; sie wollte in dieser Zeit nichts als sterben.

Es gab damals weder Baby-Blues noch postnatale Depression; wenn man also sterben wollte, dann hatte man selbst etwas falsch gemacht, und Johann verstand es nicht anders. Sie sprach über Wochen nicht mehr als zehn Sätze mit ihm. Gleichzeitig war Johann durch die Bank stark beansprucht. Unter der Führung seines Bruders Erich waren riesige Gewinne entstanden; Johann leitete die Übernahme der Wilhelm Findorff Privatbank KG in München, die 1971 Konkurs angemeldet hatte. In den folgenden zwei Jahren kamen zwei weitere Niederlassungen hinzu, die Düsseldorfer Bau-Kredit-Bank AG sowie die bankrotte I. D. Herstatt in Köln. Johann schien sich über die Leblosigkeit seiner Frau zu trösten, indem er den Traum seines Vaters verwirklichte.

Wenn Helene fair war, musste sie zugeben: Er tat sein Bestes für sie. Zwar wusste er, ebenso wie sie, wenig mit dem kleinen schreienden Bündel anzufangen. Sie begriff, dass er es als ihre Aufgabe ansah, sich damit zu befassen. Ihre Wut darüber war ungerecht; sie wünschte sich, ihr Kind zu lieben, Johann, ihr Leben. Doch es war schwer. Wochenlang glaubte sie, über ihr Versagen nicht hinwegzukommen.

Johann engagierte eine Kinderfrau, die Helene von dem Gefühl befreite, das Kind schnüre ihr die Luft ab. So konnte sie sich zurückziehen, allein sein, die Augen schließen oder lesen. Mit der Zeit wurde es besser. Johanns Familie interessierte sich für sie, man war mitfühlend; sein Bruder Erich schickte jede Woche Blumen. Die Erfolge der Bank, Johanns gehobene Laune, am meisten aber seine berufsbedingte Abwesenheit und die große telefonische Nähe während dieser Abwesenheit – dies alles half ihr, langsam zu sich zurückzukehren. Eines Morgens ging sie in das Kinderzimmer, Thomas lag still in seiner Wiege und betrachtete seine Hände. Carla, die Kinderfrau, saß daneben und strickte. Als Helene Thomas aus seinem Bettchen nahm, lächelte er sie an, und zum ersten Mal fühlte sie wieder die Kraft, das Lächeln zu erwidern.

Zwei Jahre lang, bis zu Erichs Tod, lebten sie zusammen, wie glückliche Familien es tun. Als Thomas zwei Jahre alt war, wurde sie erneut schwanger. Eine Geschäftsreise nach New York, die sie aus Rücksicht auf den kleinen Thomas ohne ihn machten, geriet ihnen zur nachgeholten Hochzeitsreise. Sie verstanden sich innig; die Nächte in den exklusiven Hotels gaben ihr vollends das Gefühl zurück, eine Bedeutung zu haben. All jene Gefühle, die sie bisher abgewiesen hatte – Dankbarkeit, Geborgenheit, das Bedürfnis nach unerreichbarer Nähe –, überfluteten sie nun, und sie ließ es geschehen, hilflos und geradezu willig.

Am vorletzten Abend in New York, sie waren auf der Cocktailparty eines deutsch-amerikanischen Fluglinien-Investors eingeladen, standen sie allein auf dem Balkon im 17. Stock. Sie blickten über den Central Park; drinnen spielte Musik, Partygäste plauderten. Sie war von den Verpflichtungen der Reise matt und erschöpft; doch der Anblick der Stadt, in lichtes Blau getaucht, überwältigte sie. Ohne plausiblen Grund kamen ihr Tränen. Sie wusste, dass Johann seit Thomas' Geburt ihre Stimmungswechsel fürchtete. Dennoch lächelte er sie jetzt an. *Bist du schön*, sagte er, und: *Ich liebe dich*. Als sie das hörte, versuchte sie ein Lächeln: *Es tut mir so leid*. Und er sagte in jenem gewichtslosen Tonfall, den sie ihm als aufrichtig abnahm: *Es spielt keine Rolle mehr. Wir sind zusammen. Der Rest ist vergessen.*

Zwei Tage nach Stefanies Geburt ging Helene schon mit beiden Kindern spazieren. Es war Spätsommer; endlich schien sie bereit zu jenem Leben, in dem sie ohnehin längst steckte.

Einige Wochen später stand Johann abends mit beinahe durchsichtigem Gesicht in der Tür; seine Aktentasche war ihm aus der Hand geglitten. Sie befürchtete einen Herzanfall und war geradezu erleichtert, als er ihr tonlos den Grund seiner Bestürzung nannte. Erichs Tod erschütterte das gesamte Bankhaus Alberts bis in die Filialen hinein. Um mit ruhiger Hand das Vertrauen von Mitarbeitern und Kunden zu bewahren, blieb niemand anderer als Johann; die Rückkehr des Vaters war inzwischen durch eine Demenzerkrankung endgültig unmöglich geworden.

Es zeigte sich, dass Erichs Investmentsparte, die astronomische Gewinne generiert hatte, inzwischen zu einem großen Risiko für die Bank geworden war. Die aufgehobene Goldbindung des Dollars brachte starke Währungsschwankungen mit sich, auf die die Märkte sich nur langsam einstellen konnten. Die Bank hatte hohe Verbindlichkeiten gegenüber der Chase Manhattan angesammelt, die beglichen werden mussten. Schließlich konnten viele Unternehmen wegen der Ölverknappung durch die OPEC ihre Kredite nicht bedienen.

Die Trauer vereiste Johanns Gesichtszüge, der Stress ließ sie nervös zucken; so entstand eine Maske der Selbstbeherrschung, die Helene kaum als die ihres Mannes erkannte. In diesen Monaten schien ein Konkurs der Bank in greifbarer Nähe, und jeder der Mitarbeiter wusste es.

Die Bau-Kredit-Bank, die Alberts zwei Jahre zuvor übernommen hatte, verhinderte schließlich mit ihren Gewinnen, dass man in Zahlungsverzug geriet. Die Bank fing sich wieder. Als erste Konsolidierungsmaßnahme fuhr Johann den Devisenhandel zurück und baute die traditionellen Standbeine der Bank weiter aus, Firmenkredite und Vermögensverwaltung. Sie sah, wie er mit sich rang: Sein Bruder hatte die Bank groß gemacht. Doch das Wirtschaftswunder war endgültig zu Ende; Johann musste nun das Erreichte absichern. Er arbeitete viel; er fehlte ihr.

Es war das Credo des Bankhauses Alberts, die Gesellschaft, der sie diente, an ihren Erfolgen teilhaben zu lassen. Johann, der diesen Gedanken schon früh verinnerlicht hatte, plante ein eigenes Museum für seine große und stetig wachsende Kunstsammlung. Er suchte nach einem Industriebau der Gründerzeit, mit dem er die Verschränkung von Kunst und Handwerk ebenso zu betonen hoffte wie die Tatsache, dass er sich als Förderer der freien Unternehmerschaft verstand.

Ihr Wunsch nach einer eigenen, von ihr geleiteten Stiftung ging nicht in erster Linie auf ihre karitative Affinität zurück, obwohl sie es durchaus so darzustellen verstand. In Wahrheit wollte sie von Johann unabhängiger werden. Sie wusste, dass ihre Mutterschaft sowie Johanns patriarchale Familienideale diesen Bestrebungen widersprachen. Sie war allenfalls als Repräsentantin des Hauses vorgesehen; eine eigene Entfaltungsmöglichkeit, die mit ausreichend gesellschaftlicher Akzeptanz ausgestattet war, um auch von Johann unterstützt zu werden, konnte daher nur im Stiftungswesen bestehen. Auch hier war der gestalterische Freiraum begrenzt. Da Johann bereits das kulturelle Feld abdeckte, blieben gesundheitliche Vorsorge, Erziehung oder Bildung, daneben einige untergeordnete Themenfelder wie Denkmalschutz oder transatlantische Beziehungen, die für sie nicht infrage kamen.

Nach vielen Überlegungen machte sie Johann schließlich den Vorschlag, eine Stiftung für Bedürftige zu gründen. Wer einen schlechten Start gehabt habe in sein Leben, argumentierte sie, wer die falschen Eltern gehabt, die falsche Schule besucht und den falschen Freunden vertraut habe, wer sein letztes Geld und Gut, die Gesundheit und vielleicht sogar den eigenen Körper verkauft habe, der sei gebrandmarkt und ausgestoßen, bevor die Jugend beendet sei. Nicht jeder könne sich aus eigener Kraft befreien. Die meisten verzweifelten, rutschten weiter ab und seien in naher Zukunft für die Gesellschaft verloren. Diese Menschen seien fast immer arbeitslos, und immer hätten sie Schulden. Viele von ihnen würden gern ein normales Leben führen, mit einer Wohnung, Arbeit, Kindern; doch für sie fehlte es schon an der ersten Chance.

Johann interessierte sich für ihre Rede; er schien überrascht, dass Helene viel von diesen Menschen zu wissen, und wenn nicht zu wissen, dann doch zu verstehen schien. Über Wochen diskutierten sie das Thema. Auch Johann brachte seine Vorstellungen ein; etwa, dass eine allzu offenkundige Entschuldigung von Drogenmissbrauch für ihn nicht infrage komme und dass Armenspeisungen der reinste Sozialkitsch seien. Sie unterhielten sich konstruktiv, und Helene spürte, dass er ihr Engagement ernst nahm; das gemeinsame Thema stiftete Nähe zwischen ihnen. Schließlich machte Johann den Vorschlag, die Schulden als Kristallisationspunkt für Benachteiligung zu sehen. Ganz gleich, worauf sie zurückgingen, die Schulden seien die erste und schwerste Fessel, die es abzustreifen gelte. Die Stiftung, wenn es eine geben würde, sollte sich zur Aufgabe machen, die Gläubiger zu einem teilweisen Schuldenverzicht zu bewegen und andererseits zinsloses Geld zur Verfügung zu stellen, mit dem die jungen Menschen die restlichen Schulden abbezahlen konnten. Die Mittel sollten zum Teil direkt von der Bank, zum Teil aus öffentlichen und privaten Spenden bestritten werden.

Helene regte an, die Einrichtung nach der Ehefrau des Stifters zu benennen: *Helene-Alberts-Stiftung*. Johann gefiel der Vorschlag. Nach zwei weiteren Monaten lagen die Papiere unterzeichnungsbereit beim Notar.

1 2 3 4 5 6 7 8

Ulla Krumm war gekommen und hatte warme Brötchen und die Sonntagszeitung gebracht, wie Johann sie zu seinem Frühstück liebte. Geliebt hatte. Helene vertrug seit einiger Zeit kein Weißmehl mehr, sie aß Müsli, meistens allerdings nicht einmal das.

Ulla stellte ihre Tasche ab und sah aus dem Fenster. »Haben Sie diesen Mann bemerkt?«

Helene stand auf und folgte ihrem Blick. In einem älteren BMW auf der anderen Straßenseite saß ein Mann, der zu ihrem Haus hinübersah. Er war durch die Scheibe nicht zu erkennen, doch sie wusste, wer es war. Auch Thomas war aufgestanden und zu ihnen ans Fenster getreten. »Das ist er.«

»Kann schon sein.« Helene setzte sich wieder an den Tisch und zündete sich eine neue Zigarette an. »Ich würde allerdings gerne wissen, warum du so erpicht darauf bist, mit ihm zu sprechen.«

»Ich bin nicht erpicht darauf. Ich will nur …«

»Du willst nur was?«

»Überlegen Sie genau, wen Sie zum Freund haben wollen!«

Im selben Moment, als sie einen Sicherheitsmann hatte herbeiholen wollen, öffnete sich die Eingangstür; Milbrandts Frau war hereingekommen. Sie trug ein enges schwarzes Kostüm, einen schwarzen Haute-Couture-Hut mit Schleier und eine große schwarze Sonnenbrille. Formal erfüllte sie den Dresscode einer Beerdigung, dennoch empfand Helene alles an ihrem theatralischen Auftreten als Unverschämtheit. Sie blickte in ihre Richtung und kam auf sie zu. Schon vor drei Tagen hatte sie Helene das Beileid ausgesprochen. Sie hatte ihr wortreich ihr Bemühen geschildert, Bernhard in Spanien zur Rückgabe des Geldes zu bewegen, und unter welchen Umständen es gescheitert war. Nichts davon hatte sich überzeugend angehört; Helene misstraute ihr. Allein wie sie nun die Bühne nutzte, um vor aller Augen ihre aufrichtige Erschütterung zu demonstrieren, bot Anlass genug dazu.

Sie hatte den Raum halb durchquert, da blieb sie unvermittelt stehen. »Sie?«, entfuhr es ihr. Obgleich sie in Helenes Richtung sah, war dieser klar, dass sie Gudvang meinte.

»Kennen Sie diesen Mann etwa?« Ohne dass Helene antworten konnte, fuhr die Sudek, an Gudvang gerichtet, fort: »Wie können Sie sich erdreisten, hier aufzutauchen?« Unversehens begann sie mit einer Suada, die erst Minuten später endete. Helene verstand vage, dass es zwischen den beiden eine Vorgeschichte gab, die sie allerdings nicht begriff und auch nicht recht interessierte; zumindest schien klar zu sein, dass sie sich seit einiger Zeit kannten. Sie war dankbar, als sich Thomas einmischte. Der hatte sich bisher am äußersten Rand der Trauergesellschaft aufgehalten: zunächst an ihrer und Stefanies Seite in der ersten Reihe der Prozession, dann vor dem Hintereingang des Museums, wo er die meiste Zeit allein mit seinem Hund auf den Stufen saß.

»Sie müssen diesen Mann sofort von hier entfernen«, wandte sich die Sudek an Helene, »er hat mich angegriffen. Er ist körperlich übergriffig geworden.«

Helene versuchte, Ruhe zu bewahren. »Sie kennen ihn also?«

»Ich? Nein, um Gottes willen. Aber er hat versucht, mich zu …« Sie rang mit den Worten. Dann setzte sie ihre Rede, deutlich lauter, an Gudvang gerichtet fort: »Sie sollten sich schämen! Was für eine bodenlose Respektlosigkeit von Ihnen, sich hier einzuschleichen!«

Gudvang, der offenbar mit einem körperlichen Angriff rechnete, trat einen Schritt zurück, stützte sich am Büfett ab und warf mit großem Getöse eine Platte mit Lachs-Entrecotes sowie eine Schüssel Chilisalat um. In diesem Moment bemerkte Helene Thomas neben sich. Ohne Gudvang zu beachten, sagte dieser leise zur Sudek: »Das gilt auch für Sie. Ihr Auftritt ist extrem unpassend!«

»Nein, nein, ich wollte doch nur … Dieser Mann will den Frieden Ihrer Familie stören. Gott, es ist doch nicht wegen …? Ich habe Ihrer Mutter doch schon erklärt, weswegen wir den Wagen nehmen *mussten*. Ich habe doch nur versucht, Ihnen zu *helfen*!«

Inzwischen ließ sich Gudvang widerspruchslos von einem Sicherheitsmann hinauseskortieren. Thomas antwortete der Sudek, sichtbar um Beherrschung bemüht: »Das mag sein.«

Helene wusste nicht recht, worauf die Rede ihres Sohnes hinauslaufen würde. Offensichtlich glaubte er der Frau nicht. Die Augen der meisten Trauergäste waren jetzt auf die beiden gerichtet, die Szene hatte großes Aufsehen erregt. Thomas schien nun einzusehen, dass er mit der Situation überfordert war; Helene erkannte es an dem hochroten Kopf und seinen zitternden Lippen. Sein Hund blickte mit aufgestellten Ohren an ihm hoch. In wenigen Sekunden würde Thomas die Flucht ergreifen. So war es immer gewesen.

»Entschuldigen Sie die Störung«, sagte sie mit lauter Stimme in Richtung der Gäste, um sie zu beschwichtigen. »Ein kleines Missgeschick. Ich lasse das gleich aufwischen.«

Thomas hatte sich dann vor der Tür noch mit der Sudek unterhalten; zumindest hatte Helene ihn mit ihr hinausgehen sehen. Danach hatte sie ihn aus den Augen verloren, da sie beinahe unablässig Beileidsbekundungen entgegennahm. Jetzt fragte sie sich, was er mit der Frau wohl zu bereden hatte. Und ob er nur *mit ihr* geredet hatte.

Ulla riss sie aus ihren Gedanken. »Sie haben ja noch gar nicht gefrühstückt, Frau Alberts. Herr Alberts, möchten Sie vielleicht ein Omelett?«

Helene schüttelte den Kopf.

Thomas sagte: »Ulla, wir kennen uns schon so lange. Kannst du nicht Thomas zu mir sagen?«

»Entschuldigung, Thomas. Möchten Sie ein Omelett?«

»Es geht nur darum«, sagte dieser nickend, »dass ich Transparenz für eine gute Sache halte, Mutter.«

»Aber es geht nicht darum, was du für eine gute Sache hältst. Es geht um die Bank. Wir können uns diese Art Aufmerksamkeit im Moment nicht leisten.«

»Ich habe ihn gefragt, was er will. Diesen Gudvang. Gestern.«

»Also hast du doch mit gesprochen?« Unwillkürlich dachte Helene an den Artikel über die Bank, den ihr Sohn veröffentlicht hatte. Sie versuchte sich einzureden, dass es nicht Loyalität sei, um die es ihr ging. Doch sie fand kein anderes Wort. »Habe ich nicht ausreichend deutlich gemacht, dass ich nicht möchte, dass in unseren Angelegenheiten herumgeschnüffelt wird?«

»Ich habe ihn nur gefragt, was er will.«

»Herrgott, Thomas, bist du so naiv? Was soll er denn schon wollen? Eine Story will er! Skandale! Schmutzwäsche!«

Thomas zeigte mit den Fingern die Zahl Drei an. Zunächst dachte sie, er wolle sich über sie lustig machen. Dann bemerkte sie aber, dass hinter ihr Ulla gestikulierte, um zu erfragen, wie viele Eier Thomas wollte. »Er hat erzählt«, sagte Thomas nun, »dass er Valeries Mutter im Flugzeug kennengelernt habe. Zufällig.«

»Meine Güte«, sagte Helene und griff sich an die Stirn. »Und das hast du geglaubt?«

»Darum geht es nicht. Gudvang hat mich auf etwas gebracht, worüber ich seitdem nachdenken muss.«

»Ich wünschte, du hättest nicht mit ihm geredet, Thomas.«

»In jeder Bank herrschen seit 2008 strengste Risikolimits und Eigenkapitalvorschriften. Wie kann es sein, dass Bernhard mit derartig hohen Summen spekulieren konnte? Entweder er konnte den Sicherheitsalarm umgehen, oder der Sicherheitsalarm war ausgeschaltet. Absichtlich.«

»Ulla, kann ich doch ein wenig Müsli haben, bitte? Ich würde jetzt gern etwas frühstücken.«

»Hörst du, was ich sage?«

»Thomas, merkst du nicht, dass dieser Mensch es schon geschafft hat, Unfrieden zwischen uns zu stiften? Welchen Sinn sollte es denn haben, die Limits aufzuheben? Es ist doch ganz offensichtlich, dass Bernhard die Bank bestohlen hat.«

»Vielleicht hat ihn aber auch irgendjemand unterstützt. Vielleicht aus dem Backoffice. Warum nicht? Bernhard spekuliert, die Sache geht schief, und bei dem Versuch, die Verluste abzufangen, reitet er sich immer weiter rein. Er bekommt Panik und haut ab.«

»Das ist vollkommen absurd.«

»Woher willst du das wissen? Du kennst die Bank nicht.«

Ulla servierte das Müsli. Helene nahm den Löffel und begann zu essen.

»Es könnte so gewesen sein«, sagte Thomas.

Sie kaute.

»Ich meine, wenn wir beweisen können, dass der Bankführung nichts vorzuwerfen ist …« Thomas ereiferte sich.

Sie kaute.

»Was haben wir denn eigentlich zu verlieren?«

Sie legte den Löffel beiseite und bemühte sich, ihre Erregung zu verbergen. »Thomas, ich kann einfach nicht begreifen, dass du mit diesem Mann über unsere Familie geredet hast. Nach allem, was passiert ist. Ich bin sehr enttäuscht von dir!«

»Kannst du das nicht auf sich beruhen lassen? Das ist fünfzehn Jahre her, und ich hatte meine Gründe. Das hier ist etwas völlig anderes!«

An jenem Abend hatte sie mit Johann den »Ball der Wirtschaft« besucht, der jährlich vom Verein Berliner Kaufleute und Industrieller ausgerichtet wurde. Sie mochte solche Veranstaltungen. Es waren Gelegenheiten, sich als harmonisches Ehepaar zu präsentieren. Gewöhnlich tanzten sie sogar miteinander. Es war weder Annäherung noch Zumutung; die Bewegung, die Johann und sie sich gegenseitig ermöglichten, war Teil und Bedingung des allgemeinen Amüsements. In diesen Momenten hatten sie die Pflicht, sich nahe zu sein. Der Alkohol tat in der Regel sein Übriges.

Der Abend war ruiniert gewesen, als Hans Werner Lobsch, der Verwalter eines Liegenschaftsfonds und alter Geschäftsfreund Johanns, von einem Artikel erzählte, den sein Sohn in einer Studentenzeitschrift entdeckt hatte. Es ging darin um die »Arisierung« jüdisch geführter Banken durch die Nationalsozialisten am Beispiel der Alberts-Bank. Ob Johann davon wisse? Es sei ein unschöner Artikel, verfasst in einem übermäßig gehässigen Tonfall.

Weder sie noch Johann hatten von einem derartigen Artikel gehört. So etwas, entgegnete Johann leichthin, werde immer wieder behauptet. Es sei übrigens leicht zu entkräften. Er hob sein Glas: kein Grund, sich diesen wunderbaren Abend ruinieren zu lassen. Die Band spielte beschwingten Dixie, die Stimmung war außerordentlich gehoben. Der Maître hatte einen ganzen Thunfisch serviert und japanisches Sushi, was damals noch kein selbstverständlicher Bestandteil eines Büfetts war. Lobsch trat näher an sie beide heran.

Den Artikel habe Thomas verfasst, sagte er. Ihr Sohn.

Helene erinnerte sich, dass Johanns Augen sich zu Schlitzen verengt hatten. Aus irgendeinem Grund fühlte sie in diesem Augenblick, dass der Artikel nicht der einzige Grund dafür gewesen war. Deshalb überraschte es sie nicht, dass Johann viel früher als sonst entschieden hatte, den Ball zu verlassen.

Emmerlein, der beim Wagen gestanden und geraucht hatte, fuhr sogleich vor. Im Fond überwand Helene als Erste ihre Verstörung und mutmaßte ein Missverständnis. Johann schüttelte stumm den Kopf. Das gelbe Licht der Gaslampen erleuchtete zyklisch sein Gesicht.

Seine Sprachlosigkeit verwunderte sie. Gewöhnlich beschwerte sich Johann hemmungslos über Fehlleistungen anderer. Er war dabei nicht unfair, aber nachtragend – wie sie wusste. Das hatte Johanns Ruf eines berechenbaren und verlässlichen Geschäftspartners bestärkt, bei dem man wisse, woran man sei. Dass er nun offenkundig unfähig war, seine Empörung zu äußern, verstärkte ihren Verdacht, dass diese nicht nur dem Artikel ihres Sohnes galt. Zumal die grundlegenden Meinungsverschiedenheiten zwischen den beiden schon lange spürbar waren.

Als sie im Haus waren, fragte sie: »Woher kann er das gewusst haben?«

Er sah sie an. Da das nicht oft vorkam, wirkte der Blick länger und eindringlicher, als er gewesen sein mochte. Johanns Augen waren trübe vom Alkohol und von etwas, das sie nicht benennen konnte.

»Was gewusst?«

»Dass du den Rückführungsvertrag zwischen Loeb und deinem Vater in dem Prozess absichtlich zurückgehalten hast?«

Als wüsste er, dass es keinen Zweck haben würde, es zu leugnen, zuckte er die Achseln. »Woher wusstest *du* es?«

»Du hast es mir erzählt.«

»Nein«, sagte er langsam. »Das habe ich nicht. Ich habe den Vertrag überhaupt nicht.«

»Und wer hat ihn dann?«

»Feldberg«, sagte Johann schwer atmend. »Feldberg hat ihn.«

Inzwischen erfüllte der Geruch des Omeletts die Küche. Plötzlich stand wieder all das zwischen ihnen, worum es damals schon gegangen war. Thomas' Stimme war lauter geworden. Er verteidigte sich.

Unversehens stand Stefanie im Pyjama und mit zerzaustem Haar in der Tür. »Streitet ihr euch? Worüber?« Ohne sich um ihr Aussehen zu kümmern, setzte sie sich an den Tisch und sah sie und Thomas an. Diese uneitle Selbstverständlichkeit rührte Helene.

»Nichts, Stefanie«, sagte Helene mit leichter Stimme. »Konntest du gut schlafen?«

»Ja, ich hab ... Oh, kann ich was davon haben?«

Thomas schob ihr den Teller mit dem Omelett herüber, den Ulla eben vor ihm abgestellt hatte. »Nimm. Hab keinen Hunger mehr.«

»Was ist denn los? Worüber redet ihr?«

»Ich weiß auch nicht«, antwortete Thomas. »Über Bankgeheimnisse.«

Helene hatte ihr Müsli beendet. Ihr missfiel die naive Überheblichkeit, mit der Thomas sich als unparteiischer Schiedsrichter gerierte. Nicht sie war es, die nichts über die Bank wusste. Sie sagte: »Ich möchte gern wissen, warum du schon den ganzen Morgen so aggressiv mir gegenüber bist. Der gestrige Tag war auch für mich schwer. Ich finde, wir haben im Moment alle ein bisschen Ruhe verdient.«

»Ich bin nicht aggressiv. Ich kriege nur ... was weiß ich. Ich bin seit einer Woche in diesem Haus.«

»Hast du Termine?«, fragte Stefanie kauend.

»Mein Auto steht noch in Italien.«

»Was meine Frage jetzt nicht direkt beantwortet.«

»Ich hab meine Beratungen ausgesetzt. Aber das kann nicht ewig so weitergehen. Ich muss auch mal wieder Geld verdienen.«

»Ist es denn so schlimm, hier zu sein?« Als Helene die

Frage gestellt hatte, bemerkte sie, dass das ganz automatisch geschehen war. Sie bereute sie. Sie wollte die Antwort nicht hören.

»Alles in diesem Haus scheint einen anzuschreien: Frag nicht!«, sagte Thomas mit bebender Stimme.

Seine Ausdrucksweise verletzte Helene. Sie blickte auf ihre Hände, nahm eine neue Zigarette aus ihrem Etui, zündete sie an. Ulla hinter ihr öffnete das zweite Fenster. Draußen zwitscherten Vögel.

»Was ist denn, Ulla? Stört es dich, wenn ich hier rauche? Du kannst mir das ruhig sagen.«

»Ich wollte nur«, begann Ulla und brach dann ab. Sie leerte den Aschenbecher und stellte ihn wieder auf den Tisch.

»Was meinst du damit?«, fragte Stefanie Thomas; sie hatte sein Omelett bereits aufgegessen und den Teller von sich geschoben. Ihre Frage war offen und arglos; Helene konnte ihr das nicht vorwerfen.

»Es erinnert mich einfach sehr daran, ich zu sein, wenn ich hier bin.«

»Kannst du das mal so sagen, dass ich verstehe, was daran so schlimm ist?«

»Nein, bedaure«, sagte Thomas.

»Hat das was damit zu tun, dass du mit dem Therapieren aufgehört hast?«

»Auch, aber nicht nur. Sag mal, was fragst du mich eigentlich aus? Was machst du denn so in Amiland? Hast du einen Freund? Verdient er viel Geld?«

»Ich verdiene mein Geld selber. Und du? Bist du mit dieser Valerie zusammen? Die ist ganz schön jung.«

»Ach, daher weht der Wind«, sagte er und tat, als sei er beleidigt. Obwohl sich die beiden selten sahen, dachte Helene nun, verstanden sie sich auf eine sehr vielschichtige Weise gut, fast so, als lebten sie miteinander. Sie hatte sich immer gefragt, warum das nicht so einfach war, wie es aussah.

Thomas schüttelte den Kopf. »Ich habe sie mitgenommen, weil sie was mit ihrem Vater zu klären hatte.«

»Das haben im Moment ja so einige Leute«, sagte Stefanie.

»Sie hat psychische Probleme«, ergänzte Thomas.

»Wie offensichtlich alle in ihrer Familie«, warf Helene ein und befand es augenblicklich für überflüssig.

»Aber ist sie deine Patientin, oder was?«, hakte Stefanie nach.

»Nein. Nicht direkt.«

»Also sie ist nicht deine Freundin und nicht deine Patientin. Wieso hast du sie dann mitgenommen?«

»Weil ich mich von etwas befreien wollte.«

Thomas schien das unter großer Anspannung zu sagen. Helene wunderte sich plötzlich, wie durch Stefanie aus ihrem Sohn plötzlich jemand wurde, der seine Gedanken offenbarte. Und wie leicht dies schien, wenn man nur die richtigen Fragen stellte. Es reichte sogar, wie jetzt von Stefanie, ein fragender Blick.

»Ich habe versucht, mich von einer falschen Schlussfolgerung zu befreien.«

»Und welcher?«

»Dass ich niemandem helfen kann, solange ich in den Geschichten der anderen nur meine eigene entdecke.«

»Und was ist das, deine eigene Geschichte?«

Thomas sah zu seinem Hund, der reglos auf seiner Decke lag. Dann wandte er sich plötzlich an Helene und sagte: »Ich hatte immer das Gefühl, dich retten zu müssen. Ich meine, du hast uns ständig vermittelt, wie schlimm alles ist. Wie sehr du unter ihm leidest.« Thomas sah hilfesuchend seine Schwester an, doch deren Blick blieb unbestimmt. »Aber wenn du so sehr unter ihm gelitten hast, warum hast du dich dann nicht einfach getrennt?«

»Ich habe nicht unter eurem Vater gelitten. Wie kommst du denn darauf?«

»Wie ich darauf komme? Getrennte Zimmer, zum Beispiel. Keine gemeinsamen Mahlzeiten. Zettel auf den Tischen. Als hätte er dich für irgendwas bestraft.«

»Das ist doch dummes Zeug, Thomas.«

»Es sah aber so aus.«

»So sieht das eben aus, wenn man dreißig Jahre verheiratet ist.«

»Damals waren es noch keine dreißig Jahre.«

»Man läuft doch nicht herum und teilt allen ungefragt mit, wie man zueinander steht.« Nun war Helene es, die Stefanie ansah. Stefanie war weitaus weniger hysterisch in diesen Dingen. Stefanie war rational. Stefanie sagte: »Vater hat mir mal erzählt, du hättest ihn betrogen. Stimmt das?«

Im ersten Moment glaubte sie, nicht richtig gehört zu haben. Sie war benommen. Vielleicht hatte sie eine falsche Bewegung gemacht, denn plötzlich spürte sie wieder den brennenden Schmerz in ihrem Rücken. »Das … das sind doch alles uralte Geschichten«, sagte sie schließlich.

»Was heißt das, ›betrogen‹?«, fragte Thomas in Stefanies Richtung.

»Es heißt«, setzte Helene an, doch Thomas unterbrach sie.

»Ich glaube, es hat keinen Sinn, wenn du darauf antwortest. Ich frage Stefanie. Was hat er dir erzählt?«

»Wieso soll es keinen Sinn haben, wenn ich mich selbst äußere?« Sie bemerkte, wie ihre Stimme kippte; wie sie sie immer weniger als ihre eigene erkannte. »Ich …«

Aber Thomas unterbrach sie abermals: »Weil du nicht die Wahrheit sagst. Du sagst nie die Wahrheit.«

»Das bedeutet, du nennst mich eine Lügnerin?«

»Trinken Sie noch einen Schluck Kaffee, Frau Alberts?«

»Danke, Ulla, ich möchte keinen Kaffee. Ich bin gekränkt und enttäuscht, dass mein Sohn –«

»Du hast überhaupt keinen *Grund*, gekränkt und enttäuscht zu sein!«

»Ich möchte das jetzt gern zu Ende sagen!« Dies hatte Helene beinahe geschrien. Auch Thomas hatte die Lautstärke seiner Stimme nicht mehr unter Kontrolle. Alles hatte sich plötzlich gefährlich verschoben. In diesem Moment spürte sie nicht, dass Thomas ihr Sohn, dass Stefanie ihre Tochter war. Da saßen Fremde, die über sie richten wollten.

»Du weißt nichts«, sagte sie jetzt. »Und auf diese Art wirst du auch nichts erfahren.«

1 2 3 4 5 6 7 8

Einige Tage vor der Unterzeichnung des Stiftungsvertrags hatte Johann sie zu sich gerufen. Sie hatte am Telefon gefragt, ob etwas passiert sei. Seine Stimme klang erstickt. Sie solle nur kommen; sie werde dann sehen.

Sie ließ sich von ihrem Haus in Dahlem zur Bank bringen. Als sie in die Eingangshalle trat, begegnete ihr Corinna Bartels, die Sekretärin ihres Mannes. Einige der Angestellten nannten sie »die Franz Josef Strauß« – wegen ihrer Leibesfülle, vor allem aber wegen ihres dominanten Wesens. Frau Bartels sah sie mit versteinerter Miene an und deutete grußlos nach oben. Wenn sie später daran zurückdachte, versuchte Helene sich einzureden, dass sie schon im Moment, als sie die Treppe hinaufstieg, ihre Strafe akzeptierte, welche es auch sein würde. Doch das stimmte nicht. Strafe war nur zu akzeptieren, wenn man die Schuld spürte. Sie aber fühlte in all den Jahren danach nur den Widerhall seines vermessenen Vorwurfs.

Das Erste, was sie sah, als sie die Tür zu Johanns Büro öffnete, war ihr Mann, der an dem kleinen Beratungstisch Platz genommen hatte. Er saß nie dort. Der Gast, der bei ihm war, konnte kein Kunde sein. Er saß mit dem Rücken zur Tür, und noch bevor sie ihn erkannte, schloss sie aus Johanns Miene, dass es niemand anderer als Keitel war.

Sie setzte sich wortlos an den Tisch.

»Dieser Herr hier«, sagte Johann, und seine Stimme klang hart und protokollarisch, »erhebt Anschuldigungen gegen dich. Ich kann gar nicht wiederholen, was für Anschuldigungen das sind. Ich möchte das auf der Stelle aus der Welt schaffen.«

Keitel, aufgedunsener noch als bei ihrem letzten Treffen vor Gericht, mit vor Aufregung geröteter Haut, begann gleich, seine Vorwürfe zu wiederholen: dass sie ihn betrogen, hintergangen und ausgenutzt habe und es bis zum heutigen Tag tue.

Nichts davon sei wahr, sagte Helene, außer der Tatsache, dass sie mit der Ehe den größten Fehler ihres Lebens begangen habe. Mehr habe sie zu der Angelegenheit nicht zu sagen.

Beide fixierten sie eisig. Keitel war selbst in seinem Hass unbeholfen und jämmerlich, sie konnte ihn nicht ernst nehmen. Johanns Blick aber traf sie. Es war nicht die Wut darin, sondern die bodenlose Verwunderung über das Eintreten der Schande.

Es stimme also wirklich, sagte Johann; da war es schon keine Frage mehr. Sie erkannte, dass in diesem Augenblick der Traum ihres gemeinsamen Glücks zerstört war. Durch ihre Schuld zerstört war, und für immer.

Sie war weit gekommen auf ihrem Weg in ihr Leben. Sie hatte es fast bis zur Vorsitzenden einer eigenen Stiftung gebracht. Sie hatte angefangen, dieses Leben als ihr eigentliches zu betrachten; es zu lieben. Jetzt, mit 38 Jahren, war es zu Ende.

Es war das letzte Mal gewesen, dass sie ihn cholerisch erlebte. Sie hatte diesen Charakterzug schon an ihm kennengelernt, auch wenn sie bisher kaum der Anlass dazu gewesen war. Nach Keitels Besuch galt für Tage Johanns ungefilterte Wut niemandem als ihr. Während sie sie über sich ergehen ließ, hoffte sie, dass die Zeit seine Wut langsam abtragen würde, Stein für Stein. Stattdessen aber errichtete Johann mit diesen Steinen über Tage hinweg eine Mauer. Als sie stand, schwieg er. Erst später begriff sie, dass dieses Schweigen der Beginn ihrer Strafe war; einer pathetischen, selbstgerechten, letztlich kindisch monströsen Strafe. Das Schweigen war grundsätzlich und endgültig; es ließ keinen Zweifel daran, wie ernst er sich nahm. Heilig.

Natürlich redeten sie hin und wieder miteinander, sie waren verheiratet, es war nicht zu vermeiden. Doch dass er seine Gefühle für sie in einer Art Kühlhaus weggeschlossen hatte, sprach aus jedem Wort, das er noch für sie übrig hatte. Selbst ihre schwere Rückenverletzung änderte daran nichts.

Sie war mit den beiden Kindern auf dem Reiterhof im Grunewald gewesen, wo sie ihre Trakehner-Stute Kinga gelegentlich selbst pflegte. Es war ein ruhiges, sehr ausgeglichenes Tier, auf dem nicht nur sie, sondern auch Thomas sich schon zu reiten traute. Der Unfall war und blieb Helene vollkommen unbegreiflich. Sie machte einen Ausritt, während die Kinder mit den beiden Zwillingssöhnen des Gutsbesitzers in dessen Haus spielten. Kinga stolperte in vollem Galopp. Als Helene wieder zu sich kam, stand das Pferd über ihr und wirkte vollkommen unverletzt. Sie selbst lag im Graben neben einem Maisfeld und konnte vom Hals abwärts ihren Körper nicht mehr spüren.

Der Grund dafür war ein »Jefferson-Fraktur« genannter Bruch des Atlaswirbels im Kopfgelenk. Die Taubheit ihres Körpers war nur vorübergehend, schon nach dem Abklingen ihrer Gehirnerschütterung konnte sie Arme und Beine wieder bewegen. Nach nur einer Woche durfte sie das Krankenhaus verlassen. Zur Therapie des Halswirbelbruchs musste sie allerdings einen Halo-Fixateur tragen. Zwar konnte sie sich frei bewegen, doch ein Haltering war über Titanschrauben in ihrem Schädel verankert und fest mit einem Korsett verbunden, sodass sie den Hals nicht drehen konnte. Die Prozedur dauerte dreizehn Wochen.

Das metallische Gebilde, das ihr aus Kopf und Schultern zu wachsen schien, stieß Johann offenkundig ab; sein Mitgefühl blieb geschäftsmäßig. Sie versuchte, ihm fehlende Anteilnahme zu unterstellen, doch das traf es nicht. Es war nicht so, dass er sie ignorierte. Tatsächlich verbrachte er jedes Frühstück mit ihr und den Kindern, auch zum Abendessen erschien er pünktlich. Er erzählte in knappen Sätzen von seinem Arbeitstag, fragte die Kinder nach der Schule und sie, ob sie Schmerzen habe. Er gab sich Mühe; nur war ihr nicht klar, worin diese Mühe genau bestand.

In der ersten Zeit hielt sie sie für den ehrlichen Versuch, zu vergessen, was er über sie erfahren hatte; beziehungsweise mit diesem Wissen zu leben. Dann erkannte sie, dass sein Verhalten, ebenso wie ihres, in einem starren Korsett steckte, in dem außerplanmäßige Bewegungen nicht vorgesehen und daher nicht möglich waren. Auf ihre Frage, was nun mit der Stiftung geschehe, antwortete er, dass die behördliche Anerkennung inzwischen ergangen sei; natürlich habe er, da sie bis auf Weiteres ausfalle, den Vorstand anderweitig besetzt.

1 2 3 4 5 **6** 7 8

»Erstens bin ich euch keine Rechenschaft schuldig«, sagte Helene. »Und zweitens entschuldigt ihr bitte, dass ich im Moment ganz andere Sorgen habe. In ein paar Stunden wird der Notar kommen.« Und mit ihm, dachte Helene, käme Johanns Testament. Das Erbe anzunehmen würde nach gegenwärtigem Stand für sie bedeuten, sämtliche Schulden Johanns auf sich zu nehmen und damit sämtliche Schulden der Bank.

»Siehst du?« Thomas hatte wieder das Wort an sich gerissen, er sah seine Schwester an. »Sie macht doch gar nicht den Versuch! Was werden wir jetzt hören? Bestimmt keine Erklärung dafür, dass in diesem Haus seit dreißig Jahren eine Atmosphäre wie in einer Grabkammer herrscht. Glaubst du, wir werden irgendwas, *irgendwas* hören, das auch nur im Ansatz ihre Rolle infrage stellt?«

»Ich mag es nicht, wenn du so sprichst, als sei ich nicht hier.«

»Du benimmst dich schon mein ganzes Leben lang so, als seist du nicht hier! Ich meine, als er mich mit Carolin auseinandergebracht hat, hast du da auch nur ein Wort gesagt, um das zu verhindern? Nein, du hast dich nicht getraut, etwas gegen ihn zu sagen, oder was weiß ich. Jedenfalls hast du nichts gesagt, nie. Und jetzt erfahre ich, dass er mir hintenrum Kunden zugeschustert hat aus der Bank, und das sagt mir auch keiner.« Und zu Stefanie: »Hast du davon gewusst?«

Stefanie zog die Augenbrauen hoch und schüttelte den Kopf. Sofort wendete Thomas sich wieder Helene zu. »Du hast das die ganze Zeit gewusst, und du wusstest auch, dass ich es nicht gewollt hätte. Unter keinen Umständen.«

»Thomas, ob du mir glaubst oder nicht, ich habe nicht gewusst, was dein Vater tut. Er hat mir nie etwas erzählt.«

»Er glaubt, dass ich sie auseinandergebracht habe«, hatte Johann an jenem Abend nach dem Wirtschaftsball nach einer langen Pause zu ihr gesagt. »Ihn und Carolin.«

»Ja«, sagte Helene. Johann war der Verbindung offen abgeneigt gewesen; sie wusste es, genauso wie Thomas es wusste. Carolin war beinahe fünf Jahre älter und verantwortlich dafür gewesen, dass Thomas sein Studium an der Bankakademie und sein Engagement in der Bank beendet hatte. Sie war eine überaus charismatische Frau gewesen, präsent in ihrem Auftreten, körperlich attraktiv und von einer zurückhaltenden, manipulativen Intelligenz. Thomas war gerade zwanzig gewesen. Sie hatte ihm den Kopf verdreht.

»Wie sollte er auch etwas anderes denken?«, hatte sie Johann gefragt.

»Er hat mich im Stich gelassen!«, brach es aus Johann hervor.

Sie dachte einen Moment nach. Etwas daran stimmte nicht. Dass Johann sich in der Rolle eines Verratenen sah, mochte zwischen ihm und ihr seine Berechtigung haben. Thomas hingegen hatte nichts weiter getan, als eine Wahl für sein Leben zu treffen. »Diese Freiheit hast du dir auch einmal genommen.«

»Aber ich habe mich besonnen! Darauf, dass es so etwas wie Verantwortung gibt! Dass man ein Erbe nicht einfach wegwirft!«

»Das gibt dir nicht das Recht, dasselbe von deinen Kindern zu erwarten. Es war deine Entscheidung.«

»Belehrst du mich?« Er war wütend. Die Wut galt nicht ihr, doch er war dabei, sie umzulenken.

»Ich belehre dich nicht. Thomas hat eine Wahl getroffen, und nun fühlt er sich von dir bestraft.«

»So ist das! Du verteidigst ihn dafür, dass er uns in den Rücken fällt. Das hätte ich mir denken können!«

»Nein, ich verteidige ihn nicht. Es gibt keine Entschuldigung für diesen Artikel. Du weißt, dass ich das glaube.«

Eine Stubenfliege – die erste dieses Jahres – hatte sich durch die offenen Fenster in die Küche verirrt und beschrieb Achten über ihren Köpfen. Stefanie bedeutete Ulla, dass sie noch etwas Kaffee wollte. »Wir haben alle Fehler gemacht«, sagte Helene.

»Ja«, sagte Thomas sarkastisch. »Und was für ein Glück, dass Phrasen nichts kosten.«

»Du hast deinen Vater sehr enttäuscht damals. In der ganzen Art und Weise, wie du dich in der Öffentlichkeit geäußert hast.«

»Ich hab ihn doch vorher schon enttäuscht!«, rief Thomas. »Ich hab ihn mit allem enttäuscht, was ich getan habe. Er hat doch gesehen, dass ich nicht in der Bank arbeiten wollte, das war ja offensichtlich. Und trotzdem war er von mir enttäuscht. Die gleiche Vorwurfshaltung wie bei dir: Als würde man alles falsch machen, allein dadurch, dass man auf der Welt ist! Hat leider nichts gebracht, dass er den verkorksten Sohn ins Internat zur Reparatur schickt. Was war ich erleichtert, als er endlich jemanden gefunden hatte, der richtig funktioniert.«

»Das darfst du nicht sagen.«

Sie ließ den Satz nachklingen in der Stille der Küche. Johann hatte seine Fliege gelockert. Er nahm eine Zigarette aus ihrem

Etui, das auf dem Tisch lag, und zündete sie an. Sie wusste, dass er gelegentlich rauchte, wenn er sich unbeobachtet fühlte. Wenn er sich sicher fühlte. Er hatte es selten in ihrer Gegenwart getan. Und dann sagte er völlig unvorbereitet: »Ich habe mit ihr geschlafen. Mit Carolin. Mehrmals.«

Sie war langsam aufgestanden, wie immer den Rücken durchdrückend, um dem Schmerz in der Wirbelsäule zu entgehen. Sie hatte sich an der Spüle ein Glas Wasser geholt. Dann hatte sie sich wieder hingesetzt und Johann gefragt: »Warum sagst du mir das?«

»Es ist doch inzwischen so viel Zeit vergangen«, sagte sie jetzt. Sie wollte dieses Thema beenden; es war nicht der Tag für ein solches Thema.

»Was soll das nun wieder bedeuten?«, fragte Thomas.

»Er hat uns geliebt. Dich als Sohn, mich als Ehefrau.«

»Na, dann ist ja alles in Butter.«

»Ich kann verstehen, dass du ihm das nicht verzeihen kannst. Es muss unbegreiflich für dich sein, was er getan hat.«

Thomas sah verwundert auf und schien durch einen Seitenblick auf Stefanie sicherstellen zu wollen, dass er richtig verstanden hatte. »Ja, das war es auch. Allerdings.«

»Selbst für mich war es ungeheuerlich in diesem Moment.«

»In welchem Moment?«

»Als er es zugab. Wir saßen in der Küche, genau hier. An dem Abend, als wir von deinem Artikel erfuhren.«

»Ich verstehe nicht ganz«, sagte Thomas verwirrt. »Was hat er da zugegeben?«

Johann hatte damals an ebenjenem Platz gesessen, an dem Thomas jetzt saß. Dessen Blick verengte sich nun, wie es rund zwanzig Jahre zuvor Johanns Gesicht getan hatte. »Seine Affäre mit Carolin.«

»Wie bitte?« In Thomas' Augen spiegelte sich sukzessives Begreifen. Noch nie in ihrem Leben hatte Helene einen Satz so sehr bereut wie diesen. Sie konnte sich nicht erklären, wie ihr das hatte passieren können. Tonlos sagte sie: »Du wusstest es gar nicht.«

Thomas' Hund wimmerte im Schlaf.

»Ach du Scheiße«, sagte Stefanie.

»Ich werde kurz den Müll rausbringen«, sagte Ulla.

Thomas verzog grotesk den Mund, als wollte er etwas sagen oder schreien. Dann sagte er nichts. Gar nichts mehr.

Schließlich war sie es, die als Erste die Fassung wiederfand. »Thomas, es tut mir leid. Ich dachte, er hätte es dir erzählt.«

»Ausgerechnet er soll mir das erzählt haben?«

»Oder Carolin. Ich dachte, irgendjemand hätte es dir erzählt.«

»Wer? Der Pressedienst, oder was?«

»Ich will doch damit nur sagen, dass ich dachte, du hättest das all die Jahre gewusst. Euer Verhältnis –«

»Gar nichts hab ich gewusst«, sagte Thomas. Sein Blick war jetzt offen hasserfüllt. Vielleicht bildete sie es sich nur ein. »Gar nichts.«

Helene wünschte sich, dass das Telefon klingeln würde, aber das Telefon klingelte nicht. Sie erhob sich unnötig mühsam und trat mit einer Zigarette ans Fenster. Die Fliege knallte gegen die Scheibe und suchte den Ausgang.

»Es war ihre Entscheidung, die Beziehung zu beenden«, hatte Johann an jenem Abend gesagt. »Ich hatte damit nichts zu tun. Sie wollte das schon vorher. Nur deswegen ist das passiert.«

»Aber hast du nicht mit Carolin gesprochen?«, fragte Stefanie jetzt. »Ich meine, sie macht einfach Schluss mit dir, und du …«

»Sie war plötzlich weg. Ich wusste ja, dass irgendwas los war. Wir hatten eine Krise. Dann sagt sie plötzlich: Ich mache ein Auslandssemester, auf Wiedersehen.«

»Und du hast nicht mehr mit ihr gesprochen?«

»Wir haben ein paarmal telefoniert. Nach ihrer Rückkehr ist sie irgendwo aufs Land gezogen und hat geheiratet. Ich weiß nur, dass sie ein … Moment mal.« Er fixierte sie. »Hat er sonst noch was erzählt? Von wem ist es?«

Sie drehte sich halb zu ihm und blies den Rauch zum Fensterspalt hinaus.

»Ich habe mich aus diesem Thema rausgehalten, Thomas. Das war eine Sache zwischen dir und Johann.«

»Du hast dich … was? *Rausgehalten*? Aus dem *Thema*?«

»Thomas …«

»Dein Mann geht mit der Freundin deines Sohnes ins Bett, und du hältst dich aus diesem Thema raus?«

»Thomas, ich …«

»Kannst du mir mal sagen, was das für ein kranker Scheiß ist, den ich mir hier anhören muss?«

»Hey, komm jetzt«, sagte Stefanie.

»Nein, das kann ich dir nicht sagen!«, schrie Helene ihn an. Beim Aufstehen stieß sie an den Tisch; ein Schmerz wie von einem heißen Draht fuhr ihr durchs Genick. Ihre Tasse schwappte über. »Und zwar, weil wir hier nicht bei einem Verhör sind! Du bist mein Sohn, und du hast nicht so mit mir zu reden!«

Auch Thomas war aufgesprungen. Er schrie ebenfalls; Stefanie versuchte vergeblich, ihn zu beschwichtigen. »Also warum verdammt noch mal holen wir Gudvang nicht sofort hier rein und erzählen ihm mal ein bisschen was über unsere tolle Familie?«

Thomas' verdammter Köter kläffte die ganze Küche zusammen. Sie warf die Kippe aus dem Fenster. Plötzlich war ihr Kopf leer, und ehe sie es bemerkte, fand sie sich auf dem Weg in den Salon. Noch im Korridor begann sie zu fallen. Dann war Ulla neben ihr und half ihr vorsichtig auf das Kanapee. Sofort schloss sie die Augen.

1 2 3 4 5 6 7 8

Für die nächsten fünf oder sechs Jahre hatte ihre gesellschaftliche Funktion, und somit neben der Erziehung der Kinder ihre Hauptaufgabe, im Ausrichten von Abendessen und Empfängen im Dahlemer Haus bestanden.

Diese Anlässe galten Freunden, Geschäftspartnern und möglichen Kunden und waren außerordentlich beliebt. Das lag ganz wesentlich daran, dass Helene ihr Metier beherrschte. Sie konnten das Esszimmer so herrichten, dass an der großen Tafel bis zu 16 Personen Platz fanden. Die Küche musste für die Anforderungen technisch umgerüstet werden. Vor den Anlässen ließ sie einen Koch das Menü zusammenstellen und buchte Servicekräfte; mit der Zeit entwickelte sich daraus ein Team, auf das sie vertraute und immer wieder zurückgriff. Aus ihren Empfängen wurde schnell eine Art Institution, die jene perfekte Qualität, für die sie bald bekannt war, stets aufs Neue zu beweisen hatte. Helene kontrollierte von der Druckfarbe der Einladungskarten über die angelieferten Menüzutaten bis zum makellos Glanz noch der letzten Espressotasse alles, was zum Gelingen oder Nichtgelingen des Abends irgend beitragen konnte. Sie wusste, wann Kaviarmesser und Sorbetlöffel eingedeckt werden und in welchem Winkel das Weißwein- unter dem Richtglas angeordnet sein musste. Den Zentimeter, den dieses wiederum von der Spitze des Messers für den Hauptgang entfernt sein musste, konnte sie exakt abschätzen.

Ihr Reitunfall wurde auch nach Beendigung des Heilungsprozesses nicht zur bloßen Erinnerung, denn bei dem Sturz war auch die Axis, der zweite Halswirbel, der maßgeblich für die Drehung des Kopfes zuständig ist, irreparabel beschädigt worden. Sie behielt, als eine Art Markenzeichen, eine gewisse Steifheit der Bewegungen zurück. Wenn sie sich an jemanden wandte, drehte sie nicht den Hals, sondern den gesamten Körper in seine Richtung; um den gewissermaßen aufdringlichen Impetus dieser Bewegung abzumildern, bemühte sie sich um entsprechend größere Distanz.

Das Sitzen bereitete ihr Schmerzen; erträglich war es nur mit kerzengeradem und durchgedrücktem Rücken. Am liebsten stand sie, während sie zwischen den Gängen mit einem Auge die Arbeit des Teams überwachte, bei ihren Gästen und verwickelte sie, zwanglos eine Zigarette rauchend, in ein Gespräch. Schon beim Eintreffen pflegte sie jeden Gast mit Namen, Titel und Beruf vorzustellen; meistens schmückte sie ihre Beziehung zu dem Betreffenden mit einigen einprägsamen Details aus, um für die späteren Unterhaltungen Anschlüsse bereitzustellen. Fast immer legte sie im Vorfeld kurze Dossiers über die Gäste an; es erschien ihr ratsam, zu planen, welches Interesse oder Temperament sich vielversprechend mit einem bestimmten Geschäftsbereich kombinieren ließe, sodass etwas Ertragreiches dabei herauskommen konnte.

Dass sie eine perfekte Gastgeberin war, erwartete Johann im Namen der Bank von ihr. Dass sie diese Erwartung aber bei weitem übertraf, indem sie – im Namen der Bank – Lobbyarbeit in eigener Sache betrieb, erwartete er nicht. Und dass sie durch die Art und Weise ihrer Abendgestaltung nicht nur Partnerschaften und Geschäfte generierte, sondern vor allem auch eigene Kontakte herstellte und pflegte, bekam er – darin war sie sehr sicher – bis zum Schluss nicht mit. Bis zu dem Moment, als er feststellte, dass er die Kontrolle über seine Bank längst verloren hatte.

Einer jener Gäste, zu dem sich richtungsweisende Kontakte ergeben sollten, war Felix Feldberg. Er nahm Anfang der achtziger Jahre erstmals an einem Abendessen teil. 1985 machte Johann ihn zum Prokuristen der Bank.

Feldberg war von Haus aus Wirtschaftsprüfer und hatte in den letzten Jahren unter anderem im Berliner Senat für Stadtplanung und Baugenehmigungsverfahren gearbeitet. Er verfügte über ausgezeichnete Kontakte. Es war nicht leicht, ihn in ein Gespräch zu verwickeln, denn er war reserviert. Ihr gefiel das. Er suchte nicht nach Geschäftspartnern, sondern schien mit sich und seiner Position zufrieden. Allerdings wirkte er auch wie jemand, der sich infolge ausbleibender Überraschungen ein wenig langweilte.

Er kenne sich mit Immobilien aus wie kein Zweiter, hatte sie zu Johann gesagt, als die Gäste gegangen waren, die Kellner in der Küche das Geschirr zusammenräumten und Johann sich eben zu Bett begeben wollte. Sie sprach allgemein, scheinbar zufällig in seine Richtung. Vielleicht könne er der Sparte frische Impulse bringen.

Es sei überaus dankenswert, antwortete Johann mit vom Wein schwerer Zunge, dass sie sich um das Gedeihen der Bank sorge; allerdings sei das nicht ihre Aufgabe. Damit beendete er das Thema.

Sie hatte sich an seine Abschätzigkeit gewöhnt; der Hauptteil ihrer Kommunikation verlief in dieser Weise. Johann behandelte sie wie eine Geduldete, ganz gleich, wie nützlich sie sich ihm und der Bank machte. Aus Johanns Arbeitszimmer mit Schlafcouch war binnen eines Jahres ein Schlafzimmer mit einem Schreibtisch geworden. Das Wort Scheidung war zweimal eher beiläufig gefallen, dann hatten sie es, aus unterschiedlichen Gründen, aus ihrem Wortschatz gestrichen.

Beim nächsten Abendessen lud sie Feldberg wieder ein, brachte ihn mit einigen erstaunlich flachen Witzen zum Lachen und erfuhr, dass er einem Wechsel in die freie Wirtschaft nicht abgeneigt war. Wie er wisse, sagte sie, sammle ihr Mann Kunst und plane für die Zukunft ein eigenes Museum. Ob ihm dazu etwas einfiele?

An diesem Abend unterhielten sich Johann und er lange miteinander. Helene gegenüber erwähnte Johann den Namen Feldberg weder an diesem Abend noch in den nächsten Wochen. Sie erfuhr einige Wochen später zufällig von Frau Bartels, dass Feldberg längst einen Beratervertrag unterschrieben hatte.

Näheren Einblick in Feldbergs Tätigkeit erhielt Helene erst, als Johann ihm die Geschäftsführung jener Stiftung übertrug, die ihren Namen führte, ohne dass sie je in ihr tätig gewesen wäre. Den Vorsitz hatte Johann bis dahin kommissarisch selbst übernommen; inzwischen hatten allerdings nicht nur der Geschäftsumfang der Bank sowie die anhängigen Verpflichtungen, sondern auch Johanns Kunstsammlung beträchtlich an Größe zugenommen, sodass er mehr und mehr bestrebt war, Verantwortlichkeiten abzugeben.

Trotz seiner Förmlichkeit war Feldberg erstens sensibel genug, um das Verhältnis zwischen Johann und seiner Frau schnell als ein gespanntes einschätzen zu können, und zweitens diskret genug, um mit beiden in gutem Kontakt zu stehen. Das allerdings kam erst später. Nach zwei Jahren auf Beratungsbasis, von denen Helene wenig mitbekam, übernahm

Johann Feldberg fest in die Bank. Ein weiteres Jahr später machte er ihn zum Prokuristen. Tatsächlich belebte Feldberg Alberts' Beteiligung an Immobilienwerten, und auch die Objektentwicklung – nicht unbedingt ein traditionelles Geschäftsfeld der Bank – trieb er von Berlin aus voran. Wie sie vorausgesagt hatte, kannte Feldberg nicht nur die Markt- und Bedarfslage, sondern auch die Abläufe von Grundstücksvermittlung, Bauüberwachung und Förderungsverfahren, ganz zu schweigen von den vielfältigen steuerlichen Fragen. Sie hielt ihn in jeder Hinsicht für einen Zugewinn. Und auch Johann tat das.

1 2 3 4 5 6 7 8

Sie musste eingenickt sein, denn sie hatte es nicht läuten hören. Sie hatte geträumt. Der Schauplatz des Traums erinnerte sie an eine Suite wie jene im Gasthof Zum Goldenen Hirsch in Bayreuth. Sie konnte sich an den Traum selbst nicht mehr erinnern; nur daran, dass es um sie und Johann ging. Das Bild der Suite driftete als einziges Überbleibsel mit hinüber, während sie erwachte. Dass sie sich auf solchen Reisen ein Bett teilen mussten, hatten sie mit geschäftsmäßiger Routine hingenommen. Sie hatten so viel Übung darin, sich wenig zu beachten, dass die Unfreundlichkeit ganz daraus verschwunden war. Die beiden Räume dieser, aber auch anderer Suiten hatten es ihnen einfach gemacht, Schränke und Bad nacheinander mit den persönlichen Gegenständen auszustatten. Wenn sie sich begegneten, zum Beispiel im Türrahmen, ließen sie einander höflich den Vortritt. Sie sagten Bitte und Danke.

Sie kleideten sich nacheinander und in verschiedenen Zimmern aus und an. Das Bad benutzte grundsätzlich Johann zuerst, wonach er sich ins Schlafzimmer zurückzog, das Licht löschte und mit einem »Gute Nacht« signalisierte, dass nun alles für sie bereit sei. Sie schaltete dann den Fernseher aus, entkleidete sich bei geöffneter Tür im Schein einer Lampe und vermied im Bad jeden unnötigen Lärm. Dann stieg sie ins Bett und schlief; morgens wiederholte sich die Prozedur in umgekehrter Reihenfolge. Sie betraten gemeinsam den Frühstücksraum. Erst am Tisch sagten sie einander guten Morgen.

Es war Zeit vergangen, dachte sie. Johann war für sie vom menschgewordenen Vorwurf zu einem Neutrum geworden. Sein Geschlecht und Alter verrieten sich anhand bestimmter Geräusche und Gerüche, denen sie mit ebenso großem Gleichmut begegnete wie Haaren im Waschbecken. Sie sah Johann zu selten, um an seinen Angewohnheiten Anstoß zu nehmen. Dass sie sich selbst auf kleinem Raum so mühelos aus dem Weg gingen, hatte nichts von angestrengter Vermeidung. Eher erfreute sie sich an der perfekten Choreografie ihrer Routine. Die Selbstverständlichkeit darin ermöglichte ihnen beiden Entspannung, sodass sie nicht deswegen schwiegen, weil das Reden verfänglich wäre, sondern weil es die Schönheit des Ablaufs beeinträchtigen würde. Es war unnötig.

Es war ihrer beider Beruf geworden, sich gemeinsam sehen zu lassen und unerschütterlich zu lächeln. Sie trafen mit vielen Menschen zusammen, denen dieses Lächeln wichtig war. Johann hatte seine Kontakte mit Künstlern, Sammlern und Geschäftsfreunden gepflegt. Und auch sie hatte ihre Kontakte gepflegt. Ohne Übertreibung konnte sie sagen, dass Johanns und ihre Kontakte mehr und mehr identisch geworden waren.

Beinahe wehmütig dachte sie an ihren letzten gemeinsamen Besuch in Bayreuth, im Jahr 2009. Sie hatte sich nie für Wagner interessiert, generell empfand sie Oper als lächerlich, lediglich wegen der Orchestrierung konnte sie einige italienische ertragen. Johann dagegen ereiferte sich auch in diesem Jahr auf dem Vorplatz, dem Balkon und im Foyer – überall, wo er ein bekanntes Gesicht sah – über die neue Festspielleitung und ihre Auswahl an Regisseuren, über das Ende der Ära Wolfgang Wagner und über den allgemeinen Niedergang der Tradition. Sie blickte dazu freundlich in freundliche Gesichter und begrüßte jeden mit Namen und Anrede. Es war heiß. Sie machte sich keine Illusionen über die nächsten viereinhalb Stunden, nach denen sie nicht mehr wissen würde, wie sie auf dem schlecht gepolsterten und engen Gestühl noch sitzen sollte. Die Wolken von Eau de Toilettes und Deodorants, die vergeblich die allgemeine Transpiration zu überdecken versuchten, würden ihr das Atmen schwer machen.

Als sie durch das Foyer des Königsbaus ging, um draußen noch eine Zigarette zu rauchen, begegnete ihr der junge Niklas Schallhammer, der ihr von früheren Zusammentreffen her bekannt war. Zunächst schien er sie nicht zu erkennen, doch als sie ihn um Feuer bat, zeigte er sich überaus galant. Sie kamen ins Gespräch. Da die Finanzkrise in der ersten Hälfte dieses Jahres an niemandem spurlos vorübergegangen war, hätte es unnatürlicher Heimlichtuerei bedurft, dieses Thema nicht zu streifen. Zwar war auf dem Grünen Hügel von einer Krise nichts zu spüren, doch war dies eine Ausnahme. Ihre höfliche Erkundigung nach dem Geschäft hätte Schallhammer unter Verweis auf das allgemeine Notleiden abspeisen können, doch er antwortete ausführlich, dass er über das bisher starke Geschäftsjahr überrascht sei. Er hoffe, auch sie habe keinen Grund zur Klage? Durchaus nicht, gab Helene routiniert zurück, bedankte sich für das Feuer und wünschte eine genussreiche Aufführung.

In der Pause nach dem ersten Akt entschuldigte sie sich Johann gegenüber damit, zur Toilette gehen zu müssen. Sie suchte hinten auf der Terrasse, im Foyer und im Park, konnte Schallhammer aber nirgends finden. Nach der ersten Posaune entdeckte sie ihn nahe einer der Bänke, ging aber nicht zu ihm, da eine Gruppe ihn umstand und Helene unter allen Umständen Aufsehen vermeiden wollte. Sie kehrte ins Foyer zurück, wo Johann sich wortreich über die Inszenierung der Oper echauffierte. Sie trat neben ihn und erkundigte sich interessiert nach dem Regisseur. Und während Johann erklärte, es sei ein Opernneuling, der unter Beweis stelle, dass die Experimentierfreude der Wagner-Frauen schon im ersten Jahr als gescheitert anzusehen sei, nahm sie ihm sein Jackett, das er ausgezogen hatte, ab und legte es sich mit einer Geste einstudierter Fürsorge über den Unterarm.

Als die Posaunen zum dritten Mal ertönten und sie bereits auf dem Weg zurück in den Saal waren, schickte sie Johann vor, während sie selbst unter dem Vorwand, ein Opernglas zu leihen, noch einmal ins Foyer zurückkehrte. Schnell schrieb sie mit Johanns Telefon eine Mitteilung an die Nummer Schallhammers und löschte sie anschließend sorgsam aus dem Speicher: *Bitte kommen sie in der zweiten pause zur cosimabüste. Antworten sie nicht auf diese nachricht. Helene alberts*

In der Pause nach dem zweiten Akt fühlte sie sich von der Aufführung erschöpft. Sie schwitzte stark, und so war es ein Leichtes, sich aufgrund einer Kreislaufschwäche zu einem kleinen Rundgang an die frische Luft zurückzuziehen. Der Abend war gekommen, das Tiefblau des Himmels verstärkte den Eindruck gnädiger Kühle. Schallhammer stand wie vereinbart an der Cosima-Büste jenseits der Siegfried-Wagner-Allee und rauchte.

»Warum so geheimnisvoll?«, fragte er.

»Wie heißt es so schön?«, hob sie an und lächelte. »Dieses Gespräch hat nie stattgefunden.«

»Was kann ich für Sie tun?«

»Nicht für mich. Für das Bankhaus Alberts.«

Schallhammer zögerte. Er wusste, dass Helene in der Bank keine offizielle Funktion bekleidete und bestimmt nicht weisungsbefugt war. Er wusste aber auch, dass sie Johanns Frau war.

»Wir haben nicht viel Zeit«, sagte sie und blickte sich zur Terrasse um, wo die Operngäste in der Festbeleuchtung unwirklich gegen die Dämmerung abstachen. »Ich verrate Ihnen keine Geheimnisse. Ich sage Ihnen nur, was Sie am Ende des Jahres ohnehin dem Geschäftsbericht werden entnehmen können. Nur ist es dann vermutlich zu spät.«

»Ich verstehe.«

»Ihrer Bemerkung vorhin habe ich entnommen, dass sie gut aufgestellt sind.«

Schallhammer nickte. »Wir können nicht klagen.«

»Mein Mann denkt nicht an den Verkauf des Investmentgeschäfts. Auf manche Ideen kommt man nicht von allein. Auch wenn sie gut sind.«

Die Posaunen auf dem Balkon spielten ein Motiv aus dem bevorstehenden dritten Akt. Die ersten Gäste leerten ihre Gläser und kehrten ins Festspielhaus zurück.

»Diese Unterhaltung«, sagte Schallhammer, »ist ein wenig … unüblich. Finden Sie nicht?«

»Nein«, sagte sie. »Sind Sie interessiert?«

»Ich bin grundsätzlich immer interessiert an guten Geschäften.«

Sie gab ihm einen Zettel. »Wenn Sie etwas von mir brauchen, melden Sie sich unter dieser Nummer. Wenn Sie mit ihm reden, muss sich alles zufällig ergeben.«

Als das Motiv zum dritten Mal gespielt wurde, hatte sie eben die Toilette erreicht und kontrollierte ihr Make-up. Die

Zeit wurde knapp, sie beeilte sich. Die Türen wurden gerade geschlossen, als sie die Treppe hochstieg.

Johann sah sie kurz und prüfend an: Ob es ihr besser gehe? Auch wenn es so schien, als sei die Frage an sie persönlich gerichtet, wusste sie, dass sie hauptsächlich der Sorge um ihr einmütiges und protokollgemäßes Auftreten galt.

Sie folgte dem dritten Akt aufmerksam. Erstmals hatte sie das Gefühl, etwas von der Handlung zu begreifen. Als das Licht anging und ein ohrenbetäubender Chor aus Buhrufen anhob, blätterte sie aufmerksam in dem Programmheft, um nachzulesen, was sie gerade gesehen hatte.

Es ist die Hoffnung, die Liebe könne Lohengrin aus seiner existenziellen Einsamkeit befreien. Und an diese Idee knüpft sich seine Forderung nach bedingungslosem Vertrauen. Aber der Versuch geht gründlich daneben.

Als sie später gemeinsam mit Geschäftsfreunden Johanns auf dem Vorplatz standen und plauderten, sah sie Schallhammer mit seiner Frau und seiner Tochter die Stufen hinunterkommen. Ohne zu zögern trat er an Johann heran und begrüßte ihn.

»Herr Alberts. Wann darf man Sie mal wieder in Wien begrüßen?«

»Nicht so bald, fürchte ich.«

»Das ist schade. Vielleicht überlegen Sie es sich noch einmal. Sie haben doch noch meine Nummer?«

Johann nickte, als wollte er die Unterhaltung schnell beenden. Helene fragte Schallhammer: »Wie hat Ihnen die Inszenierung gefallen?«

»Nun, sie war durchaus … interessant.«

»Geben Sie's zu«, wandte sie charmant ein, »sie war schrecklich.«

Schallhammer und seine Frau lachten. »Nun, ich muss zugeben, ich habe die Oper kaum wiedererkannt.«

»Es war lächerlich«, ereiferte sich Johann, offenbar froh über Schallhammers Zustimmung. »Ein furchtbarer Popanz. Dieser Lotmann ist einfach kein Opernregisseur. Wenn Sie mich fragen, ist der überhaupt kein Regisseur.«

»Das Bühnenbild war nicht schlecht.«

»Zumindest die Frau scheint ihr Handwerk zu verstehen.«

In dieser Weise befeuerten sich die beiden noch einige Minuten in Zustimmung und Ablehnung, dann verabschiedete man sich freundlich.

Helene zog sich ein letztes Mal in den Waschraum zurück, nachdem sie ihre Jacke von der Garderobe geholt und ihr Opernglas zurückgegeben hatte. Als sei dies alles ein Spiel, das sie sich bei den Mächtigen dieser Welt abgeschaut hatte, tippte sie einen Satz in ihr eigenes Telefon, der in vielen Filmen Verwendung fand: *Es ist alles arrangiert.* Dann hatte sie Feldbergs Nummer eingegeben und die Nachricht abgeschickt.

Sie war inzwischen vollständig wach; dennoch hatte sie nicht bemerkt, wie Feldberg in den Salon gekommen war. Er trug noch immer denselben schwarzen Anzug vom Vortag. Seine Krawatte war gelockert. Beides erlebte sie in den fast dreißig Jahren, die sie ihn kannte, zum ersten Mal.

Er ging wortlos um das Kanapee herum und setzte sich ihr gegenüber. Mühsam richtete sie sich auf: Zunächst stützte sie sich auf die Ellbogen, dann zog sie sich an der Rückenlehne des Kanapees hoch.

»Ich war die ganze Nacht in der Bank«, sagte Feldberg. Er nahm seine Brille ab und rieb sich die Augen. Ulla erschien und stellte ein kleines Tablett mit Kaffee und Gebäck vor ihn auf den Tisch.

»Ist das Geld aufgetaucht?«, fragte Helene, nachdem Ulla die Tür wieder hinter sich zugezogen hatte.

Feldberg schüttelte den Kopf. »Es ist kompliziert. Bernhard hat die Überweisungen über einen spanischen Netzbetreiber abgewickelt. Man kann das nicht so einfach rekonstruieren. Der Staatsanwalt hat Amtshilfe beantragt. Aber Lambord Didier hat die Kontenauskunft verweigert.«

»Wie können die die Auskunft verweigern? Es geht um Unterschlagung. Ist denen nicht klar, dass sie sich mitschuldig machen?«

Feldberg schüttelte langsam den Kopf. »Dafür gibt es keine Anhaltspunkte. Der einzige Hinweis ist die Unterlagenmappe, aus der hervorgeht, dass ein Konto eingerichtet wurde. Wir müssen beweisen, dass etwas darauf eingezahlt wurde.«

Helene bemühte sich, ihre Erregung zu verbergen. »Aber es ist doch völlig klar, wofür Bernhard dieses Konto eingerichtet hat!«

»Es ist leer«, sagte Feldberg.

Für einen Moment war es, als hätte sie das Atmen vergessen. »Was?«

»Ein leeres Konto, weiter nichts. Wir haben das heute Morgen erfahren. Am Staatsanwalt vorbei.«

»Aber wie kann denn das sein?«

»Wir haben alle Konten überprüft, die nach dem Short Squeeze glattgestellt wurden. Aber Bernhard hat mitgemacht. Einige seiner Transaktionen gingen nicht an Geschäftskonten.«

»Sondern?«

»Wir wissen es nicht.«

»Was sagt Bernhard? Hat irgendjemand mit ihm gesprochen?«

»Nur sein Anwalt. Und der sagt uns nichts.«

Helene starrte aus dem Fenster. Drei Amseln flogen im Kreis um den Rotdorn herum, dessen Krone der Gärtner jedes Frühjahr rund schnitt. Sie waren noch ohne Blätter. Das Astwerk des Baumes wirkte wie ein System verzweigter Nervenbahnen, das am Ende zu einem einzigen Stamm zusammenlief. Doch das war nur scheinbar. In der Erde, an der Wurzel, setzte sich die Verzweigung fort. Oder begann.

»Es wird das Beste sein«, sagte Feldberg, »wenn ich alles Beiwerk weglasse. Es ist nicht allein Bernhard. Die BaFin hat uns abgeschnitten. Es gehen keine Zahlungen mehr rein oder raus. Sie werfen uns Umgehung der Eigenkapitalvorschriften und Steuerhinterziehung vor. Wahrscheinlich Subventionsbetrug. Es kommen alte Sachen hoch.«

»Dann erwirken wir eine einstweilige Verfügung. Ruf Hafer-Lorisch an.«

»Das habe ich schon. Er sieht im Moment genauso wenig wie ich, wie wir uns wehren können.«

»Er sieht nicht, wie wir uns … Wozu ist er denn unser Anwalt?«

»Die Vorwürfe sind zutreffend. Wir haben teilweise recht innovativ Buch geführt.«

»Wir haben *was*?«

Die Ungeheuerlichkeiten, die Feldberg da äußerte, schienen ihn nicht aus der Ruhe zu bringen. Vielleicht war er zu erschöpft. Er trank einen Schluck Kaffee und nahm einen Keks.

»Wir? Ich weiß davon nichts!«

»Ich aber«, antwortete Feldberg ruhig. »Nur, im Moment ist das nebensächlich. Unser Hauptproblem ist: Wenn wir nicht bis übermorgen Kapital beschaffen, werden wir abgewickelt.«

Helene spürte, wie ihr Gesicht heiß wurde und ihr Bewusstsein sich aufzulösen schien. Zum letzten Mal hatte sie dieses Gefühl gehabt, als Johann sie mit Keitels Vorwürfen konfrontiert hatte. Der Widerspruch, äußerlich ungerührt zu bleiben, während alle innere Festigkeit unter unaussprechlicher Scham zu zerfallen schien, wäre nur durch Verschwinden auszugleichen. Aber das war nicht möglich.

Die Amseln versteckten sich im Netzwerk der Baumkrone. Sie spielten. Es wirkte, als könne es immer so weitergehen, bis der Frühling endlich kommen und Blätter bringen würde. Aber plötzlich flog eine der Amseln auf, die anderen beiden folgten ihr. Dann waren sie fort.

»Helene?«

Sie antwortete nicht. Feldbergs kaltschnäuzige Eigensinnigkeit verschlug ihr die Sprache.

»Helene?«

»Ja.« Fieberhaft dachte sie nach. Sie musste jetzt sorgfältig ihre Optionen prüfen. Sie stellte fest, dass sie wieder aus dem Fenster sah, statt Optionen zu prüfen. Sie dachte an den Notar, der bald kommen würde. Der ihnen die Nachricht überbringen würde. Johann würde alles an Kunsthäuser vererben, an Stiftungen, seinen Kindern. Aber nicht ihr. Und wenn, dann würde sie das Erbe ausschlagen.

»Hat die Bank noch irgendwelche Reserven?«, fragte sie.

»Wie ich schon sagte: Es gehen keine Zahlungen mehr rein. Und raus auch nicht.«

»Ja, ich weiß. Ich meine …«

»Wir bekommen einen Insolvenzverwalter. Alles wird über ihn laufen.«

»Ja. Ich verstehe. Aber wir können etwas tun.«

»Ich sehe im Moment nicht …«

»Wir verkaufen die Sammlung. Hörst du? Die Kunstsammlung.«

»Das wird die Bank nicht retten.«

»Es wird Teile der Bank retten. Und die Stiftung.«

»Helene ...«

»Wir haben mit der Stiftung immer noch Möglichkeiten. In unseren Fonds steckt genug Kapital. Zusammen mit dem Insolvenzverwalter können wir auch die Bank teilweise flüssighalten.«

Feldberg sah sie an. Sein Gesicht zeigte keinerlei Regung, doch er war ungewöhnlich bleich. Dann legte er den Kopf in den Nacken und schloss die Augen.

»Helene, Helene.«

»Was soll das heißen?«

»Wir können die Bilder nicht verkaufen.«

»Natürlich können wir. Weswegen sollten wir nicht? Wegen Johann?«

»Das wollte ich nicht sagen.«

»Gut, dann nenn mir bitte einen vernünftigen Grund, warum wir die Sammlung nicht verkaufen sollten.«

»Weil der Erlös die Haftungssumme nicht decken würde.«

»Das ist Unsinn, und das weißt du. Die Bilder würden das Doppelte von dem bringen, was wir brauchen.«

»Nicht, wenn wir sie alle auf einmal verkaufen. Und vor allem nicht so schnell, wie wir das Geld brauchen. Wir reden hier nicht nur von dem verschwundenen Geld, sondern von allen Posten, die wir nicht mehr glattstellen können, weil wir die Kapitaldeckung schon vorher nicht hatten. Und es geht hier auch nicht darum, eben noch ein paar Schulden zu begleichen, Helene, sondern darum, dass die Bank nicht mehr zu retten ist. Es geht längst nicht mehr nur um das Geld. Es ist nicht so, dass die Stiftung sauber dasteht.«

»Was soll das heißen?«

»Das soll heißen, dass auch die Stiftung offene Positionen hat. Wir haben Geld aus den Immobilienfonds und den

Zweckgesellschaften umgeschichtet. Wir mussten jede Möglichkeit nutzen. Glaub mir, wenn ich noch irgendwo einen Schlupfwinkel sehen würde …«

»Aber das ist nicht möglich«, sagte sie empört. »Ich bin über alle Investitionen der Stiftung informiert!«

Er setzte seine Brille ab und begann, die Gläser mit seinem Taschentuch zu polieren. »Mit Verlaub, Helene, das bist du nicht. Ich bin der Generalbevollmächtigte der Bank, damit habe ich die Gesamtverantwortung.«

Sie war überzeugt, Feldberg nicht richtig verstanden zu haben. »Was?«

»Ich verstehe, dass du dich um die Stiftung sorgst, dass du viel zu tun bereit bist, um sie zu erhalten. Ich weiß dein Engagement wirklich zu schätzen. Aber ich denke in erster Linie an die Bank.«

»Das tue ich auch«, sagte sie, oder wollte es sagen. Seit langer Zeit zum ersten Mal war sie durcheinander. Die Stiftung war ihr Werk. Sie war ihre Idee gewesen, ihre Form der Abbitte. Ihr Lebenswerk.

»Ich habe Lasch, Hafer-Lorisch und ein paar der Niederlassungsleiter herbestellt«, sagte Feldberg jetzt weiter. »Dazu den Aufsichtsrat. Ich dachte, es sei eine gute Idee, gleich beisammen zu sein, wenn der Notar hier war.«

Sie schüttelte den Kopf, wie um sich zum Aufwachen zu zwingen. Doch sie war bereits wach. Sie hatte gehört, was Feldberg gesagt hatte: Er hatte ihr eben eröffnet, dass das alles lediglich ein Spiel gewesen war. All die Jahre. Dass das Leben, das Helene sich erarbeitet hatte, nicht ihres war; dass, wann immer sie eine Anordnung gegeben hatte, Feldberg hinter ihr sie durch ein Handzeichen entweder verworfen oder bestätigt hatte. Dass all ihre Unabhängigkeit eine Illusion war.

Und noch während sie paralysiert war von dieser Erkenntnis, bemerkte sie, wie ein unpassendes, aber betörendes Gefühl der Freiheit sich ankündigte, vergleichbar dem, das sie vor Jahrzehnten in Stuttgart empfunden hatte, als sie jene Hotels des Nachts durch ihre Hinterausgänge verlassen hatte. Freiheit. Die Versprechungen, die alle die Männer in ihrem Leben ihr jemals gemacht hatten oder hätten machen können, hatte sie im Voraus ausgeschlagen. Niemals hatte sie zugelassen, verletzt zu werden; sie war allen zuvorgekommen. Allen. Auch Johann.

Langsam und vorsichtig stand sie von dem Kanapee auf und strich ihren Rock glatt. Feldberg musste bereits eine ganze Weile gestanden haben, zum Gehen bereit; offenbar hatte er mehrfach ihren Namen genannt. Ebenso wenig wie all die Antiquitäten in diesem Haus erkannte sie plötzlich den Generalbevollmächtigten als jemanden wieder, mit dem sie in enger Vertrautheit gelebt hatte. Das Wort Vertrautheit hallte in ihr wider wie eine Pointe ohne Witz. Sie hatte nie zu jemandem gehört. Sie hatte nie etwas besessen.

Ohne Feldberg noch einmal anzusehen, wandte sie sich zur Tür und öffnete sie. Obwohl es durchaus Grund dazu gegeben hätte, war sie nicht empört, dass Thomas offenkundig daran gelauscht hatte. »So«, sagte sie nur. »Du hast alles gehört.«

»Ich wollte … zur Toilette«, stammelte Thomas.

Sie hatte immer gewusst, was zu tun war. Ebenso wie Künstler Inspirationen hatten oder Unternehmer Geschäftsideen oder Erotomanen Lust, hatte sie von jeher über das unbezweifelte Wissen verfügt, wie ihr nächster Schritt aussehen würde. Es war ihr Talent; etwas, das ihr niemand nehmen, das sie niemals würde verlieren können. Wohin sie auch ging, wen immer sie zurücklassen musste: Dies konnte sie mitnehmen.

Sie sah aus dem Dielenfenster auf die Straße. Gudvang war noch immer dort. Sie nahm ihren Mantel und ihre Schuhe.

»Wo gehst du hin?«, fragte Thomas erstaunt.

»Ich mache ein paar Schritte«, antwortete sie.

CARMEN

1 2 3 4 5

Mein Roman spielt in der Welt meiner Kindheit. Der untergegangenen Welt meiner Kindheit. Oder sagen wir, noch genauer, er spielt nicht in dieser Welt, sondern er handelt von ihr. Sie ist zu einem Ort der Sehnsucht geworden, unerreichbar.«

Der Mann war vielleicht Mitte fünfzig. Als sie dem langen Gang gefolgt war, hatte sie ihn zwischen all den anderen Passagieren gleich bemerkt. Sein knittriges Jackett kleidete ihn wie einen bosnischen Autohändler, über die Wangen lief ein totes Wurzelwerk geplatzter Äderchen. Ein kleiner Ohrstecker sollte ihn wohl jünger wirken lassen, bewirkte aber das Gegenteil. Sie hatte gedacht: Niemals möchte ich den ganzen Flug über neben diesem Kerl sitzen. Doch ein anderer Teil von ihr dachte: Nichts geschieht ohne Grund.

»Genau genommen glänzt in dem Roman also das, worum es geht, durch Abwesenheit. Was man sieht, ist das, was übrig geblieben ist. Das Hier und Jetzt. Die triste Kulisse.«

Sie waren schnell ins Gespräch gekommen. Anders gesagt: Sie hatte bemerkt, dass der Mann außerordentlich nervös war, also war es bis hierher noch nicht direkt ein Gespräch. Sie wusste nicht genau, ob der Mann ihr überhaupt zuhörte. Alle Augenblicke nestelte er an seiner Krawatte oder kramte in seinem Handgepäck.

»Es geht um ein Mädchen namens Ivory. Das ist auch der Name des Romans. Ivory hat sich den Namen selbst gegeben, ihren bürgerlichen Namen erfahren wir nicht. Für sie ist er das Symbol ihrer Sehnsucht nach einem fernen Ort, an den sie mit ihrem Vater zu gelangen hofft. Eine neue Heimat, die die verlorene ersetzt.«

»Ivory«, wiederholte der Mann zerstreut. Das Flugzeug hatte sich in Bewegung gesetzt; er atmete jetzt schwer, fast schnaufend. Seinen Ausdünstungen nach war er alkoholisiert. Sie verzichtete darauf, ihn anzusehen, doch insgeheim beschäftigte sie die Frage nach der tieferen Bewandtnis seines Hierseins. Er sah nicht aus wie ein Urlauber. Sie probierte, sich ihn auf der Strandliege eines Hotelpools vorzustellen, den krebsroten Schmerbauch viel zu spät mit Sonnenmilch gefettet, mit von Daiquiris oder Sangria beduseltem Kopf, den Weg zum Strand hinunter für den Rest des Urlaubs meidend, weil das wahre Ferienglück so viel näher, nämlich am Pool, lag. Doch sie stellte fest, dass ihr diese Vorstellung nicht ganz glücken wollte. Die kantigen, unsteten Bewegungen des Mannes passten nicht zu ihrer Vorstellung von Muße und zelebrierter Faulheit. Sie dachte: Wer checkt auf einer Urlaubsreise in einem solchen Anzug ein?

»Ivory entstammt einem böhmischen Adelsgeschlecht. Sie wissen vielleicht: Böhmen. In dem, was nach dem Ende des großen Krieges und der Monarchie von Österreich-Ungarn übrig geblieben war. Sie können sich denken, dass ein Adelstitel da kein Vorteil war. Ihre Familie hatte nach der Bodenreform 1927 ihren gesamten Besitz verloren und war verarmt. Ihre Mutter litt an einer Nervenkrankheit und war früh gestorben. Was ihr blieb, war ihr Vater. Er war Universitätsdozent für Physik und Dissident.«

»Ah so, ja.« Der Mann schien noch immer vollauf mit seiner Flugangst beschäftigt. Er suchte etwas in seiner Tasche, die er unter dem Sitz verstaut hatte. Gleichzeitig, als habe er ein dringendes Anliegen, hielt er nach der Flugbegleiterin Ausschau, deren Blicken er aber verwirrenderweise nicht zu begegnen, sondern zu entgehen suchte. Als er sicher war, nicht gesehen zu werden, zog er eine kleine Flasche hervor und trank zügig einen Schluck in immer noch geduckter Haltung.

»Blutverdünner«, sagte er verschwörerisch.

Sie lächelte und senkte ihre Stimme. »Wie haben Sie die Flasche denn an der Sicherheitskontrolle vorbeibekommen?«

Er zeigte auf seine Schuhe; sie schauderte bei dem Anblick.

Unterdessen hatte das Flugzeug seine Startposition erreicht. Es stand still, und doch lief ein Zittern von gestauter Kraft durch sein Inneres. Es gibt kein Zurück mehr, dachte Carmen. Der Mann neben ihr sah nervös an ihr vorbei aus dem Fenster und hielt die Armlehnen umklammert. Kein Zurück.

»Selbst wenn man Sie erwischt«, flüsterte sie ihm zu, »jetzt kann man Sie eh nicht mehr hinauswerfen.«

Er bemühte sich um ein Lächeln und wohl auch um Antwort, doch da heulten die Triebwerke auf, das Zittern steigerte sich zu atemloser Erregung, und in einem beherzten Spurt, als nehme es Anlauf zu einem eigentlich zu großen Sprung, erhob sich das Flugzeug am Ende der Piste und erkletterte schnaufend die Steigung gen Himmel. Noch im Aufstieg kippte es sacht über den linken Flügel und beschrieb eine leichte Kurve, sodass Carmen das Terminal des Frankfurter Flughafens sehen konnte, wie es kleiner wurde und bald ganz aus ihrem Sichtfeld verschwand. Als eine Turbulenz die Maschine schüttelte, sodass die Sitze geräuschvoll in ihren Verankerungen erzitterten, stieß der Mann neben ihr ein Wimmern aus.

»Sie müssen keine Angst haben, diese Turbulenzen sind ganz normal.«

Er blieb ohne Antwort. Stattdessen starrte er in das tote Auge des Monitors vor ihm.

»Hören Sie, ich erzähle weiter.«

»Ja«, dies fast ohne Stimme, »sicher.«

»Ivory und ihr Vater müssen über Nacht aus der Tschechoslowakei fliehen, nachdem er eine Petition unterschrieben hat für den Ausstieg aus dem Warschauer Pakt.«

Sie hatten die Wolkendecke erreicht. Die Turbulenzen nahmen hier noch einmal zu. Undurchdringliche Nebel zogen am Fenster vorbei. Der Mann nickte ihr zu, höflich bemüht, ihr zuzuhören. Er bot ein beklagenswertes Bild; die Panik schien seine Nerven fest im Griff zu haben. Schweiß tropfte von seinem Kinn.

»Von da an sind die beiden heimatlos. Sie kommen nach Deutschland, wo dem Vater eine Stelle an der Frankfurter Universität versprochen war, doch als er sie antreten will, kennt ihn dort keiner mehr. Niemand bietet ihm Hilfe an, die Behörden wollen die beiden sogar schnellstmöglich wieder loswerden. Aber zu Hause in Prag würden ihn die Kommunisten einsperren, vermutlich foltern. Der Vater beschließt also, mit der kleinen Ivory zu fliehen. Und so beginnt eine Odyssee, die drei Jahre andauert und in der ihr Vater alles für Ivory ist: das Zentrum jener Welt, die sie sich in ihrer Fantasie mit nach Deutschland gebracht hat.«

Sie brach ab. Es war eigentlich nicht nötig, dachte sie, ihm den Inhalt derartig detailliert zu erzählen; er sah nicht so aus, als würde er sich aus Literatur etwas machen. Allerdings schien durch ihre Erzählung seine Aufregung ein wenig verflogen; die Turbulenzen hatten sich gelegt, vereinzelt brach sich jetzt lichter Himmel aus dem ortlosen Grau der Wolken Bahn, und der Mann hatte bereits genug Mut gefasst, um verstohlen ihr Dekolleté zu mustern.

»Ivory wächst in der deutschen Provinz auf, wo der Vater sich als Dorf- und Privatlehrer verdingt. Die Familie hat sich das Deutsche immer bewahrt, so dass sich Ivory, wenn auch mit Akzent, gut verständigen kann. Trotzdem ist sie ein einzelgängerisches, scheues Kind. Was immer sie tut, sie wird von den anderen nur als ein Freak aus dem Osten gesehen, der die falschen Wörter benutzt, die falschen Schuhe trägt und die falschen Glanzbilder sammelt.«

Natürlich bemerkte sie, dass sie ihm nicht mehr den Inhalt ihres Romans erzählte, sondern den ihres Lebens; dabei hatte sie genau das vermeiden wollen.

»Das klingt ziemlich … traurig«, sagte der Mann. Es war, wie Carmen feststellte, sein erster richtiger Satz. Er roch jetzt ein wenig, doch Carmen fühlte sich nicht abgestoßen. Sie war froh, dass es ihm besser ging, und vielleicht hatte sie sogar ein wenig dazu beigetragen.

Das Licht in der Kabine wurde heller, zum Zeichen dafür, dass nun die Gurte geöffnet werden konnten. Beinahe augenblicklich wurde der Vorhang am Ende des Ganges beiseitegeschoben, und die Flugbegleiterinnen begannen, den Servierwagen durch den Gang zu schieben. Sofort veränderte sich die Stimmung in der Kabine, die allgemeine Anspannung schien sich zu lösen, die gemurmelten Gespräche, die während der Turbulenzen ins Stocken geraten waren, wurden wieder aufgenommen.

Sie löste den Gurt und versuchte, ihre Beine ein wenig auszustrecken. Eine der Flugbegleiterinnen trat heran; Carmen bestellte ein Glas Champagner und ein kleines Fläschchen San Pellegrino.

»Darf ich Sie zu einem Glas einladen?«, fragte sie den Mann.

»Das geht aufs Haus«, warf die Flugbegleiterin lächelnd ein.

»Dann – einen Whiskey«, sagte der Mann mit einem gequälten Lächeln. Er versuchte, fand Carmen, eine würdige Figur zu machen, auch wenn es ihm nicht ganz gelang. Immerhin schien er recht nett zu sein.

»Wollen Sie nach Marbella?«, fragte sie ihn zwanglos. Er nickte überrascht, und Carmen hakte nach: »Urlaub?«

»Nein. Nein, ich hab«, er lächelte zögerlich und legte dann den bereits geleerten Becher noch einmal an die Lippen, um durch ruckartiges Zurückwerfen des Kopfes noch den letzten Tropfen in seinen Rachen zu befördern, »ich hab da unten ein paar Probleme.«

»Entschuldigen Sie. Ich wollte nicht indiskret sein –«

»Oh, ich kann Ihnen das ruhig erzählen, ist nichts weiter dabei. Ich hatte ein Restaurant. Gudvang, übrigens. Helmut Gudvang.«

»Carmen Sudek. Ich freue mich, Sie kennenzulernen.«

»Eine Bar, um genau zu sein. In Marbella. *El Suabo.* Das heißt –«

»Der Schwabe, ich weiß. Ich spreche Spanisch. Unter anderem.«

»Donnerwetter. Also, die Bar ist in der Altstadt, gleich in der Nähe vom Parque Almeda.«

»Was ist passiert?«

»Passiert?« Der Mann sah an ihr vorbei nach draußen, konnte für den Moment wohl nichts Beunruhigendes feststellen und musste somit, wohl oder übel, weiterhin entspannt bleiben. Unter dem langsam aufreißenden Wolkenschleier konnte Carmen nun das aufblühende Grün des Schwarzwaldes dahinfließen sehen, die jäh ansteigenden Hänge des Feldbergs wechselvoll in Licht und Schatten getaucht – das Oben und Unten zweier gegensätzlicher und doch verbundener Welten.

»Ich habe – hatte – einen Kompagnon. Spanier. Der hat das Finanzielle geregelt. Wenn man das ›regeln‹ nennen kann.« Er lachte bitter. »Hat die Löhne ausgezahlt, die Steuern. Na ja. Oder auch nicht.«

»Sie haben sich zerstritten?«

»Wir haben uns ... Na ja, natürlich haben wir ... Ich meine, wenn so was passiert, dann ist das mit der Freundschaft ... Jedenfalls hat sich Fernando aus dem Staub gemacht. Und ich darf jetzt die Scherben zusammenfegen.«

»Das heißt aber doch, dass Sie aus der Sache heil herauskommen?« Carmen legte einen besorgten Unterton in ihre Stimme. Sie hatte das Gefühl, dass der Mann ihr vertraute und alles, was sie zu wissen begehrte, erzählen würde – wenngleich in geschönter, von allen unrühmlichen Details befreiter Version der Geschichte. Zu offensichtlich verriet ihr schon der unsägliche Anzug, dass seine Seriosität größtenteils behauptet war.

»Wie man's nimmt ... Die kommen mir jetzt mit der Steuerfahndung ... Was völlig an den Haaren herbeigezogen ist, ich meine, ich habe die Formulare selbst weggeschickt ... Aber von meiner Bank kriege ich keinen Kredit mehr. Keinen Cent. Einfach fallengelassen haben die mich.« Er winkte ab, seine Stimme bebte unter dem Anbranden seiner Wut. »Sei's drum«, sagte er, sich offensichtlich einen Ruck gebend. »Jetzt bring ich das Kapitel hinter mich, und dann geht's zurück nach Deutschland.«

Sie nickte wissend und atmete geräuschvoll aus zum Zeichen dafür, dass sie an seinem Unglück durchaus Anteil nahm. »Und? Haben Sie schon Pläne für Ihre weitere Zukunft?«

»Das kann man wohl sagen. Ich –«

»Verzeihung«, unterbrach Carmen ihn, »aber wenn Sie

mich kurz entschuldigen wollen«, und indem sie sich erhob und in Richtung des Kabinenausgangs wies, bedeutete sie ihm ihre Absicht, das WC aufzusuchen. Ihr Concealer hatte die Angewohnheit, bei erhöhten Temperaturen zu verlaufen, weswegen sie ihn von Zeit zu Zeit mit Puder fixieren musste. Im Spiegel sah sie allerdings, dass ihre Sorge unbegründet gewesen war. Auch ihr Haar war so weit in Ordnung, und so konnte sie beruhigt zu ihrem Platz zurückkehren.

Sie war sicher, dass Gudvang sich nun seinerseits nach dem Grund ihrer Reise erkundigen würde. Das war ihr durchaus recht; und um ihn nicht davon abzuhalten, machte sie keinerlei Anstalten, noch einmal auf die Ausführung seiner aktuellen Vorhaben zurückzukommen.

»Und Sie? Machen Sie Urlaub?«, fragte Gudvang in der Tat nach einer Weile.

Sie lächelte geheimnisvoll. »Nein, das kann man so nicht sagen. Ich bin eher auf dem Weg in ein … Abenteuer.«

»Ah so«, sagte der Mann, während er sich erneut nach der Flugbegleiterin umsah, um gleich mit dem Rest aus seinem Flachmann seinen leeren Plastikbecher nachzufüllen. Carmen beugte sich leicht zu ihm und senkte die Stimme. »Ich bin auf der Suche nach meinem Mann. Er ist … auf der Flucht.«

Gudvang ließ den Becher sinken und hob die Augenbrauen. »Doch wohl nicht vor Ihnen?«

Sie überging den Kommentar. »Mein Mann arbeitet bei einer Bank.«

»Ah«, wandte Gudvang mürrisch ein. »Meine ganz speziellen Freunde.«

Wie ihr vorher nicht aufgefallen war, hatte Gudvang schorfige, nikotingelbe Fingernägel, die überdies dringend hätten geschnitten werden müssen. Unwillkürlich vergrößerte sie den Abstand zwischen ihnen ein wenig.

»Es ist wahr, die Branche hat gegenwärtig nicht den besten Ruf«, gab sie sachlich zurück.

»Das ist die Untertreibung des Jahres. Ich weiß nur zu genau, was für einen Ruf diese Branche hat. Wegen dieser Branche habe ich überhaupt meine ganzen Probleme da unten. Aber drauf geschissen, Verzeihung. Was hat Ihr Mann denn ausgefressen? Hat er die Bank beklaut? Würde mich freuen.«

Gudvang hatte sich Carmen, ermuntert vermutlich vom Alkohol, nun seinerseits angenähert. Auch wenn die Aura des Versagens, die sie an ihm wahrnahm, Carmen abstieß, ließ sie es geschehen.

»Wenn Sie mir versprechen, absolutes Stillschweigen zu bewahren«, fuhr sie fort, »dann erzähle ich Ihnen etwas, das Sie nicht für möglich halten werden.«

»Stillschweigen bewahren ist meine Spezialdisziplin. Ihr Mann hat also die Bank …?«

Leiser noch als zuvor flüsterte Carmen: »Sie müssen mir versprechen, dass Sie darüber mit keiner Menschenseele reden.« Der Mann machte eine Geste, als schließe er seine Lippen ab und werfe den Schlüssel über die Schulter.

Die Schlüssel. Schon kurz nach dem Aufwachen hatte sie an jenem Morgen gespürt, dass sich etwas verändert hatte; für immer verändert. Sie war hinunter in die Küche gegangen. Zuerst fiel ihr auf, dass Bernhards Tasse nicht auf dem Tresen stand – dort, wo er morgens seinen Kaffee trank, bevor er losfuhr. Stattdessen entdeckte sie das Lederetui mit seinen Hausschlüsseln und sein BlackBerry. Es war ungewöhnlich, dass Bernhard eine solche Vergesslichkeit unterlief, also rief sie in der Bank an. Sie bekam aber lediglich eine junge Frau an den Apparat, die ihr sagte, dass Herr Milbrandt im Moment nicht zu sprechen sei. Carmen gab sich als Ehefrau zu erkennen und wies die Sekretärin darauf hin, dass es sich um eine wichtige Angelegenheit handele.

»Die Angelegenheiten hier sind mit Sicherheit noch wichtiger«, bekam sie zur Antwort; damit war das Telefonat beendet.

»Sie können sich vorstellen, wie ich gekocht habe vor Wut. Diese Überheblichkeit.«

»Tja«, machte Gudvang, als wisse er über die Gepflogenheiten vor Ort bestens Bescheid.

Als Holt sie dann gegen halb vier am Nachmittag zurückgerufen hatte, war ihr Zorn schon wieder verflogen. »Endlich«, sagte sie. »Max, Bernhard hat sein Telefon –«

»Ist er bei dir?«, hatte Holt sie brüsk unterbrochen.

»Was? Nein, wieso –«

»Carmen, sag mir die Wahrheit. Wenn er bei dir ist, dann gibst du ihn mir besser. Wir haben jetzt keine Zeit für Spielchen.«

»Bitte, ich weiß gar nicht –«

Carmen wusste nichts von Spielchen, und sie war nicht gewillt, sich von der spürbar aggressiven Stimmung Holts anstecken zu lassen.

»Und was genau war passiert?«, fragte Gudvang.

»Sie sitzen fast auf meinem *Schoß*«, bemerkte Carmen, worauf Gudvang sich sichtlich widerstrebend daranmachte, wieder etwas von ihr abzurücken. »Ich habe es nicht genau verstanden. Holt ist so jemand – das ist der Abteilungsleiter –, der spricht diese Geheimsprache, mit der mächtige Männer sich gern von der Wirklichkeit abschotten. Irgendwas mit Risikolimits und Junkbonds. Ich gebe zu, dass mich nicht interessierte, was das zu bedeuten haben könnte.«

»Aber inzwischen interessiert es Sie schon, oder?«

Inzwischen wusste sie in der Tat, dass Bernhard ein großes, ein riesiges Geschäft für die Bank verfolgt hatte, das sich in eine ungünstige Richtung entwickelt hatte. Wenn nur ein Bruchteil dessen stimmte, wovon ihr Holt mehr raunend als informierend berichtet hatte, dann befand sich die Bank kurz vor ihrem Zusammenbruch, es sei denn, Bernhard wurde vor Ablauf des Wochenendes gefunden. Es sei denn, *jemand* fand ihn.

»Aber natürlich sagte ich, dass ich nicht wüsste, wo Bernhard war, und das stimmte auch. Jedenfalls zu dem Zeitpunkt.«

Gudvang hatte sich von einer der Flugbegleiterinnen, die zwischenzeitlich zurückgekehrt war, ein neues Fläschchen Whiskey sowie eine Dose Erdnüsse bringen lassen, die er nun gierig und konzentriert aus der hohlen Handfläche in seinen Mund kippte, während er durch beständiges Nicken signalisierte, dass er Carmens Erzählung weiterhin folgte.

Carmen hatte Bernhard ein ums andere Mal auf seinem privaten Telefon anzurufen versucht, doch als es ausgeschaltet blieb, wurde ihr der Verdacht, dass sich Bernhard in ernsten Schwierigkeiten befinden musste, zur Gewissheit.

»Und wie haben Sie's rausgefunden? Wo er ist? Haben Sie ihn orten lassen, oder was?«

»Das wäre tatsächlich eine Idee gewesen«, sagte Carmen nachdenklich. »Andererseits kann ich mir nicht vorstellen, dass er sein privates Telefon benutzt hat, wenn sogar Sie auf die Idee kommen, dass man ihn darüber …«

»Entschuldigen Sie«, unterbrach Gudvang sie, »haben Sie jetzt gerade gesagt: *sogar Sie*?«

»Habe ich?«

»Hatte ich so verstanden.«

»Oh, Entschuldigung, das war natürlich nicht so … Also,

wollen Sie jetzt wissen, wie ich hinter seinen Aufenthaltsort gekommen bin?« Ohne die Antwort abzuwarten, holte Carmen Bernhards BlackBerry hervor und tippte die vierstellige PIN ein. Bernhard hatte sie ihr nie verraten; dass sie dennoch dahintergekommen war, bewies einmal mehr, dass sie als Einzige eine Vorstellung von dem wahren Bernhard hatte, als eines sensiblen, liebesfähigen, gefühlvollen Mannes: Er hatte sich als Zugangsnummer Manuels Geburtsdatum ausgesucht.

»Bernhard hat auf seinem Smartphone einen Service eingerichtet, der eingehende Kurzmitteilungen automatisch an sein Diensthandy weiterleitet, auch, wenn es ausgeschaltet ist.« Sie wählte die betreffende Kurznachricht aus und hielt Gudvang dann das BlackBerry hin, sodass er das Display einsehen konnte: *Welcome to Gibtelecom.*

»Die SMS der Netzbetreiber. Alle Achtung«, ließ sich Gudvang jetzt mit einem sachverständigen Kopfnicken vernehmen. Er schien darüber nachzudenken; seine Flugangst war nun offenbar gänzlich vergessen. Nach einer Weile drehte er sich wieder zu ihr, ein Lächeln umspielte seine Lippen. »Und was macht Sie so sicher, dass er in Schwierigkeiten steckt?«

»Was meinen Sie damit?«

»Gar nichts.« Er hob in gespielter Unschuldigkeit die Augenbrauen und legte die Hand auf seine Brust. »Ich meine nur: Vielleicht will er ja gar nicht gefunden werden.«

»Ich weiß nicht, wovon Sie reden. Sie kennen uns nicht.«

Eine Pause entstand. Sie versuchte, den Misston irgendwie zu übergehen. Gudvangs Bemerkung, eine Unterstellung eigentlich, kam ihr unnötig böswillig vor. Welchen Gewinn konnte dieser Mensch daraus ziehen, ihre Beziehung zu ihrem Mann zu diskreditieren, ohne sie auch nur zu kennen?

Unversehens dachte sie an ihre erste Begegnung mit Bernhards Eltern zurück, in der sie die leidvolle Erfahrung gemacht hatte, wie viel kleinmütige Missgunst sich hinter der zugewandten Fassade bestimmter Menschen verbergen konnte.

Bernhards Eltern lebten in einer pfälzischen Kleinstadt in der Nähe von Mannheim, die für Carmen die Vergegenständlichung des schönen deutschen Wortes *Mief* war. Das Ehepaar wohnte in einem kleinen weißen Einfamilienhaus; vor der Einfahrt stand ein Mittelklassewagen, der Rasen im Vorgarten war getrimmt, und zu dem besonderen Anlass war das gute Porzellan aus der Vitrine geholt worden.

Bernhard hatte den Besuch lange zu verhindern versucht; als sein Vater die Tür öffnete und sie aufgefordert wurden, die Schuhe auszuziehen, wusste Carmen, warum. *Er bildet sich etwas darauf ein, selbstständig zu sein*, hatte Bernhard sie gewarnt. *Einen eigenen Betrieb zu haben. Auch wenn er nicht wahrhaben will, dass er seit Jahren rote Zahlen schreibt.* Sie hatte sich von jedweder Vorverurteilung frei gehalten, immerhin waren es Bernhards Eltern gewesen; sie wollte sich so gut wie möglich mit ihnen verstehen, und nicht zuletzt sah sie es als eine Möglichkeit, mehr über ihren zukünftigen Mann zu erfahren. Denn ihr zukünftiger Mann war, sosehr sie ihn liebte, auch damals schon nicht sehr auskunftsfreudig gewesen.

Beim Essen erzählte sie ein wenig von sich und wie sie mit ihrem Vater nach Deutschland gekommen und was es für eine schwierige Zeit für sie gewesen war.

»Na, da hams jo mit unsern Sohnemann eine gute Partie gemacht, oder?«

Bernhards Vater war taktlos, darüber war sie vorgewarnt gewesen. Später, als das Verhältnis zu seinen Eltern endgültig erloschen war, bestätigte Bernhard ihr, dass sie sich, bei allem Wohlwollen, nicht anders hätte verhalten können, als sie es getan hatte. Sie hatte heiligen Respekt vor jedermanns Eltern, doch es gab eine Grenze des Respekts, ab der man sich vor Verleumdungen zur Wehr setzen durfte. Carmen hatte es noch nie nötig gehabt, sich jener Gehässigkeit und Niedertracht zu bedienen, die andere Menschen gegen sie ins Feld führten. Sie zog es vor, ihre Gegner an der Stumpfheit ihrer eigenen Waffen ermatten zu lassen.

»Aha«, sagte sie im Ton freundlicher Neugier. »Wie meinen Sie das denn?«

»Na, er isch jo ziemlich erfolgreich. Sie wären materiell abgesichert.«

Sie schnitt ein Stück Braten und befreite es demonstrativ von einer Sehne, die sie gut sichtbar am Rand des Tellers platzierte. Dann betupfte sie ihre Mundwinkel mit der Papierserviette und sagte: »Ich höre heraus, wie stolz Sie darauf sind, was Ihr Sohn dank Ihrer großzügigen und selbstlosen Unterstützung erreicht hat.«

Bernhard neben ihr zeigte keine Reaktion, er blickte nicht einmal auf oder legte das Besteck ab. Er hatte gewusst, dachte Carmen jetzt, was kommen würde: dass seine Eltern einen Kampf begonnen hatten, den sie nicht gewinnen konnten. Bernhard selbst hatte das Kämpfen schon vor langer Zeit aufgegeben. Doch er hatte seine Erzeuger aus Rücksicht bisher vor der Erkenntnis verschont, dass er der wahre Gewinner war. Weil er sie nicht verletzen wollte. Weil er ein *guter* Sohn war, der seine Eltern mit der Wahrheit über ihre Kläglichkeit nicht unnötig beschämen wollte. Sie hatte es gehasst, wie er sie in Schutz genommen hatte, wie er sich von ihnen flügellahm machen ließ, obwohl er längst fähig war, weite Kreise über ihnen zu ziehen. Er musste sich von ihnen lösen. Wenn er mit ihr leben wollte, dann musste er sich von ihnen lösen.

Der Vater und die Mutter wechselten einen Blick, dann sagte der Vater: »Ja. Sicher.«

»Darf ich fragen, in welchem Beruf Sie so viel Erfolg hatten, dass Sie Ihren Sohn auf all die teuren Schulen und Eliteuniversitäten schicken konnten, die man in dieser Branche doch so dringend benötigt, um überhaupt *ernst* genommen zu werden?«

»Jo, auf Eliteschulen war der ja net«, hieß es aus der Vaterecke.

»Ach so?«, machte Carmen. »Das verwundert mich. Wie hat denn Bernhard diesen, man muss ja schon sagen: *kometenhaften* Aufstieg in die Chefetagen wohl geschafft, wenn Sie die nötigen Investitionen in seine Zukunft gar nicht bewältigen konnten?«

Der Vater schnaufte ein wenig, die Mutter hüstelte. »Also, bewältigen konnten. Mir hän jo net von Hartz gelebt, oder?«

»Ich verstehe. Also hatten Sie das Geld schon, aber haben es eher anderweitig investiert.«

»Nä«, sagte der Vater, »jo. Ich hab mich ja dann selbstständig gemacht.«

»Mit Metallbau im Bereich Immobiliensanierung, wie ich hörte?« Carmen musste ihre aristokratische Kultiviertheit gegenüber diesen Leuten nicht mühsam behaupten; alles – das gemessene Ablegen des Messers, das Abtupfen der Lippen, das Nippen am Wein – entstand gleichsam wie von selbst, nicht zuletzt das tiefe Bewusstsein, dass sie erhobenen Hauptes hier sitzen konnte und diese Leute, denen gegenüber sie die nobelsten Absichten gehabt hatte und die sie dennoch schon mit ihrer ersten Frage herabzuwürdigen versuchten, bei ihren eigenen *Lebenslügen* ertappte. Sie kam sich in nichts, was sie fragte oder tat, falsch vor, ja, sie *litt* sogar mit diesen Menschen, die jetzt so kläglich vor ihr versagten.

»Wir machen Balkons«, sagte der Vater, jetzt noch einsilbiger als zuvor.

»Das ist eine großartige Geschäftsidee«, warf Carmen begeistert ein, »bei all den Altbauten, die in Frankfurt saniert werden. Sicherlich ist das eine wahre Goldgrube?«

»Sagen Sie«, dies jetzt schon gereizt, ohne dass es bereits als offene Unfreundlichkeit zu erkennen gewesen wäre, »was wollen Sie denn jetzt eigentlich wissen?«

Carmen wandte sich ihm zu und sagte: »Auf diese Frage habe ich ehrlich gesagt schon gewartet, Herr Milbrandt. Ich möchte von Ihnen wissen, warum Sie mir unterstellen, ich würde mich von ihrem begüterten Sohn künftig aushalten lassen wollen, obwohl ich Bernhard, anders als Sie – nein, lassen Sie mich bitte ausreden –, anders als Sie mit allen Mitteln unterstütze, und in Zukunft werde auch nicht ich mich von Ihrem erfolgreichen Sohn aushalten lassen müssen, sondern da gibt es Personen, die darauf weitaus mehr angewiesen sein dürften, was – ich bin noch nicht fertig –, was in der Konsequenz nur bedeutet, dass Sie mir eine Charakterlosigkeit unterstellen, die Sie sich in Wirklichkeit selbst zuschreiben müssen. Das möchte ich von Ihnen wissen. Aber wenn Sie erlauben: Jetzt möchte ich erst eine Zigarette rauchen, was ich ja wohl, wenn ich mich hier so umsehe, draußen tun muss, nicht wahr?«

Als sie dann mit Bernhard auf die Terrasse ging und dieser augenzwinkernd »Gut gebrüllt, Löwin« zu ihr sagte, konnte sie sich eingestehen, dass die Eleganz und Tiefenschärfe ihrer Argumentation in völligem Missverhältnis zu ihren Empfängern stand und dass der intellektuelle Aufwand, den sie betrieb, an die Einfältigkeit dieser Menschen vollkommen vergeudet war. Bernhard beschwor sie, sich nicht weiter aufzuregen, dies seien nun mal seine Eltern, er habe keine anderen. »Ich habe dich gewarnt. Ich bin nicht stolz drauf. Nimm sie einfach nicht ernst.«

Und natürlich hatte er vollkommen recht gehabt. Sie beide wussten, dass sie von solchen Menschen nichts zu erwarten hatten. Sie waren so klein. Sie wussten nichts von Verbannung und Flucht. Sie wussten nicht, was es hieß, ausgestoßen zu sein, nichts von dem Mut, lieber mit seiner Familie in einem fremden Land ganz von vorne anzufangen, als sich von einer verlogenen Ideologie die Seele abkaufen zu lassen, selbst wenn man ein einzigartiger Wissenschaftler war, der seinem Land viel hätte geben können, wenn es sein Geschenk denn nur gewollt hätte. Sie wussten nichts von der Verzweiflung der Selbstaufgabe und nichts von der Tragik, einen solchen Menschen an seiner eigenen Größe zugrunde gehen zu sehen. Diese Leute redeten von Selbstlosigkeit und meinten Egoismus, und hinter ihrer graugesichtigen Freundlichkeit steckte nichts als die Furcht, für die kleinmütigen Versager gehalten zu werden, die sie in Wahrheit waren.

Sie waren dann noch bis zum Kuchen geblieben, den Carmen allerdings abgelehnt hatte. Auf der Rückfahrt nach Frankfurt hatte Bernhard sie angelächelt. Es war ein erleichtertes Lächeln gewesen, ein dankbares; denn mit diesem Besuch hatten sich alle zukünftigen erübrigt, die letztlich doch nur Zeitverschwendung gewesen wären. Sie erinnerte sich, wie sie nach Einbruch der Dunkelheit auf einem abgelegenen Rastplatz haltgemacht und sich im trüben Schein einer Gaslampe mit reißender Begierde geliebt hatten.

Sie bemerkte erst, als Gudvang sie wieder ansprach, dass sie bei der Erinnerung versonnen zu lächeln angefangen hatte. »Hm?«

»Ich wollte wissen, was Ihr Mann denn genau bei der Bank macht?«

»Er ist Händler. Ein *Prop Trader*. Wissen Sie, was das ist?«

»Eigenhandel. Das heißt, er dreht die richtig großen Dinger, hm?«

»Er ist bei einer kleinen Bank. Aber sehr erfolgreich.«

»Erfolgreich dabei, den Leuten das Geld aus der Tasche zu ziehen, nehme ich an.«

Gudvangs Benehmen hatte sich inzwischen dem hemdsärmligen Gestus jener Thekengespräche angenähert, die er sonst führen mochte, was ihm dank seines hemmungslosen Schnapskonsums aber höchstwahrscheinlich entging. Sie hatte sich jedoch entschieden, darüber hinwegzusehen. Sie sah auf ihre Uhr: Der Flug dauerte nun bereits gute neunzig Minuten; in weniger als weiteren neunzig würden sie in Málaga gelandet sein. Alles geschah vollkommen nach Plan, dachte sie; es bestand kein Grund, sich über irgendetwas aufzuregen.

»Erfolg hat nicht notwendigerweise damit zu tun, dass man jemanden übervorteilt«, wandte sie apodiktisch ein. »Und Sie sollten auch nicht glauben, ich sei nur wegen seines Erfolgs mit ihm verheiratet.«

»Das würde ich mir niemals anmaßen«, gab Gudvang mit gespitzten Lippen zurück.

Letztlich war es ein Glück und Segen gewesen, dachte sie, dass Bernhard bei Alberts geblieben war. Ihm unterstand eine eigene Abteilung, in der er nach seinem Gutdünken walten konnte; er saß als einziges Besatzungsmitglied in einer Art interstellarem Raumschiff, in dem er außer über seine Monitore und das Telefon kaum Außenkontakte unterhielt, und war, was den Profit der Bank anging, ihre Schaltstelle. Eine Zeitlang hätte sie es gern gesehen, wenn er die Angebote anderer Banken angenommen hätte; er hätte hoch dotierte Positionen in Paris, sogar in London haben können, und dies sogar schon recht bald, nachdem er sich bei Alberts seine ersten Meriten verdient hatte.

»Wirst du das Angebot der Paribas annehmen?«

Sie waren damals in Kenia gewesen, ein zweiwöchiger Strandurlaub in einem paradiesischen Resort namens The African Dream, das unmittelbar an einem Privatstrand gelegen war, der täglich zweimal gesiebt wurde. Sie war damals im vierten Monat schwanger gewesen mit Manuel, und Bernhard hatte als Asset-Manager bei Alberts eine mehr als solide Startposition für seine weitere Karriere innegehabt. Der Service in diesem Hotel war traumhaft gewesen; noch der kleinste Wunsch wurde ihnen vom perfekt geschulten Personal von den Augen abgelesen. Die Anlage, zum Pool hin mit verschiedenen palmbedachten Strandbars und Spa-Bereichen versehen, hatte so gar nichts zu tun mit dem schrecklichen Gewusel und typisch afrikanischen Dreck in der Innenstadt von Malindi, wohin sie zusammen mit Valerie einen einzigen Tagesausflug mit dem *Tuk-Tuk* gemacht hatten, dem indiskutablen volkstümlichen Fortbewegungsmittel. Sie hatte nichts gegen die Nähe zu diesen einfachen Menschen einzuwenden, doch all diese Gerüche auf engstem Raum, die fremdartigen Dialekte und das respektlose Gebaren der Straßenhändler hatten wenig mit ihren Vorstellungen einer Reise zu tun, die, der Bedeutung ihres Anlasses angemessen, doch ganz auf sie beide zugeschnitten sein sollte. Natürlich hatte auch die 13-jährige Valerie damals wenig Einsehen und Verständnis und verlangte meist das Gegenteil dessen, wonach Carmen der Sinn stand; und da sie diese aufsässige und zerstörerische Seite ihrer Tochter nur zu gut kannte, ließ sie ihr ihren Willen, so dass Valerie mit einem der Sicherheitsleute des Resorts Malindi so oft besuchen konnte, wie sie wollte, ebenso wie das Nachbarhotel, das mit Animationsangeboten ganz auf die Bedürfnisse von Kindern zugeschnitten war. Und auf diese Weise war sie, woran sie zwischenzeitlich kaum noch zu glauben gewagt hatte, in den Genuss eines Urlaubs gekommen, wie er eigentlich nur kinderlosen Paaren in ihren ersten Jahren vorbehalten war; sie erlebte Tage von beinahe unbeschränkter Freizügigkeit und Lust mit Bernhard. Ihr Schlafzimmer, das von einem gazeumspannten Himmelbett ganz dominiert wurde, grenzte über einen breiten Durchgang direkt an die Terrasse und den Privatgarten ihres Bungalows, so dass sie sich drinnen wie draußen völlig zwanglos bewegen konnten. Sie verzichteten auch darauf, sich gänzlich vom Personal abzuschotten, denn wer wollte schon auf das Privileg verzichten, einmal von hinten bis vorne bedient zu werden, wenn es einem plötzlich nach einem Cocktail verlangte.

Sie wollte ständig mit ihm schlafen. Vielleicht, wenn sie die Safari gemacht hätten, mit der sie Bernhard ständig in den Ohren lag, wäre sie weniger auf ihn fixiert gewesen; doch zu diesem Zeitpunkt wollte sie unbedingt das Gefühl auskosten, dass sie alles bekommen konnte, was sie wollte, jederzeit. Sie lag im Halbschatten der Terrasse, ihren schon halb gerundeten Bauch eben mit Sonnenmilch eingecremt; Bernhard stand, nur mit einer weißen Tennishose bekleidet und unverschämt braun gebrannt, auf dem Grün und übte mit einer Golfausrüstung, die er sich eben hatte bringen lassen, putten.

Allein der Gedanke, dass es möglich war, von ihrer ohnehin schon privilegierten Stellung aus noch höher zu gelangen, noch freier und unabhängiger zu werden, vielleicht ein eigenes Haus zu bauen und am Wochenende, nur weil man eben mal eine *Nero Intrecciato* bei Bottega Veneta kaufen wollte, für einen Nachmittag im Charterjet von London nach Paris zu fliegen – dieser Gedanke erregte sie. Er sah zu ihr hinüber und schlug den Ball; er traf sein Ziel in einer perfekt harmonischen sanften Kurve. Bernhard lächelte. »Ich weiß noch nicht.«

Sein Zögern, dachte sie damals, sei nur vorübergehend, eine Unsicherheit, die auf seiner Loyalität zu Johann beruhte. Sie konnte das verstehen: Bernhard hatte sich nie in den elaborierten Kreisen designierter Topmanager bewegt, sondern sich alles, angefangen bei der Realschule, selbst erkämpft. Johann war sein Förderer gewesen, und sie fand diesen Zug sentimentaler Dankbarkeit für den Menschen, der ihm den Aufstieg ermöglicht hatte, rührend. Noch hatte sich Bernhard nicht emanzipiert von solchen Bindungen. Doch spätestens mit ihrer Heirat hatte sich für Bernhard eine neue Lebensallianz ergeben, die alle bisherigen Verbindlichkeiten löste; so hatte sie es damals empfunden, und so war es noch heute. Was zwischen ihnen war, setzte jede andere Verpflichtung, Regel oder Bindung außer Kraft.

»Das wirst du noch«, hatte sie gesagt und ihr Bikini-Oberteil aufgehakt. Sie verstanden sich wortlos, wie durch unerklärliche Alchemie. Sie musste nichts weiter tun, als ihre angewinkelten Beine ein wenig zu öffnen. Bernhard sah sie, lächelte, kam zu ihr heran und kniete sich vor sie. Er wusste, wie sehr sie es liebte, von ihm liebkost zu werden, sie musste nichts tun, als es geschehen zu lassen … Jetzt, und im Bemühen, ihrem erotischen Spiel stets eine neue Nuance hinzuzufügen, ließ er den Schaft des Golfschlägers mit zarter Unmissverständlichkeit an ihrer Scham entlanggleiten, so dass sie spüren konnte, wie das Blut sie durchpulste und sie sich ihm unweigerlich öffnete. Jetzt schon, und obwohl es noch gar nicht begonnen hatte, gierte sie nach jenem orgastischen Schauern, das sie von der süßen Folter ihrer Lust erlösen würde. Er achtete darauf, nicht zu tief in sie einzudringen, doch sie wollte ihn überall in sich spüren ... Wie hypnotisiert starrte sie auf das in ihr verschwindende Stahlrohr; Schweiß troff von der prall gespannten Haut ihres Bauches, und als sie kam, zerschmolz die Welt unter ihrem Blick zu einem glühenden Punkt aus Hitze und Frieden. Sie hatte keine Ahnung, wie lange Valerie schon mit Muthoni, dem Pagen, im Garten gestanden hatte.

»Betriebswirtschaft, erstes Semester«, polterte nun Gudvang. »Jede geschäftliche Transaktion hat zwei Seiten: Je günstiger ich abschließe, desto ungünstiger für die Gegenseite. *Quid pro quo*. Das liegt nun mal in der Natur der Sache.«

»Ich weiß nicht, ob man das so verbissen sehen muss.« Sie lächelte Gudvang freundlich an. »Man kann es auch sportlich betrachten. Mein Mann ist zum Beispiel jemand, der sich nur in Ausnahmesituationen richtig lebendig fühlt. Das vor allem hat mich von Anfang an zu ihm hingezogen. Ich bin genauso.« Sie trank noch einen Schluck Champagner; er stieg ihr zu Kopf, doch sie genoss es. »Was sind denn diese täglichen Glücksspiele mit riesigen Beträgen anderes als eine einzige große Herausforderung des Schicksals?«

Gudvang schnaufte verächtlich. »Vor allem des Schicksals anderer Menschen. Warum kann er nicht mit seinem eigenen Schicksal spielen? All diese Menschen, die ihr Leben lang hart gearbeitet ...«

»Vielleicht ist dieses Risiko ja der wichtigste Teil der Geschichte«, unterbrach sie ihn. »Vielleicht schafft das erst seine, seine ... *Fallhöhe*: die Tatsache, dass letztlich *Menschen* daran hängen. Dass er sich damit zum Herrn und Meister über Menschenschicksale macht, mit all der Verantwortung, mit all der Tragik, die eine solche Macht mit sich bringt ...«

»Hören Sie, Frau, äh, ich weiß ja nicht, in welcher Welt Sie leben, aber –«

Sie hatte nicht die geringste Lust, mit diesem Mann Weltanschauungen auszutauschen; sie flog hier schließlich nicht einfach in *Urlaub*. In ihrem Koffer im Bauch dieses Flugzeuges befanden sich sämtliche Dinge, die ihr wichtig waren und die sie nicht zurücklassen wollte: zwei Fotos ihres Vaters und eines des tschechischen Anwesens, von dem ihre Mutter herstammte; eine Perlenkette und der Ehering ihrer Mutter; Tagebuchaufzeichnungen, die sie über Jahre angefertigt hatte; sowie natürlich das Notwendigste an täglicher Garderobe. Alles andere würde sich kaufen lassen. Jetzt, in diesem konkreten Augenblick ihres Lebens, hoch über den Ausläufern der Pyrenäen, am 29. April um 13.54 Uhr mitteleuropäischer Zeit, wusste Carmen nicht, ob sie jemals wieder in ihr Haus in Bad Homburg zurückkehren würde.

»Wissen Sie, ich bin fremdgegangen«, sagte sie jetzt.

»Wie bitte?« Gudvang, der sich offenbar eben gesammelt hatte, um eine Tirade gegen alles und jeden vorzubringen, der sich im Leben geschickter angestellt hatte als er, blinzelte, als hätte Carmen ihn geohrfeigt. »Sie sind ...«

»Fremdgegangen, ganz richtig. Zumindest hatte ich das vor.«

»Sagten Sie nicht gerade, wie dicke Sie mit Ihrem Mann sind?«

»Richtig. Genau deswegen habe ich es ja getan.«

»Dass sich das jetzt unsinnig anhört, ist vermutlich Absicht, oder?« Sie genoss die Verwirrung, in der sie Gudvang nun eine Weile zappeln ließ. Natürlich war es paradox, und sie beabsichtigte auch nicht, Gudvang ihr Seelenleben vollständig zu öffnen. Doch er schien zu sehr seinen Stereotypen verhaftet, um zu ermessen, was für ein Mensch sie war und in welch einer vollkommen ungewöhnlichen, ja einzigartigen Situation sie sich befand. Sie würde ihm nicht erzählen, dass sie sich bereits seit Jahren über Internetportale mit Männern zu Blind Dates traf. Sie würde es ihm nicht erzählen, weil es für ihn nur ein unverständlicher Widerspruch sein würde. Er würde denken, sie sei die gelangweilte Ehefrau eines schwerreichen und immer abwesenden Geschäftsmannes, die sich in ihrer reichlich bemessenen Freizeit lüsternen Ausschweifungen hingab. Dass die Erfahrungen, die sie auf diese Weise machte, einen weitaus tieferen Grund hatten, würde sie ihm nicht erklären können, und der Grad ihrer Bekanntschaft rechtfertigte auch in keiner Weise, es überhaupt zu versuchen.

Was stimmte, war, dass Bernhard sie oft allein ließ, und dies, leider, in immer größerem Maße auch dann, wenn er körperlich anwesend war. Seit Manuels Tod mussten sie beide dunklen Kräften entgegenwirken, die sie einander entfremden wollten; und sie beide hatten beschlossen, es auf unterschiedliche Art zu tun. Bernhard hatte sich mehr in sich zurückgezogen und kam nur dann aus sich hervor, wenn Leidenschaft ihm die Tür dazu öffnete. Sie wusste, er fühlte sich oft wie in einem Kerker, in den ihn sein Verantwortungsgefühl, seine berufliche Sorgfalt, auch seine Trauer sperrte. Aber wie sie war er ein sinnlicher, körperlich stark empfindender Mensch; und nach all den Jahren ihrer Ehe, so wusste sie, hatte sie noch immer die Macht, ihn auf ihre Seite des Lebens zu ziehen. Er war ein Mann, der manchmal zu seiner Lust gezwungen werden musste; aber, und das war das Entscheidende: Er war ein Mann, der sich nicht zu entziehen vermochte, wenn eine in der Liebeskunst versierte Frau ihm zu seinem Glück verhalf.

»Wissen Sie, wir haben eine offene Beziehung. Nicht so wie andere Leute. Wir beschäftigen uns nicht mit der Frage, wer mit wem schläft und wieso. Wenn Sie meine Meinung wissen wollen: Ich glaube, dass diese Frage überschätzt wird. Dass unsere gesamte monogame Ehekultur ein tragischer Irrtum ist.«

»So«, sagte Gudvang.

»Es ist ganz natürlich, seine Bedürfnisse auch mit anderen Menschen auszuleben. Seinen Horizont zu erweitern. Zu lernen.«

»Was wollen Sie denn beim Pimpern lernen?«

»Sie würden sich wundern.«

Natürlich ging es um mehr als das bloße Lernen. Es ging um die Sehnsucht, die sie durchflutete, wenn sie nach ihrem Abenteuer, im Morgengrauen, das Hotel verließ und sich mit dem Taxi zurück nach Bad Homburg bringen ließ. Wenn sie erfüllt war von jener süßen Schuld, die sie förmlich nach Hause riss, zu Bernhard.

Sie liebte dieses Gefühl. Sie war dann ganz von sich enthoben, fast, als würde sie sich selbst hintergehen und sei damit von der Pflicht befreit, sich verantwortlich zu fühlen für das, was sie tat. Es war unvernünftig, es war das Gegenteil dessen, was man von ihr als erwachsener Frau erwartete. Der Einsatz, der auf dem Spiel stand, steigerte ihre Erregung nur ins Unermessliche. Sie nahm an, dass es Bernhard tödlich verletzen würde, wenn er davon erführe, und dass all ihre Beteuerungen, sie habe es letztlich für sie beide getan, nichts nützen würden. Und deswegen war es absolut unabdingbar, dass sie sich unsichtbar machte, während sie sich zu den vereinbarten Treffpunkten bewegte, so unsichtbar, wie sie es in den Jahren mit ihrem Vater gewesen war, wo sie beide nicht sicher sein konnten, ob sie nicht bereits von Spitzeln entdeckt worden waren. Sie zahlte alles in bar, sie trug keinen Ausweis bei sich, nichts, das einen Rückschluss auf ihre Identität zuließe. Diese Anonymität hüllte sie ein wie ein Kokon, der sie schützte und sogar wärmte. Das Entscheidende war, dass sie sich darin nicht einmal wie sie selbst fühlte, sondern wie eine Figur, jemand, der völlig anderen moralischen Maßstäben und inneren Gesetzen folgt; der frei ist.

Auch diesmal war alles sehr genau vorbereitet gewesen. Sie hatte sich auf der Homepage der Seitensprungagentur unter einem falschen Namen angemeldet; hatte während ihres kurzen E-Mail-Verkehrs mit *gordon_gekko* keinerlei Einzelheiten über ihre privaten Lebensumstände erwähnt; war mit der S-Bahn statt mit dem Auto in die Stadt gefahren, hatte das Ticket und später den Chai im Le Parc, mit dem sie sich die Wartezeit bis zum anberaumten Treffen verkürzt hatte, in bar bezahlt. Sie war absolut sicher gewesen, dass sie alles getan hatte, was zur Geheimhaltung erforderlich war. Und dennoch: Als sie mit flirrendem Herzen unmittelbar vor der Schwelle des Zimmers stand, ergriff ein ungekanntes Vorgefühl von ihr Besitz. Sie blickte den langen, stimmungsvoll beleuchteten Hotelkorridor entlang, der verlassen und still vor ihr lag. Niemand ahnte, dass sie hier und im Begriff war, die befestigte Hauptstraße ihres Lebens in Richtung dunkler, abgründiger Gefilde zu verlassen. Schon dieser Gedanke allein war elektrisierend. Dann genoss sie den Moment, vor dem sie an die Tür klopfen würde, den Moment, in dem sie allen Mut zusammennahm, um diesen letzten, irreversiblen Schritt zu tun und sich in ein sexuelles Abenteuer mit einem Fremden zu stürzen. Jemanden, den sie vielleicht attraktiv fand, vielleicht aber auch nicht. Sie hatte sich für eine neue Zukunft entschieden; und sie würde sich in dem, was sie bringen würde, zurechtfinden.

Einen endlos gedehnten Augenblick hatte es gedauert, bis sie beide die unbegreifliche Konstellation verarbeitet hatten, einen zeitlosen Augenblick, in dem sie sich wie erstarrt zu beiden Seiten der Hoteltür ansahen.

»Sie haben in diesem Hotelzimmer wirklich … Ihren *eigenen* Mann getroffen?«

Niemals in ihrem Leben hatte sie etwas Vergleichbares erlebt; und niemals wieder, dachte sie, würde sie in solcher Intensität spüren, was sie dort gespürt hatte.

»Du bist es«, hatte sie zu ihm gesagt und war ihm in das Hotelzimmer gefolgt.

Du, hatte Bernhard gesagt, mit rauer Stimme. Augenblicklich hatte sie gespürt, wie ihr beinahe die Knie einbrachen, so sehr traf sie sein Blick. Sie würde sich für den Rest ihres Lebens an diesen entdeckenden, entlarvenden Blick erinnern. Zum ersten Mal seit Jahren hatte sie sich von Bernhard gesehen gefühlt, wirklich *gesehen*, dachte sie jetzt … War das nicht absurd? Sich *gesehen* zu fühlen in einem Moment, in dem man als jemand anderer durch die Welt ging?

»Sie wollen mir also erzählen«, lallte Gudvang, »dass Sie dort … also …«

»Ich möchte Ihnen gar nichts erzählen, was Sie nicht glauben wollen oder können«, unterbrach sie ihn. »Sie haben mich nur gefragt, was mich so sicher macht, dass mein Mann auf mich wartet. Sie sehen: Er weiß, dass ich den Weg zu ihm finden werde. Wo immer er ist.«

Gudvang ließ in seinem Plastikbecher etwas kreisen, das kaum noch Schmelzwasser sein konnte. In diesem Moment stellte Carmen fest, dass ihr Flug sich verändert hatte, und ein Blick durchs Fenster bestätigte ihr Gefühl, dass sie an Geschwindigkeit und Höhe verloren: Die wenigen Wolken, die sie weit unter dem Flugzeug vorüberziehen sah, kamen allmählich näher.

»Ziemlich gewagte Interpretation«, wandte Gudvang nun ungefragt ein. »Ich meine, Entschuldigung, aber das klingt, als wäre Ihr Mann der Märchenprinz aus einem Mädchentraum.«

»Ich kann nichts dafür«, entgegnete sie ihm nun barsch, »dass Sie die Träume anderer abqualifizieren müssen, nur weil Sie mit Ihren eigenen gescheitert sind.«

Sie hatte die Schärfe ihrer Äußerung nicht beabsichtigt, doch sie musste zugeben, dass sie langsam die Geduld mit diesem Kauz verlor. Seine Unterstellung berührte Carmen dabei gar nicht. Ob man es für kitschig hielt oder nicht, Bernhard war so etwas wie ihr Retter gewesen, als sie sich kennengelernt hatten: Er hatte sie in einer Lebensphase zu sich genommen, da sie ihren ersten Mann verlassen hatte und ohne alle Sicherheiten mit einem sechsjährigen Kind und einem begonnenen Studium dastand, völlig allein und finanziell abhängig von einem kläglichen Gelegenheitsjob als Kellnerin. Und womit Bernhard sie gerettet hatte, das waren nicht Geschenke und Geld gewesen, sondern Geborgenheit und Liebe.

Das Fasten-Seatbelts-Zeichen leuchtete auf. Gudvang, überraschend genug, ignorierte es und sagte mit nicht zu überhörender Empörung: »Wie kommen Sie darauf, dass ich gescheitert bin? Ich bin nicht gescheitert.«

»Schon gut.«

Gudvangs pfeifende Kurzatmigkeit, die sie während ihrer Erzählung immer wieder wahrgenommen hatte, kehrte nun mit Macht zurück; fast fürchtete sie, der Mann würde an seiner Empörung ersticken.

»Wie kommen Sie dazu, so pauschal über einen winzigen

Ausschnitt aus meinem Leben ... das müssen *Sie* gerade sagen! Sie erzählen mir hier freimütig von Ihrem Mann, der seine *Bank* beklaut hat!«

»Ich habe nicht gesagt, dass er Alberts bestohlen ...«

»Wie bitte? Wen?«

Sie biss sich auf die Zunge. Sie hatte ihre Geschichte nicht für Fremde nachprüfbar machen wollen; es war kein bewusster Entschluss gewesen, mehr eine instinktive Vorsicht. Die Auswirkungen ihrer Fehlleistung auf Gudvang indes war gewaltig. Hatte eben seine Atmung lediglich eine gewisse Erregung verraten, so sah er nun aus, als würde er gleich kollabieren.

»Was sagen Sie da? Die Bank, für die Ihr Mann arbeitet ... von der Sie erzählt haben ... ist Alberts? Das Bankhaus Alberts? Die Bank, die mir den Geldhahn abgedreht hat und mich im Regen stehen lässt, nachdem ich jahrelang pünktlich meine Raten gezahlt habe? Das wollen Sie mir nicht erzählen, oder?«

Sie rückte intuitiv von dem Mann ab, obgleich der Spielraum dazu äußerst begrenzt war. »Ich würde Sie bitten, mich nicht so sehr zu bedrängen, ich vertrage das nicht.«

»Sie vertra–« Er versuchte nun, sich schwerfällig in seinem Sitz zu ihr zu drehen, wobei seine Beine gegen ihre stießen. »Hören Sie, das ist ungeheuerlich, was Sie mir da ... Ich will sofort wissen, wo Ihr Mann sich aufhält.«

»Ich sagte ja schon –«

»Ich weiß, was Sie gesagt haben. Sie wissen mit Sicherheit, wo er ist, und ich verlange ... Also, ich *glaube* das alles einfach nicht. Stimmt das? Ist das wirklich wahr?«

Eben tauchten sie in die nun wieder dichtere Quellbewölkung ein. Gudvang vermochte sich kaum zu beruhigen. Einige der Fluggäste aus der gegenüberliegenden Reihe hatten begonnen, die Köpfe nach ihnen zu drehen, offenbar beschäftigte der Disput schon das halbe Flugzeug. Carmen suchte den Innenraum nach einer Flugbegleiterin ab.

»Ich schwöre Ihnen, sobald wir gelandet sind, werde ich der Sache auf den Grund gehen. Ich bin ein Kunde dieser Bank, ich habe ein Recht darauf …!«

»Können Sie vielleicht leiser sprechen, ich sehe keinen Grund, dass das ganze Flugzeug …«

»Sie sehen keinen *Grund*?«, ereiferte sich Gudvang. »Ich sag Ihnen was: Nicht nur das Flugzeug wird das erfahren. Das kann ich Ihnen versichern.«

Glücklicherweise kamen, angelockt offenbar von Gudvangs untolerierbarem Verhalten, zwei Flugbegleiterinnen, die sich mit unerschütterlicher Freundlichkeit danach erkundigten, ob es Beanstandungen gebe, und welche.

»Es ist nur …«, bemühte sich Carmen ebenfalls um Freundlichkeit, »dieser Herr ist betrunken und belästigt mich.«

»Ach, jetzt belästige ich Sie auf einmal?« Gudvangs Stimme schnappte jetzt schier über; er sprang auf, wobei er seinen Tisch hochklappte und so den Plastikbecher zerquetschte; und da er nun genau über ihr war, trieb sie ihre aufkommende Panik ebenfalls aus ihrem Sitz und hinter eine der Flugbegleiterinnen. Gudvang war immer noch nicht zu beruhigen: »Erst texten Sie mich stundenlang voll mit Ihrem ach so tollen Leben, und jetzt *belästige* ich Sie auf einmal?«

»Mein Herr, ich möchte Sie darauf hinweisen!«, begann eine der Flugbegleiterinnen; ihr Lächeln war nun unübersehbar erstarrt.

»Nee, nix! Ich lasse mich nicht herumschubsen, jetzt reicht's.«

»Ja, ja«, sagte Carmen, nun einerseits halb in Gudvangs Richtung, während sie andererseits den Blick schon zu einer der beiden Flugbegleiterinnen wandte, um zu fragen: »Können Sie mir bitte einen anderen Sitzplatz anbieten?«

»Ich fürchte, das Flugzeug ist bereits im Landeanflug, deswegen ...«

Carmen deutete an, der Flugbegleiterin etwas Vertrauliches mitteilen zu wollen, sodass diese sich leicht zu ihr hinüberbeugte. »Sie geben mir sofort einen anderen Platz«, sagte sie leise, »oder ich verklage Ihre Fluglinie. Sie können mich nicht neben jemandem sitzen lassen, der körperlich übergriffig ist. Ich werde Sie persönlich wegen Beihilfe zur Nötigung zur Rechenschaft ziehen!«

Natürlich erzielte sie durch diese Wortwahl umgehend die gewünschte Wirkung. Die Flugbegleiterin schreckte aus ihrer Erstarrung auf, gab sofort den Weg frei und bedeutete Carmen, sie möge ihr in den vorderen Teil des Flugzeugs folgen. Indessen krakeelte Gudvang hinter ihr weiter: »Sie werden schon noch sehen, mit was für einem Gescheiterten Sie es zu tun haben ... Sie sind schamlos und frech!« Carmen drehte sich noch einmal zu ihm um und – lachte.

Aus dem Flugzeug ließ sich Carmen schließlich von zwei Sicherheitskräften begleiten, die sie zum Gepäckband und danach zum Mietwagenschalter eskortierten. Einer der Männer hatte, während sie ihren Rollkoffer vom Band genommen hatte, offenbar von einer der Flugbegleiterinnen Carmens Schal und eine Zeitung zugesteckt bekommen, die auf ihrem Platz gefunden worden waren.

Beim Europcar-Schalter angelangt, begann sie nun in der Zeitung zu blättern; es war ein deutsches Handelsblatt mit lauter wirtschaftlichen Schlagzeilen, das nicht sie, sondern mutmaßlich Gudvang im Flugzeug zurückgelassen hatte.

Da von diesem weiterhin nichts zu sehen war, begannen die beiden Sicherheitsleute eine Unterhaltung miteinander zu führen, in der es, wie sie heraushörte, um die Abhängigkeit spanischer Fußballmannschaften von großen Immobiliengesellschaften ging.

Sie wollte die Zeitung eben wieder zusammenfalten, da fiel ihr Blick zufällig auf einen Namen am Ende eines der Artikel. Sie begriff nicht gleich, wie sie ihn zuordnen sollte; der Moment erinnerte sie auf seltsame Weise an jenen, da in der Hoteltür ein seltsam urvertrautes Gesicht erschienen war, das jedoch mit der Situation so wenig in Übereinstimmung zu bringen war, dass eine klaffende Lücke blieb zwischen Wahrnehmung und Realität – ein Abgrund, in den man hineinfiel und einige Sekunden lang in der Luft hing, bevor man, kurz vor der harten Landung, den überwältigenden Impuls spürte, schreiend davonzulaufen.

Der Autor des Artikels war Helmut Gudvang. Fieberhaft suchte sie, den Sinn des Artikels zu begreifen; die Schlagzeile lautete: »HRE verhebt sich an Schrottpapieren«. Ihr Blick wanderte zum Ende des Textes: *Helmut Gudvang, Autor mehrerer Sachbücher über Finanz- und Wirtschaftskriminalität, zählt zu den renommiertesten deutschen Journalisten und schreibt regelmäßig für diese Zeitung. Für seine investigativen Reportagen würdigte ihn die Ludwig-Erhard-Stiftung 2003 mit dem Preis für Wirtschaftspublizistik.*

»Oh«, entwich es Carmen, bevor sie bemerkte, dass die Frau des Mietwagenservice sie bereits seit einer geraumen Zeit ungeduldig ansah.

1 **2** 3 4 5

Als sie aus dem Terminal ins Freie trat und sah, dass sie wieder Netzempfang hatte, versuchte sie sofort, Valerie anzurufen, doch es kam keine Verbindung zustande. Ihr fiel ein, dass sie die Nummer mit der Ländervorwahl versehen musste, dann probierte sie es noch mal; jetzt stellte sie fest, dass Valerie ihr Telefon ausgeschaltet hatte. Sie probierte es bei Thomas, doch es klingelte so lange, bis die Mailbox ansprang. Sie hinterließ ihm die Bitte, dringend zurückzurufen, und schickte ihm zur Sicherheit noch eine SMS gleichen Inhalts.

Die Leihwagen standen in einer wenig genutzten Straße des Flughafengeländes in einer langen Reihe, die sich bis in die Dunkelheit einer Parkgarage erstreckte. Aus irgendeinem Grund waren diese Katakomben unbeleuchtet. Überhaupt erschien Carmen das gesamte Areal unfertig, ja unerklärlich abweisend. Hinter einem Wellblechverschlag wurde gebaut; allerdings waren keine Arbeiter zu sehen. An einem Kran hing, wie vergessen, ein Eisenträger, der sich im aufkommenden Wind langsam um die eigene Achse drehte. Die Sonne war hinter einer dunklen Wolkendecke verschwunden, wodurch der Platz in ein eigenartiges Zwielicht getaucht war. Ihr wurde bewusst, dass sie sich im Moment völlig allein in diesem Teil des Flughafens befand.

Das Cabriolet, das sie suchte, musste im Inneren stehen, wohin nur fahles Licht drang … zu wenig, um die Kennzeichen mit der Nummer auf ihrem Schlüsselanhänger zu vergleichen. Trotz ihres Unwohlseins ließ sie sich jedoch weiter in das höhlenartige Dunkel ziehen. Es war still dort, lediglich die Rollen ihres Koffers auf den ungleichmäßig verlegten Betonplatten waren zu hören.

Als der Schatten der Garage sie vollständig verschluckt hatte, hörte sie plötzlich Schritte hinter sich. Sie drehte sich um und sah die Kontur eines Mannes, die sich vor dem einfallenden Licht abzeichnete. Unwillkürlich dachte sie an Gudvang, an alles, was sie ihm in den letzten zwei Stunden aus irgendwelchen Gründen anvertraut hatte. Warum nur? Sie wusste es nicht, und in diesem Moment, ängstlicher jetzt, verfluchte sie sich, wie schon so oft, für ihre eitle Geschwätzigkeit. Augenblicklich begann sie zu zittern, und jede Spur von Euphorie oder gar Triumph war verflogen.

Sie ließ sich ihre Furcht nicht anmerken und beschleunigte ihren Schritt. Gleich würde sie das Cabrio erreichen und sich in Sicherheit befinden. Die Schrittfolge des Mannes war absolut synchron zu ihrer, so als legte er es darauf an, sich darin gleichsam verborgen zu halten. Plötzlich kam es ihr absurd vor, Gudvang – wenn es Gudvang war – davonzulaufen. Sie blieb stehen und drehte sich um. »Herr Gudvang, sind Sie das?«

Doch der Mann antwortete nicht, sondern setzte seinen Weg fort, ohne sein Tempo zu verändern. An der Art, wie er sich bewegte, an seiner Silhouette im Gegenlicht sah sie jetzt, dass es nicht Gudvang sein konnte. Er wirkte jünger, größer und kräftiger als dieser; in seiner breitschultrigen, bedrohlichen Haltung erinnerte er viel eher an … Bernhard.

Sie schloss die Augen. Der Mann würde sie in wenigen Sekunden eingeholt haben und sie mühelos überwältigen. Niemand würde ihren erstickten Schrei hören, wenn er sie zu Boden ringen und sich auf sie knien würde.

»Nicht«, flüsterte sie, als geschehe dies bereits, und drückte dabei wie traumverloren die Fernbedienung an ihrem Schlüsselanhänger, »nicht …« Da sah sie, nur drei Meter vor ihr, wie die Warnlichter des Cabrios aufleuchteten und sich das Gefährt wie zum treuen Dienst meldete. Im gleichen Moment hatte der Mann, der sie zu verfolgen schien, zu ihr aufgeschlossen: Es war ein ihr völlig unbekannter Spanier, der sie freundlich grüßte und in die Limousine vor ihrem Cabrio stieg.

Mit zittrigen Fingern zog sie den Türgriff, wuchtete schnell ihren riesigen Koffer auf den Beifahrersitz, ließ sich in den Sitz fallen und zog die Tür hinter sich zu. Sie sah in den Spiegel, blickte in ihr Gesicht. Es war seit dreiundvierzig Jahren ihres; sie würde es in diesem Leben nicht mehr loswerden.

Als der Renault aus der Garage schoss, sah Carmen, dass das milchige Tageslicht sich inzwischen in einem Grauschleier aus strömendem Regen aufgelöst hatte. Dicke Tropfen schlugen auf die Windschutzscheibe und das Verdeck, und sie war froh, dass sie ihrem Impuls gefolgt war, es nicht im Heck zu versenken, obgleich dazu ein kleiner Knopf an den Armaturen eingeladen hatte. Die Tempobegrenzung ignorierte sie in der Überzeugung, jedes nur erdenkliche Recht zu haben, den Flughafen so schnell wie möglich hinter sich zu lassen, und tatsächlich erreichte sie nach einer grünen Ampelphase die Zubringerstraße. Sie hatte keine Ahnung, in welche Richtung sie fahren musste, doch sie war sicher, dass sie den Weg finden würde.

Als sie die Überlandstraße erreichte, die mutmaßlich die Küste südwärts hinabführte – zumindest Marbella war ausgeschildert –, fühlte Carmen augenblicklich, wie neue Euphorie ihren Brustkorb entkrampfte. Über ihr riss die Wolkendecke auf, und obgleich es noch immer wie aus Kübeln schüttete, flutete Licht die Landschaft, die sich links und rechts der Autostraße prachtvoll öffnete. Einen Augenblick lang spielte sie mit dem Gedanken, das Verdeck trotz des Regens zu öffnen, so sehr schäumte das Gefühl in ihr über, dies alles hinter sich lassen zu können, sämtliche vergangenen Verfehlungen, sowohl seine als auch ihre. Dass alles eine Frage der Bereitschaft war, sich für etwas *Neues* zu öffnen …

Sie war etwa eine halbe Stunde lang gefahren, da bot sich ein idyllischer Park, durch den die Autostrada führte und der unmittelbar am Meer gelegen war, für einen Zwischenstopp an. Zum einen war sie durstig und wollte so schnell wie möglich Valerie oder Thomas erreichen. Zum anderen überprüfte sie auf der Damentoilette des El Estrecho, vor dem sie parkte, ihr Make-up und ihre Kleidung. Im Waschraum gab es einen Ganzkörperspiegel, und so stellte sie erfreut fest, dass das lange Sitzen ihrem Kostüm nicht geschadet hatte. Allerdings war es nötig, ihren Teint aufzufrischen, wofür sie lediglich etwas Blush nachlegen musste. Bedauerlicherweise hatte sie bei ihrem letzten Einkauf den korallfarbenen, den sie sonst benutzte, nicht bekommen, sodass sie nun auf einen anderen zurückgreifen musste, der allerdings, wie sie jetzt feststellte, kaum den gewünschten Deckungseffekt erzielte. Sie versuchte, ihn mit den *Pink Rebel Lustre Drops* zu verstärken, doch der Glue-Effekt auf den Wangen verlieh ihr, wie sie fand, lediglich ein angemaltes Aussehen. Wenn sie so vor ihm stehen würde, dachte sie, wäre es kein Wunder, wenn er ihr sogleich die Tür vor der Nase zuwürfe, denn sie sah geradezu billig aus, aufgedonnert wie eine Professionelle. Plötzlich ergriff Carmen eine unbändige Wut, nicht nur auf die Firma L'Oréal, die es nicht zuwege gebracht hatte, ihren gewohnten Blush in ausreichender Menge vorzuhalten, sondern auf sich selbst, weil sie sich mit minderwertigem Ersatz hatte zufriedengeben wollen. Ohne sich davon abhalten zu können, riss sie einige Papierhandtücher aus dem Spender, feuchtete sie an und rieb sich hektisch die Farbe vom Gesicht. Als sie auf das verschmierte Resultat blickte, verstärkte das aber nur ihren aufbrandenden Selbsthass, denn nicht nur war jetzt die Grundierung völlig zerstört, auch die abgelösten gräulichen Krümel des Altpapiers klebten überall in ihrem Gesicht. Es war unverzeihlich und albern, wegen solch einer Lappalie die Fassung zu verlieren, doch als sie das dachte, liefen ihr schon die Tränen über das Gesicht, und weil sie nicht wusste, wohin mit dem schrecklichen Zorn, der unangekündigt in ihrem Leib explodierte, ließ sie sich auf die Kacheln des Waschraums sinken und die Konvulsionen des Weinkrampfs durch ihren Körper zucken, ohne sich dagegen zu wehren. Sie wusste, so würde es am schnellsten vorübergehen.

Eine junge Spanierin, kaum eine Frau, betrat die Toilette, prallte entsetzt zurück und fragte sie dann durch die schon wieder halb geschlossene Tür auf Spanisch, ob ihr etwas fehle. Carmen gab zurück, dass sie sich nicht um sie zu kümmern brauche, dass niemand sich zu kümmern brauche. Erst nachdem sich die Tür vollends wieder geschlossen hatte, stieg ihr die Peinlichkeit ihrer Lage zu Bewusstsein, so dass sie die Kraft fand, ihre auf dem Boden verstreuten Habseligkeiten einzusammeln und sich in eine der Kabinen zu flüchten.

Eine halbe Stunde später trat sie auf die Terrasse des Imbisslokals im Bewusstsein, dass sie die Frische, die ihrem Look noch bei ihrem Aufbruch zu eigen gewesen war, durch ihre lächerliche Heulerei nun unwiederbringlich zuschanden gemacht hatte. Sie hatte zu retten versucht, was möglich war, und mit Eyeliner und Mascara wenigstens notdürftig die Grundkonturen wiederhergestellt, so dass ihre furchtbare Maske aus Selbstmitleid und Chemie gerade eben wieder zu einem Gesicht wurde.

Sie wählte Valeries und dann Thomas' Nummer, ohne allerdings ein anderes Ergebnis zu erzielen als zuvor, mit der Ausnahme, dass nun nicht einmal mehr die Mailbox des »Ratgebers« ansprang. Dies mochte bedeuten, dass er telefonierte und es somit Hoffnung gab, ihn bald zu erreichen. Sie spürte, wie sie durch diese Aussicht ihre Fassung ein wenig zurückerlangte.

Von der Terrasse aus konnte sie in eine kleine Bucht sehen, die offenbar an ein Ferienresort angeschlossen war. Trotz des wechselhaften Wetters hatten sich einige Familien an den Strand gewagt; die Eltern lagen, bedeckt mit großen Badetüchern, auf Liegestühlen unter einer Schilfüberdachung, während die Kinder, ungeachtet der vorsommerlichen Temperaturen, sich nicht davon abhalten ließen, im Meer zu planschen. Zwei Kinder kamen gerade schlotternd aus dem Wasser und wuschen unter einer Dusche, die wie ein großer Fliegenpilz geformt war, das Salzwasser von ihren Körpern, wobei sie sich unablässig bespritzten. Sie konnte sehen, dass es sich um Geschwister handelte, einen Jungen und ein deutlich älteres Mädchen. Sie beobachtete dieses einfache, kleinbürgerliche Ferienglück, in dem die Kinder abends im Hotelrestaurant in ihrem Essen herumstochern und die Eltern, die sich doch nur von ihrer anstrengenden Arbeit erholen wollten, für das schlechte Wetter oder die langweilige Unterbringung verantwortlich machen würden, sodass aus dem großen Ziel, endlich eine unbeschwerte Zeit miteinander zu verbringen, wieder einmal nichts werden würde. So würde es kommen, dachte sie, so war es vorgesehen …

Sie hatten nie um ihn getrauert, dachte sie. Es war in solchen Situationen wichtig, schnell wieder in die Normalität zurückzufinden. Und tatsächlich, sie fanden sich in der Normalität weitaus besser zurecht als in der Trauer. Es funktionierte. Sein Tod hatte ihre Liebe nicht mit einem Bannfluch belegt, hatte nicht aus jeder Frage und jeder Andeutung einen stillen Vorwurf gemacht. Ihre Beziehung ruhte auf einem starken Fundament. Sie hatten gut daran getan, sich nicht in Trauer zu verlieren, sondern sich gegenseitig ein Vorbild darin zu sein, vorwärtszuschauen, in die Zukunft. In ihre gemeinsame Zukunft.

Eine Weile noch stand sie an dem Geländer und schaute dem Treiben am Strand zu. Eine innere Ungeduld drängte sie zur Eile; und als sie in sich hineinfragte, was sie hier zurückhielt, stellte sie fest, dass es ein Ziel war – ihr *fehlendes* Ziel. Wohin sollte sie fahren? Gibraltar war klein, aber doch zu groß, um darin einen einzelnen Menschen zu finden.

Sie zog abermals ihr Telefon hervor und drückte auf Wahlwiederholung. Es klingelte viermal; beim sechsten würde sich Thomas' Mailbox melden. Sie wollte eben ausschalten, da war plötzlich seine Stimme in der Leitung. »Ja.« Sie klang nicht verwundert; sie klang nie verwundert, immer derselbe abgewogene, von verhaltenem Interesse getragene Tonfall.

»Ich bin in Spanien«, sagte sie.

»Das ist … eine Überraschung.«

Sie ärgerte sich über seine Überheblichkeit, das wurde ihr plötzlich klar; die ganze Zeit schon, während sie seine Beratung in Anspruch genommen hatte, hatte sie sich über dieses stets wohltemperierte, aber im Grunde nichtssagende Interesse geärgert, ohne dass es ihr bewusst gewesen wäre.

»Wieso soll das eine Überraschung sein, ich suche meinen Mann. Was finden Sie daran überraschend?« Plötzlich kam ihr das Du, auf das sie in Johanns Haus verfallen waren, unpassend und allzu jovial vor; so als versuche sie ein Vertrauensverhältnis anzustreben, das sie doch endlich als unmöglich erkannt hatte.

»Ich meinte nur die Tatsache, dass Sie bereits hier sind.«

»Was auch immer. Ich möchte ihn sprechen.«

»Ja«, sagte er, als sei es ganz selbstverständlich. »Warten Sie einen Augenblick. Er ist hier.«

1 2 **3** 4 5

Sie versuchte, hinter die Tür zu sehen und so eine Vorstellung zu gewinnen von dem, was sie erwartete. Sie wusste: Diesmal würde ihr Wiedersehen besser verlaufen. Es musste.

Langsam, zögerlich und erst nachdem sie zum dritten Mal geklopft hatte, öffnete sich die Tür. Bernhard war durch ihren Anruf bereits über ihr Kommen informiert gewesen, und der Ausdruck des überraschten Schocks breitete sich nun, anders als im Méridien, eher in ihrem eigenen denn in seinem Gesicht aus, als sie die Hämatome und Schürfwunden in seinem Gesicht sah.

»Oh Gott, was ist dir denn zugestoßen?«

Er ließ die Tür offen stehen und schlurfte ins Zimmer zurück, wo er, nur mit Hemd und Boxershorts bekleidet, offenkundig auf dem Bett gelegen und ferngesehen hatte. Im Zimmer roch es ungelüftet und, was noch schlimmer war, nach Zigarettenrauch; auch jetzt rauchte er. Im Fernsehen liefen Nachrichten, schreckliche Bilder von Straßenkämpfen und behelmten Polizisten mit Schlagstöcken. Sie verstand außer dem mehrfach wiederholten Wort *Grecia* nicht, worum es ging; es interessierte sie nicht.

Das Zimmer war das ganze Gegenteil vom Méridien: eine billige Absteige. Die Möbel alt und voller Schrammen, die Tischfläche blind, der Teppich durchgetreten. Ein Zimmer wie für Menschen, die auf der *Flucht* waren.

Sie trat langsam ein. »Bist du verprügelt worden?«

Bernhard antwortete nicht. Er hatte sich wieder auf das Bett gelegt und starrte weiter auf den Fernseher; eine Hand hielt eine qualmende Zigarette. Sie wartete auf eine Antwort, eine Reaktion, irgendwas.

»Ich bin um deinetwillen gekommen, Bernhard.«

Die Asche auf der Zigarette türmte sich langsam zu einer fragilen Architektur. »Hörst du?« Dann, nach einer viel zu langen Pause, endlich ein Beweis dafür, dass er ihr Hiersein akzeptiert hatte: »Ja.«

»Brauchst du was? Willst du zu einem Arzt?« Sie ging zum Fußende des Bettes und setzte sich auf den orientalisch gemusterten Überwurf, den Bernhard achtlos ans Ende des Bettes geknäuelt hatte. Die Fernbedienung lag auf dem Laken; ohne sie aufzunehmen, drückte sie den roten Knopf.

Er hob leicht den Kopf, um in ihre Richtung zu sehen. »Geld«, sagte er; seine Stimme klang heiser. »Hast du Geld?«

Sie musste unwillkürlich lachen.

»Was soll das Gekicher?«

»Dass du mich nach Geld fragst. Ich meine, wie viel Geld hast du … an dich gebracht. Zehn Millionen? Zwanzig?«

»Das ist Guthaben. Ich rede von Geld.«

»Ist das ein Unterschied?«

Er antwortete nicht. Sie war verwirrt; als sie durch diese Tür gegangen war, hatte sie gehofft, dass die Situation, die Stimmung, die Schwingungen innerhalb des Raums ihr signalisieren würden, wie sie sich darin bewegen konnte. Doch nun fühlte sie sich, als würde sie im Vakuum mit Flügeln schlagen.

»Brauchst du einen Aschenbecher?«

Er sah auf die Zigarette, schnippte die Asche auf den Fußboden und nahm dann den Aschenbecher von der Nachtkonsole, um die Kippe auszudrücken. Bei alldem würdigte er sie keines Blickes.

»Warum gehst du nicht zum Automaten?«, versuchte sie es wieder.

»Hab keine Karte mehr.«

»Was ist damit passiert?«

»Keine Ahnung. Aufgegessen.«

»Kannst du mir eine vernünftige Antwort geben? Ich bin den weiten Weg …«

Er fuhr auf; nur einen winzigen Moment. »Ich hab dich nicht darum gebeten!« Er drapierte ein Kissen in seinen Nacken und rutschte höher. Als er ostentativ die Arme vor seiner Brust verschränkte, dachte sie, dass dies alles ein Spiel war – ein sehr altes, sehr vertrautes Spiel zwischen ihnen, das etwas anderes bedeutete als das, was seiner Oberfläche scheinbar abzulesen war. Es war keine Überzeugung; eher eine Hoffnung. Sie hatte das schon oft gehofft.

»Warum bist du überhaupt hier?«, fragte Bernhard.

»Das … ich verstehe nicht, Bernhard. Das habe ich doch schon gesagt. Deinetwegen.«

»Wer hat dich geschickt?«

»Niemand. Niemand hat mich geschickt. Wie kannst du das denken? Freust du dich nicht?«

»Doch. Wahnsinnig.«

»Du wolltest mich nicht verlassen.« Sie hatte das gesagt, ohne dass ihr Kopf zuvor eine Einwilligung dazu gegeben hatte. Sie wusste nicht, woher dieser Satz kam, er hatte sich von allein seinen Weg nach draußen gebahnt. Jetzt erschien er ihr unglücklich. Als sie diese Tatsache akzeptiert hatte, hörte sie Bernhard schnaufen. Vielleicht war es eher ein verunglücktes Lachen.

»Geht es dir wirklich gut?«, fragte sie mit besorgter

Stimme und zog sich weiter auf das Bett, so dass sie nun mit angezogenen Beinen am Fußende saß. »Das ist alles so … verrückt.«

Er sagte nichts.

»Ich weiß, wovor du weggelaufen bist.«

»Wovor bin ich weggelaufen?«

»Du bist vor dem unmenschlichen Zwang davongelaufen«, sagte sie und streckte ihre Hand nach ihm aus, »das bestmögliche aller Leben führen zu müssen.«

Er lachte, schwach. »Hast du dir das aufgeschrieben? Hast du dir *das alles* hier vielleicht schon aufgeschrieben?«

Sein Gedanke berührte sie, und einen Moment lang fühlte sie Erleichterung und beinahe Stolz, dass er ihre Berufung endlich anerkannte – eine Anerkennung, die sie in dieser deutlichen Form noch nie von ihm erfahren hatte. »Bernhard«, sagte sie und lächelte, »ich …«

Da klopfte es an der Tür; wenige Augenblicke später trat Thomas halb ins Zimmer. Seine Stimme war belegt. »Wir müssen uns unterhalten. Mein Vater ist gestorben. Eben in diesem Moment. Ich hab's gerade gehört.«

Wie unwirklich dies alles war. Als habe sie eine Schwelle übertreten in eine Welt, in der tatsächlich alles möglich, aber dafür nichts mehr wirklich war. Als müsse man die Vielzahl der Möglichkeiten mit dem Verlust ihrer Wirklichkeit erkaufen. All dies schien sie nicht zu betreffen, obwohl sie so große Erwartungen gehabt hatte, sehnsüchtige Erwartungen; es war, als sei sie noch gar nicht angekommen; als sei sie, nach all den Jahren, noch immer unterwegs.

»Ich weiß nicht, ob Sie eine Ahnung haben, was in Frankfurt los ist. Oder in Berlin«, sagte Thomas, als sie sich unten im Restaurant des Hostals zusammengefunden hatten. Die

Nachricht schien in Bernhard zu wüten wie ein finsterer Sturm; sie hatte ihn auf andere Gedanken bringen wollen. Doch nun sah sie, dass sie geradezu das Gegenteil erreicht hatte, indem Thomas ihnen bis hierher nachgestellt, sie nachgerade hier unten *festgesetzt* hatte wie Ankläger und Standgericht in einer Person. Ihn noch dazu neben Valerie zu sehen, zu wissen, dass die beiden gemeinsam hergekommen waren, verärgerte sie auf eine schwer fassbare Weise. Oder war es die Tatsache, dass ihre Begegnung mit Bernhard so vollkommen anders verlief, als sie sich vorgestellt hatte? Und was *hatte* sie sich vorgestellt?

»Was ist denn in Frankfurt los?«, fragte Bernhard tonlos.

»Sie haben … Sie haben alles ruiniert. Vollständig. Gründlich. Es ist nicht zu fassen.«

»Sie müssen schon erklären, was Sie mit ›alles‹ …«

»Ach kommen Sie schon«, schrie Thomas jetzt und knallte die Faust auf den Tisch; die Plötzlichkeit seines Ausbruchs ließ Carmen erschreckt hochfahren. Sie drehte sich um: Noch waren sie die einzigen Gäste in der Bar des Hostals, es war früh am Abend, und von Touristen konnte zu dieser Jahreszeit kaum die Rede sein. Ohnehin war schwer vorstellbar, dass jemals welche in dieses schäbige Nest kommen würden. »Da sind zweihundert, zweihundertfünfzig Millionen an offenen Positionen. Vielleicht noch mehr. Das bedeutet Abwicklung, sonst gar nichts. Haben Sie überhaupt eine *Ahnung*, was Sie da angerichtet haben?«

Sie spürte, dass Bernhard sich bemühte, seine Stimme nicht kraftlos, sondern nur ruhig klingen zu lassen. Außer ihr bemerkte vielleicht niemand den Unterschied. »Weswegen bin ich wohl hier?«

»Das wüsste ich auch gern. Ich habe keine Ahnung, weswegen Sie hier sind, Sie sagen ja keinen Ton. Was weiß ich, was Sie vorhaben? Sie haben eine Viertelmilliarde verbrannt, einfach verbrannt. Haben Sie mal daran gedacht, dass es Menschen gibt, die dieses Geld zum Leben brauchen? Die jetzt ihren Fahrradladen oder das Softwarebüro zumachen können, weil sie kein Geld mehr kriegen? Haben Sie daran auch nur eine einzige Sekunde gedacht? Also wenn Sie mit dieser Sache hier einen Plan verfolgt haben, dann war der Plan beschissen, absolut beschissen, von vorne bis hinten.«

Sie konnte nicht glauben, dass es sich bei diesem selbstgerechten Eiferer um denselben Mann handelte, der sie noch vor einer Woche mit zurückhaltender Stimme bei ihren intimsten Problemen beraten hatte. Ein heftiger Widerwille ließ sie erschauern.

»Ich wollte helfen. Der Bank helfen.« Bernhard hob, noch immer auf den Tisch starrend, ziellos die Hände; seine Stimme war nicht mehr als ein Flüstern. Carmen konnte das kaum ertragen.

»Was glauben Sie, wie Sie der Bank helfen, wenn Sie eine Viertelmilliarde verbrennen?«

»Ich bin Ihnen keine Rechenschaft schuldig.«

»Ach nein? Wem denn?«

»Niemandem. Johann.«

»Der ist tot. Verstehen Sie das? *Sie* haben …«

»Das reicht«, platzte es aus Carmen heraus. »Ich weiß nicht, was Sie damit erreichen wollen, meinen Mann in die Ecke zu treiben.«

Bernhard hob ruckartig den Kopf, nur eine Sekunde lang, und sah sie scharf an. Sie verstummte. Ihr Herz hämmerte plötzlich in ihrer Brust. Sie versuchte, sich zu beherrschen, doch von Neuem brach es aus ihr heraus. »Es ist abscheulich, wie Sie meinen Mann zu manipulieren versuchen!«

»Wie bitte? Ich …«

»Carmen …« Valerie, die neben ihr saß, hatte mit ihrem destruktiv-gelangweilten Gesicht dabeigesessen, als ginge sie die ganze Sache nichts an, was ja zumindest dieses Mal auch tatsächlich der Fall war. Warum sie ausgerechnet jetzt meinte, sich einmischen zu müssen, war Carmen schleierhaft. »Du bist still. Das hier hat nichts mit dir zu tun!« Und an Thomas gewandt: »Ich kann nicht länger akzeptieren, wie Sie den Tod Ihres Vaters benutzen …«

»Carmen. Das ist meine Sache«, meldete sich Bernhard; auch seine Stimme klang wütend. Carmen hörte nicht auf ihn.

»Es ist einfach abstoßend, wie Sie sich hier als leuchtendes Vorbild der Integrität aufplustern und meinen Mann, der sich für Ihren Vater regelrecht aufgeopfert hat, die Schuld in die Schuhe schieben. So leid es mir tut, aber Sie sollten sich mal fragen, wer sich die ganzen Jahre über von Johann hat finanzieren lassen, ohne seinem Vater je auch nur den geringsten Respekt zu zeigen, bevor Sie anfangen, Bernhard zu beschuldigen.«

Thomas konnte darauf nichts erwidern; seine Unterlippe bebte, als versuche sie angestrengt, etwas zurückzuhalten. »Sie sind … das ist wirklich … faszinierend«, und dabei verzog er verächtlich seine Mundwinkel, als wäre dies letzte Wort das schmutzigste Schimpfwort, das er sich vorstellen konnte.

»Wir sind nicht in einer Ihrer Therapiestunden. Sie haben mir nichts voraus, Sie sind auch nur ein Mensch. Und was für ein mickriger.«

»Das reicht«, schrie nun Valerie und sprang auf, sodass ihr Stuhl in weitem Bogen nach hinten flog. Thomas' Hund, den Carmen bisher nicht bemerkt hatte, sprang auf und schien sich nicht entscheiden zu können, wen er ankläffen sollte, worauf der Wirt der Hostal-Bar herankam und auf Spanisch einen langen Monolog darüber hielt, dass Hunde verboten seien. Thomas redete währenddessen abwechselnd mit Valerie auf Carmen ein, doch sie achtete nicht auf sie. Bernhard indessen war schweigend aufgestanden und machte sich daran, nach oben zu gehen. Sie wusste, dass sie ihn jetzt keinesfalls allein lassen durfte.

»Nur damit Sie Bescheid wissen, Herr Milbrandt«, hörte sie Thomas hinter sich, »Sie werden morgen früh mit mir zusammen das Geld zurücküberweisen, oder ich werde Sie anzeigen!«

»Du steckst mit ihm unter einer Decke«, sagte er wütend, als sie wieder oben im Zimmer waren – oder so wütend, wie es ihm gerade möglich war. »Spielt ihr *guter Bulle, böser Bulle*? Ihr habt euch abgesprochen, oder?«

»Klang das gerade so, als hätten wir uns abgesprochen?« Sie sah, dass Bernhards Haut mit roten Flecken übersät war, sei es vor Aufregung, sei es aus einem ganz anderen Grund. Jetzt blieb er ohne Antwort, legte sich wieder in seine alte Position auf das Bett. Und schien Ausschau nach der Fernbedienung zu halten.

»Ich wollte dir nur den Rücken freihalten. Zeit gewinnen.«

»Zeit gewinnen für was?«

»Na ja. Für das … was du vorhast.«

»Was hab ich denn vor?« Er hatte die Fernbedienung deswegen nicht gefunden, weil sie auf dem Fernseher lag; Carmen hatte sie selbst dorthin gelegt. Jetzt gab er die Suche auf. Ein Teil von ihr wurde wütend darüber, dass Bernhard sich so gehenließ; das hier war nicht der Mann, den sie kannte und erwartet hatte. Doch andererseits spürte sie dankbar, wie ihr Mitleid die zärtlichen Gefühle für Bernhard, die sie so oft vor ihm in Sicherheit hatte bringen müssen, offen und schutzlos aus ihrer Deckung hervortreten ließ. »Das weiß ich nicht, Bernhard. Aber ich bin bei dir.«

Sie stellte sich ans Fenster und knöpfte langsam ihre Bluse auf. Unten, auf dem großen Platz, der nun im gelben Schimmer der Straßenbeleuchtung lag, sah sie die Glut einer Zigarette aufglimmen.

»Valerie mag ihn wirklich, glaube ich. Diesen Thomas.« Sie drehte sich um zu Bernhard. »Es tut mir leid. Das mit Johann. Ich kann sehen, wie es dich getroffen hat.«

Er zuckte die Achseln. »Er war ein alter Mann. Hat seine Zeit gehabt.«

»Das ist sicher richtig«, sagte sie und lächelte. Sie streifte die Bluse ab und knöpfte ihren Rock auf.

»Was machst du da?«

»Nichts. Mich umziehen.«

Er ließ den Kopf nach hinten sinken und legte seinen Unterarm über die Augen. »Ich kann ihn nicht einschätzen. Ich meine, sie werden ihn hergeschickt haben. Seine Mutter vor allem. Ich weiß, was die von mir hält. Sie wird ihn nicht mit leeren Händen nach Hause kommen lassen.«

»Ich glaube«, sagte sie ruhig und setzte sich neben ihn, »er blufft nur. Wo ist das Geld?«

Er sah unter dem Arm hervor. »Ah ja. Um meinetwillen bist du also hier.«

»Lass das jetzt. Es ist in Gibraltar, richtig?«

»Was für einen Wagen hast du?«, fragte er, sich aufsetzend, statt zu antworten.

»Einen Mégane. Cabrio.«

»Verdeck im Kofferraum, ja?« Er schien den Rest hinunterzuschlucken und angestrengt nachzudenken. »So wird das nichts.«

»Vielleicht sagst du mir einfach … Ach so, jetzt … Ich soll

dich über die Grenze bringen?« Sie lächelte und stand auf. Betrachtete ihn.

»Was?«, fragte er.

Sie streifte ihren BH ab.

»Was soll das?«

»Sag es«, sagte sie und hockte sich rittlings auf ihn. Die Erinnerung an das Méridien kam ihr nun vor wie ihre eigene Fiktion. War das jemals geschehen? Oder war es nicht immer schon so gewesen, dass in Wahrheit sie allein darüber bestimmte, wie die Handlung sich fortspann?

»Was machst du da? Was soll ich sagen?«

Sie bewegte ihr Becken, bis sie bemerkte, dass sich unter ihr etwas regte. »Dass du mich brauchst, Bernhard. Ich helfe dir. Aber sag es.«

»Du bist völlig ...«

»Nein«, sagte sie lächelnd und griff unter sich, in seine Hose. »Bin ich nicht.«

Als sie am nächsten Morgen Valeries Zimmer betrat, lag diese noch im Bett. Carmen erkannte sofort, dass sie es mit Thomas geteilt hatte.

Den Autoschlüssel entdeckte sie auf dem Tisch; sie schloss die Tür hinter sich, ging durch das Zimmer und nahm daran Platz. Dann fächelte sie sich mit den Fingern ein wenig Luft zu, zum einen, weil die im Zimmer trotz geöffneten Fensters abgestanden war, zum anderen, um den Nagellack schneller zu trocknen, den sie eben aufgetragen hatte.

»Was ist das mit dir und diesem Thomas, Valerie?«

Valerie drehte sich schläfrig auf den Rücken und richtete sich halb auf. »Hmmwas?«

»Hast du eine Affäre mit ihm?«

»Wie spät ist es?«

»Gleich acht.«

»Was? Ey, scheiße. Montags schlaf ich lange.«

»Es ist nur«, sagte Carmen. »Ich mache mir Sorgen um dich.«

Valerie strampelte die Decke von sich und drehte sich im Aufstehen von ihr weg, da sie vollkommen nackt war. Sie griff zu ihren Kleidern, die verstreut am Fußboden lagen, und zog sich rasch an.

»Hattest du das nicht gestern schon an?«, fragte Carmen.

»Was willst du eigentlich von mir? Ich penne noch.«

»Ich wollte mich bei dir für gestern entschuldigen, Valerie. Für die Szene da unten. Das sind doch alles völlig verrückte Umstände, unter denen wir hier zusammen sind, findest du nicht?« Valerie ging ins Badezimmer, trank einen Schluck Wasser aus der Leitung, presste ein wenig Zahnpasta auf die trockene Bürste, putzte sich fünf Sekunden lang die Zähne und spuckte den Schaum aus, womit der Waschgang beendet war. Sie kannte das von früher, und es schmerzte Carmen, dass alle Mühe, ihrer Tochter grundlegende Lebens- oder auch nur Hygienetechniken zu vermitteln, so vollständig gescheitert waren. Sie nahm leise den Schlüssel vom Tisch, ließ ihn schnell in ihrer Tasche verschwinden und fuhr fort, durch sanftes Fächeln ihrer Hände den Lack zu trocknen.

»Noch was?«, fragte Valerie.

»Nein«, sagte sie mit leichter Stimme. »Wie gesagt. Es ist ziemlich verrückt alles.«

Valerie blieb im Türrahmen des Badezimmers stehen. »Ja, hast du schon gesagt. Echt total verrückt.«

»Was meinst du denn, Valerie?«

»Jetzt tu doch nicht so.«

»Valerie, was soll ich denn noch sagen? Wir stehen alle hier unter großem Stress.«

»Kann ich eigentlich nicht sagen, dass ich unter großem Stress stehe, ich bin total entspannt. Wüsste nicht, wieso ich Stress haben sollte. Oder du. Der Einzige, der hier richtig Stress hat, ist Thomas. Mir persönlich ist das total klar, dass alles nur den Bach runtergehen kann, sobald du hier aufkreuzt.«

»Ich möchte nicht, dass du so redest, Valerie.«

»Kriegst du das eigentlich nicht mit, was hier läuft? Dass der uns alle verarscht? Ich setz mich auf keinen Fall noch mal mit dem an einen Tisch. Auf keinen Fall.«

»Es tut mir leid, dass du das so empfindest.«

»Wie kann man das denn anders empfinden? Dich verarscht der doch auch! Wieso rennst du ihm eigentlich *immer* hinterher? Ich check das überhaupt nicht.«

Carmen atmete ruhig und gleichmäßig – umso mehr, je stärker der Eindruck einer gewissen Hysterie wurde, die sie in Valeries länger werdenden Sätzen kommen sah. Sie hatte Bernhard nie akzeptiert, dachte sie; hatte ihm nie auch nur die leiseste Chance gegeben – grausam, wie nur Kinder es sein konnten, aus Rache dafür, dass er nicht ihr richtiger Vater war, und aus Rache an ihrer Mutter. Ihr Glück war etwas, dachte Carmen, das Valerie noch nie hatte ertragen können.

»Das ist Bernhard gegenüber nicht fair, Valerie.«

»Komm, hör mir auf mit *fair*«, sagte, nein, spuckte sie aus. »Du hast dich doch *verkauft* an den.«

Carmen fühlte, dass sie ihre Tochter liebte, immer geliebt hatte, und wie sehr Valerie ihre Liebe brauchte – wenn sie sich nur nicht so verzweifelt dagegen wehren würde. Warum? Das begriff Carmen nicht, hatte es noch nie begriffen. Doch inzwischen, nach all den Jahren, verstand sie, dass sie längst keinen Einfluss mehr auf sie hatte. Ihr Kind war erwachsen geworden, und trotz Valeries schwerer Krankheit –

gerade deswegen – traf sie längst ihre eigenen Entscheidungen, ob sie nun gerecht oder ungerecht sein mochten. Sie musste endlich loslassen, so schmerzlich es auch war.

»Ich bin niemandem hinterhergelaufen, Valerie, und ich habe mich auch nicht verkauft. Weißt du, ich kann sehr gut verstehen, wenn du nicht über dich und Thomas sprechen möchtest –«

»Was hat das denn jetzt damit … hä? … Man kann überhaupt nicht mit dir *reden*.«

Carmen stand auf und ging zu Valerie hinüber. Sie strich ihr zärtlich über die Wange und sagte: »Es tut mir so leid, dass du das glaubst, Valerie. Ich liebe dich doch. Ich möchte nur, dass es dir gutgeht.«

Aber Valerie drängte sich an ihr vorbei und setzte sich mit verschränkten Armen und angezogenen Beinen wieder aufs Bett.

»Manchmal denke ich«, sagte Carmen leise, »dass alles vielleicht anders wäre, wenn wir … eine richtige Familie gewesen wären. Wenn Manuel …«

»Ich will darüber nicht reden«, sagte Valerie, ohne aufzusehen.

»Ja«, sagte Carmen und öffnete die Tür.

»Was soll das denn überhaupt heißen?«, rief Valerie hinter ihr her. »Was *erzählst* du mir denn da? Willst du damit sagen, dass du was bei ihm gutmachen musst? Willst du mir das damit sagen?«

Sie wusste, dass es sinnlos war. Valerie lebte in einer Welt, die sie mit niemandem teilte. Es war ihre Diagnose, und niemand, auch eine Mutter nicht, hatte die Macht, gegen eine Diagnose anzukämpfen. »Das stimmt nicht, Valerie.«

»Ich hab ihm seine Familie kaputtgemacht, oder was? Das willst du mir doch damit sagen, oder? Und du musst jetzt dein ganzes Leben lang auf Knien hinter ihm herkriechen und jede einzelne Scheißscherbe aufsammeln? – Gott, bin ich froh, dass ich ne Therapie gemacht habe, solltest du auch mal drüber nachdenken. Aber lass dich bloß wegschließen!«

Carmen lächelte, denn sie wusste, wie hilflos diese Angriffe in Wahrheit waren. »Du trägst keine Schuld, Valerie.«

Jetzt war Valerie aufgesprungen; sie stand auf dem Bett. »Hast du jetzt mit Gott telefoniert, oder was?«

»Ich will doch nur, dass du glücklich ...«

»Halt die Fresse!«

»Valerie ...«

»HALT DIE FRESSE! Raus! Verschwinde!« Es war ein vertrautes Bild: Sie benahm sich wie eine Verrückte. Wie eine Besessene. »ICH WILL, DASS DU MICH ENDLICH IN RUHE LÄSST, DU FOTZE!«

Carmen blieb ruhig; sie wusste, dass dies nicht mehr ihre Tochter war. Sie drehte den Knauf und ging hinaus. Die sich leise schließende Tür schnitt Valeries Schluchzen ab. Die ganze Zeit über hatte Carmen in ihrer Tasche den Schlüssel umklammert gehalten.

Nachdem sie den Koffer und Bernhards Reisetasche geholt hatte, fuhr sie mit dem Aufzug hinunter und ging vom Treppenhaus nicht in die Lobby, wo sie Bernhard noch mit Thomas beim Frühstück hörte, sondern steuerte auf Strümpfen den Hinterausgang an. Dort streifte sie die Pumps über, trat auf den Hof hinaus und erreichte den Mercedes, der dort geparkt stand. Sie verstaute Koffer und Tasche auf dem Rücksitz und setzte sich dann ans Steuer des Mercedes. Sie ließ sich tief in den Sitz sinken, steckte den Schlüssel ins Zündschloss und wartete.

Ein Werbeslogan nahe der Zufahrt zum Grenzübergang empfahl: *It's time to find a new direction*. Er gehörte zur Reklame für eine spanische Jobagentur. Durch das offene Fenster roch sie den frischen Seewind; aus irgendeinem Grund musste sie an Monte Carlo denken, das sie zweimal zum Grand Prix der Formel 1 besucht hatten, untergebracht im exklusiven Hotel Fairmont, von dem sie die bezaubernde Küste und Bernhard die Haarnadelkurve sehen konnte, unterlegt von infernalischem Lärm. Dort vorne war die Grenze. Zweimal hatte ihr Telefon geklingelt, Thomas und Valerie, natürlich; sie stellte sich vor, wie die beiden tobten, besonders Thomas. Sie hatte das Telefon ausgeschaltet. Es gab jetzt nur noch sie und Bernhard, der eingeschlossen im Kofferraum des Mercedes lag, vollkommen abhängig davon, dass sie ihn sicher zwischen Scylla und Charybdis dieses Abenteuers hindurchnavigierte. Sie trug die Verantwortung, niemand sonst. Und sie hatte nicht vor, diese Chance leichtfertig zu verspielen.

»Bekommst du genug Luft?«, fragte sie. Der Autokorso vor der Grenzstation wand sich die Avenida Príncipe de Asturias entlang um eine langgezogene Verkehrsinsel zwischen den beiden Fahrspuren, bevor man nach einer Kopfwende die Strecke wieder in entgegengesetzte Richtung zurückfahren musste. Sie kamen nur zentimeterweise voran.

»Bernhard?« Er antwortete nicht. »Bernhard, sag doch was. Kriegst du Luft dahinten?« Ein langgezogener Laut war zu hören, etwas wie ein Stöhnen; dann war es wieder still. Jetzt war sie sicher, dass etwas nicht stimmte. *Es ist nur die allzu menschliche Angst vor dem letzten Schritt*, sagte sie sich.

Sie schluckte ihre Panik hinunter und lockerte den Griff um das Lenkrad.

»Bernhard, es geht dir gut«, sagte sie laut. »Ich weiß es. Es ist alles in Ordnung!«

Es waren grauenhafte Minuten. Der Wagen schob sich nur um wenige Zentimeter voran; die Grenzbeamten verrichteten ihre Kontrollen in aller Gemütlichkeit, hielten ein Fahrzeug nach dem anderen an, um es dann doch gelangweilt durchzuwinken. Nach einer Ewigkeit, in der sich die verschiedensten Gedanken und Befürchtungen in ihrem Kopf überlagert hatten (was würden die Beamten mit ihr anstellen, wenn sie eine männliche Leiche ohne Papiere in ihrem Wagen fänden), erreichte sie die Grenzstation. Eben trat zum Schichtwechsel ein anderer Beamter seinen Dienst an, und dieser ließ die Fahrzeuge, statt sie zu überprüfen, eins nach dem anderen durchfahren. Carmen, dankbar, war nie so empfänglich für gute Omen gewesen wie in diesem Moment.

Hinter dem Rollfeld und einem Fußballplatz, der daran angrenzte, bog sie bei der ersten Möglichkeit links in die Devil's Tower Road ein und hielt hinter einer Reihe geparkter Autos. Sie riss die Tür auf, lief um den Wagen herum und öffnete den Kofferraum. Bernhard lag mit verschränkten Armen auf dem Rücken und grinste sie an; den Kopf hatte er mehr oder weniger bequem auf den Benzinkanister gebettet.

»Sind wir da?« Aus seinem Blick konnte sie nur schließen, dass er die ganze Zeit über um ihre Panik gewusst haben musste.

»Oh, du«, sagte sie; doch ihre Erleichterung wusch allen Ärger sofort beiseite. Der Anzug, den sie vor ihrer Weiterfahrt bei einem Herrenausstatter in La Línea gekauft hatten, war vollkommen zerknittert, gar nicht davon zu reden, dass er ohnehin nicht besonders gut saß und Bernhard aussehen ließ wie einen zweitklassigen Vertreter. Aber es war nicht zu ändern; es musste gehen.

Nachdem er sich neben sie gesetzt hatte, fädelte sie sich auf der Winston Churchill Avenue in den Verkehr, der nun, nach dem Schichtwechsel der Grenzer, in unablässigem Strom von Spanien herüberkam und nur dadurch plötzlich abgeschnitten wurde, dass weit hinter ihnen ein Flugzeug zur Landung ansetzte.

»Weißt du eigentlich«, fragte er, »was für ein grausamer Tod das ist, ersticken? Das geht ganz langsam und qualvoll.«

Sie antwortete nicht.

»Ist ja auch egal«, sagte Bernhard und sah aus dem Fenster. »Da vorne gibt's gute Fritten.«

»Schön.«

»Weißt du, Leute, die ersticken, die machen richtig Alarm. Schreien rum, wenn sie noch Luft genug haben, trommeln sich die Fäuste blutig, treten gegen die Wände. Manche kacken sich in die Hose. Und du meinst, ausgerechnet ich krepiere dahinten ganz still und friedlich vor mich hin? Was ist das eigentlich zwischen deinen Ohren? Wo andere ihr Gehirn haben? Da vorne musst du übrigens rechts.«

Sie strich sich eine Strähne aus dem Gesicht, die sich unter ihrem Stirnband befreit hatte. »Ich muss das hier nicht tun, weißt du?«

»Stimmt«, sagte er. »Seh ich auch so. Du kannst mich da an der Ecke rauslassen.«

»Wohin willst du gehen, wenn du … fertig bist? Ohne Papiere? Du sprichst nicht mal die Sprache, Bernhard. Ich frage mich, was du ohne mich anfangen willst?«

»Fällt mir schon was ein.«

»Sieh dich doch an. Wem willst du etwas vormachen? Ich frage mich, warum es dir so schwerfällt, meine Hilfe anzunehmen. Hast du vergessen, was ich dir im Méridien gesagt habe? Und danach?« Sie hielten an einer Ampel. Mit einem Mal spürte sie, herzzerreißend beinahe, was er ihr bedeutete; roch seinen schwer zu beschreibenden, vanilleartigen Duft, sah die markante Linie seines Kiefers, wie sie in seinen muskulösen Hals überging, und erkannte diese Bilder als beinahe archaisch, als tief in ihr eingeschrieben … so tief, dass sie sie niemals würde loswerden können, ohne sich dabei selbst zu verlieren.

»Ich will nicht über das Hotel reden.«

»Wir müssen aber darüber reden.«

»Du musst. Ich nicht. Nicht mehr.«

»Das stimmt nicht. Hast du dir mal überlegt, dass es ein Algorithmus gewesen ist, der uns da zusammengebracht hat? Algorithmus, so heißt das doch, oder?«

»Hör auf«, sagte er.

»Der unsere Daten miteinander vergleicht und unbestechlich ausrechnet, wer am besten zu wem passt. Nicht, dass ich diese Art von Beweis bräuchte, aber dich müsste er doch eigentlich überzeugen.«

Sie streckte ihre Hand nach ihm aus; er ließ es geschehen, dass sie ihn berührte. Sie flüsterte: »Wir könnten irgendwo ganz neu anfangen.« Sie hätte ihren Kopf an seine Schulter legen, hätte ihn küssen können. Dies war der Moment, in dem sich alles entschied – oder bereits entschieden hatte. Wenn er sie nur benutzt hatte, um hierherzugelangen, dann würde er jetzt aussteigen. Er hatte recht: Irgendwie würde er es schon schaffen. Ein Mann mit etlichen Millionen konnte alles schaffen. Er musste nur die Tür öffnen. Dann hörte sie Hupen hinter sich; die Ampel stand auf Grün.

Sie war sich nicht sicher, ob »Bank« die richtige Bezeichnung war für das, wohin Bernhard sie geführt hatte. Wenn es für ein international agierendes Geldinstitut standesgemäß war, dass es in einem schmucklosen, ja tristen Bürogebäude untergebracht war, das sich von einem Nutzbau in einem beliebigen Industriepark in nichts unterschied, dann, sicher, mochte dies eines sein. Doch zu ihrer Enttäuschung verfügte es weder über einen repräsentativen Kassen- noch einen imposanten Tresorraum, in den sie unter strengsten Sicherheitsauflagen geführt würden, damit der Bankdirektor mit seiner attraktiven Assistentin synchron einen Schlüssel ins Schloss der Panzertür stecken und drehen konnte, so dass sie Zugang zu den Schließfächern erlangten, mit denen sie dann allein gelassen würden. All ihre Vorstellungen, die sie mit einem solchen Ort verbunden hatte, verflüchtigten sich innerhalb von Sekunden, verteilten sich über die Grenzen ihrer Imagination hinaus wie Duft aus einem Zerstäuber und waren bald vollends verschwunden. Übrig blieb allein eine großzügige, zu einer Art Kanzlei umfunktionierte Räumlichkeit, die mehr an ein Verwaltungsbüro erinnerte als an eine Bank.

»So, then I need to see your ID, please«, sagte der Mann, der Bernhard bediente. Er war, schien es, außer einer Sekretärin der Einzige, der sich hier aufhielt. Wenigstens er entsprach in etwa der Vorstellung, die sie sich von einem Mann seiner Position und Bedeutung gemacht hatte; er war von respekteinflößender Statur, hatte weißes kurz geschnittenes Haar mit einem fein getrimmten Bart und einen sichtbar maßgefertigten Anzug mit ein paar außergewöhnlich geschmackvollen Manschettenknöpfen aus Perlmutt. Er vermochte sich überaus distinguiert auszudrücken und bedachte einzelne Begriffe mit einer charmanten Betonung, die seinen südeuropäischen Akzent noch deutlicher wahrnehmbar werden ließen, etwa als er nun sagte: »Actually, I'm sure this isn't really a prob-*lämm*, and I beg your pardon for this regrettable little formality. But, well, I'm afraid I am not allowed to hand out this documents to you without having carefully validated your identity. It's for your own security. I hope you'll understand this.«

All dies eröffnete der Mann Bernhard mit sanfter Stimme und in einer Art verbindlichem Plauderton, so dass Carmen zunächst nicht begriff, worum es überhaupt ging. Erst allmählich, und vor allem dadurch, dass Bernhard sich unaufhörlich am Hals kratzte und in seinem Sessel nervös herumrutschte, ging ihr auf, dass offenbar etwas anders lief, als er es erwartet hatte.

»But you know me. I was here a few days ago.«

»Yes Sir, I know. Unfortunately I didn't get your identity number yet. We've got strictly instructions in this procedures, I'm afraid.«

»But this is absurd. You've already seen my passport.«

»Yes, Sir, I know. I deeply regret.«

»So, what are we going to do now?«

Bernhard war aufgestanden und ans Fenster getreten, wo er es allerdings nicht lange aushielt. Ziellos ging er in dem karg möblierten Büro auf und ab, während der Angestellte des Instituts ihm, die Hände auf dem Tisch gefaltet, mit seinen Blicken folgte. »Maybe you have another ID …?«

»No, I haven't« – Bernhard war herumgewirbelt und begann, so dachte Carmen, sich zwar noch nicht im Ton, aber dafür in der Lautstärke zu vergreifen, »all my IDs are stolen, I was robbed yesterday, do you understand?«

»Oh, I'm so sorry to hear that. Did you inform the police?«

Bernhard antwortete nicht. Er hatte die Hände in die Hüften gestemmt und sah abermals zum Fenster hinaus, als suche er dort angestrengt nach der Lösung seines Problems. Und langsam begriff Carmen, dass dieses Problem auch sie betraf … begriff, dass alles, worauf Bernhard hingearbeitet und womit auch sie nun immer mehr gerechnet hatte, mit dem Fehlen seines Ausweises plötzlich infrage gestellt war. »There has to be another possibility«, sagte sie jetzt.

»Probably. Is there anything special you are thinking of?«, fragte der Mann und legte seine manikürten Finger aneinander.

»I could sign for my husband.« Sie sah hinüber zu Bernhard, der sie in einer Mischung aus Kraftlosigkeit und Entsetzen musterte, aber nicht widersprach.

»I'm afraid not. Even if it were possible – how would you prove to be married?«

Natürlich konnte sie das Dilemma, in dem sie steckten, problemlos verstehen. Merkwürdigerweise führte dies jedoch noch immer nicht dazu, dass sie die Situation als hoffnungslos anzuerkennen bereit war. Ja, aus irgendeinem merkwürdigen Grund konnte sie sie nicht einmal ernst nehmen … fast so, als sei dies nur eine untergeordnete Probe für die spätere, und erst dann möglicherweise bedrohliche, Situation. Dies war lediglich eine kleine Hürde, ein retardierendes Moment, das die Geschichte ein wenig hinauszuzögern, aber ganz sicher nicht beenden würde. »So, my husband happens to deposit a whole lot of money into this bank.«

»Carmen. Halt den Mund.«

»Yes, I know this, Mrs Milbrandt, and I agree to all your complaints about our bureaucratic obligations. But …«

»But I wonder how much it would cost to offensively ignore these restrictions.«

»Carmen, halt dich da raus.« Bernhards Nervosität war nun schier mit Händen zu greifen, während Carmen noch immer völlig ruhig blieb. Als hinge das Gelingen oder Scheitern des Versuchs nicht von der Tragfähigkeit des dünnen Eises ab, auf dem sie stand, sondern ausschließlich von ihrer Überzeugungskraft und Standfestigkeit, fuhr sie fort, dem Mann unbeirrt in die Augen zu sehen. Jetzt lächelte sie sogar.

»Excuse me, but let me get this clear«, begann der Mann nun ebenso unbeirrt. »Are you trying to bribe me? Because, if so, you have to know that this house will not continue to negotiate by any means.«

»Listen«, begann nun Bernhard beschwichtigend und trat einen Schritt näher, und es erstaunte sie, dass sie für einen Augenblick sein Hiersein bedauerte. Tatsächlich: Ohne dass Bernhard zu Wort gekommen wäre, brach nun der Leiter des Instituts die Unterredung ab. »So I'm afraid there's nothing I can do for you at the moment.«

»Fuck!«

Sie hatte nicht bemerkt, wie Bernhard neben ihr immer näher an den Schreibtisch des Mannes herangetreten war. Nun hatte er die Mappe, die dieser schon zurechtgelegt hatte, an sich gerissen und stieß den Mann, als er danach zu greifen versuchte, zurück. Alles geschah so schnell, dass sie zunächst nicht begriff … Bernhard war bereits bei der Tür und hatte sie aufgerissen.

»Mr Milbrandt, this doesn't make sense at all«, versuchte der Bankangestellte noch, die Situation zu bereinigen, aber Bernhard war bereits draußen auf dem Flur, und jetzt – ohne, dass sie Zeit zum Nachdenken gehabt hätte – war auch Carmen dicht hinter ihm. Sie rannten die Stufen des Treppenhauses hinunter, und weil sie in ihren hochhackigen Schuhen unvermeidlich etwas zurückblieb, schrie Bernhard: »Die Schlüssel!«

Sie zögerte.

»Gib mir die verdammten Schlüssel!« Bernhard war schon

unten in der Lobby, während sie noch zwei lange Treppenabsätze zu überwinden hatte; er würde den Wagen vorgefahren haben, bis sie unten war. Oder längst weg sein.

Sie schleuderte die Schuhe beiseite und überwand die restlichen Stufen in einem Satz. Bernhard, der die ganze Zeit kopflos auf sie einschrie, war bereits bei der Tür. Gemeinsam passierten sie die Straße und waren fast beim Mercedes, als sie bemerkte, wie zwei Sicherheitsleute aus dem Gebäude kamen und sie in vollem Tempo verfolgten. Allerdings fuhr in diesem Augenblick ein Auto vorüber, so dass sie zunächst zurückbleiben mussten, wodurch Bernhard und sie wiederum eine oder zwei wertvolle Sekunden gewannen ... die entscheidenden Sekunden, wie sie bereits in diesem Moment wusste. Als die automatische Verriegelung des Wagens die Tür freigab, schob sie den Schlüssel über das Dach zu Bernhard auf die Fahrerseite. Sie stieg ein, und während sie im Rückspiegel sah, wie die beiden Wachmänner auf sie zurannten, hatte Bernhard die Mappe hinter sich auf den Rücksitz geworfen, die Türen verriegelt und den Wagen gestartet. Als die Wachmänner den Wagen erreicht hatten und sich an dessen Türgriffen mehr oder weniger sinnlos zu schaffen machten, beschleunigte Bernhard rückwärts auf die Straße, brachte ein anderes Auto dazu, unter an- und abschwellendem Hupen auszuweichen, und trat das Gaspedal durch, während Carmen lustvoll spürte, wie sich vor Erregung ihre Wangen, ihre Lippen und überhaupt jeder durchblutungsempfindliche Teil ihres Körpers in ein hochempfindliches Sinnesorgan verwandelten.

Nichts kann uns aufhalten, dachte sie.

Vom Flughafen war sie damals, in jenen Kindertagen, mit ihrem Vater in ein Hotel gefahren. Es war bereits spät am Abend gewesen, die Empfangshalle leer. Sie erinnerte sich nicht mehr klar und eindeutig daran, wie es dort gewesen war, nur noch an die Stille und das weiche Einsinken ihrer Schritte auf den Teppichen und dass sie gedacht hatte, dass dies also der *Westen* sei, jene halb sagenhafte Hemisphäre, die für sie bisher fast ausschließlich als Wort existiert hatte und von der sie weder etwas erhoffte noch fürchtete. Ein Hotel am späten Abend, schien ihr, war hier nichts anderes als in ihrer alten Heimat … außer vielleicht, dass Uniformen und Mobiliar keinerlei Patina trugen, alles wirkte kantig und zeitgemäß. Sie erinnerte sich, wie ihr Vater ihr erlaubt hatte, angesichts ihrer Müdigkeit ohne abendliche Wäsche und Zahnpflege ins Bett zu gehen, und wie er sich wenig später zu ihr legte. Ganz entgegen ihrer sonstigen Gewohnheiten ließ er die kleine Lampe auf dem Nachttisch brennen, als sie in den wohlriechenden, gestärkten Laken langsam dem Schlaf und einer neuen, ungewissen Freiheit entgegendämmerten. Und sie erinnerte sich, wie sie sich schläfrig über dieses Nachtlicht wunderte und sich, plötzlich zum ersten Mal ängstlich, fragte, ob es ein Zeichen dafür sein könnte, dass ihr Vater diese Freiheit womöglich *fürchtete* …

Und so wenig sie damals gewusst hatte, welchen Plan die Not ihrem Vater eingegeben hatte, so sicher war sie heute, dass bei Bernhard von keinerlei Plan die Rede sein konnte. Immer deutlicher hatte sie in den letzten Stunden erkannt, dass er seit Tagen, vielleicht schon seit Wochen nicht mehr Herr der Lage war. Er hatte den Wagen, nachdem sie Gibraltar und dann La Línea unbehelligt über eine Durchgangsstraße verlassen hatten, über schlecht ausgebaute Nebenstraßen gesteuert, in der Überzeugung, nach ihrer Flucht aus der Bank verfolgt worden zu sein ... Doch sie hatte den ganzen Weg über den Rückspiegel im Auge behalten und war bereit zu schwören, dass niemand wissen konnte, wo sie waren, noch, wohin sie fuhren ... niemand, inklusive ihr selbst.

Seine Reizbarkeit hatte einen Höhepunkt erreicht, als sie ihn höflich gebeten hatte, das Fenster zu öffnen, da sie von seiner ständigen Raucherei Kopfschmerzen bekam. Er hatte die noch beinahe volle Schachtel wortlos in seiner Faust zerdrückt und aus dem Fenster geworfen, was sie in seiner sinnlosen Überzogenheit geradezu beschämte.

So weit das Auge reichte, sah sie nichts als ineinandergreifende Hügelketten, bewachsen mit kargem Sumach, Halfagras und dornigen, fruchtlosen Sträuchern. Vor hundert Jahren, dachte sie, war Spanien ein zusammenhängendes Waldgebiet aus Kork- und Steineichen gewesen, so dicht, dass ein Eichhörnchen es von den Pyrenäen bis Gibraltar durchqueren konnte, ohne den Boden zu berühren ... Nun waren die einzigen Überreste in dieser Steppe, die an Bäume erinnerten, verkohlte Stümpfe, die einige der Hänge säumten, an denen sie vorübergefahren waren.

Nach etwa einer halben Stunde quittierte, ohne Ankündigung und wie zum äußerlichen Zeichen der Anfälligkeit ihrer Lage, der Motor des Mercedes mit einem langgezogenen mechanischen Schmerzensschrei mitten auf dem schlecht befestigten Weg seinen Dienst. Obwohl Bernhard geistesgegenwärtig den Zündschlüssel zog, begann der Motor, auf höchster Drehzahl zu röhren; es war ein Laut, mit dem, wie Carmen sofort wusste, alles Leben aus ihm wich, endgültig. Als sie sich umdrehte und durch das Heckfenster blickte, sah sie den Horizont verdunkelt von einer Wand aus tiefschwarzem Qualm, der schnell das Auto einhüllte. Erschreckt, einen Brand annehmend, rettete sie sich aus dem Wagen und lief ein gutes Stück davon. Sekunden danach trat Bernhard ruhig aus dem Qualm hervor.

»Die Papiere!«, schrie sie. »Die Dokumente! Bernhard!«

Als habe er sie nicht gehört, schlurfte Bernhard vollends aus der Wolke hinaus; hilflos versuchte sie, sich näher heranzuwagen, fürchtete dann aber zu sehr, dass der Benzintank Feuer fangen und der Wagen explodieren könnte; und so mussten sie beide dem heiseren Todeskampf des Wagens bis zum Ende zusehen. Es mochten drei, vier Minuten vergangen sein, als die Qualmsäule sich langsam auflöste und das Röhren des Motors erst zu einem Röcheln verebbte und schließlich ganz erstarb. Dann war es still.

»Was war das?«, fragte sie nach einer Weile.

»Burn-out«, antwortete Bernhard, ohne sie anzusehen. Weiter machte er keine Anstalten, irgendeine Initiative zu ergreifen. Als sie sicher war, dass die Gefahr vorüber war, barg sie das Gepäck und die Zugangsdaten aus dem Wagen, entnahm ihrem Koffer ein neues Paar Schuhe und entledigte sich ihres Blazers, da es inzwischen heiß geworden war.

»Wohin müssen wir?«, fragte sie Bernhard.

Langsam, wie eine Eidechse, oder auch tief träumend, drehte er den Kopf in ihre Richtung. »Wie: müssen?«

Sie hielt sich vor, überhaupt eine Antwort erwartet zu haben; jetzt war sie sicher, es würde keine kommen. Am Ende des sandigen Weges, auf dem sie standen, konnte sie die Ruine einer Finca ausmachen, ohne Dach und mit eingefallenen Seitenwänden. Sie fühlte keine Ratlosigkeit, sondern etwas anderes ... Mut. Sie würde hier nicht stehen bleiben. Sie hatten noch immer das Geld. Oder würden es bald haben.

»Ich habe nachgedacht«, sagte sie und versuchte, ihre Stimme unbeschwert klingen zu lassen. Es war eine schwierige Situation, zweifellos; doch wenigstens sie musste die Kontrolle behalten. Sie hatten alles, was sie brauchten, dachte sie, es gab keinen Grund, die Hoffnung zu verlieren. »Ich hatte an Monaco gedacht«, sagte sie nun. »Es dürfte nicht schwer sein, dorthin zu kommen. Die Gesetze dort sind gut für uns, soweit ich weiß … und, na ja: Du weißt ja, wie es dort sonst so ist. Wir müssen jetzt nur irgendwo ein Taxi finden und …«

»Taxi?« Bernhard schaute sie an, als habe sie von Teleportation gesprochen. Dann lachte er. Nicht kurz und knarzig, wie er es sonst tat. Sein Mund verzog sich zu einem Grinsen, öffnete sich, seine Stirn legte sich in Falten, und wie der Monsun über ein Dürregebiet kommt, so kam das Lachen über sein Gesicht. Ein offenes und herzliches Lachen, so unpassend, so geschmacklos, wie nur irgendetwas in dieser Situation sein konnte.

»Du Schlappschwanz!«, schrie sie. »Du Vollidiot! Kannst du für einen Augenblick ernst bleiben? Für nichts hast du gesorgt, für nichts! Du hast uns in die Scheiße geritten!«

Aber Bernhard hörte nicht auf zu lachen. »Uns!«, wiederholte er und zeigte auf sie, »uns!«, als sei dies ein ulkiges Wort aus einer fremden Sprache. Nur langsam wurde sein Lachen leiser. Ein irres Kichern blieb übrig, zu dem er den Kopf schüttelte und etwas Sinnloses brabbelte.

»Bernhard, wir müssen uns jetzt zusammenreißen.« Sie griff ihren Rollkoffer, als verliehe er ihr zusätzlichen Halt. »Komm schon. Was ist jetzt?«

Er sah sie an, noch immer kopfschüttelnd; sein Lächeln hatte sich zu einem schmalen Strich zusammengezogen. Schließlich sagte er: »Mein Gott, sieh dich nur an … Also wir suchen jetzt ein Taxi, ja? Warte mal, da vorne hinter dem Dornenbusch müsste eins stehen. Dann fahren wir – schwupp! – nach Monaco und mieten uns im Monte Carlo Resort ein, super Plan. Aber warte mal: Wir haben ja gar kein Geld. Also schnell den nächsten Monaco-Geldautomaten gesucht und die Zugangsdaten eingetippt, die du todesmutig aus dem Feuer gerettet hast. Danke dafür, übrigens. Und dann? Wie viel Geld willst du haben? Soll ich 10.000 ausdrucken? 20.000? Ist egal, sag mir eine Zahl, alles ganz egal. In Monaco ist alles möglich.« Er schien sich beherrschen zu müssen, um nicht wieder in sein wahnwitziges Gelächter zu verfallen.

»Was soll das jetzt, Bernhard. Ich versuche, konstruktive Vorschläge zu machen.«

»Du begreifst es nicht. Ich komme nicht mehr ran an das Geld, verstehst du? Nie mehr! Es ist auf einem Konto, zu dem ich keinen Zugang habe!«

Er wandte sich kopfschüttelnd ab und setzte sich in Richtung der Landstraße in Bewegung; kleine Staubwölkchen stoben unter seinen Füßen auf.

»Bleib sofort stehen! Was soll das heißen?« Bis hinein in ihren Kopf, so schien es, flog der Staub, vernebelte ihr Denken. Sie sah über die flirrende Dornenlandschaft hin. Endlos ging ihr Blick, kein Gebäude gebot ihm Einhalt, es gab buchstäblich nichts als staubige Steppe.

»Monaco!«, rief Bernhard halb über die Schulter, und seine Worte wurden vom Wind in die Leere der Landschaft hinausgetragen.

Sie mochten an die zwei Stunden gegangen sein, Bernhard stets einige Schritte vor ihr. Es war Mittag geworden, Mittag und heiß; kein Puder der Welt vermochten ihre Foundation und den Concealer an ihrem Platz zu halten. Sie spürte, wie er unter ihren Augen verlief und sie instinktiv versuchte, durch Bewegungen ihrer Gesichtsmuskeln der Auflösung entgegenzusteuern.

Um den kleinen Kieseln unter ihren Schuhen – sie hatte ausschließlich Schuhe mit Absätzen mitgenommen – zu entgehen, lief sie ganz am Rand des Weges, wo die Erde trocken und einigermaßen fest war; dennoch knickte sie ständig um. Die borstigen Sträucher, die dort wuchsen, hatten das Krokoimitat des Rollkoffers, der schwerfällig hinter ihr herhoppelte, völlig verschandelt; auch ihre Strumpfhose war von zahlreichen Schnitten und Rissen um die Waden herum zerfetzt. An einigen Stellen färbte sich der Stoff rot. Das Brennen der tiefen Kratzer empfand Carmen als etwas Wohlbekanntes, fast Tröstliches … Es versicherte sie ihrer fortdauernden Existenz. Sie war nicht gestorben. Da war eine leise wachsende Wut, konstant wie der Wind, an- und abschwellend; das schrill quälende Gefühl, dass kein Schmerz je die Lücke würde ausfüllen können, die sie in sich spürte. Es erinnerte sie an den Tag, als – viel zu früh – ihr Vater gestorben war. Diese Enttäuschung. Diese grenzenlose Enttäuschung über seine Gemeinheit, sie verlassen zu haben.

Ungemessene Zeit später tauchte etwas am Horizont auf, das nicht Strauch oder Grasbüschel war. Der Durst hatte ihre Zunge mit dem Gaumen verklebt; so blieb sie stumm. Östlich von ihnen flimmerte die Luft, daher war sie einigermaßen sicher, dass sich irgendwo dort hinten die Küste befand. Das Flimmern wurde unterlegt von einem kaum wahrnehmbaren Rauschen … doch da sie nicht wusste, ob sie ihren Ohren nach der stundenlangen Stille trauen konnte, vergaß sie es wieder.

Bald kamen sie an einer weiteren Finca vorüber, ebenfalls verfallen; einige der grasbedeckten Flächen links und rechts von ihnen waren nun mit Stacheldraht eingezäunt, als dienten sie als Weideplätze. Und tatsächlich, kurz bevor sie das Gebäude am Horizont entdeckte, war eine kleine Weide mit drei grasenden Schafen aufgetaucht.

Das Rauschen war unterdessen unverkennbar zu einem Branden geworden und das Gebäude bald so nahe, dass sie es nicht nur als Hotel erkennen konnte, sondern als ein Hotel, das eben erst erbaut wurde. Bernhard ging nun schneller, ganz so, als habe er es sich bereits stillschweigend zu seinem Ziel erwählt; als habe er die ganze Zeit über gewusst, wohin er ging, und es lediglich vor ihr sorgsam geheim gehalten. Für einen Moment schämte sie sich: ihres Hasses, ihrer Liebe, all ihrer Gefühle.

Die Baustelle lag in einer Bucht, sodass sie erkennen konnte, wie sich jedes einzelne Stockwerk terrassenartig an den Hang schmiegte. Ganz oben war ein Transparent mit einer Aufschrift angebracht, die sie nicht lesen konnte. Irgendwo da unten würden Menschen sein, dachte sie; vielleicht war dort eine kleine Ortschaft, ganz sicher aber zumindest Wasser. Es würde eine Lösung geben.

Bald, als das Hotel so nah war, dass sie die Aufschrift lesen konnte – Hotel Legal –, erschien ein Auto auf dem Weg weit vor ihnen. Es verlangsamte seine Geschwindigkeit; als es bis auf dreißig Meter herangekommen war, hielt es an. Auch Bernhard blieb stehen.

Es war ein Wagen der Guardia Civil.

Zwei Polizisten saßen darin. Sie stiegen langsam aus und legten, in beinahe perfekter Harmonie, ihre Hände an ihre Waffenholster. Der auf der Beifahrerseite sagte: »¡Quiero ver sus manos!« Bernhard wandte sich zu ihr. In seinem Gesicht war nichts zu lesen, absolut nichts. All die Verachtung, die sie jemals dagegen empfunden hatte, bündelte sich jetzt in ihrem

Blick; einem einzigen langen, seinen Gegenstand vor Abscheu versengenden Blick. Sie sagte sehr sachlich, als habe er ihr eine höfliche Frage gestellt: »Er sagt, er will unsere Hände sehen.« Dann trat sie entschlossen vor, hob ihre Hände vor den Körper, als wollte sie nicht sich, sondern *etwas* ausliefern, und rief laut: »Mi marido quiere capitular.« – *Mein Mann möchte sich ergeben.*

Die Letzten zahlen

Ein Bild geht um die Welt: Wie eine Studentin gegen das Finanzsystem aufbegehrte – und dadurch eine Ikone der Schuld schuf

VON HELMUT GUDVANG

»Ich hatte dieses Bild zu lange im Kopf. Ich musste es loswerden.« Die junge Frau mit der großen Brille und der Wollmütze wirkt unsicher, nestelt immer wieder an dem Piercing in ihrer Wange herum. Das Bild, von dem die Studentin Valerie Brohm spricht, geht seit Tagen durch die Medien und wird in den sozialen Netzwerken tausendfach gepostet. Es zeigt einen blutüberströmten Banker vor Gericht, und der Wirkung des Bildes tut es keinen Abbruch, wenn man weiß, dass es sich lediglich um Kunstblut aus einem Farbbeutel handelt.

Was dieses Bild in so kurzer Zeit zu einer Ikone der Internetkultur gemacht hat, ist schwer zu erklären. Vielleicht ist es die eigentümliche Haltung des Bankers: Hemd, Jackett und Gesicht besprenkelt von der blutroten Flüssigkeit, den Kopf in wehrloser Demut gesenkt, den Körper zur nach unten führenden Treppe gewendet – dies alles mag dem Bild jene emblematische Aura verleihen, für die die Öffentlichkeit angesichts anhaltender Schuldenkrisen und Bankexzesse gerade besonders empfänglich ist.

Vielleicht liegen die Gründe für das außergewöhnliche Medienecho auch in den Umständen der Gerichtsverhandlung selbst. Bernhard Milbrandt war Händler bei einer der letzten unabhängigen Privatbanken Europas gewesen. Im Frühjahr hatte er das angesehene Bankhaus Alberts durch massive Fehlspekulationen in den Abgrund gerissen und war mit einem Millionenbetrag untergetaucht, bevor er nach spektakulärer Flucht in Südspanien festgenommen werden konnte. Infolge der horrenden Verluste wurde die zahlungsunfähige Alberts-Bank abgewickelt und danach zum Spielstein eines regelrechten Banken-Monopolys: Die österreichische Privatbank Schallhammer, die Alberts' Investmentsparte aus der Konkursmasse übernommen hatte, wurde wenig später vom österreichischen Branchenprimus Bank Austria geschluckt, den wiederum die italienische Bankengruppe Unicredit übernahm. Ein hübsches Beispiel für das Sprichwort von den großen Fischen, die die kleinen fressen – oder auch für Schiffeversenken mit Banken.

Der Verkauf war das Ende der 150-jährigen Tradition des Familienunternehmen Alberts und bedeutete für den Großteil seiner 420 Angestellten den Verlust ihres Arbeitsplatzes.

Brohms Foto scheint nun den Verantwortlichen zu liefern. Das YouTube-Video ihrer Aktion, die sich im Treppenhaus des Amtsgerichts Charlottenburg ereignete, wurde innerhalb von wenigen Tagen mehr als 100.000-mal geklickt. Dabei lässt die Attacke keinen politischen oder wirtschaftskritischen Hintergrund erkennen. Valerie Brohm ist weder Attac- noch Occupy-Aktivistin, und das Video wurde auch nicht von einem Fernsehteam gedreht, sondern von Brohms Begleiter Thomas Alberts – dem Sohn des verstorbenen Bankiers Johann Alberts.

Vielleicht führt diese denkwürdige Konstellation zum wahren Grund für die Popularität des Bildes. Denn ebenso wie Alberts handelte auch Valerie Brohm aus persönlich erlebter Betroffenheit und Verantwortung: Sie ist Bernhard Milbrandts Stieftochter.

Hausbesuch der »Aktionäre«

Ihre Stimme bebt vor unterdrückter Wut, als sie erzählt, wie Milbrandt nicht nur das Vertrauen seiner Bankkunden, sondern sogar das seiner eigenen Tochter in dreister Weise missbraucht hat. Bei der Unterschlagung des Geldes hatte er sich seine privilegierte Position zunutze gemacht und die Kundenkonten für Zahlungen verwendet, die eigentlich an die Kontrahenten seiner Spekulationsgeschäfte gehen sollten. Auf diesen von seiner Bank zunächst unentdeckten Konten »parkte« er das Geld, bis er es auf ein geheimes Offshore-Konto in Gibraltar transferiert hatte.

Brohm, die sich seit Jahren in psychiatrischer Behandlung befindet, glaubte zunächst an einen Rückfall, als eines Tages Männer von der Finanzaufsicht, der Steuerfahndung und der Staatsanwaltschaft vor ihrer Tür standen und sie mit Fragen bombardierten, die sie nicht beantworten konnte. Im Gespräch nennt sie die Männer immer wieder »Aktionäre«, die ihre »Renditen« bei ihr eintreiben wollten. Bei diesen »Renditen« handelte es sich um stattliche 7 Millionen Euro, und dieser Betrag war keineswegs eingebildet, sondern höchst real: Milbrandt hatte das Konto seiner Tochter vorübergehend als Geldversteck missbraucht. Angesichts ihrer Panik und der Verzweiflung, so erzählt Brohm, bereue sie inzwischen, dass sie anstatt eines Farbbeutels nicht echtes Blut habe auftreiben können.

Brohm wurde aber von Milbrandts Machenschaften noch in einer anderen, nicht minder existenziellen Hinsicht getroffen. Denn die überschuldete Frau hatte über die Helene-Alberts-Stiftung, die der Bank angeschlossen war, einen zinslosen Kredit zugesichert bekommen, mit der sie ihre Gläubiger auszahlen und endlich in ein normales Leben zurückkehren wollte. Nach dem Ende der Bank musste aber auch die Stiftung ihre Arbeit einstellen.

Die Legende vom Einzeltäter

Während Brohm auf ihren Schulden sitzenbleibt, kommen die wahren Schuldigen wieder einmal ungeschoren davon – wenn man davon absieht, dass der Gesellschafter Johann Alberts infolge des Skandals tragischerweise einen Schlaganfall erlitt und einige Tage später im Krankenhaus starb. Handelte Milbrandt als Einzeltäter? Seine Story klingt ähnlich wie jene, die in den vergangenen Jahren immer wieder durch die Zeitungen gingen, ob die Protagonisten nun Nick Leeson, Jérôme Kerviel oder Kweku Adoboli hießen. Immer soll es ein einzelner Angestellter gewesen sein, der die ausgeklügelten Sicherheitssysteme der Banken überlistete und Tausende von Sparern und Kreditnehmern um Millionen prellte, ohne dass irgendjemand davon etwas bemerkt haben wollte. Der Verdacht, dass in Milbrandts Fall wieder nur ein Bauernopfer für die Verfehlungen seiner Vorgesetzten den Kopf hinhalten soll, begleitete den Prozess von Beginn an.

Und tatsächlich fielen während der Verhandlungen

schnell Ungereimtheiten auf, als es darum ging, die Geschehnisse jener Tage im April 2010 zu beleuchten. Milbrandt hatte während der Griechenland-Krise Unmengen von griechischen Staatspapieren in der Erwartung gehandelt, dass der Kurs zusammenbrechen und ihm einen Millionengewinn einbringen würde. Weder stoppten ihn dabei die Kontrolleure im Backoffice, noch griffen seine unmittelbaren Vorgesetzten ein. Im Gegenteil: Bereits am 24. März 2010 hatte Johann Alberts in der Frankfurter Niederlassung angerufen und dessen Leiter Max Holt angewiesen, das Risikolimit des Händlers Bernhard Milbrandt pauschal aufzuheben. Auf Holts verwunderte Nachfrage war Alberts deutlicher geworden: Milbrandt habe unbeschränkte Kreditbefugnisse.

Milbrandts Anwälte behaupteten, dass die Bank wegen akuter Misswirtschaft angeschlagen gewesen sei. Verantwortlich dafür war offiziell der verstorbene Gesellschafter, auch wenn das operative Geschäft seit Jahren von dem Generalbevollmächtigten Felix Feldberg geleitet wurde.

Hätte Milbrandt mit seinen Leerverkäufen Erfolg gehabt, so hätte nicht nur er das Geschäft seines Lebens gemacht, sondern mit einer gewaltigen Rendite im Handstreich alle Probleme der Alberts-Bank gelöst.

Das Gericht wertete dies als Motiv für Milbrandt, sich auf seine waghalsigen Spekulationen einzulassen. Auch Milbrandt selbst sagte wiederholt aus, er habe der Bank helfen wollen. Zwei psychologische Gutachter bescheinigten ihm ein Burnout-Syndrom und erklärten damit seine panikartige Flucht.

Obwohl also alle Indizien den klaren Vorsatz seiner Tat erkennen lassen, konnte sich die Anklage letztlich nicht durchsetzen: Nach

21 Prozesstagen ließ sie den Haftantrag gegen Milbrandt wegen verminderter Schuldfähigkeit fallen.

Von keinem Feind zu erobern

Somit verliert sich die Schuldfrage wieder einmal im seelenlosen Niemandsland zwischen Risikolimits und Haftungsgrenzen. Unbefriedigend bleibt das allemal. Milbrandt verlässt den Gerichtssaal als freier Mann, und der mutmaßliche Drahtzieher bei Alberts, der das Unternehmen in den letzten vier Jahren als Generalbevollmächtigter de facto führte und durch geplatzte Immobilienfinanzierungen maßgeblich für die wirtschaftliche Schieflage verantwortlich war, wurde im gesamten Prozess überhaupt nur ein einziges Mal als Zeuge befragt. Zum Dank darf Felix Feldberg bei der Bank Austria demnächst einen lukrativen Beratervertrag unterschreiben.

Valerie Brohm hat aus Gibraltar, wohin sie ihrem Stiefvater in jenen Apriltagen nachgereist war, ein Andenken mitgebracht. Es ist das Wappen des britischen Überseegebietes, wie man es dort in jedem Souvenirgeschäft kaufen kann. Darauf ist der Wahlspruch der ehemaligen Festungsanlage zu lesen: *Nulli Expugnabilis Hosti – Von keinem Feind zu erobern.*

So unbeugsam, wie das klingt, erscheint auch Valerie Brohm. Vor den Konsequenzen ihrer Attacke hat sie keine Angst. Ein wenig scheint es, als sei sie stolz darauf, die Schuldfrage wenigstens dieses eine Mal der Gesichtslosigkeit des »Systems« entrissen zu haben. Mag Milbrandt freigesprochen worden sein, mag er sowohl seine Vorgesetzten wie auch das Gericht genarrt haben: Valerie Brohm hat ihn öffentlich angeprangert, und dies auf eine ebenso persönliche wie medienwirksame Weise. Sie hat das Blut sichtbar gemacht, das in der einen oder anderen Weise an ihm und seinesgleichen haftet. Auch wenn die Macht der Banken ebenso anonym ist wie ihre Opfer: Letztlich besteht die Verschuldungskette immer aus Menschen. Dieses eine Mal wollte Valerie Brohm nicht an ihrem Ende stehen.

Nachtrag und Dank

Dieser Roman ist ein Werk der Fiktion. Obwohl er sich teilweise auf Geschehnisse der jüngsten Vergangenheit bezieht, möchte er an keiner Stelle lebende Menschen porträtieren. Ähnlichkeiten zwischen diesen und dem Personal des Romans wären rein zufällig.

Alle Fehler, die ich bei der Darstellung bankinterner und wirtschaftlicher Abläufe gemacht haben sollte, gehen nicht auf das Konto jener Menschen, die mir mit fachlichen Informationen bei meiner Recherche geholfen haben, sondern auf mein eigenes.

Diese Menschen, denen ich an dieser Stelle von Herzen danken möchte, sind in zufälliger Reihenfolge:

Holger Gerhardt und Prof. Lutz Weinke vom Lehrstuhl für Wirtschaftspolitik der Humboldt-Universität zu Berlin; Daniel Ceccharelli in Frankfurt am Main; Sebastian Kalb in Köln; Sandra Herzenbruch und Manfred Wischmann in Berlin. Für Anregungen, Vermittlung und Informationen danke ich ferner Andy Ohst, Björn Zech, Lisa Rienermann, Anne Lass, Armin Mangoldt, Patricia Neligan für fotografische Investigation, Sabine Baumann für das Lektorat sowie Saskia Herklotz für ihren nie versiegenden Strom an Post und Süßigkeiten.

Folgende Institutionen waren mir beim Schreiben des Textes eine große Unterstützung:

Pressestelle der Deutschen Bundesbank, Jacob-und-Wilhelm-Grimm-Zentrum, Bezirkszentralbibliothek Friedrichshain-Kreuzberg, Philologische Bibliothek der Freien Universität Berlin, Ostkreuz, Zebrano, St. Oberholz sowie das Künstlerhaus Schloss Wiepersdorf.

Diesem sowie dem Ministerium für Wissenschaft, Forschung und Kultur des Landes Brandenburg bin ich großen Dank für die großzügige Förderung des Romans schuldig.

Der größte Dank aber gilt Sarah und Greta: für ihre Geduld, ihr Verständnis und dafür, dass es sie gibt.

Das Motto des Romans ist die Paraphrasierung einer Passage aus dem Essay »Das Gespenst des Kapitals« von Joseph Vogl, erschienen bei Diaphanes 2010. Im Ganzen heißt es dort auf Seite 12: »Wie sich der Markt weder für Vergangenheit noch für die Gegenwart, sondern nur für künftige Gewinnaussichten interessiert, so ist der Traum dieses Kapitals Vergessen; er handelt von der Macht der Zukunft und erfüllt sich in einem Ende der Geschichte.«

Jenny Erpenbeck

Aller Tage Abend

Roman

288 Seiten, Broschur
ISBN 978-3-442-74764-1

Wie lang wird das Leben des Kindes sein, das gerade geboren wird? Wer sind wir, wenn uns die Stunde schlägt?

Jenny Erpenbeck nimmt uns mit auf ihrer Reise durch die vielen Leben, die in einem Leben enthalten sein können. Von einer galizischen Kleinstadt um 1900 spannt sie dabei den Bogen über Wien und das stalinistische Moskau bis ins Berlin der Gegenwart. Meisterhaft und lebendig erzählt Erpenbeck, wie sich, was wir Schicksal nennen, als unfassbares Zusammenspiel von Kultur- und Zeitgeschichte, von familiären und persönlichen Verstrickungen erweist.

»Eine der kraftvollsten Stimmen der deutschsprachigen Gegenwartsliteratur.«
Stefana Sabin, NZZ am Sonntag

»Großartig!«
Welt am Sonntag